W0215966

Hannah Whitten écrit pour le plaisir depuis qu'elle sait tenir un stylo, et découvre au lycée que les histoires qui l'amusent peuvent aussi amuser les autres. Quand elle n'est pas occupée à écrire, elle lit, fait de la musique ou tente de cuisiner. Elle vit dans une vieille ferme du Tennessee avec sa famille et sans doute quelques fantômes.
Romantique et vénéneuse, cette saga qui nous invite à la cour royale de la Citadelle a déjà été traduite dans une demi-douzaine de langues.

« Dans ce deuxième tome chargé d'ambiance et de tension, Lore enchaîne les rencontres amoureuses déchirantes et les face-à-face haletants avec le danger et la mort. Un récit riche en magie noire, en romance et en divinités. » *Kirkus*

« Hannah Whitten fait partie des meilleures autrices de Romantasy actuelles, avec son habileté à jongler entre romance et Fantasy en un parfait équilibre. » *People*

« Hannah Whitten nous fait tourner frénétiquement les pages en confrontant son trio de héros à des prophéties, des dieux et de sombres secrets. Après ce captivant deuxième opus, on en redemande. » *Publishers Weekly*

« Hannah Whitten est définitivement une autrice à suivre. » Katee Robert, *Neon Gods (Dark Olympus)*

De la même autrice :

The Nightshade Crown :
1. *The Foxglove King*
2. *The Hemlock Queen*
3. *The Nightshade God* (à paraître)

Ce livre est également disponible
au format numérique

www.bragelonne.fr

HANNAH
WHITTEN

THE HEMLOCK QUEEN

The Nightshade Crown – tome 2

Traduit de l'anglais (États-Unis) par Annaïg Houesnard

Bragelonne

Titre original : *The Hemlock Queen*
Copyright © 2024 by Hannah Whitten
Originellement publié aux États-Unis par Hachette Book Group
et simultanément en Grande-Bretagne par Orbit.
Publié avec l'accord d'Orbit,
une division de Hachette Book Group, Inc., New York, États-Unis.
Tous droits réservés.

© Bragelonne 2024, pour la présente traduction

Directeur : Antoine Béon
Directrice de la publication : Claire Renault Deslandes
Directrice éditoriale : Hania Jalkh
Directeur artistique : Fabrice Borio
Fabricante : Audrey Manzano

Carte : d'après l'illustration originale de Charis Loke

ISBN : 979-10-281-1918-8

Bragelonne
58, rue Jean Bleuzen – 92170 Vanves

E-mail : info@bragelonne.fr
Site Internet : www.bragelonne.fr

Que ceci vous serve de rappel : vous n'appartenez qu'à vous-mêmes.

LA VIE ET LE JOUR
CALDIEN
Îles
Calcinées
RATHARC
Kettleburgh
Montagne
Dorée

LA MORT ET LA NUIT
TERRITOIRE REVENDIQUÉ
PAR LA CALDIEN
Farramark
PASSE D'OURISH
ROUSKA
Auverraine
Dellaire
BALGIA
KALIACH
EROCCA
KIRYTHEA
Laerdas
MYROSH
MALFOUR
KADMAR
NYX

Le temps présent, le temps passé
Sont tous les deux peut-être
Présents dans l'avenir
Et l'avenir inclus dans les moments passés.
Si le temps est un éternel présent,
Le temps est à jamais irrémissible.

T. S. Eliot, *Burnt Norton*[1]

1. Traduction de Daniel Laguitton *in Tétralogie (Quatre quatuors)*, Les Écrits des Forges, 2015 (*NdT*).

Le jeune homme a dit avoir trouvé la Fontaine
Qu'il avait cherchée si longtemps
Il L'a trouvée sur la Montagne Dorée,
Et déposé toutes ses questions devant Elle.

Il L'a interrogée sur le soleil et sur la mer,
Il L'a interrogée sur le vent, la lune et le feu,
La terre sous ses genoux.

La Fontaine a répondu à ses questions ;
Il Lui a alors présenté ses requêtes,
La première étant la vie éternelle,
Infinie, sans besoin de repos.

La Fontaine a dit impossible, cela ne fonctionnera pas,
Pas tant qu'il était humain,
Et humain il resterait.

Il a donc rejoint ses amis et amants,
Et fait voile avec eux vers la Montagne,
Et ils ont bu l'âme de tout
Dans la Fontaine étincelante.

Chant de taverne auverrain, proscrit en 400 av. CD, quand l'Église s'est établie sur le continent et a reconnu la divinité du panthéon

CHAPITRE PREMIER

Tout est tout. Les pouvoirs évoluent de concert et émanent de la même source.

Prophétie d'Elan Adabbo, moine kadmarois.
Soumise à l'examen du Prêtre Exalté
et jugée indigne de figurer au catalogue.

Il y avait beaucoup de choses que Lore n'avait pas envie de faire, aujourd'hui. Se lever tôt. Avaler un petit déjeuner. Sa tête lui donnait l'impression d'être habitée par un millier d'hommes minuscules armés de marteaux, gracieuseté du vin qu'elle avait englouti avant de se coucher pour être sûre de ne pas rêver. La combinaison de son mal de crâne et de sa bouche desséchée donnait aux pâtisseries les plus délicates un goût de fond de poubelle. S'habiller ne figurant pas non plus en tête de ses ambitions, elle avait laissé Juliette, sa femme de chambre, lui passer une robe couleur pêche qui jurait avec son teint, juste parce qu'elle n'avait pas l'énergie de se battre à ce sujet. C'était typique de son attitude actuelle. Ne pas avoir l'énergie de se battre pour quoi que ce soit.

Mais par-dessus tout, descendre dans les catacombes arrivait indéniablement en tête des choses qu'elle n'avait absolument pas envie de faire.

— Tu es prête ? demanda Bastian en plongeant le regard dans le puits, les sourcils froncés.

L'éclat du soleil levant parait ses yeux d'une teinte chaude, couleur de whisky clair. Une légère phosphorescence dorée tournoyait autour de ses doigts, si infime qu'elle aurait pu être le produit de l'imagination.

Lore savait cependant qu'il n'en était rien.

Les membres de la Presque Mort postés autour du puits étaient incapables de voir le Spiritum, étant donné qu'ils ne pouvaient pas le canaliser. Toutefois, ils observaient le Roi Sanctifié avec un mélange conflictuel d'appréhension et d'admiration.

Car, même s'il était le héraut du retour de leur dieu, ou du moins de son pouvoir, les prêtres ne semblaient toujours pas porter Bastian Arceneaux dans leur cœur.

— Non, répondit Lore, tout en sachant que cela ne ferait aucune différence.

Non, elle n'était pas prête à redescendre dans le noir. Non, elle n'était pas prête à essayer de mettre au repos tous ces cadavres, victimes de la Mortem qu'Anton lui avait arrachée pour massacrer des villages entiers.

Mais c'étaient ses victimes à elle. Sa responsabilité.

Cependant, alors même qu'elle se disait que canaliser la Mortem était la dernière chose qu'elle voulait, ses doigts la démangeaient de l'appeler à elle.

Bastian lui lança un coup d'œil acéré, comme s'il avait entendu ces deux réflexions successives. Mais quand il se détourna du puits pour poser la main sur la joue de Lore, il ne répondit qu'à la première.

— Ce n'était pas ta faute, Lore, murmura-t-il. (Il n'avait cessé de lui répéter la même chose depuis que son père était mort. Son couronnement n'aurait lieu que le surlendemain, mais il se comportait déjà comme un roi.) C'était celle d'Anton.

Pourtant l'ancien Prêtre Exalté n'aurait pas été capable d'agir sans elle. C'était la faculté de Lore à canaliser la magie qui suintait du corps de la Déesse Enfouie, enterrée sous la Citadelle, qui avait rendu tous ses plans possibles. Il avait patiemment attendu ce pouvoir ; il avait regardé Lore grandir et se rapprocher de plus en plus d'un destin auquel elle ne pouvait échapper, avant de la faire venir ici et de piéger également Bastian.

C'était sa faute à elle. Tout était sa faute.

Mais Lore ne protesta pas. La tâche qui l'attendait n'était pas de celles qui pouvaient rester inachevées.

Bastian l'observait d'un air inquiet, les lèvres pincées.

— Tu n'es pas obligée de faire ça. Je peux sans doute trouver un moyen...

— Non, dit-elle en secouant la tête. Non. Je suis là. Je vais le faire.

Bastian scruta son visage, la main toujours posée sur sa joue. Il la touchait avec une telle désinvolture, sans se soucier de ceux qui pourraient les regarder. Lore ne s'y était pas encore habituée. Elle avait tellement l'habitude d'être traitée comme un secret.

Finalement, il hocha la tête.

Comme s'il avait attendu son signal, le prêtre de la Presque Mort qui les accompagnerait fit un pas en avant. C'était le seul à s'être porté volontaire, en dépit du fait que cette excursion dans les catacombes était officiellement approuvée par le Prêtre Exalté. Les autres membres de l'ordre saint continuaient de se méfier des catacombes.

Le Prêtre Exalté se tenait derrière le puits, toujours vêtu de la tenue noire des prêtres au lieu d'arborer la soutane blanche de sa fonction. Le pendentif du Cœur du Dieu Sanglant était suspendu à son cou, cependant, et étincelait dans la lumière matinale.

L'espace d'un battement de cœur, l'œil bleu de Gabriel croisa le regard de Lore, avant de se détourner.

Bastian, pour sa part, l'ignora totalement. Mais quand les yeux de Lore quittèrent Gabriel pour se reporter sur lui, le roi lui adressa un mince sourire teinté de chagrin, comme si l'indifférence du prêtre le blessait également.

— Tout ira bien, murmura Bastian afin que Lore soit seule à l'entendre. Tout ira bien.

Le prêtre qui les accompagnerait dans les catacombes s'appelait Jerault. Lore était à peu près certaine que la seule raison pour laquelle il s'était proposé était que Bastian et lui avaient été amants, et qu'il avait encore un faible pour le roi. Apparemment, Gabe était l'un des rares prêtres qui prenaient le vœu de célibat au sérieux. La veille, lorsque Bastian avait évoqué en riant sa relation passée avec Jerault au cours du dîner, elle avait senti des larmes mortifiantes lui picoter les yeux, même si elle les avait dissimulées dans son verre de vin.

Jerault était un bel homme, qui devait avoir un an de moins que Lore, avec des cheveux dorés et des yeux gris qui se plissèrent légèrement en constatant la proximité du roi et de sa sorcemort. Quand Bastian se retourna vers le puits, Jerault laissa échapper un soupir presque langoureux.

Tout le monde était si persuadé que Bastian et elle couchaient ensemble que c'en était presque drôle.

De l'autre côté du puits, Gabe garda le silence, la bouche réduite à une ligne mince. Lore s'attendait à ce qu'il dise quelque chose, ou du moins à ce que son visage affiche autre chose qu'un air impassible vaguement teinté de désapprobation. Mais il ne fit rien.

Autrefois, il avait fulminé à la perspective qu'elle descende dans les catacombes avec Bastian. Il avait été bouleversé au point d'aller trouver Anton et de trahir tous leurs secrets; maintenant, il se conduisait comme s'il s'en moquait éperdument.

Lore, pour sa part, était loin de s'en moquer. Cela aurait été tellement plus facile si ça avait été le cas.

Bastian emprunta en premier l'escalier en colimaçon taillé le long des parois du puits. La blancheur éclatante de sa chemise s'estompa peu à peu à mesure qu'il s'enfonçait sous terre. Il n'avait pas de torche, mais il alluma son briquet à mi-parcours et rapprocha la flamme dansante de la cigarette entre ses lèvres. Bien sûr que Bastian fumerait pendant qu'ils allaient mettre au repos une armée de cadavres hurlants.

Par les dieux, Lore espérait qu'ils ne hurleraient pas, cette fois. Sa tête n'était pas en mesure de le supporter, ce matin.

Elle s'engagea à son tour dans l'escalier, suivie de Jerault. Quand elle eut presque atteint le fond, elle leva la tête.

Gabe avait enfin bougé. Penché sur le puits, ses mains tatouées plaquées sur la margelle, il les contemplait fixement. Il était trop loin pour qu'elle puisse voir son expression, mais il était possible qu'elle se soit légèrement adoucie, qu'elle montre une pointe d'inquiétude. Lore était prête à tout prendre, au point où elle en était.

Cependant, si elle se trompait, elle ne voulait pas en avoir la confirmation. Elle termina donc sa descente sans relever la tête.

Les ténèbres oppressantes des catacombes l'entouraient de toutes parts. Les mains tremblantes, Lore resta tout près de Bastian pendant qu'elle confectionnait une torche à l'aide des matériaux laissés sur le sol de terre battue.

— Pourquoi n'as-tu pas apporté une lanterne ?

Bastian haussa les épaules et lui prit des mains son ébauche de torche pour terminer le travail.

— Ce serait du gâchis, répondit-il en lui rendant la torche terminée. Il n'y a aucune raison d'avoir peur, Lore. Il n'y a rien de plus puissant que nous, ici.

Elle ricana.

— La Déesse Enfouie serait sans doute d'un autre avis.

— Elle est morte, ce qui me laisse penser que je pourrais sortir vainqueur d'une discussion avec Elle.

Lore lui lança un faible sourire et se pencha légèrement vers son corps, attirée par son magnétisme. Il déposa un baiser rapide sur son front, si fugace qu'elle aurait pu l'imaginer, dans le noir.

— Tout ira bien, répéta-t-il dans un murmure, les lèvres encore si proches qu'elles frôlèrent la peau de la jeune femme. Je te protégerai, je le promets.

C'était un refrain qui était devenu constant au cours des dernières semaines. Bastian s'était donné pour mission de la protéger, de la garder près de lui, de faire tout ce qui était nécessaire. Et elle ne protestait pas. Lore était trop fatiguée et trop perdue dans cette nouvelle vie pour réagir autrement.

Sa torche à la main, Bastian prit la tête dans les tunnels. Quand Lore cilla, sa carte mentale des catacombes apparut dans son esprit, mais ils n'en auraient sans doute pas besoin. La nuit où ils étaient descendus ici – la nuit où Gabe les avait trahis – était gravée au fer rouge dans leur mémoire.

Jerault s'éclaircit la voix.

— Y a-t-il… Hem… Devons-nous craindre de…

— Il n'y a personne, ici, répondit Lore.

Le soupir de soulagement du prêtre fut si fort qu'il fit voleter les cheveux de Lore. Il marchait juste derrière elle, comme s'il avait peur d'être abandonné dans le noir. Lore n'eut pas la force de s'en agacer.

— Et s'il y avait quelqu'un, nous savons que tu es là pour ça. (Bastian lança au prêtre un coup d'œil accompagné d'un sourire aguicheur.) Je suis certain que tu pourrais nous protéger de n'importe quoi, Jerault. Je n'ai pas oublié ton endurance.

Jerault laissa échapper un bruit étranglé, comme s'il venait d'avaler de travers. Lore leva les yeux au ciel, tandis que Bastian faisait tomber la cendre de sa cigarette avec un rictus satisfait.

Ils avançaient d'un bon pas, aucun d'entre eux n'ayant envie de s'attarder là plus que nécessaire. L'éclat de la torche faisait danser des ombres sur la pierre grêlée ; quand ils parvinrent à un embranchement, il illumina brièvement une inscription gravée dans le mur.

« La divinité n'est jamais détruite. Elle se transforme en écho. »

Lore lui adressa un regard noir au passage.

Ils ne tardèrent pas à atteindre le caveau qui contenait les cadavres des villageois. Sa perception de la Mortem, qui couvait jusqu'ici sous la surface de sa conscience, se réveilla brusquement en une vague ténébreuse qui menaça de l'ensevelir.

Elle ferma les yeux et imagina une forêt. Un bosquet d'arbres identiques, un lieu sacré, qui la protégeait et contenait son pouvoir.

Cela l'aida, un peu. Pas autant qu'autrefois.

— Pas de hurlements. (Bastian se tourna vers Lore, les sourcils levés, ses cheveux dorés par la lueur de la torche.) C'est déjà quelque chose.

Jerault frissonna.

— Je croyais que tu avais exagéré cette partie.

— Je n'exagère absolument jamais rien, Jerault.

Le verrou qu'avait créé Anton en manipulant la Mortem avait disparu. Lore plaqua une main sur la pierre, juste pour s'en assurer, mais elle ne perçut que la Mortem inhérente à la roche.

— La porte s'ouvrira facilement.

Bastian hocha la tête, désormais parfaitement sérieux. Il n'était plus l'heure de taquiner des prêtres rougissants.

— Nous devrions mettre au point un plan, j'imagine, dit-il en se plaçant devant Lore, comme pour éviter qu'elle soit la première à entrer dans le caveau.

— Le plan est simple : j'entre là-dedans et je leur redonne un peu de mort. (Maintenant qu'ils étaient là, Lore voulait en finir. Entrer, canaliser la Mortem, sortir.) Honnêtement, j'aurais sans doute pu le faire moi-même. Tu n'étais pas obligé de venir.

— Je ne te laisserais jamais faire ça toute seule.

— Raison pour laquelle je n'ai pas protesté, répondit-elle affectueusement. (Elle n'avait pas envie d'être seule dans cet endroit, et il le savait.) Je me suis dit que ce serait une perte de temps.

— Une femme pleine de sagesse, affirma Bastian.

Lore ouvrit la porte de pierre d'une poussée.

La salle était plongée dans le noir. Bastian y pénétra en premier, la torche brandie au-dessus de sa tête.

Les cadavres, qui grâce aux dieux étaient muets, reposaient sur leurs socles de pierre. Lore ignorait si quelqu'un était descendu ici pour les remettre à leur place, ou s'ils s'étaient eux-mêmes éloignés de la porte après que Lore l'avait refermée cette nuit-là, avant de se réinstaller sur leurs plaques comme des somnambules retournant se coucher. Chaque corps avait les mains repliées sur la poitrine, dissimulant les cicatrices en forme d'éclipse sur leurs paumes, reflets de la marque que Bastian et elle partageaient.

À cette idée, elle serra instinctivement le poing.

Lore était prête à retenir son souffle, à arrêter les battements de son cœur, à faire tout ce qu'elle faisait d'ordinaire pour sombrer dans cet espace où la vie et la mort étaient des choses tangibles qu'on pouvait manipuler. Mais cette fois, ce fut différent. Son cœur cessa de battre, mais ce fut facile, une simple pause avant de reprendre sa cadence. Son corps semblait suivre machinalement un rituel familier, alors même que ce dernier n'était plus vraiment nécessaire.

Elle aurait sans doute dû s'en inquiéter. Les vannes de son pouvoir avaient été ouvertes, et toutes les digues qu'elle avait dressées pour lui faire obstacle s'étaient érodées depuis longtemps.

À un moment, elle voyait toutes les couleurs assourdies du caveau ; l'instant suivant, tout était devenu noir et blanc. Des entrelacs de Mortem flottaient au-dessus de la poitrine de chaque cadavre, telles des étoiles inversées.

Elle regarda par-dessus son épaule, en direction de Bastian, et fut presque obligée de s'arracher à sa transe. Il brillait avec un tel éclat qu'il devenait douloureux à regarder ; chaque centimètre carré de son corps était nimbé de lumière blanche.

Lore se ressaisit rapidement et se reconcentra sur sa tâche. La Mortem était un peu plus dense au-dessus du premier corps. C'était la femme qu'elle avait ranimée la dernière fois, celle qui avait déclenché la marée de cadavres ambulants scandant « Ils se réveillent » en descendant lourdement de leur socle.

Autant commencer de nouveau avec elle.

— Tu as besoin que je m'en aille ? demanda Bastian.

Quand le Spiritum s'était réveillé en lui, il avait annulé le pouvoir de Lore. Ce n'était plus le cas. Ce qui s'était passé le soir de l'éclipse l'avait changée, faisant d'elle quelque chose qu'il ne pouvait plus étouffer.

Lore secoua la tête et s'approcha du cadavre, ne souhaitant pas s'attarder sur ce sujet. Les deux hommes la suivirent et allèrent se poster près du socle, comme s'ils participaient à des funérailles.

Inspire, expire.

Les doigts parcourus de picotements, elle rassembla suffisamment de Mortem pour façonner une mort pour chaque cadavre de la salle. Elle la tira des murs, de la pierre, du sol de terre battue où rien ne pouvait pousser, et du nœud suspendu dans l'air au-dessus de la femme gisant sur le socle. La Mortem s'enroula autour de ses doigts avec la souplesse d'un chat.

L'effet qu'elle produisait n'était plus si terrible qu'autrefois. C'était presque… naturel, désormais. Les fourmillements étaient toujours là, ainsi que le pouls ralenti, mais ce n'était plus douloureux, ni même inconfortable.

La Mortem s'infiltra dans son corps, se plia à sa volonté, et lentement, très lentement, Lore commença à la repousser vers l'extérieur…

Un cri étouffé retentit. Celui de Jerault.

Le cadavre venait de tendre brusquement la main et de la refermer autour de la gorge du prêtre. Des ongles bordés de noir s'enfonçaient dans sa chair, touchés par la décomposition maintenant que la Mortem se rapprochait, et faisaient perler des croissants de sang sur la peau de Jerault tandis que les pieds de ce dernier raclaient inutilement le sol. Le visage du cadavre était implacable, ses yeux vides toujours braqués vers le plafond, comme si la main agissait de son propre chef.

Une sécurité. Quelque chose qui avait été tressé dans ce nœud épais de Mortem au-dessus du corps et l'obligeait à se défendre si quelqu'un tentait de désactiver l'armée une fois celle-ci réveillée.

Dans son univers en noir et blanc, Lore vit que l'étincelle de Spiritum en Jerault commençait à faiblir. De longs serpentins de lumière blanche se déployèrent autour de lui, comme l'effondrement d'une étoile au ralenti. Leurs extrémités viraient au noir à mesure que la vie se transformait en mort, tandis que la Mortem naturellement présente en Jerault s'épanouissait, alimentée par sa vie en déclin.

Un autre flamboiement apparut à côté d'elle : Bastian, qui se précipitait vers eux. Pendant ce temps, la main du cadavre serrait toujours, de plus en plus fort.

Lore plaça les doigts au-dessus du cadavre et expulsa la Mortem qu'elle avait canalisée en elle, plus vite, maintenant, dans l'espoir de desserrer l'étau mortel. Mais le processus était trop lent ; Jerault serait mort avant qu'elle puisse mettre le cadavre au repos. Les poings de Bastian laissaient des traînées de lumière dans son champ de vision alors qu'il bataillait avec la main qui se refermait inexorablement sur le cou de Jerault. Lore entendit un craquement quand l'un des doigts du cadavre se brisa.

Avec la main qui n'était pas occupée à canaliser la Mortem, Lore saisit le Spiritum qui s'enfuyait de Jerault. Elle canalisa sa lumière éclatante en elle et la fit courir parallèlement au flot noir de la Mortem, pliant les deux pouvoirs à sa volonté. Puis elle renvoya le Spiritum en Jerault.

Canaliser la mort et la vie en même temps était une manœuvre difficile, mais Lore continua d'alimenter Jerault en lumière et de repousser la mort dans le cadavre. La lumière se concentra au centre du prêtre et y bouillonna, brillant toujours malgré la mort qui voulait s'emparer de lui.

— Un coup de main ? demanda Lore à mi-voix en se tournant vers Bastian.

Il venait de briser un autre doigt du cadavre ; l'amas d'os et de peau sèche pendait sur la main serrée, mais la puissance qui subsistait dans les trois derniers doigts restait suffisante pour étrangler Jerault.

Bastian lâcha le cadavre et tendit les mains. Lore libéra le Spiritum, laissant les filaments de vie se tourner naturellement vers Bastian – attirés par son éclat. Le pouvoir se déversa en lui comme un torrent d'eau, serpenta à travers son corps, puis repartit vers Jerault, renforcé par sa proximité avec le Roi Sanctifié.

Un large sourire fendit le visage de Bastian.

La Mortem qui planait au-dessus du torse de la femme tendit ses vrilles vers Lore, puis vers le corps, comme des fragments d'une toile d'araignée déchirée. Le nœud tenait toujours bon, mais Lore s'y attaqua avec quelques tressaillements des doigts, aspirant puis rejetant la Mortem.

Quand elle eut terminé, la femme qui reposait sur le socle semblait enfin en paix.

Lore, le souffle précipité, s'écarta d'un bond. Son corps était une masse de contradictions : son sang semblait à moitié gelé, mais il coulait avec plus de rapidité qu'il ne l'aurait dû ; ses poumons contenaient trop d'air, et ses membres étaient assaillis de fourmillements.

Elle avait canalisé les deux. La Mortem et le Spiritum, en même temps.

Par les dieux, dire qu'elle pensait avoir la migraine, un peu plus tôt.

Bastian saisit Jerault par les épaules et examina sa gorge. Sa peau arborait des marques sanglantes laissées par les ongles du cadavre, et les vaisseaux sanguins éclatés promettaient de lui laisser de vilains hématomes, mais à part cela, le prêtre s'en sortait bien. Il semblait sous le choc, cependant, et lorsque Bastian le relâcha avec une claque dans le dos, Jerault contempla Lore comme s'il était face à un rêve et à un cauchemar.

Ignorant si elle devait sourire ou froncer les sourcils, elle se contenta de lui rendre son regard, impassible.

Rassuré sur l'état de Jerault, Bastian se tourna vers elle.

— Laisse-moi voir…

— Non, je vais bien. (Elle fit volte-face et se dirigea vers la porte, qu'elle franchit presque en courant.) Je vais bien.

Dans le couloir obscur, Lore s'adossa contre le mur, la tête levée vers le plafond, le souffle court. L'inconfort laissé par le passage de la Mortem était une gêne familière, désormais, mais la dichotomie profonde de la Mortem et du Spiritum combinés lui donnait l'impression que son être entier s'effritait à toute allure.

C'était presque… enivrant.

Son cœur cognait dans sa poitrine et faisait jaillir un sang glacé dans ses veines. Ses poumons étaient emplis d'air, mais sa gorge lui semblait trop sèche pour l'expulser comme elle le devrait.

— Et merde, marmonna Lore en se frottant la poitrine.

Quelque chose scintilla au bord de son champ de vision. Quelque chose qui se tapissait dans les ombres au bout du tunnel.

Lore se retourna.

Il faisait trop sombre pour qu'elle puisse distinguer le moindre détail. Elle ne vit que la forme indistincte d'une personne. Mais il ne lui en fallait pas plus.

Elle prit appui contre le mur, tentant toujours de réguler le fonctionnement de son corps après un tel afflux de magie, et regarda fixement sa mère.

La Prêtresse de la Nuit soutint son regard. Elle leva la main, très légèrement, comme si elle savait que ce qu'elle s'efforçait de saisir était hors de sa portée.

Puis elle fit volte-face et disparut dans l'obscurité.

CHAPITRE 2

L'art d'arpenter les rêves relève plus de la concentration que de la magie, même si cette dernière est nécessaire. On croyait autrefois que les rêves appartenaient au domaine de Lereal, mais le facteur le plus important est que les deux parties – le rêveur et l'arpenteur – soient capables d'utiliser la magie d'une même source. Ainsi, les praticiens puissants de la Mortem sont souvent en mesure d'arpenter les rêves. On ne peut que supposer que, juste après la Chute Divine, quand la magie élémentaire subsistait dans le monde, ceux qui pouvaient canaliser n'importe quel pouvoir avaient également la capacité d'arpenter les rêves des autres praticiens.

La Mortem et ses applications non mortelles, page 113, par Antoinette Harleone

— Tu l'as sauvé.

C'était la troisième fois en une heure que Bastian prononçait ces mots d'une voix emplie de stupeur et d'émerveillement, avant de secouer la tête en souriant. La première fois s'était produite peu de temps après qu'ils s'étaient installés devant un dîner intime dans la véranda, et la deuxième pendant qu'on leur servait de la soupe. Voilà maintenant qu'il les répétait alors que les vestiges du dessert – que Lore, l'estomac toujours barbouillé, avait à peine touché – étaient débarrassés par des domestiques silencieux. Chaque fois, elle s'était contentée de lui adresser un sourire tendu et de lancer des regards appuyés aux personnes qui les entouraient, en espérant lui faire comprendre qu'elle ne souhaitait pas spécialement que la nouvelle se répande dans toute la Citadelle.

Mais Bastian ne se rendait compte de rien, alors cette fois, elle répondit :

— Il s'en serait probablement tiré si tu avais continué de briser les doigts du cadavre.

— Non, sûrement pas, rétorqua Bastian avec un petit rire. Il était en train de se faire étrangler, Lore, et tu l'as sauvé. Tu as canalisé la Mortem et aussi le Spiritum pour le sauver. C'est incroyable.

Les domestiques, qui jusqu'ici avaient conservé un visage impassible, s'entre-regardèrent, les yeux ronds. Lore se ratatina sur son siège.

— Comment as-tu fait ? demanda Bastian en se resservant du vin. (Lore avança son propre verre, qu'il remplit presque jusqu'au bord.) Te souviens-tu des détails ? Qu'est-ce que tu as ressenti ?

Il l'interrogeait comme s'il cherchait à recréer une expérience. S'il avait eu une plume et du papier à portée de main, il aurait sans doute pris des notes. Lore se recroquevilla un peu plus sur sa chaise et but une longue gorgée de vin tout en lorgnant les domestiques. Elle ne voulait pas entrer dans les détails alors que chacune de ses paroles serait transformée en rumeurs avant le coucher du soleil.

— Ce n'était pas vraiment délibéré, dit-elle. J'ai seulement… agi. C'était instinctif.

Étrangement, sa réponse sembla plaire à Bastian. Derrière les fenêtres envahies de végétation, le soleil sombrait vers l'horizon en répandant une lumière dorée et épaisse comme du miel.

— Donc ça t'est venu naturellement, dit-il en se laissant aller contre le dossier de sa chaise. Tu n'as pas eu besoin de… de faire quoi que ce soit de particulier pour les canaliser en même temps. Ça t'a seulement paru juste.

« Juste » n'était pas tout à fait le terme qu'elle aurait choisi, mais Lore ne souhaitait pas se lancer dans un débat susceptible de s'éterniser. Elle prit une autre gorgée peu digne d'une dame, avant de poser son verre.

— J'aimerais vraiment mieux cesser d'en parler, Bastian.

Il posa son propre verre, après l'avoir vidé entièrement.

— Lore…

— Non. (Elle agita la main.) S'il vous plaît, choisissez un autre sujet de conversation, Votre Majesté.

L'usage de son titre parut le sortir brusquement de la spirale dans laquelle il s'était enfoncé. Le soleil sombra enfin derrière l'horizon, et la lumière dorée laissa place à la douceur du crépuscule. Bastian soupira, puis se passa une main sur le visage.

— Très bien, dit-il. Je suis désolé. J'ai seulement cru que je devais… (Il ne termina pas sa phrase.) De quoi préférerais-tu discuter ?

De Gabe. Elle voulait parler de Gabe ; elle voulait demander à Bastian ce qu'il avait pensé de son stoïcisme quand ils étaient descendus dans les catacombes ce matin-là, lui demander s'il avait réussi à avoir une vraie conversation avec leur ancien ami depuis qu'il l'avait élevé à la dignité de Prêtre Exalté. Elle savait qu'ils se voyaient. Gabe étant désormais à la tête de l'Église, il faisait partie des conseillers officiels de Bastian. En ce qui la concernait, elle ne l'avait croisé que lors de sessions pendant lesquelles il l'aidait à maintenir sa forêt mentale, et il avait soigneusement évité tout autre sujet de conversation. Elle avait l'impression de parler à une statue.

Mais elle ne mentionnerait pas Gabe, pas maintenant, alors qu'ils étaient à portée d'oreille. La blessure était encore trop fraîche. Elle avait besoin d'être cachée sous un pansement en présence d'étrangers.

Lore se contenta donc de soulever sa fourchette et de jouer avec le contenu de son assiette à dessert à peine entamée ; des fruits, de la crème, une sorte de pâte feuilletée.

— Cheval, dit-elle finalement. Je sais que tu avais prévu d'organiser une fête pour sa mise au repos…

— Le fleuriste est prêt. Pour Claude.

Elle lui lança un faible sourire.

— Mais ne pourrions-nous pas le laisser comme ça encore quelque temps ? Il ne fait de mal à personne.

Et elle aimait lui rendre visite, de temps à autre. C'était un rappel agréable qu'elle était capable d'accomplir des choses qui n'étaient pas horribles, que la Mortem était un outil parfois susceptible d'être utilisé pour faire le bien.

— Cela me convient parfaitement, déclara Bastian. J'ai une certaine affection pour lui, aussi répugnant soit-il.

Ayant déjà fini son dessert, il tendit sa fourchette et se servit dans l'assiette de Lore. Elle lui administra une petite tape sur la main, étalant de la crème sur son pouce au passage, mais il se contenta de le lécher.

— Peut-être pourrions-nous le louer pour des fêtes, continua-t-il en mâchonnant une fraise. Ce serait une bonne façon de lever des fonds pour le prochain paiement des citoyens. Cela pourrait inciter les trésoriers à me détester un peu moins.

— Tant que tu verseras des indemnités aux gens du peuple, ils te détesteront quoi qu'il arrive.

Lore termina son assiette avant qu'il puisse lui voler ce qui en restait.

— La vie fascinante d'un monarque, commenta Bastian en se levant. À ce propos, j'ai rendez-vous.

— À cette heure ?

— C'est un rendez-vous avec l'Église.

Le bref moment de légèreté qu'elle venait de vivre vola en éclats, le sujet qu'elle avait évité d'aborder finissant tout de même par les rattraper.

Peut-être que Gabe et Bastian étaient plus doués qu'elle pour gérer cette situation, pour mettre derrière eux l'imbroglio du mois dernier, pour le bien de tous.

Lore n'avait jamais été très intéressée par le bien de tous.

Bastian contourna la table et l'embrassa sur le front. Cette tendresse était nouvelle chez lui. L'intimité immédiate qui était née entre eux n'avait jamais été délicate, par le passé, mais récemment Bastian semblait vouloir l'entraîner dans cette direction. Il y avait presque quelque chose d'hésitant dans son attitude, comme s'il s'attendait à être repoussé. Mais Lore ne l'avait jamais fait. La douceur lui était aussi étrangère qu'à lui, et elle en était assoiffée.

Même si elle pensait toujours à Gabe, immanquablement.

— Ne m'attends pas, dit-il. Je terminerai tard.

Il la laissa, et les domestiques vinrent débarrasser le reste des plats. Lore observa le ciel à travers la fenêtre, nuances miel et lavande gagnées par l'indigo. La lune était absente, ce soir. Lore s'efforçait de ne pas boire pour s'endormir. La plupart des nuits, elle y parvenait. Mais la menace des rêves planait toujours dans un coin de sa tête, martelant ses tempes, et quand elle devenait trop assourdissante, un verre ou deux de plus étaient la seule manière qu'elle avait de la noyer.

Rêver était dangereux. Rêver avait fait d'elle une arme. Et même si Anton n'était plus là pour la manipuler, Lore n'aimait pas rêver. Elle voulait garder la tête vide et l'esprit libre quand elle se couchait, et ne pas avoir la moindre pensée au réveil.

Aussi, lorsqu'elle ferma les yeux, elle fut extrêmement contrariée de se retrouver *là*.

De toute évidence, c'était un rêve. Lore était dans sa forêt, celle que Gabe lui avait appris à dresser autour de son esprit, avec ses arbres uniformes qui semblaient trop parfaits pour être réels. Une volute de fumée se tordait dans le ciel, vomie par un incendie tout proche.

Un incendie que Lore avait elle-même allumé, apparemment. Elle vit sa main tendre une torche embrasée vers un arbre. Lore recula d'un pas, passagère muette de sa propre tête, et regarda les arbres prendre feu pour se joindre au brasier de leurs congénères, la piégeant dans un anneau de flammes.

Elle leva la tête et hurla.

Puis, comme si elle retirait brutalement un pansement, Lore s'arracha au rêve, trempée de sueur.

Sa conscience revint lentement dans son corps alors qu'elle haletait dans le noir. Elle agita légèrement les doigts, puis les orteils, afin de s'assurer qu'elle était bien réveillée.

Le rêve lui semblait dénué de sens. C'était une bonne chose. Du moins, elle pensait que c'était une bonne chose. En tout cas, il ne ressemblait en rien aux rêves qu'elle avait faits quand Anton lui arrachait son pouvoir, et cela lui suffisait.

Catacombes, chuchota son esprit.

Lore se renfrogna dans l'obscurité. Un vestige quelconque du rêve devait s'accrocher à elle, même si elle ne se souvenait pas qu'il ait eu le moindre rapport avec les catacombes. C'était la logique des rêves, un débris pris dans le courant de ses pensées, comme des ordures dans un caniveau.

Elle plaqua les mains contre ses yeux et ne les retira qu'après avoir appuyé si fort qu'elle vit des étoiles.

Quand elle habitait dans la tourelle sud-est, son lit était dépourvu de baldaquin, et même elle savait que la couleur moutarde de ses draps était passée de mode depuis des années. Ici, dans l'une des nombreuses chambres d'amis des appartements grandioses de Bastian, le baldaquin qui flottait dans la brise était fait du même tissu diaphane, blanc et immatériel, que les robes d'été qui peuplaient ses placards.

Même avec la fenêtre ouverte, l'air était étouffant. En Auverraine, l'été était ridiculement humide, chaud comme de la pisse bouillie à minuit comme à midi, et cette année s'annonçait pire que les précédentes.

Une bouteille de vin reposait dans un seau de glace fondue, sur sa table de chevet, et elle était déjà à moitié vide. Lore la contempla pendant un long moment, en se demandant si la bouche desséchée et la migraine qui l'attendraient au matin valaient l'espoir d'un sommeil sans rêves.

Elle décida que non, mais sortit quand même la bouteille de la glace pour plaquer le verre frais contre son front. Le rêve avait banni tout espoir d'une nuit reposante, et si elle se rendormait maintenant, elle continuerait sans doute de rêver. Néanmoins, elle préférait que son mal de crâne matinal – inévitable – soit dû au manque de sommeil plutôt qu'à l'alcool. Elle était déjà tombée dans ce genre de choses, quand un petit plaisir menaçait de devenir une dépendance, et la Citadelle était un endroit bien trop perfide pour cela.

Avec un soupir, Lore quitta son lit et s'étira. Elle trouva la robe de chambre en soie qu'elle avait laissée en tas sur le sol et l'enfila, sans prendre la peine de nouer la ceinture. Elle était devenue assez douée pour éviter les courtisans lors de ses fréquentes errances nocturnes, et il y avait fort à parier que ceux qu'elle croiserait seraient plus scandaleusement vêtus qu'elle. Tandis que les plus âgés se renfermaient sur eux-mêmes, méfiants et contrariés par les nouvelles mesures de Bastian, les plus jeunes semblaient accueillir à bras ouverts l'avènement d'un nouveau modèle royal. Elle se demanda combien de temps cela durerait, une fois les augmentations d'impôts mises en place.

Sa gorge était douloureuse. Elle ferait sans doute mieux de trouver un verre d'eau. Elle pouvait appeler un domestique pour qu'il lui en apporte, mais elle rechignait à les réveiller. Bien entendu, cette idée entraîna la notion qu'elle pouvait demander un verre d'eau à Bastian, étant donné que ce dernier saurait certainement où en trouver dans ses propres appartements. Il était sans doute revenu de son rendez-vous avec Gabe, maintenant.

Mais la dernière chose qu'elle voulait était s'aventurer à demi nue dans la chambre de Bastian en pleine nuit.

L'attirance entre eux était évidente. Le désir était là. Mais cette situation était déjà suffisamment bordélique sans qu'ils aient besoin d'ajouter ce genre de complication à l'équation.

Elle émit un reniflement de dérision en se souvenant d'avoir eu une pensée similaire des semaines plus tôt, quand elle s'était sentie prise entre Gabe et Bastian, attirée par les deux à la fois. Ce sentiment ne s'était en rien atténué.

Dire qu'elle avait cru que les choses étaient compliquées, à l'époque.

Relent de soufre, craquement d'escarbille ; elle frotta l'allumette qu'elle tenait à la main et la vit s'enflammer. Lore la porta à la mèche avant de l'éteindre et de prendre la bougie pour quitter sa chambre à pas feutrés.

Sa porte ouvrait sur une galerie qui donnait sur la pièce principale des appartements, la véranda d'or et de marbre où elle avait pris le thé en compagnie d'Alie. Un large escalier au milieu du couloir, bordé de fougères luxuriantes, descendait vers la véranda. Trois chambres d'amis occupaient le premier étage, et un plus petit escalier en colimaçon au bout de la galerie menait à la chambre de Bastian, qui composait tout le second étage.

Lore contempla l'escalier en colimaçon pendant quelques secondes en se mordillant la lèvre. Puis elle secoua la tête et se dirigea vers la porte d'entrée.

Quand elle avait emménagé, Bastian s'était débarrassé des paons, les dieux en soient remerciés. Ainsi, mis à part le doux clapotis de la fontaine au centre de la pièce, la véranda était plongée dans le silence. Les plantes attroupées devant les fenêtres projetaient des ombres déchiquetées sur le sol quadrillé d'acier.

Les barres d'acier étaient plus fines, ici, simples lamelles de métal incrustées entre les dalles – rien à voir avec les poutres épaisses au rez-de-chaussée de la Citadelle – mais elles remplissaient la même fonction. Elles étaient un rappel de l'autorité divine, de la responsabilité divine. Un roi Arceneaux avait le devoir de contenir la Mortem, et de s'assurer que la Déesse Enfouie reste… eh bien, enfouie. Et voilà que Bastian, l'élu d'Apollius, prenait une sorcemort sous son aile alors qu'il montait sur le trône.

S'il y avait une preuve que les dieux étaient tous morts – ou du moins qu'Ils s'étaient désintéressés des hommes –, c'était bien celle-là. Anton leur avait martelé qu'Apollius voudrait la mort de Lore une fois qu'elle aurait accompli son dessein, convaincu que le pouvoir de Bastian était l'indice de Son retour. Mais il n'y avait aucun signe d'Apollius, Lore était toujours là, et la fin du monde n'était pas arrivée.

Elle s'engagea furtivement dans les couloirs de la tourelle nord-est.

Ici, les fenêtres étaient plus rares ; elles encadraient un ciel sans lune, où les étoiles brillaient avec d'autant plus d'éclat. Lore se mit à vagabonder sans destination précise en tête, changeant de direction chaque fois qu'elle entendait des voix.

Ses errances finirent par l'amener au rez-de-chaussée de la Citadelle. Elle s'était familiarisée avec ses couloirs labyrinthiques qui ouvraient sur des salles opulentes remplies de statues, de fontaines ou d'œuvres d'art. Le rythme régulier de ses pas engourdissait son esprit, et son champ de vision se réduisait au sol devant elle. C'était plus reposant que le sommeil. Au moins, elle n'avait pas à s'inquiéter de rêver.

Le sol se mit à changer et devint le seuil de la porte principale de la Citadelle.

Lore leva la tête. En théorie, il devait y avoir des gardes à cet endroit, mais elle ne vit personne ; ils avaient sans doute abandonné leur poste pour partir en quête d'activités plus agréables.

Elle ouvrit la porte.

Dehors, l'air étouffant pesait sur l'herbe en volutes de brouillard. L'absence de lune peuplait le paysage d'ombres aux contours informes, que l'esprit transformait facilement en monstres.

Lore s'arrêta près d'une topiaire et tourna le visage vers les étoiles. La nuit s'enroula autour d'elle comme une couverture.

Des épines de roses s'accrochèrent dans la soie de sa robe de chambre alors que Lore s'aventurait dans les jardins. À l'origine, le vêtement appartenait à Bastian ; ses initiales étaient brodées sur le tissu, au niveau de la poitrine. Il le lui avait donné la nuit du rituel, quand il l'avait ramenée dans ses appartements – glacée, en sang et sous le choc.

« Je vais prendre soin de toi », avait-il dit. Ses mains étaient encore nimbées d'un éclat doré, ses yeux étaient presque de la même couleur, et sa voix avait plus de résonance qu'elle n'aurait dû. « Tu es à moi. »

Du moins, elle pensait que c'était ce qu'il avait dit. Ses souvenirs étaient confus. Elle se rappela qu'il lui avait paru différent quand elle s'était réveillée le lendemain, alors que le soleil cédait la place au crépuscule. Fatigué, les yeux cernés. Lorsqu'elle s'était approchée en silence pour le rejoindre près de la fenêtre, il l'avait prise dans ses bras sans un mot.

La grille en fer forgé qui défendait l'entrée du jardin de pierre de la Presque Mort se dessina dans la brume. Lore ne s'interrompit même pas pour se demander si elle devait entrer. Elle se contenta de le faire, entraînée par un instinct étrange.

Fleurs de pierre, feuilles de pierre. Tout au fond se dressait une serre dans laquelle elle n'était jamais entrée.

Lore pénétra dans le jardin et se dirigea vers le puits.

Elle s'arrêta à la vue de la silhouette qui se tenait devant.

— Ma fille, dit sa mère d'une voix douce qui transperça le brouillard.

CHAPITRE 3

Le passé revient, sans trêve. Rien n'est gravé dans le marbre,
du moins jusqu'à notre mort.

Amita Giro, poète kirythéen

Lore eut l'impression d'être paralysée sur place. Tout son corps devint chaud et froid à la fois ; le besoin de fuir et celui de rester bataillaient en elle à forces égales, et ses muscles se crispaient sans qu'elle bouge.

Sa mère avait l'air exténuée. Dans la faible lumière des étoiles, Lore pouvait distinguer les cernes sous ses yeux noisette, les rides d'épuisement qui sillonnaient son visage. Elle semblait avoir aussi peu dormi que Lore, ces derniers temps.

Quand la Prêtresse de la Nuit fit un pas en avant, Lore recula pour conserver la même distance entre elles. Sa mère soupira.

— Que fais-tu là ? (La voix de Lore était rauque ; elle aurait vraiment dû boire un verre d'eau.) Qu'est-ce que tu veux ?

Des yeux jumeaux des siens la contemplèrent fixement.

— Je ne…

Sa mère laissa mourir sa phrase et serra les lèvres. Elle détourna la tête, comme si elle espérait trouver quelque part dans le jardin les mots qui lui faisaient défaut.

— Tu as perdu, siffla Lore. Tu ne comprends donc pas ? La prophétie de fin du monde à laquelle toi, Anton et les autres croyiez était un mensonge. Je suis vivante, et le monde n'a pas trouvé sa fin.

— Les fins prennent leur temps, murmura sa mère sans la regarder.

Lore déglutit péniblement.

La Prêtresse de la Nuit ne chercha plus à se rapprocher. Avec un soupir, elle tourna de nouveau son regard vers Lore, même si ce geste semblait être douloureux.

— Tu penses savoir pourquoi je suis là. Tu n'en sais rien.

— La ferme. (Lore secoua la tête, les poings serrés. Les contours de sa cicatrice se frottèrent douloureusement.) C'est terminé. Tu n'arriveras pas à me convaincre de mourir.

— Je ne cherche pas à le faire, répondit sa mère. Je suis venue ici pour t'arrêter.

La bouche de Lore était déjà ouverte, prête à lancer une réplique venimeuse, mais elle la referma brusquement. Elle avait fait un rêve, elle s'était réveillée et avait commencé à errer. La voix dans sa tête, celle qui avait chuchoté « catacombes », celle qu'elle avait prise pour son subconscient qui ressassait les événements de la journée…

— Tu as senti l'appel, murmura la Prêtresse de la Nuit. Nous l'avons senti s'échapper. Les éléments se mettent en place, Lore. Le temps manque. Tu dois partir. (Ce dernier mot semblait forcé, comme si sa gorge avait tenté de le bloquer.) Tu dois fuir.

Lore inspira l'air humide aux relents de fleurs, qui paraissait presque trop épais pour entrer dans ses poumons.

— À quoi tu joues ? (Malgré la chaleur, Lore resserra autour d'elle les pans de sa robe de chambre.) Il y a trois semaines, tu voulais que je meure, et maintenant tu veux que je m'enfuie ? Tu crois que cela effacera le fait que tu avais tort, que ta religion tout entière est fondée sur des mensonges ? Il n'y a pas d'apocalypse, Prêtresse de la Nuit…

— Lilia, chuchota sa mère.

— Et même s'il y en avait une…

Mais le nom percuta Lore de plein fouet, froissant sa réponse comme un morceau de papier.

— Je ne t'ai jamais demandé de m'appeler mère, dit la Prêtresse de la Nuit. (Elle ferma les yeux.) Pas après… Mais mon nom est Lilia.

Aucune des Sœurs de la Nuit n'utilisait de noms. Elles s'appelaient mutuellement « sœur », leur individualité étant remisée et dissimulée dans l'immensité de leur mission. Combien de temps s'était écoulé depuis que cette femme avait employé son nom ?

Lore ne savait pas quoi dire. La sueur lui chatouillait la nuque alors même qu'un froid glacial serpentait le long de sa colonne vertébrale.

— Si tu fuis, il reste peut-être encore une chance, poursuivit sa mère – Lilia. Les pouvoirs sont affûtés par la proximité, et maintenant que tu es là, les autres vont commencer à se réveiller. Si tu pars, tu peux être sauvée. Vous pouvez tous être sauvés.

—Donc tu ne veux pas ma mort, rétorqua Lore, les lèvres engourdies. Mais tu veux tout de même que je disparaisse. Que je parte loin, seule. (Un son s'échappa de sa gorge, quelque chose qu'elle ne parvenait pas à associer à une émotion spécifique.) Tu ne supportes pas l'idée que je possède quoi que ce soit.

Une larme s'échappa des yeux toujours fermés de Lilia.

—Je mérite ta colère, dit-elle d'une voix mesurée. Et je ne mérite pas ta confiance. Mais Lore, je te le promets, tout ce que j'ai fait, c'était pour une bonne raison.

—Mais cette raison n'était jamais moi, répliqua Lore. Peut-être pensais-tu qu'elle était bonne, mais je suis ta fille. Était-elle assez bonne pour me tuer ?

—Je t'ai sauvée.

—Tu m'as abandonnée. (Elle aurait pu le hurler. Elle avait envie de le hurler. Mais lorsque ces mots franchirent ses lèvres, ils étaient simples et factuels.) J'étais une enfant, et tu m'as chassée, tu m'as envoyée seule dans un monde où tu savais que j'avais peu de chances de survivre. Est-ce que tu l'as vraiment fait pour me sauver, ou seulement pour t'assurer de ne pas te salir les mains ? (Lore avança d'une démarche prédatrice. Les volutes de brouillard se recourbèrent autour d'elle, toute la noirceur de la nuit sur ses talons.) Tu étais prête à me faire tuer il y a trois semaines, pour un dieu dont tu ne sais pas s'il existe. Et maintenant que tu sembles t'être trompée, tu changes d'avis ? (Un pas de plus. Lilia recula imperceptiblement.) Dis-moi que c'était pour la bonne cause. Vas-y, ose me le dire.

—Il y a quelqu'un ?

La voix provenait de derrière le puits, la partie du jardin qui s'adossait au mur de l'église.

Gabe.

Lore et sa mère se figèrent. La Prêtresse de la Nuit avait l'air terrifiée ; Bastian n'avait jamais rempli les papiers qui réintégraient la Garde Enfouie au sein de l'Église. Officiellement, celle-ci n'existait toujours pas, et si Gabe trouvait l'une de ses membres dans le jardin de pierre, la situation risquait fort de mal tourner.

—Ne lui dis rien, chuchota sa mère.

La brume rendait ses mouvements fantomatiques alors qu'elle se retournait vers le puits ouvert et descendait l'escalier. Il n'y eut pas d'autre invective, pas d'autre supplique. Juste une mère qui parle à sa fille.

Et maudite soit-elle, même après tout ce qu'elle venait de dire, Lore savait qu'elle obéirait.

Lilia s'arrêta juste avant de disparaître dans les ténèbres et leva la tête vers Lore.

— Si tu changes d'avis, dit-elle, je t'aiderai. Lance une rose dans le puits.

Puis elle disparut.

Un battement de cœur plus tard, Gabe apparut dans le champ de vision de Lore, le brouillard s'enroulant autour de lui comme une cape. Il tenait une lanterne dans sa main tatouée et braquait sur le jardin paisible son éclat implacable qui se reflétait dans son pendentif. Le puits était toujours ouvert, et Gabe fronça les sourcils, sans même remarquer Lore.

— J'étais persuadé que nous l'avions refermé.

Il y avait un accent fatigué dans sa voix ; Lore se demanda s'il avait dormi.

Elle se demanda aussi si elle devait prendre la fuite. Se fondre dans le brouillard en espérant que sa robe de chambre claire la dissimulerait pendant qu'elle revenait vers la Citadelle et vers son lit dans les appartements de Bastian. Vers le lieu qu'elle n'avait pas vraiment choisi, mais où elle avait échoué malgré tout, les actes de Gabe l'ayant poussée vers une décision qu'elle n'était pas encore sûre de vouloir prendre. Qu'elle n'avait pas voulu prendre.

La lanterne balaya de nouveau les environs, et sa lueur chaude illumina le visage de Lore au moment où Gabe levait les yeux. Lore recula en plissant les paupières, aveuglée, son geste faisant tourbillonner le brouillard autour d'elle.

— Lore ?

Merde.

Elle voulait depuis si longtemps avoir une vraie conversation avec Gabe, pour lui demander comment il allait, pour lui hurler dessus, pour le serrer contre elle. Mais à présent, elle ne savait pas quoi faire. Ils se dévisagèrent mutuellement, séparés par les parterres de fleurs pétrifiées.

— Je…, commença Gabe avant de frotter son cache-œil. Que fais-tu là ?

Il s'était exprimé sur un ton à la fois plaintif et accusateur. Lore se redressa et lui lança un regard noir.

—Je n'arrivais pas à dormir. Je suis allée marcher.

Son œil unique se posa brièvement sur l'inscription brodée sur sa robe de chambre, et il serra les mâchoires comme s'il pouvait la déchiffrer clairement dans l'obscurité.

—Ça fait une sacrée distance, depuis les appartements du Roi Sanctifié.

Il n'avait aucun droit de prendre ce ton. Comme si c'était elle qui l'avait trahi. L'étincelle qui avait existé entre eux était éteinte depuis longtemps, étouffée par ce qu'il avait fait. Lore n'était pas du genre à accorder facilement sa confiance et, quand elle la retirait, c'était définitif.

Cependant, malgré elle, elle tenait encore à lui. Elle espérait encore qu'ils puissent trouver un moyen d'être amis, même s'ils ne pouvaient jamais avoir plus. Elle voulait avoir au moins un morceau de lui.

—J'avais besoin d'air frais, répondit-elle d'un ton nettement plus doux que le sien.

Gabe le remarqua. Il parut se voûter; ses épaules s'affaissèrent, et il détourna la tête afin qu'elle ne voie plus que l'ombre de son cache-œil. Quand il reprit la parole, ce fut d'une voix sourde et emplie de gravité.

—Est-ce qu'il t'a bien traitée?

Bien sûr qu'il voulait parler de Bastian. Mais c'était une question sincère; elle lui donna donc une réponse honnête.

—Très bien. (Elle sentait encore le fantôme du baiser qu'il avait déposé sur son front, cette tendresse qu'elle ne se sentait pas équipée pour accepter ou pour montrer.) Ce n'est pas comme ça entre nous, cependant. Pas vraiment.

Il leva la tête et haussa un sourcil.

—Mais tu voudrais que ça le soit.

Ce n'était pas une question, simplement une affirmation. Lore secoua légèrement la tête, sans cependant chercher à le nier. Elle voulait seulement guérir l'expression sur le visage de Gabe, la lisser pour rendre tout cela plus facile. Elle ne souhaitait pas leur faire de mal à l'un ni à l'autre, mais la tâche semblait impossible, tel un couteau sans manche constitué uniquement d'une lame.

Gabe se redressa, chassant physiquement cette conversation pour la rediriger ailleurs.

—Est-ce qu'il y a quelqu'un d'autre avec toi? J'ai cru entendre deux voix.

— Non, répondit-elle sans se laisser le temps de trop y réfléchir. Il n'y a que moi. Je parlais toute seule.

— C'est une nouvelle manie ?

— Il faut bien trouver un moyen de passer le temps. (Elle lui adressa un sourire hésitant.) Je suis une meilleure compagnie que la plupart des courtisans.

— Je n'aurais jamais cru que tu serais douée pour ça, commenta Gabe. Côtoyer l'élite.

— Tu fais partie de cette élite, Mort.

— Et regarde-nous, en train de rôder dans le noir.

C'était une plaisanterie, mais mal assurée et à double tranchant. Il frotta son menton couvert d'un début de barbe rousse et baissa les yeux vers le sol.

— Alie m'a dit que tu t'en sortais bien, dit-il. Quand je lui ai demandé, la dernière fois. Mais je suis content de l'entendre de ta bouche.

— Elle m'a aidée.

Les conseils de son amie pendant les cérémonies officielles lui avaient sauvé la vie, et ce n'était pas une exagération. La position étrange et précaire de Lore dans la Citadelle signifiait que personne ne savait vraiment comment la traiter lors des bals et des dîners, lesquels avaient été bien trop nombreux depuis que Bastian était devenu roi, et ne le seraient que plus après son couronnement officiel. Il n'en avait organisé aucun, mais les invitations ne cessaient de pleuvoir. Il ne les déclinait jamais, pas même quand elles provenaient de courtisans qui les traitaient tous les deux avec méfiance, voire avec un dédain prononcé en ce qui concernait Lore. La présence apaisante d'Alie avait désamorcé plus d'une situation qui aurait pu se terminer avec un verre de vin au visage, ou, selon son humeur, un poing.

Gabe et Lore retombèrent dans le silence.

— Tu sais que je suis désolé, n'est-ce pas ? dit finalement Gabe dans un murmure. Je ne… Je ne suis pas sûr que ce que j'ai fait était mal… (Son œil fila vers l'angle du jardin de pierre, où l'ombre de la serre se tapissait sous le mur envahi de végétation.) Mais je suis désolé que cela t'ait fait du mal, Lore. J'essayais seulement de faire de mon mieux.

— Comme nous tous.

« Dis-moi que c'était pour la bonne cause. » Elle ne lui pardonnait pas, mais elle avait envie de le faire, et ce désir lui venait beaucoup plus facilement pour Gabe que pour sa mère. Lore savait que c'était injuste. Elle ne pouvait rien y changer.

Gabe hocha la tête. Puis il tourna les talons et repartit dans la direction d'où il était venu, la lanterne se balançant au bout de son bras. Lore songea brièvement à le rappeler, mais leur conversation avait atteint sa conclusion naturelle, et elle ne savait pas comment la relancer.

Lore resta seule dans le jardin, sous le regard d'un million d'étoiles. D'abord sa mère, puis Gabe. Un sentiment d'irréalité s'empara d'elle, et ses pensées étaient aussi confuses que le brouillard. La nuit lui avait souvent semblé être un temps hors de la réalité, où les choses étaient plus éthérées et moins concrètes.

Quel moment étrange pour avoir ce genre de conversations.

La rosée détrempa l'ourlet de sa robe de chambre alors que Lore quittait le jardin de pierre. Elle se fraya un chemin entre les buissons de roses et les topiaires, puis franchit de nouveau la porte de la Citadelle. Elle traversa le labyrinthe de richesses jusqu'à rejoindre les appartements de Bastian, puis son propre lit.

Quelque chose en elle restait en suspens. Un tiraillement auquel elle n'avait pas répondu.

Catacombes, chuchota de nouveau la voix au fond de son esprit. Mais Lore s'endormait déjà, et cette fois, elle ne rêva pas.

CHAPITRE 4

Quelle importance qu'il ne l'ait pas épousée ? Il la traite comme sa reine.
Il semble ne pas comprendre ce que nous avons fait pour lui.
Cependant, bien que les choses ne se soient pas déroulées comme prévu,
il a tout de même été placé dans la position que nous souhaitions.
La situation peut être résolue si le problème de la fille est réglé.

Lettre envoyée par le comte Alphonse Levett
au duc Alan Lavigne, pendant que ce dernier
était assigné à résidence suite au rituel de l'éclipse.
Interceptée et présentée à Bastian Arceneaux, le Roi Sanctifié.
Les rapports disent qu'il a souri.

— C'est l'heure de se réveiller, très chère.

Ces mots étaient peut-être doux, mais la façon dont Bastian arracha les couvertures du lit ne l'était définitivement pas. Lore se recroquevilla sur le flanc, les bras repliés devant le visage pour faire barrage à la lumière.

— Pourquoi ?

— Parce que c'est un nouveau jour d'été enchanteur à la cour de la Citadelle.

Bastian posa une délicate tasse de café sur la table de chevet. Il agita la main au-dessus des volutes de vapeur pour les chasser vers le visage de Lore, comme si l'odeur allait l'inciter à sortir de son lit.

— Et parce que nous devons aller à la campagne, aujourd'hui. L'aurais-tu oublié ?

Elle l'avait oublié, en effet, avec le chaos de la veille. Mais ce rappel d'un rendez-vous royal à l'extrême périphérie de Dellaire – dans les campagnes qu'elle avait contribué à détruire– ne lui donna guère plus envie de se lever. Tout au contraire, en réalité. Lore ramena son oreiller sur sa tête.

— Pourquoi est-ce que je dois y aller, moi ?

Ses paroles étaient étouffées par le duvet d'oie, mais la note plaintive de sa voix était parfaitement audible. Ainsi que le soupir de Bastian.

— Parce que tu es ma sorcemort, Lore. La fonction la plus élevée de la cour.

— Une fonction que tu as créée de toutes pièces.

— Et que j'ai décrété la plus élevée. (Le matelas s'enfonça légèrement quand il s'assit au bord du lit.) Il est aussi plus sûr pour toi que tu restes à mon côté. Mais je ne rabâcherai pas cette conversation.

— Si je passe le restant de mes jours sans avoir cette conversation, je m'en porterai tout aussi bien. (Lore serra les paupières, le visage toujours enfoui sous l'oreiller.) Nous ne savons même pas si je suis capable de m'éloigner autant de la ville.

La Mortem tissée dans la trame de son être, la magie qui ne l'avait jamais laissée quitter Dellaire, semblait avoir légèrement relâché son emprise depuis le rituel. Non pas que Lore l'ait mise à l'épreuve – elle n'avait pas quitté la Citadelle depuis–, mais elle pouvait le sentir. Quelque chose dans le fait de manier à la fois le Spiritum et la Mortem avait desserré ses liens, lui ouvrant le monde. Elle aurait sans doute dû en être reconnaissante.

— Le moment est aussi bien choisi qu'un autre pour le découvrir, dit Bastian. Si tu ne bois pas ce café, je vais le faire à ta place. Tu as trente secondes.

À contrecœur, elle écarta l'oreiller de son visage.

Bastian était d'une beauté époustouflante, comme toujours. Ses cheveux noirs bouclaient au niveau de son col, et le bandeau en or serti de rubis qui entourait sa tête scindait en deux la cicatrice qui courait de son front au coin de son œil droit. Il n'avait pas utilisé le Spiritum pour l'atténuer, lui permettre d'avoir une apparence moins brutale.

Il haussa un sourcil en voyant Lore s'asseoir, la tasse de café déjà dangereusement proche de sa bouche. Elle tendit la main, et il lui remit la tasse en porcelaine.

— Tu as l'air d'en avoir besoin. Quand es-tu allée te coucher, dix minutes avant le lever du soleil ?

Lore souffla sur le liquide fumant avant de prendre une gorgée.

— Je me suis mise au lit juste après le dîner, merci bien. Je n'ai pas particulièrement bien dormi, c'est tout. Cauchemars.

Le sourcil que Bastian avait arqué par espièglerie se fronça brusquement, et son expression devint sérieuse.

— Tu t'es remise à rêver ?

Des arbres en feu, un ciel qui hurle. Elle avait rêvé, certes, mais pas de la même manière. C'était plus un souvenir qu'un rêve, à dire vrai.

Lore posa sa tasse de café et se leva pour aller fouiller dans son placard.

— Oui, mais rien d'important. Pas comme avant.

Lore soupira en fourrageant parmi les robes. En été, les courtisans de la Citadelle revêtaient des tenues soit qui révélaient autant de peau que possible, soit qui touchaient la peau aussi peu que possible. Lore opta pour la seconde approche ; une robe diaphane ample, qui flottait autour d'elle comme un nuage.

Mais Bastian ne se laissa pas démonter.

— Je croyais qu'il était censé t'apprendre à protéger ton esprit.

« Il ». Ils ne prononçaient presque jamais le nom de Gabe entre eux, comme si ce dernier les hantait.

— C'est ce qu'il fait.

— Pas très bien, apparemment. Je vais devoir en toucher un mot à…

— Non, Bastian. (Lore fit volte-face, les mains refermées sur une robe qu'elle avait à peine regardée. Elle était rouge sang, couleur peu appropriée pour l'été.) Le problème ne vient pas de lui, il vient de moi.

De sa peur. De sa honte. De son égoïsme.

« Tu es le germe de l'apocalypse », lui avait dit sa mère au cœur de l'éclipse. « Les fins prennent leur temps », avait-elle affirmé près du puits, la nuit précédente.

Bastian soupira et renversa la tête en arrière. Quand il s'approcha d'elle, ce fut à gestes prudents. Ses mains chaudes se posèrent sur les épaules de Lore, d'abord légères, puis plus fermes.

Elle garda les yeux baissés sur ses pieds nus enfoncés dans le tapis moelleux.

— Tu dois lâcher prise, Lore, murmura-t-il.

Mais elle n'en serait jamais capable. Les rêves avec la fumée qui se tordait dans le ciel n'étaient pas les seuls qu'elle redoutait ; les cauchemars ordinaires étaient tout aussi déplaisants. Quand elle voyait l'enfant dans le caveau, avec ses yeux noirs et sa bouche grande ouverte vomissant des murmures. Quand elle voyait des parois d'obsidienne se refermer sur elle sans qu'elle parvienne à hurler, et ce en dépit de tous ses efforts.

— Ce pouvoir t'appartient, poursuivit Bastian d'un ton féroce, presque comme s'il essayait de s'en convaincre lui-même. C'est toi qui le contrôles. Personne d'autre.

Lore tritura la robe rouge pour apaiser le fourmillement dans ses doigts. Si elle le souhaitait, elle pouvait encore franchir la frontière de sa forêt mentale et sentir la Mortem dans les choses inanimées. C'était presque apaisant.

— Je sais, murmura-t-elle. Je sais que le pouvoir m'appartient.

Et même si elle n'avait pas achevé sa pensée, elle en resta là, car ce qu'elle éprouvait au sujet de sa magie n'était pas facile à formuler. Elle ne voulait pas admettre qu'elle avait peur. Elle ne voulait pas lui dire que, parfois, son esprit sombrait dans la terreur à l'idée qu'Anton ait pu avoir raison. À l'idée que plus elle utilisait son pouvoir, plus elle devenait comme Nyxara.

Lore n'y croyait pas. Elle refusait d'y croire. Et pourtant…

— Peut-être que je devrais rester ici, aujourd'hui, dit-elle. Il n'y a aucune raison particulière que je t'accompagne hors de la ville, n'est-ce pas ?

Les mains de Bastian se resserrèrent sur ses épaules de façon presque imperceptible avant de se poser sur la robe qu'elle tenait.

— La raison, dit-il, est que je veux que tu viennes.

— Ce n'est pas vraiment suffisant.

— Lore…

Il avait tant de manières de prononcer son nom. Taquine, implorante, fervente… Mais cette fois, il l'avait prononcé de façon impérieuse. Presque comme les prémices d'un ordre.

Lore se hérissa. Pourtant elle n'avait pas vraiment le temps ou l'énergie de se disputer pour rien. La Lore d'autrefois l'aurait fait, mais elle n'était plus cette personne.

Elle ne savait plus vraiment qui elle était, maintenant.

Lore acquiesça donc.

Bastian lui prit la robe des mains en faisant la moue.

— Mais tu ne vas pas porter ça. (Il la contourna pour se planter devant le désastre qu'était devenu son placard.) Je vais choisir ta robe, étant donné que tu as démontré à maintes reprises que tes goûts tendent à être discutables, et je vais demander à Juliette de venir arranger tes cheveux.

Une heure et beaucoup de jurons marmottés par Juliette plus tard, ils étaient en route.

Quand August était le Roi Sanctifié, on le voyait rarement hors de la Citadelle. Les affaires qui réclamaient sa présence à l'extérieur des murs du palais étaient déléguées à des nobles ou des vestes-de-sang, sous une supervision quasi inexistante. Lors des rares occasions où August sortait se mêler à la plèbe, c'était dans un carrosse entièrement fermé escorté par une phalange de gardes. La plupart des citoyens de Dellaire ne savaient pas à quoi ressemblait leur ancien roi, au-delà des peintures à l'huile dans le sanctuaire sud ; lesquelles, estimait Lore, étaient un tantinet plus généreuses que nécessaire.

En cela, comme en toutes choses, Bastian était différent. Il sortait régulièrement pour inspecter les nombreux projets de construction qu'il avait entamés pour améliorer Dellaire, et il ne se cachait jamais dans un carrosse pour le faire. Son couronnement, qui devait avoir lieu le lendemain, serait ouvert à tous, roturiers comme nobles, et prendrait place dans le sanctuaire sud plutôt que dans celui du nord. Le capitaine de la garde – Moustache Recourbée, l'ancien ennemi de Lore qui avait contribué à sa capture après la ranimation de Cheval, et dont elle n'avait jamais pris la peine d'apprendre le nom – frôlait l'apoplexie à l'idée du risque encouru. Mais Bastian n'en démordait pas : il tenait à ce que les citoyens de l'Auverraine connaissent leur roi.

Et nul ne pouvait soutenir que c'était une mauvaise idée, car il était dans l'intérêt du royaume que la confiance entre le roi et ses sujets soit restaurée. La nouvelle s'était rapidement répandue qu'il y avait un nouvel Arceneaux sur le trône, et les rapports en provenance des Îles Calcinées parlaient d'une présence accrue des navires de guerre kirythéens au large des côtes. Alors que les signes d'une guerre extérieure se multipliaient, l'heure était vraiment mal choisie pour un soulèvement intérieur.

Lore n'avait appris que récemment qu'il y avait un avant-poste militaire sur les Îles. Apparemment, l'archipel calciné n'était pas uniquement utile en tant que prison.

La calèche rebondit sur les pavés, et Lore agrippa la portière en jurant à mi-voix. La Mortem était une spirale lente de ténèbres au cœur de son être, tempérée par l'or du Spiritum. Les sentir en elle était apaisant, mais Lore restait à fleur de peau.

— Moi aussi, les voyages en calèche me donnent la nausée, murmura Alie. (Elle regardait droit devant elle, avec la concentration de quelqu'un qui visait une cible.) Je dois garder les yeux sur la route, sans quoi j'ai l'impression que tout mon estomac va remonter dans ma gorge.

— Tu n'étais pas obligée de venir, dit Lore au moment où ils rencontraient un nid-de-poule.

Les rues étaient devenues friables à cause des quantités de Mortem que la Presque Mort avait canalisées dans la roche, à l'époque où les fuites étaient plus communes. Réparer les routes était une tâche de plus sur la liste de Bastian.

— Je te promets que tout ira bien, reprit Lore. Nous pouvons leur demander de te ramener…

— Nous sommes presque déjà sortis de la ville. (Alie lança un bref sourire à son amie, avant de reporter hâtivement le regard devant elle.) Et je n'avais rien d'autre à faire. Bastian a fait de moi une conseillère ; j'ai pensé que je ferais mieux de venir. Il a toujours besoin d'être conseillé.

Un autre soubresaut incita Lore à agripper la portière plus fermement.

— Certes.

La limite de la ville se rapprocha. Devant la calèche, perché sur un destrier brossé au point d'en reluire, Bastian s'arrêta et se retourna vers Lore. L'anxiété qui tordait le ventre de cette dernière se reflétait sur le visage du roi.

Une part d'elle-même aurait souhaité qu'il fasse demi-tour et qu'il vienne chevaucher à côté de la calèche, juste au cas où la situation tournerait mal et où la magie ne la laisserait pas partir. Il avait semblé certain qu'il n'y aurait pas de problème, et elle avait essayé de lui emprunter un peu de cette assurance ; mais à présent, elle la sentait lui filer entre les doigts et ne parvenait pas à la retenir.

Bastian se retourna et talonna son cheval. Quelques instants plus tard, les roues de la calèche franchirent la ligne invisible qui délimitait le territoire de la ville.

Rien ne se produisit.

Pour la première fois de son existence, Lore était en dehors de Dellaire.

Bastian fit volter son cheval et lui offrit un sourire étincelant. Lore le lui rendit. La Mortem et le Spiritum vrombissaient en gamme mineure dans la moelle de ses os, alors que le pouvoir même qui était censé la tuer la libérait.

Le roi rejoignit au petit galop la tête de la procession, et les membres de la Presque Mort se rassemblèrent autour de lui. Bastian s'était mis à utiliser les prêtres comme gardes du corps plutôt que les vestes-de-sang. Il n'en restait qu'une poignée – ceux qui étaient avec Malcolm le soir du rituel, ceux qui n'avaient pas pris part à la conspiration d'Anton – et, même si la loyauté de chacun restait précaire, il était plus facile de se fier aux prêtres qu'à quiconque, à ce stade. Malcolm lui-même chevauchait au côté du roi.

Gabe était absent.

« Je ne suis pas sûr que ce que j'ai fait était mal », avait-il dit la nuit dernière, enveloppé dans la brume éclairée par sa lanterne. Le fait qu'il ait saupoudré ces mots d'un soupçon de doute représentait une amélioration, supposait Lore. Il était stupide de sa part de vouloir plus.

Alie tendit le bras et lui tapota la cuisse, inconsciente du changement d'humeur drastique de son amie et pensant que son inconfort était lié à la route cahoteuse.

— Navrée de jouer les oiseaux de mauvais augure, mais l'état de la route ne fait qu'empirer à partir d'ici. Rien n'a été vraiment entretenu à l'extérieur de Dellaire, ces derniers temps. Pas même les routes principales.

Les grands axes qui reliaient les pays et s'étiraient sur tout le continent. Lore savait déjà que cette route en faisait partie – elle menait même directement à la Kirythea, pensait-elle, même si elle n'avait pas étudié de carte depuis longtemps –, mais à présent que la Mortem ne la reliait plus à Dellaire, cette information prenait une nouvelle saveur.

— Il les réparera.

— Peut-être, concéda Alie. Même si je doute que créer une voie d'accès plus carrossable pour la Kirythea soit une priorité absolue.

Cette remarque doucha l'enthousiasme de Lore. Sa propre vie était un tel foutoir qu'il était parfois facile d'oublier que le reste du monde était dans le même état.

Alie dressa le menton, ses yeux verts braqués droit devant elle.

— Mon père s'est toujours amèrement plaint du délabrement des routes. J'espère que, le moment venu, Bastian se servira de son argent à lui pour financer leur rénovation.

Lore se mordilla la lèvre en se demandant si son amie attendait d'elle du silence ou des paroles réconfortantes. Lord Severin Bellegarde était en résidence surveillée dans l'un de ses domaines. Alie, qui avait toujours tout ignoré des affaires de son père, avait choisi de rester à la cour plutôt que de l'accompagner. C'était d'ailleurs une bonne chose ; Bastian avait révoqué presque tous les anciens conseillers de son père, et Alie avait endossé les fonctions de Severin. À la connaissance de Lore, le conseil actuel de Bastian se composait d'Alie, de Malcolm et d'elle-même, tandis que Gabe représentait l'Église en cas de besoin. Lore était surtout là par principe ; les dieux savaient que personne n'avait à recevoir de conseils venant d'elle.

August s'était entouré de beaucoup plus de conseillers, et le fait que Bastian s'en abstienne était un autre sujet de tension. Mais, une poignée de nobles étant en résidence surveillée, et plusieurs autres ayant rejoint leur propre domaine en signe de protestation contre la politique de Bastian, la situation restait stable, pour le moment.

— Tu crois que nous pouvons aussi convaincre Bastian de saisir les caves à vin de ton père ? demanda Lore. Ça ne semble pas très juste qu'il puisse boire alors qu'il est en isolement. Cela ressemble plus à des vacances qu'à une punition.

Sa tentative d'humour tomba à plat. Alie lui adressa un regard chargé d'inquiétude.

— Il y a de meilleures façons d'éviter de rêver, Lore. Bastian m'a dit que tu buvais trop.

Maudit soit cet homme.

— Il n'y a aucune raison d'en avoir honte, s'empressa d'ajouter Alie en posant sa main gantée de dentelle sur le bras de Lore. Tu as subi beaucoup d'épreuves, et les choses ont changé si rapidement…

— Ne fais pas ça, l'interrompit Lore en se calant contre les coussins raffinés de la calèche. Ne fais pas passer mon alcoolisme pour une sorte de martyre.

— Alors n'en fais pas une plaisanterie. (Alie ramena sa main vers elle et tourna de nouveau la tête vers la route, les mâchoires serrées.) Tôt ou tard, Lore, tu vas devoir affronter ce qui s'est passé. C'est d'ailleurs valable pour vous trois.

— Je l'affronterai quand ils le feront, grommela Lore.

Alie soupira. Leur trajet se poursuivit dans un silence cahoteux pendant quelques minutes. La campagne défilait sous leurs yeux, d'un vert improbable paré d'un voile argenté d'humidité. Des vaches broutaient paisiblement derrière des clôtures de bois grossières et levaient leurs yeux doux à leur passage. Lore n'en avait jamais vu de si près, et une partie d'elle voulait dire au cocher de s'arrêter pour découvrir si l'une d'elles se laisserait caresser.

L'air lui-même était chargé d'une odeur « verte », fraîche et douce à la fois, et les légers relents de bétail étaient loin d'être aussi odieux ici que dans les marchés surpeuplés des circonscriptions. Lore prit une profonde inspiration et la garda dans ses poumons.

— Je suis désolée, dit-elle.

Elle avait si peu d'amis, et si peu d'expérience sur la façon de les conserver.

— Moi aussi.

Alie tendit la main ; Lore la prit.

Quand la jeune noble reprit la parole, ce fut d'une voix douce qui contrastait avec le claquement des sabots et le grondement des roues de la calèche.

— Comment va-t-il ?

La culpabilité forma une boule dure dans la gorge de Lore, et celle-ci déglutit. Apparemment, entendre l'affection dans la voix d'Alie chaque fois qu'elle mentionnait Gabe lui ferait toujours cet effet. La douceur d'Alie rappelait à Lore à quel point elle-même en était dépourvue.

— Aussi bien que possible, j'imagine.

Elle ne mentionna pas leur rencontre nocturne dans le jardin. Ce détail lui appartenait.

— Il devrait être ici, murmura Alie. Peu importe ce qu'il pense au sujet de Bastian, ou ce qu'il ressent ; il est le Prêtre Exalté, et il devrait être là.

Lore ne répondit pas.

Alie réarrangea ses jupes dans un bruissement de tissu.

— Il a pris la bonne décision, à la fin, Lore.

Quand Gabe avait abandonné Anton pour se ranger dans leur camp. Quand il l'avait sauvée. « Je ne sais toujours pas si ce que j'ai fait était mal. » Est-ce que cela voulait dire qu'il n'était pas non plus certain que les choisir ait été juste ?

— Essaie de ne pas oublier ça, ajouta Alie d'une voix douce. Souviens-toi qu'il t'a sauvée, au bout du compte.

Lore entortilla le ruban couleur pêche de sa manche autour de son doigt, jusqu'à ce que l'extrémité de ce dernier soit violacée.

— Je sais. Mais ces choses-là… ces choses-là prennent du temps.

— Espérons que nous n'en manquerons pas. (Alie secoua la tête.) As-tu entendu parler du dernier rapport ? Un contingent kirythéen a été repéré près de la frontière eroccane, il y a deux jours.

Lore ne sentait plus le bout de son doigt.

— Qu'a dit Bastian ?

Un pli inquiet tordit la bouche d'Alie.

— Il a dit qu'il ne sert à rien de paniquer tant qu'ils n'ont pas franchi la frontière. Et c'était un petit groupe : moins de cinquante personnes. Avec un peu de chance, ce ne sont que de simples voyageurs, et non des éclaireurs.

Au cours de ces deux derniers mois, Lore n'avait pas souvent eu l'occasion de rencontrer la chance.

— J'imagine qu'ils se sont arrêtés en Erocca, continua Alie. S'ils avaient poursuivi leur route, ils seraient en Auverraine, à l'heure qu'il est. Et nous aurions été informés, certainement.

— Certainement, acquiesça Lore à mi-voix.

Quand la campagne verdoyante prit fin, ce fut de façon abrupte. Les prés et les arbres luxuriants disparurent d'un coup – même si, en réalité, ils ne disparurent pas vraiment. Ils étaient juste différents.

Gris, à présent, au lieu d'être verts. Changés en pierre sans vie, comme le jardin de la Presque Mort. Chaque feuille et chaque brin d'herbe était figé dans la pierre. La procession ralentit, et tous ses membres furent frappés de mutisme.

Lore se souvenait comme si c'était hier du jour de la fuite. Malcolm s'était précipité dans la salle du trône au moment où Gabe et elle s'apprêtaient à mentir à August. Anton avait laissé Lore les accompagner. Elle se souvenait de la façon dont la Mortem avait jailli vers elle, l'enfermant en son sein ; un piège de plus dans lequel elle était tombée si facilement.

Par les dieux, et dire qu'elle avait un jour pensé qu'elle était une bonne espionne. Assez bonne pour le trafic de poison, peut-être ; mais la cour était un terrain de jeu complètement différent.

Lore ne savait toujours pas vraiment qui lui avait tendu ce piège-là, cependant. Ce n'était pas Anton, car même s'il avait utilisé la fuite à son avantage – en façonnant la Mortem pour qu'elle accroisse le pouvoir de Lore –, il ne pouvait pas l'avoir provoquée. Elle ne pensait pas non plus que sa mère et les autres Sœurs de la Nuit en aient été capables. Une fuite de Mortem était du pouvoir qui s'échappait directement du corps de Nyxara, et même le plus puissant des praticiens ne pouvait pas puiser de la magie dans la déesse Elle-même.

La fuite devait donc être une simple coïncidence, n'est-ce pas ? Rien à voir avec un piège.

Lore ne parvenait pas tout à fait à s'en convaincre.

Le regard d'Alie quitta la campagne dévastée pour se poser sur elle. Elle garda le silence, et Lore lui en fut reconnaissante.

Devant elles, Bastian arrêta enfin son destrier noir et leva la main. Les membres de la Presque Mort qui l'entouraient s'arrêtèrent aussitôt, imités par les quelques vestes-de-sang à la frange du groupe. Derrière lui, Malcolm flatta nerveusement l'encolure de son cheval en lui murmurant des paroles apaisantes.

Un peu plus loin sur la route, plusieurs chariots approchaient dans leur direction. C'étaient les fermiers à qui appartenaient ces champs où Lore avait canalisé toute cette Mortem, ceux qui avaient perdu leur gagne-pain à cause de la fuite.

Bastian mit pied à terre, puis il commença à marcher vers Lore et Alie, tournant le dos aux fermiers en approche. Même à cette distance, Lore pouvait voir la détermination inscrite sur son visage, ses mâchoires serrées et ses cheveux qui bouclaient sous son bandeau en or.

Le nœud de magie en son sein se resserra brusquement, comme si quelqu'un avait saisi une extrémité et avait tiré dessus. Lore hoqueta et serra instinctivement les poings.

C'était la loi des opposés, qui la rendait plus puissante quand Bastian était près d'elle. Elle n'avait pas ressenti ses effets de façon si prononcée depuis la nuit du rituel, et une part d'elle se demanda s'il le faisait délibérément, d'une manière ou d'une autre, pour l'appeler, l'attirer à lui.

Bastian parvint à la hauteur de la calèche. Il ne prononça pas un mot. Il n'en avait pas besoin. Il se contenta de tendre la main.

C'était cela, la vraie raison pour laquelle il avait voulu qu'elle vienne aujourd'hui. Lore le sut aussitôt. C'était si évident qu'elle ne parvenait pas à croire qu'elle ne l'avait pas compris plus tôt.

Les champs devaient être restaurés. Et peut-être que Bastian pouvait y parvenir seul, peut-être que leurs magies combinées en lui seraient suffisantes. Lore pouvait toujours refuser. Mais elle savait au plus profond d'elle-même que leur pouvoir serait plus puissant s'ils le faisaient ensemble.

La magie chantait dans ses os ; le Spiritum et la Mortem se tortillaient déjà sous sa peau. Et même si elle mourait d'envie de les utiliser, de les libérer, Lore serra un peu plus les poings. La peur et l'impatience la tiraillaient à parts égales, au point de la déchirer en deux.

— Je ne sais pas si j'en suis capable, murmura-t-elle afin qu'il soit le seul à l'entendre.

— Moi, je le sais, répondit-il sans baisser sa main tendue. Je sais que tu peux le faire.

Toujours cette confiance illimitée, encourageante et oppressante à la fois.

— Non, tu n'en sais rien, Bastian. J'ai peut-être sauvé Jerault, mais ce n'était qu'une seule bonne action. La Mortem est la mort, je ne peux pas l'utiliser pour…

— Qu'est-ce que la vie sans la mort ? (Il lui sourit, mais c'était un sourire plus doux que celui qu'il utilisait d'ordinaire, un sourire que peu de personnes voyaient.) Essaie pour moi, Lore. S'il te plaît.

La vie et la mort. Deux moitiés d'un seul et même tout. Comme c'était le cas pour leurs cicatrices – un soleil et une lune – avant qu'Anton en fasse des reflets l'une de l'autre.

Lore posa sa main dans celle de Bastian.

Il lui fit remonter la route poussiéreuse encadrée par des champs de granit, au-dessus desquels ondulait la chaleur de la journée. La Mortem et le Spiritum bouillonnaient dans la poitrine de Lore. Du coin de l'œil, elle vit les changements subtils de son corps ; ses veines noircissaient, et un scintillement doré nimbait sa peau, la changeant en une sorte de soleil maladif. La même chose se produisait chez Bastian. Leurs mains entrelacées formaient un noyau d'opposés qui se renforçaient mutuellement, la vie et la mort, la nuit et le jour. Elle pouvait sentir les contours de la cicatrice de Bastian qui complétait parfaitement la sienne, souvenir du rituel de l'éclipse.

Les chariots qui transportaient les fermiers s'étaient arrêtés sur la route, environnés par un nuage de poussière qui retombait lentement autour d'eux. Un murmure de voix graves emplissait l'air, accompagné par le claquement produit par les queues des chevaux qui chassaient les mouches. Rien d'autre.

Au loin, Lore crut voir un autre nuage de poussière, comme si un second groupe approchait.

Malcolm avait les mains refermées dans le dos ; une fine couche de poussière rendait sa tenue de prêtre grise. Ses yeux noirs, emplis d'appréhension, passèrent de Bastian à Lore.

— Vous savez comment procéder ?

— J'imagine que nous allons le découvrir, répondit Lore d'une voix sourde. Et si j'empirais les choses ?

Il haussa un sourcil.

— Ça ne peut pas vraiment être pire.

— Voilà qui est rassurant, dit Bastian.

Il semblait tendu, à présent, bien plus que quelques secondes plus tôt. Sa mâchoire formait une ligne dure alors qu'il regardait le nuage de poussière se rapprocher de plus en plus.

— Qu'est-ce que c'est ? demanda Lore en se haussant sur la pointe des pieds pour voir au-delà des chariots.

— Rien. (Bastian se retourna brusquement pour faire face aux fermiers.) Juste le vent.

Les murmures des fermiers rassemblés s'interrompirent. Leurs visages tannés par le soleil se tournèrent vers le roi, et ils contemplèrent Bastian comme s'ils doutaient qu'il soit réel.

Il hocha la tête à leur intention.

— Je vous remercie pour votre présence. Je sais que ma requête était étrange, que d'ordinaire ce serait aux propriétaires des terres que vous cultivez de me rencontrer, pas à vous. Mais je tenais particulièrement à vous voir en personne, vous qui accomplissez le vrai travail, plutôt que ceux qui se contentent d'en tirer profit.

Ce discours lui valut des regards en coin de la part des fermiers, tandis que ceux qui étaient légèrement mieux habillés que les autres – les propriétaires en question, supposa Lore – raidissaient le dos. Même ici, la société se stratifiait.

Bastian leur tourna le dos pour faire face aux champs pétrifiés. Des kilomètres de blé, d'herbe et d'arbres qui auraient dû être verts, mais ne l'étaient pas, des statues parfaites ne produisant rien.

Tout cela à cause de Lore.

Sa main était toujours dans celle de Bastian, un fait qu'elle avait oublié jusqu'à ce que les doigts du roi se referment légèrement autour des siens, en une pression encourageante qu'elle ne parvint pas à lui rendre.

Sur la route, le nuage de poussière se rapprochait et commençait à laisser entrevoir les silhouettes de chevaux et d'hommes à pied.

— Tout ce que nous avons à faire, c'est tâter le terrain, dit Bastian à voix basse afin qu'elle soit seule à l'entendre. (Il n'avait pas l'air nerveux, même s'il avouait en disant cela qu'il n'avait pas la moindre idée de comment s'y prendre.) Comme tu l'as fait hier.

— Bastian. (Lore tentait de rester discrète, mais son regard ne cessait de se reporter sur la route, vers ce qui était de toute évidence un groupe de voyageurs.) Quelqu'un approche…

— Ne t'occupe pas de ça, répondit-il d'une voix grave et assurée. Concentre-toi sur nous. (Les doigts de Lore tressaillirent.) Je peux les sentir ; la Mortem et le Spiritum, à l'intérieur comme à l'extérieur. (La commissure de sa bouche se releva dans un léger sourire.) Et toi ?

Oui. À l'intérieur, une corde mêlant le noir et l'or, brodée dans ses os. À l'extérieur, l'entropie, la stase de la matière morte dans la roche et les racines pétrifiées, toutes les choses qu'elle avait tuées.

Mais en profondeur, sous toute cette mort, une étincelle de vie subsistait dans les terres. Un fil ténu de Spiritum. Si fragile qu'elle craignait de le briser en deux si elle tentait de le saisir, mais bel et bien présent.

Lore ferma lentement les yeux, et sa forêt apparut, ces arbres grands et impénétrables qui gardaient un esprit dangereux. Au loin, dans le ciel bleu, de la fumée tourbillonnait dans le ciel, et une odeur d'écorce calcinée emplit ses narines.

— Tu peux le faire, Lore, dit la voix de Bastian, d'une douceur incroyable. Je suis là. Nous sommes ensemble.

Elle avait quelque chose à quoi se raccrocher. Lui, sa présence.

Bastian vint se placer derrière elle, le torse à quelques centimètres de son dos. Un battement de cœur plus tard, il leva les mains de part et d'autre de son corps, d'un geste lent et délibéré. Il tâtait le terrain, tout comme il l'avait dit. Il suivait un instinct enfoui au fond de lui.

Lore plaça les mains dans celles de Bastian. Un frisson la traversa lentement de part en part, entrelaçant leurs deux êtres et les faisant basculer dans un espace qui semblait hors du temps.

Peu à peu, la forêt qu'elle avait dressée autour de son esprit s'éclaircit. Les feuilles tombèrent jusqu'à laisser apparaître un lieu dégagé, le ciel bleu, et l'horizon infini.

Elle s'autorisa à ressentir l'immensité de son pouvoir, intentionnellement cette fois, plutôt que dans un moment de panique. Elle avait l'impression de se débarrasser enfin d'une crampe dans un muscle. Elle ne prit conscience qu'elle s'était rapprochée de Bastian que quand elle sentit le torse de ce dernier plaqué contre son dos.

— Est-ce que tu peux les toucher tous les deux ? demanda-t-il dans un souffle qui lui caressa l'oreille. Est-ce que tu peux les saisir au même moment ?

Oui. Derrière elle, Bastian était un torrent de lumière, une braise devenue flamme. Il illuminait les ténèbres de Lore, mais sans les oblitérer ; il ne faisait qu'approfondir ses ombres. Elle pouvait tendre la main et attraper la Mortem et le Spiritum en même temps, la lumière et l'obscurité, les faire siennes, les contraindre à lui obéir.

— Je ne pourrais pas y arriver sans toi.

Il y avait quelque chose de différent dans la voix de Bastian ; son timbre était légèrement plus sonore qu'il n'aurait dû l'être. Ses paroles ne lui ressemblaient pas vraiment non plus ; il n'était pas homme à mettre ses sentiments en scène, préférant les actes aux mots.

— Rien de tout cela ne fonctionnerait sans toi.

Lore ne savait pas que penser de cela, de cette vulnérabilité brute dont elle avait soif, mais qu'elle ne pouvait s'autoriser à toucher. Elle avait le sentiment d'avoir déjà entendu ces paroles auparavant. Tout cela lui paraissait familier, en réalité, comme une situation qui s'était déjà produite et qui se reproduirait. Lore était ancrée en elle-même, dans son corps, mais aussi hors de lui. Elle était à la fois elle et quelqu'un d'autre.

Elle s'écarta donc. Elle se pencha presque imperceptiblement en avant, juste assez pour laisser un peu d'air entre eux.

— Tu es prêt ?

Cet espace qu'elle avait créé sembla tirer Bastian de sa rêverie. Elle le sentit secouer la tête de façon infime, comme s'il tentait de déloger quelque chose.

— Aussi prêt que je le serai jamais.

Il sonnait de nouveau comme lui-même. Comme si cet instant avait été aussi inattendu pour lui que pour elle.

Lore prit une inspiration et la bloqua. Ses poumons se figèrent douloureusement, son cœur ralentit et son champ de vision se teinta de gris. Sauf que « gris » n'était pas le terme approprié, plus maintenant. Tout était dénué de couleurs, à l'exception du Spiritum.

Avant, la magie de la vie apparaissait sous la forme d'une couronne de lumière blanche qui flamboyait autour de chaque être vivant. Mais à présent que Lore tenait les deux pouvoirs de façon délibérée, le Spiritum était doré comme les rayons du soleil, et elle pouvait le voir même dans les choses mortes, un fin filament de vie qui subsistait dans les arbres et l'herbe pétrifiés. La mort dans la vie et la vie dans la mort, deux forces qui émergeaient éternellement l'une de l'autre.

— Par les dieux, souffla Bastian derrière elle. Par les dieux morts et mourants, il est partout.

Le cœur de Lore s'arrêta. Celui de Bastian aussi.

Puis, à l'unisson, leurs pouls accélérèrent et le sang tambourina dans leurs veines, dans un flot de vie qui colora les joues de Lore.

Elle leva les mains. Il fit de même, dans un mouvement sinueux et gracieux, leurs paumes jointes toujours en coupe comme s'ils tentaient d'attraper la pluie. Des serpentins noirs et or s'entortillèrent autour de leurs doigts et franchirent la barrière de leur peau. Leurs corps étaient de simples prolongements l'un de l'autre, fusionnés par la chair, le cœur et le pouvoir.

La magie se canalisa en eux. Puis elle ressortit.

C'est à ce stade qu'ils divergèrent, chacun d'eux s'occupant de ses propres mouvements dans cette danse, aussi naturellement que s'ils l'avaient fait des milliers de fois. Les serpentins de Mortem déviérent vers Lore, s'écoulant de Bastian en elle, puis d'elle dans la matière morte enchâssée dans la pierre ; les cailloux de la route, les strates sèches du sol, où la décomposition ne s'était pas encore changée en fertilité. Le Spiritum fila vers Bastian, et l'or s'échappa de lui pour trouver chaque filament de vie dans la terre inhumée sous la pierre afin de le renforcer, de l'inciter à flamboyer, à s'épanouir.

Ce n'était pas comme l'autre fois, avec Gabe, quand elle avait déroulé le linceul de pierre qu'elle avait accidentellement tissé autour de Milo cette nuit-là dans l'allée. Pourtant, la situation aurait pu être la même – elle aurait pu y parvenir seule, en se contentant de retirer la pierre – mais, avec Bastian, le processus prit une tout autre ampleur. Ils ne libéraient pas simplement les champs de la non-mort, ils y instillaient une vie nouvelle, les rendant plus forts et plus fertiles qu'auparavant.

C'était magnifique. C'était terrifiant.

Et dans la tête de Lore, les ombres convergeaient. Quelque chose de vaste, prêt à la dévorer, une barrière qui volait en éclats, des flammes dans ses arbres et une fumée noire qui emplissait le ciel…

Avec un cri étranglé, Lore s'arracha de la transe. Ses genoux heurtèrent le sol et ses paumes s'enfoncèrent dans l'herbe.

L'herbe.

Elle ouvrit les yeux.

Du vert. Du vert aussi loin que portait le regard, des champs rendus à la vie et luxuriants.

Son cœur, dont les martèlements noyaient presque les murmures perplexes des fermiers sur la route, paraissait sur le point de sortir de sa poitrine.

— Lore. (Bastian s'agenouilla près d'elle et lui posa la main sur le dos.) Lore, tu vas bien ?

Mais il semblait distrait. Et quand Lore leva la tête, elle comprit pourquoi.

Le nuage de poussière s'était dissipé, laissant apparaître un contingent d'une cinquantaine de personnes, dont la plupart étaient à pied. Tous portaient une armure argentée couverte d'une tunique bleu foncé, ornée de feuilles de laurier brodées autour du col. L'un des quelques cavaliers en tête du groupe tenait une bannière qui pendait mollement en l'absence de brise. Lore y distingua une autre couronne de laurier qui encerclait un étalon noir cabré, sur champ céruléen.

Lore n'avait peut-être pas consulté de carte depuis longtemps, mais elle était toujours capable de reconnaître la bannière de la Kirythea.

Tous les citoyens auverrains se figèrent en retenant leur souffle. Tous sauf Bastian, qui avança la tête haute alors qu'un des cavaliers kirythéens mettait pied à terre.

Le Kirythéen hocha la tête. Bastian fit de même.

— Maxon Agripolus, dit-il. Je vois que vous avez reçu mon invitation.

CHAPITRE 5

Le jeu de la guerre ne connaît pas de règles. La seule est de gagner.

Heria Abrac, général kirythéen

— Qu'est-ce que tu as foutu, Bastian ? (La voix d'Alie se répercuta sur les parois en marbre et le sol carrelé des appartements royaux, avant de se perdre dans les feuilles enchevêtrées des fougères.) Qu'est-ce que tu as foutu ?

Personne ne fit écho à son sentiment, mais ce dernier était visible sur tous les visages. Sous son cache-œil, Gabe était blême. Les bras croisés, Malcolm regardait fixement le sol, comme s'il ne parvenait pas à croire ce qui s'était passé au cours de la dernière heure.

Lore n'y arrivait pas non plus, en réalité. Après que Bastian eut accueilli la délégation kirythéenne, tout s'était déroulé comme dans un rêve brumeux. Lore avait poliment hoché la tête alors que Bastian la présentait. L'avait-il appelée sa sorcemort, ou autre chose ? Elle ne s'en souvenait pas. Alie, la bouche pincée, avait effectué une révérence délicate tout en fusillant le roi du regard. Malcolm avait réussi à s'incliner rapidement avant de manquer de trébucher sur une pierre de la route.

Au moins, Gabe n'avait pas été présent. Lore ne cessait de se le répéter. Gabe n'avait pas été là pour voir la délégation envoyée par l'homme qui lui avait arraché un œil quand il était enfant. Il n'avait pas été là pour voir Bastian les accueillir comme des amis, comme des égaux.

Elle ne pouvait s'empêcher de penser que ce n'était pas un hasard. Bastian avait tenté d'épargner Gabe autant que possible, à sa façon détournée et blessante.

Même maintenant, il était à peine capable de regarder leur ancien ami. Quand ils étaient entrés dans la pièce, après que Malcolm était allé chercher Gabe à l'Église pour une réunion du conseil impromptue qu'ils avaient tous décidée nécessaire, Bastian ne lui avait lancé qu'un seul coup d'œil, la bouche entrouverte, comme s'il avait une excuse sur le bout de la langue. Elle n'avait jamais franchi ses lèvres.

Le regard noir d'Alie s'était encore assombri lors du trajet de retour dans la calèche. Les Kirythéens les avaient suivis discrètement, leur bannière roulée et poliment rangée hors de vue. Croiser le regard de la jeune femme était désormais prendre le risque d'entrer en combustion spontanée. Elle se tourna brusquement vers Bastian.

— Depuis combien de temps prépares-tu cela ? Il leur a fallu au moins deux semaines pour venir ici depuis Laerdas.

Deux semaines. Ce laps de temps apaisa une tension dont Lore n'avait pas encore pris conscience. Deux semaines signifiait qu'il avait agi après la mort d'August ; cela signifiait qu'elle n'avait pas été manipulée une fois encore, que Bastian n'avait pas été de mèche avec la Kirythea sous son nez. Au moins, elle n'était pas tombée la tête la première dans un piège de plus.

— Presque deux semaines, exactement.

Bastian s'assit dans un fauteuil près des fougères et se passa la main sur le visage. Il avait été si calme quand il avait accueilli les Kirythéens, si maître de lui quand il avait fait sa démonstration de pouvoir devant les fermiers rassemblés. Les témoins de la scène avaient été soigneusement choisis, et même maintenant Lore voyait qu'informer le peuple en premier était une manœuvre intelligente. C'était une façon de construire une solidarité muette, de leur montrer qu'il était un roi intéressé par tous les citoyens de l'Auverraine, pas seulement par sa cour.

Mais à présent, Bastian semblait épuisé. Épuisé et un peu sous le choc, comme s'il ne parvenait pas vraiment à croire ce qu'il avait fait.

— La Kirythea rôdait déjà aux abords de la frontière, continua-t-il en contemplant son reflet brouillé dans le marbre. Avec des troupes. J'ai appris la nouvelle le lendemain de la mort d'August.

— Et tu n'as pas songé à nous faire part de cette information ?

La voix de Gabe était mesurée, mais son œil bleu flamboyait comme le cœur d'une flamme. Il était adossé contre le mur près de la porte, aussi loin que possible de Bastian, mais l'espace entre eux crépitait comme un ciel d'orage.

— Non, car je savais que c'était inutile. (Bastian affronta enfin le regard de Gabe.) Je n'avais pas le temps de me disputer avec toi, Gabe. Nous savons tous les deux que ta réponse aurait été le bain de sang.

Gabe garda le silence, mais son ricanement fit briller ses dents.

— Je ne pouvais pas me contenter de les ignorer et d'attendre que les plans qu'ils étaient en train de mijoter nous tombent dessus, reprit Bastian. C'était soit les rencontrer sur le champ de bataille, soit les inviter ici. Nous ne sommes pas prêts pour une guerre ouverte.

Alie ricana à son tour ; cette expression dure paraissait étrange sur ses traits.

— Mais nous sommes prêts à jouer les hôtes pour notre plus grand ennemi ?

— Non. Nous sommes prêts à leur montrer l'étendue de notre puissance. (Bastian recula, les mâchoires serrées.) Le Roi Sanctifié est le chef de l'armée auverraine. Je sais ce que je fais. Ceci est notre meilleure chance de négocier une forme de paix.

— Peut-être que nous ne voulons pas de la paix, gronda Gabe.

— Nous ne voulons certainement pas de la guerre, contra Bastian. Du moins, pas tout de suite. Ils nous écraseraient aussitôt, Gabe. Tu le sais.

Le regard d'Alie se posa brièvement sur le Prêtre Exalté. Elle ouvrit la bouche, puis la referma sans avoir prononcé un mot. Elle se massa les tempes comme si un mal de crâne la menaçait.

— Il est bien beau de réclamer notre confiance…

Une colère à retardement bouillonnait dans la poitrine de Lore, même si cette dernière ne savait pas vraiment contre quoi elle était dirigée. La témérité de Bastian, certes, mais aussi le fait qu'il lui avait pratiquement ordonné de l'accompagner dans les campagnes, et la rapidité avec laquelle elle avait capitulé. C'était la bonne décision, finalement, mais elle n'appréciait pas pour autant la manière dont elle avait été prise. Quelque chose en elle rechignait à lui dire non. Cela la perturbait.

— Si tu veux avoir des conseillers, tu dois nous traiter en tant que tels, poursuivit Lore. Tu ne peux pas prendre toutes les décisions tout seul, Bastian. Nous avons tous constaté que cela ne marche pas.

Elle n'avait pas vraiment eu l'intention d'en faire une pique, un rappel de son père. Mais l'air blessé qui traversa le visage de Bastian lui indiqua que c'était tout de même le cas.

Il se pencha en avant et posa les coudes sur les genoux. Il déglutit péniblement, son regard passant de Lore à Gabe. L'espace d'un instant, il sembla sur le point de faire un aveu, comme si l'espace entre sa sorcemort et son Prêtre Exalté était le seul endroit sûr où il pouvait baisser sa garde.

— Je sais, répondit-il d'une voix douce. Mais accordez-moi celle-là.

Et que pouvaient-ils faire, maintenant ? Jeter les Kirythéens dehors, après les avoir accueillis dans la Citadelle, bien qu'en secret ? Ils pouvaient discuter en long et en large de ce que Bastian aurait dû faire, mais il ne l'avait pas fait, et ils devaient maintenant vivre avec.

Alie soupira. La tension quitta ses épaules, mais pas le reste de son corps ; ses poings étaient toujours étroitement serrés.

— Quel est ton plan, à partir de là ?

— Continuer de leur montrer notre force.

Bastian retira sa couronne dorée et la posa sur la table près de lui, où elle atterrit avec un tintement mélodieux. Elle avait laissé une marque sur son front, qu'il frotta d'un air absent.

— Maxon, Caius et leur suite passeront un mois ici, reprit-il. Au cours de cette période, Lore et moi continuerons d'utiliser notre pouvoir, établissant ainsi clairement que nous ne sommes pas sans défense. Ce n'est pas par hasard que je me suis arrangé pour qu'ils arrivent juste au moment où nous restaurions les champs. Ce genre de magie ne peut pas être prise à la légère.

Lore s'agita sur sa chaise, mal à l'aise. Faire revivre les champs avec Bastian avait été un moment d'une vulnérabilité alarmante, d'une tendresse douloureuse. L'utiliser comme une démonstration de pouvoir semblait… mal, d'une certaine façon.

Mais ce n'était pas un mauvais plan. Elle était capable de l'admettre. Même s'il lui donnait l'impression que Bastian avait pris quelque chose de sacré et l'avait forgé pour en faire une arme.

Après tout, c'était la fonction qui correspondait le mieux à Lore, non ?

— Maxon et Caius. (Malcolm secoua la tête.) Vous paraissez déjà très proches. Sais-tu qui ils sont, d'ailleurs, ou as-tu seulement invité les premières personnes qui traînaient à proximité de la frontière ?

— À l'origine, j'ai invité l'empereur Jax lui-même…

— Par le Dieu Sanglant…, marmonna Alie.

— … mais il ne pouvait pas faire le voyage, et il a proposé que Maxon prenne sa place. (Bastian frotta une nouvelle fois la marque laissée par sa couronne.) C'est son cousin, ou quelque chose de cet ordre. Cela n'a guère d'importance. Ce qui en a, c'est qu'il rapportera à Jax tout ce qu'il verra ici, et ce qu'il verra sera un pays trop puissant pour qu'on l'envahisse.

— Tant qu'ils ne parlent pas au mauvais courtisan, remarqua Gabe d'une voix sombre. Tant qu'ils ne voient pas combien d'entre eux sont en colère contre toi. Tant qu'ils n'ont pas l'intelligence d'exploiter cette situation.

— J'ai été clément avec les courtisans, répondit Bastian. Cela peut changer à n'importe quel moment. Il suffit que je fasse prendre à une marquise le même chemin qu'Anton, et ils rentreront tous dans le rang.

Les épaules de Gabe se crispèrent. Ils se dévisagèrent mutuellement, le roi et le prêtre – déferlante sur le point de se briser.

— Très bien, lança Malcolm en se redressant, les mains derrière le dos, dans une posture presque militaire. Les choses sont allées trop loin pour que nous puissions revenir en arrière, maintenant. Parle-nous de la logistique.

— À moins que tu n'aies l'intention d'entreprendre toute cette affaire entièrement seul, murmura Alie, et au diable ton conseil.

Bastian secoua la tête.

— Non. Lore avait raison. Vous êtes mes conseillers, et je devrais vous traiter comme tels. Ceci n'était qu'une entorse exceptionnelle ; à l'avenir, je consulterai au moins l'un d'entre vous avant de prendre ce genre de décision. (Alie lança un coup d'œil à Lore en se mordillant la lèvre, puis détourna le regard.) Les gardes résideront dans l'Église, dit Bastian, où la Presque Mort pourra les tenir à l'œil.

— Charmant, marmotta Malcolm. Sommes-nous censés les installer dans les cellules ?

— Mettez-les où vous avez de la place, et où vous pourrez surveiller de près leurs faits et gestes. Nous voulons les maintenir aussi loin que possible de Maxon et de Caius, afin de mieux contrôler les informations qui sont envoyées à la Kirythea ; mieux vaut éviter que les gardes kirythéens entendent trop de rumeurs que nous ne pouvons pas maîtriser. En ce qui concerne Maxon et Caius, nous les mettrons dans la tourelle sud-est. Elle a semblé faire l'affaire la dernière fois que nous avons eu des espions dans la Citadelle.

« La dernière fois », quand les espions étaient Lore et Gabe, quand ils avaient été menés par le bout du nez par Anton et August. Lore supposait que c'était en effet un bon précédent. Même si Maxon et Caius étaient sans doute de meilleurs espions qu'elle et Gabe le seraient jamais.

— Donc nous partons du principe que ce sont des espions, dit-elle.

— Bien sûr.

Bastian reprit sa couronne et la fit tournoyer autour de son doigt.

— Alors comment savons-nous qu'ils ne vont pas essayer de t'assassiner, d'organiser un coup d'État, ou les mille autres coups fourrés qu'une délégation ennemie pourrait faire depuis l'intérieur de ta place forte ?

Bastian poussa un rire rauque qui ressemblait à un aboiement.

— Je ne pense vraiment pas que nous devions nous inquiéter à ce sujet. Je suis capable de me défendre, ma bien-aimée.

« Bien-aimée ». Voilà qui était nouveau.

De l'autre côté de la pièce, Gabe se renfrogna.

Derrière la fenêtre, le soleil se coucha enfin, tempérant sa brûlure ardente pour laisser place à la douceur d'un crépuscule lavande.

CHAPITRE 6

Votre roi est votre seigneur, le berger qui vous montrera la direction à emprunter. Je lui confère toute autorité ; traitez-le comme vous Me traiteriez.

Le Livre de la Loi Mortelle, Fascicule 903
(texte vert, Apollius s'adressant à Gerard Arceneaux)

Elle savait que c'était un rêve, parce qu'il n'y avait pas de cicatrice sur sa paume. Ses mains se tendirent, blanches et sans défaut, pour toucher doucement l'écorce brune de l'arbre devant elle.

C'était le premier signe. Le second était les couleurs ; elles étaient si vives que Lore avait machinalement envie de plisser les yeux, mais dans le rêve, ses yeux étaient habitués à une telle saturation. Les feuilles étaient d'un vert émeraude si profond que leurs nervures semblaient presque bleues, tandis que le ciel sans nuages était d'une couleur saphir veinée de violet.

Lore inspira profondément. Il n'y avait pas d'odeur calcinée, pas de fumée, et cette constatation l'apaisa étrangement. Il n'y avait pas de tiraillement dans sa poitrine, pas d'eau qui tourbillonnait autour de ses chevilles, pas de silhouette ténébreuse à son côté. C'était un rêve, mais il n'était pas dangereux.

Du moins pas de la même manière.

— Elle t'appartient.

Cette voix, qui provenait de derrière elle… Lore la reconnaissait sans la reconnaître ; ses contours étaient familiers, même si le ton et la cadence étaient nouveaux. Néanmoins, ces derniers réveillaient un souvenir, comme si elle les avait entendus récemment, ou quelque chose de similaire, peut-être.

Des mains se refermèrent autour de sa taille. La vraie Lore, enfermée quelque part dans les replis de son cerveau, observa ces mains avec appréhension, mais la Lore du rêve se pencha en arrière pour s'appuyer contre un torse puissant, comme elle l'avait fait un millier de fois auparavant.

— C'est un début, soupira-t-elle. (Une douleur étrangère imprégnait sa voix. Comme c'était étrange d'entendre une souffrance, de la sentir émaner de sa gorge, et de ne pouvoir la relier à rien.) Et personne d'autre que nous ne peut venir ici ?

Les bras autour de sa taille resserrèrent leur étreinte ; les mains se plaquèrent sur ses hanches et l'attirèrent en arrière.

— Personne d'autre que nous.

— Et les autres.

— Et les autres, concéda la voix avec une irritation à peine dissimulée.

— Lore.

La voix de Bastian se réverbéra à travers la porte dans son dos. Il devait se tenir tout près, les mains plaquées contre le bois, la tête penchée en avant. Si la porte n'avait pas été là, il aurait sans doute touché Lore.

Celle-ci ne répondit pas. Elle changea cependant de position, en s'assurant que ses épaules frottent contre le battant afin qu'il sache qu'elle l'avait forcément entendu. Elle n'avait pas allumé de bougies, et sa chambre était plongée dans le noir, mais d'une façon ou d'une autre, il avait su qu'elle ne dormait pas. Cela n'aurait sans doute pas dû la surprendre.

— Lore, laisse-moi entrer. Je t'ai apporté ton dîner, je sais que tu n'as pas mangé. (Il marqua une pause.) S'il te plaît.

Au moins, il disait encore « s'il te plaît ». Bastian n'avait jamais été du genre à implorer, ou à accepter d'être le moins puissant dans toute situation donnée. Mais avec elle, il disait « s'il te plaît ».

Un autre soupir.

— Tu penses vraiment que c'est une bonne idée de ne plus m'adresser la parole ?

— Ça a l'air de très bien marcher, marmotta Lore.

— Sauf maintenant que tu as tout fichu en l'air en m'adressant la parole. (Elle retomba ostensiblement dans le silence.) Je veux seulement savoir pourquoi tu es fâchée…

— À cause de ton acte de guerre, peut-être ?

— Je croyais que tu étais d'accord avec moi.

— J'étais d'accord sur le fait que nous devons faire au mieux maintenant que les Kirythéens sont là, rétorqua sèchement Lore. Mais non, je ne pense pas qu'un acte de guerre était la meilleure option à suivre, surtout en ce moment, et je ne pense certainement pas que tu aurais dû le faire sans m'en parler.

Sans en parler au conseil, voulait-elle dire. Sans en parler à eux tous, pas seulement à elle. Mais elle ne se corrigea pas.

— Tu as souvent tendance à faire ça, ces derniers temps, murmura-t-elle, si bas qu'il était presque impossible de l'entendre à travers la porte. À prendre des décisions qui nous concernent tous sans nous consulter d'abord.

Cette fois, elle voulait seulement parler d'elle.

Bastian garda le silence pendant quelques instants.

— En réalité, c'était un acte qui visait à éviter un acte de guerre, dit-il finalement. Pas un acte de paix, mais pas du tout un acte de guerre.

Lore soupira. Il avait soigneusement évité la question de la prise de décision unilatérale. Lore aurait pu insister, mais il était si tard, et la journée avait déjà été si difficile.

— Un acte stupide.

— Tu ne te sentirais pas mieux si tu me le disais en face ?

Elle avait vraiment faim, après tout.

— Par le Dieu Sanglant, marmonna Lore avant de s'écarter.

Bastian ouvrit la porte et apparut, encadré par les ombres. Il n'avait pas bonne mine. Sa chemise était froissée, et des cernes noirs soulignaient ses yeux. Lore avait un peu dormi depuis leur réunion de conseil impromptue – suffisamment pour rêver – mais cela ne semblait pas être le cas de Bastian. Même si personne n'était à son avantage au beau milieu de la nuit, supposait-elle. Il tenait un plateau contenant du pain, une tasse et un bol de soupe. En voyant qu'elle ne tendait pas les mains pour le prendre, il le posa par terre.

— Mange, dit-il en hochant la tête vers le plateau.

— Tu as mangé, toi ?

— Peu importe.

— C'est ça, oui.

Elle rompit la miche de pain en deux et lui en offrit une moitié.

Bastian la dévisagea, le visage indéchiffrable. Puis, en bougeant lentement afin qu'elle puisse le repousser si elle le souhaitait, il prit le pain et s'assit près d'elle en se laissant glisser le long du mur.

Lore se poussa un peu pour lui faire de la place. Après quelques instants, elle prit le bol de soupe pour y tremper son pain. Elle se mit à mastiquer tout en tendant ostensiblement le bol à Bastian afin qu'il puisse faire de même. Ils mangèrent en silence. Quand le pain et la soupe eurent disparu, Lore prit la tasse fumante posée sur le plateau, inspira son odeur de camomille et prit une gorgée.

— Je suis désolé de ne pas t'en avoir parlé, murmura Bastian.

— C'est un peu léger, répondit Lore, la bouche dissimulée derrière la tasse.

— La tisane, ou mon excuse ?

— Les deux.

— Je sais. (Il soupira et appuya la tête contre le mur. Il replia une jambe et appuya un coude sur son genou.) Je n'avais pas le choix, continua-t-il en se lançant dans une explication qu'il avait manifestement répétée à l'avance. La Kirythea préparait clairement déjà une invasion, et une fois qu'ils ont appris la mort d'August, tu sais qu'ils auraient tiré parti des troubles. Nous devons leur montrer un front uni.

— Mais étais-tu obligé de leur montrer… nous ?

C'était une question stupide ; elle se sentit mesquine de l'avoir posée. Bien sûr qu'ils devaient montrer leur pouvoir à la Kirythea. Cependant, elle détestait le fait que cette chose miraculeuse qui n'appartenait qu'à eux soit devenue un spectacle.

— Ils n'étaient pas obligés de regarder. Pas pour notre première fois.

Ces mots auraient pu s'appliquer à des choses plus intimes que la pratique de la magie. Mais ils semblaient étrangement appropriés. Les rapports sexuels étaient banals ; la magie ne l'était pas.

Bastian baissa la tête.

— Je suis désolé. Mais nous devions restaurer les terres cultivées, quoi qu'il en soit. Il y a déjà des pénuries de nourriture.

— Je sais.

Les pénuries étaient déjà un problème avant que les champs soient pétrifiés. La Kirythea enrayait les échanges commerciaux, et quand l'hiver arrivait et que les cols vers la Caldien gelaient, traverser le territoire de l'empire kirythéen ou passer par la mer étaient les seules options.

— J'aimerais seulement… (Elle tritura un fil échappé de sa chemise de nuit en tentant de trouver des mots pour quelque chose qui n'en avait pas.) J'aimerais seulement qu'il y ait eu une autre solution. Et j'aurais aimé que tu me dises ce que tu préparais, pour que je sois prête à affronter autant de spectateurs.

— Pourquoi est-ce que le nombre de spectateurs importe tant ?

Bastian semblait sincèrement curieux.

Lore haussa les épaules. Elle ne voulait pas parler de la vulnérabilité qu'elle éprouvait dans ces moments-là, de cette sensation d'être à vif. Peut-être était-elle la seule à ressentir cela quand ils canalisaient la magie ensemble. Peut-être était-ce différent pour Bastian, qui n'avait jamais eu à voir son pouvoir comme quelque chose de profane. Peut-être avait-elle grossi tout cela hors de proportions, dans son désir farouche de prouver qu'elle n'était pas une créature monstrueuse qu'il fallait éliminer.

Bien sûr, Bastian ne ferait jamais cela, même si elle l'était. Elle avait toujours assez confiance en lui pour croire au moins cela.

Quand il devint évident qu'elle ne répondrait pas, Bastian soupira.

— Je voulais te le dire. Mais si je l'avais fait, j'aurais aussi dû en parler à Gabe. Et nous savons comment il aurait réagi.

Juste Gabe. Pas le conseil. Bastian et elle étaient peut-être les deux moitiés d'un même tout, mais tout ce qu'ils faisaient était scindé en trois.

Lore tapota nerveusement l'ongle de son pouce contre sa tasse et changea de sujet.

— Il ne s'est rien passé, n'est-ce pas ? (Elle ferma les paupières ; c'était une nouvelle qu'elle ne voulait entendre que dans le noir.) Ce soir, pendant que je dormais, il n'y a rien eu… comme dans les villages ?

Un silence, qui sembla s'étirer pendant des années.

— Bien sûr que non, dit-il enfin d'un ton stupéfait. Pourquoi penses-tu une chose pareille ? Tu as rêvé ?

— Oui, répondit-elle à mi-voix.

Bastian resta muet, sous le choc, mais quand il reprit la parole, sa voix se parait d'un nouveau tranchant.

— Remaut ne fait pas son travail, donc. (Remaut, maintenant, pas Gabe. Il reprenait ses distances.) C'est la seconde fois, n'est-ce pas ?

Tu as rêvé après notre passage dans les catacombes. (Il l'examina d'un air songeur.) Et tu penses que c'est pour ça.

Il était étrange d'entendre la peur qu'elle avait secrètement nourrie être formulée sans détours. Il était plus étrange encore qu'il ait saisi le problème si rapidement, presque sans qu'elle lui fournisse d'indice.

— Ça semble être la conclusion logique, oui.

— Mais il ne s'est rien passé, insista-t-il. Tu as canalisé ta magie, tu as rêvé, et tout va bien.

« Bien » ne paraissait pas être le bon terme. Lore pouvait encore entendre la voix du rêve, si familière, sentir ces mains sur sa taille. Et la nuit précédente, sa torche plaquée contre les arbres.

Non, les rêves n'avaient tué personne, mais ils ne semblaient pas non plus complètement bénins.

— Peut-être que tu n'as plus besoin de t'entraîner avec lui, déclara Bastian. Il est très occupé, toi aussi, et nous pouvons...

— Non.

Sa propre véhémence la surprit, presque autant qu'elle surprit Bastian. Il referma la bouche et plissa les yeux.

— J'ai encore besoin de lui, dit Lore en regardant droit devant elle.

Elle s'apprêta à préciser sa pensée, mais choisit de se taire. Il n'y avait rien à ajouter. Bastian s'agita. Le clair de lune qui se déversait de la fenêtre scintilla sur ses cheveux, faisant ressortir des mèches dorées.

— Je ne pense pas que tu aies vraiment besoin de lui, dit-il. Mais je comprends que tu en aies envie.

Lore n'avait rien à répondre à cela. Elle ne savait pas quoi dire.

Quelques secondes s'écoulèrent, puis Bastian soupira.

— Tu sais que tu n'es pas la seule chose qui m'incite à le garder ici. Tu sais que je ne vais pas l'expédier aux Îles Calcinées. Ne te sens pas obligée de faire semblant d'avoir besoin de lui afin de le sauver. (Il serra brièvement les mâchoires.) Il ne le mérite pas.

Gabe et Bastian se faisaient si souvent écho. Elle se souvint des nombreuses occasions où Gabe lui avait dit que le Prince-Soleil ne méritait pas sa confiance, son amitié, sa compassion. Mais cela n'avait jamais été une question de mérite. Elle ne pouvait pas concevoir de ne pas leur accorder ces choses. À l'un comme à l'autre.

— Ce n'est pas ça, dit Lore. Ce n'est pas parce que j'ai fait deux rêves qui ne se sont pas soldés par des massacres que le danger est écarté. Surtout si nous sommes amenés à canaliser plus souvent la magie.

— Je ne vois pas comment faire autrement, murmura Bastian.

—Je sais. (Lore prit une nouvelle gorgée de tisane, et quand elle reprit la parole, ce fut d'une voix directe et détachée, dénuée de tout tremblement.) Mais j'ai peur, Bastian. Anton nous a dit que, si je continuais de gagner du pouvoir, des choses terribles se produiraient, et je sais que c'étaient des conneries religieuses, et que nous ne sommes plus sous la coupe de l'Église, mais… j'ai peur.

Il posa la main sur sa cuisse et la pressa légèrement.

—Ils mentaient, Lore. (Elle prit une inspiration tremblante.) Ils voulaient ta mort. Ils voulaient que tu meures, et que je… (Il laissa mourir sa phrase. Son autre main se déplia et pivota, montrant l'éclipse gravée sur sa paume.) Ils cherchaient à te faire peur. À me faire peur. À nous faire croire qu'il n'existait aucune issue pour nous, aucune autre voie que celle qu'ils avaient choisie. Mais c'était faux, et nous l'avons prouvé. Nous sommes là, le monde va bien, et ils avaient tort.

Sa mère, dans la pénombre du jardin, environnée par les volutes paresseuses du brouillard. « Les fins prennent leur temps. »

—Je sais, répondit Lore. Mais je veux quand même travailler sur le renforcement de mes barrières. Pour que tout reste contenu au maximum. (Bastian pinça les lèvres, mais acquiesça.) Et la prochaine fois que tu veux inviter un contingent ennemi à nous regarder, préviens-moi d'abord.

Il coula un regard en coin dans sa direction.

—N'hésite pas à me punir comme tu le voudras.

—Je crois que cela te ferait un peu trop plaisir.

—Ma ruse est éventée, dit-il. (Il semblait bel et bien légèrement déçu. Il se leva, s'étira et tendit la main vers elle.) Il reste encore quelques heures avant que le soleil se lève. Tu devrais te reposer tant que c'est possible.

—J'imagine que je vais en avoir besoin, répondit Lore en lançant un regard mélancolique à son lit défait. J'ai rendez-vous avec Gabe demain matin, juste avant ton couronnement.

Le regard de Bastian se posa sur le lit avant de revenir vers elle.

—Je pourrais… (Mais il secoua la tête sans finir sa phrase.) Bonne nuit, Lore.

—Bonne nuit.

Il disparut derrière la porte en emportant le plateau.

Elle savait ce qu'il avait été sur le point de demander. Il allait lui demander s'il pouvait rester.

Et elle ne savait pas ce qu'elle lui aurait répondu.

Pénétrer dans l'Église n'était jamais devenu plus facile. Lore avait toujours l'impression d'être une intruse, ici, quelque chose qu'on devait rapidement chasser, comme une marque sur le sol de marbre ou une tache sur les fenêtres. Ce sentiment n'avait fait que croître depuis qu'elle était la sorcemort du roi. Bastian la protégeait, mais l'Église ne la portait toujours pas dans son cœur.

Lore portait une cape agrémentée d'un capuchon, qu'elle avait rabattu sur son visage pour dissimuler ses traits. Malgré l'aube approchante, il faisait aussi chaud qu'aux Îles Calcinées, mais le confessionnal où Gabe et elle se retrouvaient se situait dans une pièce du sanctuaire sud, et il y avait toujours un risque pour qu'elle rencontre quelqu'un qui l'avait connue comme trafiquante de poison dans la section publique de l'Église. Désormais, tous les habitants de Dellaire connaissaient son nom, mais elle préférait toujours éviter que son ancienne vie n'entre en collision avec la nouvelle. Elles étaient trop opposées pour coexister.

Les confessionnaux de l'Église se trouvaient près de la bibliothèque, et le seul moyen d'y accéder était de passer devant le mur de vitraux représentant le panthéon. D'ordinaire, Lore s'efforçait de les dépasser aussi vite que possible, mais aujourd'hui, pour une raison inconnue, elle s'attarda devant celui d'Hestraon, le dieu du feu.

Elle n'avait jamais passé beaucoup de temps à penser aux déités élémentaires. Il en allait de même pour la plupart des gens. C'étaient des reliques du passé, qui étaient lentement mortes l'une après l'autre avant la Chute Divine, en laissant derrière elles des cadavres qui suintaient des parcelles de magie. Les pouvoirs des dieux élémentaires étaient mineurs comparés aux magies colossales et dévorantes de Nyxara et d'Apollius ; ainsi, même de Leur vivant, Ils vivaient dans l'ombre de ces derniers. Ils s'étaient installés sur le continent juste avant la Chute Divine au lieu de rester sur la Montagne Dorée comme Apollius et Nyxara. Lore se demanda si c'était en partie la raison pour laquelle Ils étaient moins considérés. La familiarité engendre le mépris.

Lore contempla Hestraon. Il avait les cheveux presque rouges, de la même couleur que les flammes de Sa forge, et Son marteau était levé, prêt à s'abattre sur l'épée posée sur l'enclume. Le vitrail n'était pas très détaillé au niveau de Son visage, réduit à une masse blanche illuminée par une faible lumière.

Elle ne regarda pas du tout la fenêtre de Nyxara, un tourbillon informe de bleu foncé, de noir et de violet. Elle riva plutôt son regard sur ses pieds, observant la façon dont la lumière formait un hématome sur le sol en traversant cet amas de verre sombre.

La porte de la pièce où se situait le confessionnal était fermée. Lore inspira profondément pour apaiser la nervosité qui se réveillait toujours en elle juste avant qu'elle voie Gabe.

Enfin, qu'elle parle à Gabe, plutôt. Il ne la laissait jamais le voir pendant ces rencontres ; il restait caché derrière la grille qui séparait le prêtre du pénitent. Ils pouvaient se montrer courtois l'un envers l'autre pendant les réunions du conseil, mais quelque chose dans le fait de se retrouver seuls les rendait tous les deux nerveux.

Lore ouvrit la porte.

La pièce du confessionnal n'était pas aussi ornementée que le sanctuaire, mais elle n'était pas non plus austère. Un plafond blanchi à la chaux s'élevait loin au-dessus de sa tête, quadrillé par d'épaisses poutres en chêne et éclairé par des rosaces dans des teintes bleues et rouges. Des rangées de bancs s'alignaient de part et d'autre de la pièce. La confession n'était pas un élément obligatoire du culte d'Apollius, et seules quelques personnes la pratiquaient ; la plupart du temps, les confessionnaux restaient donc vides. Le clergé tenait à les conserver, cependant, au cas improbable où quelqu'un voudrait déverser la liste de ses péchés dans une oreille anonyme.

Le confessionnal à proprement parler occupait tout le mur du fond. Une moitié était dissimulée derrière un rideau en velours sombre, tandis que l'autre était en bois. À l'intérieur, la paroi qui séparait les deux moitiés était une grille en métal, aussi intriquée que de la dentelle. Le prêtre et le confesseur pouvaient s'entendre, mais pas se voir clairement.

Lore se dirigea vers le rideau comme si elle montait à l'échafaud, saisit le tissu et le tira sur le côté. Derrière se trouvaient un simple banc de pierre et une applique allumée.

Il était là, assis de l'autre côté de la séparation. Elle pouvait entendre le bruit léger de sa respiration, distinguer du coin de l'œil ses mouvements lents alors qu'il s'installait sur le banc jumeau du sien. Si Gabe avait remarqué la présence de Lore, il n'en montra aucun signe. Comme toujours.

Le silence s'étira sans que Lore sache comment le rompre. Quand elle l'avait vu dans le jardin, les choses avaient semblé… eh bien, non pas faciles, mais plus faciles. La nuit camouflait tout et émoussait les angles durs. À présent, dans la lumière, tout lui paraissait tranchant.

Mais cette nuit-là dans le jardin devait sûrement signifier quelque chose.

De l'autre côté de la grille, Gabe poussa un soupir las.

— Ferme les yeux.

Ou peut-être que cela ne signifiait rien.

— Vraiment ? demanda-t-elle d'une voix grave avant de pousser un rire sans joie. Vraiment, Gabe ? C'est tout ?

C'était libérateur de dire enfin ce qu'elle ressentait depuis qu'ils avaient commencé à se rencontrer dans ce maudit confessionnal. De cesser de faire comme si la situation était normale. Comme s'il n'y avait pas de non-dits entre eux.

Un silence, si long qu'elle crut qu'il allait ignorer sa question. Puis, tout à coup :

— Espériez-vous quelque chose de différent, ma dame ?

Elle serra les poings en l'entendant utiliser ce titre. Car oui, elle avait réellement espéré autre chose, et c'était stupide. Ce n'était pas parce qu'ils s'étaient comportés comme des amis pendant deux minutes au milieu de la nuit que quoi que ce soit avait changé. Ils restaient la sorcemort et le Prêtre Exalté, deux personnes qui avaient été amies, puis presque plus, puis rien du tout.

Mais elle refusait tout de même de lui laisser le dernier mot. Elle voulait lui rappeler cette nuit-là, faire voler en éclats le cocon d'indifférence dans lequel il s'était enfermé. Même si cela signifiait qu'elle allait devoir mentir et dissimuler ses propres motivations. Elle avait passé ces dernières semaines à piétiner son impétuosité naturelle, choisissant la voie la plus facile afin que sa nouvelle vie reste aussi simple que possible. C'était un soulagement de lui laisser libre cours, ne serait-ce qu'un instant.

— Qu'est-ce que tu faisais dans le jardin de pierre, Gabe ? Je sais que tu ne pouvais pas m'entendre depuis l'intérieur de ta cellule.

Il se raidit.

— Si je réponds à cette question, feras-tu de même ?

— Je t'ai dit pourquoi j'étais là.

— C'est vrai. Pour prendre l'air. (Il ricana, peu convaincu.) Tu n'arrivais pas à dormir, la veille de ton grand spectacle ?

Bien sûr. Il pensait qu'elle était au courant pour les Kirythéens. Elle se souvint du regard étrange qu'Alie lui avait lancé ; la jeune femme pensait sans doute elle aussi que Lore savait. Ce manque de confiance était inexprimablement blessant. Cette prise de conscience que, à un certain niveau du moins, ils la voyaient comme la cour la voyait. Comme la complice de Bastian.

Lore déglutit.

— Je n'étais pas au courant.

— Tu t'attends à ce que je te croie ?

— J'espère que tu me crois, répondit-elle d'une voix ténue. Je ne pourrais jamais te mentir, Gabe, tu sais ? Pas comme tu m'as menti, toi.

C'était injuste, et elle le savait. Il ne lui avait jamais menti directement. La fausseté dans leur relation était venue du fait que Lore voulait croire tout ce qui le concernait, même quand tous les indices pointaient vers sa foi, son Église, son incapacité à renoncer aux doctrines qui lui avaient donné une raison d'être.

Bastian, Gabe et elle ne pouvaient qu'être honnêtes les uns envers les autres, même s'ils détestaient cela tous les trois.

Dans l'esprit de cette honnêteté, elle déclara donc :

— J'ai recommencé à rêver.

Il se figea de l'autre côté de la grille.

— Pas de morts ?

— Non. (Elle s'assit, les coudes sur les genoux.) Mais puisque je vais être amenée à canaliser la Mortem, je vais avoir besoin de renforcer mes défenses. Peut-être que nous devrions nous rencontrer plus souvent.

Elle s'efforça de ne pas paraître enthousiaste à cette idée.

Gabe garda le silence pendant un long moment. Puis, d'une voix sourde, il déclara :

— Encore de la magie. Avec lui.

Il y avait tant de manières de décrypter ce ton. Fureur, désir, confusion.

— Je ne vois pas comment faire autrement, répondit Lore en faisant écho à ce qu'avait dit Bastian quelques heures plus tôt. (Presque sans s'en apercevoir, elle se mit à suivre les contours de la cicatrice sur sa paume.) C'était le but, non ? Je suis restée en vie, et maintenant nous possédons tous les deux le pouvoir de l'autre. Ce serait bête de ne pas s'en servir. Surtout quand nous pouvons arrêter une guerre. (Elle émit un son qui n'était pas tout à fait un rire.) Toutes ces histoires d'apocalypse, et voilà où nous en sommes.

Gabe ne répondit pas, et ils restèrent assis en silence.

Finalement, elle l'entendit remuer sur son banc.

— Nous devons nous y mettre. Le couronnement est dans deux heures. Ferme les yeux.

Elle obéit et vit sa forêt. L'odeur de fumée lui gratta la gorge.

CHAPITRE 7

Je n'arrive vraiment pas à croire qu'il ait permis à tout le monde d'y assister… À l'odeur, on se croirait dans une écurie.

Lady Marguerite Volier,
conversation surprise lors du couronnement
de Sa Majesté royale le Roi Sanctifié Bastian Leander Arceneaux

La session ne dura pas longtemps, une fois que Gabe et Lore furent lancés. Lore imagina sa forêt, densifia ses arbres, s'assit dans la clairière au centre et observa le ciel d'un bleu azur. Cela semblait si facile, quand ils le faisaient tous les deux. C'était bien plus dur dans le feu de l'action, quand elle devait éclaircir la forêt juste assez pour saisir la Mortem, mais pas au point de baisser complètement sa garde.

Néanmoins, quand elle eut terminé, l'heure de son rendez-vous avec Juliette et les autres femmes de chambre était passée depuis longtemps. La femme d'une beauté glaciale lui lança un regard dur quand Lore, les cheveux plaqués sur le crâne par la sueur, franchit la porte en courant ; puis elle dit à l'une des autres femmes de chambre d'informer les gardes que le processus visant à la rendre présentable pour le couronnement prendrait plus de temps que prévu.

Malgré ce début peu encourageant, quand Lore fut installée sur un fauteuil doré dans le sanctuaire sud, elle ne pouvait nier qu'au moins, elle avait belle allure. Sa robe était du rose lavande de l'aube, avec de longues manches en gaze bordées de fil d'or qui balayaient presque le sol. La jupe qui s'évasait autour de ses hanches généreuses, combinée au corsage ajusté, lui conférait une silhouette en sablier. Les fers chauds qui avaient empli sa chambre d'une odeur atroce avaient contraint ses cheveux ondulés à former des boucles bien définies. En guise de touche finale, un petit diadème doré incrusté de rubis et d'onyx, similaire à celui de Bastian, ceignait son front.

Elle avait tenté de refuser cet accessoire-là. Mais Juliette avait chassé sa main d'une tape et avait posé le bijou sur sa tête dans un même mouvement.

— Ordre du roi, avait-elle dit.

Et il n'y avait rien eu à ajouter.

À présent, Lore regrettait de ne pas s'être opposée au diadème avec un peu plus de vigueur. Une vague de chuchotements avait accompagné son entrée dans le sanctuaire. Les deux membres de la Presque Mort qui l'escortaient l'avaient conduite jusqu'à son fauteuil sans que les murmures se tarissent. Elle était placée tout à l'arrière de l'estrade, manifestement dans la seule intention de l'éloigner de la foule. Lore avait estimé que s'asseoir au premier rang avec Alie aurait été plus sûr, mais apparemment, Bastian n'avait pas voulu en démordre. Il craignait constamment que quelqu'un tente de l'assassiner.

Pas au point de ne pas inviter les Kirythéens, cependant. Lore pouvait voir Maxon et Caius installés au balcon, assis en compagnie des nobles les plus âgés ; ceux qui étaient le moins susceptibles de s'interroger sur leur identité, ou le plus susceptibles d'oublier qu'ils les avaient vus. Aujourd'hui, le sanctuaire était si bondé et bourdonnant d'excitation qu'il aurait été facile de les cacher dans le chaos, mais cette stratégie ne fonctionnerait pas longtemps si Bastian voulait qu'ils séjournent dans la Citadelle.

Lore ignorait comment il comptait présenter les diplomates kirythéens au reste de la cour. Elle supposait qu'il allait lui révéler son plan, mais ces deux derniers jours avaient prouvé qu'elle ne pouvait pas se reposer sur des suppositions ; si elle voulait une réponse, elle ferait donc mieux de l'exiger. Des rumeurs avaient déjà commencé à circuler, lancées par les fermiers qui avaient assisté à leur arrivée, la veille. C'était sans aucun doute ce qu'avait escompté Bastian. La vraie question était de savoir à quel point il permettrait aux rumeurs de grossir et s'envenimer avant de dire à la cour ce qui se passait réellement.

Il les laisserait probablement courir pendant une éternité. Dieu savait que les rumeurs au sujet de Lore n'avaient fait que devenir de plus en plus ridicules.

— Et elles vont encore empirer, après ça, marmonna-t-elle en remuant sur son fauteuil.

— Je vous demande pardon ?

La membre de la Presque Mort derrière elle haussa un sourcil. C'était une belle femme, malgré son allure sévère, et elle n'avait aucune cicatrice visible. Son expérience de la mort devait être de celles qui ne laissaient pas de marque physique.

— Rien. (Lore s'agita de nouveau. Cette maudite robe la démangeait, et le sanctuaire bondé ne faisait rien pour tempérer la chaleur.) Quand est-ce que ça commence, déjà ?

— D'un moment à l'autre. (Ayant constaté que Lore n'avait pas besoin de quelque chose et était simplement irritée, la femme se redressa.) Le Roi Sanctifié a demandé un délai de quelques minutes, afin de permettre à autant de personnes que possible d'entrer.

Le sanctuaire semblait déjà plein à craquer. Les courtisans, qui occupaient la majorité des bancs, jetaient des regards en coin vers les allées et le long des murs, où les gens du peuple s'étaient entassés. La foule était une véritable étude d'opposés : coton ordinaire contre mousseline aérienne, lin grossier contre soie moirée. Un déséquilibre évident, dont les gagnants étaient tout aussi évidents.

Le regard de Lore s'arrêta sur des silhouettes familières installées quelques rangées plus loin, où les nobles avaient laissé un espace vide pour les roturiers les plus riches. Une femme à la peau blanche et aux cheveux clairs, près d'une autre aux tresses sombres enroulées au sommet de sa tête sous un foulard coloré. Val. Mari. Ses *vraies* mères.

Lore n'agita pas la main – elle ne voulait pas risquer d'attirer encore plus l'attention sur elle –, mais elle leur adressa un sourire. Ou s'y essaya. Le résultat ressemblait sans doute plus à une grimace.

Le visage de Mari s'illumina, et elle lui fit signe sans se soucier du regard des autres. Elle était heureuse de la voir, en dépit de ces circonstances étranges. Val rendit son sourire à Lore, mais son visage resta sombre. L'inquiétude creusait les rides autour de sa bouche. C'était typique de Val, toujours aux aguets, toujours en train d'imaginer les pires scénarios. Dans la situation actuelle, Lore pouvait en envisager quelques-uns.

Elle baissa les yeux pour contempler le sol plutôt que la foule. Elle ne voulait pas prendre le risque de voir quelqu'un d'autre qu'elle connaissait du temps de sa vie de trafiquante de poison. La trajectoire qu'elle avait empruntée était désormais bien connue de tous, les commérages ayant filtré depuis la Citadelle jusqu'au reste de Dellaire, mais elle ne voulait pas voir sur le visage de ses anciens collègues ce qu'ils pensaient d'elle. Elle ne voulait pas voir leur choc, leur méfiance, leur dégoût probable pour son affinité avec la Mortem et l'usage qu'elle en avait fait.

Pour être honnête, Lore s'efforçait le plus souvent de ne pas penser à son ancienne vie. Ce n'était pas tant qu'elle lui manquait, ni l'inverse ; c'était simplement que son instinct de survie n'avait jamais laissé beaucoup de place à ce genre de rêverie. Elle était ici, et elle resterait ici, et tout en elle était entraîné à faire le maximum pour en tirer parti. Sa vie ne lui avait guère offert d'occasions de vivre dans le passé ou l'avenir. Elle vivait éternellement dans l'instant présent, et grappillait ce qu'elle pouvait.

Lore se renfonça dans son fauteuil doré et préféra détourner complètement le regard de la foule pour regarder par la fenêtre. Le vitrail représentait Apollius en train de guérir ce qui ressemblait à une fracture du bras, sujet plutôt macabre pour une œuvre d'art, mais les couleurs étaient suffisamment délavées pour que Lore puisse assez bien voir le ciel. Ce dernier était peuplé de nuages menaçants et lourds de pluie.

Près d'elle, une porte s'ouvrit et livra passage à Gabe, vêtu du blanc immaculé du Prêtre Exalté. Son cache-œil brillait comme s'il avait été ciré pour l'occasion. Gabe était si proche que Lore aurait pu le toucher en tendant la main, mais il ne lui accorda même pas un regard.

Un lutrin avait été placé à l'avant de l'estrade, surmonté d'un Compendium déjà ouvert. Gabe le rejoignit à grands pas et agrippa les deux côtés du lutrin, à tel point que ses articulations blanchirent.

La foule se tut peu à peu, et tous les regards se braquèrent sur le Prêtre Exalté. Il offrait un spectacle incongru. Borgne, les joues couvertes d'un début de barbe roux doré, il contemplait le Compendium avec une expression féroce, comme si le livre l'avait personnellement offensé. La colère du juste personnifiée.

Sans lâcher le lutrin, il leva les yeux du Compendium, son corps immense penché sur les pages comme un prédateur protégeant son repas.

— Levez-vous.

Tous lui obéirent.

Gabe reporta son regard sur le livre. Quand il entama sa lecture, ce fut d'une voix guindée, les mots se bousculant sur ses lèvres.

— Apollius, Seigneur du jour et de la vie, nous Te demandons de continuer de nous bénir dans notre foi et de guider Tes rois élus dans les arcanes du pouvoir.

Le Livre de Prière, donc. Lore n'avait pas passé beaucoup de temps avec le Compendium dans son ensemble, mais des trois livres sacrés qui le constituaient, c'était le Livre de Prière qu'elle connaissait le moins bien. Apollius ne prêterait jamais attention à ses prières, même si elle les récitait par cœur en se tenant debout sur la tête.

Aujourd'hui, au moins, le Prêtre Exalté ne semblait pas particulièrement convaincu par ses prières, lui non plus.

— Accorde-leur la sainteté, continua Gabe, et accorde-nous la joie de vivre sous leur règne. Car dans la soumission réside la paix, et le véritable bonheur est de savoir être guidé.

Il se redressa et tourna la page tout en s'écartant du lutrin, comme s'il ne voulait plus avoir cette prière sous les yeux.

Une porte s'ouvrit de l'autre côté de l'estrade. Bastian. Il portait la même cape bronze et orange que lors du seul service du Premier jour auquel Lore avait assisté, comme s'il avait revêtu un lever de soleil. Ce jour-là, il avait arboré un sourire sardonique, et une étincelle malicieuse brillait dans ses yeux. À présent, Bastian était parfaitement sérieux ; son beau visage était sévère, ses épaules droites.

Deux hommes d'Église entrèrent derrière lui, vêtus d'une robe blanche. L'un d'eux avait sur les épaules une autre cape – pourpre et or, celle qu'August avait portée lors de ces prières du matin qui semblaient remonter à une éternité – et l'autre présentait la couronne de l'Auverraine sur un coussin en velours, dont les rayons de soleil en or lui dissimulaient presque le visage.

L'espace d'un instant, Bastian et Gabe se dévisagèrent mutuellement. Ni l'un ni l'autre ne regardèrent Lore, mais cette dernière se sentit néanmoins prise entre eux, telle la pointe d'un triangle invisible.

Gabe fut le premier à détourner les yeux ; il se retourna vers le Compendium, qu'il feuilleta jusqu'à atteindre le Livre de la Loi Mortelle situé à la fin.

— Selon le Livre de la Loi Mortelle, Fascicules 1189 à 1225, un roi Arceneaux est astreint à trois devoirs. Les connaissez-vous ?

— Faire respecter la loi d'Apollius en toutes choses, dit Bastian alors que l'homme d'Église en blanc retirait sa cape orange et bronze. Guider le monde dans la direction de Son plan sacré. Être Son émissaire sur cette terre mortelle tandis que nous attendons Son retour.

De l'autre côté de la fenêtre, les nuages commencèrent à se scinder. Un rayon de lumière caressa le dos de Lore alors que la rosace derrière elle capturait l'arrivée du soleil.

Des murmures commencèrent à s'élever dans la foule, mais Gabe ne leva pas les yeux du Compendium. Il serrait les mâchoires à chaque mot qui franchissait les lèvres de Bastian.

— Et jurez-vous de respecter ces devoirs en tant que monarque élu par Apollius ?

— Je le jure.

Pour la première fois depuis qu'il était apparu sur l'estrade, Bastian regarda en direction de Lore. La détermination sur son visage lui rappela la nuit de l'éclipse, quand il avait franchi d'un bond des roses en feu, le front maculé de sang.

— Lis le passage que j'ai souligné, dit-il à Gabe, les yeux toujours rivés sur Lore. Dans les Fascicules proscrits.

Un léger hoquet de surprise parcourut la foule.

Gabe fusilla son roi du regard. Quand il reprit la parole, ce fut dans un murmure.

— Tu es sûr de toi ?

Bastian posa brièvement le regard sur lui.

— Est-ce que tu doutes de moi ?

— Tu vas finir par te faire assassiner, siffla Gabe. Tu devrais peut-être songer à faire une pause entre deux blasphèmes.

Un petit sourire presque cruel plissa la bouche de Bastian.

— T'inquiéterais-tu pour moi, Remaut ?

Gabe grinça des dents de façon presque audible. Il feuilleta de nouveau le Compendium, jusqu'à la toute fin, cette fois. La bibliothèque de l'Église ne possédait qu'une poignée de Compendiums incluant les Fascicules proscrits ; il était illégal pour toute autre personne de les détenir. Lore se demanda quelle avait été la réaction de Malcolm quand on lui avait demandé d'en fournir un pour le couronnement.

— La vie et la mort sont inextricablement liées, lut Gabe d'une voix qui retentit dans l'immense salle. Dans l'obscurité, la lumière gagne en éclat. Dans la lumière, les ombres gagnent en profondeur. L'une ne peut exister sans l'autre. Elles doivent s'élever ensemble, de nouveau égales, et ne jamais être séparées.

Bastian observa Lore tandis que la voix de Gabe retentissait dans l'immense salle. Elle ne savait pas quelle expression arborer, ni comment paraître détendue.

Sa protection, voilà ce qu'il lui offrait. Il déclarait à tous que le pouvoir de Lore était aussi sacré que le sien. Son ventre se tordit et un picotement gagna ses yeux, la gratitude, la gêne et la peur se mêlant dans une seule rivière.

Gabe ferma le Compendium d'un coup sec. Le son sembla se répercuter en échos dans tout le sanctuaire.

— Si vous vous engagez à respecter ces directives, dit-il comme si l'interlude des Fascicules proscrits n'avait pas eu lieu, alors vous êtes le Roi Sanctifié de l'Auverraine, choisi par notre dieu. Régnez en Son nom.

Bastian s'agenouilla ; l'homme d'Église plaça la couronne aux rayons de soleil sur sa tête. Elle devait être lourde, mais Bastian se releva avec aisance.

Et le soleil perça enfin les nuages.

Ce ne fut pas un dévoilement progressif, un recul naturel de la pénombre ; ce fut une cascade de lumière éclatante qui traversa chaque fenêtre du sanctuaire sud, fendant les ombres comme la lame d'une épée. La rosace à l'arrière de l'estrade s'illumina brusquement, inondant Bastian et sa couronne d'un flot de couleurs.

Il resta un moment debout devant les citoyens rassemblés, le visage serein. Puis il se retourna et offrit sa main à Lore.

Et même si elle avait envie de la saisir, de se joindre à ce moment baigné de lumière, elle ne parvenait pas tout à fait à s'y résoudre. Elle l'assombrirait forcément, d'une manière ou d'une autre. Comme toujours.

— S'il te plaît, murmura Bastian en posant sur elle son regard couleur d'or fondu.

Gabe se raidit.

Lore quitta lentement son fauteuil. Elle prit la main chaude et calleuse de Bastian, le laissa entrelacer leurs doigts.

Ils se tinrent là, environnés de lumière, et après un battement de cœur, la foule commença à les acclamer.

CHAPITRE 8

Le vrai pouvoir ne crie pas ; il chuchote.

Proverbe malfouran

— Je suis bien consciente que c'est la tradition d'avoir un bal du couronnement, dit Lore. Mais je tiens à dire officiellement que ce n'est pas une bonne idée. (En dépit de ses paroles, Lore tourna sur elle-même pour s'admirer dans le miroir en pied, faisant bruisser sa jupe autour de ses jambes.) En fait, j'irais même jusqu'à dire que c'est une mauvaise idée.

— Qu'est-ce qui te fait penser ça ? demanda Bastian, vautré sur l'un des fauteuils de sa chambre, une jambe passée sur l'accoudoir recouvert de velours rose. (Il fit un cercle avec son doigt.) Tourne encore, nous devons être sûrs qu'elle te va bien.

Lore s'exécuta en fronçant les sourcils.

— Le fait que tu aies fait lire l'un des Fascicules proscrits en plein sanctuaire, premièrement. Gabe avait raison : tu as déjà une cible dans le dos, et ce genre de chose n'arrange rien. Les vieux nobles sont déjà furieux contre toi.

— « Gabe » et « raison » dans la même phrase, venant de ta bouche. Je n'aurais jamais cru entendre de nouveau une chose pareille.

Elle rougit, et son froncement de sourcils s'accentua.

— Deuxièmement, les… invités inattendus.

Aucune des femmes de chambre qui papillonnaient autour d'elle ne sembla troublée par sa formulation ; peut-être que les rumeurs lancées par les fermiers n'avaient pas encore atteint la Citadelle.

— Tu crois qu'ils sont invités ?

— Ce n'est pas le cas ?

Bastian sourit de toutes ses dents.

— Bien sûr que si. Tourne encore une fois, elle ne tombe toujours pas juste au niveau de l'ourlet.

Lore serra les dents et fit une nouvelle pirouette.

En Auverraine, la coutume voulait que le couronnement d'un nouveau roi soit aussitôt suivi d'un bal et d'un dîner, mais Lore n'en avait réellement pris conscience que quand les membres de la Presque Mort l'avaient ramenée dans sa chambre en toute hâte. Là, Juliette et toute une armée de femmes de chambre l'attendaient avec une robe de bal absolument gigantesque.

C'était sans conteste la plus belle chose que Lore avait jamais portée. Elle était même supérieure à la robe noire du rituel de l'éclipse, avant que celle-ci soit trempée de sang par ce regrettable coup de poignard. Cette robe-là était d'une simplicité similaire. Le corsage ajusté l'enserrait des seins jusqu'aux hanches avant de s'évaser dans plusieurs strates de mousseline presque diaphanes, que leur simple volume rendait opaques. Des manches bouffantes du même tissu débutaient juste sous ses épaules, laissant ces dernières dénudées, et se fronçaient au niveau des coudes. Lore avait l'impression de porter un nuage fait sur mesure.

Mais même une robe-nuage parfaite n'était pas suffisante pour lui faire oublier cette impression que quelque chose de terrible allait se produire lors de ce maudit bal. Cependant, elle ne parvenait pas à en convaincre Bastian.

— Nous avons largement assez de place pour les invités inattendus, dit Bastian d'une voix suave. Et ne t'inquiète pas pour ma sécurité. Laisse ce souci à Remaut, si ça lui chante. Je doute cependant que ce soit vraiment un problème, en ce qui le concerne. Il serait sans doute ravi qu'on m'assassine.

Juliette pinça les lèvres, mais fit semblant de n'avoir rien entendu. Fabuleux. Une rumeur de plus pour le moulin.

Lore jeta un regard noir à Bastian, tout en se lançant dans un nouveau tour lent sur elle-même.

— Ce n'est pas vrai, et tu le sais.

Son mouvement avait apparemment révélé une nouvelle imperfection mineure, et Juliette leva la main pour l'arrêter. Une pause, une aiguille tirée, et le problème invisible fut vaincu. Lore croisa le regard de Bastian dans le miroir.

— Je sais que c'est la tradition, mais organiser un bal en ce moment semble malavisé.

— Fort heureusement, rétorqua Bastian, je ne te demande pas ton avis. Je suis le roi, je veux un bal, donc nous aurons un bal.

Une chaleur soudaine envahit la poitrine de Lore. Elle avait envie de l'envoyer paître, mais elle savait que le faire dans une pièce remplie de femmes de chambre était aussi malavisé que ce putain de bal.

Juliette fit un autre ajustement infime à la jupe de Lore, puis fit bouffer le tissu, comme si le roi et sa sorcemort n'étaient pas en train de se disputer juste à côté d'elle.

— Je crois que nous ne pourrons pas faire mieux, Votre Majesté.

En matière de compliments, voilà qui laissait à désirer.

— Bien. (Bastian hocha la tête, puis fit un geste vers la coiffeuse de Lore.) La coiffure.

Juliette entraîna Lore à sa suite, et la jupe de cette dernière se souleva autour d'elle comme l'écume sur la crête d'une vague quand elle s'assit.

— Y a-t-il une raison particulière pour que tu assistes à mes préparatifs ? demanda Lore tandis qu'on passait un peigne dans sa crinière.

Les boucles du matin même étant désormais désespérément plates, ses cheveux étaient redevenus une masse d'ondulations châtain doré ordinaires.

Elle s'attendait à une réplique incisive quelconque, mais au lieu de cela le Roi Sanctifié soupira. Il se leva et la rejoignit. Juliette leva de nouveau la main – d'une façon qui semblait bien plus douce que quand elle s'était adressée à Lore – et les femmes de chambre reculèrent, aussi gracieuses qu'un banc de poissons se scindant devant la proue d'un bateau.

Bastian s'appuya sur le dossier de la chaise de Lore et se pencha légèrement vers elle. Leurs yeux se rencontrèrent dans le miroir.

— Je suis désolé, murmura-t-il. (Lore haussa un sourcil.) Je suis désolé de t'entraîner dans ce cirque royal.

Il avait l'air épuisé. Peut-être qu'il ne dormait pas autant qu'il l'aurait dû ; peut-être que la nervosité le maintenait lui aussi éveillé.

— Les bals, les couronnements, et… et tout le reste, reprit-il. Je sais que ce n'est pas ce que tu voulais, mais je dois te garder près de moi. Je dois te protéger.

Elle fronça les sourcils dans le miroir, soudain frappée par le désir de lever la main et de lui caresser la joue, d'essayer de faire disparaître les rides d'inquiétude sur son front. L'éclair de colère qu'elle avait éprouvé s'évapora, avec autant de facilité que la rosée du matin sous les premiers rayons du soleil.

—Ce n'est pas ton travail, Bastian.

—Si, rétorqua-t-il d'un ton sans réplique. Et c'est ce que tu veux. Tu ne peux pas me mentir.

Lore serra les lèvres. C'était bel et bien ce qu'elle voulait, et elle détestait cela. Lore s'était débrouillée toute seule pendant vingt-quatre ans, et son désir le plus secret était de ne plus avoir à le faire. C'était en grande partie pour cette raison qu'elle ne s'opposait pas à lui, qu'elle le laissait tout diriger. Il connaissait la Citadelle mieux qu'elle, certes, mais c'était aussi tellement agréable que quelqu'un prenne soin d'elle.

Même si elle se détestait pour cela, juste un peu.

Derrière elle, Bastian baignait dans la lumière lavande de la nuit tombante ; de l'autre côté de la fenêtre, la lune était une faucille suspendue dans le ciel.

—Alors laisse-moi faire, conclut-il dans un souffle que même les femmes de chambre ne pouvaient entendre. Fais-moi confiance, Lore.

Il recula et fit signe à Juliette et à sa petite armée de reprendre leur assaut contre la chevelure de Lore. Bastian lança un dernier regard vers la fenêtre en quittant la pièce, et quelque chose qui ressemblait à du soulagement adoucit les lignes de son corps alors que le monde basculait dans la nuit.

Bastian n'avait pas organisé de fête depuis la mort d'August, et à voir l'enthousiasme des invités, il était clair que cela leur avait manqué. La salle du trône était remplie de courtisans parés de leurs plus beaux atours, véritable mer de soie et de satin. Avant, les invités de Bastian tendaient à être plutôt jeunes, mais à présent des courtisans de tous les âges dansaient au son du quatuor à cordes installé derrière le trône, ou remplissaient leur verre aux fontaines où le vin coulait à flots dans chaque coin de la salle. L'ancienne génération de nobles n'avait pas caché sa désapprobation face à la politique de Bastian, mais, dans la plus pure tradition de la Citadelle, elle avait apparemment mis de côté son déplaisir le temps des festivités.

Des festivités si grandioses, d'ailleurs, que personne ne semblait avoir remarqué les Kirythéens présents parmi eux.

— Il ne va donc pas les présenter ? (Alie se mordilla la lèvre derrière son verre de vin à peine entamé, comme pour cacher le mouvement de sa bouche au reste de la salle.) Il va se contenter de les laisser se promener dans la Citadelle sans rien dire à personne ?

— Il a un plan, répondit Lore. Mais il ne m'a pas encore dit ce que c'est.

Alie lui lança un regard acéré, le même que celui qu'elle lui avait jeté juste après l'apparition des Kirythéens. Un regard de méfiance, moins bien dissimulée cette fois.

— Il ne peut pas continuer de se comporter comme ça, déclara Alie d'un ton sec.

Lore prit une autre gorgée de vin, en prenant soin de ne pas en renverser une seule goutte sur sa robe.

Celle-ci avait été l'objet de tous les regards depuis que Lore était entrée dans la salle du trône au bras de Bastian. Lore s'était efforcée de les ignorer et d'être aussi effacée que possible. Ce n'était pas une mince affaire, étant donné qu'elle était la seule personne habillée en blanc. Juste après leur arrivée, Bastian lui avait déposé un bref baiser sur la main avant de la quitter pour sa tournée diplomatique.

Elle se cachait donc à présent dans un coin avec Alie, et toutes deux observaient les Kirythéens avec autant d'intérêt que des souris surveillant un chat.

Maxon était un diplomate-né. La façon dont il se comportait lui rappelait Alie, en réalité : il était ouvert et chaleureux, sans pour autant être faible ; quelqu'un que l'on pouvait facilement approcher, mais qui ne se laissait pas marcher dessus. Il était beau, petit et large d'épaules, avec des cheveux ras châtain foncé qui brillaient dans l'éclat des lustres. Son visage était ciselé, ses yeux verts sérieux. Plus d'un courtisan lui lançait un coup d'œil admiratif au passage, mais il ne parlait à personne d'autre que son compagnon.

Caius était tout l'opposé de son compatriote. Il était presque aussi grand que Gabe, même s'il était plus élancé que musclé, avec des yeux sombres et des cheveux dorés qu'il portait en queue-de-cheval. Les deux hommes arboraient des tenues raffinées, mais sans signe distinctif ; le genre de tenue sur lequel le regard passe sans s'arrêter dans un océan de luxe. Tandis que ces vêtements allaient très bien à Maxon, ils semblaient étranges sur Caius, comme s'il était bien plus à l'aise dans l'armure et la tunique qu'il portait quand ils étaient entrés en Auverraine. Maxon paraissait se satisfaire de boire du vin et d'observer nonchalamment la foule, mais Caius le faisait avec une intensité impossible à ignorer, le regard acéré et aux aguets.

— C'est celui-là dont il faudra se méfier, murmura Alie. On dirait que rien ne lui échappe.

Lore jeta un coup d'œil à Caius avant de détourner rapidement la tête, de crainte qu'il la remarque.

— Il serait presque beau, s'il n'avait pas ce léger défaut d'être certainement un espion impérial.

Les lèvres d'Alie frémirent.

Comme s'il savait qu'elles parlaient de lui, Caius tourna la tête dans leur direction. Il fronça studieusement les sourcils, comme s'il mémorisait leur visage.

Lore serra un peu plus fort son verre de vin.

— Petite souris !

La foule se fendit devant elles, laissant passer deux femmes qui ne ressemblaient en rien au souvenir qu'en avait gardé Lore. Mari portait une robe – une vraie robe –, chose que Lore ne l'avait jamais vue faire. Sa jupe, qui balayait le sol, était du même vert chatoyant que les perles de verre qui cliquetaient dans ses tresses, qu'elle avait artistiquement enroulées au sommet de sa tête. Val portait un haut-de-chausses et une chemise blanche d'homme, comme toujours, mais les deux semblaient neufs, et ses bottes étaient cirées au point d'étinceler.

Val émit un sifflement en regardant autour d'elle alors que Mari et elle s'arrêtaient devant Lore et Alie.

— Sacrée fête. Est-ce que tu… oh !

Lore serra contre elle ses deux mères, sans se soucier d'écraser les fronces blanches que Juliette s'était échinée à perfectionner.

— Je suis tellement contente de vous voir.

— Nous aussi, petite souris. (Mari sourit et caressa les cheveux de Lore.) Tu es magnifique.

— Un magnifique chou à la crème, acquiesça Val en désignant la jupe de Lore. Tu as quelque chose à nous annoncer ? Tu es la seule à porter du blanc.

Les joues de Lore s'embrasèrent, mais le tintement d'une cloche en argent lui épargna d'avoir à répondre. C'était l'heure du dîner.

Tous les courtisans se dirigèrent vers la porte. Bastian, environné par une mer de nobles, s'arrêta près du mur pour attendre Lore. Il tendit le coude vers elle, et elle glissa la main dans le creux de son bras.

— La prochaine fois que tu inviteras mes mères à un événement royal, tu devrais peut-être préciser un code vestimentaire pour Val, murmura Lore. Si ce n'était pas un couronnement, elle aurait sans doute débarqué avec des taches de belladone sur sa chemise.

— Je la trouve très élégante. Et ce ne serait pas la première fois que quelqu'un assiste à l'une de mes fêtes avec des taches de belladone.

— Certes.

Les portes de la salle s'ouvrirent sur une longue pièce aux murs et au plafond de verre, et éclairée par des lustres nichés au sein de tonnelles débordantes de roses. La foule émit des murmures admiratifs, mais quand Lore vit les fleurs, elle ne pensa qu'à Anton.

— Quand comptes-tu présenter nos invités ? demanda-t-elle à voix basse tandis que Bastian la conduisait vers l'un des deux sièges qui dominaient la salle, surmontés d'une profusion supplémentaire de roses.

Les autres courtisans assis à leur table n'étaient pas des visages amicaux. En fait, les regards qu'ils lui décochèrent dégoulinaient même d'une hostilité à peine voilée.

— Demain, répondit Bastian sur le même ton. (Il ralentit le pas et obliqua pour l'entraîner vers l'un des buissons de roses qui bordaient la salle, afin que nul ne les entende.) Pendant les prières du Premier jour.

— Tu veux dire que tu vas obliger Gabe à le faire ?

— Quoi ? Non. (Il secoua la tête.) Je me chargerai des présentations.

— Mais Gabe sera là.

— C'est le Prêtre Exalté, donc oui, j'imagine qu'il sera là.

Toutefois, Bastian semblait mal à l'aise. Il baissa les yeux, comme s'il cherchait à résoudre une équation complexe.

— Et tu ne vois pas en quoi cela pourrait être un problème ? siffla Lore. Rapport au fait que leur empereur est la raison pour laquelle son père est mort et qu'il manque un œil à Gabe ?

Bastian soupira.

— Je ferai de mon mieux pour qu'ils restent loin de lui, afin qu'ils n'aient pas à interagir. Mais je ne peux pas le couver éternellement, Lore.

— Il n'est pas question de le couver…

— Je ne veux pas plus que toi le blesser, dit-il avec une sincérité poignante, les muscles de son bras se contractant sous la main de Lore. Mais je ne peux pas tout sacrifier pour assurer le bonheur de Gabe. Ou l'émotion qui lui tient lieu de bonheur. (Il ricana.) Il serait encore plus déterminé à être malheureux si j'essayais de le satisfaire.

Lore pinça les lèvres.

Bastian s'éloigna des roses pour l'entraîner de nouveau vers leurs sièges. Lore s'affaira à rassembler les masses froufroutantes de mousseline sous ses fesses, autant pour faire plus de place que pour éviter le contact visuel avec ses voisins de table.

Bastian fit les présentations, et elle s'efforça de suivre le rythme. Le vicomte de machin, le marquis et la marquise de chose, même un amiral. Les noms lui échappaient, mais ils étaient suffisants pour que Lore prenne conscience que Bastian les avait volontairement installés à table avec les courtisans qui le détestaient le plus. C'étaient là ceux qui dénigraient ouvertement la hausse des impôts, qui raillaient l'idée de paiements aux citoyens, et qui pensaient que Bastian Arceneaux n'était pas taillé pour le trône.

Fabuleux.

Une fois les présentations faites, ce fut la marquise qui rompit le silence tendu.

— Votre Majesté, commença-t-elle en minaudant. Certaines dames et moi-même nous demandions si le tour d'été aura bien lieu cette année ? Je crois comprendre que plusieurs des domaines qui reçoivent d'ordinaire la visite du roi sont… sont confrontés… c'est-à-dire qu'ils connaissent des circonstances exceptionnelles…

— Comme une assignation à résidence ? rétorqua Bastian avec un large sourire, avant de boire une longue gorgée de vin.

La marquise blêmit, sans se départir de son sourire.

— Précisément. Cependant, ceux d'entre nous qui sont restés loyaux aimeraient perpétuer la tradition.

Par les dieux morts et mourants, cet endroit et ses traditions. Ils sauteraient sans doute tous du rempart de la Citadelle en braillant comme des mouettes si leurs arrière-arrière-grands-parents l'avaient fait avant eux.

Le marquis lança un regard noir à sa femme, mais cette dernière, les traits figés dans un sourire, fit mine de ne pas s'en apercevoir.

Bastian fit tourner sa cuillère dans sa soupe sans manger. Lore reconnut le rôle qu'il jouait. Le fainéant insouciant, le prince irresponsable, la personne que tous ces nobles connaissaient bien. Elle voyait désormais si clair dans son jeu qu'elle s'étonnait de s'y être laissé prendre si facilement quand elle l'avait rencontré.

— Il serait peut-être possible d'organiser quelque chose, dit-il finalement en haussant les épaules. Il reste quelques domaines qui n'hébergent pas des traîtres. Et qui sait ? Peut-être que d'ici là nous en aurons chassé quelques-uns. (Il se tourna vers Lore.) Nous en discuterons.

Le sourire de la marquise persista, plaqué de façon permanente sur son visage, mais la noble devint légèrement plus pâle et son regard passa du roi à la sorcemort.

Sans dire un mot, Lore prit une nouvelle gorgée de vin. Tout cela n'était qu'un spectacle, elle le savait, tout comme la lecture de ce Fascicule lors du couronnement. Il faisait savoir aux courtisans qu'elle faisait désormais partie de ce nouveau paradigme. Elle le comprenait, mais elle détestait cette situation de tout son cœur, et elle détestait encore plus le fait que la meilleure manière de jouer son propre rôle soit de se taire.

— Dans ce cas, dit la marquise, j'espère que cette idée sera à votre goût, ma dame. Nous attendions tous avec impatience le tour d'été, quand nous étions enfants. Les appartements de la Citadelle sont magnifiques, mais vivre au cœur de la ville, au milieu de toutes ces rues… d'une façon ou d'une autre, cela rend la chaleur encore plus insupportable. (Elle poussa un rire léger.) Où passiez-vous vos étés ?

— Dans les rues, répondit Lore.

Silence à la table. Du moins, excepté le ricanement de Bastian.

Ce n'était pas tout à fait vrai. Il y avait toujours un lit de camp qui l'attendait dans l'entrepôt quand elle n'était pas en mission. Mais Lore ne pouvait pas résister à ce genre de perche.

— Amiral Legrande, dit Bastian en se tournant vers un homme replet assis à sa gauche. Le dernier rapport que j'ai reçu disait qu'un nouveau navire serait bientôt prêt. Quelles sont les avancées ?

Malgré le fait que Legrande s'était plaint haut et fort à qui voulait l'entendre de l'augmentation de la taxe sur ses terres cultivées, il semblait ravi de parler d'un nouveau navire.

— Les choses avancent de façon tout à fait satisfaisante. Quand il croisera dans les eaux près des Îles, les Kirythéens y réfléchiront à deux fois avant de naviguer si près.

— Vraiment ?

— Tout à fait. Ses canons pourraient crever la coque d'un vaisseau à plus d'un kilomètre de distance. (L'amiral remonta sa ceinture.) L'automne venu, nous n'aurons plus rien à craindre de ces saletés d'impériaux.

— C'est ce que nous espérons tous, répondit Bastian.

Le reste du dîner se poursuivit en conversations guindées, et Lore dut se faire violence pour ne pas pousser un soupir de soulagement quand la même cloche qui les avait tous réunis pour le dîner sonna de nouveau, cette fois pour les envoyer dans la salle de bal. Bastian s'attarda près de sa chaise jusqu'à ce que tous les courtisans soient partis ; après cela, seulement, la colonne vertébrale de Lore perdit un peu de sa rigidité.

— Par les dieux morts et mourants, marmotta Lore.

— En effet. (Bastian lui offrit son bras.) Mais ce n'est pas encore terminé, ma chère.

La musique que jouait le quatuor quand ils pénétrèrent dans la salle de bal sonnait comme une valse aux oreilles de Lore, même si tout sonnait comme une valse pour elle, étant donné que c'était la seule danse dont elle connaissait vraiment le nom. Les courtisans se mirent à tournoyer, tourbillons de paillettes et de jupes en dentelles semblables à des fleurs de nuit.

Cela lui rappela sa première soirée dans la Citadelle, quand Gabe était à son côté et qu'elle était déguisée en digitale. Près d'elle, Bastian affichait un air préoccupé, et elle se demanda s'il pensait lui aussi à cette soirée.

Une estrade avec deux trônes avait été installée au centre de la pièce, de manière que les personnes qui s'y trouvaient puissent facilement observer le bal. Les deux fauteuils étaient en argent, l'un comme l'autre recouverts de ce qui ressemblait à des plantes mortes.

— Le fleuriste doit nous en vouloir de ne pas avoir fait appel à ses services pour Cheval, commenta Lore.

— C'est volontaire, déclara Bastian d'une voix tendue.

Lore fronça les sourcils.

— Explique-toi.

Bastian lui fit signe de monter en premier sur l'estrade ; la main posée sur sa taille, il la suivit, puis lui lança un large sourire las.

— Démonstration numéro deux.

Oh.

Lore se mordilla l'intérieur de la joue tout en examinant les plantes mortes. Des roses, bien entendu, quoi d'autre ? Les épines étaient acérées, entrelacées dans le treillis en argent des dossiers, dures, sèches et aussi mortes qu'on pouvait l'être. Au moins, ce n'était pas de la ciguë, ce qui aurait vraiment été la cerise sur le gâteau.

Elle secoua la main ; elle sentait déjà la Mortem se recroqueviller dans la matière morte, et elle percevait l'étincelle de Spiritum enfouie en son sein.

— Tu vas demander l'attention de tout le monde ? Jouer les directeurs de cirque ?

— Ce ne sera pas nécessaire. (Bastian la contourna et alla se poster derrière elle, ses hanches faisant bruire le tissu de sa jupe au passage.) Ils nous regardent constamment.

Il était inutile de discuter du plan. Chaque fois qu'ils faisaient de la magie ensemble, cela paraissait à Lore plus naturel, plus instinctif. Bastian leva les mains de chaque côté de Lore, adoptant la même position que devant les champs cultivés. Elle plaça les mains sur les siennes, dos contre paume. Le monde autour d'eux s'estompa, se diluant dans des tons noirs, gris et or.

C'était si facile. Lore extirpait la mort tandis que Bastian injectait la vie, les serpentins des deux pouvoirs sinuant en eux comme des affluents en chemin vers l'océan. Quand les roses s'épanouirent, le voile de la magie disparut et la couleur s'infiltra de nouveau dans son champ de vision.

— Parfait, chuchota Bastian, d'une voix qui ne semblait pas lui appartenir.

Elle était trop grave, trop sonore. Mais quand Lore se retourna pour le regarder, Bastian paraissait normal. Plus que normal : il avait l'air d'être aux anges.

Les roses étaient couleur sang, aussi dodues que des houppettes. Le silence régna l'espace d'un bref instant, puis quelqu'un entama des applaudissements polis.

Bastian prit la main de Lore et lui fit faire le tour de l'estrade, les bras tendus comme s'il était sur une scène, hilare. Lore s'efforça de ne pas grimacer.

De l'autre côté de la salle, Caius se redressa. Il leva son verre à vin, les yeux étincelants, mais ne se joignit pas aux applaudissements.

CHAPITRE 9

Ne laissez jamais ceux que vous aimez s'éloigner de vous,
tout comme Je ne les ai jamais laissés s'éloigner de Moi.

Le Livre de la Loi Sacrée, Fascicule 1347

Bastian ne la fit pas danser, décision qui la surprit même si elle en remercia tous les dieux morts et mourants. Quand Lore lui en demanda la raison, il haussa un sourcil.

— Notre objectif est de paraître intimidants, n'oublie pas.

Elle lui donna une tape sur la cuisse.

Au lieu de danser, ils passèrent donc le bal assis sur leur estrade ornée de roses, occupés à boire du vin et à observer la foule. Bastian était très doué pour repérer le moindre moment embarrassant dans sa cour, et il tapotait légèrement la main de Lore en donnant un coup de menton pour lui montrer où regarder. Elle vit au moins trois disputes, quatre orteils écrasés et une tentative de tripotage dans un coin, commise par deux nobles très soûls qui quittèrent la salle d'un pas trébuchant avant que la situation vire à la débauche.

Lore vit aussi Alie parler à Caius.

Quand elle posa la main sur la jambe de Bastian, son geste n'avait rien de joueur, cette fois. Elle lui agrippa la cuisse, une peur glacée dévalant le long de son échine.

— Nous devons les rejoindre.

Bastian suivit la direction de son regard et se renfrogna, mais il ne céda pas à la même panique que Lore.

— Inutile. Alie a la situation bien en main.

Et c'était le cas, semblait-il. La jeune femme, son joli visage éclairé par un doux sourire, rit même à une remarque de Caius. Elle tourna une fois la tête vers Lore ; quelque chose d'indéchiffrable passa dans son regard, avant qu'elle reporte les yeux sur le Kirythéen.

— Je n'aime pas ça, murmura Lore en détendant ses doigts à contrecœur.

— Essaie de ne pas t'inquiéter, répondit le roi en posant la main sur la sienne. Alie est bien plus douée pour le secret que tu ne l'as jamais été. Et si tu l'observes bien, tu verras qu'elle ne parle pas beaucoup. Elle le laisse mener la conversation. Ce sera intéressant d'apprendre de quelle manière il s'est présenté.

C'était vrai, mais ce spectacle continuait de rendre Lore nerveuse. Elle se mit à tordre le tissu fin de sa jupe entre ses doigts.

Un noble s'arrêta devant l'estrade. Elle le reconnut, bien que vaguement. C'était le seigneur Demonde, l'un des rares courtisans de l'ancienne génération qui ne s'opposaient pas ouvertement aux nouvelles règles de Bastian. Toutefois, cela ne le rendait pas recommandable pour autant. Alie avait dit à Lore que Demonde était un homme fuyant, aux convictions malléables. Et il ne faisait pas partie des nobles les plus fortunés, donc les nouvelles taxes ne l'avaient pas frappé aussi durement que d'autres.

Il était également distrait par son récent mariage. La nouvelle dame Demonde était à son bras, les yeux baissés. C'était une belle femme, à peine plus âgée que Lore. Demonde lui-même devait avoir plus de soixante ans. De plus, on ne pouvait pas dire qu'il avait bien vieilli ; ses joues étaient visiblement fardées, et le blanc de ses yeux était jaunâtre. Le rembourrage de son manteau ne parvenait pas tout à fait à dissimuler sa maigreur squelettique. De toute évidence, il s'était administré du poison.

Bastian, l'air d'être déjà assommé par ce que l'autre homme allait lui dire, se tourna vers Demonde. Il redressa son bandeau dans un geste destiné à paraître nonchalant, même si Lore savait que c'était tout le contraire.

— Quel plaisir de vous voir, Votre Majesté, finit par dire Demonde avec un sourire mielleux quand il devint clair qu'il devrait entamer la conversation. Nous avons regretté votre absence à notre mariage, mais nous comprenons que vous étiez très occupé.

— En effet, répondit laconiquement Bastian.

Dame Demonde leva les yeux vers Lore pendant une fraction de seconde avant de les reporter vers le sol. Ils étaient d'une belle couleur bleuet, qui contrastait de façon charmante avec ses cheveux dorés. Ses traits étaient vaguement familiers à Lore, même si cette dernière était sûre qu'elles ne s'étaient jamais officiellement rencontrées.

Ce qui était étrange, car cette fraction de seconde avait été chargée de venin.

— J'aimerais vous présenter ma femme, dit le seigneur Demonde sans se laisser démonter par la froideur de Bastian. Amelia Demonde, née Devereaux.

Amelia Devereaux. *Oh.* La sœur aînée de Danielle, laquelle avait conspiré avec Bellegarde et Anton et raconté ce mensonge au sujet des quais, mensonge qui avait été un pas de plus sur le chemin menant aux catacombes et à la création d'une armée de morts-vivants.

— Amelia, dit Bastian d'un ton qui avait cessé d'être indifférent pour devenir glacial. Quelle chance que vous ayez trouvé quelqu'un pour vous épargner le sort connu par votre famille.

Amelia plongea dans une révérence, mais pas avant que Lore puisse voir un nouvel éclair de rage traverser ses beaux yeux.

— J'ai de la chance, en effet, dit-elle doucement.

Demonde hocha la tête avec une gravité de façade, tous les sous-entendus de cette conversation lui passant loin au-dessus de la tête.

— Les Devereaux et moi étions en discussion avant que toute cette affaire regrettable se produise, dit-il. Quand vous avez prononcé votre sentence – une sentence très clémente, dois-je dire –, mes avocats m'ont dit que j'étais tout à fait en droit de dissoudre les fiançailles. (Il porta la main d'Amelia à ses lèvres et l'embrassa.) Mais j'étais déjà trop amoureux pour cela, à l'époque.

Amelia adressa à son mari un sourire lumineux qui ne fit que souligner sa beauté. Lore se souvint de ce qu'avait dit Danielle pendant leur thé ; Amelia était furieuse que ses parents la marient à Demonde alors qu'elle avait jeté son dévolu sur Bastian. Elle avait fait preuve d'intelligence, cependant, et faisait semblant de retourner à Demonde les sentiments qui l'avaient sauvée des Îles Calcinées.

Pour sa part, Lore aurait préféré les Îles.

— Je ne peux que vous souhaiter de trouver un jour le même bonheur, continua Demonde en contemplant sa femme avec adoration.

— Merci, répondit simplement Bastian.

— Et quand ce sera le cas, dit Demonde avec un clin d'œil à Lore, Amelia pourra aider la chanceuse à tout organiser. Elle en serait ravie, n'est-ce pas, mon amour ? Elle nous a concocté une cérémonie parfaitement splendide, et ce dans un si court délai.

Amelia pinça les lèvres au point qu'elles blanchirent. Mais sa voix était tout à fait posée quand elle déclara :

— J'en serais très heureuse. Donnez-moi simplement une date, ma dame, et nous pourrons en discuter.

— Je suis sûre que ce ne sera pas nécessaire.

Lore cherchait ainsi à la rassurer, à faire comprendre à cette femme qui la méprisait ouvertement qu'elle n'aurait pas besoin de l'aider à préparer un mariage inexistant. Les paroles avaient déjà franchi ses lèvres quand elle prit conscience que sa réponse était sans doute insultante. Lore se mit à bégayer en tentant de trouver une formulation plus appropriée.

— Je veux dire, je ne pense pas qu'il sera utile de…

— C'est bien noté, Amelia, déclara Bastian en serrant la main de Lore. Merci.

La bouche pincée d'Amelia s'étira dans un semblant de sourire.

— Être une reine Arceneaux n'est pas une mince affaire, dit-elle. Cela réclame une grande préparation. Je serais bien sûr honorée de vous aider dans la mesure de mes moyens.

Demonde et Amelia prirent congé avec une inclination et une révérence, avant de se fondre dans la foule. Amelia ne se retourna pas pour les regarder, et ce avec une détermination qui disait à quel point elle en mourait d'envie.

Lore laissa échapper un soupir de soulagement, qui fit voleter l'une des boucles sur son front.

— C'était… enfin… (Elle se tourna vers Bastian.) Est-ce que *tout le monde* pense que nous allons nous marier ?

Il lui lâcha la main et s'appuya sur son coude opposé en haussant les épaules.

— On dirait bien.

En temps normal, c'était le moment où il ferait une blague, où il lancerait une remarque lapidaire sur le fait qu'aucun membre de la cour n'était capable de penser par lui-même. Mais il n'en fit rien.

La robe de Lore la démangeait. Elle se tortilla sur son fauteuil.

— C'était gentil de ta part, dit-elle finalement pour changer de sujet. De laisser Amelia rester dans la Citadelle.

— Pas tout à fait, étant donné que rester impliquait d'épouser cette andouille. (Il ajusta de nouveau son bandeau en le repoussant en arrière, comme s'il ne parvenait pas à trouver un angle confortable pour le porter.) Le père d'Amelia a juré qu'elle n'avait rien à voir avec les plans du reste de la famille. Elle était pieuse jusqu'au ridicule, mais elle était prête à faire le serment qu'elle n'avait jamais comploté contre moi, et ne le ferait jamais. (Il marqua une pause.) Elle a tellement pleuré, pendant le procès. Tu vas peut-être dire que je suis trop gentil, mais j'étais incapable de l'envoyer aux Îles Calcinées après ça.

— On dirait que les larmes sont ton point faible, murmura Lore.

— Ne sois pas jalouse, dit-il. (Mais son sourire était las et faiblard.) Je... je savais qu'elle était innocente, j'imagine. (Il secoua la tête.) Non, ce n'est pas tout à fait juste. C'était une intuition. L'impression que la garder ici était juste, comme si cela donnait le bon ton pour mon règne. Quelque chose en rapport avec le Spiritum, peut-être. (Il fronça légèrement les sourcils.) Il semble que je doive prêter attention à ce genre de choses.

Lore tritura de nouveau la mousseline de sa jupe, y enfonçant l'ongle du pouce jusqu'à ce qu'un fil du tissu délicat cède.

— Peut-être.

— Tu ne parais guère convaincue.

— Tu n'étais guère convaincant. Une « intuition », Bastian ? C'est avec ça que tu gouvernes ?

Il lui adressa un regard sardonique.

— Tu te souviens quand tu as ranimé le corps dans le caveau ? Quand il s'est mis à débiter des inepties sur un réveil, sur la nécessité de trouver les autres, et que tu as su au fond de toi ce que cela signifiait ?

Elle se hérissa.

— C'est différent.

— Vraiment ?

Il se pencha de nouveau vers elle, avec une expression presque avide. Bastian n'avait jamais été porté sur les débats théologiques, contrairement à Gabe, mais il adorait argumenter.

— Nos deux pouvoirs sont mal compris. Nous pouvons tous les deux les utiliser de façons inédites. Est-il vraiment si invraisemblable qu'ils puissent nous pousser dans la bonne direction, de temps à autre ? Qu'ils nous donnent un rêve, une vision, quelque chose ?

Le froncement de sourcils de Lore s'accentua. Mais avant qu'elle puisse lui demander de développer son propos, les portes de la salle s'ouvrirent.

Et laissèrent apparaître Gabe.

Les dagues sur son baudrier étincelaient. Le pendentif du Cœur du Dieu Sanglant pendait sur sa poitrine au bout d'une chaîne plus courte que celle portée par Anton, juste au-dessus de son propre cœur, et scintillait à la lumière des lustres. Les bougies tatouées sur ses paumes étaient brièvement visibles pendant qu'il marchait, aperçus d'encre noire.

Lore pensa aux ténèbres profondes d'avant l'aube, à ces mains sur sa peau et au froid d'une fenêtre dans son dos. Elle déglutit.

Il y eut un temps mort dans la fête. Les danseurs interrompirent leurs tourbillons, l'un des violonistes manqua une note. Lore ne pouvait pas leur en vouloir ; Gabe ressemblait à une tempête en approche. Son humeur ne paraissait pas s'être améliorée depuis le couronnement. Depuis le coin de la salle où elle bavardait avec les mères de Lore après avoir quitté Caius, Alie fit un pas en avant. La main de Mari posée sur son bras l'arrêta. Brigitte, l'amie d'Alie qui s'était trouvée elle aussi à ce thé funeste, s'était jointe aux trois femmes quelques instants plus tôt et semblait tout aussi apeurée par l'arrivée sinistre du Prêtre Exalté.

Gabe ne regarda aucune d'entre elles. Il se dirigea droit vers l'estrade, le regard noir, et croisa les bras. Cette posture mit en valeur la présence du Cœur sur sa poitrine.

— Vous m'avez demandé ?

Sa voix était ferme et mesurée, mais, dans le silence momentané, elle résonna aussi clairement que les cloches du sanctuaire. En particulier le silence après la fin de sa phrase, là où il aurait dû ajouter « Votre Majesté ».

La pause ne dura pas longtemps ; les courtisans de la Citadelle savaient comment masquer leur intérêt, comment agir comme si tout était normal tout en gardant un œil sur le déroulement de la situation. Le quatuor à cordes reprit la mélodie, les danseurs retrouvèrent leurs pas synchronisés et les verres s'élevèrent de nouveau vers des lèvres déjà tachées par le vin.

— En effet, répondit Bastian.

Toute l'énergie fervente qui l'avait habité lors de son bref débat avec Lore avait disparu ; Bastian paraissait animé d'une froide détermination.

L'œil de Gabe se posa sur Lore, si furtivement que celle-ci crut l'avoir imaginé.

Lentement, Bastian posa son verre vide par terre, puis il se leva et se tourna vers elle. Il semblait presque navré.

— Ce genre de chose doit être officiellement certifié par l'Église.

Puis il mit un genou devant elle.

Tout le corps de Lore se figea, des muscles à la moelle. Des explications alternatives traversèrent son esprit avant d'être rejetées. Cela signifiait sûrement autre chose, cela ne pouvait pas être ce qu'elle pensait…

Si les courtisans avaient marqué un temps d'arrêt, un peu plus tôt, ils étaient désormais paralysés, chaque regard discret renonçant à toute subtilité en faveur d'un examen franc. Le quatuor ne se contenta pas de rater une note ; il bafouilla, en une confusion discordante de cordes, avant de devenir muet.

Alie avait une main plaquée sur la bouche. À côté d'elle, les sourcils noirs de Brigitte s'apprêtaient à rejoindre ses cheveux, et son verre de vin restait suspendu en l'air comme si elle avait été arrêtée en plein geste.

Dans le coin où il s'entretenait avec Demonde et Amelia, Maxon se tut brutalement et se tourna vers l'estrade avec une expression intriguée.

Tous ces détails pénétrèrent dans le cerveau de Lore et furent efficacement catalogués pour la distraire du fait que Bastian Arceneaux était actuellement agenouillé devant elle. Lore laissa courir son regard sur la foule jusqu'à ce que sa vision se brouille, puis ses yeux cherchèrent Gabe.

Il semblait aussi choqué qu'elle. Et il la regardait enfin vraiment, comme si ce choc avait fait voler en éclats toutes les barrières qu'ils avaient érigées entre eux. Bastian était lui aussi conscient de la présence de Gabe ; elle pouvait le voir à la manière dont il était légèrement tourné, juste assez pour garder le prêtre dans son champ de vision. De nouveau ce triangle, trois pointes qui les blessaient jusqu'au sang.

— Lore.

La voix de Bastian ne ressemblait à rien de ce qu'elle avait pu entendre auparavant. Non, ce n'était pas tout à fait juste ; elle avait cette même qualité irréelle et sérieuse que cette nuit-là dans la cour intérieure, trois semaines plus tôt, quand ils se dirigeaient vers les catacombes. Quand il lui avait dit que son père était un homme mauvais, et que la haine de ce dernier pour Bastian devait signifier que celui-ci était bon.

Elle avait également cette résonance qu'elle percevait parfois quand ils faisaient de la magie ensemble. Il semblait à la fois plus fidèle à lui-même, et moins.

Lentement, avec un effort conscient, Lore baissa les yeux vers le Roi Sanctifié.

Ce dernier prit une profonde inspiration.

— Je ne pense pas que ce soit réellement une surprise, murmura-t-il afin qu'elle soit seule à l'entendre. Et pas seulement à cause des soupçons de la cour. C'était écrit depuis le début. Nous. Tu le sens, toi aussi, n'est-ce pas ?

C'était là un autre écho de leur passé récent, cette note plaintive, presque implorante. « Dis-moi que je ne suis pas le seul à ressentir ça. »

Elle avait eu une réponse, à l'époque. À présent, elle était incapable d'en trouver une.

Mais voir Bastian s'exposer de cette manière, si sincère et vulnérable, était à la fois beau et terrible, comme quelque chose qu'aucun œil mortel n'était censé voir et qu'aucun cœur mortel n'était censé supporter. C'était un pas de plus dans une danse, aussi inévitable que tout ce qui l'avait précédé. Depuis le début, il y avait quelque chose en lui qui l'appelait et attisait son désir. Quelque chose en eux deux, Gabe et lui. Et peut-être que son désir ne pointait pas exactement dans cette direction, mais, par les dieux, elle ne pouvait pas espérer s'en approcher plus que cela.

Elle plongea son regard dans celui de Bastian, empli de scintillements sombres. Elle acquiesça.

Derrière lui, Gabe se raidit.

Bastian plongea la main dans son doublet et en sortit une bague. L'anneau était un entrelacs d'or et d'argent, tout comme son trône. Le diamant qui y était serti lançait un éclat presque doré, brillant comme un rayon de soleil captif.

— Devant mes sujets rassemblés, dit-il d'une voix qui portait à chaque coin de la salle silencieuse, je te demande, Lore, d'accepter ma main en mariage et de devenir la reine de l'Auverraine.

Sans nom de famille, une telle déclaration sonnait de façon étrange, comme s'il y avait un trou béant que tout le monde devait remarquer.

S'ils étaient seulement Lore et Bastian, ce ne serait même pas un facteur ; ils seraient déjà ensemble de toutes les manières qui comptaient. Elle le savait. Mais il était roi et elle une sorcemort, deux praticiens du pouvoir des dieux. Et même si les titres n'auraient pas dû avoir d'importance, même si une chose pareille aurait dû ne concerner que les personnes, c'était impossible. Pas maintenant, pas quand les titres étaient si terriblement lourds.

Mais le désir était toujours là.

— Oui. (Elle sentit à peine ses lèvres bouger, mais elle s'entendit répondre.) Oui.

Et la bague glissa sur son doigt.

Et il l'embrassa. Et Lore lui rendit son baiser.

Alors que les lèvres de Bastian étaient toujours sur les siennes, alors que la foule sortait de son état de choc pour les acclamer, elle ouvrit les yeux et regarda Gabe. Il avait la bouche entrouverte, les joues rouges. Une main levée, aux doigts frémissants tendus vers Bastian et elle.

Puis il fit volte-face et quitta la salle.

CHAPITRE 10

Il y a toujours quelque chose d'autre à désirer.

Fragment de Marya Addou, poète malfouranne

Ses mains étaient de nouveau sur l'arbre.

Elle ne mit pas longtemps à comprendre que c'était un autre rêve. Dès que ses yeux se posèrent sur l'écorce, elle sut.

Lore s'attendait à ce que cette prise de conscience s'accompagne de peur, d'une panique glaciale qui dévalerait le long de son échine et figerait ses membres. Ces rêves signifiaient que sa forêt ne fonctionnait pas, que l'influence d'une déesse morte s'infiltrait dans son esprit, que Bastian y croie ou pas. Mais la peur ne vint pas.

Peut-être n'y a-t-il aucune raison d'avoir peur, songea-t-elle, mais c'était une pensée vague, aussi impalpable que de la fumée. Dans ce monde onirique, avec son esprit onirique, les mots n'avaient guère de sens pour la personne qu'elle était.

Ses mains – plus pâles, aux paumes dénuées de cicatrices – caressèrent l'écorce comme si c'était un amant retrouvé, une chose qu'elle avait pensé ne jamais plus toucher. L'esprit de Lore semblait scindé en deux, la vraie Lore et celle du rêve, chacune possédant ses propres pensées, souvenirs et convictions. La Lore du rêve était plus puissante. La Lore du rêve pensait que, si elle se concentrait suffisamment sur cet arbre, si elle étouffait tout le bruit dans son esprit pour ne laisser que le contact de l'écorce sous ses doigts, elle pourrait peut-être oublier.

Oublier quoi ? demanda la vraie Lore, embryon de pensée sans réel impact. Il n'y eut pas de réponse.

— C'était gentil de sa part.

Une voix qu'elle reconnaissait sans la reconnaître. Elle regarda par-dessus son épaule.

Son regard ne parvenait pas vraiment à se focaliser sur la silhouette derrière elle, et ricochait sur tous les points cruciaux. Grand. Large d'épaules. Ses mains étaient couvertes de taches de rousseur, mais son visage était une masse brouillonne de lumière et de couleur, comme si quelqu'un avait jeté de l'eau sur une toile avant que la peinture sèche.

La Lore du rêve émit un petit rire avant de se retourner vers l'arbre.

— Je ne pense pas qu'il sache encore comment être gentil, murmura-t-elle. La gentillesse est une chose humaine.

La silhouette s'agita.

— Est-ce que tu lui as donné une réponse ?

Elle soupira et se pencha en avant afin de plaquer le front contre le tronc.

— J'ai besoin de temps.

— C'est la seule chose dont nous disposons à profusion, désormais, dit l'autre voix d'un ton de regret. (Un silence.) Et quelle réponse lui donneras-tu, après tout ce temps ?

L'esprit onirique voleta d'une réponse à l'autre, sans savoir laquelle était la bonne. Est-ce qu'elle l'aimait ? Bien sûr que oui, sans quoi elle ne serait jamais venue ici. Elle n'aurait pas fait ce qu'il lui demandait, encore et encore, même quand elle n'était pas certaine qu'il prenait les bonnes décisions. Mais est-ce que cela signifiait qu'elle voulait l'épouser ?

— Je ne sais pas, murmura-t-elle en réponse à la question dans son esprit et à celle de l'inconnu.

L'atmosphère changea. Elle sut qu'il avait levé la main, elle pouvait sentir ses doigts se plier aussi sûrement que s'ils étaient déjà posés sur sa peau. Elle retint son souffle, emplie d'attente. Emplie de désir, même si elle tentait de l'étouffer.

— Ne fais pas ça, dit l'autre voix, dans un souffle si ténu que c'était à peine un son.

Lore ne se réveilla pas en hoquetant, le souffle court. Elle ouvrit calmement les yeux et contempla fixement le baldaquin de son lit, dont le tissu ondulait comme un fantôme dans la brise qui soufflait par la fenêtre entrouverte.

Elle savait instinctivement que ce rêve n'avait fait de mal à personne. Ce n'était pas son propre esprit qui, manipulé par Anton, se retournait contre elle ; ce rêve lui appartenait.

Cependant, cette formulation ne semblait pas tout à fait juste. Il y avait *quelque chose* dans ces rêves, quelque chose de plus que les impulsions d'un cerveau surmené. Ils paraissaient trop réels.

Quelle que soit la nature de ces rêves, ils étaient manifestement déclenchés par la pratique de la magie. Et même si ces rêves-là ne faisaient de mal à personne, ils mettaient quand même Lore mal à l'aise.

Quelque chose retint sa main quand elle se dressa sur son lit. Lore baissa les yeux en fronçant les sourcils.

Sa bague.

Un fil échappé de son drap s'était pris dans l'une des griffes du chaton qui maintenaient le diamant. Lore avait presque oublié qu'elle la portait – ce qui était absurde, la chose étant énorme –, car elle encerclait confortablement son doigt, tel un poids qui paraissait avoir toujours été là.

Elle contempla la bague pendant quelques secondes, les lèvres pincées. Puis elle la libéra délicatement du fil tiré.

La question du couchage n'avait pas été abordée quand Bastian et elle étaient rentrés dans les appartements royaux. Il était parti dans sa chambre et n'avait pas demandé à Lore de l'accompagner. Elle s'était retirée dans la sienne. Rien de tout cela ne semblait réel, comme si ce n'était qu'une mise en scène destinée aux autres, malgré le fait qu'elle le désirait et qu'il la désirait.

Lore ne pensait pas qu'il l'aurait repoussée, si elle l'avait suivi. Peut-être aurait-elle dû le faire, pour rendre cette situation plus familière.

Le sommeil ne reviendrait pas, pas cette nuit. Elle le savait aussi bien qu'elle connaissait la forme de sa cicatrice. Lore se rabattit donc sur sa solution préférée quand son esprit refusait de trouver le repos.

Elle marcha.

Pas de chandelle, cette fois. Elle n'en avait pas besoin. Quand elle quitta sa chambre en refermant doucement la porte derrière elle, la lune éclairait la véranda, projetant les ombres noires des feuilles de palmier sur le dallage.

Et elle éclairait Bastian, debout devant l'une des hautes fenêtres cintrées, le visage tourné vers le ciel.

Lore l'observa pendant quelques instants en tournant machinalement sa bague autour de son doigt. Les événements qui avaient suivi la proposition de Bastian se brouillaient dans son esprit ; le rugissement des applaudissements, les félicitations. Sa mémoire se concentrait uniquement sur deux choses : les yeux de Bastian, qui étincelaient d'un brun doré alors qu'il restait agenouillé devant elle, comme s'il craignait de briser quelque chose en bougeant.

Et le visage de Gabe derrière lui, à l'expression soigneusement neutre. Gabe, qui faisait volte-face pour partir, tout comme il l'avait fait par le passé. Il partait toujours.

Quand elle s'aperçut qu'elle marchait vers Bastian, ses pieds étaient déjà en mouvement. Comme avant, comme toujours, il l'attirait à lui comme s'ils étaient reliés par un fil.

Bastian, le visage dénué de surprise, lui lança un coup d'œil alors qu'elle se rapprochait puis se retourna vers la fenêtre. Il ne la toucha pas quand elle s'arrêta à côté de lui. Étrange, pour deux personnes censées être bientôt mariées. Peut-être qu'il l'aurait repoussée si elle avait tenté de le suivre dans sa chambre, après tout. Peut-être qu'ils avaient besoin de temps pour s'habituer à la situation avant de pouvoir la traiter comme quelque chose de normal.

Pour autant que quoi que ce soit ait jamais été normal entre eux.

Lore examina la fenêtre en s'efforçant de voir ce qu'il regardait avec tant d'insistance. Elle ne distingua qu'un immense pan de ciel, et un voile de nuages d'orage devant les étoiles.

— Ils ne vont pas le tolérer, murmura Lore. (Elle tourna de nouveau la bague autour de son doigt, tic aussi enraciné en elle que s'il était là depuis des années.) Tu le sais, n'est-ce pas ? Les nobles ne te laisseront pas…

M'épouser. Les mots restèrent bloqués dans sa gorge. Voilà la partie à laquelle Lore devait s'habituer : croire que ce soit réellement possible. Que sa vie puisse changer à ce point.

Un petit rire moqueur.

— Ils n'ont pas leur mot à dire. Ceci est entre toi et moi.

Elle s'assit sur le rebord de la fenêtre.

— Pourquoi ?

C'était la question qui s'était présentée quelques instants après que cette bague avait ceint son doigt. La question qui l'avait pourchassée dans son sommeil. Il ne pouvait pas simplement s'agir de désir, pas pour eux deux. Pas dans des circonstances pareilles.

Il resta plongé dans un long silence rythmé par le cœur de Lore, chaque battement étant semblable à un coup de poing. Elle osa un regard en coin. Bastian avait la tête penchée vers le sol, et ses longs cheveux noirs dissimulaient son visage.

Elle avait vu juste, des semaines plus tôt, quand elle avait prédit que les cheveux trop longs de Bastian seraient sans doute bientôt la nouvelle mode. La plupart des jeunes nobles laissaient pousser les leurs, maintenant.

Gabe gardait résolument les siens au plus court.

— Je veux te protéger, dit finalement Bastian, le visage toujours dissimulé. On peut difficilement faire plus proches que cela, non ? (Les joues de Lore s'embrasèrent.) Et cela t'apporte une légitimité aux yeux des Kirythéens, continua-t-il. Cela leur montre que tu n'iras nulle part. Que ton pouvoir est celui de l'Auverraine.

Elle tourna la bague un peu plus vite.

— Est-ce que cela signifie que c'est juste pour la galerie ?

— Non.

Il leva enfin la tête vers elle. Ils étaient placés face à face, en miroir : lui face à la fenêtre et elle tournant le dos à celle-ci. Lui dans la lumière et elle dans l'ombre.

— Non, répéta Bastian à mi-voix. J'ai bien l'intention de t'épouser.

Le ventre de Lore se noua.

— Je ferais une reine épouvantable, Bastian. Tu n'y as sûrement pas assez réfléchi.

— Je n'en ai pas besoin. Ça a toujours été toi, Lore. Nos magies sont le reflet l'une de l'autre. Nous nous connaissons l'un l'autre comme personne d'autre ne peut le faire. (Il marqua une pause.) Et tu es l'une des rares personnes qui me donnent l'impression de ne pas être seul.

L'une des rares personnes. Elle connaissait l'autre : un œil bleu et des mains tatouées.

— Très bien, murmura Lore en contemplant le sol. Tu sais ce dont tu as besoin. Mais qu'en est-il de moi ?

— Tu as besoin de moi, répondit Bastian sans hésiter, d'une voix grave. Tout comme j'ai besoin de toi. C'est pour cette raison que tu es restée. (Il secoua la tête.) Si nous étions des personnes différentes, Lore, tu serais partie depuis bien longtemps.

Il avait raison. Elle n'était douée que pour la fuite. Mais elle était piégée ici dans son champ d'attraction, telle une planète dans son orbite, et partir ne lui avait même pas traversé l'esprit.

Un jardin peuplé d'ombres, une supplique près d'un puits. « Fuis. »

Non.

— Donc je suis ce dont tu as besoin. (Elle s'obligea à lever la tête, à rencontrer son regard.) Mais qu'en est-il de ce que tu veux ?

C'était la première fois qu'elle voyait Bastian Arceneaux à court de mots.

Mais peut-être n'était-ce pas tout à fait juste. Il ne semblait pas vraiment incapable de trouver les mots ; ces derniers étaient plutôt bloqués quelque part en lui, et ne parvenaient pas à sortir. Sa lutte intérieure se lisait sur son visage, dans la crispation progressive de sa mâchoire et dans le pli qui se creusait entre ses sourcils.

— Lore, dit-il à voix basse, comme si c'était le début d'un aveu.

Mais la suite ne franchit jamais ses lèvres.

Les yeux de Lore descendirent vers sa bouche, qui était légèrement entrouverte. Il l'avait embrassée, quand elle avait dit oui, et son baiser avait été réel et chaud, comme un rayon de soleil après l'hiver. Ce souvenir ne cessait de s'insinuer dans la moindre de ses pensées, et l'amenait à se demander comment il l'embrasserait s'ils n'étaient pas au milieu d'une salle de bal, si tous les yeux de la Citadelle n'étaient pas braqués sur eux.

Un œil, en particulier.

— Pourquoi est-ce que tu l'as obligé à y assister ?

Elle n'avait pas eu l'intention de poser cette question. Mais elle souhaitait vraiment obtenir la réponse. Certes, les fiançailles royales devaient être officiellement sanctionnées, mais cela signifiait seulement qu'elles devaient être consignées. Malcolm aurait très bien pu servir de témoin à l'Église.

— C'était cruel, Bastian. Pour nous trois.

— Parce que je voulais que tu prennes cette décision en nous voyant tous les deux, répondit Bastian. Je ne nie pas que c'était cruel. Mais je voulais savoir que j'étais celui que tu choisissais.

La pierre de sa bague était tournée vers sa paume. Elle était froide comme la glace contre les lignes de sa cicatrice.

— Tu n'aurais pas dû faire ça.

— Ajoute-le à la liste. (Il soupira et se passa une main lasse sur le visage.) Mais tu… tu as choisi, n'est-ce pas ?

L'incertitude sonnait de façon étrange dans la bouche de Bastian. Elle renforça la certitude de Lore, la loi des opposés de nouveau en action.

— J'ai choisi, répondit-elle.

Mais le profond soupir de Bastian ne ressemblait pas à du soulagement. Comme s'il ne voulait pas vraiment qu'elle fasse un choix, en réalité.

Bastian posa la main sur le bras de Lore. Sa peau possédait une chaleur agréable, comme de l'eau qui se serait gorgée de soleil. Sa main se décala ensuite vers la joue de Lore et appuya gentiment afin qu'elle tourne le visage dans sa direction, telle une fleur inclinée vers la lumière.

— Dis-moi à quoi tu penses, murmura-t-il.

Lore soupira et ferma les yeux.

— J'aimerais que nous ne soyons pas qui nous sommes. Je pense que, si je t'avais rencontré dans la rue et que tu n'étais pas le Prince-Soleil, nous posséderions déjà une maison ensemble. (Elle plissa le nez.) Ou du moins, nous en louerions une.

Peut-être que Gabe serait là, également.

Il rit doucement.

— Nous serions pauvres, nous n'aurions pas de magie, et tu penses que ce serait mieux que maintenant ?

— À mes yeux, oui.

Le souffle de Bastian était si chaud, si proche. Il aurait suffi de si peu pour qu'elle l'embrasse. Et si elle le faisait, ils ne s'arrêteraient pas là ; ils se fondraient l'un dans l'autre sur le sol, dans le clair de lune, à la recherche de quelque chose de simple quand tout ce qui les entourait était si compliqué. Ils avaient tourné autour de ce genre d'union depuis une éternité, mais ne s'étaient jamais laissés aller à une telle proximité.

Lore inclina la tête en arrière, les lèvres à un cheveu des siennes. Elle se rapprocha pour combler la distance qui les séparait.

Et Bastian s'écarta.

Elle ne fut pas blessée, pas vraiment. Tout était à vif, tout était fragile.

La respiration de Bastian était saccadée.

— Je suis désolé, dit-il. À n'importe quel autre moment… Je ne sais pas, j'ai juste l'impression que je ne dois pas…

Elle ne le comprenait pas. Mais elle n'était pas obligée de comprendre. Lore se contenta d'acquiescer, puis de s'extraire de son étreinte.

Il ne la retint pas.

Elle songea à retourner dans le jardin, mais préféra se rendre dans la cour intérieure. Elle n'avait aucune raison de supposer que Gabe serait de nouveau dans le jardin, mais elle ne voulait pas prendre le risque de le voir, pas avec la bague de Bastian autour du doigt.

Peut-être que Gabe avait totalement renoncé à elle. Peut-être qu'elle cherchait quelque chose qui n'était pas là. Un signe qu'elle était toujours importante pour lui, d'une façon ou d'une autre, qu'elle était plus que la chose qui l'avait piégé ici, sous la coupe d'un roi qu'il détestait. Ou du moins qu'il voulait détester.

Il était égoïste de la part de Lore de vouloir être quelque chose de différent. Mais son égoïsme n'avait rien de nouveau. L'attirance qu'elle ressentait pour les deux hommes n'avait pas changé, quel que soit celui auquel elle était promise.

— C'est horrible, marmonna-t-elle pour elle-même.

Mais l'était-ce vraiment ?

Le clair de lune qui se déversait par les fenêtres était suffisant pour éclairer son chemin dans l'escalier de la tourelle, puis dans la succession de couloirs qui menait à la cour intérieure au dôme de verre et remplie de plantes vénéneuses. Lore ne rencontra personne, mais des rires et de la musique émanaient de quelques pièces qu'elle dépassa. Le bal avait été riche en événements ; ce genre de fête mettait du temps à se terminer. Elle se demanda combien de fois son nom avait été prononcé derrière ces portes closes. Quelles rumeurs couraient. Aucune d'entre elles ne pouvait être aussi étrange que la vérité, ce qui était une maigre consolation.

La cour intérieure s'ouvrit devant elle, habitée par les parfums chauds et somnolents des fleurs nocturnes ; belle-de-nuit, datura. Lore savait que Gabe ne serait pas non plus ici, mais elle le chercha néanmoins, scrutant la moindre ombre qui pourrait dissimuler un prêtre.

Pas de prêtre. Mais quelqu'un était là.

La silhouette – élancée, plus grande que Lore – se tenait près d'une fenêtre. Une main fine et pâle caressait l'une des fleurs près du carreau. Un hellébore, à la couleur rouge sang délavée par le clair de lune. Une cascade de cheveux dorés cachait son visage, mais Lore la reconnut presque aussitôt.

Amelia Devereaux. Demonde, maintenant. La sœur de Dani, la seule personne de sa famille qui avait échappé aux Îles Calcinées, celle dont les larmes avaient inspiré de la pitié à Bastian. Dans la lumière tamisée, elle aurait presque pu être Dani. Lore se souvint de cette dernière en train de rire avec Alie et Brigitte dans la véranda de Bastian tout en mangeant des macarons, et de lui jeter les miettes d'information qui la mèneraient droit dans le piège d'Anton.

Lore ne fit aucun bruit, mais l'autre femme sut qu'elle était là. Elle écarta la main des hellébores et regarda par-dessus son épaule.

Lore se demanda vaguement si elle devait tenter de fuir ou de se cacher. L'expression sur les traits d'Amelia était empreinte de méchanceté pure.

— Tu ne le mérites pas, murmura l'autre femme. Tu as volé le plus grand cadeau que le Dieu Sanglant puisse offrir, un pouvoir qui défie l'imagination, et tu t'en moques complètement. Pauvre sotte.

À n'importe quel autre moment, Lore lui aurait lancé une repartie acerbe qui aurait amené Amelia à y réfléchir à deux fois avant de lui parler de cette manière. Mais elle était tellement fatiguée, et Amelia avait le droit d'être en colère. Elle était là, piégée dans un mariage avec un vieillard, alors que toute sa famille était partie. Lore se contenta de se passer une main sur le visage.

— Tu n'es pas la première à le penser.

— N'oublie pas que c'est ta faute, surtout, continua Amelia comme si Lore n'avait rien dit. (Elle avança lentement vers elle et la rejoignit au centre de la cour, sous le projecteur de la lune.) Si tu avais fait ce que l'on te disait de faire, rien de tout cela ne se serait produit.

— Rien de tout quoi ? demanda Lore, le front plissé. Ne fais pas quelque chose de stupide, Amelia. Demonde ne tardera sans doute pas à mourir, et après cela tu pourras choisir parmi plusieurs bons partis. Bastian excepté, bien sûr.

Le visage de l'autre femme se tordit.

— Il ne s'agit pas seulement de Bastian. (Elle cracha presque son nom.) Il s'agit d'un nouveau monde. *Son* monde. Tout cela est plus grand que n'importe lequel d'entre nous, sorcemort, et tu as rendu la situation beaucoup plus compliquée que prévu. Tu ne pouvais pas chuter toute seule ; il fallait que tu entraînes tout le monde avec toi. Égoïste.

Lore eut l'impression d'entendre sa mère et se recroquevilla intérieurement.

Amelia leva la main. Ses doigts froids frôlèrent la joue de Lore avant de descendre vers sa main. Elle la souleva, la tendit devant elle et la tourna afin d'examiner la bague.

— Reine-ciguë, ricana Amelia. Un surnom bien féroce pour une personne gouvernée par la peur. Une personne qui a condamné le monde parce qu'elle est terrifiée.

Sur ces mots, elle quitta la cour intérieure et disparut dans la pénombre de la Citadelle.

Lore soupira. Puis elle repartit lentement vers les appartements de Bastian, trop fatiguée pour chercher à comprendre les paroles d'Amelia.

Il se passe quelque chose.

Cette pensée avait quelque chose d'étranger, comme si quelqu'un chuchotait à l'intérieur de son crâne. Puis, un mot.

Catacombes.

Ce n'était pas sa voix intérieure, le monologue banal de ses propres pensées. Ce mot venait d'ailleurs, tout comme la première fois qu'elle l'avait entendu, la nuit où elle était allée dans le jardin de pierre et avait vu sa mère, puis Gabe.

Mais il était plus puissant, désormais, et Lore parvint enfin à se souvenir du moment où elle avait entendu cette voix tapie dans un recoin de son esprit, qui ressemblait à ses propres pensées sans pour autant lui appartenir.

C'était la même voix qu'elle avait entendue pendant la fuite de Mortem, une vie entière plus tôt.

Lore serra les paupières.

— Va-t'en, marmonna-t-elle entre ses dents. (Elle avait l'air d'une folle, et elle avait l'impression de l'être.) Fous-moi le camp.

Le silence régnait dans son esprit, mais le tiraillement dans la moelle de ses os persista. Lore l'ignora et se dirigea résolument vers sa chambre à coucher, en passant hâtivement devant la porte de la Citadelle, comme si elle craignait qu'une main monstrueuse s'y engouffre pour l'emporter dans la nuit.

CHAPITRE 11

J'estime peu judicieux de s'attaquer à l'Auverraine pour le moment, malgré l'agitation qui entoure le nouveau roi. Nous devrions attendre de voir si les rumeurs sont vraies.

Correspondance kirythéenne,
interceptée à la passe d'Ourish par des gardes-frontières caldienans

Bastian n'assistait pas souvent aux prières du Premier jour. Lore le comprenait fort bien ; les manigances d'Anton et d'August ayant été centrées sur la religion, il était logique qu'il se tienne à l'écart des rites. Lore n'y assistait pas souvent, elle non plus.

Mais elle ne risquait certainement pas de manquer celles-ci.

Lore s'était réveillée à l'aube et s'était aussitôt dirigée vers son placard. Elle s'habilla, et songea à appeler Juliette pour s'occuper de son visage marqué par les plis des draps et de ses cheveux emmêlés. Au lieu de cela, Lore s'en chargea elle-même, nattant ses cheveux et appliquant sur son visage une sorte de pommade trouvée dans un pot sur sa coiffeuse. Le résultat était moins parfait que ce à quoi elle était désormais habituée, avec une troupe de femmes de chambre à sa disposition. Elle ressemblait plus à la personne qu'elle était autrefois qu'à celle qu'elle était devenue.

La nuit passée lui revint à l'esprit alors qu'elle disciplinait des mèches rebelles. Amelia dans la cour intérieure, probablement en train d'errer dans la Citadelle pour échapper à son mari vieillissant. Une part d'elle se demanda si Gabe serait en mesure d'éclaircir ce qu'avait voulu dire Amelia en parlant du plus grand cadeau d'Apollius. Elle ne faisait sûrement pas référence à Bastian ? Mais non, elle avait dit qu'il ne s'agissait pas du tout de Bastian, que c'était plus grand qu'eux. Si un autre désaccord religieux couvait à la cour, Gabe devait être informé. Peut-être pouvait-elle l'intercepter avant le début des prières.

C'était la raison pour laquelle elle s'était levée si tôt et se préparait seule. Pour voir Gabe, en tête à tête. Pour s'assurer qu'il allait bien.

Peut-être même pour mentionner la voix qu'elle entendait dans sa tête, et qu'il la rassure sur le fait qu'elle ne devenait pas folle. Qu'Anton n'avait pas vu juste.

— Déjà habillée ?

Lore fit volte-face.

Bastian se dressait dans l'encadrement de la porte, l'épaule appuyée contre le chambranle, une tasse de café à la main et un sourcil levé. Il était habillé, lui aussi, et avec plus d'élégance que d'habitude ; des fils d'or brillaient dans les manches bouffantes de sa chemise blanche, visible sous un gilet en lin brodé. Il l'avait même boutonné, cette fois.

— Je n'arrivais pas à dormir, répondit Lore. Depuis quand est-ce que tu te lèves si tôt ?

— J'ai pris des bonnes résolutions. (Il entra dans la chambre. Sa main frémit comme s'il s'apprêtait à la poser sur l'épaule de Lore, puis elle retomba.) Il semble que nous avons souffert de la même affliction. Je n'ai pas non plus réussi à dormir.

Il dit cela comme s'il s'attendait à ce que ce soit une information inédite, comme si elle ne l'avait pas vu pendant la nuit. Comme s'il ne gardait aucun souvenir de leur conversation.

Bastian alla se poster derrière la chaise de Lore, et l'inquiétude plissa son front.

— Tu vas bien, Lore ?

Elle s'obligea à sourire.

— Oui.

Bastian posa sa tasse sur la coiffeuse et lui fit signe de se servir.

— C'est une bonne journée pour être ponctuels, tu ne trouves pas ?

Lore haussa les épaules.

Elle vit un frisson traverser Bastian dans le reflet du miroir, comme si l'air se brouillait. Quand elle se retourna vers lui, il avait les yeux fermés, les mâchoires serrées, comme s'il luttait contre un mal de crâne soudain.

— J'espère qu'il ne me déteste pas, murmura-t-il de façon presque imperceptible. (Comme un secret qu'il ne voulait même pas s'avouer à lui-même.) C'est un espoir stupide, je le sais. Mais tout de même.

Lore se leva et referma les doigts autour de son poing serré.

— Il est incapable de te détester.

— J'imagine que nous allons bientôt tester les limites de cette théorie. (Bastian lui prit la main et contempla la bague autour de son doigt. Elle avait tourné sur elle-même, et la pierre était dans le mauvais sens.) Elle est un peu grande pour toi. Nous allons devoir la faire ajuster avant…

Avant qu'elle devienne sa reine.

Quand Bastian leva les yeux vers elle, sa vulnérabilité temporaire avait disparu.

— Désolé, dit-il. Mal de crâne. (Il déposa un baiser distrait sur sa main avant de la glisser au creux de son coude.) Ce sera notre première sortie en tant que fiancés, n'est-ce pas ? C'est plutôt de bon augure que ce soit lors des prières.

Sans répondre, Lore le laissa l'entraîner hors de sa chambre, le soleil cascadant autour d'eux comme des rideaux d'or.

Le sanctuaire nord était presque plein quand Lore et Bastian arrivèrent. Les regards curieux couraient sur son corps, s'arrêtaient sur sa bague, son visage, la robe noire qu'elle avait hâtivement sortie du placard, puis laissaient place aux murmures. Il était plus facile de regarder le sol que l'assemblée de nobles encore vaseux suite au bal, et à la voix éraillée d'avoir passé la nuit à échanger des ragots sur elle.

Bastian lui lâcha le bras quand ils s'assirent à leur place à l'avant du sanctuaire. Disparue, la tradition voulant que le roi Arceneaux et son héritier s'agenouillent devant l'autel pour entamer les prières du Premier jour ; Bastian n'y avait pas assisté depuis l'éclipse, et il n'y avait pas d'héritier pour l'accompagner.

L'idée d'un héritier embrasa les joues de Lore. C'était sans doute à elle qu'il reviendrait d'en produire un, en tant qu'épouse de Bastian. Elle ne parvenait pas à imaginer Bastian ou elle dans le rôle de parents.

Le sanctuaire tomba peu à peu dans le silence, océan de nobles muets baignant dans une lumière teintée par les vitraux. Lore sentit l'entrée de Gabe ; à l'inspiration collective des courtisans, à la façon dont Bastian se raidit à côté d'elle.

Elle leva la tête.

Il la contemplait fixement. Gabe se tenait au milieu de l'estrade, le Cœur du Dieu Sanglant étincelant sur son torse large. Le cuir de son cache-œil ressortait de façon incongrue, comme un badge proclamant que ce rôle n'était pas fait pour lui.

Bastian l'ayant accompagné au sanctuaire, elle n'avait pas eu l'occasion de discuter avec Gabe, de lui parler de la voix dans sa tête. Peut-être pouvait-elle se reporter sur Bastian, mais quelque chose en elle l'avertissait de s'en abstenir. Soit il paniquerait, soit il estimerait que ce n'était rien, et aucun de ces deux extrêmes ne l'aiderait.

Elle ne s'aperçut qu'un battement de cœur plus tard qu'elle était en train d'imaginer sa forêt. Lore ferma les yeux, et les arbres se dressèrent autour de son esprit – feuilles vertes, écorce brune et ciel dégagé. Une barrière, oui, des remparts qui la protégeaient.

Une cage.

Mais peut-être était-ce de cela qu'elle avait besoin, si elle entendait des voix dans le noir.

Après un instant de silence, Gabe prit la parole d'une voix grave et bourdonnante. C'était la même prière qu'à chaque service du Premier jour. Il y avait quelque chose d'étrange à entendre Gabe prononcer des mots qu'elle n'avait entendus que dans la bouche d'Anton.

Lore et Bastian se levèrent et s'agenouillèrent avec le reste des fidèles, accomplissant des mouvements machinaux qu'ils connaissaient par cœur. Le vitrail représentant le Cœur du Dieu Sanglant étincelait d'une couleur rouge sang, et la fumée de l'encensoir piquait les yeux de Lore.

— Nous Te demandons de façonner un réceptacle pour Ta lumière, murmura Gabe, atteignant la conclusion de la prière.

Les mots se bousculaient sur ses lèvres, comme s'il était impatient de les faire sortir, de quitter ce sanctuaire et tous ceux qui le regardaient fixement.

— Nous Te demandons de revenir et de nous rendre saints, murmurèrent les nobles en réponse.

Mais le chœur de voix se tut brusquement, et fut remplacé par des hoquets de surprise.

Lore se tourna vers Gabe. Il avait le regard fixe, mais ce n'était pas elle qu'il contemplait, cette fois. L'œil écarquillé, il dévisageait Bastian.

Le cœur rongé par l'angoisse, Lore suivit la direction de son regard.

Bastian chatoyait de lumière. Pas seulement à cause du soleil qui traversait la fenêtre, même si ce dernier accentuait sans doute l'effet ; une luminescence dorée flottait autour de lui, l'antithèse d'une ombre.

Il avait les yeux fermés, le visage incliné vers la fenêtre, comme s'il était parfaitement inconscient de l'interruption dans la prière.

Mais quand il ouvrit les yeux, Lore sut qu'il était loin d'en être inconscient. Il lui lança un coup d'œil, sourit, et lui prit la main.

Son contact était léger et chaud comme l'été, un afflux de sang, une bouffée d'air. L'espace d'un instant, le champ de vision de Lore vacilla et l'homme qui lui tenait la main ne ressembla plus du tout à Bastian. Comme si une autre silhouette se superposait à la sienne, telles deux feuilles de vélin placées l'une sur l'autre.

— Ma bien-aimée, murmura-t-il.

Puis elle cilla, et l'étrange effet de double vision disparut.

Aussi vite qu'elle était apparue, la phosphorescence dorée autour de Bastian se dissipa, le chatoiement s'atténuant lentement avant de disparaître. Tous les nobles regardaient fixement le roi, avec la même expression stupéfaite. Certains avaient les yeux emplis d'un éclat humide révélateur.

Le ventre de Lore se tordit en même temps que sa bague sous l'effet de la nervosité.

Bastian redressa sa bague et éleva la main de Lore vers sa bouche pour déposer un baiser sur ses doigts. Il lui adressa un clin d'œil quand ses lèvres se posèrent sur sa peau.

— J'ai pensé que c'était le bon moment pour faire l'intéressant, chuchota-t-il.

Elle lança un bref regard vers l'arrière de la salle en comprenant ce qu'il voulait dire. Caius et Maxon se tenaient là, toujours habillés comme s'ils voulaient se faire passer pour des cousins de la campagne. Lore avait naguère fait de même, mais elle ne pensait pas avoir jamais affiché une expression aussi étrange que la leur, un mélange d'émerveillement et de rage.

Bastian se tourna vers Gabe et demanda d'un air innocent :

— Votre Sainteté, pouvons-nous continuer ? N'oubliez pas que nous avons des choses à régler après la fin des prières.

Gabe l'examina avec circonspection ; une expression presque blessée passa sur son visage avant qu'il se reprenne et la transforme en indifférence. Il termina rapidement les prières, la moitié des courtisans oubliant leurs réponses, trop occupés à contempler leur roi.

Gabe descendit de l'estrade, dans un mouvement si brusque que la fumée de l'encensoir se recroquevilla à son passage. Il se tourna une dernière fois vers Lore, son œil bleu flamboyant.

Puis il partit.

Ce n'était pas censé se produire, et l'hésitation momentanée dans la démarche de Bastian l'indiqua clairement. Mais un spasme de soulagement contracta les traits de son visage juste avant qu'il pose le pied sur l'estrade. Il secoua légèrement la tête et grimaça, comme si le mal de tête dont il se plaignait un peu plus tôt n'avait pas entièrement disparu, mais son visage était serein quand il se tint devant sa cour.

Bastian leva les mains, et le silence s'abattit sur les fidèles.

— J'ai quelqu'un à vous présenter. (Il allait droit au but, renonçant à tout effet de manches supplémentaire. Son expression sereine se fit malicieuse, et il eut un sourire en coin désarmant.) La dernière fois que cela s'est produit, je vous ai présentés à ma future femme, donc je vous suggère d'être attentifs. (Certains sourires dans la foule retombèrent.) Cette présentation promet d'être tout aussi importante.

Bastian baissa les bras dans une volute de fumée d'encens, puis fit un geste vers le fond du sanctuaire.

Lore se retourna. Toute l'assistance fit de même. Maxon s'empressa de plaquer un sourire crispé sur son visage et remonta gracieusement l'allée centrale. Sans doute beaucoup plus gracieusement que Lore quand elle avait été présentée à la cour. Caius lui emboîta le pas, le regard oscillant de droite à gauche, comme s'il cataloguait tous les visages qu'il croisait.

Des sourcils bien taillés se baissèrent sur des yeux rougis quand les deux hommes montèrent sur l'estrade pour rejoindre Bastian, et des mains qui n'avaient jamais connu de cals tressaillirent nerveusement.

— C'est avec plaisir, annonça Bastian quand les Kirythéens eurent atteint l'estrade, que je vous présente Maxon Agripolus et Caius Sentia.

Les noms, typiquement kirythéens, provoquèrent une houle de malaise dans la foule.

Bastian le remarqua, et eut un sourire de loup.

— Des représentants envoyés par l'empereur Jax en personne.

Il se tut, comme un prêtre attendant une objection au milieu des vœux des mariés.

Le silence régnait dans le sanctuaire, mais ce n'était pas un silence paisible. La cour de la Citadelle était trop bien dressée pour exprimer son déplaisir en public, mais celui-ci bouillonnait dans l'air comme une marmite sur le point de déborder.

— Ceci est un moment historique, continua Bastian.

Il n'avait pas pris la voix de quelqu'un qui fait une annonce ; il parlait à ses nobles comme s'ils étaient rassemblés autour de la table du dîner, comme s'ils étaient à l'une des fêtes qu'il organisait en tant que Prince-Soleil.

— Les règles sont en train de changer. Les menaces du passé n'ont pas leur place dans l'avenir ; au lieu de cela, nous devons trouver des solutions pour travailler main dans la main. Pour coexister alors que nous entrons dans une nouvelle ère.

Le calme n'était troublé que par le bruissement de petits gestes nerveux, le bruit presque silencieux de centaines de respirations sortant de poumons comprimés par l'anxiété. Lore risqua un regard à la ronde ; elle ne vit pas Alie, mais Malcolm était debout au fond du sanctuaire, ses bras balafrés croisés sur sa poitrine, le visage dur. Il rencontra son regard, puis détourna rapidement la tête.

Sur l'estrade, Bastian assena une claque sur l'épaule de Maxon. L'autre homme resta de marbre.

— J'espère que vous les accueillerez comme il se doit alors que nous œuvrons à préserver la paix qui nous unit depuis si longtemps, dit Bastian. (Il écarta la main de l'épaule de Maxon, comme s'il le libérait, puis lança un regard appuyé par-dessus son épaule à lui pour souligner l'absence du clergé. Il se retourna vers la foule avec un sourire en coin.) J'imagine que c'est à moi qu'il revient de vous donner congé. Allez-y.

Il descendit de l'estrade d'un pas enlevé, comme s'il se délectait d'avoir semé la confusion parmi ses sujets, et prit le bras de Lore.

— Tout s'est bien passé, finalement.

— Mis à part le départ de Gabe.

Le sourire satisfait de Bastian vacilla légèrement.

— Peut-être était-ce pour le mieux. (Il grimaça et porta la main à sa tempe avant de la laisser retomber.) Allons-y. Cette maudite migraine est en train de revenir.

CHAPITRE 12

Je ne suis jamais loin de Mes fidèles.

Le Livre de Prière, Fascicule 56

Lore attendit que la porte de leurs appartements se referme derrière elle avant de poser la question qui devait certainement résonner dans toute la Citadelle.

— Comment as-tu fait ça ?

— Fait quoi ?

Bastian ne semblait pas le moins du monde perturbé par ce qui s'était passé dans le sanctuaire. Sa démarche était guillerette, ses manières détendues ; il avait l'attitude de quelqu'un dont le plan se déroule à la perfection. Il était si différent de la nuit dernière, devant la fenêtre éclairée par la lune, quand il avait semblé aussi perdu qu'elle.

— Ce tour de passe-passe à la fin des prières, dit Lore sans chercher à dissimuler l'irritation dans sa voix. (Il savait sûrement de quoi elle parlait.) La *lumière.*

— Oh, ça. (Il lui décocha un sourire canaille.) J'ai seulement canalisé un peu de Spiritum sur un coup de tête, pour renforcer un peu mon aura. Je n'étais pas sûr que ce soit assez puissant pour qu'un non-praticien le voie, mais apparemment je me trompais. J'ai fait forte impression, tu ne trouves pas ?

— C'est un usage un peu frivole de la magie, non ?

— Ma bien-aimée, pour nous, une telle chose n'existe pas.

L'alcôve dans le coin – celle où Alie avait organisé son thé – accueillait désormais un petit déjeuner somptueux, des piles de fruits et de pâtisseries que deux personnes à elles seules ne pourraient jamais espérer finir. Bastian se dirigea vers la table à grands pas, comme si ce tour de magie improvisé lui avait donné faim.

Il remplit une tasse de café, y ajouta une dose généreuse de crème, puis la tendit à Lore.

— Peut-être que la prochaine fois tu pourrais faire quelque chose de similaire. Te donner l'apparence d'un cadavre ambulant, par exemple.

C'était une plaisanterie, mais elle n'était pas au goût de la jeune femme. Lore, les lèvres pincées, prit la tasse offerte et ajouta du sucre avant de prendre une gorgée. D'ordinaire, Bastian savait exactement comment elle buvait son café (avec assez de sucre pour se ruiner les dents), mais ce matin il avait apparemment oublié. Peut-être était-ce un effet secondaire du Spiritum, qui le poussait à parler sans réfléchir et à oublier les préférences d'autrui en matière de café.

— Allons, dit-il en se préparant une tasse et en se laissant tomber dans un fauteuil. Je plaisantais.

— Donc tu cherchais seulement à faire une impression ? demanda Lore en ignorant son semblant d'excuse.

— Et je voulais voir si j'en étais capable.

Bastian prit un saladier de fruits et sépara les fraises des myrtilles avant de pousser ces dernières vers elle, gardant les premières pour lui. Au moins, il n'avait pas oublié quels fruits elle aimait.

— Tout est bon pour montrer à notre ami Jax l'étendue de notre pouvoir, je pense, ajouta-t-il.

Lore avait l'appétit coupé, mais elle s'obligea à manger, consciente qu'elle serait affamée plus tard si elle s'abstenait.

— Tu devrais faire attention, Bastian. Nous ignorons toujours les conséquences que peut avoir cette magie.

Des conséquences comme une voix dans sa tête. Peut-être était-ce seulement de l'anxiété, une manifestation de tous ces traumatismes qu'elle avait enfouis aussi profondément que la putain de déesse. Mais c'était peut-être plus que cela. Elle avait déjà entendu cette voix pendant la fuite de Mortem.

Il prit délibérément son temps pour mâcher et avaler une fraise.

— Nous en revenons donc à ça.

Avec un soupir, Bastian se renversa dans son fauteuil et regarda vers la fenêtre. Celle-ci donnait sur l'arrière de la Citadelle, la grande pelouse qui séparait le palais du sanctuaire nord. En tordant la tête sur le côté, on pouvait tout juste apercevoir le dôme en verre des caveaux, et les roses plantées au sommet des cryptes qui se tendaient vers le soleil.

Bastian contempla cette vue d'un air songeur, comme s'il cherchait ses mots dans l'éclat du verre. Il y avait quelque chose de douloureux dans sa façon de se mouvoir, même si chaque mouvement était infime ; les muscles autour de ses yeux quand ils se fermèrent, la façon dont il se frotta la bouche du bout des doigts, laissant apercevoir un peu de l'éclipse gravée sur sa paume.

— Je comprends tes inquiétudes, dit-il finalement. (Il s'exprima à voix basse, comme s'il craignait qu'on surprenne leur conversation, même s'ils étaient les deux seules personnes dans tout cet appartement royal.) Mais tu n'as pas à t'inquiéter pour moi, Lore. Je sais ce que je fais.

Elle laissa retomber une myrtille dans le saladier sans l'avoir mangée.

— Vraiment ?

— Je sais qu'Anton nous a poussés à croire que nous devions nous méfier de nos pouvoirs, dit-il. Mais de toute évidence, il avait tort. Et nous ne pouvons rien apprendre sur eux si nous ne les utilisons pas.

Lore tordit la bouche.

— Peut-être que nous devrions lui poser la question.

Silence. Bastian tapota sa tasse en porcelaine du bout des doigts. Lore mangea nerveusement sa myrtille abandonnée.

— C'est peut-être l'une des seules personnes qui puissent nous dire comment cette magie est censée fonctionner, ajouta-t-elle.

— Tu n'as pas tort. (Bastian se pencha en avant et posa les coudes sur ses genoux.) Mais je doute fortement qu'Anton soit toujours en vie. Même si c'est le cas, je ne sais pas où la Presque Mort le détient.

— Je pourrais demander à Gabe, dit-elle.

Elle se sentit légèrement honteuse de mentionner le Prêtre Exalté, alors qu'ils avaient tous les deux soigneusement évité le sujet. Peut-être qu'à partir de maintenant, chaque fois qu'elle évoquerait Gabe en présence de Bastian, elle aurait l'impression d'appuyer sur un hématome commun.

— Il doit savoir où est Anton.

— Si ça peut te rassurer, répondit Bastian avec un geste nonchalant.

Lore tendit la main par-dessus la table pour la poser sur celle de Bastian. Il ne leva pas la tête vers elle, mais il ferma les yeux.

— Je pense, dit-elle d'une voix douce, que nous devrions peut-être arrêter la magie pendant quelques jours. Pour notre bien à tous les deux. Tu as l'air épuisé.

La perspective de ne pas canaliser la Mortem était à la fois un soulagement et une déception. Elle ne savait pas quelle réponse elle espérait entendre.

—Mon état a moins à voir avec la magie qu'avec l'emmerdement général d'être le Roi Sanctifié, dit Bastian.

Un nouveau spasme contracta ses mâchoires, et il ouvrit les yeux. Il y avait un changement subtil dans son regard. Une détermination renouvelée. Bastian retira sa main de sous celle de Lore, sans méchanceté, mais avec une fermeté manifeste.

—Je crains que ce ne soit pas une option, ma bien-aimée. Pas maintenant.

Ils tombèrent dans le silence. Bastian reposa une fraise sur son assiette sans la manger. Lore joua avec les myrtilles dans son bol sans en prendre une autre.

Bastian s'en alla peu de temps après, quand le silence devint si pesant que Lore se crut sur le point d'étouffer sous son poids. Il l'embrassa sur le front en se levant de table.

—Rien d'excitant, la rassura-t-il, même si Lore ne lui avait pas demandé où il allait. Il est temps de harceler de nouveau les trésoriers.

—Encore des indemnités ?

Malgré elle, il y avait une note enjouée dans sa voix. Les indemnités directement versées aux citoyens auverrains faisaient encore partie des choses qui la réjouissaient.

Il lui adressa un sourire qui n'atteignit cependant pas ses yeux.

—Et comment vas-tu remplir ta journée, en ce qui te concerne ? demanda-t-il sans répondre à sa question.

—Je pense que je vais aller voir le Prêtre Exalté. (L'appeler par son titre semblait plus sûr que de prononcer son nom.) C'est sans doute une bonne idée de prendre des leçons supplémentaires, si nous ne prévoyons pas de faire une pause dans la magie.

Et elle allait lui parler d'Anton. Ce besoin avait enflé dans sa poitrine pendant le reste du petit déjeuner jusqu'à appuyer contre son sternum, prêt à exploser. Elle avait besoin de réponses, ne serait-ce que pour apaiser ses propres angoisses.

Le sourire de Bastian devint légèrement plus acéré.

— Je pense que c'est une idée fabuleuse. Passe le bonjour à Remaut de ma part.

Lore fronça les sourcils.

— Je doute qu'il le prenne très bien.

Mais Bastian avait déjà franchi la porte.

Lore renversa la tête en arrière et la laissa reposer sur le dossier de sa chaise. Le fait que Bastian cherche à taquiner Gabe n'avait rien de nouveau, en réalité. Même si elle avait cru que les choses avaient changé à cet égard. Que Bastian ne voulait pas plus qu'elle le blesser.

Peut-être avait-elle simplement pris ses désirs pour la réalité. Son désir de trouver une sorte de solution pour eux trois.

Elle s'obligea à se lever, prête à vider son sac auprès d'un des hommes qui rendaient sa vie incommensurablement plus difficile.

Une veste-de-sang montait la garde près d'un des palmiers en pot à l'extérieur des appartements. Lore eut un mouvement de recul en le voyant; après dix ans passés à trafiquer du poison, la vue des gardes la mettait toujours mal à l'aise, peut-être même plus que celle de la Presque Mort. Le temps qu'elle avait passé dans la Citadelle n'avait pas contribué à les faire grimper dans son estime.

La veste-de-sang ne disant rien, Lore s'éclaircit la voix:

— Que faites-vous là ?

Le regard du garde fila dans sa direction.

— Ordre du roi, répondit-il sèchement. En son absence, je dois vous accompagner dans vos déplacements au sein de la Citadelle.

Lore pinça les lèvres et sentit la colère monter en elle.

— Je me suis toujours déplacée dans la Citadelle sans escorte.

La veste-de-sang ne répondit pas, mais ses yeux se posèrent sur la bague de Lore avant de se reporter sur son visage.

Ah.

— Vos services ne seront pas nécessaires. (Elle se redressa de toute sa taille en s'efforçant d'instiller dans sa voix l'autorité d'une future reine.) J'informerai le roi que je vous ai relevé de vos fonctions.

La veste-de-sang remua sur ses pieds, mais ne partit pas.

— J'ai peur que vous ne puissiez pas faire ça, ma dame.

Le sourire de Lore était glacial.

— Je vous assure que si.

— Je ne peux être congédié que par la personne qui m'a donné cet ordre. (Et merde, cette veste-de-sang avait plus de cran que Lore ne s'y attendait. Elle avait l'habitude de leur faire peur, et la seule fois où elle voulait s'en servir, cela ne fonctionnait pas.) Si vous voulez que je demande à Sa Majesté de revenir…

— Non, rétorqua-t-elle d'un ton cinglant. C'est inutile.

Car elle ne gagnerait pas cette bataille, elle le savait, et elle ne voulait pas voir la satisfaction sur le visage de cet homme quand elle perdrait.

Sans un autre mot, Lore s'engagea à grands pas dans le couloir. Le garde – dont elle n'avait pas demandé le nom – lui emboîta le pas. Elle se mit à l'imaginer en train de trébucher dans l'escalier et de dégringoler toutes les marches sur les fesses jusqu'au rez-de-chaussée. Elle était si concentrée sur sa rêverie qu'elle ne vit pas Alie avant d'être à deux doigts de lui rentrer dedans.

— Bonjour à toi aussi, dit la jeune noble en refermant les mains sur les épaules de Lore pour la retenir.

Un accent rieur teintait sa voix, mais ses yeux étincelaient, durs comme du jade.

— Désolée.

Lore se rétablit et lança un regard par-dessus son épaule. La veste-de-sang s'était arrêtée à quelques pas en arrière et se tenait dos au mur, les mains de part et d'autre du corps, le regard braqué devant lui. Une attitude suffisamment ordinaire pour qu'il ne soit pas d'emblée évident qu'il suivait Lore.

C'était sans doute le but.

Le regard d'Alie suivit celui de Lore, et la méfiance sur son visage laissa place à une expression fermée.

— Bien sûr, dit Lore d'une voix assez forte pour que la veste-de-sang l'entende. Je serais ravie de t'accompagner dans tes appartements. Je sais à quel point cette période du mois peut être casse-pieds.

La confusion s'inscrivit brièvement sur les traits d'Alie, puis elle hocha discrètement la tête avant de répondre :

— Oh, merci. Les crampes sont tellement insupportables. Une tasse du thé de Brigitte serait exactement ce qu'il me faut, si tu en as sur toi.

— Toujours.

Lore avait l'impression d'être une actrice particulièrement médiocre en train de jouer une pièce de théâtre dans un festival de marché, mais un autre coup d'œil rapide par-dessus son épaule lui indiqua que le subterfuge grossier avait fonctionné. Une grimace de vague dégoût plissa la bouche de la veste-de-sang, et, quand Alie et elle se dirigèrent vers l'escalier, l'homme les suivit à bonne distance.

— Par les dieux, marmonna Alie. Les hommes se comportent vraiment comme si c'était contagieux. (Elle lança un regard indéchiffrable à Lore.) Ordre de Bastian ?

— Il y a quelques minutes, apparemment.

— Hum.

Si Alie avait une opinion sur la question, elle la garda pour elle.

La veste-de-sang les suivit dans la première volée de marches, puis dans le couloir qui menait à la porte d'Alie. Au lieu d'être encadrée par des palmiers en pot, comme celle de Bastian, la porte était bordée par un pothos grimpant, qui poussait avec enthousiasme dans la lumière de la fenêtre voisine.

— Je ne serai pas longue, dit Lore en suivant Alie à l'intérieur et en fermant la porte derrière elle.

Elles restèrent toutes les deux immobiles, les yeux rivés sur la poignée pour voir si elle allait tourner. Mais apparemment, la veste-de-sang se satisfaisait d'attendre dehors pendant qu'elles échangeaient sur la question des flux menstruels.

L'appartement d'Alie était bien plus petit que celui de Bastian, similaire à celui qu'avaient occupé Lore et Gabe quand elle prétendait être Eldelore Remaut. Toutefois, celui-ci était bien mieux décoré et entretenu. La porte d'entrée ouvrait sur un petit salon doté d'une cheminée en marbre blanc et d'un mur entier de fenêtres qui donnaient sur la pelouse au nord de la Citadelle. Une porte au fond de la pièce laissait entrevoir un lit moelleux aux draps défaits, et une arche ouverte menait à un petit bureau contenant un fauteuil de velours et une table recouverte de livres et de lettres.

Mais Lore n'eut pas vraiment le temps d'étudier l'appartement, car Alie se tourna brusquement vers elle.

— Au nom des mille enfers, Lore, peux-tu me dire ce que tu fabriques au juste ? demanda-t-elle d'une voix sèche et dure.

Lore ouvrit et referma la bouche. Elle n'était pas prête à subir un interrogatoire. Mais Alie la regardait presque comme si elle était une ennemie ; ses joues cuivrées avaient rougi, ses yeux étaient brillants, ses bras croisés sur sa poitrine.

Alie haussa un sourcil presque blanc en posant un regard lourd de sens sur la bague qui ceignait le doigt de Lore.

Ah, pensa une nouvelle fois Lore. Bastian avait donc bel et bien agi sans en parler à personne avant. Une décision importante de plus qu'il avait prise de son propre chef.

Elle laissa échapper un soupir tremblotant et tourna le diamant vers l'intérieur de sa main, comme si elle pouvait le dissimuler.

— C'est justement la question, répondit-elle. Je ne sais pas vraiment.

Alie soupira. Ses épaules s'affaissèrent et elle décroisa les bras.

— Eh bien, nous sommes deux, alors.

Elle se dirigea vers son canapé ; Lore la suivit, et elles se laissèrent tomber parmi les coussins dans un bruissement de mousseline et de soie.

— Est-ce qu'il t'a seulement posé la question ? Avant de le faire, je veux dire ? poursuivit Alie.

— Non. (Lore eut un faible rire.) Je ne me doutais de rien. Nous n'avions jamais abordé ce genre de sujet.

Mais était-ce bien la vérité ? Bastian avait dit encore et encore qu'il la protégerait. Qu'il la garderait près de lui. Dans son esprit, peut-être que ceci en était la suite naturelle.

Alie la regardait comme si Lore avait trois têtes.

— Et tu t'es contentée de dire oui ? Alors même que tu n'avais jamais parlé de mariage avec un roi Arceneaux ? Ce n'est pas une chose à prendre à la légère.

— Qu'est-ce que j'étais censée faire, au juste, Alie ? Dire « merci, mais non merci » au beau milieu d'un bal royal, sous les yeux des putains de Kirythéens ? Ils rapportent tout ce qu'ils voient à Jax ; c'est même la raison pour laquelle Bastian les a invités. La nouvelle que la sorcemort du Roi Sanctifié a rejeté sa demande en mariage ne ferait pas de nous des parangons de stabilité.

Alie poussa de nouveau un profond soupir.

— Tu as raison. (Elle se frotta le front.) Malcolm et moi avons été complètement pris de court, mais nous pensions qu'il t'en avait au moins parlé à toi. Est-ce qu'il t'a expliqué la raison de sa demande ?

Ils savaient tous que celle-ci n'était pas uniquement motivée par ses sentiments pour elle. Lore en fut légèrement blessée, mais elle haussa les épaules.

— Pour me protéger, d'après lui. Pour montrer aux Kirythéens que je suis une composante permanente, que je ne vais aller nulle part.

Pour voir qui j'allais choisir. Mais elle garda cette partie-là pour elle.

— On dirait plutôt qu'il t'a collé une cible dans le dos, marmotta Alie.

— D'où le garde, je pense.

— Tout de même. Je ne comprends pas...

Alie laissa mourir sa phrase, mais celle-ci n'avait pas besoin d'être terminée. Ni l'une ni l'autre ne comprenaient vraiment. Quand il était question des actions de Bastian, cela devenait une habitude. Et que pouvaient-elles y faire ? Il était le roi.

— Quelque chose ne va pas, dit finalement Lore à mi-voix. (Elle ne prit conscience qu'elle serrait les poings qu'au moment où elle sentit le diamant s'enfoncer dans la chair de sa paume ; elle le retourna, lentement et délibérément, avant de reprendre la parole en le contemplant fixement.) Il invite les Kirythéens à la Citadelle, il me demande en mariage, il canalise trop de magie... Il se conduit de façon irrationnelle.

Alie serra les lèvres.

— C'est sans doute seulement le stress d'être devenu roi, même si « Bastian » et « raison » n'ont jamais vraiment rimé, surtout quand il s'agit de ce qu'il désire.

— Je ne pense pas que ce soit...

— À quel point le connais-tu, Lore ? (Alie se tourna pour lui faire face, le menton levé, le visage stoïque.) Je sais que vous avez cette... cette connexion magique, mais le fait est que tu ne connais Bastian que depuis quelques mois. Tu n'es pas vraiment la mieux placée pour juger de ce qui est ou non normal chez lui. Nous nous attendions à ce genre de choses, quand Bastian est devenu roi. Il s'est toujours fié à sa propre opinion plus qu'à celle de n'importe qui.

Lore la dévisagea ; elle avait envie de défendre Bastian, mais elle était incapable de rejeter en bloc ce qu'Alie venait de dire. Si Lore était égoïste, c'était aussi le cas de Bastian. Ils s'étaient tous les deux opposés à ce que voulaient Anton et August cette nuit-là. Ils avaient tous les deux dit à la cause supérieure d'aller se faire pendre.

— Alors qu'est-ce que nous sommes censées y faire ?

Alie se leva et alla prendre la bouilloire posée sur le manteau de la cheminée. Elle plongea dans le feu un tisonnier à la poignée dorée et remua les braises avant de suspendre la bouilloire au-dessus des premières langues de feu. Il faisait trop chaud pour ce genre d'activité, et elle s'éventa d'une main, faisant voleter les boucles blanches autour de son visage.

— Toi, dit-elle finalement, tu n'as rien à faire.

Une subtile emphase sur ce « toi ». Un sentiment de malaise picota la nuque de Lore.

— Est-ce que tu prépares quelque chose, Alie ?

La bouilloire commença à fumer ; Alie la décrocha et versa de l'eau chaude dans une tasse sans prendre la peine d'y ajouter des feuilles de thé, qu'il soit pour les crampes ou non.

— Il a un conseil, dit-elle posément. Même s'il semble l'oublier. Compte sur nous pour soupeser nos options.

— Quelles options ?

— Il y a toujours des options. (Les yeux d'Alie se posèrent sur elle, l'observant à travers la vapeur de la tasse.) Ce n'est pas parce que tu n'arrives pas à les voir qu'elles n'existent pas. (Elle marqua une pause.) As-tu parlé à Gabe ?

La question prit Lore par surprise.

— C'est ce que je m'apprêtais à faire quand je t'ai croisée.

Alie hocha la tête et regarda la tasse refroidir.

— Donc tu n'as pas vraiment encore choisi entre eux deux.

Parler de Gabe avec Alie – parler de lui dans ce contexte – réveilla l'inconfort au creux de son estomac, comme un serpent prêt à frapper. Elle savait qu'Alie tenait encore à lui, mais elle ne savait pas vraiment de quelle manière ; si c'était de la même façon que Lore, ou de manière plus douce, tel un vestige d'amour qui refusait de mourir, mais qui ne repousserait pas.

— Je n'ai pas envie de choisir, chuchota Lore.

Alie se mordilla le coin de la lèvre. Après un instant, elle hocha de nouveau la tête. L'atmosphère était devenue étrange. Lore s'agita parmi les coussins du canapé.

— Alie, je… (Mais ne sachant pas comment poursuivre sa phrase, elle changea d'approche.) Toi et Gabe…

— Ne t'inquiète pas pour Gabe et moi, dit Alie sans détacher son regard de la tasse. Je tiendrai toujours à lui. Il tiendra toujours à moi, même si c'est présomptueux de dire ça. (Sa lèvre frémit.) Mais ça n'aurait jamais été « lui et moi », Lore. Les choses n'auraient jamais été si simples. Pas pour nous.

Elle saisit la tasse encore fumante et alla ouvrir la porte. La veste-de-sang était postée dans le couloir, au garde-à-vous. Alie inclina la tête dans sa direction, puis se tourna vers Lore et lui prit la main pour lui faire franchir le seuil.

— Merci mille fois pour le thé, je suis sûre que je me sentirai mieux en un rien de…

Mais le garde de Lore n'était pas la seule personne dans le couloir.

Caius se tenait devant elles, les mains refermées derrière le dos, presque dans la même position que le garde. La lumière qui se déversait par la fenêtre derrière lui brouillait ses contours et le rendait difficile à regarder en face, mais quand il fit un pas en avant, son expression était facile à déchiffrer.

Empressée.

—Alienor, dit-il, ignorant complètement Lore.

L'espace d'un instant, la confusion plissa le front d'Alie, mais elle se glissa dans son rôle de diplomate aussi facilement que dans une cape familière.

—Caius. Quel plaisir de vous revoir, surtout maintenant que je sais qui vous êtes.

Elle prononça ces mots d'un ton joueur, mais qui contenait une pique qu'elle ne put totalement effacer. Un endroit où cette cape familière était usée jusqu'à la trame.

Caius arbora un large sourire, qui n'était pas de ceux qui mettaient les gens à l'aise.

—Ah, mais j'ai l'impression que vous n'étiez pas dupe, ma dame. Vous saviez que quelque chose se tramait.

Lore ne pensait pas avoir déjà entendu quelqu'un utiliser les mots « quelque chose se trame » sans ironie. Elle ne parvenait pas non plus à croire à quel point tout cela était facile...

Alie jouait un rôle, mais est-ce que toute la cour acceptait la présence des Kirythéens comme si c'était une broutille ? Même son garde semblait imperturbable.

Oui, pensa-t-elle, répondant à sa propre question. Oui, c'était sans doute ce que faisaient les nobles. L'Auverraine cherchait désespérément à éviter une guerre et les coûts associés ; ce geste de paix, aussi étrange soit-il, maintiendrait l'illusion que tout irait bien. Et l'illusion était tout ce dont ils avaient besoin.

Alie rendit son sourire à Caius, mais une lueur rusée habitait encore son regard.

—Je dois admettre que je n'ai pas vraiment cru au fait que vous étiez le neveu éloigné d'un vicomte souffrant, mais je ne peux pas dire que je m'attendais à la vérité. J'imagine que j'aurais dû ; ce n'est pas la première fois que j'acquiers une nouvelle connaissance par ce genre de biais.

Elle prit amicalement le bras de Lore au creux du sien. Lore sentit qu'elle tremblait légèrement.

— On dirait plutôt une amie qu'une connaissance, répondit Caius avec un demi-sourire acéré. J'espère qu'il en ira de même pour nous, avec le temps. Bastian m'a dit le plus grand bien de vous.

Lore tapota le bras d'Alie.

— Va te reposer, ma chère, dit-elle en essayant de paraître légère et nonchalante. Je sais que tes crampes te font souffrir.

— Ne me laissez pas interrompre vos plans. (Caius était l'agent d'un gouvernement ennemi, mais au moins il était poli.) Je suis venu voir si vous vouliez bien faire le tour des jardins avec moi, mais si vous ne vous sentez pas bien…

— C'est le cas. (Lore lui adressa un sourire crispé et repoussa Alie de l'autre côté du seuil de son appartement.) Mais c'était un plaisir de vous voir, Caius. (Elle fut incapable de s'arrêter là.) Bastian et moi espérons que ce que vous avez vu de l'Auverraine jusqu'ici vous a plu.

— C'était impressionnant, certes. (Après un dernier coup d'œil vers Alie, il tourna toute la puissance de son sourire prédateur vers Lore.) Et toutes mes félicitations pour vous, ma dame. Nous sommes tous impatients de voir quel genre de reine vous deviendrez.

Il inclina la tête, pas aussi profondément qu'il l'aurait dû face à une dame et à la future reine, puis il disparut dans l'escalier.

Lore laissa échapper un soupir tremblant et se tourna vers Alie.

— Est-ce que tu…

— Je vais bien, répondit-elle d'une voix faible. Va voir Gabe.

Puis elle ferma la porte.

CHAPITRE 13

Nul chemin n'est plus épineux que celui séparant deux personnes qui avaient pour coutume de s'aimer.

Émilie Beligne, poète auverraine

Le soleil martela le crâne de Lore quand elle traversa la pelouse de la Citadelle. Elle avançait d'un pas vif, sans se retourner pour voir si son garde la suivait. Elle franchit les portes massives de l'Église et s'engagea dans le couloir aux vitraux.

Elle n'aurait pas dû être surprise que Bastian pousse Caius vers Alie. Elle était leur meilleure diplomate, capable de soutirer des informations à n'importe qui avant même que sa victime s'aperçoive de ce qu'elle révélait. Néanmoins, c'était encore une chose dont il n'avait pas discuté avec elle, et l'irritation de Lore enfla.

Mais elle n'était pas surprise, non. Que Bastian fasse ce que Bastian estimait être le mieux n'avait rien de nouveau. C'était comme une vérité ancrée, maintenant, quelque chose qui ne l'avait jamais choquée avant et ne devait pas la choquer maintenant.

Alie avait raison. À quel point le connaissait-elle vraiment ?

Lore fit pivoter la bague autour de son doigt, encore et encore, au point d'avoir la peau à vif.

Elle s'approcha des portes de la pièce où se trouvait le confessionnal, et son garde alla se poster contre le mur à distance polie.

— Ordre du Roi Sanctifié, dit-il en réponse à son haussement de sourcils sceptique. Je dois respecter votre intimité quand vous rencontrez le Prêtre Exalté.

Lore ne prit pas le risque de poser plus de questions. Avec un hochement de tête, elle se glissa dans la pièce et referma la porte derrière elle. Après une brève hésitation, elle tourna le verrou, juste pour être sûre.

Elle ne voulait pas qu'il surprenne un seul mot de cette conversation.

Elle remonta en hâte l'allée centrale, tira le rideau et le laissa retomber derrière elle. Mais Lore ne s'assit pas sur le banc ; au lieu de cela, elle approcha le visage aussi près de la grille qu'elle le pouvait sans la toucher.

— J'ai besoin de te parler.

Les ombres bougèrent sur le sol quand Gabe s'assit de l'autre côté de la séparation, le visage quadrillé par les délicates volutes de métal, et éclairé par la lueur vacillante de l'unique applique.

— J'ai une bonne nouvelle pour toi, gronda-t-il d'un ton qui mêlait l'épuisement et l'irritation. C'est exactement ce que tu es en train de faire.

— Ne joue pas les sales cons, Gabe. (Lore leva les mains et agrippa la grille, comme si elle pouvait lui transmettre l'urgence de la situation en lui montrant sa peau. L'ombre de Gabe se raidit ; cela fonctionnait.) Je parle de…

Elle ne termina pas sa phrase, mais ses doigts se resserrèrent sur la grille, se recourbant comme si Lore pouvait arracher le morceau de métal et obliger Gabe à la regarder.

Un soupir émana de l'autre côté.

— Très bien, dit Gabe d'un ton las. Parle.

Elle s'exécuta, mais elle ne lui posa pas de questions sur Anton. Pas tout de suite.

— Je rêve encore.

— Nous en avons déjà discuté. Tant que tes défenses…

— Non, le coupa-t-elle. Ça ne ressemble toujours pas aux rêves que je faisais avec Anton. Ceux-là sont plus… concrets. On dirait presque des souvenirs. Mais ce ne sont pas les miens.

Silence de l'autre côté, même si elle le vit remuer. Lore ne lui avait jamais demandé si ses croyances avaient changé au sujet d'Apollius, de Nyxara, de son pouvoir qui serait le signe avant-coureur de la fin du monde. Bastian avait pris l'absence d'apocalypse comme un signe qu'Anton avait tort, mais il n'y avait jamais vraiment cru, à la base. Gabe, si. Gabe avait cru tant de choses.

Et Lore ne savait toujours pas ce qu'elle-même croyait. Elle était un point d'équilibre entre la piété de Gabe et l'indifférence de Bastian.

— J'imagine qu'il est possible qu'ils ne signifient rien, dit Lore quand il devint évident que Gabe avait l'intention de garder le silence. Mais étant donné que le but de nos rencontres est que ma magie ne ramène pas la Déesse Enfouie, je crois que cela mérite discussion. (Sa voix se brisa sur ces derniers mots.) C'est le moment où tu es censé dire quelque chose, Remaut.

L'usage de son nom de famille le prit de court. Gabe se redressa lentement. Il se passa la main sur le visage, dans les cheveux, et ajusta son cache-œil.

— Que voulez-vous que je vous dise, Votre Majesté ?

— Je veux savoir si tu penses qu'ils sont importants. (Elle lâcha la grille et referma les mains devant elle, car ce qu'elle s'apprêtait à dire ressemblait à une confession.) Moi, oui.

Un silence, lourd de sens.

— Parle-moi des rêves. (Le ton de sa voix était posé, mais les ombres bougèrent quand Gabe se leva et commença à faire les cent pas.) N'omets aucun détail.

Lore se laissa tomber sur le banc.

— Je suis dans une forêt. Ou une sorte de forêt, du moins. Elle est similaire à celle des jardins de la Citadelle ; elle n'est pas naturelle, elle semble artificielle. Elle ressemble beaucoup à celle que j'imagine comme barrière mentale.

— C'est peut-être pour cette raison que tu en rêves, murmura Gabe. Tu l'as imaginée si souvent qu'elle reste dans ton esprit sans même que tu fournisses d'effort.

Mais Lore secouait déjà la tête avant qu'il ait terminé.

— Ce n'est pas ça. C'est plus comme si… comme si je me *souvenais* de cette forêt, comme si c'était pour ça que je l'avais choisie comme barrière. (Elle agita la main.) Bref, j'imagine que cette partie n'est pas importante. Je suis dans la forêt, et j'ai les mains posées sur un arbre, sauf qu'elles ne ressemblent pas à mes mains. Elles n'ont pas de cicatrice.

Une brève interruption dans les allées et venues de Gabe, le souvenir de la manière dont elle avait obtenu cette cicatrice figeant ses mouvements. Puis il reprit ses déambulations.

— Et je parle à des gens, parfois, continua Lore. J'ai ces conversations complètes qui ne semblent pas du tout étranges, à l'intérieur du rêve, mais qui n'ont aucun sens en dehors. Je ne me souviens pas des détails quand je me réveille, mais cela tourne autour d'une décision qui doit être prise…

Plus elle parlait, plus elle se sentait stupide. Peut-être accordait-elle trop de sens à quelque chose qui n'en avait pas, tout comme elle essayait de trouver un signe que Gabe tenait encore à elle alors qu'il n'avait cessé de montrer le contraire. Alors qu'il était cruel de sa part d'attendre autre chose.

Lore poussa un long soupir et enfouit son visage dans ses mains.

— Oublie ça. Je suis idiote, ça ne signifie pas...

— Tu n'es pas idiote.

Il se tenait juste de l'autre côté de la grille, tout comme elle quelques instants plus tôt. Une seconde plus tard, ses doigts apparurent à travers le métal.

— En as-tu parlé à Bastian ? demanda-t-il.

Elle tenta d'analyser les nuances de sa voix, de différencier la peine du désir et de la colère. Mais ces émotions étaient entremêlées dans un nœud impossible à défaire.

— Je lui ai dit que je rêvais, répondit Lore, mais je ne lui ai pas dit à quel sujet. (Elle eut un petit rire, à bout de souffle et un tantinet désespéré.) Ils m'effraient, Gabe. Je veux seulement savoir si j'ai raison d'avoir peur.

Les doigts de Gabe frémirent, comme si cette réponse ne lui plaisait pas. Mais l'éclat fragmenté de l'applique brilla sur ses cheveux d'un roux doré quand il acquiesça. Ils restèrent unis dans le silence, en un moment fragile qui pouvait voler en éclats si l'un d'eux faisait un mouvement de travers.

Finalement, Gabe soupira.

— Tu sais que j'ai envie de te faire confiance, Lore.

Son cœur n'aurait pas dû bondir à ces mots, pas alors qu'elle avait la bague de Bastian autour du doigt.

— C'est donc ce que je vais faire, poursuivit-il, presque comme si c'était un défi. Un peu, du moins.

Gabe n'était pas le genre d'homme à céder à ses désirs. Les dieux savaient que Lore ne lui avait pas donné de bonne raison de lui faire confiance, mais il allait le faire, juste parce qu'il en avait envie.

Elle voulait le toucher. Elle voulait sentir le mouvement de sa peau sous la sienne, le doux martèlement de son cœur. Elle se souvenait encore de chaque seconde de ce baiser dans la tourelle sud-est, plusieurs semaines plus tôt, comme une danse que ses muscles n'avaient pas oubliée.

La main de Gabe s'approcha d'une encoche dans le mur et tordit quelque chose. Avec un crissement de vieille rouille, un pan de la grille s'ouvrit.

Une porte. Il semblait logique maintenant qu'il y ait une porte, un moyen de passer entre les deux parties du confessionnal, mais Lore n'y avait pas songé avant de la voir ouverte. Elle n'avait même pas vu de charnières dans tout ce fer travaillé ; ce devait être un ouvrage délicatement forgé, très subtil…

Tous ces détails n'étaient qu'une distraction fournie par son esprit pour atténuer l'impact causé par la présence de Gabriel Remaut debout devant elle, si près qu'elle pouvait le toucher.

Son œil visible était cerné, et son visage était blafard sous les constellations de ses taches de rousseur. Il y avait une marque rouge sur sa tempe, comme si la lanière de son cache-œil avait mis sa peau à vif, comme s'il l'avait porté trop longtemps sans interruption.

— Suis-moi.

Gabe se retourna aussitôt, comme s'il n'imaginait pas une seule seconde qu'elle n'obéisse pas.

— Il y a une veste-de-sang devant la porte, dit-elle en se levant. Bastian lui a dit de m'accompagner partout où je vais.

Gabe lança un regard sombre vers l'avant de la pièce, comme si la veste-de-sang pouvait le sentir à travers le rideau de velours et la porte en chêne.

— Je suis étonné que tu aies pu venir à l'intérieur du confessionnal sans lui.

— Apparemment, cela faisait aussi partie des ordres de Bastian. Il doit respecter ma vie privée quand je suis avec toi.

Gabe se figea sous le coup de la surprise et regarda par-dessus son épaule, le front si plissé qu'il était sur le point de décaler son cache-œil.

— Eh bien, dit-il sobrement.

— Eh bien, acquiesça Lore.

Après un instant, Gabe tourna de nouveau la tête devant lui et se dirigea vers une petite porte de pierre située côté prêtre du confessionnal.

— Heureusement, dit-il, nous pouvons rejoindre notre destination à partir de cette pièce. Le garde de Bastian ne te verra pas partir.

— Et où allons-nous ?

Gabe renversa la tête en arrière et lança un soupir vers le plafond.

— Le jardin de pierre, dit-il, résigné. Je vais te montrer pourquoi j'étais là-bas, cette nuit-là.

CHAPITRE 14

Le jour de Mon retour, la terre sera unie dans un seul Royaume Saint qui englobera toutes les terres et les mers.

Le Livre de la Loi Sacrée, Fascicule 173

Des couloirs de pierre labyrinthiques serpentaient à travers les entrailles de l'Église, tous propres et bien entretenus. Apparemment, la Presque Mort et les autres membres du clergé avaient souvent besoin de se déplacer au sein de l'Église sans entrer sur le domaine de la Citadelle. C'était sans doute logique, pensa Lore, le bâtiment de l'Église étant ce qu'il était : un immense anneau de pierre ceignant la Citadelle et ses terres, autant un mur qu'une structure en elle-même. Les sanctuaires nord et sud étaient comme des perles sur ce collier de granit, des endroits où le bâtiment se dilatait, tandis que les côtés est et ouest étaient plus minces et accueillaient des lieux de stockage et les cellules des prêtres.

Malgré le fait que ces passages n'étaient manifestement pas secrets, Gabe avançait d'un bon pas, comme s'il ne voulait pas être vu. Non pas que le risque de croiser quiconque soit très élevé. Étant donné que la moitié de la Presque mort et tous les hommes d'Église qui avaient conspiré avec Anton étaient dans les Îles Calcinées, le nombre de personnes à emprunter les couloirs de l'Église était considérablement réduit.

Ils s'approchèrent d'une porte qui ressemblait à toutes celles qu'ils avaient dépassées jusqu'ici. Gabe sortit une clé de sa poche et la glissa dans la serrure. Le battant s'ouvrit sur la lumière impitoyable de l'été – accompagnée d'une chaleur si lourde qu'elle était presque visible. Gabe sortit, et Lore le suivit comme une ombre.

Le jardin paraissait plus petit, de jour, sans les volutes de brouillard pour masquer ses limites. La lumière faisait également ressortir chaque changement. Les parterres de géraniums étaient plus denses que dans son souvenir, gorgés d'humidité et de soleil. Les roses vivantes étaient si nombreuses qu'elles recouvraient pratiquement leurs jumelles pétrifiées, cachant le gris sous les tiges vertes et les épines.

Il y avait moins de Mortem à canaliser hors des catacombes, désormais. Depuis le rituel, il y avait eu une éclipse de lune mineure – nuit que Lore avait passée recroquevillée autour d'une bouteille de vin dans sa chambre – mais, apparemment, elle n'avait pas produit beaucoup de magie.

Lore aurait aimé pouvoir en tirer du réconfort.

Gabe la mena dans les allées sinueuses, empruntant un itinéraire différent de la première fois où il l'avait fait venir ici. Devant eux, le puits se dressait au sein des parterres de fleurs. La statue d'Apollius semblait toute petite dans l'ombre, les mains tendues. Lore eut l'impression qu'Il l'appelait à lui. Qu'Il la narguait.

Mais Gabe ne s'attarda pas près du puits ; il tourna à droite et s'enfonça parmi les roses, vers le mur du jardin et la petite serre nichée dans un coin. Avec un dernier regard à Apollius – et deux doigts d'honneur –, Lore le suivit.

Gabe s'arrêta devant la serre. Son œil unique se ferma, puis se rouvrit.

— Ce n'est pas beau à voir, la prévint-il.

Elle avait oublié de lui parler d'Anton, dans le bouillonnement d'émotions qui avait suivi sa discussion avec Alie, puis leur échange sur ses rêves. Et pourtant, il était là. Évidemment que c'était ce que faisait Gabe cette nuit-là.

— Je n'ai pas peur, mentit-elle.

Il hocha la tête, carra les épaules et poussa la porte.

La serre était divisée en deux sections, une à l'avant avec des étagères le long des parois de verre, et l'autre à l'arrière, fermée par une porte entrouverte qui ne laissait voir que l'obscurité au-delà. Les étagères étaient encombrées de pots ébréchés et de plantes à moitié mortes, visiblement négligées et reléguées ici parce qu'elles n'avaient nulle part où aller. Gabe se dirigea vers l'arrière de la serre et se glissa par l'entrebâillement de la porte.

En déglutissant pour ravaler un début de nausée, Lore le suivit.

La pièce du fond était sombre, les murs intérieurs et le plafond étant presque entièrement recouverts de rosiers grimpants et de lierre. Malgré cela, les roses s'épanouissaient un peu partout. L'air était empli d'un parfum entêtant de pétales de roses et de terreau. C'était presque beau.

Jusqu'à ce que le regard se pose sur ce qui nourrissait ces plantes, plus riche que n'importe quel terreau.

Anton était à peine visible sous l'amas de fleurs. Son dos était plaqué contre le mur du fond, sa tête renversée en arrière comme s'il était lui-même une fleur cherchant le soleil à travers l'amas de feuilles. Son torse était recouvert par le lierre qui poussait sur le mur derrière lui ; telles des menottes vivantes, les vrilles lui écartaient les bras de part et d'autre du corps. La posture rappelait celle d'Apollius, et Lore dut déglutir de nouveau pour empêcher la bile de remonter dans sa gorge.

Les rosiers étaient pires que le lierre. Leurs tiges entraient et sortaient de la peau d'Anton, la transperçant aussi facilement que de la terre, les épines pointant à travers la membrane délicate pour dérouler des pétales ensanglantés. La tige qui avait poussé à travers son œil s'était dressée au-dessus de sa tête, et était terminée par une fleur rouge, tandis que de nouveaux boutons poussaient contre son sourcil, contre son front. L'orbite était une cavité remplie de chairs sanguinolentes qui s'accordaient avec la cicatrice violacée balafrant tout le côté de son visage. C'était un souvenir de sa vision, celle qui lui avait montré Gabe, Bastian, Lore et la destruction qu'ils devaient prétendument apporter. Des fluides visqueux, vestiges de son œil, coulaient le long de sa joue.

Mais le pire était qu'il respirait toujours, sa poitrine se soulevant et retombant paisiblement, comme s'il dormait.

Lore se surprit à pencher la tête afin de ne pas avoir à contempler l'ancien Prêtre Exalté en face, mais Gabe le dévisageait droit dans les yeux, sans s'autoriser à détourner le regard.

— Je ne pouvais pas le laisser mourir, murmura-t-il. Bastian m'a promis au moins cela, la nuit du rituel. Il a laissé la vie sauve à Anton ; je ne pouvais pas dire non.

Les feuilles bruirent quand Anton prit une inspiration. Lore savait qu'il les écoutait, conscient sous toutes ces épines et tout ce sang.

— Pourquoi as-tu gardé le secret ?

— Parce que cela manque de dignité de le laisser comme cela à la vue de tous.

Les membres de la Presque Mort qui avaient participé au coup d'État avaient tous été chassés; Gabe devait être la seule personne de l'Église qui savait ce qui était arrivé à Anton, qui savait que l'ancien Prêtre Exalté n'était pas mort.

— Il refuse l'eau, parfois, continua Gabe. La journée avait été chaude, quand tu m'as vu, et je venais m'assurer qu'il boive quelque chose.

L'idée de Gabe arrosant son mentor comme une plante en pot fit frissonner Lore.

— Il a supplié Apollius, au départ. (La voix de Gabe était presque hypnotique alors qu'il récitait cette litanie d'horreurs, maintenant qu'il avait enfin une oreille attentive.) Pour qu'Il le sauve. Mais Il ne l'a jamais fait. Je l'ai déplacé ici depuis le jardin; c'était difficile, j'ai dû déterrer les rosiers un par un, et dès que je déchirais ne serait-ce qu'une feuille, il hurlait. (Il fronça les sourcils.) Enfin, il ne hurlait pas, pas vraiment. Il est incapable de produire des sons aussi forts. J'ai essayé de tailler les fleurs pendant un certain temps, mais cela aussi semblait lui faire mal, alors j'ai fini par arrêter.

— Gabe. (Lore posa une main sur son bras; ses muscles étaient durs comme la pierre.) S'il souffre à ce point...

Mais il secoua la tête. Il savait ce qu'elle allait dire et le rejetait déjà.

— Je ne peux pas, dit-il d'une voix rauque. J'ai essayé. Je ne peux pas.

Elle écarta sa main.

Toutes les questions qu'elle voulait poser à Anton si elle en avait l'occasion, le réconfort qu'elle cherchait au sujet de sa magie, quittèrent l'esprit de Lore à la vue de l'horreur qu'il était devenu. Anton avait été un homme cruel, un meurtrier, mais la punition que Bastian avait concoctée était presque pire.

— Toi.

C'était à peine un son, un souffle émanant d'une gorge sèche remplie de feuilles et d'épines.

Mais il suffit pour que la propre voix de Lore se bloque et qu'elle tourne involontairement les yeux vers lui, pour qu'elle voie l'homme dans le fouillis de fleurs sanglantes.

L'œil indemne d'Anton quitta le plafond avec une lenteur obscène avant de se braquer sur elle, aussi perçant que le jour où il l'avait ligotée et droguée dans les entrailles de l'Église.

— La sorcemort, crissa-t-il. Toujours en vie alors que tu devrais être morte.

Lore serra les poings malgré les tremblements qui la parcouraient.

— Vous pouvez parler.

Un sifflement terrible émana de lui ; sans doute un rire.

— Touché, dit Anton, faisant frémir les feuilles de lierre qui rampaient hors de sa bouche. Même si mon sort n'est pas si atroce qu'on pourrait le penser. Cela me donne tant de temps pour communier avec le seul vrai dieu. Tant de temps pour parler à Apollius, et je sais qu'Il m'écoute. (Anton émit de nouveau ce son bruissant, ses cordes vocales frottant contre des pétales de fleurs.) Il a modifié Ses plans, sorcemort. Il change. Il s'adapte. Comme tous les dieux.

La sensation glacée dans l'estomac de Lore se transmit à son échine.

L'œil unique qui s'était abaissé du ciel pour la regarder était de nouveau braqué vers le plafond.

— Il Lui a fait pousser une forêt, dit Anton d'une voix grave. Il Leur a demandé à tous de rester, de L'aider à conserver le pouvoir qu'Il avait trouvé. Mais c'était à Elle que cet isolement pesait le plus, et c'est à Elle seulement qu'Il a rendu quelque chose. Il Lui a demandé un serment, et Elle Lui a donné Son poing.

Une forêt. Comme celle de ses rêves. Lore plissa les yeux et se tourna vers Gabe, en quête d'explications. Mais il secoua la tête et posa un doigt sur ses lèvres. Silence.

— Il Leur a offert à tous le cadeau de la divinité, mais ce n'était pas suffisant. (Anton, le visage incliné vers le soleil, parlait comme s'il était en transe. Mais ses doigts plaqués contre le mur tressaillaient ; s'il en avait été capable, il aurait sans doute serré les poings.) Et voilà pourquoi Ils ne méritent pas qu'on se souvienne d'eux comme de dieux. Parce qu'Ils ont tout gâché, Ils l'ont laissé seul. Que pouvait-Il faire d'autre ? (Une larme coula sur sa joue crevassée.) Il s'est toujours contenté de faire pour le mieux avec ce qu'Il avait reçu. Il a changé quand Il le devait.

Anton se tut. Lore s'aperçut qu'elle s'était écartée de lui, les bras croisés devant elle, comme si elle pouvait se faire plus petite. Elle coula un regard vers Gabe.

— Les formulations changent, dit-il tranquillement, ayant deviné sa question muette. Mais le sens général reste le même. L'histoire de la forêt, de la trahison.

— Et toi.

L'œil d'Anton quitta le ciel pour se braquer une nouvelle fois sur Lore. Le mouvement des muscles dérangea quelque chose dans son visage ravagé, et un nouvel amas de fluide visqueux apparut dans son orbite encombrée de roses.

— Tu as survécu alors que tu aurais dû mourir. Tu apportes la destruction, tu Lui compliques la tâche, et pourtant tu restes Sa favorite. Parce que tu refuses de t'arrêter, n'est-ce pas ? Tu vas continuer de canaliser encore et encore, de t'enfoncer dans la mort et les ténèbres, et rien de ce qu'on peut te dire ne t'arrêtera. C'est ce qu'Il veut, à présent. Une seconde chance.

— D'où est-ce qu'il sort tout ça ?

Lore lança subrepticement un coup d'œil vers le haut, scrutant l'amas de lianes éclairées par le soleil de midi comme si elle s'attendait à voir quelqu'un dans les nuages qui chuchotait à l'oreille du vieux dément.

— L'histoire qu'il raconte correspond plus ou moins à certaines des légendes parlant des dieux sur la Montagne Dorée, répondit Gabe d'une voix posée. Avant la rédaction du Compendium.

— À l'époque où on avait encore le droit de raconter des histoires sur Eux, marmonna Lore.

Dans l'Antiquité, quand les dieux étaient encore en vie, il existait tout autant d'histoires à Leur sujet qu'il y avait actuellement de Fascicules. La religion était informelle, et Ils étaient plus considérés comme des personnages de contes de fées que comme des déités toutes-puissantes. On se souvenait d'Eux à la fois comme les gens qu'Ils avaient été et comme les dieux qu'Ils deviendraient. La religion s'était fossilisée avec le temps, laissant moins de place à l'interprétation. La plupart des histoires sur les dieux qui n'étaient pas entrées dans le Compendium n'avaient jamais été rédigées, mais avaient traversé les générations par le bouche-à-oreille. Pour finir, ces traditions orales avaient elles-mêmes disparu. Raconter des histoires sur les dieux – en particulier celles qui ne présentaient pas Apollius sous un jour très flatteur – n'était pas forcément illégal, mais c'était mal vu.

Gabe lança un regard lourd de sens à Lore, mais il hocha la tête, lui accordant ce point.

— J'ai fait des recherches dans la bibliothèque, juste pour confirmer mes soupçons. Malcolm m'a aidé à trouver certains vieux manuscrits…

— Attends un peu. (Ça n'aurait pas dû être une surprise, sans doute, mais elle fut quand même désarçonnée.) Malcolm est au courant pour Anton ? Il sait ce qu'il raconte ?

Gabe pinça les lèvres, puis acquiesça.

— Je n'avais aucun autre moyen de mettre la main sur ces manuscrits.

— Est-ce que tu en as parlé à Bastian ?

C'était la même question que celle qu'il lui avait posée un peu plus tôt, tel un écho de méfiance.

Gabe pinça encore plus les lèvres, si c'était possible.

Alie, Malcolm, Gabe. Tous les trois se plaçaient subtilement en opposition à Bastian ; ou, sinon en opposition totale, du moins en désaccord. La suspicion croissait à moins qu'on l'arrache par la racine, et Bastian ne semblait pas pressé de rendre des comptes.

Aucun règne Arceneaux n'avait été contesté jusqu'ici, pas avant August. Peut-être auraient-ils dû s'attendre à un effet domino après cela, un coup d'État en entraînant un autre, dans une lignée interminable de rois détrônés.

Gabe déchiffra ses pensées sur les traits de son visage, notant l'étincelle de trahison et de compréhension qui flamboya avant de mourir. Il soupira et frotta les marques rouges laissées sur sa tempe par la lanière de son cache-œil.

— Bastian est lunatique, dit-il doucement. Tu le sais depuis le début, Lore. Il a pris le pouvoir de façon violente, et même si certains des changements qu'il a apportés ont été bénéfiques, tu ne peux pas nier qu'il commence à emprunter un chemin dangereux. Et il t'entraîne avec lui.

Il ne regarda pas la bague de Lore, mais celle-ci sembla plus lourde à son doigt, comme si son examen invisible l'imprégnait d'un poids terrible.

— S'il savait qu'Anton parle à tort et à travers d'Apollius et de Nyxara, du fait que l'usage de la magie précipite la fin que souhaitent les dieux, que penses-tu qu'il ferait ?

Il terminerait ce qu'il avait commencé. Il tuerait son oncle. Et même si Lore pensait que ce serait un soulagement, elle savait aussi que Gabe ne le laisserait jamais faire cela.

À l'idée qu'un nouveau désaccord sépare les deux hommes, une douleur naquit dans sa poitrine.

— Le stress causé par toute cette situation le mine, et il utilise tout ce qu'il peut pour consolider sa position. Je comprends cela. (Gabe prononça ces derniers mots à contrecœur.) Mais il ne peut pas continuer de régner comme si son pouvoir était absolu.

Le non-dit resta suspendu entre eux, aussi épais qu'une fumée de cigare dans une pièce sans fenêtres. Le pouvoir de Bastian *était* absolu, mais ils lui faisaient tous confiance pour ne pas en abuser. Pour se fier à un conseil, pour prendre d'autres opinions en compte.

— Je suis d'accord, dit lentement Lore. Mais quelle autre option a-t-il, Gabe ? Les champs devaient être restaurés si nous voulions avoir une récolte. Et le fait de montrer aux Kirythéens que nous avons un pouvoir dont ils sont dépourvus les empêchera de nous envahir.

Elle prononça ces mots comme si elle y croyait, et c'était le cas. En partie, du moins.

— En ce cas, tu connais bien peu de choses sur le pouvoir, Lore.

— Contrairement à toi ?

— Oui, plus que toi. (Avec le soleil qui éclairait le plafond de verre derrière lui, ses cheveux paraissaient plus roux que blonds.) Montrer votre pouvoir aux Kirythéens ne les intimidera pas. Cela les incitera seulement à chercher un moyen de s'en emparer.

— Heureusement que c'est impossible, alors. (Elle dut plisser les yeux pour le fusiller du regard.) Bastian et moi sommes les seuls à pouvoir canaliser le Spiritum. Et Bastian ne céderait jamais face à l'empire.

Un autre rire bruissant derrière eux. Suspendu dans son berceau de roses et de lierre, Anton avait la tête levée. Les feuilles près de sa bouche s'agitèrent, la rose qui poussait à travers son orbite vide se balança d'avant en arrière.

— Tu es si prompte à déprécier ce que tu es, murmura l'ancien Prêtre Exalté quand son hilarité douloureuse s'apaisa. Ce plan n'est peut-être pas Son premier, mais je vois maintenant comment Il déplace les pièces. (Il secoua la tête, autant qu'il en était capable. Une épine griffa sa joue, y ouvrant un sillon de chair rouge.) Tu plieras devant Lui, fille des ténèbres. Comme toujours.

Lore déglutit.

— Est-ce qu'il dit souvent des choses de ce genre ?

— Non. (Gabe la prit par le coude et l'entraîna loin du prêtre percé d'épines, vers la sortie de la serre.) Ça, c'est nouveau.

Gabe la ramena dans l'Église en empruntant les mêmes couloirs tortueux et la petite porte qui menait au confessionnal. Ils n'étaient partis que quelques minutes, mais Lore passa tout de même la tête à travers le lourd rideau de velours pour s'assurer que la veste-de-sang n'avait pas cédé à la curiosité.

La pièce abritant le confessionnal était vide, comme toujours. La lumière qui tombait de la rosace illuminait les particules de poussière flottant autour des bancs inoccupés. Pas de veste-de-sang. Elle remercia de nouveau l'idée étrange qui était passée par la tête de Bastian pour qu'il lui accorde ce répit.

Lore se retourna vers Gabe en laissant le rideau retomber derrière elle. Il était plus près qu'elle ne le pensait, et elle fit machinalement un pas en arrière ; au passage, son talon se prit dans l'ourlet du rideau.

Elle trébucha ; il la saisit par le coude. Il l'avait déjà fait pour lui faire quitter la serre, mais son geste paraissait avoir plus de poids dans cette pièce, loin de tout regard indiscret. Sa main semblait plus rude et plus chaude.

— Je veux vous aider, dit Lore, car la tension avait cruellement besoin d'être brisée, et que les mots étaient la solution la plus sûre. Nous pouvons faire entendre raison à Bastian. Nous ne sommes pas obligés d'entrer en guerre.

— Il en a fait une guerre quand il a inclus la Kirythea, dit sombrement Gabe. (Mais il ne la lâcha toujours pas.) De façon assez littérale.

Lore secoua la tête.

— Nous ne pouvons pas penser de cette manière. Nous ne pouvons pas nous le permettre, Gabe. Il y a trop de choses en jeu.

— *Tu* es en jeu. (Il resserra sa prise sur son bras, la rapprochant de lui de façon infime.) Tu es venue me voir parce que ces rêves te font peur. Des rêves que tu fais après avoir canalisé la magie. Et tu sais qu'il ne te permettra pas d'arrêter.

Elle s'était demandé ce que Gabe croyait encore au sujet de son pouvoir, s'il pensait qu'il la changerait en quelque chose. Elle venait sans doute d'obtenir une forme de réponse.

— Je peux prendre soin de moi.

— Tu as démontré encore et encore que ce n'est absolument pas le cas. (Gabe la tira de nouveau vers lui, juste un peu, et son geste paraissait inéluctable, comme un élan progressif impossible à arrêter.) Quand il s'agit de lui, tu cèdes à chaque fois. Tu veux parler de choses que nous ne pouvons pas nous permettre ? Nous ne pouvons pas nous permettre une faiblesse ; or, il est la tienne. Il l'a toujours été.

Il était trop près, les yeux rivés sur la bouche de Lore. Ils oscillaient au bord d'un précipice, et attendaient seulement de voir qui ferait le premier pas dans le vide.

— Tu penses qu'il est ma seule faiblesse ? murmura Lore.

Il la dévisagea sans répondre. Un muscle tressaillit sur la joue de Gabe ; les tendons de son cou étaient si saillants qu'ils semblaient prêts à se rompre. Elle avait envie de le toucher, de combler cette distance infime qui les séparait. De tendre le doigt portant la bague de Bastian pour caresser sa clavicule.

Mais elle ne fit rien. Et lui non plus.

— Qui d'autre est au courant ? demanda-t-elle en croisant les bras. Qui d'autre sait que tu penses que Bastian est hors de contrôle ?

Son esprit se raccrocha à cette nuit où elle avait découvert Amelia Demonde dans la cour intérieure, et où celle-ci lui avait parlé de Bastian et d'Apollius.

— Et y a-t-il la moindre possibilité qu'Amelia Demonde ait parlé à Anton ?

— Quoi ? demanda Gabe d'un ton rendu tranchant par la surprise. Personne d'autre que toi et moi ne sait où est Anton, Lore. Même Malcolm l'ignore ; il sait seulement qu'il est en vie.

Encore un secret de plus qui les liait.

Gabe secoua la tête.

— Au nom des mille enfers, qu'est-ce qu'Amelia Demonde a à avoir là-dedans ?

— Je l'ai vue dans la cour intérieure, l'autre nuit. Elle m'a débité des inepties religieuses sans queue ni tête, qui ressemblaient beaucoup aux sornettes qu'Anton aime radoter.

— Amelia venait souvent chercher conseil auprès d'Anton. Elle était très… dévote. (La façon dont il le dit donna un sous-entendu répugnant à ses paroles.) Elle voulait se rapprocher autant que possible d'Apollius. Anton lui a enseigné les Fascicules. (Il se passa une main lasse sur le visage.) Mais elle pense qu'il est mort, comme tout le monde. Sa famille faisait partie de la secte d'Anton, mais elle est inoffensive. La seule personne qui doit nous inquiéter en ce moment, c'est Bastian.

— Quelque chose l'affecte, dit Lore à mi-voix. Il n'est pas lui-même.

Gabe lui lança un regard incrédule.

— Il me semble parfaitement égal à lui-même. Égoïste et insouciant. Sauf que c'est maintenant un problème pour le pays tout entier, pas seulement pour nous.

Lore soupira.

— Je suis sérieuse. Il a l'air… distrait, ces derniers temps. (Elle songea à la nuit précédente, quand il s'était écarté au moment où elle avait fait mine de l'embrasser.) Peut-être que la magie l'affecte lui aussi. Peut-être qu'il fait des rêves étranges et qu'il ne m'en parle pas. Je sais que nous devons nous concentrer sur le règne, sur la guerre, mais je veux être sûre qu'il va bien avant…

— Avant de l'épouser ?

Cette question en dissimulait une autre. *Est-ce que tu vas vraiment l'épouser ?*

Lore se mordilla la lèvre. Puis elle acquiesça.

Il la contempla fixement, les épaules légèrement voûtées. Puis il hocha sèchement la tête et repoussa le rideau.

— Je te verrai au dîner du roi, ce soir. Je suppose que vos fiançailles seront au cœur des discussions.

Elle lui lança un regard surpris, bien qu'il ait le dos tourné.

— Nous ne devrions pas nous organiser pour étudier la question en profondeur ? Je pourrais te retrouver dans la bibliothèque…

— Non.

Il s'arrêta près du confessionnal et se retourna pour lui faire face. Toute trace de douceur avait quitté son visage, tout indice de ce qui avait failli se produire derrière ce rideau était complètement effacé.

C'était sans doute pour le mieux.

— Quel est ton plan, alors ? demanda-t-elle.

— J'ai dit que j'allais t'accorder un peu de ma confiance, répondit Gabe d'un ton las. Pas toute ma confiance.

Le fait qu'elle ne parvienne pas à dormir n'était sans doute pas une grande surprise.

Après avoir changé de position pour la cinquième fois et avoir jeté ses oreillers par terre, Lore accepta la défaite. Une part d'elle était soulagée que le sommeil lui échappe. La dernière chose dont elle avait besoin était un autre rêve-souvenir étrange.

Va le trouver.

La voix était ténue, une vaguelette dans son esprit qu'elle aurait facilement pu imaginer.

Elle savait que ce n'était pas le cas. Elle l'avait entendue trop souvent, désormais.

Au cœur de la nuit, tout semblait irréel, moins ancré dans la réalité. Une fois, cette façon de penser l'avait amenée à embrasser Gabriel Remaut. Les choses seraient allées plus loin s'il n'avait pas tout à coup retrouvé ses réticences de prêtre au moment où elle tendait la main vers sa ceinture. Maintenant, elle en était sûre, cela la mènerait à quelque chose de tout aussi imprudent.

Qu'est-ce que vous êtes ?

La question fusa dans les ténèbres de son esprit avant qu'elle ait pu y réfléchir. Avant qu'elle ait pu déterminer si c'était une réponse qu'elle souhaitait réellement obtenir, et encore moins si elle en avait besoin.

Mais elle savait que c'était nécessaire. Quelque chose peuplait les ombres de son esprit. Elle avait essayé de l'ignorer, et ne l'avait pas mentionné quand elle avait parlé des rêves à Gabe. Mais il y avait une voix dans la tête de Lore, et il était stupide de sa part de faire semblant d'ignorer ce que c'était.

Quand la réponse vint, elle semblait presque amusée. *As-tu vraiment besoin que Je te le dise ?*

Lore barricada son esprit comme si c'était une trappe et se tapit tout au fond comme un animal acculé. Elle avait voulu cela, elle avait voulu une réponse, mais maintenant qu'elle l'avait, elle voulait se cacher. Avant, quand la voix s'était contentée de chuchoter « catacombes » dans sa tête lors de ses errances nocturnes, il était plus facile de l'ignorer. Les phrases complètes étaient une tout autre affaire.

Une sorte de soupir résonna en elle, fin comme de la soie, puis disparut. Lore tenta de faire pousser sa forêt, de créer des arbres denses et un ciel bleu. Mais cela lui rappela surtout ses rêves, et la barrière ne se solidifia jamais.

Lore prit un moment pour inspirer profondément. Elle entrouvrit légèrement les mâchoires de son esprit. *Donc maintenant Tu me dis d'aller trouver Bastian, au lieu de me dire d'aller dans les catacombes ?*

Je m'adapte.

Elle referma de nouveau son esprit, aussi hermétiquement que possible quand sa barrière d'arbres semblait hors de portée. Elle s'assit lentement, en s'extirpant péniblement de ses draps emmêlés. Un verre d'eau était posé sur sa table de chevet, et elle le vida entièrement en mouillant au passage sa chemise de nuit.

À l'étage, un bruit sourd retentit, comme si quelque chose tombait au sol.

Par les mille enfers.

Lore quitta précipitamment son lit et sortit dans le couloir. Elle n'était pas sûre de l'heure qu'il était, mais il faisait nuit noire et le clair de lune découpait le velours noir des fenêtres.

Ses pas rapides devinrent plus lourds alors qu'elle atteignait l'escalier en colimaçon menant à la chambre de Bastian. Une colère qu'elle ne comprenait pas vraiment envahissait son système nerveux, et un picotement naquit sur sa paume, là où la cicatrice de l'éclipse sectionnait sa ligne de cœur et de vie. C'était comme un écho, une émotion qui se réverbérait depuis un passé où elle avait été réprimée, et qui ne se déployait totalement que dans le noir.

Quand elle parvint au sommet des marches, ses yeux étaient emplis de larmes qui ne semblaient pas lui appartenir.

Bastian était réveillé, mais les draps de son lit étaient emmêlés et ses oreillers étaient par terre, comme s'il s'était battu contre son matelas avant de se lever. Torse nu, uniquement vêtu d'un pantalon du même tissu blanc que la chemise de nuit de Lore, il se tenait devant la fenêtre où il serrait et desserrait convulsivement sa main balafrée. Ses cheveux noirs étaient en bataille et ses joues rougies, comme s'il se réveillait d'un cauchemar ou d'un rêve sensuel particulièrement intense.

Peut-être les deux.

Près de la fenêtre, une petite table s'était renversée, et un vase de roses gisait au sol dans une flaque d'eau grandissante. Voilà qui expliquait le fracas.

Il savait qu'elle était là. Elle pouvait le voir à la façon dont ses muscles se tendaient, dont les lignes de sa silhouette se crispaient au clair de lune, comme une carte qu'elle pouvait suivre jusqu'à son centre. Lore ne l'avait pas vu avant d'aller se coucher. On lui avait apporté son dîner dans sa chambre, sur un plateau, et quand elle s'était enquise de l'endroit où était le roi, le domestique lui avait seulement dit que Sa Majesté était indisposée. Lore était trop accaparée par sa rencontre avec Anton et son presque-baiser avec Gabe pour essayer de le rejoindre. S'il ne voulait pas la voir, tant pis pour lui.

À présent, elle regrettait de ne pas être allée le chercher. Elle regrettait de ne pas avoir obligé Gabe à l'accompagner.

Bastian plaqua les mains de part et d'autre du rebord de la fenêtre, la tête penchée. Un bruit grave et sourd émana de sa poitrine ; un rire, ou une tentative de rire.

— Laquelle es-tu ?

Lore fronça les sourcils.

— Qu'est-ce que tu racontes, bordel ?

La tête de Bastian retomba d'un cran.

— J'imagine que c'est une question idiote.

Lore traversa la pièce d'un pas décidé, les poings serrés. Quand sa paume se posa sur l'épaule de Bastian, une sensation presque vivante la traversa dans un frisson, colorant ses joues et emplissant ses poumons d'air frais. Elle tira jusqu'à ce qu'il soit face à elle, sombre et menaçant – même s'il ne le faisait pas tout à fait aussi bien que Gabe. Le visage de Bastian n'était pas fait pour être ténébreux ; il était le miel là où celui de Gabe était le vinaigre.

Elle affronta son regard pendant quelques secondes, puis détourna ostensiblement les yeux pour les poser sur la table renversée.

— On m'a dit que tu étais indisposé, mais je ne pensais pas que tu t'en prendrais au décor.

— J'essaie tout.

Il ne mordait pas à l'hameçon. Il y avait quelque chose de presque émerveillé dans le regard de Bastian, une expression intriguée qui adoucit son regard sombre jusqu'à ce que celui-ci disparaisse complètement. Il leva la main pour prendre le visage de Lore en coupe. Elle ne s'écarta pas, mais ne s'abandonna pas non plus à son contact. En équilibre, toujours, sur une corde raide tendue au-dessus d'un gouffre béant.

Bastian scruta ses traits, à la recherche de quelque chose dont elle ignorait la nature. L'émerveillement dans ses yeux changea, laissant place à un soupçon de jalousie.

— Comment fais-tu ? murmura-t-il. Comment fais-tu pour en contenir autant et rester toi-même ? Je perds pied, un peu plus chaque jour, mais tu es toujours *toi*.

— Toi aussi.

Elle posa la main sur la sienne, ne sachant pas vraiment quoi penser de tout cela.

Si, tu le sais, chuchota la voix dans sa tête.

— J'aimerais que ce soit vrai, murmura Bastian. (Son pouce caressa la pommette de Lore.) Je veux tant de choses, Lore, mais je ne peux pas les avoir.

— Si.

Elle s'inclina vers lui pour combler cette distance. La nuit, encore, qui la rendait téméraire.

L'espace d'un instant, il la laissa faire.

Les lèvres de Bastian étaient chaudes, et elles étaient affamées. Elles écartèrent celles de Lore au moment où il la retournait pour la piéger entre lui et le mur. Lore glissa dans la flaque d'eau, et il profita de son déséquilibre pour caler un genou entre ses cuisses. Elle laissa échapper un hoquet de surprise, et Bastian glissa sa langue dans sa bouche.

Ils agissaient tous les deux avec une précipitation étrange, comme s'ils essayaient de prendre quelque chose de vitesse.

Il ne va pas aimer ça, dit la voix.

Et, presque comme s'il avait pu l'entendre, Bastian retira les mains des cheveux de Lore et recula d'un pas. Il leva les doigts et toucha tendrement ses lèvres, juste une fois.

— Même maintenant…

Pourtant il ne termina pas sa phrase ; il lança à Lore un regard furtif trahissant sa crainte de le faire.

Et elle voulait apaiser cette peur, elle voulait prolonger ce moment d'honnêteté entre eux, là, au cœur de la nuit, quand le soleil était aussi loin qu'il était possible de l'être. Elle voulait lui parler des rêves, afin que lui, Gabe et elle soient réunis par quelque chose.

— Bastian, il faut que je te dise…

Mais il secoua vivement la tête.

— Ne fais pas ça.

Ne fais pas ça, répéta la voix en écho.

Lore avait appris à se fier à son intuition, à ses émotions profondes, en particulier quand il s'agissait de cet homme.

Elle garda donc le silence.

Bastian soupira, les mains de nouveau baissées de part et d'autre du corps.

— Pourquoi es-tu montée me voir ?

— J'ai entendu du bruit.

Il hocha la tête, et ils restèrent plantés face à face pendant quelques instants sans savoir quoi faire. Quand Bastian rompit le silence, ce fut d'une voix presque inaudible.

— Reste, dit-il. S'il te plaît.

Lore acquiesça, et elle eut le sentiment que quelque chose en elle acquiesçait également, tout son être acceptant de passer la nuit avec lui.

Même les parties qui ne semblaient pas appartenir totalement à son être.

Il n'y eut aucune tentative sensuelle, malgré le baiser. Bastian s'installa sur le matelas, et elle fit de même ; ils choisirent leurs côtés respectifs comme s'ils le faisaient depuis des années, de façon aussi naturelle que la respiration. Elle lissa les draps du mieux qu'elle put. Ils portaient son odeur à lui, celle du vin rouge et du parfum, avec une touche de sueur musquée.

Bastian se tourna pour faire face au dos de Lore et passa un bras autour de sa taille, l'attirant vers lui pour la plaquer contre son torse. Son souffle, de plus en plus lent et régulier, agita les cheveux de Lore.

Lore contempla fixement la pénombre. Pour finir, celle-ci devint l'envers de ses paupières, et le sommeil l'engloutit.

Un fantôme de phrase apparut dans son esprit, juste avant qu'elle bascule dans le sommeil. Presque un aveu.

Cela m'avait manqué.

CHAPITRE 15

Certains liens ne se brisent pas. Ils se contentent de plier.

Proverbe caldienan

Elle se réveilla face à lui, la tête nichée sous son menton, enveloppée dans ses bras. Elle devait s'être retournée au cours de la nuit. Lore se raidit aussitôt quand elle ouvrit les yeux, son esprit prenant un instant pour se remémorer la nuit passée, la raison de sa présence dans ce lit.

Elle se crispa un peu plus en attendant la voix, certaine qu'elle aurait un commentaire à faire. Mais sa tête resta silencieuse, vide de toute pensée excepté les siennes.

L'aube n'était pas encore tout à fait là ; derrière la fenêtre, le soleil se levait lentement, peignant le ciel indigo de traînées violettes qui se teintaient de rose et d'orange. La lumière se reflétait sur la flaque d'eau que ni Lore ni Bastian n'avaient pris la peine de nettoyer.

Elle leva la tête pour observer le visage de Bastian. Il était réveillé, et la contemplait avec une expression qui ressemblait presque à du deuil. Elle fronça les sourcils à cette vue, et des questions pour lesquelles elle n'avait pas de mots se mirent à tournoyer dans son esprit, cherchant un exutoire vers sa bouche.

Il posa un doigt sur ses lèvres.

— Je ne sais pas si c'est vraiment sûr, murmura-t-il. Je ne sais pas quelle part de ce que je sais n'appartient qu'à moi. Mieux vaut ne rien dire.

Le froncement de sourcils de Lore s'accentua alors qu'une prise de conscience terrible commençait à éclore en elle.

— Bastian, nous devons…

Il secoua la tête. Avec tendresse, il lui embrassa le front alors que le soleil émergeait au-dessus de l'horizon.

Quand il s'écarta, quelque chose était différent. Le changement était subtil : une froideur autour des yeux, une certaine austérité dans les traits de son visage. Subtil, mais bien présent, et Lore dut se faire violence pour ne pas reculer en sursaut.

S'il le remarqua, il ne fit pas de commentaire. Bastian sortit du lit et s'étira, faisant jouer les muscles de son torse. La nuit dernière, il était tout aussi dénudé que maintenant, mais il n'y avait rien eu d'ouvertement sexuel chez lui ; du moins, pas plus que d'ordinaire chez Bastian, qui était trop beau pour qu'on puisse l'ignorer. Mais à présent, il regardait Lore l'observer avec un petit sourire satisfait.

Lore se leva en hâte et se dirigea vers une table où étaient posés deux verres et un pichet en cristal contenant de l'eau citronnée. Elle avait les joues en feu. Les citrons étaient frais ; de toute évidence, une bonne avait apporté le tout dans la chambre pendant qu'ils dormaient. Il n'y avait aucune raison d'être gênée à l'idée d'avoir été surprise dans le lit de son fiancé, mais Lore éprouva la même pointe de honte que quand Mari l'avait trouvée dans les bras d'une fille qu'elle avait rencontrée la veille, et dont elle n'avait jamais demandé le nom. Une intimité imméritée, où l'on dévoilait des parts de soi à quelqu'un que l'on ne connaît pas.

Car l'homme auprès duquel elle s'était endormie semblait complètement différent de celui qui l'observait actuellement.

— Quel est ton programme, aujourd'hui ? demanda-t-elle, principalement pour alléger le silence pesant, tout en se versant un verre d'eau.

Elle vida son verre et s'en servit un autre.

— Notre programme, plutôt. (Elle entendit Bastian se déplacer et ouvrir les portes de son placard.) Tu vas m'accompagner.

À ces mots, elle mit brutalement fin à son examen soigneux du mur blanc et se retourna vers lui.

— Où ça ?

Bastian lui lança un large sourire par-dessus son épaule tout en sortant une chemise blanche du placard.

— Au port, répondit-il comme si c'était la chose la plus naturelle du monde. Avec nos bons amis Maxon et Caius, et la majeure partie de la cour. Nous devons baptiser le nouveau navire, tu te rappelles ?

Elle s'en souvenait, vaguement. Le nouveau navire de guerre dont il avait parlé avec l'amiral le soir de son couronnement, une réponse à la présence navale accrue des Kirythéens près des Îles Calcinées ; l'un des seuls projets d'August auxquels Bastian n'avait pas mis fin. La fête organisée sur les quais figurait dans son calendrier professionnel depuis des semaines, mais les journées semblaient se fondre les unes dans les autres, ces derniers temps.

— Qui sait, peut-être que nous aurons l'occasion de montrer de nouveau l'étendue de notre magie. (Ses yeux bruns étincelèrent, pailletés d'or.) Histoire de faire d'une pierre deux coups.

— Je refuse de le faire.

— Pourquoi ?

— Je ne pense pas que ce soit une bonne idée, pas aujourd'hui. Les conséquences…

— Je croyais que nous étions tous d'accord sur le fait que les « conséquences » étaient une invention ridicule d'Anton pour t'effrayer.

Lore serra les dents.

— On dirait que c'est là encore une décision que tu as prise sans consulter personne.

Sur la banquette opposée, Malcolm les regardait se disputer comme s'il assistait à un match de boxe. Il était le représentant officiel de l'Église, aujourd'hui, mais il était resté pratiquement muet pendant leur bref trajet vers les quais. Lore l'avait invité à voyager dans le carrosse avec eux, ne voulant pas être seule avec Bastian.

Bastian, qui était différent maintenant que le soleil régnait sur le ciel.

Elle avait beau s'efforcer de l'ignorer, de reléguer cette prise de conscience dans un coin de son esprit, la conclusion était évidente. Anton les avait avertis des conséquences si elle continuait de canaliser la magie : elle deviendrait de plus en plus comme Nyxara. Jusqu'ici, elle n'avait écopé que d'une voix dans sa tête.

Bastian n'avait pas eu droit aux mêmes avertissements, mais peut-être était-ce parce qu'Anton *voulait* qu'il perde le contrôle. L'Église souhaitait la renaissance d'Apollius. Cette dernière avait toujours été dépeinte comme un retour physique, une émergence triomphale du lieu inconnu où le dieu s'était caché pendant cinq cents ans ; mais s'il s'agissait de cela, en réalité ? Un corps captif, un esprit menotté ?

Elle avait envie d'en parler à Gabe. Mais s'il estimait lui aussi que c'était une bonne chose ? Même dans le cas contraire, Malcolm, Alie et lui pensaient déjà que Bastian se conduisait de façon erratique. Si elle leur disait que c'était parce que Bastian n'était plus Bastian – pas toujours –, qu'obtiendrait-elle ?

Rien de bon.

Apparemment, Malcolm prit le regard perdu dans le vague de Lore pour une invitation à parler. Il se redressa, lui adressa une grimace légèrement irritée, puis lissa son expression.

— Je suis d'accord avec Lore. Les Kirythéens ont vu ce que vous êtes capables de faire. Il serait inutile d'en refaire la démonstration aujourd'hui. De plus, le Spiritum et la Mortem ne peuvent rien faire avec l'eau ; il faudrait avoir le pouvoir de Caeliar pour cela.

Bastian le regarda du coin de l'œil, comme s'il s'apprêtait à le contredire, puis il se réinstalla sur la banquette.

— Nous verrons, dit-il simplement.

Il avait le bras en travers du dossier, et ses doigts pendaient à quelques centimètres des cheveux défaits de Lore. Juliette n'avait pas eu le temps d'agir, ce matin ; Bastian s'était habillé rapidement et avait prié Lore de faire de même. Quand il était apparu devant sa chambre à coucher, elle l'avait accueilli avec sa décision de ne pas canaliser la magie ce jour-là. Pour toute réponse, il avait souri et l'avait menée vers le carrosse qui les attendait.

— Comme je l'ai déjà dit, reprit Bastian en tendant les doigts pour tirer gentiment sur une mèche de Lore, ne pas utiliser tes capacités revient à s'incliner devant la paranoïa d'Anton. Tu n'as rien à craindre de la magie, Lore.

Il dit cela sur le ton de la plaisanterie, mais une ombre traversa son regard.

— La prudence n'est pas la peur, intervint Malcolm. La prudence est une bonne chose.

Sans répondre, Bastian lui décocha un regard assassin.

L'esprit ailleurs, Lore fit tourner sa bague de fiançailles autour de son doigt.

Bastian lui prit la main et observa la bague qu'il avait placée là. Il y eut un nouveau changement subtil sur son visage ; il la regarda comme s'il ne parvenait pas à croire qu'elle l'avait laissé faire ça. Une douceur momentanée qui semblait déplacée emplit ses yeux quand il lui caressa doucement la joue.

Puis il y eut un nouveau changement, aussi brutal que l'apparition du soleil entre deux nuages. La caresse sur la joue de Lore devint moins songeuse, plus possessive.

Lore s'écarta juste assez pour que la main de Bastian retombe.

Il s'écarta lui aussi pour s'installer dans l'angle de la banquette et tourna la tête vers la fenêtre couverte, ignorant Lore comme Malcolm.

Quelque chose palpita dans son esprit, comme le frôlement d'ailes de papillon prisonnières entre deux mains.

Une part de Lore avait envie de hurler, de reprocher à Malcolm de ne pas avoir remarqué qu'il y avait quelque chose de désespérément anormal. De balancer ce secret atroce à quelqu'un d'autre et de l'obliger à s'en occuper à sa place. Elle lui lança un coup d'œil, le visage contracté par un spasme de panique. Malcolm fronça les sourcils.

Le carrosse s'arrêta brusquement. Des cris de mouette retentissaient dans le ciel, et la lumière qui filtrait à travers les rideaux semblait plus éclatante, reflétée par l'océan.

— Je refuse quand même de le faire, dit doucement Lore. Je suis sérieuse, Bastian.

Il ne répondit pas.

La porte s'ouvrit. Bastian sortit du carrosse, s'étira de façon théâtrale et sourit à la foule rassemblée.

La veste-de-sang qui avait ouvert à Bastian fit le tour du carrosse pour ouvrir la porte de Lore. Avec un soupir las, elle le laissa l'aider à sortir.

Malcolm la suivit, son expression irritée laissant la place à de l'inquiétude.

— Lore, est-ce que tout va bien ? Est-ce qu'il s'est passé quelque chose ?

Mais elle ne lui répondit pas. Elle ne savait pas comment lui expliquer sans faire de Bastian un personnage encore plus détestable, ou un sacrifice acceptable sur l'autel du bien commun.

Lore ne supporterait ni l'un ni l'autre.

— J'en ai parlé à Gabe, continua Malcolm en observant Bastian qui haranguait la foule. (Il plissa les yeux et serra les mâchoires.) Ce Bastian-là semble… étrange. Il le sait. Quand il s'agit de Bastian, rien n'échappe à Gabe. Mais il ne voulait pas en parler.

— Il va bien, dit faiblement Lore en espérant que Malcolm et Alie n'avaient pas eu l'occasion de discuter depuis la veille.

Entre Malcolm remarquant le changement de Bastian et le fait que Lore avait dit à Alie que quelque chose clochait, ils parviendraient à la même terrible conclusion qu'en cognant sur le crâne de Lore.

— Il est seulement fatigué, j'en suis sûre.

Malcolm émit un grognement sceptique.

Laissant la conversation en plan, Lore se rapprocha de la foule.

Les quais ne ressemblaient pas au souvenir qu'elle en avait gardé. Le bois érodé avait été débarrassé des bernacles et du guano qui le recouvraient ; les planches incrustées de sel avaient été frottées non pas jusqu'à ce qu'elles brillent, mais jusqu'à ce qu'elles soient beaucoup plus propres qu'elles ne l'avaient été depuis leur installation. Des cordes en velours délimitaient le bord des quais pour empêcher les courtisans de tomber accidentellement à l'eau.

Par les dieux, la Citadelle tout entière semblait réunie. Quatre quais au moins avaient été dégagés ; des vestes-de-sang et quelques membres de la Presque Mort gardaient les extrémités de la route qui serpentait autour du port. Ils maintenaient la populace à l'écart, créant un espace aseptisé pour que les nobles aient l'impression de faire l'expérience de la ville.

— J'ai pensé que ce serait une bonne idée de faire sortir la cour de… eh bien, de la cour. (Ayant apparemment salué toutes les personnes à l'avant de la foule, Bastian venait de rejoindre Lore pour lui prendre le bras.) Il est plus que temps que nous interagissions réellement avec Dellaire, tu ne crois pas ? La plupart des nobles ne mettraient jamais le pied hors des murs de la Citadelle pendant l'été, sans parler de faire un arrêt en ville sur le chemin de leurs résidences d'hiver.

— On dirait qu'il y a toujours un mur. (Lore donna un coup de menton vers les vestes-de-sang et les prêtres qui bloquaient la route du port.) Il est juste plus petit.

Bastian haussa les épaules.

— Un progrès partiel reste un progrès.

En tordant le cou, Lore parvenait à voir les personnes rassemblées de l'autre côté des gardes. Y avait-il des gens qu'elle connaissait au sein de cette foule, des gens avec qui elle avait bu ou à qui elle avait livré du poison ? Son estomac se tordit désagréablement à cette idée, et elle se demanda ce qu'ils penseraient d'elle s'ils la voyaient maintenant.

Elle s'était efforcée de séparer tous les morceaux ; les catacombes, la contrebande de poison, la Citadelle. Trois phases distinctes, trois Lore distinctes. Mais elles se fondaient un peu plus chaque jour, trois pièces formant inévitablement un tout.

Elle pensa à Gabe, Bastian et elle.

Bastian glissa la main de Lore dans le creux de son coude.

— Et c'est parti.

Lore parvint à ignorer l'essentiel des premiers courtisans, foisonnement de tenues estivales aux couleurs pastel et d'accents raffinés qui se fondaient dans une masse indistincte. Elle sourit, fit ses révérences maladroites et parvint à échanger des banalités. Bastian était suffisamment doué pour faire la conversation afin que, portée par la vague de son charisme, elle n'ait pas à s'investir beaucoup.

La foule se scinda brièvement, lui laissant entrevoir une chevelure de boucles blanches.

— Je vois Alie. (Lore se dégagea du bras de Bastian, sans se soucier du fait qu'elle venait d'interrompre le traité de dame Machinchose sur la culture des fleurs à la glaciale frontière caldienanne.) Je reviens tout de suite.

Bastian la laissa partir sans protester, consolant dame Machinchose avec un sourire charmeur pendant que Lore se frayait un chemin à travers l'essaim de courtisans. Alie se tenait près des cordes en velours qui bordaient les quais et discutait avec Brigitte, la tête penchée. La robe jaune safran de sa compagne rehaussait l'éclat de sa peau brune ; des rubans de même couleur étaient entrelacés dans ses longues boucles. Alie était vêtue d'une robe à manches courtes d'un rose poudré qui dénudait ses épaules constellées de taches de rousseur, et son nuage de boucles blanches était rassemblé en un chignon au sommet de sa tête. D'une façon ou d'une autre, elle réussissait à rendre cette coiffure tout à fait naturelle. Quand Lore entreprenait des choses similaires avec ses cheveux, elle avait l'air d'avoir fait une rencontre tragique avec un essaim d'abeilles.

Brigitte repéra son approche avant Alie.

— Lore ! Il semblerait que des félicitations soient de rigueur.

— J'imagine que oui.

Lore ne savait pas vraiment comment aborder cette partie-là, si elle devait paraître excitée ou sereine. Elle n'excellerait ni dans un rôle ni dans l'autre, étant donné que ses véritables sentiments étaient un amalgame d'anxiété et de désir qui lui donnait globalement envie de hurler.

Alie se retourna et fit discrètement signe à un domestique de prendre son verre de vin vide. Son regard s'arrêta sur la bague de Lore, et elle sourit à Bri, même si ses yeux continuèrent de scanner nerveusement la foule. Sans doute à la recherche de Caius.

— Et voilà, Bri. Jette un coup d'œil.

— Enfin. (Bri tint son propre verre contre sa poitrine et se pencha sur la main tendue de Lore.) Cela fait une éternité que je meurs d'envie de la voir.

— Regarde tant qu'il te plaira, dit Lore en agitant le doigt.

C'était agréable, de faire comme si elle n'était qu'une femme normale, excitée de façon normale à la perspective de ses fiançailles normales.

— Par les dieux morts et mourants, murmura Bri en inclinant la main de Lore d'un côté puis de l'autre afin que la pierre dorée accroche la lumière.

Elle l'examina avec la concentration d'une scientifique face à un spécimen particulièrement rare ; elle semblait presque regretter de ne pas avoir de loupe.

— Ce diamant est littéralement inestimable.

— Comme la plupart des joyaux Arceneaux, non ? demanda Alie.

— Certes, mais cette gemme-là est spéciale. (Bri sourit comme quelqu'un qui obtenait enfin l'occasion de parler d'un sujet qui lui tenait à cœur.) Demande-moi pourquoi, je t'en prie.

Un sourire taquina les lèvres d'Alie.

— Brigitte est une joaillière amateur, expliqua-t-elle à Lore. Et, en tant que telle, elle a des connaissances effarantes en matière de pierres.

— C'est moi qui ai fabriqué ça. (Brigitte laissa retomber la main de Lore pour tendre la sienne, comme si c'était elle qui venait de se fiancer.) Vas-y, admire.

La bague était splendide ; le chaton était un soleil en argent où était lové un saphir d'un bleu profond. L'anneau gravé représentait des bourrasques, qui se recourbaient autour du doigt de Brigitte.

— C'est magnifique, dit Lore. Elle mérite d'être admirée, c'est certain.

— Merci. (Bri laissa retomber la main et fit une petite révérence, puis se tourna vers Alie.) Maintenant, Alie doit me demander des éclaircissements sur ta bague.

Alie leva les yeux au ciel avec un sourire.

— Très bien. Dis-nous tout.

— Ce diamant, répondit Bri sans attendre, a été extrait de la Montagne Dorée.

Lore fronça les sourcils.

— Attends un peu. Ça ne peut pas être vrai, si ?

— Si. (Bri rayonnait, ravie d'avoir une raison de poursuivre son exposé.) Il a été testé par les meilleurs joailliers du monde, et sa formule structurale est différente de tous les autres diamants du monde. Ceux qui ont été extraits des Îles Calcinées s'en rapprochent le plus, mais même eux ne sont pas identiques. Apparemment, il comporte un autre élément, un autre type de pierre si rare qu'aucun joaillier ne s'accorde sur sa nature. Entre ça et sa teinte jaune, la seule explication est la Montagne Dorée.

— Ou un vendeur extrêmement créatif, remarqua Alie.

Bri haussa les épaules.

— La famille Arceneaux pense depuis des générations qu'il provient de la Montagne Dorée. Non pas qu'aucun d'entre eux ait pu l'observer de près ; après avoir fait tester la pierre, Gerard Arceneaux l'a cachée quelque part dans l'Église. La plupart des gens pensaient que c'était un mythe, notamment parce que Gerard prétendait qu'Apollius lui-même la lui avait donnée. (Elle sourit de toutes ses dents.) Le fait que Bastian savait où elle était et te l'a offerte comme bague de fiançailles est un sacré scandale. Personnellement, je trouve cela terriblement romantique.

Lore s'efforça de sourire, mais les muscles de ses joues se contentèrent de tressaillir.

— Bastian.

Alie avait prononcé son nom comme si c'était un avertissement. En se retournant, Lore vit son fiancé approcher à grands pas, une étincelle dans le regard et un sourire de loup sur les lèvres. Bri et Alie firent rapidement la révérence ; Lore ne savait pas vraiment si elle devait les imiter, ou si ce genre de choses ne la concernait pas.

Le roi répondit à sa question en lui prenant le bras et en le glissant une fois de plus dans le creux de son coude.

— Mesdames.

— Votre Majesté, murmura Bri en baissant la tête.

Alie garda le silence, la bouche étroitement fermée.

Quelque chose dans la posture de Bastian se flétrit légèrement face à son mutisme, mais son sourire resta inébranlable.

— Je dois vous voler ma reine pendant un instant.

— Bien sûr. (Bri prit le bras d'Alie.) Nous nous apprêtions justement à visiter le nouveau navire.

— Si vous avez des idées pour un nom, dites-le-moi, répondit Bastian. Je dois baptiser cette chose dans une demi-heure, et je suis à court d'inspiration.

Lore le laissa l'entraîner loin de ses amies. Elle était consciente que la bague avait une grande valeur – c'était un objet de famille des Arceneaux, ce qui suffisait en soi pour la rendre incroyablement précieuse –, mais… une pierre extraite de la Montagne Dorée ? Cela la faisait passer de précieuse à mythique, quelle que soit la véracité de l'histoire.

La Montagne Dorée existait bel et bien – les cartes antérieures à la Chute Divine le confirmaient – mais nul ne savait où elle se situait, mis à part qu'elle était quelque part dans le miasme de brouillard et de cendres entourant les Îles Calcinées. On ne savait même pas si la Montagne existait encore après qu'Apollius avait jeté Nyxara dans les Îles durant Leur affrontement final, avant d'ordonner à Ses premiers fidèles d'emporter Son corps et de l'enterrer à Dellaire. Si le diamant sur la bague de Lore provenait en effet de la Montagne Dorée, il avait dû être extrait avant la Chute Divine. Ce qui correspondait au contexte de l'histoire de Bri, supposait Lore. Si l'on croyait qu'Apollius Lui-même avait dicté les Fascicules à Gerard Arceneaux, ce n'était pas très difficile de croire qu'Il lui avait aussi donné une bague.

Même si la raison de son geste échappait totalement à Lore. Ou la raison pour laquelle un tel objet serait resté caché dans les réserves de l'Église au lieu d'être exposé comme une preuve supplémentaire de la faveur du Dieu Sanglant. Par les mille enfers, si cette histoire était vraie, August aurait eu le diamant collé en permanence sur le visage, si Anton ne l'avait pas coiffé au poteau.

Pour ce qui était de savoir comment Bastian avait su où la trouver… Lore avait sa petite idée sur la question.

— Tu es en train de réfléchir à quelque chose, murmura Bastian en se penchant si près que ses lèvres frôlèrent l'oreille de Lore. Tu as envie de me dire ce que c'est ?

— Ce n'est rien.

Lore suivit son exemple, s'appuyant contre son épaule pour atténuer l'impact de son refus.

Quelques salutations vides et conversations tout aussi ineptes plus tard, Bastian les fit résolument pivoter tous les deux vers le bateau encore dépourvu de nom. Il était ouvert aux visites, comme tous les navires sur les quais. La passerelle était gardée par deux membres de la Presque Mort, dont les dagues étincelaient dans la lumière matinale. Ils devaient transpirer à grosses gouttes. Le soleil était haut dans le ciel, et la chaleur de l'été se faisait sentir. Plus d'une coiffure artistiquement élaborée commençait à frisotter dans l'humidité ambiante.

— Une fois que nous serons là-haut pour baptiser le navire, murmura Bastian, nous canaliserons la magie ensemble. Ce serait bien si nous pouvions faire quelque chose d'utile, mais, comme Malcolm l'a dit, c'est actuellement hors de notre portée. Donc peut-être juste quelque chose comme l'autre jour lors des prières…

— Je t'ai dit que je ne le ferais pas, Bastian.

La voix de Lore était ténue, mais elle n'avait rien de timide.

Il ne se tourna pas vers elle, gardant le regard rivé sur le navire et l'horizon au-delà. Mais un frisson parcourut les muscles de son bras, lequel emprisonnait toujours la main de Lore.

— J'ai envie de respecter cela, dit-il avec dans la voix un tremblement qui faisait écho à celui de son bras.

Un « mais » qu'il ne prononça pas s'attardait à la fin de sa phrase.

Il se détourna du nouveau navire et suivit les cordes en velours en direction de l'autre quai, où il se remit à saluer la foule.

L'attitude du roi changea quand ils s'engagèrent sur le dernier quai, près de la barricade de vestes-de-sang et de prêtres de la Presque Mort. Il se redressa légèrement et carra les épaules, comme s'il se préparait à la bataille.

— Nous devrions aller voir nos invités d'honneur.

Inutile de demander de qui il parlait. Les diplomates kirythéens se tenaient près des cordes en velours qui bordaient le quai, et étaient occupés à boire du vin et à bavarder avec deux courtisans. L'un d'eux, une femme, rit en renversant la tête en arrière. Amelia Demonde, toujours aussi belle, le visage éclairé par une expression charmante qui ne rappelait en rien les rencontres à minuit et les sombres menaces religieuses.

Un léger sourire sur le visage, Maxon inclina la tête en voyant Bastian et Lore approcher. Il s'habillait à la mode kirythéenne, désormais, plus austère que celle de l'Auverraine ; il portait une veste noire ample sans gilet, un pantalon simple et des bottes plus courtes que celles que Lore avait l'habitude de voir. Une couronne de laurier dorée était brodée sur le col de sa chemise, laquelle était ouverte presque jusqu'au milieu du torse, tout comme les tuniques qu'ils portaient par-dessus leurs armures. Cet homme était d'une beauté presque aussi absurde que celle de Bastian.

— Vous avez organisé une sacrée fête. J'ai déjà vu des rassemblements moins animés pour des consécrations que vous n'en faites pour un nouveau bateau.

— Oh, je ne sais pas, ronronna Amelia en prenant une gorgée de vin, les yeux tournés vers Lore. Les dernières consécrations auxquelles j'ai assisté étaient tout à fait divertissantes.

Lore était sincèrement impressionnée par la capacité de cette femme à transformer le chaos sanglant du rituel de l'éclipse en une pique de cour délicate, un accessoire aussi banal qu'un ruban dans les cheveux. Elle aurait sans doute pu faire une meilleure reine qu'elle, en effet.

— Venant de Maxon, cela ne signifie pas grand-chose, intervint Caius. En Kirythea, les consécrations sont des affaires plus maussades. C'est le Dieu Sanglant qui est mis à l'honneur, pas la personne qui atteint l'âge de l'ascension. (Il leva son verre pour saluer Bastian.) Pour un Arceneaux, cependant, je suis sûr que le seigneur Apollius apprécie un peu plus de festivités.

Il évita totalement le sujet de la consécration désastreuse de Lore, même s'il connaissait certainement l'histoire. Amelia eut l'air déconfite.

— Chez nous, le moindre prétexte est bon pour faire la fête, répondit Bastian. J'espère que la cour vous a fait bon accueil. J'aime à penser qu'ils ont gardé l'esprit ouvert.

— Nous avons été reçus avec une cordialité adéquate, répondit Maxon. Parler d'accueil serait cependant exagéré.

— Ils changeront d'avis, lui assura le seigneur Demonde en lui assenant une claque dans le dos. (De toute évidence, il avait abusé du vin ; ses joues étaient rouges, ses yeux vitreux.) Mieux vaut se faire de nouveaux amis que de garder ses anciens ennemis, comme je le dis toujours.

— Certes.

Le regard de Bastian était dur comme du silex, même si son sourire restait chaleureux. Amelia l'observait avec l'avidité d'un oiseau convoitant un ver. Ses cheveux dorés étaient rassemblés au sommet de sa tête et maintenus en place par des centaines de petites épingles scintillantes. En dépit de l'humidité, elle réussissait à paraître fraîche comme la rosée plutôt qu'en sueur.

Malgré elle, Lore sentit une pointe de possessivité la traverser. Non, possessivité n'était pas le bon terme ; elle se sentait plutôt d'humeur protectrice, comme si Bastian avait besoin d'un bouclier.

Ce qui était ridicule de sa part. Aucun bouclier ne pouvait protéger le lapin qui insistait pour s'aventurer dans la tanière du loup.

— Nous avons passé un moment très agréable, en réalité, dit Amelia avec un sourire. Ce fut très instructif de discuter de nos cultures respectives, d'autant plus qu'August nous a interdit de parler de l'empire kirythéen pendant si longtemps. Par exemple, saviez-vous qu'en Kirythea, le pouvoir de Lereal pouvait être utilisé jusqu'à près de deux cents ans après la Chute Divine ? Certains chercheurs pensent qu'il reste des traces de magie de l'air près de Laerdas, étant donné que c'est là que Son corps a été découvert. (Elle laissa échapper un rire mélodieux.) Je crois bien que la Kirythea a fait une meilleure affaire que nous, à cet égard.

— Je préférerais certainement avoir un excès de magie de l'air que de Mortem, acquiesça Demonde. Infiniment plus utile.

— Peut-être, répondit Bastian. (Un domestique s'approcha avec un plateau de petites pâtisseries recouvertes d'un glaçage du même violet que le drapeau de l'Auverraine ; il en cueillit une au passage.) Tout dépend du point de vue.

Maxon ne dit rien, se contentant de hausser un sourcil.

— Amelia et Hugh nous ont éclairés sur la façon dont les problèmes liés à la Mortem ont affecté Dellaire, et l'Auverraine dans son ensemble. (Caius pencha la tête sur le côté, sa queue-de-cheval dorée tombant sur son épaule.) Il semblerait qu'il y ait eu un nombre assez important de fuites il y a quelques semaines, après des années de répit ?

« Tu ne peux pas fuir ce que tu es, fille des ténèbres. »

— En effet. (Bastian resserra sa prise sur le bras de Lore.) Heureusement, ma fiancée était là pour nous aider à canaliser toute la Mortem avant qu'elle ne cause le moindre dégât.

— Je n'irais pas jusque-là. (Amelia s'exprimait sur un ton léger, mais sa voix était chargée de venin.) Elle a canalisé toute la magie dans les terres cultivées.

— Par chance, rétorqua Lore sur le même ton, j'ai restauré ces mêmes terres pas plus tard que la semaine dernière. Mais peut-être n'étiez-vous pas au courant ?

— Oh, si, je le savais, dit Amelia en reprenant du vin. J'espère seulement qu'il n'était pas trop tard pour sauver la récolte.

— Il n'était pas trop tard. (La voix de Bastian était glaciale, et, pour une fois, son visage le reflétait, privé de son masque habituel de politesse charmante.) Lore s'en est admirablement sortie, aussi bien dans son contrôle initial de la fuite que dans la gestion de ses séquelles. Ce fut l'une des choses qui m'ont convaincu qu'elle ferait une bonne reine, dans les faits et pas seulement comme un surnom de cour.

Cette réponse réussit enfin à clouer le bec d'Amelia. Elle sembla presque se ratatiner sur elle-même, comme si cette déclaration allait au-delà de la simple rebuffade. Lore eut légèrement pitié d'elle. Le destin n'avait pas épargné Amelia, et Lore savait que, dans sa situation, elle n'aurait sans doute pas été de bonne compagnie, elle non plus.

Apparemment, Hugh Demonde ne remarqua pas la déconfiture de sa femme. Il arbora un sourire élargi par le vin et frappa Bastian sur l'épaule, dans une démonstration de familiarité qu'il aurait sans doute réprimée s'il avait été sobre. Les claques dans le dos semblaient être son geste de prédilection.

— Enchanté de vous voir amoureux, Votre Majesté. Vraiment enchanté. Cela fait longtemps que le roi et la reine de l'Auverraine n'ont pas été en bons termes.

La mention de ses parents, bien qu'indirecte, poussa Bastian à se raidir. Mais ce fut momentané, suffisamment minime pour être raté le temps d'un clignement de paupières, et il hocha la tête aux paroles de Demonde comme s'il n'était pas précisément l'enfant d'une telle union.

— Espérons que ce soit de bon augure pour le pays.

— J'en suis sûr, déclara Caius avec un nouveau sourire lancé par-dessus son verre de vin.

Bastian balaya le quai d'un geste du bras, comme pour changer de sujet.

— Avez-vous pu profiter du décor ? C'est très impressionnant, en toute modestie, bien sûr.

Lore n'y connaissait pas grand-chose en matière de bateaux – elle savait juste qu'ils flottaient – et ce malgré le fait qu'elle avait passé l'essentiel de son existence près du port, mais le navire qui oscillait sur l'eau au bout du quai était en effet impressionnant. Les flancs tribord et bâbord étaient hérissés de lourds canons. Un autre canon était fixé à la proue, sa gueule ouverte braquée juste au-dessus de la figure de proue. Celle-ci représentait Caeliar de la mer, Ses cheveux flottant derrière elle pour caresser les flancs du navire, Ses bras écartés pour accueillir la marée montante. Elle avait les yeux fermés et la bouche ouverte sur un cri guerrier. Caeliar était toujours dépeinte comme la plus belliqueuse du panthéon originel. Les représentations des dieux élémentaires étaient officiellement illégales, mis à part dans des cas particuliers : les vitraux de l'Église, et les figures de proue. Caeliar avait une allure féroce dans chacune d'elles.

— Extrêmement, en effet, concéda Maxon en tournant ses yeux d'un vert éclatant vers le navire. (Son regard s'attarda sur la silhouette de Caeliar, et un petit sourire suffisant plana à la commissure de sa bouche.) Je n'ai pas encore eu l'occasion de me rendre à l'intérieur, mais je suis impatient de voir le résultat. La Kirythea est réputée pour ses navires de guerre.

— Oui, Malfour est renommé pour sa construction navale, dit Bastian avec un sourire rusé à Maxon. (Tous les navires de l'empire kirythéen étaient construits dans le royaume occupé de Malfour, un petit pays côtier connu pour ses voyages en mer avant que l'empire l'annexe.) Permettez-moi d'être votre guide.

— Nous l'avons déjà visité, dit Demonde en prenant le bras d'Amelia. (Ce faisant, il la bouscula ; ce n'est qu'en ondulant gracieusement des hanches qu'Amelia évita de renverser du vin sur sa robe claire.) Et nous devrions terminer nos salutations avant le baptême. Viens, ma chère, je vois le seigneur Gauthien et sa nouvelle épouse, nous devrions les inviter à notre fête la semaine prochaine…

Amelia semblait moins que ravie d'être arrachée à Bastian et aux Kirythéens, mais elle suivit docilement son mari. Alors qu'ils s'éloignaient, elle jeta un bref regard vers Lore par-dessus son épaule. Tout le venin qui l'habitait s'était enfui ; au lieu de cela, la jeune femme avait l'air presque blessée.

Le Roi Sanctifié conduisit Lore vers le navire de guerre, et elle perdit Amelia de vue dans la foule. Maxon et Caius leur emboîtèrent le pas, mais à distance suffisante pour ne pas l'entendre si elle chuchotait.

Cependant, quand elle se pencha sur l'épaule de Bastian, ce qui sortit de sa bouche était plus un sifflement qu'un murmure.

— Tu crois vraiment que montrer l'intérieur de nos meilleurs navires à notre ennemi est une bonne stratégie ?

— Ça l'est si ceux-ci ne sont pas nos meilleurs navires, murmura Bastian sur un ton bien plus modéré. Ou même des navires de guerre, en réalité. Ces bateaux faisaient partie de la flotte personnelle d'August. Les canons ne sont là que pour décorer. Le nouveau navire est toujours amarré plus loin dans le port, sous bonne garde. Quand nous baptiserons celui-ci, ce sera un baptême par procuration.

Lore relâcha sa poigne sur le bras de Bastian, mais elle se renfrogna néanmoins.

— C'est… astucieux.

— N'aie pas l'air si surprise. (Il lui tapota le bout du nez.) C'est bien de conserver quelques secrets, même devant des alliés potentiels.

Lore plissa le nez et s'écarta.

— Qualifier l'empire kirythéen d'allié potentiel me semble excessivement optimiste.

— Je suis un homme très optimiste.

Les deux prêtres qui gardaient la passerelle n'étaient manifestement là que pour la galerie ; ils accordaient l'entrée à tous ceux qui s'approchaient, avec rien de plus qu'un hochement de tête sommaire. Quand ils virent Bastian, ils s'écartèrent sur le côté et le laissèrent passer, ainsi que Lore et les Kirythéens, sans un mot.

Le bateau était presque aussi raffiné que la Citadelle, ce qui était sans doute logique s'il venait vraiment de la flotte personnelle d'August. Lore n'eut qu'un instant pour admirer les planches luisantes du pont et le bastingage recouvert de feuilles d'or avant que Bastian la mène vers un petit escalier en colimaçon qui s'enfonçait dans les entrailles du vaisseau.

— La meilleure manière de le visiter est d'aller du bas vers le haut, lança-t-il aux diplomates qui les suivaient. Croyez-moi.

— C'est un mensonge ? murmura Lore dans son dos en le suivant dans la pénombre. On dirait un mensonge.

— Seulement en partie. (Bastian sauta la dernière marche et lui tendit la main pour l'aider à descendre.) J'ai des projets pour nous une fois que nous serons en haut, et j'aimerais que nos invités soient parmi les spectateurs plutôt que sur la scène avec nous.

Des projets comme l'utilisation de la magie. Lore fronça les sourcils, mais dans l'obscurité elle ne pensait pas que Bastian le vit.

— Je t'ai dit que je refusais de le faire.

— Lore, s'il te plaît.

Et le ton de sa voix lui rappelait tellement la nuit passée – un Bastian blessé, vulnérable, avec toutes les parties les plus tendres de lui mises à nu – qu'elle ne dit rien de plus.

Elle s'attendait à ce que la chaleur soit moins intense sous le pont, mais l'espace confiné rendait l'humidité encore plus étouffante. Ses cheveux collaient à sa nuque, lourds et embarrassants.

Ce n'est qu'une fois dans les profondeurs du navire que Lore s'aperçut qu'il n'y avait pas de vestes-de-sang ici, ni de prêtres de la Presque Mort. Si l'un ou l'autre des Kirythéens décidait de s'en prendre à eux, il n'y aurait personne pour les arrêter.

Quand elle se tourna vers Bastian, elle vit quelque chose de presque sauvage dans le sourire qu'il lui adressait. Presque comme s'il se délectait à cette idée.

Les marches en bois grincèrent quand Maxon et Caius descendirent l'escalier en colimaçon. Bastian se détourna de Lore pour désigner l'ensemble de la cale, qui faisait presque la moitié de la salle du trône dans la Citadelle et était tout aussi luxueusement équipée.

— Messieurs, bienvenue à bord.

La visite se déroula dans un brouillard confus. Lore était devenue insensible au luxe de la Citadelle ; à ce stade, son regard glissait sur les pierreries et les dorures sans y accorder une seule pensée. Il y en avait un peu trop ici pour que le navire de guerre soit convaincant, entre la salle de bal avec ses statues de sirènes légèrement vêtues et les immenses lits à baldaquin dans ce qui était censé être des quartiers de soldats. Mais peut-être que les Kirythéens se contenteraient de penser que l'Auverraine baignait dans l'argent, et que leurs machines de guerre elles-mêmes étaient luxueuses.

Le fait que le goût exécrable d'August puisse faire éventer la ruse aurait été drôle si ce n'était pas une préoccupation sérieuse.

Mais les Kirythéens semblèrent se laisser prendre à la supercherie. Maxon hochait la tête et émettait des sons émerveillés au bon moment. Caius gardait le silence, sans donner la moindre indication de ce qu'il pensait.

Une fois la visite terminée, Bastian les ramena tous en haut de l'escalier, sous les rayons impitoyables du soleil. Deux membres de la Presque Mort les attendaient en haut des marches ; il agita la main en lançant quelques paroles creuses – « profitez du vin, nous rejoindrons la fête dans quelques instants » –, puis il prit le bras de Lore et commença à déambuler vers la proue, d'un pas tranquille, mais résolu.

L'avant du navire était décoré de bannières violet foncé qui claquaient dans la brise iodée. Des rosiers avaient été apportés de la Citadelle dans d'immenses pots en cuivre et installés de part et d'autre de la proue, conférant à cette dernière une allure de scène de théâtre.

Lore s'arrêta, campée dans une attitude de défi. Elle ne dit rien ; elle avait déjà tout dit, et n'avait rien à ajouter à son refus. Elle n'allait pas canaliser la magie.

— Lore. (Bastian s'arrêta lui aussi, s'approcha d'elle et lui prit la main.) Tu n'as aucune raison d'avoir peur. Tu as déjà canalisé la magie avec moi, et je sais que les conséquences dont parlait Malcolm n'ont rien de nouveau. Qu'est-ce qui a réellement changé ?

Sa voix avait beau rester douce, une lueur rusée éclairait son regard. Ses yeux fouillèrent les siens, comme s'il cherchait ce qui se tapissait derrière eux.

Et Lore sut, à cet instant, qu'elle ne s'adressait pas vraiment à Bastian. Elle sut qu'il apparaissait et disparaissait, comme une flamme de bougie qui vacille dans le vent.

La terreur referma son poing autour de sa colonne vertébrale.

Il s'approcha un peu plus et inclina le menton de Lore vers lui. Le soleil flamboyait dans son dos, parant ses cheveux noirs d'un halo presque auburn.

— Tu me fais confiance ?

Non.

— Ce n'est pas la question.

Il eut un infime mouvement de recul, comme s'il avait lu la vraie réponse sur son visage. Son expression changea, s'adoucit ; les traits austères de son visage devinrent plus familiers.

— Lore.

Juste son nom. Il semblait différent. Plus fidèle à lui-même.

Mais cela ne changeait rien.

Lore secoua la tête.

— Je ne peux pas.

Il la dévisagea pendant quelques instants, avec une émotion proche de la fureur tapie dans son regard, prête à bondir.

— Écoute-moi bien…

Le reste de ses paroles se perdit dans l'explosion.

CHAPITRE 16

Le temps est une chose que nous avons créée pour donner un sens au monde. C'est une rivière dans laquelle on entre et on sort, une façon de penserqui nous apporte un cadre. Elle régit tout, sans pourtant exister.

Norun Loe, philosophe ratharcien

Lore était habituée à la mort. Celle-ci la poursuivait depuis qu'elle était enfant, chose tangible qu'elle pouvait entortiller autour de ses doigts et tresser au gré de sa volonté. Lore n'en avait jamais senti autant que le jour de la fuite de Mortem, quand une véritable rivière s'était écoulée du corps de Nyxara enfoui sous la ville. Même là, elle avait réussi à la contrôler, à la faire passer dans son système pour la rejeter dans la pierre. Elle était restée inconsciente pendant une semaine après cela, certes, mais elle l'avait fait.

La situation actuelle était mille fois pire.

La mort l'environnait comme un nuage. Aucune part de cette Mortem ne lui appartenait – comment était-ce possible, par les mille enfers ? – mais cela ne la rendait pas pour autant moins douloureuse, ni moins horrible. Lore ne voyait qu'un puits de ténèbres insondable, diamants d'entropie et lambeaux de mort. Elle avait perdu tout sens de l'orientation et ignorait où étaient le haut et le bas, l'intérieur ou l'extérieur. Si elle était certaine de la réalité de son corps, c'était uniquement parce qu'elle pouvait sentir ses doigts se tendre vers toute cette obscurité, et cette dernière se tendre vers elle en réponse, prête à être tissée.

Une lueur devant elle. Bastian. Le Spiritum flamboyait en lui comme un soleil miniature, comme des rayons de lumière transperçant la noirceur. Son pouvoir s'étirait lui aussi vers elle, prêt à être canalisé, dirigé, transformé au gré de son désir.

Lore se retourna – elle crut se retourner – pour plonger son regard au cœur du nuage de mort.

Le Spiritum était partout, telles des centaines d'étoiles mourantes. Ses filaments s'élevaient lentement, si lentement, s'échappant de ceux qu'il avait habités, quittant des corps agonisants pour se changer en Mortem.

Quelque chose près d'elle. Un abîme, un trou, une bouche d'éternité. Elle avança dans l'antichambre de la mort, où les filaments de vie étaient détricotés. Le temps était une rivière, et elle se tenait sur sa rive, où l'œuvre de quelques secondes s'étirait dans des proportions impossibles, comme un massacre au ralenti.

Un massacre qu'elle pouvait arrêter. Lore était quelque chose de différent, quelque chose qui pouvait tenir la vie et la mort entre ses mains. Et elle allait devoir les utiliser toutes les deux.

D'abord, le Spiritum. Lore tendit la main – elle crut tendre la main – et saisit les filaments de Spiritum qui se déployaient dans l'air, les rubans de vie qui s'échappaient de leurs vaisseaux. Elle les fit courir dans ses veines avec la vivacité de torrents filant vers la mer pour les imprégner de sa volonté, puis les expulsa vers les personnes auxquelles ils appartenaient.

Tous les filaments retournèrent à leur place, avec autant de facilité qu'un couteau s'enfonçant dans du beurre mou. La vie se rembobina sur elle-même, tressa des auras et cessa de s'enfuir lentement. La Mortem dormante qui s'était empressée de la remplacer fut chassée, ramenée de force dans une stase pour attendre une mort différente.

Du moins, dans la plupart des cas.

Une partie de la Mortem était trop avancée et l'emportait sur le Spiritum. L'alchimie des deux pouvoirs était en cours et le changement avait déjà commencé. C'étaient les corps les plus proches du bateau vaporisé, mis à part elle-même et Bastian. Les cadavres en morceaux, aux membres projetés dans toutes les directions. Si Lore avait été pleinement consciente de sa forme physique, son estomac se serait soulevé.

Heureusement, elle pouvait canaliser les deux magies. Heureusement, elle pouvait rassembler les morceaux, ici dans cet espace entre les secondes, où les âmes s'attardaient sur le seuil séparant la vie et la mort, et où ni l'une ni l'autre n'avait définitivement pris le contrôle.

La Mortem vint à elle comme un animal familier et s'enroula autour de ses doigts, brisant ses frontières arbitraires. Quand Lore la fit passer en elle, elle la modifia, cette fois. Elle ne savait pas vraiment comment, elle ne connaissait pas la mécanique de la chose, mais la Mortem qu'elle prit en elle ressortit sous forme de Spiritum, qu'elle remit là où il était censé être, arrêtant la mort dans sa lancée et la renvoyant sous forme de la vie qu'elle avait été.

Il y eut un instant où elle eut peur des conséquences – peur de faire de ces gens des cadavres ambulants, comme les corps dans les catacombes –, mais cette pensée disparut dès qu'elle traversa son esprit. Ceci était différent. Elle n'accordait pas une vie imméritée ; elle rendait une vie qui avait été dérobée, elle l'arrachait à la seconde où elle pouvait devenir la mort.

Quelque chose se souleva sous la ville.

Lentement, d'abord, puis avec la violence d'une lame de fond.

La mort s'extirpa des tréfonds de Dellaire, en une vague immense qui frappa Lore de plein fouet, tel un raz-de-marée cherchant une faille dans la digue. Elle déferla à travers la roche, le bois, la matière morte, se frayant un chemin pavé de néant pour atteindre Lore. Ce n'était pas comme une fuite, une marée indifférente qui grignotait tout sur son passage. C'était un assaut calculé.

Un retour à la source.

Lore aurait dû s'arrêter. Mais elle n'était plus qu'un conduit, désormais, qui aspirait la Mortem et la canalisait en son sein. La magie se concentra dans le moindre interstice de son être, et Lore avait presque accepté sa fin inévitable.

Aucun mortel ne pouvait survivre à une telle chose.

Mais tu n'es pas une simple mortelle, Lore. Tu ne l'as jamais été.

La Mortem continuait d'affluer, mais Lore ne ressentait aucun des signes qui, pensait-elle, devaient accompagner l'agonie ; le souffle bloqué, le cœur battant au ralenti. Quelle que soit la chose qui avait changé en elle, quelle que soit la chose qu'elle était devenue, elle était désormais capable de supporter cet afflux.

Lore était la dépositaire. Lore était la cellule d'attente. La Mortem s'écrasa en elle par vagues successives, en un torrent impétueux de filaments noirs. Et elle se lova en elle, et elle ne bougea plus.

Et Lore resta en vie.

Prise dans le tsunami, elle ne nota pas à quel moment le monde commença à retrouver ses contours, quand la couleur commença à revenir dans son champ de vision, quand ses oreilles cessèrent d'entendre un grondement sourd pour s'emplir de cris, de pleurs, d'éclats de voix.

Effrayés, blessés, mais vivants. Ils étaient tous vivants.

Parce qu'elle avait fait en sorte qu'ils le restent. Elle avait fait un pas hors du temps et avait arrêté la mort, maintenant la vie en place comme une main plaquée sur une artère tranchée.

Le frais clapotis de l'eau, bienvenu dans cette chaleur. Un fouillis de voix, pour certaines familières. L'une d'elles, en particulier.

— Tu es une *merveille*, murmura Bastian à l'oreille de Lore.

C'étaient des mots agréables à entendre, juste avant de perdre connaissance.

Il n'y eut pas de victimes. C'était la partie la plus importante et la plus incroyable. Les trois navires amarrés au bout des quais avaient explosé, et il n'y avait pas de victimes. Personne n'était mort, que ce soit sur les bateaux ou sur les quais, ni même parmi les gens du peuple rassemblés derrière les barrières. Beaucoup de personnes avaient des blessures qui auraient *dû* les tuer, des cicatrices terribles et une perte de sang importante, mais tout le monde était en vie.

La deuxième chose aussi importante qu'incroyable était que l'explosion ait pu se produire.

— C'était forcément quelqu'un dans l'assistance. (Un doigt songeur posé sur les lèvres, penché en avant sur sa chaise, Malcolm n'avait cessé de tressaillir de la cuisse depuis une demi-heure qu'ils étaient dans la chambre de Lore.) Un courtisan, un garde, quelqu'un. Ces navires ont été inspectés et réinspectés plusieurs fois.

— À moins que quelqu'un ait posé la bombe pendant les inspections, gronda Gabe.

Il se tenait près de la porte, les bras croisés, son œil unique braqué n'importe où sauf sur Lore étendue sur le lit. Il l'avait regardée quand il l'avait portée ici, la parcourant avidement du regard comme s'il voulait cataloguer chaque blessure. Il avait semblé presque désemparé de n'en trouver aucune, rien qui puisse apaiser son inquiétude. Mais, après avoir installé Lore, il avait détourné le regard et ne l'avait plus une seule fois posé sur elle.

— Non, répondit Malcolm en secouant la tête. Ça ne peut pas être l'un des nôtres. Tous ceux qui voulaient se débarrasser de Bastian, que ce soit dans nos rangs ou chez les vestes-de-sang, sont sur les Îles Calcinées.

— Raison pour laquelle les Kirythéens sont des coupables tout désignés, dit Alie.

Une fois de plus. Elle était assise juste à côté de Lore, le poignet bandé et un pansement sur la tempe. Elle se trouvait à l'autre bout de la rue des quais quand l'explosion avait eu lieu, et ses blessures étaient mineures, principalement des coupures dues à des chutes de débris. Néanmoins, ses mains tremblaient sur ses cuisses.

— Ils ne peuvent pas être stupides à ce point, marmotta Malcolm en se passant une main sur le visage. (Il était loin de la zone de déflagration au moment du drame et n'avait aucune blessure, mais sa chemise était assombrie par le sang de quelqu'un d'autre.) Il y a un million de façons plus faciles de l'assassiner. Du moins, c'est ce qu'on aurait pu penser, avant ça.

Avant que Lore fasse la démonstration d'un contrôle sur la mort qui dépassait tout ce que quiconque aurait pu imaginer.

Nul n'avait de réponse à cela, surtout pas Lore. Cinq regards se posèrent furtivement sur ses mains, posées à plat sur la literie.

Elle avait envie de les enfoncer dans les draps, de dissimuler ce qui se cachait de l'autre côté. Mais Lore les retourna, presque inconsciemment.

Une étoile gris cendre s'épanouissait au centre de chaque paume, ses rayons sombres s'étirant vers la base de ses doigts, comme si cette partie de sa main était morte depuis longtemps. Elle teintait sa cicatrice de couleurs bigarrées, presque comme un bleu, et refusait de partir au lavage malgré tous les efforts que Lore avait fournis quand elle était revenue dans sa chambre, portée dans les bras de Gabe comme une mariée agonisante.

Même dans cet état de conscience intermittente, elle avait été surprise que Bastian autorise une telle chose. Mais elle se souvenait qu'il avait marché près d'eux, l'épaule presque contre celle de Gabe, les doigts entrelacés avec les siens. Leurs trois corps entremêlés.

Bastian avait conservé le silence depuis qu'ils étaient arrivés dans leurs appartements, et il ne s'en était toujours pas départi. Il se tenait près de la fenêtre, d'une immobilité presque surnaturelle, auréolé d'or par les rayons du soleil qui filtraient à travers le rideau fin.

— Si je ne me trompe, il y a un vieil adage qui dit que l'explication la plus simple est souvent la meilleure, déclara sèchement Alie. Et l'impact d'une telle attaque pourrait l'emporter sur le manque d'informations.

Ils savent que nous sommes vulnérables, malgré la magie de Lore et de Bastian.

À la mention de la magie, le regard de Gabe se durcit et ses bras se serrèrent un peu plus sur son torse.

— Ma foi, dit-il. Il y a une possibilité que nous n'avons pas encore évoquée, n'est-ce pas ?

Les navires eux-mêmes étaient trop en miettes pour que la nature des bombes ait été aisément identifiable, mais une poignée de débris était en route vers l'université de Farramark, la capitale de la Caldien, pour être testée à la recherche de poudre à canon et autres indices. Même à l'heure actuelle, quelques heures seulement après l'attaque, les rumeurs abondaient sur ce qui pouvait avoir causé l'explosion. Une fuite de Mortem (prouvant ainsi que les citoyens ordinaires n'avaient pas la moindre idée du fonctionnement de la Mortem), un acte d'Apollius (théorie qui faisait naître un pincement désagréable dans les entrailles de Lore), un canon défaillant. Étonnamment, peu de courtisans semblaient disposés à montrer la Kirythea du doigt. L'ombre de la guerre était froide, et ils faisaient tout leur possible pour lui échapper.

Par ailleurs, le pourquoi et le comment de l'attaque étaient beaucoup moins intéressants que ses suites. Ou plutôt, leur absence.

À la cour, le consensus était, du moins pour le moment, que l'absence de victimes était un signe de la faveur du Dieu Sanglant. Comment cette théorie s'accordait avec celle qui estimait que l'attaque elle-même était un acte d'Apollius, Lore l'ignorait, mais la religion trouvait toujours des échappatoires. Elle supposait que le sanctuaire nord serait bondé une fois venu le Premier jour, et qu'une ferveur religieuse renouvelée parcourrait la Citadelle comme un virus.

Un signe de faveur. Une démonstration de pouvoir.

Exactement ce que voulait Bastian.

Ils restèrent tous muets alors que le sous-entendu de Gabe faisait son chemin dans les esprits.

Bastian leva la tête.

Gabe ne bougea pas, le pendentif du Cœur sur son torse étincelant dans la lueur des bougies.

— Dis-moi que tu n'as pas fait ça. (La voix de Gabe était grave et dangereuse, sifflante comme le crachotement d'une flamme.) Par tous les dieux, Bastian, dis-moi que tu n'as pas fait ça pour les besoins d'une sorte de jeu de pouvoir.

Le Roi Sanctifié traversa la pièce en deux enjambées et se retrouva le visage à quelques centimètres de celui de Gabe, coinçant le Prêtre Exalté contre le mur. Il avait les dents dénudées, les yeux flamboyants.

—Non, cracha-t-il. Bien sûr que non, ce n'était pas moi, et le fait que tu puisses seulement penser ça… (La rage en lui se modifia de façon infime, et son rictus laissa place à un sourire railleur.) Si je devais faire sauter un bateau, Remaut, tu ne crois pas que j'attendrais d'abord que tu sois dessus ?

—*Bastian*, dit Lore d'une voix rauque d'épuisement.

Mais alors même qu'elle prononçait son nom, elle sut qu'il ne l'entendrait pas, perdu quelque part dans son esprit, submergé par une autre conscience.

Un air d'incrédulité traversa le visage de Gabe, bientôt chassé par un sentiment de peine profonde. Il bannit cependant aussitôt cette émotion. Il dépassait Bastian de quelques centimètres, et il se redressa pour utiliser tout leur potentiel, dominant le roi autant qu'il le pouvait.

—Je ne suis pas étonné. À ce stade, je crois que tu serais prêt à sacrifier n'importe lequel d'entre nous…

Le poing de Bastian fusa, trop rapide pour que Lore puisse crier. Il rencontra le nez de Gabe dans un bruit d'os brisé, et la tête du Prêtre Exalté tourna sur le côté, éclaboussant le papier peint clair de gouttelettes de sang.

Alie poussa un cri ; Malcolm se plaqua contre le mur pour s'éloigner du conflit.

—Bastian ! lança de nouveau Lore, plus fort cette fois, mais trop tard.

Gabe reculait déjà le bras, et son propre poing s'écrasa sur la mâchoire de Bastian. Ce dernier se retourna avec un rire et un sourire sauvage dévoilant des dents sanglantes, et tout cela ressemblait à un souvenir, à quelque chose qui s'était déjà produit, tel un serpent se mordant la queue encore et encore et…

—*Arrêtez ça.* (Lore ne s'aperçut qu'elle s'était levée que quand elle sentit ses jambes flageoler ; la puissance de sa voix fut sapée par la façon dont elle s'effondra sur le lit.) C'est la dernière chose dont nous avons besoin, bordel.

Ses mots rompirent le charme ; les deux hommes s'écartèrent l'un de l'autre, mais juste avant, Bastian saisit le menton de Gabe et attira ce dernier si près de lui qu'il aurait pu l'embrasser. Leurs bouches étaient à quelques centimètres l'une de l'autre, et tous deux avaient le souffle court. L'instant vibrait de possibilités.

Puis Bastian plaqua la paume de sa main sur le visage de Gabe. Quand il la retira, son nez était de nouveau droit et intact. L'œuvre du Spiritum.

Lentement, la marque rouge sur la mâchoire de Bastian s'estompa. Le seul indice de leur empoignade était désormais le sang sur le mur.

Lore s'allongea sur le lit. Alie tendit la main vers elle, comme pour l'aider, mais Lore secoua la tête. Elles devraient toutes les deux être en train de se reposer, au lieu d'essayer d'arbitrer une rixe entre le Roi Sanctifié et son Prêtre Exalté.

— Vous avez terminé ? demanda Malcolm d'un ton las.

Ni Gabe ni Bastian ne lui répondirent, toujours occupés à se lancer des regards brûlants qui pouvaient signifier n'importe quoi.

Malcolm leva les mains au ciel et se dirigea vers la porte.

— Il doit y avoir une éclipse lunaire mineure dans une demi-heure. Je dois aider les autres à préparer le puits pour l'afflux de Mortem. Essayez de ne pas vous entre-tuer en mon absence.

Il claqua la porte derrière lui.

Bastian se redressa et s'essuya les mains sur sa chemise, laissant une traînée de sang appartenant à Gabe. Il semblait parfaitement serein, à présent, comme si sa brève altercation avec le Prêtre Exalté était arrivée à quelqu'un d'autre.

— Nous allons mettre cette affaire au clair. J'ai déjà fait arrêter les représentants kirythéens ; l'interrogatoire débutera demain.

Un silence abasourdi suivit sa déclaration.

Alie laissa échapper une exclamation frustrée.

— Donc tu viens d'arrêter une délégation étrangère sans procédure officielle ? Sans consulter personne ? (Sa main bandée fendit l'air, comme si elle pouvait saisir le moment où cette décision avait été prise et l'écraser.) Ce n'est pas comme ça que marche la diplomatie, Bastian ! Est-ce que tu cherches à déclencher une guerre ?

— Nous n'en arriverons pas là. (Il haussa les épaules.) Si les Kirythéens sont innocents, nous le découvrirons rapidement, surtout quand nous obtiendrons le rapport de la Caldien sur les débris. En attendant, l'empereur Jax ne recevra que des rumeurs parlant d'une attaque et de l'intervention de Lore pour éviter toute victime.

— Si tu penses que ces rumeurs n'incluront pas l'arrestation et la détention de ses diplomates, tu es un idiot, fulmina Alie.

Bastian lui adressa un sourire placide.

— Je n'en doute pas. Mais je ne pense pas non plus que ce sera un problème.

Elle pinça les lèvres et ferma les yeux, comme si elle devait faire appel à toute sa volonté pour ne pas le couvrir d'insultes.

— Je vais avoir besoin de leur parler, dit-elle finalement avec une modération trompeuse. Pour essayer d'arranger le bordel monstre que tu as provoqué.

— N'hésite pas, répondit Bastian. Tu peux même le faire aujourd'hui. Ils sont dans les cachots sous la tourelle nord-ouest ; ceux qui sont en meilleur état. (Un sourire en coin.) Je suis un modèle d'hospitalité.

Alie ne répondit pas, mais ses yeux étaient chargés de poison.

La porte s'ouvrit à la volée. De l'autre côté, une prêtresse de la Presque Mort que Lore ne connaissait pas, essoufflée et les yeux écarquillés. Lore revit dans un éclair le jour où Malcolm s'était précipité dans la salle du trône pour les avertir de la fuite de Mortem. Les souvenirs étaient eux aussi des serpents qui se mordaient la queue, comme si le temps était pris dans une boucle éternelle.

— Nous avons ouvert le puits dans le jardin, dit-elle en essayant de reprendre son souffle. Il n'y a rien.

Gabe se raidit, les lèvres encore maculées de sang alors que son nez était guéri.

— Qu'est-ce que tu veux dire, Marie ?

— Je veux dire qu'il n'y a rien, répondit-elle avec un geste de la main. (Lore remarqua avec détachement qu'il lui manquait trois doigts et une grande partie de la paume.) Il y a toujours au moins un peu de Mortem, des lambeaux à canaliser. Mais elle a disparu. (Son regard se posa sur Lore allongée sur le lit, sur ses mains balafrées d'une éclipse et marquées par les ténèbres.) Toute la Mortem a disparu.

CHAPITRE 17

Et le jour de Son[1] retour, Il aura un corps nouveau,
un corps sans stigmates de la violence de la déesse rétive,
un corps parfaitement adapté à Son objectif.

Le Livre de la Loi Sacrée, Fascicule 893

Lore s'attendait à ce que quelqu'un s'oppose à l'idée qu'elle les accompagne pour voir le puits, mais tout le monde était trop choqué par la nouvelle pour protester quand elle se hissa hors du lit. Elle enfila un peignoir fin sur sa chemise encore plus fine et se précipita à la suite de Marie dans le couloir. Gabe lui lança un regard en coin, son œil la parcourant du sommet de la tête jusqu'à ses pieds chaussés de pantoufles et s'arrêtant sur le léger tremblement de ses mains. Mais il ne dit rien.

Alors qu'ils s'approchaient de l'escalier qui menait à la véranda, Bastian tendit le bras en arrière et saisit sa main balafrée. Il la serra. Elle ne pouvait pas voir son visage, mais d'une façon ou d'une autre, elle savait qu'il souriait.

Elle aurait dû sourire, elle aussi. C'était une bonne chose que toute la Mortem ait disparu, qu'il n'en reste plus pour provoquer des fuites. N'est-ce pas ?

Pourtant, elle avait le ventre noué.

Sans échanger un mot, ils traversèrent tous les quatre les appartements de Bastian et descendirent au pas de course l'escalier de la tourelle nord-est, pour déboucher sur la pelouse au sud de la Citadelle.

1. Dans certaines traductions plus anciennes, le pronom « Il » et l'adjectif « Son » sont remplacés par « Ils » et « Leur », soulignant le pluriel plutôt que le singulier.

Marie leur fit franchir la grille en fer forgé qui menait dans le jardin de pierre labyrinthique de la Presque Mort. Le cœur de Lore accéléra brièvement quand elle crut que la prêtresse allait obliquer vers la serre où se trouvait Anton. Mais Marie resta sur le chemin.

Le puits était ouvert, le couvercle appuyé sur le côté. La statue d'Apollius qui le maintenait d'ordinaire en place avait été repoussée dans son encoche sur la pierre. Lore reconnut vaguement l'un des prêtres –Alexis– penché par-dessus la margelle, les yeux plongés dans les profondeurs ténébreuses du puits, comme s'iel croyait que la Mortem se cachait. Malcolm se tenait non loin, les mains sur les hanches, l'air sous le choc.

— Qu'est-ce qui s'est passé ? (Bastian avait chassé le sourire sur son visage ; il était désormais mortellement sérieux, la voix sévère.) Donne-moi des détails.

Alexis recula et agita la main en direction du puits.

— Il ne s'est rien passé, voilà le problème. (Iel repoussa les cheveux blonds trempés de sueur qui tombaient devant ses yeux.) Il y a toujours *quelque chose* quand on ouvre le puits.

— Surtout pendant une éclipse lunaire, renchérit un autre prêtre.

Lore ne le connaissait pas ; presque aussi grand que Bastian, il avait les bras croisés sur son torse comme une barrique. Une cicatrice courait depuis son front jusqu'à la commissure de ses lèvres ; le coup avait manqué de peu son œil, qui était rivé sur Lore.

— Et surtout ces derniers temps, ajouta-t-il.

Nul n'aurait jamais pu accuser un membre de la Presque Mort de subtilité. Lore rendit son regard au prêtre, refusant d'être la première à détourner la tête. L'homme finit par céder et reporter les yeux sur le puits ouvert.

— Je ne qualifierais pas vraiment l'absence de Mortem de « problème ». (Bastian s'approcha de la margelle et s'y appuya des deux mains.) En fait, reprit-il d'une voix dont l'écho se répercutait sur la pierre, ça semble plutôt être une solution. (Il se redressa et se tourna vers Lore, radieux.) C'est toi qui as fait ça.

Instinctivement, Lore fit un pas en arrière pour mettre de la distance entre elle et le puits. Quand elle cligna des paupières, elle vit cet endroit plongé dans le noir, les flammes de fleurs desséchées léchant un ciel où la lune avait remplacé le soleil.

— Fait quoi ?

— Ça ! (Bastian écarta largement les bras pour englober le puits, le jardin de pierre et les membres impassibles de la Presque Mort qui n'avaient plus rien à canaliser.) D'une façon ou d'une autre, quand tu as sauvé tout le monde sur les quais, tu dois avoir canalisé toute la Mortem restante. (Il la rejoignit et posa les mains sur ses épaules, le front posé contre le sien. Son contact semblait étranger, et un pétillement doré habitait ses yeux bruns.) Tu es une *merveille*.

Il lui avait dit la même chose après l'explosion, quand ils avaient tous les deux pris conscience qu'ils étaient encore en vie. Il avait la même note satisfaite dans la voix, comme si les choses se passaient conformément à un plan que nul autre ne connaissait.

— Je n'ai rien fait, dit-elle, parce qu'elle ne savait pas quoi dire d'autre. (Même si c'était faux, c'était ce qui lui venait le plus facilement.) Du moins, si je l'ai fait, ce n'était pas volontaire. Ce devrait être impossible pour une personne...

— Impossible pour tout le monde sauf toi. (Il était si près qu'il eut à peine besoin de formuler ces mots ; ils flottèrent dans l'espace qui les séparait, comme des fantômes.) Tu étais déjà spéciale avant, mais maintenant tu es irremplaçable. (Ses yeux mouchetés d'or se fermèrent, comme s'il était submergé par l'émotion. Au nom des mille enfers, *quand* Bastian Arceneaux avait-il déjà été submergé par l'émotion ?) Je savais que je prenais la bonne décision.

Il parlait bien des fiançailles, n'est-ce pas ? Elle n'en était pas sûre. Ses paroles sonnaient comme si elles pouvaient s'appliquer à autre chose, à un enchaînement de décisions qui les avaient conduits ici.

— Attendez un peu. (Alexis fit un pas en avant, les yeux ronds.) Vous voulez dire... Si elle a *entièrement* disparu...

— Oui. (Bastian se tourna vers les prêtres assemblés, sans pour autant lâcher les épaules de Lore. Elle serra un peu plus les poings.) Nous avons été libérés par notre future reine. (Il lança à l'intéressée un sourire éclatant.) Si elle ne détestait pas à ce point les mondanités, j'organiserais une fête en son honneur.

Malcolm avait gardé le silence depuis qu'ils avaient atteint le puits. Les bras croisés, le visage de marbre, il regardait fixement l'ouverture béante.

— Je ne sens rien du tout, murmura-t-il, presque comme pour lui-même. Avant, je pouvais toujours en sentir au moins un peu, en faisant un effort, mais maintenant...

Lore baissa la tête vers les pavés de l'allée. Cette constatation aurait dû être une bonne chose, mais Malcolm semblait presque peiné.

Derrière eux, Gabe observait le puits avec la même expression perdue. Il se secoua pour chasser l'émotion, quelle qu'elle soit, qui le paralysait et lança un regard noir à Bastian.

—Il n'y a aucun moyen d'en être certains, à moins d'envoyer quelqu'un en bas.

Bastian haussa un sourcil.

—Je ne pense pas que ce soit nécessaire, mais si tu veux y aller, je ne t'en empêcherai pas.

La surprise arracha Lore à sa contemplation du sol, et elle leva la tête. Elle rencontra le regard de Gabe, aussi choqué que lui. Elle n'avait jamais vu Bastian céder si facilement à son ancien ami.

Le roi remarqua leur échange de regards, et il eut le mince sourire de quelqu'un qui a obtenu ce qu'il voulait, mais qui n'est pas encore certain de ce que cela lui coûtera. Il y avait quelque chose de presque douloureux dans la crispation de sa mâchoire, comme s'il était de nouveau aux prises avec une de ses migraines. Il leva les yeux vers le ciel, qui sombrait lentement dans le crépuscule. L'attaque avait eu lieu le matin même ; Lore n'avait mis que quelques heures à se rétablir.

Une amélioration, comparativement à une semaine. D'autant plus qu'elle avait canalisé beaucoup plus de Mortem, cette fois.

Toute la Mortem, même.

—Voilà qui devrait libérer une partie de ton agenda, déclara Bastian. Maintenant, tu n'auras plus besoin d'aller voir le Prêtre Exalté pour qu'il t'aide avec ta forêt.

Lore fronça les sourcils.

—Je ne suis pas de cet avis.

L'air satisfait sur le visage de Bastian vacilla, obscurci par une ombre.

—Ah oui.

Ce n'était pas une question.

—Si toute la Mortem s'est… enfuie, dit-elle en trébuchant sur les mots pour ne pas dire ce qui s'était réellement passé, j'ai plus que jamais besoin de ma barrière.

Il avait parlé de sa forêt. Lui avait-elle déjà dit que c'était à cela que ses protections ressemblaient ?

—Ce serait une perte de temps, décréta Bastian d'un ton qui ne tolérait pas la contradiction. Remaut et toi avez mieux à faire que de vous enfermer dans un confessionnal poussiéreux.

—Je ne suis absolument pas d'accord.

— Moi non plus, déclara posément Gabe.

Le regard de Bastian passa de l'un à l'autre, plus doré que brun.

— Je vois.

— Bastian, dit Lore en contournant un parterre de roses pétrifiées pour s'approcher de lui. Nous devrions laisser les choses telles qu'elles sont jusqu'à…

Son bras frôla une tige de pierre, et celle-ci céda, comme si la roche s'était brutalement changée en glace et fondait au contact de sa chaleur. Lore leva aussitôt le bras et s'écarta du parterre.

Tout d'abord, la rose se contenta de se fendiller. Puis elle vola en éclats. Toutes les roses volèrent en éclats le long de l'allée, la pierre devenant si friable qu'elle se détachait comme des cendres avant de se désintégrer dans un nuage de poussière grise.

Elle avait déjà vu des pierres réagir de cette manière, mais seulement quand d'immenses quantités de Mortem y avaient été canalisées.

C'est à ce moment qu'elle remarqua sa main. L'étoile grise sur sa paume s'était étendue et recouvrait désormais presque ses doigts, teintant chaque veine d'un noir d'encre. Le froid s'installa lentement, et des fourmillements la parcoururent alors que son sang s'épaississait.

La Mortem. Elle avait canalisé la Mortem dans les roses, d'un infime contact. Mais c'était impossible, si elle avait disparu…

Elle n'a pas disparu.

La voix était ténue, comme un chuchotement émanant d'une porte entrebâillée.

Elle est juste en toi, maintenant.

— Merde, chuchota Lore en contemplant sa main, puis en regardant l'endroit où s'étaient trouvées les roses.

Elle se tourna vers Bastian, qui l'observait avec une expression à la fois excitée et presque inquiète.

— Je vais continuer de travailler avec Gabe. (Lore ne savait pas quoi faire de ses mains, redoutant de canaliser la mort dans tout ce qu'elle touchait.) En fait, je crois même que nous devrions aller nous exercer dès maintenant.

Bastian ne dit rien, même quand Gabe acquiesça et se retourna pour se diriger vers l'Église, même quand Lore le suivit. Il se contenta de les regarder partir.

— Je ne comprends pas.

Elle avait déjà dit au moins cinq fois une version de la même chose dans les quelques minutes qu'elle avait passées à suivre Gabe dans les couloirs de l'Église. Il prenait le chemin le plus long, comme il l'avait fait le jour où ils étaient allés voir Anton. Gabe ne cherchait pas à se cacher, cette fois ; apparemment, il ne craignait pas d'être suivi.

Lore gardait les bras croisés devant elle, dissimulant ses mains marquées.

— Je ne l'ai même pas senti, Gabe. Je n'ai eu aucun avertissement. C'est arrivé d'un coup.

— Tu vas devoir mieux protéger ton esprit, répondit Gabe, énonçant une évidence. (Il avançait sans prendre garde aux petites enjambées de Lore ; elle peinait à le suivre.) Il te faut des barrières plus fortes. Si toute la Mortem est en toi, maintenant…

— Attends. (Elle s'arrêta au milieu du couloir de pierre.) Comment peux-tu en être certain ?

La voix l'avait dit à Lore, l'avait murmuré dans son esprit. Avait-il une voix, lui aussi ? Quelque chose qui lui chuchotait à l'oreille quand le ciel s'assombrissait ?

Il se retourna, les traits marqués par la confusion.

— Je ne sais pas, dit-il finalement. Mais est-ce que je me trompe ?

Lore fit signe que non.

Il hocha résolument la tête, puis reprit sa progression dans le couloir. Savoir des choses qu'ils auraient dû ignorer n'était plus une surprise, à ce stade.

Qu'est-ce qui nous arrive, bon sang ? Lore, emplie d'une appréhension et d'une anticipation dont elle ignorait la source, pouvait sentir l'approche de quelque chose, comme l'électricité dans l'air avant un orage.

Ils atteignirent la pièce du confessionnal, mais Gabe ne s'y arrêta pas. Il franchit la grille, puis le rideau de velours, avant d'emprunter l'allée centrale déserte qui menait à la porte. Il ouvrit le battant, fit signe à Lore de passer, tourna à droite et descendit un couloir. Elle reconnut le chemin, pour l'avoir emprunté quotidiennement pendant des semaines un mois plus tôt. Il allait à la bibliothèque.

— Pense à ta barrière, dit-il tout en marchant. Tu sais comment faire, désormais. Penses-y de toutes tes forces, Lore, garde ton esprit comme si ta vie en dépendait.

C'était le cas depuis le début, mais elle n'en avait jamais été si intensément consciente.

Elle pouvait imaginer sa forêt sans même fermer les yeux, maintenant. Elle jaillit autour de ses pensées, dense et verte, tel un reflet de la forêt qu'elle voyait dans ses rêves. Lore pouvait presque sentir son odeur – celle de la sève, le parfum mordant de la verdure, l'iode dans la brise…

Quand Gabe arriva devant la porte de la bibliothèque, Lore était plus calme ; la panique qui lui comprimait la poitrine s'était suffisamment apaisée pour qu'elle puisse inspirer à fond. En guise d'expérience, elle tendit la main et toucha le mur de pierre. Ce dernier ne fondit pas, ne devint pas brusquement friable.

Elle est plus stable, maintenant, dit la voix dans sa tête. Elle était plus forte, à présent que le ciel se teintait d'obscurité. *Tu peux la contenir.*

Lore écarta tout de même la main.

Quand Gabe ouvrit la porte, Malcolm les attendait, déjà ganté, occupé à glisser des livres sous le dôme de verre qui courait au milieu de la table de lecture. Il avait la bouche pincée, le regard déterminé, mais ses mains tremblaient de façon imperceptible.

— J'ai sorti tout ce qui mentionne les mécanismes de la canalisation de la magie, dit-il sans lever la tête. À nous trois, nous devrions être capables de vérifier toutes ces références en une heure environ, si nous faisons vite, puis je pourrai contacter Farramark et peut-être même Kettleburgh pour plus…

— Je ne pense pas que nous ayons besoin de tout ça, Malcolm, déclara Gabe d'une voix douce.

Malcolm se renfrogna néanmoins tout en glissant le dernier livre sous le verre. Il s'approcha d'une étagère pour en prendre un autre.

— Alors de *quoi* pensez-vous que nous ayons besoin, Votre Sainteté ? Parce que la Mortem a disparu, et même si cela semble fantastique en théorie, en pratique je suis extrêmement troublé.

— Ce dont nous avons besoin, répondit Gabe, ce sont les mythes.

— Pourquoi ? demanda Lore.

Malcolm lança un regard entendu à Gabe et changea de direction pour rejoindre la petite alcôve dans l'angle, celle où il conservait les prophéties et autres livres trop importants pour le regard des simples mortels.

— Qu'est-ce que ces maudits mythes pourraient bien nous apprendre, selon toi ? poursuivit-elle. Je pense que Malcolm a vu juste ; nous devons trouver ce qui est arrivé à la Mortem et inverser le processus.

— L'inverser ? répéta Gabe en haussant un sourcil.

Lore n'avait pas su ce qu'elle espérait avant que ces mots franchissent ses lèvres.

Trop tard pour ça, dit la voix.

La ferme. Par les dieux, il était fort possible qu'elle soit complètement folle, maintenant, pas seulement en train de perdre pied. Elle parlait à cette putain de voix dans sa tête comme si cette dernière était une sœur agaçante.

Pas tout à fait, répliqua la voix. *Tout cela serait beaucoup plus facile si tu cessais de faire semblant d'ignorer qui Je suis.*

Lore se concentra de toutes ses forces sur sa forêt.

— Je n'en veux pas, murmura-t-elle. Gabe, personne ne pourrait vouloir de ça.

Quelqu'un, si. Lore ne savait pas vraiment si cette pensée venait de la voix ou d'elle-même.

Il soupira. Sa main frémit, hésitante, puis il lui caressa les cheveux et les ramena derrière son oreille. Ils n'avaient pas été brossés depuis au moins un jour, et formaient une auréole de frisottis autour de sa tête. Juliette aurait eu des palpitations si elle avait su que Lore se baladait dans l'Église dans un état pareil, et en chemise de nuit par-dessus le marché.

Mais Gabe ne se changea pas en pierre. C'était déjà quelque chose. La peur glacée qui l'avait emprisonnée se relâcha un peu.

— Je n'ai pas l'impression qu'on puisse inverser ce genre de processus, dit-il doucement.

La peur revint, bien que sous une forme différente.

— Voilà.

Malcolm sortit de la petite alcôve avec un seul livre. Il le glissa sous le verre, puis extirpa deux autres paires de gants de sa poche, qu'il lança à Lore et à Gabe.

— C'est le seul que j'ai pu trouver. (Il laissa échapper un rire sardonique.) Apparemment, il y a plusieurs volumes d'histoires non canoniques à Laerdas, si nous voulons en parler à nos amis kirythéens dans leurs maudites cellules. Peut-être qu'Alie pourrait leur en toucher un mot.

— Espérons que non, grommela Gabe. (Alie ne les avait pas accompagnés au puits ; elle avait préféré rejoindre ses appartements, pour se préparer à la crise diplomatique imminente.) Je pense que nous devrions garder le secret, autant que possible.

— Tu vas peut-être devoir réviser ta définition de « possible ». (Lore s'assit sur le banc devant les livres tout en enfilant ses gants, certaine maintenant de pouvoir toucher les choses sans les détruire aussitôt.) La nouvelle que j'ai sauvé tout le monde de l'explosion ne risque pas de passer inaperçue.

— Sans doute pas. (Malcolm passa la main sous le verre pour tourner les pages délicates du livre.) Mais le fait que tu aies réussi à absorber toute la Mortem qui s'échappait du corps de Nyxara – et à la conserver – sera, avec un peu de chance, plus facile à passer sous silence.

C'était peut-être vrai. Le courtisan ordinaire ne suivait pas les cycles des éclipses ; la cour n'avait aucune raison de savoir que Lore avait aspiré toute la Mortem du cadavre de Nyxara.

— Il y a simplement trop de choses que nous ignorons, reprit Malcolm tout en feuilletant le livre. Pouvons-nous encore canaliser la Mortem dans la matière morte, étant donné que plus aucune magie n'émane de la Déesse Enfouie ? Qu'en est-il des personnes qui prennent du poison ? Est-ce qu'elles en ressentiront encore les effets ? Est-ce qu'elles auront encore l'euphorie, est-ce qu'elles vivront plus longtemps…

— Normalement, oui. (Enfin, Lore avait des réponses concrètes à apporter.) La plupart des poisons ont des effets psychotropes quand ils sont pris correctement, même hors de Dellaire. C'est pour cette raison que les trafiquants de poison peuvent faire des affaires ailleurs. Ils expédient des poisons qui ont poussé ici, étant donné qu'ils sont plus puissants.

Ou du moins ils l'étaient, avant. Peut-être avait-elle ruiné le gagne-pain de Val et de Mari. Pour ce qui était de ruiner les choses, Lore brisait tous les records, en ce moment.

— L'effet d'allongement de la vie utilisait la Mortem présente chez une personne plus que la Mortem qui s'échappait de la Déesse Enfouie, poursuivit-elle. Ceux qui ont gagné quelques années devraient les conserver.

— Merveilleux, déclara Malcolm d'une voix lourde de sarcasme. Au moins, nos entreprises criminelles ne seront pas affectées. (Il examina la page ouverte sous le verre, redressa le livre, puis recula.) Tiens, voilà un mythe. *La Fontaine sacrée de la Montagne Dorée.*

— Qui a choisi ce titre ? demanda Gabe en plissant le nez de dédain. La rime est superflue.

— De toute évidence, ils n'ont pas laissé cette personne nommer autre chose, dit Lore. La Mer de saphirs serait « la mer amère ». La passe d'Ourish serait « la passe de la glace ».

— Si tu n'as rien d'utile à dire, mieux vaut te taire. (Gabe s'assit face à Lore et plissa les yeux pour lire à travers le verre.) « Oyez l'histoire de la Fontaine de Pouvoir, source de toute magie… »

— Le « oyez » aussi était superflu.

— Tenter de dissimuler sa peur avec l'humour ne fonctionne jamais. De plus, ce n'était pas drôle.

Lore ferma la bouche.

Malcolm lui adressa un regard compatissant.

— La partie sur la passe d'Ourish était drôle, tout de même.

— Un sur deux, marmotta Lore.

Gabe les ignora et poursuivit sa lecture.

— « La Fontaine de Pouvoir, source de toute magie, a été découverte sur la Montagne Dorée par Celui qui deviendrait Apollius. Sentant le poids de tout le pouvoir, Il a invité ceux qu'Il aimait le plus à Le rejoindre sur la Montagne, pour qu'ils prennent leur part de la Fontaine et reçoivent à leur tour le pouvoir. »

— « Le poids de tout le pouvoir »…, répéta Lore. Est-ce que cela signifie ce que je pense ?

— Oui. (Gabe se redressa, l'air songeur, même s'il n'y avait aucune trace de surprise sur son visage.) Au début, Apollius était le dieu de tout. Comme Il l'est maintenant.

Non, dit la voix dans un coin de sa tête. *C'est seulement ce qu'Il veut leur faire croire.*

— Cela ne nous apprend rien sur ce qui s'est passé avec Lore et la Mortem. (Malcolm feuilleta de nouveau le livre, à la recherche d'un autre mythe.) Là. Celui-là parle de la Dissolution.

L'usage de la majuscule s'entendait clairement dans sa voix.

— Qu'est-ce que c'est ? demanda Lore.

— Quand les dieux ont quitté la Montagne pour la première fois, avant la Chute Divine, répondit Gabe. Tous sauf Nyxara et Apollius, du moins. Il ne pouvait pas partir. Il possédait trop de pouvoir pour s'éloigner de la Fontaine.

Là encore, c'est faux, dit la voix. *Ou plutôt, ce n'est pas tout à fait vrai.*

Malcolm entama sa lecture à voix haute.

— Quand des éons se furent écoulés sur la Montagne Dorée, le pouvoir de la Fontaine ayant été partagé au sein du panthéon, les dieux devinrent fébriles et voulurent quitter Leur paradis. Même Nyxara, qui avait épousé Apollius, souhaitait partir avec Hestraon et les autres. Frappé par le chagrin, Apollius Les supplia de rester. Nyxara resta, mais les autres s'en allèrent et Le laissèrent seul. C'est à ce moment que Nyxara commença à planifier en secret la chute de Son mari, et qu'Apollius a pris conscience qu'il valait mieux qu'Il soit le seul dieu.

Lore s'attendait à une nouvelle dénégation de la voix, mais celle-ci garda le silence.

— Un peu extrême.

— Bienvenue chez les dieux. (Malcolm s'était déjà remis à tourner les pages, visiblement agité.) Et c'est pour cela que je n'ai jamais compris pourquoi nous sommes censés essayer de Leur ressembler. Ce n'est pas comme s'Ils étaient des parangons de moralité. (Il laissa échapper un autre de ses ricanements sardoniques.) J'imagine qu'August a pris le contre-pied de ça, n'est-ce pas ? Le défaut d'Apollius était qu'Il était trop loyal envers Sa femme, et personne ne pourrait accuser August d'une telle chose.

Un muscle tressaillit sur la mâchoire de Gabe au mot « défaut » ; manifestement, le prêtre était mal à l'aise à l'idée qu'un dieu puisse en avoir. Mais il se contenta de soupirer et de frotter son cache-œil.

— Non, en effet. (Il secoua la tête.) J'ai entendu plus d'une histoire disant qu'August ordonnait à des gens de partager son lit. Des épouses de nobles, des domestiques, tous ceux qui attiraient son attention.

— On peut être un violeur sans faire usage de la force, commenta Malcolm tout en feuilletant les pages. J'espère que son enfer est particulièrement ignoble.

Lore pensa aux fragments d'information qu'elle avait entendus sur l'enfance de Gabe, sur sa mère et sur celle de Bastian, Ivanna, et leur amitié. Ivanna était une femme malheureuse prisonnière d'un mariage cruel. Extrêmement cruel, apparemment. August était encore plus répugnant que ne l'avait cru Lore.

Malcolm parvint à la dernière page et, pris d'une irritation croissante, retourna le livre.

— Le seul autre mythe là-dedans parle de la forêt sacrée sur la Montagne qui a brûlé la nuit où les dieux élémentaires sont partis.

Il referma brutalement le livre sans prendre garde à son âge. Lore sursauta et s'écarta de la table. Malcolm devait être furieux pour malmener un livre de cette manière.

Avec des gestes brusques, le bibliothécaire sortit l'ouvrage de sous le verre.

— Tout cela ne sert à rien. Les événements les plus importants en matière de religion depuis la Chute Divine sont en train de se produire sous notre nez, parmi nous, et nous n'avons aucun point de référence parce que…

La fin de sa phrase mourut sur ses lèvres quand il fit volte-face pour replacer le livre dans l'alcôve.

Quand Lore se tourna vers l'étagère derrière lui, elle comprit pourquoi.

Le pothos qui s'y trouvait avait poussé, même si ce terme était bien en deçà de la vérité. Il avait explosé, déployant une quantité de feuilles et de tiges incroyable sur toute l'étagère, et cascadait désormais jusqu'au sol. Tout cela s'était produit sans un bruit, et si rapidement qu'aucun d'eux ne l'avait remarqué jusqu'ici.

Il y eut un instant de silence stupéfait. Puis Malcolm pivota sur lui-même et braqua ses yeux écarquillés sur Lore.

— C'est toi qui as fait ça ?

— Non ! (Elle serra les poings, comme si des lambeaux de magie risquaient de s'en échapper.) Je n'ai rien senti.

— Tout comme tu n'as pas senti la Mortem au puits ?

Mais Malcolm semblait distrait, et non pas accusateur. Il déplia ses propres mains et contempla ses paumes. Puis ses yeux noirs se reportèrent sur la plante pour suivre sa course du regard.

— Je ne peux plus canaliser la Mortem, murmura-t-il comme pour lui-même. Il n'y en a plus dans les catacombes, et je ne la sens même plus dans la matière morte. Mais je sens…

Il replia les mains et ne termina pas sa phrase.

Un poids sur l'épaule de Lore. La main de Gabe. Il la poussa gentiment pour l'inciter à se lever.

— Nous ferions mieux d'y aller, Lore.

Elle se leva sur des jambes tremblantes. Elle songea brièvement à rappeler à Gabe qu'ils n'avaient pas encore travaillé sur sa barrière, mais sa forêt était plus luxuriante que jamais dans son esprit, dense et verdoyante.

Elle tiendra bon, dit la voix d'un ton rassurant.

Lore fit la grimace. *Ce n'est pas Toi que je suis censée garder à l'écart ?*

Pas de réponse.

Gabe se tourna vers Malcolm, qui était toujours debout devant l'étagère, en train d'étudier ses mains.

— Je reviendrai après avoir accompagné Lore jusqu'à ses appartements. (Les appartements de Bastian, mais personne ne le corrigea.) Nous pourrons examiner d'autres livres.

— Non, sauf si j'écris à Farramark, répondit Malcolm d'une voix distraite. J'ai consulté tous les autres ouvrages que nous avons, et ils ne contiennent rien d'utile.

— On dirait que laisser un dieu raconter toutes les histoires avant de disparaître n'était pas une très bonne idée.

Un bâillement ponctua la fin de sa phrase. Lore ne savait pas vraiment quelle heure il était, mais son corps semblait penser que c'était le milieu de la nuit.

Malcolm se contenta de grommeler.

Juste avant de franchir la porte cintrée, Lore jeta un regard en arrière. Malcolm se tenait toujours devant l'étagère, mais son attention était passée de ses mains à la plante qui envahissait les livres. D'un geste hésitant, il leva la main et toucha une des feuilles du bout du doigt.

Lore se retourna et suivit Gabe dans le couloir.

Quand ils se furent éloignés de quelques pas, Gabe fit volte-face, le visage orageux, et força Lore à reculer contre le mur.

Elle ne savait pas vraiment quoi faire, prise entre son corps massif et la pierre dans son dos. Une chaleur intense émanait de lui, comme si un feu intérieur l'habitait, et l'éclat des appliques vacillait dans son œil unique.

— Dis-moi la vérité. (La chaleur qu'elle ressentait était totalement absente de sa voix, d'une dureté implacable.) C'est toi qui as fait pousser la plante ?

— Non, dit-elle d'une petite voix enrouée, avant de déglutir et de refaire un essai. Il se passe quelque chose d'autre. Quelque chose de plus grand que la Mortem ou le Spiritum.

— Plus grand que toi et Bastian, gronda Gabe. Imagine un peu ça.

Il était très proche. La chemise et le peignoir de Lore étaient très fins.

— Comme la plupart des choses, rétorqua-t-elle sur le même ton, mélange de colère et d'une émotion bien plus explosive. Si tu arrêtais de te regarder le nombril deux secondes, tu t'en rendrais peut-être compte. Je croyais que nous avions enfin laissé toutes ces conneries avec moi, toi et Bastian derrière nous, mais chaque fois tu t'arranges pour tout réduire à juste ça.

Ils ne laisseraient jamais cette histoire derrière eux, ils en étaient incapables. Elle les hanterait dans cette vie et dans les autres.

— *Ça*, répéta-t-il. (La main qu'il avait plaquée contre le mur s'approcha du visage de Lore, et son pouce lui effleura la joue.) Et qu'est-ce que c'est que « ça » au juste, Lore ? Tu ne l'as jamais dit. (Ses doigts rudes frôlèrent ceux de Lore.) Tu portes sa bague, mais tu es ici avec moi, et tu ne vas nulle part. Comment est-ce que ça entre dans « juste ça » ?

Elle n'avait pas de réponse à lui offrir. Elle en avait à peine pour elle-même. La voix dans sa tête restait muette.

— Tu as fait un choix, murmura-t-elle. Cette nuit-là, dans ma chambre. Tu m'as quittée, puis tu m'as trahie. Tu as piétiné ce qui aurait pu exister entre nous. Si tu le regrettes, tu ne peux t'en prendre qu'à toi.

— Et c'est le cas. (Sa bouche était si proche de celle de Lore, à présent, si proche qu'elle pouvait sentir son souffle caresser ses lèvres.) Chaque nuit, je le regrette.

Il s'écarta lentement du mur, comme s'il s'attendait à ce qu'elle s'échappe. Elle aurait dû le faire. Elle ne bougea pas.

La main de Gabe se posa doucement sur son épaule. Elle perçut la légère friction des bosses du tatouage sur sa paume, là où il n'avait pas bien cicatrisé. Du pouce, il suivit le tracé de sa clavicule.

— Dis-moi d'arrêter, souffla-t-il. Dis-moi d'arrêter, dis-moi que c'est lui que tu veux.

Sa voix se fêla sur « lui », désir qu'il ne pouvait pas cacher, pas quand ils étaient si proches.

— Je ne peux pas, murmura-t-elle. Et toi non plus.

La main sur son épaule se referma gentiment autour de son cou, sans lui faire mal, mais juste assez pour accélérer les battements de son cœur.

L'applique sur le mur s'embrasa.

Afflux de chaleur, boule de lumière. La flamme jaillit vers le haut comme si quelqu'un avait jeté de l'huile dessus, manquant de noircir le plafond. Puis elle redescendit tout aussi vite pour redevenir une flamme vacillante et non un brasier.

Gabe s'écarta brusquement, le souffle court.

— Qu'est-ce que c'était ? demanda Lore d'une voix chevrotante.

Elle aurait dû s'éloigner de lui, mais elle était toujours contre le mur et n'avait nulle part où aller.

L'œil de Gabe se ferma, puis se rouvrit. Lentement, délibérément, il s'éloigna à reculons.

— Un signe, sans doute, dit-il.

Il ne la regarda pas, mais il se tourna vers l'applique, les traits empreints d'une expression qu'elle ne parvenait pas à déchiffrer.

Une expression semblable à de la peur.

La réalité s'engouffra au galop dans leur bulle suspendue. Le visage de Lore s'embrasa ; elle ramena les pans de son peignoir autour d'elle.

Le Prêtre Exalté lissa sa chemise. Il se retourna et s'engagea dans le couloir, vers la porte qui menait au jardin de la Citadelle, vers les appartements que Lore partageait avec Bastian.

Lore le suivit.

CHAPITRE 18

L'enfer est une vie sans constantes.

Mots gravés sur un caveau de Kadmar

Gabe ne l'accompagna pas dans la Citadelle. Il lui tint la porte ouverte quand ils atteignirent l'entrée de l'Église. Il regarda droit devant lui, en inclinant très légèrement le torse en arrière quand elle passa devant lui, comme si sa proximité lui était insupportable.

Lore avança sur la pelouse humide. La porte se referma doucement derrière elle.

Avec un soupir, elle inclina la tête vers le ciel.

La nuit tombait par voiles successifs, chacun assombrissant un peu plus le ciel. Le bleu lavande laissa place à l'indigo, qui devenait à son tour bleu nuit, piqueté d'étoiles. Le croissant argenté de la lune brillait sur la courbe de l'horizon.

— Va-t'en, murmura-t-elle, si d'aventure Apollius pouvait l'entendre. Retourne dans ton Royaume de lumière et laisse-nous tranquilles.

Il ne peut pas.

Encore sa voix intérieure, celle qui venait d'ailleurs. Celle qu'elle refusait toujours de nommer.

Nous Nous réveillons tous peu à peu, poursuivit la voix. *Ce qui a commencé ne peut être arrêté.*

Elle refusait de pleurer. Les larmes ne venaient pas naturellement à Lore ; chez elle, la colère était une réponse beaucoup plus naturelle aux bouleversements émotionnels. Même maintenant, ce n'était pas une simple tristesse qui lui donnait envie de pleurer. C'était la frustration, c'était un désespoir écrasant.

Lore inspira profondément l'air lourd de l'été et se dirigea à grands pas vers la Citadelle.

Il était encore tôt pour que les courtisans soient de sortie; la plupart des festivités commençant au cœur de la nuit, ils devaient encore être en train de s'habiller. La vue d'Alie en train de traverser le vestibule d'un pas décidé était donc surprenante.

—Alie? (Lore avait chassé ses larmes en traversant la pelouse; son expression n'était plus emplie que de confusion.) Où est-ce que tu vas?

La jeune femme s'arrêta, ses pantoufles ne produisant pas un son sur le sol carrelé, et soupira. Elle avait revêtu une robe vaporeuse couleur crème qui dénudait ses épaules et chatoyait au moindre de ses mouvements. Des boucles blond platine tombaient artistiquement de ses cheveux relevés et caressaient sa nuque. Si Lore n'avait pas été mieux informée, elle aurait pensé qu'Alie avait rendez-vous avec un amant.

Mais peut-être n'était-elle pas bien informée. Alie et elle s'étaient éloignées l'une de l'autre; et, pour être honnête, avaient-elles vraiment un jour été très proches? Lore tenait sincèrement au peu d'amis qu'elle avait, mais Alie en possédait tellement. Dans le nombre, Lore ne serait pas une grande perte.

Quand Alie regarda par-dessus son épaule, il n'y avait pas de rougeur impatiente sur son visage. Juste de la résignation et une pointe de lassitude.

—Je vais voir les Kirythéens, dit-elle posément. Pour constater l'étendue des dégâts commis par Bastian.

Oh.

Elle avait l'air si fragile, debout ici toute seule. Il y avait dans ses yeux une fatigue que Lore n'avait pas remarquée jusque-là. Cela lui rappela un peu Bastian. Quand étaient-ils tous devenus si épuisés?

Elle rejoignit Alie à grands pas et lui prit le bras.

—Je t'accompagne.

—Lore, tu n'es pas obligée de…

—Je ne ferai pas de vagues, c'est promis.

Maintenant qu'elle s'était mis cette idée en tête, elle refusait de partir, et Lore prit conscience qu'elle n'avait vraiment pas envie de retourner dans les appartements de Bastian pour le moment. Elle avait d'abord besoin d'un peu de temps. Et elle ne voulait pas qu'Alie fasse cette démarche seule.

—Ils n'auront même pas besoin de me voir. Je resterai en arrière, je ne ferai pas un bruit.

Lore pouvait voir sur le visage d'Alie qu'elle était sur le point de protester. Mais la jeune femme n'avait pas plus envie qu'elle d'être seule.

Elle hocha donc la tête.

Lore n'était jamais entrée dans les cachots. À présent qu'elle descendait les marches de pierre qui y menaient, elle comprit à quel point c'était ironique. Anton l'avait menacée de l'y jeter quand elle était arrivée à la Citadelle, mais avec le recul, elle estimait que cette menace avait sans doute été creuse. Il avait besoin qu'elle reste près de Bastian, afin que leurs pouvoirs s'attisent mutuellement. La maudite loi des opposés.

Pour un cachot, le couloir menant aux cellules était bien entretenu. La pierre n'était pas humide, et même s'il faisait froid, c'était un répit bienvenu après la chaleur de l'extérieur.

Une veste-de-sang montait la garde au bout du couloir désert, devant une porte en bois renforcée par des barres d'acier. On lui avait apparemment dit d'attendre des visiteurs, mais quand il vit que l'un d'eux était Lore, ses yeux s'écarquillèrent.

— Le roi a demandé que Sa Majesté m'accompagne, dit Alie d'un ton mesuré, se glissant déjà dans son rôle de diplomate. Pour observer.

D'une façon ou d'une autre, elle réussit à imprégner ces derniers mots de mystère, sous-entendant que Lore était là pour des raisons liées à la magie. C'était un peu trop, peut-être, surtout en plus du « Sa Majesté », mais le garde hocha la tête et s'empressa d'ouvrir la porte. Lore s'efforça de garder la tête haute et d'adopter une démarche posée et glissante. Cette attitude ne lui allait pas très bien.

La pièce derrière la porte était sombre, uniquement éclairée par une applique. Après avoir serré la main d'Alie, Lore s'installa dans un coin, dos au mur, hors du cercle de lumière pâlotte. Les portes verrouillées de trois cellules bordaient un côté de la pièce, et Lore mit un moment à s'accoutumer à la pénombre avant de voir lesquelles étaient occupées.

L'immobilité absolue de leurs occupants n'aidait en rien.

Dans la cellule du milieu, Maxon était assis en tailleur sur une couchette, les mains posées sur les genoux. Lore ne parvint pas à distinguer son expression dans le noir, mais ce qu'elle aperçut semblait serein. Elle plissa la bouche dans un geste de dégoût involontaire ; quelque chose dans cette position, dans un lieu et des circonstances pareilles, paraissait extrêmement anormal.

Une part d'elle s'attendait à ce que la voix dans sa tête émette un commentaire. Mais elle garda le silence, même si Lore pouvait sentir cette conscience étrangère écouter attentivement, aussi décontenancée qu'elle.

Elle. Un jour, Lore allait bien devoir finir par admettre ce qui vivait au sein de sa tête, mais pas maintenant.

Dans la cellule de gauche, Caius était debout, les mains refermées dans le dos, le menton levé dans une attitude contemplative. Quand Alie ferma la porte – avec plus de bruit que nécessaire – il fut le seul à bouger. Il regarda par-dessus son épaule, tandis que Maxon restait là où il était.

— Alienor, lança Caius comme s'il accueillait une invitée chez lui, et non comme si une diplomate ennemie lui rendait visite en prison. Comme c'est gentil à vous de venir me voir. Mais seule ? Bastian voudrait sûrement que vous ayez une escorte.

Lore se fit toute petite contre le mur.

— Bastian n'est pas au courant.

Alie s'exprimait d'une voix douce et chuchotante, comme si elle luttait contre ses émotions. Si la vie en avait décidé autrement, elle aurait pu faire une excellente actrice.

— Je voulais seulement m'assurer que vous étiez bien traité. C'est affreux, la façon dont il vous a jetés ici sans aucun recours, sans aucune preuve. Les autres ont beau penser que c'est nécessaire, je trouve cela intolérable.

C'était finement joué. Alie venait d'établir que le règne de Bastian était incontesté et que la majeure partie de la cour était d'accord avec lui, sauf elle-même. Ce qui faisait d'elle une confidente digne de confiance.

— J'ai entendu parler de la manière dont les interrogatoires peuvent se dérouler, ici. (Alie laissa un frisson minuscule parcourir ses minces épaules, et fit un petit pas de plus vers les barreaux.) Est-ce que cela a été horrible ?

— On ne peut pas vraiment dire cela, répondit Caius d'une voix douce et chaude, adoptant le rôle du consolateur. Vous êtes la première personne que nous voyons, en réalité. Cela nous a amplement laissé le temps de méditer et de prier.

Alie était la première personne qu'ils voyaient ? Lore fronça les sourcils. Il n'était sans doute pas si étrange que cela que Bastian attende quelques jours avant d'envoyer un interrogateur, mais il avait semblé si convaincu que les Kirythéens étaient responsables de l'explosion qu'elle aurait cru qu'il voudrait obtenir des réponses aussi vite que possible.

Un autre petit pas de plus vers la cellule. Alie tournait le dos à Lore, mais cette dernière pouvait entendre le sourire en coin dans la voix de son amie.

— Méditer et prier ? Je ne m'étais pas rendu compte que vous étiez si pieux.

— L'Auverraine n'est pas le seul pays qui a la faveur d'Apollius. (Pour la première fois, il y avait une touche de venin dans le ton de sa voix, une férocité dans son sourire.) Le monde tout entier est Son royaume.

— Bien sûr.

Il était presque douloureux de voir Alie se comporter de cette manière, même si Lore savait qu'elle jouait un rôle. Elle se montrait docile et obligeante, et sa gentillesse naturelle devenait quelque chose qu'on pouvait piétiner.

— Cela doit être dur de conserver la foi, quand on est si injustement traité, ajouta-t-elle.

— Nous nous soumettons à la volonté d'Apollius, quelle qu'elle soit. (Caius était tout près des barreaux, désormais, si proche qu'il pouvait toucher Alie en tendant la main. Cependant, ses bras restèrent respectueusement le long de son corps.) C'est libérateur. Vous trouveriez bien du réconfort en vous pliant à Sa volonté, Alienor.

— Je fais de mon mieux, seigneur.

— J'en suis certain. (Caius désigna la cellule d'un geste du bras.) Ne vous tracassez pas outre mesure à notre sujet. Être emprisonné ici n'est pas une grande épreuve. Je suis sûr que cela signifie que votre père va très bien, étant donné qu'il est simplement confiné chez lui et non dans une cellule.

Alie se raidit, et sa façade se fendilla pour la première fois depuis qu'elles étaient descendues ici.

— Que savez-vous au sujet de mon père ?

— Oh, nous avons tous entendu parler de Severin Bellegarde, dit Caius. Anton Arceneaux et lui ont démontré de façon exemplaire ce qui se produit quand on croit que la volonté d'Apollius est gravée dans le marbre, n'est-ce pas ? Pour être un vrai fidèle, il faut être capable de s'adapter.

Les doigts d'Alie tressaillirent légèrement alors qu'elle reprenait contenance et se glissait de nouveau dans son personnage.

— En effet, murmura-t-elle. (Puis elle regarda derrière elle dans un sursaut, comme si elle était une princesse de conte de fées consultant une horloge inexistante.) Oh, il se fait tard, et j'ai à faire ailleurs. Je reviendrai si je le peux, mais j'espère sincèrement que Bastian continuera d'être clément, même si certains l'encouragent dans la voie opposée.

— Je ne suis pas inquiet, répondit Caius. (Il y avait une chaleur sincère dans son sourire, même si la pénombre lui conférait un air démoniaque.) Cependant, recevoir votre visite sera toujours bienvenu.

Alie fit la révérence dans un bruissement de jupes moirées. Son sourire s'évapora dès qu'elle eut tourné le dos à Caius, et son expression devint sombre et pensive.

— Le garde m'a dit qu'il ne me laisserait entrer que si je lui rapportais l'applique, dit-elle en décrochant celle-ci du mur. (Ses yeux filèrent vers Lore ; elle essayait de dissimuler sa présence.) Je suis terriblement navrée de vous laisser dans le noir.

— Ne vous troublez pas, répondit Caius. Apollius deviendra le maître de tout, même de la nuit la plus noire.

Alie tint l'applique sur le côté opposé à Lore et se glissa par la porte.

Lore lui emboîta le pas, spectre dans l'obscurité presque totale. Mais elle sentit le regard de Caius posé sur sa nuque.

Elles gardèrent toutes deux le silence jusqu'à avoir rejoint le rez-de-chaussée de la Citadelle. La rumeur des courtisans qui se préparaient pour les fêtes nocturnes propageait ses échos fantomatiques dans les couloirs, mais pour l'instant, Alie et Lore étaient encore seules.

— Eh bien, dit finalement Alie, on dirait qu'ils ne sont pas en colère. C'est déjà quelque chose.

— Pourquoi Bastian ne les a-t-il pas fait interroger ?

La rencontre avec les Kirythéens avait beau s'être déroulée à peu près aussi bien qu'on pouvait s'y attendre, Lore restait perturbée. Leur placidité face à leur capture ne paraissait pas naturelle ; même les meilleurs diplomates du monde seraient sûrement troublés par une telle incarcération, qu'ils soient coupables ou non, n'est-ce pas ? Cependant, elle devait bien avouer qu'elle n'était sans doute pas très bonne juge en la matière.

Alie haussa les épaules.

— Il cherche peut-être à les user mentalement en les laissant seuls dans le noir, pour voir si cela les incite à parler.

— Sauf qu'être seuls dans le noir n'a pas l'air de les embêter.

— C'est vrai. (Alie soupira et secoua la tête.) Quoi qu'il en soit, il semble que Bastian n'a pas provoqué un merdier si terrible que nous le pensions. Je vais prendre cela comme une bonne chose. Sur ce, je vais me mettre au lit.

Elles montèrent ensemble dans la tourelle nord-est. Alie agita mollement la main quand elles atteignirent son aile, le regard toujours pensif, avant de disparaître sous les lianes du pothos.

Quand Lore atteignit les appartements de Bastian, elle ferma la porte derrière elle et s'y adossa, le menton levé, les yeux fermés. Elle était épuisée, tout à coup, aussi fatiguée que Bastian semblait l'être, ou Alie dans les cachots. Vingt-quatre ans, et elle avait l'impression d'être âgée de plusieurs siècles, comme si trop d'années avaient été entassées dans son corps.

Après trois semaines passées dans le brouillard après le rituel de l'éclipse, à lutter pour suivre les changements rapides et irrévocables de sa vie, Lore avait attendu avec impatience d'avoir un peu de calme. L'œil du cyclone. Elle l'avait obtenu, d'une certaine manière, bien qu'uniquement par un effort de volonté. En ignorant la transformation de Bastian, en essayant d'arranger les choses, d'en faire quelque chose de normal.

Ce n'était pas une option, plus maintenant. Elle devait trouver comment lui rendre son état normal. Comment chasser les changements quelconques qui avaient été déclenchés par l'éclipse, si une telle chose était seulement possible.

Ne pense pas comme ça, se sermonna-t-elle.

Et puis il y avait la question des Kirythéens, de la présence menaçante de l'empire, de la tentative d'assassinat présumée qui l'avait laissée avec toute la Mortem de Dellaire piégée dans son corps.

— Je dois donc arrêter une guerre, marmonna Lore, et arrêter un dieu. Bien sûr. Pas de problème. Deux choses dont je suis parfaitement capable.

Lore s'écarta de la porte et gravit d'un pas lourd l'escalier menant à sa chambre. La seule lumière était celle de la lune, tout juste suffisante pour lui permettre de trouver son chemin sans trébucher. Lore se laissa tomber sur le lit et contempla fixement le baldaquin. Alors qu'elle glissait la main sous l'oreiller pour soutenir sa tête, quelque chose crissa sous ses doigts.

Un morceau de papier. En se renfrognant, Lore s'en saisit et se redressa avant de plisser les yeux dans la pénombre pour lire ce qui y était inscrit.

« Je suis désolé. » Les mots étaient rédigés d'une main élégante qu'elle reconnut, même si l'encre avait bavé, comme si le message avait été écrit à la hâte. « Essaie de parler à Gabe, il t'aidera. »

Un mot de Bastian, mais qui n'avait guère de sens. Elle ne parvenait pas à suivre ses sautes d'humeur constantes, surtout quand il était question de Gabe ; à un moment, il semblait détester l'air même que respirait le Prêtre Exalté, et l'instant suivant, il paraissait avoir autant besoin de lui que Lore. Elle pouvait en partie attribuer son comportement à l'affliction qu'elle soupçonnait d'être la même que la sienne, mais en partie seulement.

— À quoi joues-tu, Bastian ? murmura-t-elle dans l'obscurité teintée de lune.

Il essaie de te protéger mieux qu'il n'a su se protéger lui-même, répondit la voix dans sa tête. *Je ne le prends pas mal.*

Lore ferma les yeux et découvrit les dents.

— Est-ce que tu vas un jour me donner de vraies réponses ? Quel est l'intérêt d'avoir une voix dans la tête si tu ne me dis rien d'utile ?

Je ne peux te dire que certaines choses, de cette manière. J'ai essayé de te faire venir dans les catacombes, où nous pourrions... communiquer plus efficacement, mais cela n'a jamais fonctionné.

— Et ça ne fonctionnera jamais, déclara Lore à voix basse.

La simple idée de redescendre là-bas lui donnait la chair de poule.

C'est ce que J'ai cru comprendre. La voix semblait presque aussi lasse que l'était Lore. *Je suis liée à Lui, comme tu t'en souviendras si tu t'autorises à aller jusque-là. À penser jusque-là.*

Lore serra les paupières. Oui, elle s'était autorisée à penser jusque-là.

Je ne peux pas dire du mal de Lui directement, continua la voix. *Pas de cette manière.* Un silence, puis elle reprit sur un ton sarcastique : *Mais Je crois que J'ai suffisamment répondu à ta question, n'est-ce pas ?*

— Merde. (Lore se laissa brutalement retomber sur le lit.) Putain de merde.

Précisément, acquiesça Nyxara.

CHAPITRE 19

La vie est une boucle. Tout revient sans cesse.

Armand Jeroux, philosophe auverrain

Elle rêvait encore.

Lore était choquée d'avoir réussi à s'endormir, surtout après sa longue conversation avec une déesse qui n'était apparemment pas si morte que cela. Mais nécessité fait loi, et son corps était épuisé. Elle se retrouvait donc de nouveau là, dans cette forêt qui semblait trop familière, dans ce rêve qui ressemblait plus à un souvenir.

Son esprit battait déjà en retraite pour permettre à son alter ego onirique – *allons, Lore, tu sais qui c'est* – d'occuper le devant de la scène. La déesse avait dit qu'elle ne pouvait lui transmettre que certaines informations pendant leurs conversations mentales ; Lore devinait que les rêves étaient un autre moyen d'y parvenir.

Des mains, pâles et sans cicatrices. Des arbres, verts et luxuriants. Un ciel bleu au-delà, l'odeur iodée de la mer.

Où était cet endroit, bon sang ?

— Tu vas bientôt devoir lui donner ta réponse.

C'était une voix qu'elle n'avait jamais entendue jusqu'ici. Féminine et hautaine, plus qu'un peu agacée.

Lore se retourna. Le visage de l'inconnue était flou, comme celui de tout le monde dans ces rêves, un simple tourbillon de couleur qui ne se stabilisait jamais pour former des traits identifiables. Elle distingua cependant de longs cheveux noirs, et des bras croisés devant un corps svelte, l'ensemble donnant une impression de beauté malgré l'absence d'éléments concrets.

— Si tu ne l'épouses pas, déclara la silhouette en rejetant en arrière sa longue chevelure, l'un de nous le fera. Pour ma part, j'en serais ravie. Ce serait un honneur, pas un destin atroce.

La main pâle qui était celle de Lore sans l'être se tendit vers l'arbre à côté d'elle et se posa sur l'écorce rude.

— Celui ou celle qui l'épousera restera coincé ici, dit-elle doucement. Tout comme lui.

— Ne sommes-nous pas coincés quoi qu'il arrive ? Il a dit que, si nous décidions de rester, c'était pour toujours. (La silhouette pencha la tête sur le côté et désigna le monde qui les entourait.) Mais il est puissant. S'il choisissait l'un d'entre nous, s'il aimait l'un d'entre nous plus que les autres, peut-être qu'il pourrait briser les entraves de l'île. (Elle marqua une pause.) Il m'a dit qu'il pouvait changer les choses, parfois. Parce qu'il est le plus puissant d'entre nous. Il a dit que, si nous lui obéissions, il essaierait.

— Il ment. (La main de la Lore onirique se crispa sur l'écorce.) Il ment.

— C'est l'heure de se réveiller, ma bien-aimée.

Une voix qui n'était pas onirique, une voix bien réelle qui poussa Lore à se raidir même dans son demi-sommeil.

Elle ouvrit les yeux, et le rêve bien trop réel se dissipa dans un flot de soleil éclatant.

Bastian se tenait devant la fenêtre, dont il venait d'écarter les rideaux pour baigner dans la chaleur des rayons matinaux. La lumière dorait ses cheveux, brillait sur sa peau et rendait sa beauté encore plus insoutenable qu'elle ne l'était déjà. Et, fidèle à lui-même, le cœur de Lore se serra, non seulement à cause de sa beauté, mais aussi à cause de la peur. Parce qu'elle tenait profondément à lui, même maintenant.

Lore grogna et se retourna sur le ventre, enfouissant sa tête dans l'oreiller.

Il s'approcha du lit, lui arracha l'oreiller et la frappa gentiment avec.

— Je t'ai laissée dormir beaucoup trop longtemps. Allez, lève-toi, nous avons des choses à…

Sa phrase resta en suspens, comme si sa voix s'était éteinte dans sa gorge. Lore fronça les sourcils, s'assit et suivit la direction de son regard.

La table de chevet. Le mot.

La lumière derrière Bastian plongea son visage dans l'ombre alors qu'il se penchait pour saisir le morceau de papier.

— Curieux, dit-il doucement. Je ne me souviens pas de cela.

Paralysée, elle l'observait comme une souris devant un faucon. La peur inondait son corps, la figeant sur place.

Il tourna la tête, et les traits de son visage redevinrent visibles. C'était toujours son Bastian, trop beau pour son propre bien, avec ses yeux sombres inquisiteurs.

— Quand as-tu reçu ça ?

Mens, mens, mens. Cette pensée fusa dans son esprit avec tant de force qu'elle crut que la déesse dans sa tête s'était peut-être jointe au chœur. Mais Nyxara était muette, désormais, comme si Elle ne pouvait parler qu'avec la nuit.

— Je l'ai trouvé dans un livre, dit Lore, concoctant une histoire à la va-vite. Je crois qu'il date de cet été.

Les yeux mouchetés d'or de Bastian se plissèrent. Il regarda de nouveau le mot, puis le fourra dans sa poche.

— Intéressant.

Mentir, distraire ; Lore lui prit la main et tira afin qu'il s'assoie sur le lit près d'elle. Elle l'embrassa sur la joue tout en regrettant que ce ne soit pas seulement pour changer de sujet, ou parce qu'elle en avait envie, et non pour un mélange confus de ces deux raisons.

Bastian sourit ; c'était le même sourire chaleureux et spontané qu'il avait avant de devenir roi, celui qu'elle avait vu si rarement et avait chéri chaque fois qu'il apparaissait.

— Bonjour à toi aussi, murmura-t-il en posant la main sur sa joue.

Sa peau était chaude contre celle de Lore, et elle pouvait sentir ses cals frotter contre la courbe de sa joue. Il les avait récoltés à la boxe ; elle se demanda tout à coup si cela lui manquait de rejoindre les quais en cachette pour se faire rouer de coups. C'était la pénitence qu'il avait choisie pour payer le privilège d'être de sang royal, d'être né avec la certitude qu'il n'aurait jamais besoin de s'inquiéter du froid en hiver ou de la nourriture quand il avait faim.

Elle savait ce qu'il s'apprêtait à faire ; elle reconnut la chaleur dans son regard. Leurs baisers avaient été rares et espacés, et elle ne pouvait s'empêcher de les comparer à ceux de Gabe. Gabe embrassait comme s'il était affamé. Bastian était plus doux, ni hésitant ni insistant pour autant. Si embrasser Gabe était céder à son désir, embrasser Bastian était céder à sa curiosité. Elle voulait consumer le premier, et explorer le second.

Bastian se pencha en avant, si subtilement qu'elle ne le vit pas faire ; elle s'en aperçut seulement à la manière dont son souffle devint plus fort contre sa bouche.

Mais il ne l'embrassa pas. Ils restèrent ainsi quelques instants, si proches que le moindre mouvement les amènerait à se percuter, mais il ne l'embrassa pas.

Elle pensa à la nuit de leurs fiançailles. Quand elle avait essayé de l'embrasser et qu'il s'était écarté. Elle pensa à la nuit où il l'avait laissée faire, avant d'interrompre leur baiser presque aussi vite qu'il avait commencé.

Et elle pensa à la voix dans sa tête, à sa conviction que Bastian en avait une, lui aussi. Que disait-elle –*Il*, elle connaissait aussi bien Son identité que celle de sa propre passagère mentale– à Bastian ?

Elle attendit que Nyxara intervienne, qu'Elle lui offre un conseil quelconque. Mais il n'y avait rien, comme si le soleil qui se déversait par la fenêtre La balayait.

Bastian se redressa. Il plissa légèrement les paupières en parcourant du regard le visage de Lore, comme si elle était un livre. Il ouvrit la bouche, prit une inspiration…

La porte s'ouvrit. Une domestique dont Lore ignorait le nom, une jolie fille aux grands yeux bleus et aux cheveux noirs, entra avec un plateau. L'odeur qui en émanait fit gronder l'estomac de Lore. La domestique le posa sur la table près de la porte, fit la révérence tout en coulant un regard curieux au roi et à sa fiancée, avant de partir.

— Mange sans tarder, dit Bastian. (Il se versa une tasse de café après qu'elle eut fait de même.) Nous devons partir dans une heure.

— Où allons-nous ? demanda Lore, la bouche pleine de tarte à la cerise.

— Le tour d'été commence aujourd'hui, ma bien-aimée. Tu devrais vraiment songer à rester au courant de ton calendrier professionnel.

— Peut-être que je devrais rester ici. (Elle avait besoin de faire des recherches, elle avait besoin de trouver des réponses, pas de se balader dans l'Auverraine avec un tas de nobles qui ne l'aimaient même pas.) Je suis sûre qu'aucun de tes courtisans ne veut vraiment que je vous accompagne, de toute façon.

Faible.

— Non, Lore, tu viens avec nous. (Il s'exprimait sur un ton joueur, comme s'ils plaisantaient, mais ses yeux étaient froids.) Ceux qui pensent que tu n'es pas la bienvenue sont libres de venir m'en parler.

Elle se mordilla la lèvre.

Bastian sourit.

— Le jardin aurait bien besoin de nouvelles statues.

Toutes ses robes étaient déjà empaquetées, une démonstration du zèle de Juliette à laquelle Lore aurait dû s'attendre. Ils partiraient à midi, accompagnés par une poignée de prêtres de la Presque Mort et par quelques courtisans que Bastian avait triés sur le volet.

Bastian quitta les appartements au moment où les femmes de chambre entraient, avec pour instruction de le retrouver dans le vestibule deux heures plus tard, pas plus. Ce délai semblait amplement suffisant, mais l'expression pincée qu'arbora Juliette en examinant les cheveux de Lore disait qu'elle doutait de sa capacité à rendre Lore présentable avec une telle contrainte de temps.

Les cheveux de Lore étaient partiellement rassemblés dans une tresse complexe quand cette dernière termina sa tasse de café et retrouva sa voix.

— Donc où se rend-on exactement, pendant un tour d'été ?

— Dans les domaines qui se sont proposés pour faire partie des étapes, répondit Juliette en se renfrognant face à une mèche particulièrement récalcitrante. Si mes souvenirs sont bons, il s'agit des Demonde, du vicomte Allairs, et du seigneur Leclaire. (Juliette débita la liste de noms avec une aisance qui démentait ses doutes sur sa mémoire.) Le voyage sera plus court, cette année, avec trois nobles seulement comme hôtes, reprit-elle. Aucun d'entre eux n'a quitté la Citadelle pour s'organiser ; ils ont laissé tous les préparatifs à leur personnel d'été. C'est un petit scandale.

Comme la vie de Lore serait facile, si tous les scandales de la Citadelle étaient aussi banals.

La mèche récalcitrante désormais vaincue, Juliette prit une épingle à cheveux ornée de gemmes et la glissa à sa place.

— De plus, le roi s'est montré très sélectif sur le choix de ceux qui devaient l'accompagner cette année. Tous les hôtes voyageront avec lui, et seules deux autres familles ont été invitées à se joindre à eux. (Elle secoua la tête.) La taille de la cour est assurément réduite, ces derniers temps.

— Et pour cause, dit Lore.

— Oui, bien entendu. (Juliette tira de nouveau sur ses cheveux, puis lui tourna la tête d'un côté et de l'autre devant le miroir pour admirer son œuvre.) Sans quoi je n'aurais certainement pas le temps de vous donner chaque jour l'apparence d'une reine.

Lore éclata de rire, et l'autre femme eut un sourire fugitif.

Des valets de pied portèrent à grand-peine ses malles – oui, au pluriel : elles étaient trois en tout, ce qui, après vingt-quatre ans passés à ne posséder que cinq tenues au total, semblait astronomique – jusqu'au pied de la tourelle nord-est. Lore, Juliette, et trois autres femmes de chambre dont Lore ignorait le nom leur emboîtèrent le pas. Apparemment, en plus de trois malles pleines à craquer, Lore voyageait également avec une suite.

Ce n'était pas étonnant, pour une future reine, mais elle avait néanmoins l'impression viscérale de ne pas être à sa place, comme si elle était le caillou coincé dans une pantoufle particulièrement raffinée qui ruinait un tableau par ailleurs parfait.

Dans le vestibule, Bastian et ceux qui avaient été sélectionnés pour participer au tour d'été vaquaient de-ci de-là dans des tenues colorées. Un rire cristallin qui parvenait à être poli tout en étant manifestement destiné à attirer l'attention résonna dans les couloirs, dans l'espoir manifeste qu'un courtisan moins chanceux passe par là et voie les heureux élus. Lore reconnaissait toutes les personnes présentes pour les avoir vues lors de réceptions à la cour.

Amelia et Hugh Demonde se tenaient près de Bastian, non loin de la porte. Bastian était en train de dire quelque chose, la tête penchée vers eux comme s'il ne voulait pas qu'on surprenne ses paroles. Apparemment, il s'agissait d'une plaisanterie ; Hugh sourit largement, et les yeux d'Amelia pétillèrent, leur couleur bleue étant rehaussée par l'azur de sa robe de voyage. Lore faillit se renfrogner de jalousie ; cependant, consciente que c'était ridicule, elle plaqua une expression placide sur son visage. Elle s'y efforça, du moins. Elle se félicita de l'absence de miroir, qui lui épargnait de comparer son expression avec celle d'Amelia.

De l'autre côté de la pièce, Gabe se tenait droit comme un piquet, les mains fermées dans le dos, le Cœur du Dieu Sanglant brillant sur sa poitrine. Il observait lui aussi Amelia, remarqua Lore. Elle se demanda s'il devait également lisser ses traits pour en effacer la jalousie en la voyant flirter de façon si flagrante avec Bastian.

Le regard de Gabe croisa le sien. Ils se dévisagèrent pendant un instant, et Lore rougit au souvenir de ce qui s'était passé dans le couloir. De ce qu'il avait dit, quand elle avait assené qu'il était le seul responsable de l'état actuel de leur relation.

« Chaque nuit, je le regrette. »

Un petit déjeuner avait été disposé sur une longue table, comme un rappel des déjeuners mis à disposition des nobles pendant l'été à la Citadelle. Lore avait dévoré la tarte que Bastian lui avait apportée le matin même, mais son estomac gronda tout de même.

Elle vit Alie près de la table et se dirigea droit vers elle, avant de s'emparer d'une poignée de myrtilles.

— Tu ne peux pas savoir à quel point je suis soulagée que tu viennes.

— Je ne pouvais pas manquer ça, répondit Alie d'un ton qui sous-entendait qu'elle aurait sincèrement préféré le contraire. (Elle prit une gorgée de thé et soupira.) Ce serait plus logique que je reste ici. Je pourrais retourner discuter avec Caius et Maxon. Mais Bastian a lourdement insisté pour que je t'accompagne. (Elle fit la grimace.) C'était étrange. Je lui ai demandé hier si je pouvais faire l'impasse sur le tour d'été cette année, et il m'a pratiquement ordonné d'y participer. Puis, la nuit dernière, juste avant que tu m'accompagnes aux cachots, il a frappé à ma porte. Il a dit qu'il était désolé, qu'il ne voulait pas m'obliger à venir, mais qu'il voulait s'assurer que quelqu'un serait là pour garder un œil sur toi. (Elle haussa un sourcil clair.) Je lui ai dit en termes très clairs que je n'avais pas l'intention de jouer les nounous, et que tu n'en avais certainement pas besoin.

— Je suis parfaitement d'accord sur les deux points, murmura Lore. Tu devrais donc rester.

— Non, j'ai le sentiment que ma présence est nécessaire. (Alie renifla.) Une intuition, je suppose. C'est comme cela que Bastian qualifie toutes ses lubies, maintenant, non ?

Sans répondre, Lore mangea nerveusement une autre myrtille.

Une main chaude se posa sur son épaule. Bastian se pencha sur elle, le torse plaqué contre son dos, et sélectionna un morceau de melon.

— Prête ? demanda-t-il en souriant avant de le fourrer dans sa bouche. C'est l'heure du départ, ma bien-aimée.

Lore s'efforça de sourire alors que les nobles se dirigeaient vers les portes dans une marée de soie et de mousseline, que les ombrelles s'ouvraient pour contrer la chaleur infernale, et que les chevaux piaffaient devant des carrosses luxueusement aménagés.

Bastian détestait le melon.

CHAPITRE 20

L'amitié n'est pas nécessaire à l'empathie.

Fabien Allier, moine eroccan

Il s'avéra que le tour d'été était quasiment la même chose que la routine habituelle dans la Citadelle. La seule différence que Lore parvint à trouver était que chaque fête se déroulait désormais dans un lieu différent, et que le trajet entre elles était beaucoup plus pénible.

De façon tout aussi pénible, être coincée dans ce cycle infernal de voyages et de réceptions signifiait qu'elle n'avait ni le temps ni les ressources pour chercher une solution au problème divin que Bastian et elle affrontaient. Elle espérait que Gabe et Malcolm étaient toujours plongés dans les livres de la bibliothèque. Peut-être que le problème serait réglé à son retour. Peut-être qu'ils avaient reçu les résultats des tests effectués à Farramark sur les débris, et qu'ils avaient une réponse concernant ce qui s'était passé sur le navire, une raison concrète pour emprisonner les Kirythéens ou pour les libérer.

On pouvait toujours rêver.

La première étape du tour fut le domaine grandiose des époux Leclaire, Maison de Lune. Lore fut informée de son nom par l'arche ornementée en fer forgé qui surplombait l'allée principale. Les lettres aux angles aigus étaient entrelacées de lianes ligneuses qui dégoulinaient de fleurs de datura.

— C'est un peu osé, murmura Lore alors que le carrosse passait sous l'arche.

À côté d'elle, Bastian eut un sourire en coin.

— L'arrière-grand-père du seigneur Leclaire a nommé cet endroit après une prise de bec particulièrement déplaisante avec le premier Prêtre Exalté ; une histoire d'accord pour nommer l'un des nouveaux monastères, d'après lui. Les Leclaire se sont pris au jeu.

Quand la demeure s'offrit à leurs regards, les fenêtres du dernier étage étincelèrent dans la lumière de fin d'après-midi. Huit fenêtres pour huit phases, la lune croissant jusqu'à devenir pleine, puis décroissant jusqu'à n'être plus qu'un mince arc de verre tranchant.

Lore se mordilla la lèvre. Le soleil était encore haut dans le ciel, et la passagère ténébreuse dans sa tête gardait le silence.

— Je vois cela.

Elle s'attendait à ce que Bastian – ou plus précisément le dieu qui, elle le savait, rôdait dans un coin de sa tête – soit contrarié par ce choix de décoration. Mais il sourit de toutes ses dents quand le carrosse s'arrêta devant les portes ornées de plaques d'argent embossé, et frappa dans le dos un seigneur Leclaire visiblement nerveux tandis qu'un valet de pied en livrée ouvrait la demeure.

Dame Leclaire se tenait près de la porte pour accueillir les invités. Malgré la chaleur, elle portait de longs gants qui recouvraient sa peau du bout des doigts jusqu'au coude. Elle vit Lore les regarder tout en approchant, et, après avoir jeté un coup d'œil autour d'elle pour s'assurer que nul ne leur prêtait attention, elle baissa légèrement l'un d'eux.

Des cicatrices livides, encore fraîches, marquaient ses bras.

— Séquelles de l'explosion, dit-elle dans un murmure en s'empressant de remonter le gant. Nous craignions que je ne sois… affectée par la capacité de canaliser, après coup. Mais ce n'est pas le cas. (Ses yeux brillèrent.) Vous m'avez sauvée, Votre Majesté, et je ne l'oublierai jamais. Peu importe ce qu'ils disent sur vous.

Lore lui adressa un sourire crispé et entra dans la maison.

Elle était magnifique, bien sûr, avec le motif lunaire qui se répétait dans le bois sculpté du grand escalier, et les fleurs de datura conduites en treillis autour de chaque chambranle. Mais Lore prêtait plus d'attention à Bastian qu'au manoir.

Il dévora du regard la décoration intérieure avec un sourire presque triomphant, tout en laissant courir sa main sur les phases de la lune sculptées.

— Savez-vous qui a réalisé les rampes de l'escalier, Vincent ? Il se pourrait que je le fasse venir à la Citadelle pour faire quelques ajustements.

Vincent – le seigneur Leclaire, apparemment – balbutia une réponse, les joues rougies, un sourire jusqu'aux oreilles. Bastian se tourna vers Lore, la bouche fendue par ce même rictus triomphant, les yeux presque dorés.

Elle se surprit à lui rendre son sourire, les jambes affaiblies par le soulagement. Peut-être que Bastian avait son propre passager sous contrôle. Peut-être qu'elle s'inquiétait pour rien, et pourrait lui parler de ce qu'ils allaient faire, maintenant qu'il avait compris comment vivre avec. Cette nuit-là, après que Gabe l'eut emmenée voir Anton, Bastian l'avait arrêtée quand elle avait voulu lui parler de la voix dans sa propre tête. Mais il était la seule personne sur terre capable de comprendre, et Lore avait l'impression qu'elle allait exploser si elle n'en parlait pas bientôt à quelqu'un.

— Ma dame ? demanda dame Leclaire d'une voix encore timide. Je vais vous conduire à vos appartements, si vous voulez bien me suivre. Ils sont attenants à ceux de Sa Majesté.

Bien. Peut-être qu'ils pourraient en profiter pour discuter.

— Merci.

Lore suivit dame Leclaire dans l'escalier. Une fois au sommet, elle se retourna pour regarder en bas, vers le vestibule.

Bastian avait la tête levée vers elle. Le rictus triomphant avait disparu. À présent, il avait juste l'air perdu.

Lore n'avait pas l'intention de faire la sieste, mais quand elle vit le gigantesque lit à baldaquin dans la chambre que les Leclaire avaient préparée pour elle, elle ne put s'empêcher de se laisser tomber dessus. Le stress du voyage, les nuits blanches et son statut de future reine d'un pays au bord de la guerre la firent sombrer rapidement dans un sommeil sans rêves.

Quand elle se réveilla, sa robe de voyage emmêlée autour des jambes et les cheveux en bataille, l'obscurité régnait derrière la fenêtre.

Avec un juron, Lore s'assit et sortit précipitamment du lit. Elle ne savait pas quel genre de fête les Leclaire avaient organisée, mais elle l'avait sûrement manquée…

— Calmez-vous, ma dame, vous allez encore aggraver votre état et je n'ai déjà pas assez de temps pour vous remettre d'aplomb.

C'était Juliette, qui ne semblait pas le moins du monde perturbée par la sieste surprise de Lore. Elle était cependant ennuyée par quelque chose ; elle disposa son matériel d'embellissement sur la table comme si elle arrangeait des instruments de torture.

— Quand les plans pour la soirée ont changé, j'ai décidé qu'il valait mieux vous laisser dormir. Je n'ai pas apporté suffisamment de poudre pour dissimuler totalement les poches sous vos yeux.

— Les plans ont changé ?

La bouche de Lore lui donnait l'impression de s'être gargarisée avec la moitié de la Mer de saphirs ; elle saisit le verre d'eau qui attendait sur la table de chevet et but à longues gorgées.

— C'était censé être un bal costumé, répondit Juliette en lui faisant signe de s'asseoir devant la coiffeuse, mais les Leclaire ont préféré opter pour une fête sur le thème de l'astronomie. À minuit. (Elle secoua la tête.) Comme si toutes les servantes de la Maison n'avaient pas passé la dernière semaine à confectionner des costumes…

Je n'aime pas ça.

La voix dans sa tête, revenue avec la nuit.

Pourtant, de toutes les personnes concernées, c'est à Toi que ça devrait plaire, rétorqua Lore en s'asseyant devant le miroir. Derrière elle, deux autres domestiques préparaient une longue robe blanche brodée d'argent.

Je ne suis pas une personne, dans les faits, répliqua la voix. *Et à ton avis, qui leur a dit de changer le thème de la fête ?*

Bastian, bien sûr.

— Heureusement, ils ont décidé de nous prévenir du changement de plans juste après notre arrivée. (Juliette brossa les cheveux emmêlés de Lore, avec plus de douceur que d'ordinaire. Avoir un exutoire verbal pour son vitriol lui épargnait d'avoir à se défouler sur les cheveux de Lore.) S'ils avaient attendu la tombée de la nuit, cela aurait été un désastre. Cependant, j'ai décidé que vous porteriez la robe qui était prévue pour le bal costumé ; nous allons seulement utiliser des accessoires différents.

Une petite boîte près de la coiffeuse contenait tout ce que Juliette utilisait pour rendre Lore présentable. Des épingles à cheveux, aux perles et diamants assemblés en forme de croissant de lune, brillaient dans ses profondeurs. Lore eut de nouveau la bouche sèche.

— Qui a choisi mon costume ?

— Le roi, bien sûr.

Je n'aime pas ça, répéta Nyxara.

Lore n'aimait pas ça non plus.

Une heure plus tard, quand elle fut habillée et coiffée, un coup retentit à la porte. C'était Alie, vêtue d'une robe bleu ciel aux mancherons faits de plumes céruléennes.

— J'ai pensé que tu voudrais peut-être que je te tienne compagnie pour aller à la tour d'observation.

C'était le cas. Après un dernier regard approbateur de Juliette, Lore passa le bras sous celui d'Alie et entraîna son amie dans le vestibule. Bastian n'était nulle part en vue ; Lore supposa qu'il était déjà sur les lieux de la fête. Peut-être pourrait-elle lui parler, une fois là-bas.

Prudence, dit la voix dans sa tête.

— Une idée de la raison pour laquelle les plans ont brusquement changé ? demanda Lore tandis qu'elles traversaient le vestibule et s'engageaient dans l'escalier situé au bout.

— J'allais te poser la même question. Leclaire a annoncé que le thème changeait peu de temps après que les invités ont rejoint leur chambre. Il a dit que c'était suite à une demande spéciale. (Elle fit la grimace et gratta sa manche en plumes.) J'imagine que je devrais être contente. Je devais être déguisée en mésange bleue, et la coiffe me démangeait horriblement.

Lore songea à ce regard perdu que Bastian lui avait lancé quand elle était en haut de l'escalier. C'était lui qui avait orchestré tout cela, elle en était persuadée. Elle n'entendait Nyxara que la nuit ; peut-être qu'il n'entendait Apollius que la journée. Peut-être qu'il essayait de leur fournir une occasion de discuter sans que le dieu l'écoute. De saisir la chance d'agir en tant que roi pendant qu'il était encore le seul à occuper son esprit.

— Je n'ai pas la moindre idée de la raison pour laquelle il a changé le thème, mentit éhontément Lore. Je ne peux pas dire que cela me dérange, cependant. J'en ai assez des bals masqués.

Alie poussa un grognement approbateur.

Quand elles atteignirent la tour d'observation, Alie s'éloigna pour saluer dame Leclaire et les autres femmes qui voyageaient avec eux. Tout le monde portait une tenue qui était manifestement censée faire partie d'un costume et avait été subtilement altérée. Alie fit signe à Lore de la suivre, mais cette dernière secoua la tête, à la recherche de Bastian.

Il était là, près de la longue table chargée de coupes de champagne, en train de discuter avec Leclaire. Il avait l'air différent ; de nouveau fatigué, les traits tirés, malgré le sourire qu'il offrait à ses nobles. Il avait une main bandée.

Lore s'empressa de le rejoindre.

— Bastian ? Qu'est-il arrivé à ta main ?

Elle s'attendait à ce qu'il soit impatient de l'entraîner à l'écart. Il avait sûrement planifié tout cela pour essayer de leur donner du temps. Mais au lieu de cela, Bastian leva un doigt pour lui faire signe d'attendre.

Et c'est ce qu'elle fit, trop prise de court pour réagir autrement.

Les nobles terminèrent leur conversation – quelque chose d'inepte, une histoire de météo et de jardinage que Lore, les oreilles emplies d'un rugissement nerveux, n'écoutait pas – puis ils s'éloignèrent pour se diriger vers les télescopes disposés autour de la pièce aux fenêtres immenses, pointés vers le ciel. C'était une demi-lune, cette nuit.

— Une fois encore, Votre Majesté, dit Leclaire en tournant nerveusement son verre dans sa main, ne vous inquiétez pas pour la fenêtre. Nous pouvons la faire réparer en un rien de temps. (Il eut un petit rire.) Pour dire la vérité, j'ai moi-même eu envie de donner un coup de poing dans le verre à plus d'une reprise. J'espère que ce qui vous a mis en colère a trouvé sa résolution, et si je peux faire quoi que ce soit…

— Inutile, Vincent. (Bastian vida sa coupe tout en rapprochant sa main bandée de sa poitrine.) La question a été réglée.

Vincent hocha la tête, l'air soulagé, et alla rejoindre les autres.

Enfin, Bastian fit face à Lore. Il posa sa coupe de champagne vide et en saisit une autre. Il y avait un léger tremblement dans ses doigts.

Une partie de la colère qui habitait Lore s'estompa.

— Que s'est-il passé ?

— Rien. (Sa main tressaillit, comme s'il s'apprêtait à la cacher derrière son dos, tel un enfant pris en faute.) Comme je l'ai dit, c'est réglé.

— Donc tu passes ta colère en donnant des coups de poing dans les fenêtres, maintenant ? C'est très mature de ta part. (Mais, malgré sa voix coupante, l'inquiétude lui serrait la gorge.) Il est minuit passé ; nous n'avons pas beaucoup de temps. Nous devons parler de…

— Lore, interrompit-il d'une voix peinée. Nous ne pouvons pas.

Elle resta la bouche ouverte, la fin de sa phrase suspendue au bout de la langue.

— Qu'est-ce que tu… Bastian, je sais que tu as délibérément changé le thème…

Il se rapprocha comme s'il était sur le point de l'embrasser, le corps plaqué contre le sien, et la retourna afin qu'elle ait le dos contre le verre froid de la fenêtre. Aux yeux de n'importe qui, c'étaient les prémices d'une étreinte, chose attendue entre le roi et sa fiancée. Mais il n'y avait aucun désir dans son expression, rien que de la nostalgie alors que ses doigts bandés touchaient les lèvres de Lore et les maintenaient fermées.

— J'ai essayé, dit-il à voix basse. J'ai essayé, et Il m'a puni. Il entend tout, même quand c'est moi qui suis aux commandes. (Ses yeux, d'un brun si sombre désormais qu'ils étaient presque noirs, la contemplèrent d'un air implorant.) Je vais continuer d'essayer, mais tu dois me laisser du temps.

Puis il partit et disparut au sein des invités, laissant Lore seule devant la fenêtre froide, avec la lune suspendue au-dessus d'elle.

J'imagine que Tu avais raison, pensa-t-elle à l'attention de Nyxara.

La déesse ne répondit pas.

Lore ne chercha pas à reparler des voix à Bastian. Ni quand ils quittèrent la Maison de Lune le lendemain matin, tous les invités étant épuisés par les réjouissances de la veille. Ni quand ils atteignirent la maison du vicomte Allairs, dépourvue de nom grandiloquent au-dessus de sa porte, ni quand ils durent endurer le bal costumé auquel ils avaient échappé chez les Leclaire. Cette fois, Lore était déguisée en ciel nocturne, avec une robe bleu nuit ponctuée d'étoiles. Bastian était déguisé en ciel ensoleillé, avec un doublet bleu clair brodé d'or.

— Cette tenue te va à ravir, dit-il d'un ton légèrement tendu alors qu'ils entraient bras dessus, bras dessous dans la salle de bal.

— C'est toi qui l'as choisie ? demanda Lore.

Il déglutit.

— Non.

Lore sentit sa gorge se nouer.

Ils discutaient souvent. Devant les autres, du moins, quand ils jouaient leurs rôles de roi et de sorcemort fraîchement fiancés. Lore lui tenait la main et riait à ses plaisanteries, en se sentant complètement détachée d'elle-même. Elle essayait de ne pas le regarder de trop près quand le soleil était haut dans le ciel.

Et la nuit, elle implorait la déesse dans sa tête de lui fournir une solution, dans l'espoir qu'Elle serait peut-être capable de réussir là où les livres de mythes avaient échoué. *Dis-moi comment le libérer.*

Il n'est pas possible de le libérer, répondit Nyxara. Comment une voix désincarnée parvenait-elle à sembler aussi lasse ? *Pas maintenant.*

— Tu mens, cracha Lore face au baldaquin, bien que sa voix ne soit pas nécessaire pour parler à la Déesse Enfouie.

Nyxara garda le silence.

Alie tentait parfois de discuter avec elle, de lui demander ce qui n'allait pas. Mais Lore ne savait pas quoi lui répondre ; elle se contentait donc de dire qu'elle se sentait dépassée, ce qui n'était pas un mensonge. Alie cherchait à l'aider et disait à Lore qu'elle pouvait lui parler de n'importe quoi. Lore hochait la tête et gardait ses problèmes pour elle.

De temps à autre, quelqu'un s'enquérait des Kirythéens, de ce que Bastian comptait faire d'eux. Il balayait habilement toutes les questions et assurait à son interlocuteur que tout était sous contrôle, qu'il était inutile de s'inquiéter, que la paix serait encore plus durable qu'auparavant.

Puis il fut l'heure de quitter le domaine des Allairs pour se diriger vers la demeure de Hugh et Amelia Demonde.

Lore prêta à peine attention au domaine lors de leur arrivée, même si elle était vaguement consciente que c'était le plus beau qu'ils aient visité jusqu'ici. Amelia les accueillit devant les immenses portes, coiffée d'une couronne de roses faisant écho aux rosiers qui débordaient de leurs pots sur le porche.

— Vos Majestés, c'est un véritable plaisir de vous héberger.

Elle fit la révérence, et ses cheveux dorés tombèrent pour dissimuler son visage.

Son attitude était assurément très différente de la dernière fois que Lore l'avait vue. Elle reconnaissait quelque chose dans la posture d'Amelia, quelque chose qu'elle avait souvent ressenti lors de son premier mois dans la Citadelle. Une méfiance prudente. Une défaite imminente.

Bastian sembla s'en apercevoir, lui aussi. Son visage, d'ordinaire sévère et austère pendant le jour, s'adoucit imperceptiblement quand il regarda Amelia.

— Dame Demonde.

Elle leva la tête, presque avec espoir.

Mais les volets retombèrent sur le visage de Bastian, et la douceur se fit tranchante.

— Comme c'est courageux de votre part d'accueillir le tour d'été… (Il laissa planer cette déclaration étrange pendant quelques instants, coupée en milieu de phrase.) … sachant que vous venez d'arriver dans ce domaine. Bien entendu, une dame telle que vous ne doit pas se laisser effrayer par la gestion d'une grande maison. C'est pour cela que vous avez été élevée.

Amelia pinça les lèvres, puis hocha la tête.

— Tout à fait, Votre Majesté. Entrez, je vous en prie. Nous avons prévu une réception dans le jardin pour tous nos invités, mais vous avez amplement le temps de vous rafraîchir d'abord. (Son regard se posa brièvement sur Lore.) Nous avons préparé des chambres séparées, mais si vous le souhaitez…

— Non, déclara Bastian d'une voix épuisée. (Quand Lore le regarda, cette douceur était revenue dans son expression, accompagnée d'un éclair de regret, presque peiné.) C'est très bien ainsi.

Après avoir été conduite dans sa chambre, Lore fut revêtue d'une nouvelle robe, bien qu'elle n'ait porté l'autre que pendant une heure lors du trajet en carrosse entre le domaine des Allairs et le manoir des Demonde. Juliette lui brossa les cheveux et les agrémenta d'une couronne de roses blanches, ce qui était sans doute la coutume pour les réceptions en plein air.

Bastian l'attendait devant sa porte. Il sourit quand elle sortit de sa chambre, un éclat froid dans le regard.

— Les roses te vont toujours aussi bien.

Sans répondre, Lore passa le bras sous le sien et se laissa entraîner dans l'escalier, puis dehors dans le jardin tentaculaire.

Elle essaya de se dégager quand ils arrivèrent sur la pelouse, mais Bastian retint son bras. Il avait les yeux fermés, le front creusé par un pli.

— J'essaie, murmura-t-il. Donne-moi seulement un peu de temps, et je te promets que nous en parlerons.

— Combien de temps ?

Elle allait exploser. Elle allait devenir folle à lier si elle ne parlait pas bientôt à quelqu'un de la déesse dans sa tête. Lore avait gardé pour elle son affinité avec la Mortem pendant onze ans ; elle avait épuisé toute son endurance aux secrets.

— Nous devons trouver une solution, aussi vite que possible, insista-t-elle. Avant que cela empire.

Il laissa échapper un petit rire et plaqua le talon de ses paumes sur son front.

—Je n'aurais jamais cru que tu étais une optimiste.

Un écho de ce que Nyxara lui avait dit au cœur de la nuit, quand la lune était haut dans le ciel et que Lore n'arrivait pas à dormir. Il était impossible de trouver une solution.

—Va-t'en, ordonna Bastian en libérant son bras. Il revient.

—Mais je...

— *Va-t'en*, Lore.

Il la repoussa pratiquement tout en penchant la tête, les paupières fermées. De loin, un observateur aurait pu croire qu'il luttait contre une migraine particulièrement violente. Mais de près, Lore pouvait voir les veines palpiter au niveau de ses tempes, l'auréole de magie dorée qui se concentrait autour de ses poings serrés.

Lore tourna les talons et traversa la pelouse aussi vite qu'elle le pouvait, sans regarder où elle allait. Le jardin des Demonde était divisé en deux parties. La première, près du manoir, était peuplée des parterres et treillis traditionnels. La seconde était un labyrinthe végétal.

Elle y pénétra en hâte, la pointe des brindilles égratignant sa peau, s'accrochant dans les replis de sa jupe. Les haies faisaient deux fois sa taille et produisaient une ombre fraîche qui faisait obstacle à la chaleur estivale. La rumeur des courtisans qui riaient et s'interpellaient filtrait à travers la végétation, ainsi que les soupirs langoureux d'amants qui avaient trouvé un peu d'intimité.

Lore s'autorisa enfin un instant de repos. Plaquée contre la haie, elle ferma les yeux, serra les dents et essaya de toutes ses forces de ne pas pleurer.

Quand elle entendit le sanglot, doux et étouffé, elle crut donc au départ qu'il lui avait échappé.

Elle retint son souffle. Le sanglot revint.

Les éraflures roses et rouges qui quadrillaient les bras de Lore la picotèrent alors qu'elle s'extrayait de la végétation. Elle les avait à peine remarquées avant, trop occupée à fuir Bastian, à trouver un endroit retiré où elle pourrait lutter contre une crise de larmes imminente. Elle poussa un juron à mi-voix, puis tourna sur elle-même au milieu du labyrinthe pour essayer de repérer d'où venaient ces sanglots.

Un rire. Un soupir. Un éclair de tulle rose quand quelqu'un traversa une allée en courant. Puis une inspiration heurtée, de l'autre côté de la haie.

Lore se dirigea vers sa source.

Après quelques détours, elle parvint devant une alcôve similaire à celle où elle s'était réfugiée, sauf que celle-là était pourvue d'un banc encadré sur trois côtés par les haies denses. Quelqu'un y était assis, le dos tourné vers Lore. Quelqu'un qui avait de longs cheveux dorés et une couronne de roses.

Amelia.

Elle aurait dû partir. Lore était certaine d'être la dernière personne qu'une Amelia en pleurs avait envie de voir. Mais avant qu'elle puisse se fondre de nouveau dans le labyrinthe, l'autre femme se retourna, le visage aussi rouge que ses roses.

— Toi.

Mais le ton de sa voix n'était pas malveillant. Seulement las.

L'espace d'un instant, Lore resta plantée là, captive du regard bleu d'Amelia.

— Est-ce que tu vas…

— Non. (Amelia ricana, bruit étonnamment peu distingué chez une femme si digne.) Non, pas du tout.

Lore prit tout à coup une décision, et rejoignit le banc pour s'asseoir prudemment à côté d'elle.

— Moi non plus.

Il y eut un silence, mais il était étrangement réconfortant. Ce n'était pas comme la nuit où Lore l'avait croisée dans la cour intérieure, quand Amelia était emplie d'une colère bien-pensante. Non, cette attitude s'était estompée au fil du temps. À présent, elles n'étaient plus que deux personnes qui se connaissaient à peine. Être assises côte à côte revenait d'une certaine manière à être seules.

— J'imagine que tu es contente de toi, dit finalement Amelia.

— Pas particulièrement, répondit Lore. (Elle risqua un coup d'œil vers la jeune femme.) Qu'est-ce qui s'est passé ? Le punch était mal dosé ? Les digitales n'étaient pas en pleine floraison ?

— Par les dieux, tu seras une reine Arceneaux catastrophique.

Amelia s'essuya le nez du poignet, encore un geste peu distingué que Lore la soupçonnait de ne jamais faire en compagnie de quelqu'un d'autre. Et elle eut le même sentiment quand la jeune femme reprit la parole, comme si Lore était quelque chose d'inanimé, indigne d'être remarqué. Un substitut qu'elle utilisait pour se parler à elle-même.

— Tout est foutu, maintenant.

Lore suivit du doigt les égratignures sur ses mains, si semblables aux cicatrices que dame Leclaire cachait sous ses gants.

— Je connais ce sentiment.

Elles restèrent assises en silence, sans demander plus d'explications. Lore supposa que quelque chose s'était mal passé pendant la réception, ou qu'Amelia s'était disputée avec Hugh, ou qu'elle était toujours en colère du fait que Lore ait usurpé une place qui était destinée à quelqu'un de son rang social à elle. Mais le malheur est plus supportable à deux, et la compagnie d'une personne qui était malheureuse à cause de choses terre à terre et concrètes lui donnait l'impression d'être vaguement moins seule.

Après un certain temps, Lore commença à s'inquiéter qu'on remarque son absence et se leva, les jambes raides d'être restée assise sur la pierre dure. Sans dire au revoir à Amelia, elle se fraya un chemin vers la sortie du labyrinthe.

Amelia resta là où elle était, les yeux dans le vide, sa couronne de roses posée de travers sur la tête.

CHAPITRE 21

N'oublie pas que ton dieu sait tout.

Le Livre de la Loi Sacrée, Fascicule 457

Lore avait envie de faire la grasse matinée le lendemain matin –Nyxara avait été anormalement silencieuse, et Lore n'avait pas fait de rêves de tout le tour d'été, elle voulait donc en profiter–, mais Juliette ouvrit les rideaux en grand juste après l'aube.

—Debout, ordonna-t-elle en tendant à Lore une tasse de café sans la moindre trace de sucre. Le roi souhaite être en route dans une heure.

Enfin, c'était terminé. Ils pouvaient rentrer à la Citadelle, où l'attendaient la bibliothèque et, avec un peu de chance, des réponses. Lore but une gorgée de café amer, fit la grimace et le posa sur sa table de chevet pour ne plus jamais y toucher.

—Il est pressé de rentrer à la maison.

—Pas tout à fait. (Juliette s'affairait au-dessus des malles de Lore, l'air troublée.) Pas pour vous deux. Vous allez à Courdigne.

Encore une étape impromptue. Fabuleux.

—Qu'est-ce qu'il y a, à Courdigne?

Juliette se retourna vers elle, les bras chargés d'une robe de voyage en mousseline bleue.

—Courdigne est le domaine où Severin Bellegarde est assigné à résidence.

L'estomac vide de Lore se tordit. Elle n'avait pas pensé à Bellegarde depuis des semaines; l'homme était confiné hors de vue, tel un problème remis au lendemain.

— Par tous les enfers, pourquoi allons-nous voir Bellegarde ? Et pourquoi seulement Bastian et moi ?

D'un geste impérieux du bras, Juliette lui fit signe de s'asseoir devant la coiffeuse. Lore s'exécuta.

— Sa Majesté pense que Bellegarde aura peut-être un avis sur les attaques menées par les espions kirythéens, répondit-elle tout en passant une brosse dans les cheveux de Lore. C'est… peu courant que de telles affaires d'État soient adressées pendant le tour d'été, mais étant donné que nous sommes près de Courdigne, le roi a pensé que ce serait opportun.

Lore se demanda laquelle des deux personnes dans la tête de Bastian avait pris cette décision. Jusqu'ici, Apollius n'avait pas paru s'intéresser aux Kirythéens ; c'était la seule explication qu'elle trouvait au fait que Bastian semble satisfait de les laisser pourrir en cellule. Mais si c'était Apollius qui avait fait ce choix, peut-être était-ce bon signe. Peut-être que Bastian récupérait en partie le contrôle. Dans ce cas, il pourrait obliger Apollius à avoir avec lui une relation semblable à celle de Lore et de Nyxara. Distante, avec des conversations ponctuelles, et qui laissait Lore garder totalement le contrôle.

Ils pouvaient vivre avec cela, n'est-ce pas ? S'il n'y avait aucune autre solution ?

— Où est le roi, ce matin ? demanda Lore.

— Il est déjà en bas, prêt à partir. Vous êtes en retard.

Sans rire.

Lore parcourut son catalogue mental de ce qu'elle savait au sujet de Bellegarde pendant que Juliette continuait de maltraiter son cuir chevelu pour obtenir une coiffure acceptable. C'était le père d'Alienor, mais il n'était pas en bons termes avec sa fille, même avant d'être confiné dans son domaine pour trahison. Il n'aimait pas l'Église, non pas parce qu'il n'était pas croyant, mais parce qu'il l'était trop et pensait que l'Église devait être le corps gouvernant de l'Auverraine à la place du Roi Sanctifié. Il s'était allié avec Anton, qui partageait son avis, et qui, en tant que chef de l'Église auverraine, était en mesure de passer à l'action. L'action en question étant de tuer August afin que Bastian puisse monter sur le trône.

Juliette tira sur les cheveux qu'elle avait laissés libres de cascader dans le dos de Lore, enfilant des perles dans les mèches avec la dextérité d'une araignée tissant sa toile.

— Y a-t-il une raison pour que je doive être sur mon trente et un ? demanda Lore en inclinant docilement la tête quand Juliette tira de nouveau sur ses cheveux. Étant donné que nous allons seulement voir un prisonnier ?

— Vous êtes la future reine. (Juliette lui redressa la tête, puis la tourna de droite et de gauche comme si Lore était une poupée.) Votre apparence doit refléter votre statut, quel que soit l'endroit où vous allez.

Juliette avait dit qu'il attendait au rez-de-chaussée, mais Bastian était dans le couloir quand Lore émergea enfin de sa chambre, les cheveux convenablement ornés, vêtue d'une robe flottante verte qui balayait le sol, avec des manches amples resserrées aux poignets et une ceinture dorée. Il sourit en la voyant approcher et lui tendit la main.

— Cette couleur te va très bien.

Il avait l'air égal à lui-même, ce matin, les cheveux légèrement ébouriffés, les yeux sombres. Sa main était affligée d'un léger tremblement. C'était un signe, comme elle commençait à le comprendre. Un signe qu'il s'accrochait à son identité de toutes ses forces.

Elle prit sa main tendue.

— Elle devrait mieux cacher les taches d'herbe que certaines de mes anciennes robes.

— Ce jour-là dans la forêt, dit-il aussitôt, comme s'il voulait qu'elle sache qu'il s'en souvenait. Quand tu es arrivée à la Citadelle.

Tout était compliqué, alors – les choses avaient toujours été compliquées entre eux – mais, en comparaison avec maintenant, cette époque semblait presque idyllique.

Il éleva la main de Lore jusqu'à ses lèvres, puis tapota le diamant de sa bague avec l'ongle du pouce. Un domestique dans le couloir ouvrit les rideaux, et les rayons de soleil découpèrent le visage de Bastian. Un frisson infime le traversa, et quand il leva les yeux de la bague, ses iris avaient un éclat doré.

— Nous avons fait bien du chemin, depuis, murmura-t-il.

Ils longèrent le couloir et descendirent l'escalier. Il était tôt, et la plupart des courtisans dormaient encore. Ce fut donc une surprise de voir Alie dans le vestibule.

Apercevoir la malle de voyage posée à côté d'elle en était une autre.

— Alie ?

Lore dépassa Bastian, qui s'était arrêté avec un air amusé, pour rejoindre son amie. Elles s'étaient peu vues pendant le tour d'été, toutes deux préoccupées par autre chose ; Lore par la possession de son fiancé, Alie par la diplomatie et les retrouvailles avec ses amis.

— Que se passe-t-il ? Tu vas bien ?

— Oui.

Le visage d'Alie était figé dans une expression résolue, et son menton délicat était dressé. Elle ne regardait pas Lore, même si elle tendit la main pour lui serrer brièvement le bras. Toute son attention était braquée sur Bastian.

— J'ai appris où vous alliez. Je viens avec vous.

Le Roi Sanctifié haussa un sourcil.

— Pourquoi voudrais-tu faire une chose pareille, Alie ? demanda-t-il d'un ton dur, presque suspicieux. (Le soleil poursuivait son ascension dans le ciel, lumineux et libre de tout nuage.) Je croyais que tu ne portais pas Severin dans ton cœur.

— En effet, mais c'est mon *père*, répliqua-t-elle.

Il n'y avait pas de réelle émotion dans cette emphase sur le dernier mot ; elle n'était là que pour étayer sa décision.

Bastian haussa un peu plus le sourcil en distinguant l'absence de chaleur dans la voix d'Alie.

— Un fait qui n'a pas engendré chez toi d'émotion particulière, jusqu'ici.

C'est sur le mot « fait » qu'il plaça soigneusement sa propre emphase, comme s'il faisait partie d'une question.

— Et ce n'est toujours pas le cas. (Alie croisa les bras et soupira.) Mais cet homme est incapable de gérer correctement un domaine. Je doute fortement que les comptes de Courdigne aient été tenus comme ils devraient l'être, et, comme ce sera un jour mon domaine, je veux m'assurer que ce genre de choses est en ordre.

— Tu sais que je pourrais m'occuper de cela.

— Oui, mais j'aimerais vraiment m'en occuper moi-même. (Alie carra les épaules, prête pour la guerre.) J'avais l'intention de m'y rendre bientôt de toute façon ; je pensais seulement que voyager avec vous serait plus efficace.

Les lèvres de Bastian frémirent ; puis il ferma les yeux, comme s'il était pris d'une douleur soudaine. Quand il les rouvrit, son regard était plus doux.

Plus doux, et peut-être légèrement effrayé.

Le moment passa ; il agita la main.

— Viens, dans ce cas. Tu peux voyager avec Lore dans le carrosse ; je crois que j'ai envie de monter à cheval.

Il se dirigea vers les portes.

Apparemment, c'était là un changement dans les dispositions prises pour le trajet ; l'un des valets se précipita vers les portes qui menaient aux écuries. Au même moment, Hugh Demonde descendit l'escalier, habillé de pied en cap, mais visiblement encore à moitié endormi. Il frappa Bastian dans le dos, et les deux hommes se mirent à conférer à voix basse.

Alie laissa échapper un soupir et sembla se ratatiner un peu quand Bastian leur tourna le dos.

— C'était plus facile que je le pensais, murmura-t-elle. (Elle adressa un sourire fatigué à Lore.) Je m'excuse d'avance si je m'endors sur toi dans le carrosse.

— Je me joindrai sans doute à toi.

Mais la réponse de Lore était distraite ; elle observait le roi.

Bastian mit fin à sa conversation avec Demonde, puis alla ouvrir les portes. Un flot de soleil se déversa sur lui, dorant ses cheveux. Il marqua un temps d'arrêt, une main sur chaque porte, la tête basse. Il paraissait à court d'énergie.

Comme s'il sentait le regard de Lore, Bastian lança un coup d'œil par-dessus son épaule. Par les dieux, elle n'avait jamais vu une telle angoisse sur le visage de quelqu'un.

Puis cette expression disparut, si rapidement qu'elle aurait pu l'avoir imaginée. Bastian avança dans la lumière du soleil, le dos droit, la démarche mesurée, royal à tous égards.

Lore n'avait pas la moindre idée de la distance qui les séparait de Courdigne, mais la taille réduite de leur groupe – cinq vestes-de-sang, trois valets de pied, plus Bastian, Alie et elle – l'amenait à penser qu'ils y seraient rapidement. Juliette et la femme de chambre d'Alie avaient été renvoyées à la Citadelle. Apparemment, il n'était guère important d'avoir l'air royal quand on rendait visite à un criminel, malgré ce qu'avait dit Juliette.

— Nous y serons à la tombée de la nuit, dit Alie tout en bâillant quand Lore l'interrogea. Après le dîner, mais avant minuit. Je crois, du moins. Je n'y suis pas allée depuis une éternité. (Le ton de sa voix était légèrement introspectif, presque triste, comme si ce lieu ne recélait pas de souvenirs agréables.) Courdigne était le plus petit domaine des Bellegarde, dit-elle doucement après quelques secondes. C'est là qu'a vécu ma mère, après que mon père l'a répudiée.

— Par les dieux.

Lore ne savait pas grand-chose au sujet des Bellegarde, mis à part que la mère d'Alie était morte, et que Severin et sa fille ne s'étaient jamais beaucoup appréciés. Le fait que Severin ait chassé sa mère expliquait leur froideur mutuelle.

Alie laissa échapper un reniflement délicat et se laissa mollement retomber sur la banquette.

— Elle a eu une aventure. Juste après ma naissance, ou peut-être même avant. Je ne me souviens pas de les avoir vus vivre ensemble. Ils occupaient des appartements séparés quand nous étions tous à la Citadelle. (Ses yeux verts devinrent orageux.) Les liaisons sont courantes à la cour, mais mon père s'est mis à la traiter comme une lépreuse. Et il ne me traitait guère mieux.

Lore songea aux rares fois où elle avait vu Alie interagir avec Severin ; ils étaient arrivés ensemble à la prière du Premier jour, mais ils semblaient s'ignorer mutuellement. La seule autre occasion avait été le rituel, quand Alie avait tenté de rejoindre Lore, Gabe et Bastian. Quand Bellegarde lui avait tordu le bras avec tant de force qu'elle avait poussé un cri.

Severin Bellegarde n'avait traité aucun membre de sa famille avec gentillesse.

— Je ne pouvais lui rendre visite que de temps en temps, poursuivit Alie. Mis à part l'été, à la cour. Je crois que j'avais dix ans la dernière fois que je suis allée la voir à Courdigne.

Le même âge qu'avait Gabe quand il était rentré en Balgia après sa dispute avec Bastian. Quand Jax lui avait arraché un œil.

— Elle avait l'air d'aller bien, cependant, dit Alie. Mieux que quand elle vivait avec Severin. Elle avait une amante, ou du moins c'est ce que je crois ; elle semblait très proche de Blaire pour que celle-ci ne soit qu'une « dame de compagnie ». (Elle sourit.) Elle est morte quand j'avais treize ans, et Severin a fait comme si elle n'avait jamais existé. Pendant ma consécration, au printemps dernier, il n'a même pas inscrit son nom comme parente. (Elle serra les poings sur ses cuisses.) Cela lui ressemblerait bien de laisser Courdigne tomber en ruine parce qu'elle y a habité. Ce serait aussi petit et mesquin que lui.

Le silence retomba, et les pensées de Lore se tournèrent vers sa propre enfance. Elle avait treize ans quand sa mère lui avait dit de fuir la Garde ; Alie avait treize ans quand sa mère était morte. Curieux comme toutes leurs tragédies semblaient orbiter l'une autour de l'autre, au sein de cette petite famille dysfonctionnelle qu'elle avait trouvée dans la Citadelle.

— Tu sais ce qui s'est passé avec ma mère, dit Lore à voix basse. Gabe t'en a parlé.

Alie hocha solennellement la tête.

— Ainsi qu'à Malcolm, oui.

Les détails de son identité – le fait qu'elle soit la fille de la Prêtresse de la Nuit – avaient été dissimulés à la population, tout comme le fait que la Garde Enfouie existait toujours. Lore n'imaginait pas que ces révélations puissent être rendues publiques de sitôt, sinon jamais. Un énorme changement de paradigme à la fois.

— Enfin, ajouta Alie, Gabe nous a dit que tu étais née dans les catacombes. Et que ta mère faisait partie de la Garde.

Son regard se posa sur Lore, curieux et un peu triste.

— Elle ne faisait pas seulement partie de la Garde. Du moins, plus maintenant. (Lore laissa échapper un petit rire.) C'est la foutue Prêtresse de la Nuit.

Alie écarquilla les yeux.

L'heure était venue de révéler le plus important. Lore ne pouvait supporter de garder qu'un certain nombre de secrets à la fois.

— Et j'étais capable de canaliser la Mortem dès la naissance.

Le silence revint dans le carrosse, uniquement troublé par le grondement des roues sur les graviers.

— Eh bien. (Alie était bouche bée ; quand elle s'en aperçut, elle reprit rapidement contenance.) C'est… unique, n'est-ce pas ? Je croyais que la plupart des gens devaient frôler la mort pour pouvoir canaliser la magie.

— Pas seulement la plupart. Tout le monde. (Lore haussa les épaules et plaqua une parodie de sourire sur ses lèvres.) Tout le monde sauf moi.

Tout le monde, sauf elle, et elle commençait à comprendre ce que cela signifiait.

Alie se mordilla la lèvre.

— Est-ce que c'est pour ça… je veux dire… (Elle soupira, cilla et fit une nouvelle tentative, les mots se bousculant sur ses lèvres.) Est-ce que c'est pour ça que Bastian veut t'épouser ? Que toi, tu veux l'épouser ?

Elle prononça ces mots sur un ton d'excuse, comme si elle était navrée d'aborder le sujet, mais avait besoin de savoir.

— En partie, répondit lentement Lore en essayant de débrouiller le nœud de ses pensées pour pouvoir les formuler. Nos magies sont… compatibles.

— Donc il se sert de toi, déclara Alie d'un ton froid, sous-tendu par la colère.

— Non. (Lore secoua la tête, interrompit son geste et fit la grimace.) Je veux dire, oui, d'une certaine manière, mais pas… pas comme ça. Il tient à moi. C'est compliqué.

Alie regarda la bague que Lore s'était remise à faire tourner autour de son doigt.

— Et qu'en est-il de toi ?

Avait-elle cru que le plus dur était passé ? Cette partie-là était encore plus difficile. Son passé était une blessure qui n'était pas guérie, mais qui s'était au moins un peu refermée. Cette nouvelle prise de conscience, en revanche, était encore fraîche et douloureuse.

— Je tiens à lui. Vraiment. Mais…

Ce n'était pas comme si elle pouvait dire la vérité, à son sujet comme à celui de Bastian. Ce n'était pas comme si elle pouvait dire à Alie que des dieux vivaient dans leur tête et qu'il n'y avait peut-être rien à y faire. Que voir Bastian lutter contre l'influence d'Apollius et garder ses distances avec elle ne faisait que renforcer ses sentiments pour lui.

Mais elle avait aussi désespérément envie que quelqu'un d'autre s'occupe de lui. La tâche était trop lourde pour une seule personne. Elle avait si souvent repoussé Gabe dans un coin de son esprit, ces derniers jours.

— Mais tu tiens aussi à Gabe, souffla Alie.

L'espace d'un instant, Lore se demanda si elle avait parlé à voix haute. Mais non, c'était simplement la nature d'Alie, si perspicace qu'elle savait ce que les autres ressentaient rien qu'à leur expression.

— Oui.

Que gagnerait-elle à le nier ?

Alie resta muette pendant un temps, puis déclara :

— Peut-être que tu peux les aimer tous les deux. Peut-être que tout n'a pas à être un choix impossible.

Lore ne savait pas quoi répondre à cela.

Alie se tourna vers la fenêtre et regarda défiler les silhouettes brouillées des arbres. Elle ferma les yeux, et son souffle ralentit peu à peu alors qu'elle replongeait dans le sommeil.

Lore resta parfaitement éveillée.

Courdigne était peut-être le plus petit domaine des Bellegarde, mais aux yeux de Lore, c'était un mastodonte, aussi grand que n'importe lequel des manoirs qu'ils avaient vus pendant le tour d'été. Elle n'était pas aussi stupéfaite qu'elle aurait pu l'être deux mois plus tôt – vivre dans l'opulence omniprésente de la Citadelle avait émoussé ses sens – mais, quand le valet annonça qu'ils s'approchaient et qu'elle écarta les rideaux de la fenêtre, elle écarquilla néanmoins les yeux.

Si la Citadelle étincelait, Courdigne dévorait la lumière. L'immense grille vers laquelle ils se dirigeaient était en fer forgé noir, surmonté d'acier. Le manoir en lui-même était en pierre sombre et se découpait contre le ciel crépusculaire comme une gargouille démesurée.

— Bienvenue à la maison, dit Alie d'un ton ironique en se penchant vers sa propre fenêtre. Mère avait essayé de lui donner un peu de couleurs, quand elle vivait ici. Je me souviens qu'il y avait des roses près de la porte.

Il n'y avait plus aucun signe de roses, désormais. Bellegarde avait dû les laisser mourir.

Mais peut-être que Lore se montrait peu charitable. Il avait à peine plu au cours des derniers mois, et jamais assez pour que ce soit efficace ; le printemps avait apporté des pluies torrentielles qui avaient noyé les cultures, et l'été avait été extrêmement sec. Aucune vie végétale en Auverraine n'était au mieux de sa forme.

Le temps était détraqué sur tout le continent enéen, d'ailleurs. L'été était trop ardent, et les catastrophes naturelles se multipliaient. Une crise de plus dans une longue succession, qui empirait de plus en plus.

Il y eut un temps d'arrêt à la grille avant que les portes s'ouvrent. Quand Lore tordit la tête pour voir ce qui se passait, elle vit le valet de leur carrosse et quelques membres de la Presque Mort mettre pied à terre et discuter avec quelqu'un de l'autre côté. Apparemment, le portier de Bellegarde avait été congédié.

Un destrier noir se tenait à quelques mètres du carrosse, son cavalier toujours en selle. Bastian. Il examinait le manoir, la mâchoire crispée et les yeux plissés, tandis que sa monture piaffait sur place comme si elle sentait sa tension.

Bastian se tourna dans sa direction. Ses yeux croisèrent ceux de Lore, d'un brun étincelant d'or. Il lui lança un sourire de loup.

Lore laissa retomber le rideau.

Alie était désormais réveillée et dissimulait son bâillement derrière sa main. Elle prit distraitement la main de Lore et inspecta sa bague.

— Est-ce que Bri avait raison ? Est-ce que le diamant vient vraiment de la Montagne ?

— Je n'en suis pas sûre, répondit Lore. Honnêtement, je n'ai pas eu le temps d'étudier la question.

— Je peux le comprendre. (La bague étincela alors qu'Alie inclinait la main de Lore pour que le diamant capture la lumière mourante.) Bri sera déçue de ne pas en avoir la confirmation. Mais elle continuera sans doute de penser qu'elle vient de la Montagne Dorée.

— Ça doit être agréable d'avoir tellement foi en quelque chose.

— N'est-ce pas, murmura Alie.

La grille fut déverrouillée, puis ouverte par le valet et la Presque Mort. Alors qu'ils remontaient sur leurs chevaux, Bastian franchit l'entrée de Courdigne sans attendre le reste du groupe.

Alie fronça les sourcils en le regardant faire.

— On dirait que Bastian est pressé.

Sans répondre, Lore garda les yeux rivés sur le ciel qui passait du bleu au lavande alors que le crépuscule chassait le soleil vers l'horizon. Elle se tendit en voyant la nuit tomber, s'attendant à recevoir un nouveau message de la déesse qui s'était installée dans son esprit, mais Elle était muette.

Sur un mot d'encouragement du valet, qui avait repris les rênes, le carrosse se remit en branle vers la grille et Courdigne.

Alie laissa retomber le rideau devant sa fenêtre et regarda droit devant elle. Ses yeux verts étaient grands ouverts, sa respiration lente et mesurée.

Lore tendit la main pour serrer celle de son amie.

— Tout ira bien.

Alie ferma les yeux, et un ricanement sans joie remplaça ses inspirations soigneuses.

— Rien ne va jamais bien quand je le vois, répondit-elle. Mais je dois le faire.

Elle ouvrit la portière du carrosse qui venait de s'arrêter et sortit dans le crépuscule.

Un sentiment de malaise naquit dans le ventre de Lore et remonta dans sa poitrine. Elle appuya la tête contre le dossier en soie de la banquette, inspira profondément à son tour, puis ouvrit la portière.

Le valet de pied l'attendait dehors, une main tendue, le regard posé n'importe où sauf sur elle. Elle faillit en rire. Sorcemort *et* future reine. Elle devait être terrifiante.

— Comment s'est passé le voyage ?

C'était Bastian, qui venait d'apparaître à son côté. Elle s'attendait à ce qu'il soit courbaturé après être resté si longtemps en selle, mais il se tenait bien droit malgré les poches sous ses yeux. Il posa brièvement la main sur l'épaule de Lore avant de la laisser retomber.

— Bien, répondit-elle.

Mais il contemplait l'horizon brumeux au lieu de la regarder, observant l'approche de la nuit. Elle savait qu'il n'avait posé la question que par politesse.

La distance qui les séparait croissait et décroissait comme la marée.

— Tant mieux. (Il détourna le regard du ciel assombri pour le poser sur elle.) Je voulais vous laisser du temps pour discuter, Alie et toi. Je sais que la situation a été... (Il s'interrompit, la bouche tordue sur le côté, comme si quelqu'un lui avait serré la gorge pour modifier les paroles qui allaient en sortir.) ... difficile, acheva-t-il à mi-voix.

— C'était agréable, répondit Lore quand il devint clair que Bastian avait fini de parler. De... de parler.

Il hocha la tête, et quelque chose d'indéchiffrable passa sur son visage avant qu'il se tourne vers le manoir en lui offrant son bras.

— Bien.

Lore le laissa la conduire en silence vers la porte de Courdigne.

Le manoir ne pouvait pas être qualifié de beau. Imposant aurait été un meilleur terme. Aux quatre angles du bâtiment, des flèches noires désignaient le ciel d'un air accusateur, imitant l'architecture de la Citadelle. Les fenêtres cintrées étaient rares et espacées, indiquant que l'intérieur du manoir serait aussi sombre que l'extérieur. La porte était elle aussi cintrée, couronnée de bronze façonné en motif de piques, qui courait sur presque toute la façade.

Lore mit un moment à comprendre que le motif était censé représenter des rayons de soleil. Ils avaient l'air maladifs, tordus. Un soleil contrefait, écrasé, dont la forme était théoriquement correcte mais semblait étrangement anormale.

Alie attendait déjà près de la porte, sa malle à ses pieds, les bras croisés et les doigts pianotant nerveusement sur sa manche froissée par le voyage. Lore ne savait pas si la cloche avait déjà été actionnée, ou si quelqu'un avait frappé à la porte, ou toute autre action signalant l'arrivée de visiteurs royaux. Elle se décala d'un pied sur l'autre en regardant les ombres s'allonger sur le sol.

À côté d'elle, Bastian se tenait bien droit, avec le genre de raideur qui trahissait un effort colossal. Comme s'il était prêt à s'écrouler au moindre coup de vent.

La porte s'ouvrit enfin dans un crissement, comme si les gonds n'avaient pas été huilés depuis des décennies. Lore s'attendait à voir un majordome ou un autre valet de pied, mais ce fut Bellegarde lui-même qui s'encadra dans la porte, silhouette fantomatique dans la pénombre.

— Ah, dit-il après un instant de sa voix hautaine. Je pourrais dire que c'est une surprise, mais je suppose que j'aurais dû m'en douter.

CHAPITRE 22

La vérité se décompose en deux étapes.
Quand on la reconnaît,
et quand on la formule à voix haute devant autrui.

Alia Meroux, poète auverraine

Ce furent là toutes les salutations auxquelles ils eurent droit. Bellegarde s'écarta pour les laisser passer, disparaissant pratiquement derrière la porte. Bastian et Lore entrèrent en premier, sans un mot. Bellegarde fit à peine attention à Lore, mais il s'inclina profondément devant Bastian.

— Stop, dit Bastian d'une voix rauque.

Bellegarde obéit, le dos à angle droit. Il ne leva pas la tête, mais ses yeux se posèrent sur le roi et se plissèrent. Il scruta intensément le visage de Bastian, mais sembla déçu par le résultat de son examen.

— Comme l'exige mon roi, dit-il.

Il insista lourdement sur « roi », comme si quelque chose d'autre avait dû l'accompagner et qu'il était contrarié de prononcer ce mot seul.

Qu'est-ce qui ne va pas chez lui, bordel ? C'était une pensée oisive, une pensée qui traversait l'esprit de Lore à de nombreuses reprises pratiquement chaque jour.

Le petit roi refuse de jouer le jeu, répondit la voix de Nyxara. *Il s'est arrangé pour que nous arrivions tard, quand le soleil est couché, quand l'emprise d'Apollius n'est pas aussi forte.*

Lore écarquilla les yeux, puis s'empressa de tourner la tête pour dissimuler son air de confusion. *C'était une question rhétorique*, dit-elle à la déesse. *Mais merci.*

Un bruit semblable à un rire caressa son esprit.

Alie franchit le seuil à son tour, suivie d'un valet portant sa malle, et soupira en examinant le vestibule.

— Les temps sont-ils donc si durs pour que vous ne puissiez pas allumer une lampe, Bellegarde ? Il fait aussi noir qu'au fond d'un tonneau, ici.

Si l'intéressé fut contrarié que sa fille l'appelle par son nom de famille plutôt que « père », il n'en montra rien. Il ne la regarda même pas ; tournant les talons, il se dirigea à grands pas vers l'immense escalier qui s'incurvait comme un fer à cheval vers l'arrière du vestibule.

— Il y a bien assez de lumière là où je passe mes journées, répondit-il, même s'il s'arrangea pour avoir l'air de penser à voix haute et non de s'adresser à Alie. Étant donné que je suis actuellement le seul habitant de Courdigne, ce serait du gâchis d'allumer plus de lampes.

Ainsi, quand Bellegarde avait été confiné dans son domaine, il avait aussi perdu tous ses domestiques. Lore était étonnée qu'il ne soit pas déjà mort de faim. Il ne lui faisait pas l'effet d'un homme capable de se débrouiller tout seul.

Cette nouvelle ne sembla pas surprendre Alie. Elle plissa les lèvres, presque contente.

Sans rien dire, Bastian suivit Bellegarde dans l'escalier. Il lâcha le bras de Lore, mais seulement pour lui saisir la main à la place. Il avait la paume moite.

Bellegarde regarda par-dessus son épaule, vit leurs mains entrelacées et reporta les yeux sur Bastian. La pénombre dissimulait son expression, mais son léger rictus était évident.

— Félicitations, dit-il d'une voix tout sauf chaleureuse. La nouvelle de vos fiançailles est même parvenue jusqu'aux oreilles des exilés.

— Bien, répondit Bastian.

Les ombres glissèrent sur le visage de Severin quand il se tourna vers Lore. S'il avait eu son mot à dire, elle ne serait plus là depuis longtemps.

Lore remua le doigt pour que la pierre dorée de sa bague brille légèrement. Bellegarde l'examina en fronçant les sourcils, et Lore lui adressa un sourire narquois.

Les circonstances de leurs fiançailles étaient peut-être complètement tordues, et elle était peut-être incapable de sauver l'un des hommes qu'elle aimait du dieu dans sa tête, mais contrarier Bellegarde lui apporterait toujours un peu de réconfort.

Le vieil homme tenait une torche, qu'il utilisa pour allumer quelques appliques sur leur passage. Il y avait également des lampes à gaz sur le mur, mais Bellegarde les dépassa sans y toucher. Lore se demanda s'il avait déjà consommé tout le gaz. Ce genre de choses n'était pas donné.

La lumière supplémentaire l'aida à mieux voir l'intérieur du manoir, même si elle approfondit les ombres. L'immense escalier incurvé occupait la majeure partie du vestibule. Sa rambarde en bois sombre était somptueusement ornée de tourbillons gravés qui lui rappelèrent le soleil au-dessus de la porte. De petites statues d'Apollius se dressaient à chaque extrémité de l'escalier ; leur marbre blanc leur donnait l'apparence de fantômes dans la lumière des flammes.

Un Apollius était représenté dans une attitude que Lore connaissait bien, désormais : les mains ouvertes de part et d'autre du corps, piquetées de grenats sanglants, le visage serein incliné vers les cieux, un léger creux à l'emplacement de Son cœur.

Mais l'autre Apollius avait été sculpté d'une manière inédite. Sa poitrine était ouverte, et pas à la manière des Apollius blessés qu'elle avait vus ici et là dans les recoins les plus morbides de l'Église. Ces dieux à la poitrine vide avaient encore *quelque chose*, le sculpteur ayant simplement enlevé un peu de matière au milieu de la statue, en un retrait symbolique qui ne dénaturait pas vraiment la structure fondamentale du corps.

La poitrine de cet Apollius-là était entièrement évidée. Un trou parfaitement circulaire avait été découpé à l'emplacement de Son cœur. Et, au lieu d'afficher un air de dévotion paisible, cet Apollius hurlait, la bouche tordue, les poings refermés devant le trou en Son centre.

Il avait l'air furieux. Furieux, et fou de douleur.

Le couloir du premier étage était bordé de portraits austères, qui représentaient pour la plupart des gens à la même peau laiteuse que Bellegarde, au même visage sévère. La mère d'Alie avait peut-être vécu ici, après que Bellegarde l'avait rejetée, mais c'était uniquement la famille de ce dernier qui occupait la place d'honneur sur les murs.

— Mes appartements, dit Bellegarde en tendant le bras vers la plus grande porte au bout du couloir. Je vous les cède, Votre Majesté, comme les convenances l'exigent.

— Je ne veux pas de vos appartements, Bellegarde. (Malgré son épuisement évident, la voix de Bastian restait hérissée de pointes.)

La dernière chose dont j'ai envie est de passer mes nuits là où vous avez passé les vôtres.

L'homme pinça les lèvres, mais le bruit qu'il émit était plus proche du rire qu'autre chose.

— Je peux comprendre cela, dit-il.

Il obliqua alors pour emprunter un autre grand escalier au bout du couloir. Il menait dans l'une des tourelles que Lore avait vues de l'extérieur, et qui étaient un clin d'œil évident à la Citadelle.

— Il y a d'autres chambres que vous pouvez occuper, dit Bellegarde en gravissant les marches. Suffisamment pour vous, Alienor, et votre fiancée…

— Lore logera avec moi, déclara Bastian du même ton tranchant.

La main de l'intéressée tressaillit légèrement dans la sienne, mais elle ne laissa pas transparaître sa surprise. Pas devant Bellegarde.

Severin émit de nouveau ce bruit qui ressemblait à un rire, et qui retentit en échos étranges dans la cage d'escalier.

— J'imagine que j'aurais également dû anticiper cela.

Dans chaque autre étape du tour d'été, Bastian avait demandé des chambres séparées. Quelque chose avait changé.

Restait à voir si c'était bon signe.

L'escalier semblait s'élever sur trois autres niveaux, mais Bellegarde s'arrêta au premier. Il les entraîna dans un couloir sombre, uniquement éclairé par une petite fenêtre à mi-parcours où filtrait le faible éclat argenté de la lune. De toute façon, la majeure partie de la lumière était occultée par la statue d'Apollius plantée devant ladite fenêtre. Lore évita de la regarder de près, craignant de voir de nouveau une poitrine vide et une bouche déformée par un cri.

Bellegarde alluma une applique sur le mur, près de la porte de l'escalier, et fit un geste vers la droite.

— La plus grande chambre est par là, dit-il d'un ton sec et froid. (Il agita ensuite la main vers l'autre extrémité du couloir.) Alienor, tu sais où sont les chambres d'amis. Fais ton choix. (L'éclat des flammes découpa des cavernes et des montagnes sur le visage mince de Bellegarde quand il se tourna vers Bastian, telle une apparition dans la pénombre.) Nous parlerons demain matin. Quand le soleil sera haut dans le ciel.

Quand l'emprise d'Apollius serait la plus forte. Il savait. Bien sûr qu'il savait.

Un mois plus tôt, Lore se serait attendue à ce que Bastian ait une réplique mordante à opposer au vieux seigneur qui osait lui donner un ordre, et s'il était vraiment de mauvaise humeur, peut-être un aller simple vers les Îles Calcinées. Mais le Roi Sanctifié, la plus haute autorité de l'Auverraine et l'un des hommes les plus puissants du continent, se contenta de fermer les yeux.

— Nous parlerons quand je daignerai vous parler, Severin, déclara-t-il. (Quand il rouvrit les yeux, ses iris étaient entièrement bruns.) Que ce soit à la lueur du soleil ou de la lune, c'est à moi d'en décider. N'oubliez pas que je suis votre roi.

Dans la pénombre, il était presque impossible de déterminer si Bellegarde était intimidé, mais du moins le vieux noble garda le silence. Il inclina la tête – ce n'était pas une vraie révérence comme celle qu'il s'était apprêté à lui accorder à l'entrée, mais un signe de respect acceptable – et repartit dans l'escalier, emportant la torche.

Lore, Bastian et Alie restèrent debout dans le noir. Alie se tourna vers Lore, le visage empreint de détermination.

— Je vais demander au valet d'apporter mes affaires dans la chambre au bout du couloir, dit-elle. Il y a bien assez de place là si besoin.

Elle s'éloigna ; apparemment, elle connaissait assez bien ces couloirs pour s'y repérer sans lumière.

Quand elle disparut, engloutie par les ombres, Bastian s'adossa contre le mur, la tête levée, les paupières closes.

— Tu vas bien ? demanda Lore à mi-voix.

Apparemment, Alie, le seigneur Bellegarde et les valets qui les avaient accompagnés étaient les seuls autres occupants de Courdigne, mais le secret était désormais une habitude enracinée en elle, même si elle détestait cela.

Bastian poussa un petit rire sans joie.

— Non, Lore, murmura-t-il. Je ne vais pas bien.

Il se retourna et ouvrit la porte que Bellegarde leur avait indiquée. Lore le suivit en se mordillant l'intérieur des joues.

Quand la porte se referma, elle renonça à toute notion de discrétion.

— Dis-moi. (Elle fit un pas vers sa silhouette voûtée par la fatigue.) Nous ne pouvons pas continuer de tourner autour du pot comme ça, Bastian.

Il s'était penché sur une petite table contre le mur, les mains posées parmi des vases de fleurs flétries depuis longtemps, mais il se raidit à ses paroles.

Lore déglutit. Puis elle ajouta, tout en se détestant un peu pour cela :

— Nous sommes dans le même camp, n'est-ce pas ?

Il se raidit un peu plus, les muscles de son dos se crispant visiblement sous le tissu fin de sa chemise.

— Toujours, murmura-t-il.

Ne Lui dis pas que Je suis là, intima Nyxara d'une voix pressante. *Il le soupçonne, mais ne le Lui confirme pas.*

Pourquoi ? S'il était possible de gronder une pensée, c'est ce qu'elle fit.

Il veut que Je te fasse ce qu'Il fait au roi, répondit Nyxara. *Ne Lui dis pas que Je suis là.*

Le dire à Bastian n'est pas le dire à Apollius.

Un papillonnement frustré à l'arrière de son crâne. *Je n'en serais pas si sûre, à ta place.*

Lore eut envie de pleurer à l'idée de devoir encore se taire, mais elle serra les lèvres. Elle se souvint que Bastian lui avait dit quelque chose de similaire quand elle avait essayé de lui parler pendant la fête de l'astronomie.

Mais, même si elle ne pouvait pas lui dire toute la vérité, elle était incapable d'en rester là. Elle ne voulait pas garder totalement le silence et laisser Bastian seul.

— Ça a débuté quand nous avons commencé à canaliser la magie ensemble, dit-elle prudemment, en se fiant à lui pour comprendre la nature du « ça » sans qu'elle la précise. N'est-ce pas ?

Bastian ne se retourna pas. Ses mains tressaillirent sur la table poussiéreuse. Elle ne voyait pas son visage, mais les mouvements de ses épaules trahissaient une lutte quelconque.

— Pas tout à fait, dit-il. Avant, pour moi. Ça a commencé… ça a commencé juste après le rituel.

L'éclat dans son regard, cette nuit-là. La manière impérieuse dont il avait dressé le menton en posant la couronne sur sa tête, en travers de la ligne sanglante sur son front. Longue vie au Roi Sanctifié.

Lore avança dans la pièce pendant qu'il parlait. Ce n'était pas un appartement, comme à la Citadelle ; c'était simplement une chambre, avec un petit salon à un bout et un grand lit à baldaquin à l'autre. Elle posa les yeux sur le lit, avant de détourner précipitamment le regard.

— Chez moi, c'est pire la nuit, dit-elle.

Trop risqué. Nyxara semblait plus effrayée qu'en colère. *Prends garde, jeune fille. Ne crois-tu pas qu'Il reste plus puissant que Moi ? Il a conçu la divinité à Sa mesure.*

Lore déglutit.

Le silence régna pendant un instant. Puis Bastian se redressa et se passa une main sur le visage.

— Putain de merde, Lore.

Elle s'assit au bord d'un fauteuil, sur le qui-vive. Elle mit un moment à comprendre qu'elle se tenait prête à fuir en courant.

Bastian contempla fixement les vestiges desséchés d'un bouquet dans l'un des vases. Elle pouvait presque voir la résolution se frayer un chemin à travers lui, tout comme le Spiritum ou la Mortem. Tous les secrets qu'il avait gardés, la distance, furent expulsés hors de lui quand il décida de tout lui dire, enfin.

— La nuit, je suis libre. En majeure partie. (Il parlait précipitamment, les mots se bousculant dans sa hâte, comme si le temps lui était compté.) Il se tait, à ce moment-là. Mais Il est toujours là, en train d'attendre dans un coin de mon esprit. Il ne peut pas… Il ne peut pas m'entendre, pas si je L'en empêche consciemment, mais quand le soleil se lève, je Le sens chercher, se faire une idée de ce qui s'est passé pendant la nuit.

La prudence de Nyxara n'était donc pas totalement infondée. Lore s'attendit à sentir une sorte de satisfaction émaner de la déesse, mais Elle semblait seulement inquiète.

— C'est pour cette raison que je ne voulais pas t'en parler. Je ne sais pas ce qu'Il fera, quand Il comprendra que *tu* sais.

Un frisson glacé descendit du sommet de la tête de Lore jusqu'au creux de ses reins.

— Ne t'inquiète pas pour moi. Tu peux tout me dire.

Même si elle ne pouvait pas lui rendre la pareille.

— Non, je ne peux pas, mais je vais le faire. (Il laissa échapper un bruit déchirant, la tête penchée.) Parce que je ne supporte plus d'être seul avec ça, Lore. J'ai l'impression que je vais exploser.

Elle avait envie de le rejoindre. Mais si elle le faisait, elle lui parlerait de Nyxara. Elle se tordit donc les mains sur ses cuisses et resta immobile.

— Je ne sais pas jusqu'où je peux aller, continua Bastian sans détacher son regard des tiges sèches qui étaient autrefois des digitales. Ce que je peux dire. Parce que, pendant le jour, Il prend le contrôle. Pas toujours, mais de plus en plus. Il…

Bastian laissa mourir sa phrase. Il tourna la tête sur le côté, lui dissimulant son visage de telle manière qu'elle ne voie plus que la cascade nocturne de ses cheveux trop longs.

— Je n'aurais pas dû faire ça, dit-il d'une voix si basse que Lore n'était pas sûre qu'elle était censée l'entendre. Je pensais pouvoir être utile. Je pensais que je serais meilleur que *lui*.

Pas de majuscule implicite, ici, rien qu'une haine véhémente. Lore déglutit.

— Tu veux dire… tu penses que ton père entendait lui aussi Apollius ?

Un autre éclat de ce son horrible qui n'était pas un rire.

— Ce serait plus facile si c'était le cas, tu ne trouves pas ? Une influence extérieure à lui, qui pourrait porter le chapeau. Je me demande s'il aurait été si pressé de nous tuer et de prendre nos pouvoirs, s'il avait su qu'un dieu le manipulerait comme un pantin.

Lore ne pensait pas que cela aurait vraiment dissuadé August.

Bastian marqua une pause, toujours sans la regarder.

— Ça empire, murmura-t-il comme s'il pouvait empêcher Apollius de l'entendre en parlant assez bas. Chaque jour, quand le soleil se lève, j'ai l'impression de devoir me battre un peu plus pour conserver un semblant de contrôle. Comme s'Il se renforçait à mesure que je m'affaiblis. (Un silence.) Et le pire, c'est que je ne sais pas vraiment pourquoi je cherche à lutter. Apollius ferait sûrement un meilleur Roi Sanctifié que moi.

— Ne dis pas ça. (Ces paroles sortirent de la bouche de Lore, mais la voix de Nyxara leur fit écho dans sa tête au même moment.) Tu es un bon roi, Bastian.

— Je n'ai jamais été bon, dit-il d'un ton pince-sans-rire, comme si c'était une plaisanterie.

Bastian se redressa enfin, ses mains laissant des empreintes dans la poussière, et s'approcha d'elle. Les appliques n'avaient pas été allumées, mais le clair de lune traversait la fenêtre près du lit et son éclat argenté était suffisant pour y voir, même si tout le reste était plongé dans l'ombre.

— Nous sommes deux. (Lore lui saisit la main, celle qui était balafrée. Elle plaqua sa paume contre la sienne et entrelaça leurs doigts.) Oublie la morale avec moi, dans ce cas. Reste. Ne…

N'abandonne pas. Ne disparais pas. Ne laisse pas le dieu de tout s'emparer aussi de toi.

Les yeux de Bastian étaient plongés dans l'ombre, mais il tourna la tête vers leurs mains entrelacées.

— Je ferai de mon mieux, dit-il finalement.

La porte s'ouvrit. L'un des valets de pied poussa deux malles dans la chambre, puis s'inclina et partit aussi vite qu'il était venu. Ils formaient sans doute un tableau très théâtral, le roi et sa fiancée, visiblement pris dans les affres d'une discussion importante.

Quand la voix de la déesse caressa l'esprit de Lore, elle était feutrée. Elle les avait écoutés. *Il fait plus d'efforts que Je ne le pensais pour Le maintenir à l'écart.*

Je t'avais dit qu'il le ferait, lança Lore au fond de son crâne, comme si elle décochait une flèche.

Ce n'est pas un mince exploit, murmura Nyxara. *Mais ce n'est pas une bataille qu'il peut mener éternellement.*

Il devait y avoir un moyen d'y mettre fin. Une réponse dans les livres ; peut-être une réponse d'Anton, si elle pouvait interroger le prêtre fou quand ils rentreraient à la Citadelle. Il devait y avoir *quelque chose.*

Bastian resta debout devant elle, la tête basse, les vagues noires de ses cheveux cachant son visage. Il ne bougea pas, mais sa main était pesante dans celle de Lore.

— Tiens bon, murmura-t-elle en lui serrant la main, leurs cicatrices formant l'image d'un soleil et d'une lune fondus. Bastian, tiens bon pour moi, et nous trouverons une solution.

Il se frotta les yeux en soupirant, les épaules affaissées.

— Pour toi, dit-il finalement. Viens te coucher, Lore.

Elle se leva et ouvrit sa malle. Elle en sortit une chemise de nuit, se défit de sa robe sans aucune pudeur et la laissa tomber en tas sur le sol. Quand elle se retourna, Bastian était déjà dans le lit, torse nu. La lune dessinait des lignes claires sur sa peau nue. Des cicatrices à peine visibles sur ses muscles noueux. Il avait toujours eu l'air trop endurci pour un prince.

Lore ne savait pas à quoi s'attendre. Elle ne savait pas ce qu'elle voulait. Elle se glissa silencieusement dans le lit, entre ses bras.

Leurs visages étaient tout près l'un de l'autre ; elle sentait le souffle chaud de Bastian sur sa joue, léger comme une plume.

Lore se fondit contre ses muscles durs et balafrés, son ossature anguleuse. Il se réveilla contre sa cuisse, mais ses mains ne s'aventurèrent pas là où la chaleur en elle voulait qu'elles aillent ; l'une d'elles se referma sur sa nuque, l'autre se posa sur le creux de sa taille.

— J'ai envie de toi, murmura-t-il contre sa bouche, mais je pense… Nous ne devrions pas…

Et elle comprit. Sur un hochement de tête, elle se retourna et cala le dos contre son torse.

— Ce serait comme un gâchis de sommeil, murmura-t-il contre ses cheveux tout en suivant la courbe de son bras du bout des doigts. La nuit est le seul moment où je suis seul dans ma tête, mais je suis tellement mort de fatigue.

— Tu es avec moi, dit-elle en lui caressant le bras. (Elle embrassa ses articulations.) Tu es toi-même. Dors, Bastian.

Il se décala derrière elle, et son souffle fit voleter ses cheveux.

— Le pire, c'est que nous sommes similaires, sur certains plans, dit-il avec la prononciation lente et pâteuse du demi-sommeil. Nous voulons tous les deux ceci. (Son bras se resserra légèrement autour d'elle.) Nous t'aimons tous les deux.

Une brûlure humide picota la commissure des yeux de Lore.

— Dors, Bastian, répéta-t-elle.

Il s'endormit, lentement ; sa respiration devint régulière et le poids de son bras sur sa taille, plus lourd. Mais Lore garda les yeux braqués dans l'obscurité d'une chambre inconnue, l'esprit vide de ses pensées et de celles d'une déesse morte, et le sommeil tarda à venir.

CHAPITRE 23

La meilleure attaque n'est pas nécessairement inattendue.
C'est celle à laquelle votre cible refuse de s'attendre.

Général Omari Ventus, première division navale kirythéenne

Lore ne savait pas vraiment à quoi s'attendre au matin, mais quand elle ouvrit les yeux, Bastian avait disparu. Ce fait la remplit d'une émotion proche de la panique.

Le soleil flamboyait dans le ciel, ce qui signifiait que sa tête était pleine d'Apollius. Apollius, qui avait peut-être entendu toute leur conversation la veille, aussi dormant soit-Il dans l'esprit de Bastian. Qu'en penserait-Il, si c'était le cas ? Que ferait-Il ?

Elle s'habilla aussi vite que possible, en remarquant à peine la robe qu'elle avait sortie de la malle – des manches longues et un chatoiement doré, des détails bien trop élégants pour une robe de jour – et passa les doigts dans ses cheveux tout en ouvrant la porte. Elle se précipita dans l'escalier que Bellegarde leur avait fait emprunter la veille. Il ne leur avait pas montré où était la salle du petit déjeuner, mais elle se trouvait sûrement quelque part au rez-de-chaussée. Escalier suivant, celui en fer à cheval : elle se retint à grand-peine de glisser sur la rambarde dans sa hâte, et garda les yeux résolument braqués devant elle en dépassant les statues d'Apollius.

Une connaissance innée du fonctionnement des grandes maisons la mena vers un petit couloir derrière l'escalier, où elle capta une odeur de café. Lore la suivit jusqu'à une porte dont l'entrebâillement laissait filtrer la lumière et la rumeur d'une conversation. Elle poussa le battant sans même s'arrêter pour reprendre son souffle.

C'était une petite pièce, qui parvenait à paraître morose malgré les immenses fenêtres. Une table en occupait le centre, entourée de quatre chaises qui semblaient provenir d'un autre endroit du manoir. Bellegarde était assis sur l'une d'elles, une expression étrange sur le visage, comme s'il ne savait pas vraiment quoi penser de la situation. Sur une autre, Bastian. Alie n'était nulle part en vue.

Bastian lui adressa un large sourire lumineux, comme s'il avait absorbé toute la lumière qui aurait dû se déverser par les fenêtres.

— Tu es levée tôt, ma bien-aimée.

Lore plaqua un faux sourire sur son visage et s'installa sur l'une des chaises dépareillées. Il y avait une petite assiette de pâtisseries rassises au centre de la table ; elle en saisit une.

— Mes excuses, dit Bellegarde en se tournant vers Lore sans lâcher Bastian du regard pour autant. Mes réserves sont au plus bas.

Lore haussa les épaules. La pâtisserie n'avait pas si mauvais goût. Et, de toute évidence, Bellegarde s'en moquait ; il étudiait son roi comme s'il était sur le point de déchiffrer un code. La curiosité et la perplexité sur son visage cédèrent lentement la place à l'émerveillement.

Merde.

— Votre Majesté, dit Bellegarde d'une voix bien plus obséquieuse que la veille, comme vous le savez, nous avons à discuter de certaines choses, et je pense qu'aujourd'hui serait un bon jour pour…

— Je veux une visite du domaine, l'interrompit Lore.

Bellegarde parut à deux doigts de l'étrangler, mais Bastian baissa lentement sa tasse de café, un petit sourire au coin des lèvres.

— Je ne pensais pas que tu serais si intéressée par Courdigne.

Elle haussa les épaules.

— Les belles demeures sont encore une nouveauté, pour moi.

De l'autre côté de la table, Bellegarde ricana.

La nuit dernière, Bastian avait dit qu'Apollius fouillait ses souvenirs au lever du soleil pour se faire une idée de ce qui s'était passé la veille. Et il avait dit qu'ils aimaient tous les deux Lore ; un fait qu'elle voulait savourer, l'ayant enfin entendu de la bouche de Bastian. Mais le pragmatisme devait l'emporter sur tout le reste, et il lui fallait voir cet aveu comme un atout qu'elle pouvait utiliser.

Peut-être qu'Apollius avait été distrait par la présence de Lore dans le lit de Bastian. Suffisamment distrait pour ne pas examiner de trop près les autres souvenirs, les formes de conversations maintenues intentionnellement vagues.

Néanmoins, elle s'attendait à ce qu'Il voie clair dans son petit jeu ; sa requête n'était manifestement qu'une ruse pour L'empêcher de parler à Bellegarde pendant la journée. Surtout avec cette expression qui hantait le regard de Bastian, lequel étudiait sa fiancée d'une manière qui ne ressemblait en rien à Bastian.

Ce n'était pas de l'amour qu'elle voyait dans ce regard. C'était de la possessivité.

Son plan était peut-être hâtif et brouillon, mais c'était tout ce qu'elle avait. Avec un peu de chance, Lore parviendrait à se montrer suffisamment casse-pieds pour que Bastian et Bellegarde n'aient pas l'occasion de s'entretenir. Du moins, pas de sujets importants.

— Je crois que c'est une idée fantastique. (Bastian posa sa tasse de café et se leva.) Un tour du domaine. Bellegarde, serez-vous notre guide ?

Une panique muette grandit dans les yeux de Bellegarde, mais il se leva lui aussi.

— Certainement, balbutia-t-il, mais Majesté, nous devrions vraiment discuter d'autres questions, aussi bien concernant la Kirythea que votre futur rôle…

— Votre future reine désire faire la visite du domaine, et elle la fera.

Les yeux de Bastian, couleur d'or fondu, étaient toujours posés sur elle. Il sourit, et elle s'efforça de lui rendre la pareille.

Bellegarde pinça les lèvres.

— Comme vous le souhaitez. Nous pouvons commencer par les jardins. (Il lança un coup d'œil désapprobateur dans la direction de Lore.) Il contient toutes sortes de plantes vénéneuses qui intéresseront sûrement votre fiancée.

— Elle a un nom, rappela nonchalamment Bastian.

— Qui intéresseront Lore.

Bellegarde avait prononcé son nom de manière étrange, en marquant une pause au milieu, avant d'appuyer durement sur la dernière syllabe.

— C'est mieux. (Bastian offrit son bras à Lore en souriant.) Montrez-nous le chemin.

Lore ne savait pas vraiment quelle heure il était, mais quand Bellegarde les fit sortir du manoir lugubre pour les entraîner dans les jardins clos, la lumière avait l'éclat cuivré du milieu de la matinée. Elle craignait à moitié que la raison pour laquelle Bastian – qui n'était plus réellement Bastian, lui rappela son cerveau – avait si facilement accepté une visite était qu'il avait déjà parlé avec Bellegarde et commencé à faire des plans pour l'Auverraine en tant qu'Apollius. L'attitude de Bellegarde rendait cette hypothèse peu plausible, mais elle se gardait de se reposer uniquement là-dessus. Cet homme serait capable d'être désagréable si Apollius Lui-même descendait des cieux pour lui préparer un gâteau d'anniversaire.

Tout ce qu'elle avait à faire était de les maintenir occupés jusqu'à la tombée de la nuit, quand Apollius serait dormant dans l'esprit de Bastian. Aussi dormant qu'Il pouvait l'être, du moins. Bastian pourrait alors parler au vieux seigneur de tout ce qu'il voulait, en tant que lui-même.

Après cela, elle allait devoir trouver autre chose pour le distraire le lendemain.

Par les dieux morts et mourants, combien de temps allait-elle pouvoir tenir le coup ?

Inutile de s'en inquiéter maintenant. Lore leva la main et plissa les yeux face au soleil qui l'éblouissait.

— Trop lumineux pour toi ? demanda Bastian à voix basse. (Il la ramena plus près de lui. Tous les muscles de Lore se tendirent.) Tu n'as pas changé.

Elle ne savait pas quoi répondre à cela. Ces mots étaient destinés à quelqu'un d'autre.

Il plongea son regard doré dans les yeux de Lore. La conscience étrangère qui l'occupait était évidente ; elle ne noyait pas encore tout à fait l'homme qu'elle connaissait, mais elle en était bien trop proche.

Ce qu'il lut sur son visage le fit sourire. Sans rien ajouter, il glissa le bras de Lore dans le creux de son coude et suivit Bellegarde d'une démarche souple.

— Digitale. (Bellegarde n'était pas un guide très impliqué. Il se contentait de brandir le doigt vers les parterres de fleurs et d'annoncer leurs noms.) Hellébore.

— C'est étrange que l'hellébore soit encore en fleur, remarqua Lore en inspectant les pétales rouge sombre. D'habitude, ils s'épanouissent vers le début du printemps.

— Courdigne est au nord de Dellaire. (Bellegarde avait l'air écœuré de devoir le souligner ; l'ignorance de Lore en matière de géographie était une nouvelle preuve qu'elle n'était pas à la hauteur.) La chaleur met plus de temps à venir. Les fleurs de printemps tiennent plus longtemps.

Eh bien ; c'était là un sujet de conversation avec lequel elle espérait le retenir, et il avait duré à peine une minute. Lore regarda autour d'elle, à la recherche d'un autre commentaire inepte à formuler, mais Bastian l'interrompit alors qu'elle ouvrait la bouche pour demander quelles couleurs de digitale apparaissaient chaque année.

— J'ai beau être passionné par les exposés horticoles, dit-il, je crois que je préférerais une balade qui comporte moins de botanique. (Il s'engagea sur le chemin de terre, les talons de ses bottes soulevant des nuages de poussière. La main de Lore s'échappa du creux de son coude, mais il lui saisit les doigts.) Viens avec moi, Lore. Tu pourras me parler des fleurs, si tu y tiens vraiment.

Elle regarda par-dessus son épaule. L'expression de Bellegarde était un masque de courtoisie, mais la fureur lui tordait la bouche. Il savait exactement ce qu'elle faisait.

Alors, pourquoi ne pas mettre fin à cette mascarade et dire à Apollius que Lore cherchait visiblement à gagner du temps pour les retarder tous les deux ? La seule réponse qui lui vint à l'esprit était que Bellegarde ne pensait pas que le plan de Lore fonctionnerait. Que, pour une raison ou une autre, Apollius cédait délibérément à ses caprices, à ses vaines tentatives d'arranger la situation.

Cette idée la terrifia.

Les jardins étaient vraiment ravissants, malgré les feuilles brunies trahissant l'absence de pluie qui accablait tout le continent cet été-là. Un mur de pierres cernait le domaine, circonscrivant un chaos désordonné de verdure. Quelqu'un s'était bien occupé du jardin, autrefois, et ce de façon méticuleuse. Mais à un moment donné, il avait été laissé à lui-même ; les fleurs étaient montées en graines, pour revenir l'année suivante dans une profusion sauvage de plantes, vénéneuses ou non. Il devait avoir appartenu à Lise, la mère d'Alie, et être tombé en ruine quand elle était morte, à l'instar du reste du manoir.

Cependant, Bellegarde avait laissé sa marque ici aussi. Des statues d'Apollius dérangeantes étaient tapies dans les coins et près des bancs envahis par les plantes grimpantes. Près du mur de pierre, un datura couleur crème s'épanouissait en plein milieu de Sa poitrine, poison à la place de Son cœur.

C'était approprié.

— Est-ce qu'il nous suit ?

La voix de Bastian l'arracha à ses considérations sur les statues religieuses perturbantes. C'était *sa* voix, sa voix naturelle, teintée de peur. Son Bastian, Apollius étant temporairement contenu.

Lore se retourna et balaya le chemin du regard.

— On dirait que non.

— Dieu merci.

Il l'entraîna sur le côté, sous une tonnelle envahie par les mauvaises herbes, pour les dissimuler au reste du jardin. Son visage tout entier avait changé en un instant ; l'air hautain avait laissé place à des cernes et des yeux las. Il avait lutté pour remonter à la surface, mais Lore ne pensait pas que sa victoire durerait longtemps.

— C'est pire aujourd'hui, dit-il en guise d'explication. C'était bien vu, cette idée d'une visite.

— Bien vu, oui, mais pas spécialement bien joué. Une visite du domaine n'occupera pas toute la journée.

— Ce sera suffisant. (Un spasme de douleur tordit son visage ; Bastian serra les paupières, mais quand il rouvrit les yeux, ces derniers étaient encore les siens.) Ils veulent parler de la Kirythea. Ils ont un plan pour la suite. Je ne connais pas tous les détails ; je ne peux pas fouiller dans Son esprit comme Il le fait dans le mien.

— La guerre, dit Lore d'un ton engourdi.

— On peut le supposer. (Bastian frissonna légèrement, comme une branche dans la brise.) Ce changement de programme ne Lui déplaît pas, cependant. Il aime passer du temps avec toi.

Lore s'efforça de réprimer un mouvement de recul à ces paroles. Bastian grimaça, avant de reprendre :

— Mais Il… Il n'est pas là, pour l'instant, dit-il. Ou plutôt Il l'est, Il l'est toujours, mais je suis…

— Tu es toi, murmura-t-elle, faisant écho à ce qu'elle lui avait dit la nuit précédente.

Comme de leur propre chef, ses mains se levèrent pour se poser sur les bras de Bastian et se refermer sur ses biceps.

Un hochement de tête douloureux. Un petit rire sans joie.

— En majeure partie. (Lentement, la main de Bastian se leva pour se poser sur sa joue. Elle glissa vers le bas et il lui saisit le menton.) Ça, c'est moi.

Il marqua une pause. Ces mots étaient une question. Chaque fois, avec lui, c'était toujours une question, visant à s'assurer que c'était bien ce qu'elle voulait.

Et la réponse était oui. Les dieux lui viennent en aide, c'était oui.

Lore combla la distance entre leurs bouches, et Bastian soupira comme s'il trouvait enfin le repos.

Embrasser Bastian et embrasser Gabe étaient deux choses tellement différentes. Avec Gabe, c'était toujours un accident, une explosion au ralenti, la tension qui s'accumulait peu à peu avant de se libérer enfin de la seule manière possible. Le désir les saisissait dans sa poigne et ne les lâchait pas jusqu'à ce que Gabe reprenne conscience de ce qu'il était, des promesses qu'il avait faites. Lore songea avec un détachement ironique qu'elle-même n'avait jamais eu à reprendre conscience de quoi que ce soit. Le désir, l'impétuosité ; tout cela était en accord avec sa nature. Pas Gabe, cependant. Il n'était que le feu.

Mais Bastian… Embrasser Bastian était une danse prudente, où chaque pas était calculé et mesuré. Non pas parce que le baiser était faux, bien au contraire. Elle était presque certaine que, quand il embrassait d'autres personnes, c'était différent. Mais avec elle, il restait doux, comme s'il avait peur d'aller trop loin, peur de laisser échapper une part de lui.

Elle ne parvenait jamais à décider lequel elle préférait. Elle ne pensait pas avoir de préférence, pour tout dire. Les deux lui semblaient vitaux.

— Ça a toujours été moi, murmura Bastian contre ses lèvres. Je veux que tu le saches. Chaque fois que je t'ai embrassée, c'était moi.

Lore fit courir ses mains dans ses cheveux noirs pour l'ancrer contre elle. Elle avait le dos plaqué contre la tonnelle, et de minuscules épines lui griffaient la peau à travers le tissu mince de sa robe, mais elle s'en moquait.

Bastian referma une main autour de sa taille, puis leva l'autre pour la glisser sous le décolleté de sa robe. Il caressa du pouce la pointe dressée de son sein, et la friction de sa peau rugueuse la fit fondre de l'intérieur. Elle se mordit la lèvre pour étouffer un gémissement et se plaqua contre lui, dans l'espoir que leur étreinte soit comme une ancre, un moyen de le garder ici, un moyen de le rendre à lui-même.

La main de Bastian glissa le long de sa cuisse, jusqu'à son genou, qu'il releva pour l'entourer autour de sa taille. Il rompit leur baiser pour baisser la tête vers sa poitrine. Son souffle était plus chaud que l'air d'été. Il dessina un cercle du bout de la langue.

— Par les dieux, tu as un goût exquis.

Puis il l'aspira dans sa bouche.

Lore poussa un cri étranglé, une onde de chaleur explosant dans ses entrailles alors qu'il l'attirait contre elle, une main appuyée sur la tonnelle derrière la tête de Lore. La structure poussa un grincement menaçant, mais ils n'y prêtèrent attention ni l'un ni l'autre.

Il lâcha son sein et sa bouche remonta vers celle de Lore, tandis que ses doigts continuaient le travail entamé par sa langue. Son baiser devint plus affamé, moins prudent, plus propriétaire. Bastian se plaqua contre elle, un grondement grave dans la gorge, dur contre sa cuisse alors que le noyau brûlant de Lore frottait contre sa hanche.

— Dis-moi ce que tu veux, lui murmura-t-il à l'oreille, le souffle court. Je veux que tu me fasses faire exactement ce que tu veux.

Elle posa la main sur celle de Bastian, qui dessinait toujours des cercles sur son sein.

— Plus fort.

Il obéit. Il *pinça*.

Un cri impuissant s'arracha à la gorge de Lore ; la main qui n'était pas occupée à lui ravager sans pitié le sein se plaqua contre sa bouche pour l'empêcher de faire trop de bruit.

Des étoiles scintillèrent au bord de son champ de vision ; elle sentait le point de rupture se rapprocher à toute allure alors qu'elle se frottait contre sa hanche. Lore ouvrit la bouche pour prendre une inspiration haletante, et la langue de Bastian en profita pour se glisser sur la sienne. Son cœur battait trop vite, ses poumons étaient trop remplis d'air, elle avait le vertige…

Bastian s'arracha brusquement à leur étreinte.

Lore ouvrit les yeux, hébétée, mais le brouillard de désir qui nimbait ses pensées se dissipa à l'instant où elle vit ses yeux. Dorés, dorés de part en part, et le sourire sur son visage était indéniablement cruel.

— Tu es là-dedans, Mon épouse ?

Même sa voix sonnait différemment. Elle était plus chaude, mais pas de façon agréable. Elle pensa à ces roses qui déchiquetaient Anton, à ce qui possédait tous les composants de la beauté tout en étant atroce. Sa voix était comme cela.

— Elle embrasse comme toi. Passionnément.

Lore essaya de se dégager, mais ils étaient trop étroitement enlacés ; elle était piégée entre lui – *Lui*, Apollius, qui la contemplait avec le visage de Bastian – et la tonnelle. Mais cette dernière était pourrie, branlante ; Lore pouvait sans doute la faire s'écrouler si besoin. Les mêmes mots tournaient en boucle dans ses pensées : pars, va-t'en, va-t'en…

Il le vit sur son visage et poussa un rire grave et grondant qui résonna dans la poitrine de Lore.

— Je ne suis pas Elle. (Même maintenant, elle s'exprimait à voix basse, ne voulant pas que Bellegarde les surprenne. Elle rajusta son corsage d'un geste sec, la chaleur au cœur de son être se changeant en terreur.) Et Tu n'es pas lui. Il ne T'appartient pas.

Il rit de nouveau, et referma le poing sur ses cheveux, attirant sa bouche vers Lui.

— Il M'a toujours appartenu, fille des ténèbres, chuchota-t-Il, Ses lèvres frôlant celles de Lore. Il a été fait pour Moi. Tu crois vraiment pouvoir changer ça ?

Son pouce descendit vers la lèvre inférieure de Lore et la caressa ; elle essaya d'échapper à Son étreinte, mais Son autre main lâcha sa jambe pour se refermer sur sa nuque et l'immobiliser.

Des larmes brûlantes pointèrent à la commissure de ses yeux.

— Sors de lui, gronda-t-elle. Retourne dans ton Royaume de lumière, ou n'importe où ailleurs. Ce monde n'est plus pour Toi.

— Il a toujours été pour Moi. (Son souffle était chargé d'une fureur mordante.) Tout, jusqu'à la moindre particule. Je n'irai nulle part, car tout ceci M'appartient.

Lore serra les dents et tenta de détourner la tête, mais Il la tenait fermement, insistant pour rester dans cette même position sensuelle alors que le désir avait laissé place à quelque chose de bien plus dangereux.

— Tout cela est en mouvement depuis une éternité, dit Apollius. (Ses lèvres effleuraient toujours les siennes, parodie de l'étreinte qu'elle avait partagée avec Bastian.) Et tu ne t'en sors pas beaucoup mieux, Lore. Je sais qui est dans ta tête. Je La connais intimement. (Il avait prononcé le nom de Lore comme si c'était une plaisanterie, et ponctua sa phrase d'une caresse de Ses lèvres sur son cou.) Un jour, tu seras exactement comme Elle. Elle prendra le dessus sur toi. Elle sera peut-être en colère contre Moi, au début, mais Je pourrais toujours La convaincre de Me pardonner. Et après ça, Nous Nous amuserons tellement…

Le dieu dans le corps de Bastian s'interrompit avec un bruit étranglé. Il renversa la tête en arrière et poussa un gargouillis, comme s'il essayait de ravaler quelque chose de bien trop gros. Sa main refermée sur les cheveux de Lore convulsa, et d'autres larmes douloureuses pointèrent au bord de ses paupières.

Mais elle n'essaya pas de fuir, malgré le fait qu'elle pouvait facilement lui échapper, maintenant.

— Bastian. (Elle posa ses mains lacérées par les épines de la tonnelle sur ses épaules pour essayer de le ramener en avant.) Bastian, hé ! Réveille-toi !

Pendant un instant, il resta inerte sous ses mains. Un instant terrible qui ne dura qu'un battement de cœur, peut-être deux, mais qui sembla s'étirer dans sa propre petite éternité, où le poids mort de Bastian l'entraînait vers le bas et où la peur émoussait toutes ses pensées.

Je l'aime réellement, pensa-t-elle, un simple fait qu'elle ne s'était pas encore autorisée à formuler pleinement.

Ce sont des choses qui arrivent, répondit le fantôme d'une voix au fond de son esprit.

Cet instant atroce prit fin, et Bastian se redressa péniblement. Ce fut lent, d'abord, puis il s'arracha à l'étreinte de Lore, les yeux fous. Il tendit les mains vers elle, comme s'il voulait s'assurer qu'elle n'avait rien, mais il les ramena aussitôt contre lui, les cachant presque dans son dos comme un enfant.

— Est-ce qu'Il t'a fait du mal ?

— Non. (Elle lui saisit le bras et tira jusqu'à ce qu'il cède et la laisse lui tenir la main, cicatrice contre cicatrice.) Non, je vais bien, et toi ? Qu'est-ce qui s'est passé ?

— Il devient de plus en plus fort.

Bastian ne lui tint la main que pendant une seconde ; il dégagea gentiment les doigts des siens et se frotta le visage. L'épuisement était gravé dans sa silhouette ; il avait l'air de tomber malade sous les yeux de Lore, et avait les épaules voûtées, la peau terne.

— Cela fait un moment qu'Il est plus qu'une simple voix, mais jusqu'ici Il ne pouvait pas…

— Te posséder complètement.

— Oui. (Il secoua la tête.) Je dois fournir plus d'efforts pour L'empêcher de me chasser totalement. (Un sourire frémit sur ses lèvres, puis disparut, comme si Bastian n'avait pas l'énergie nécessaire.) Et tu sais à quel point je déteste les efforts.

Lore lui prit le bras. Elle repoussa ses cheveux derrière son oreille. Bastian ferma les yeux, et elle laissa ses doigts s'attarder sur sa peau.

— Il doit y avoir une solution, murmura-t-elle.

— Nous verrons, chuchota Bastian. (Il tourna la tête pour embrasser sa paume balafrée. Puis il sortit de la tonnelle, redressa le dos et lui tendit le bras.) Viens. Nous avons plusieurs heures de jour à tuer.

— Est-ce qu'Il te laissera faire ?

— Il veut passer du temps avec toi.

Bastian ne la regarda pas en disant cela, mais son bras se crispa.

« Elle prendra le dessus sur toi », avait-Il dit. Les doigts de Lore s'enfoncèrent dans le bras de Bastian, comme si elle pouvait se raccrocher à lui.

— Je ne pense pas que ce soit avec moi qu'Il a envie de passer du temps.

Lentement, ils se frayèrent un chemin dans le jardin jaunissant, martelés par les rayons du soleil. L'air dépourvu d'humidité semblait friable et cassant.

Ils n'avaient fait que quelques pas quand Bastian se raidit à côté d'elle. Lore s'arrêta et coula un regard dans sa direction. Prête à fuir, si besoin.

Mais Bastian – qui n'était plus Bastian, pas totalement, et ne le serait peut-être plus jamais – se contenta de la regarder, les yeux teintés d'or. Le fantôme de ce sourire cruel passa sur ses lèvres.

— Viens, Lore, murmura-t-il. Continuons notre visite.

CHAPITRE 24

Les couteaux sont aussi tranchants de jour que de nuit.

Proverbe caldienan

La visite prit l'essentiel de la journée, car Lore était très, très douée pour être casse-pieds. Après les jardins, ce fut le tour des étables. Contrairement à ses attentes, elles n'étaient pas vides, mais remplies d'animaux dont Severin Bellegarde s'occupait apparemment seul. Elle éprouva une pointe de respect réticent pour lui, qui s'évapora aussitôt quand il donna un coup de pied à une chèvre venue inspecter les nouveaux arrivants. La chèvre ne sembla pas perturbée, mais Lore la caressa néanmoins ostensiblement, même si la pauvre créature empestait. Elle obligea Bellegarde à lui dire le nom de chaque chèvre, et à lui expliquer laquelle avait engendré laquelle, reconstituant leurs arbres généalogiques caprins jusqu'à ce que le visage de Severin soit cramoisi de rage. Pendant ce temps, Apollius se prélassait dans le corps de Bastian, un petit sourire entendu jouant sur ses lèvres.

Après l'étable vint l'écurie, où Bellegarde semblait prendre plus à cœur ses nouvelles responsabilités. Il ne restait que trois chevaux sur place, alors qu'il y avait de la place pour quatre fois plus de bêtes. Bastian caressa gentiment l'un d'eux, et Lore songea à Cheval, ainsi qu'à l'étrange affection de Bastian pour cette créature morte-vivante.

Apollius se moquerait royalement d'un cheval mort-vivant.

Quand les ombres s'étirèrent – quand une partie de la tension dans les épaules de Bastian disparut –, Lore prit enfin congé en prétextant la fatigue, et l'envie de se rafraîchir avant le dîner. Bellegarde grommela que le dîner ne serait pas une affaire très raffinée, mais elle lui répondit quelque chose d'inepte sur le maintien des apparences et tira sur le bras de Bastian tout en se dirigeant vers le manoir. Il la suivit sans faire de difficultés.

Quand ils furent à l'abri dans leur chambre, elle se tourna vers lui, les mains sur les hanches.

—Au lit, et dors un peu.

—Je ne peux pas. (Mais Bastian s'assit quand même au bord du matelas moelleux.) Je dois parler à Bellegarde, ce soir.

—Tu as toute la nuit pour ça : tu es son roi, tu peux le convoquer quand bon te semble. (Elle désigna un oreiller d'un doigt impérieux.) Prends d'abord un peu de temps pour te reposer, Bastian.

Il regarda le lit. Il la regarda, elle.

—Est-ce que tu vas te joindre à moi ?

Elle fut tentée, surtout en repensant au jardin, à la tonnelle, à ce qu'Apollius avait interrompu. Mais elle secoua la tête.

—Je ferais mieux d'aller voir Alie, pour m'assurer qu'elle va aussi bien que possible.

—Où est-elle passée, d'ailleurs ? (Malgré ses protestations précédentes, Bastian s'allongea sur le lit. Ses yeux papillonnèrent avant de se rouvrir, comme s'il devait lutter contre l'attrait du sommeil.) Je ne l'ai pas vue de la journée.

Même quand la visite s'était poursuivie dans le manoir, pendant la dernière heure avant que le soleil sombre enfin vers l'horizon, ils n'avaient jamais croisé Alie. Lore ne savait pas si c'était là la volonté de son amie, ou si Bellegarde avait délibérément contourné les endroits où il risquait de la voir. Père et fille avaient à peine échangé un mot depuis leur arrivée.

—Si elle est venue à Courdigne, c'est pour mettre de l'ordre dans les affaires du domaine, répondit Lore. Je suppose donc qu'elle a trouvé un bureau quelque part. Apparemment, Bellegarde n'a rien fait pour empêcher cet endroit de tomber en ruine.

—Toute cette histoire avec Lise. (Bastian hocha la tête d'un air ensommeillé en réprimant un bâillement.) Par les dieux, mon père était un salopard.

Lore ne savait pas vraiment ce que son père venait faire là-dedans, mais sa conclusion restait juste.

Cette fois, quand les yeux de Bastian se fermèrent, ils restèrent clos. Sa respiration ne tarda pas à devenir régulière. Lutter contre le dieu qui vit dans votre tête est un travail éreintant.

Pour lui, du moins.

C'est parce que Lui et Moi voulons des choses différentes.

Nyxara. Sa voix était encore ténue, mais les dernières lueurs du soleil s'estompaient dans le ciel.

Nos méthodes sont similaires, continua-t-Elle. *Mais Nos objectifs sont différents.*

Et j'imagine que Tu n'as pas le droit de cracher le morceau et de me dire ce que sont ces objectifs ? demanda Lore en rendant sa voix intérieure aussi teintée de colère que possible.

Malheureusement, non.

Lore leva les yeux au ciel.

Avec un soupir, elle se dirigea vers la porte, résignée à inspecter chaque pièce lugubre de cette maudite maison afin de trouver Alie. Il lui restait environ une heure avant le dîner ; elle pouvait sans doute attendre de voir si Alie refaisait son apparition d'ici là, mais elle ne voulait pas parier dessus. Il était bien plus probable que son amie aille chercher une assiette de restes dans les cuisines tard dans la nuit, quand son esprit émergerait assez longtemps de son travail pour s'apercevoir qu'elle avait faim.

Lore posa la main sur la poignée de la porte, puis elle se retourna, rejoignit le lit et le roi endormi qui gisait dessus. Elle se pencha et lui embrassa le front.

— Pour ce que ça vaut, chuchota-t-elle comme s'il avait prononcé ces mots un instant plus tôt et non la veille, je t'aime aussi.

Une part d'elle se demanda s'il pouvait l'entendre dans les tréfonds du sommeil, s'il allait avoir un sourire en coin pour lui faire savoir que sa voix avait atteint sa cible. Mais quand la bouche de Bastian remua, ce fut pour ronfler ; puis il se retourna et enfouit la tête dans l'oreiller.

Lore leva de nouveau les yeux au ciel et alla chercher Alie.

Partant du principe que toutes les pièces de l'étage étaient des chambres, Lore prit un candélabre fixé au mur – et en forme de Cœur du Dieu Sanglant, bien sûr – et commença à gravir l'escalier secondaire. La nuit était tombée avec une rapidité étrange, plongeant les rares fenêtres dans les ténèbres, et Lore se déplaça lentement afin que les bougies ne se consument pas trop vite. De la cire chaude goutta sur le dos de sa main ; avec un juron, elle l'essuya sur sa jupe.

— Est-ce que ça le tuerait d'allumer quelques-unes de ces satanées lampes ? marmotta-t-elle, tout en sachant bien que Bellegarde ne pouvait sans doute pas se permettre d'acheter du gaz.

Elle ne parvenait cependant pas à se prendre de pitié pour lui. C'était ce qui se produisait quand on était un théocrate séditieux.

Un théocrate séditieux qui semblait avoir obtenu exactement ce qu'il désirait, tout bien considéré. Bastian était sur le trône, et chaque jour qui passait le réduisait un peu plus au simple rôle de porte-parole d'Apollius.

Lore accéléra le pas.

Le dernier étage de Courdigne n'était pas mieux éclairé que les autres, mais une grande fenêtre s'ouvrait au milieu du couloir. Elle donnait sur le jardin de derrière, et était presque aussi large que la pièce que Lore occupait avec Bastian. Toutefois, quelque chose occultait une partie de la lumière, quelque chose qu'elle ne parvenait pas à distinguer dans la pénombre.

Lore posa soigneusement le candélabre par terre et se rapprocha à petits pas, brusquement nerveuse, comme si elle n'était pas censée se trouver là.

C'était une autre statue d'Apollius, celui à la poitrine vide. Pas tout à fait vide, cependant ; une éclipse avait été gravée dans le trou circulaire. Les rayons du soleil s'étiraient vers les bords de la cavité, et le croissant de lune était suspendu dans le vide en dessous. Le même symbole était gravé dans la paume de Lore, et dans celle de Bastian.

L'éclipse de marbre n'était pas la seule différence. Au lieu de hurler de douleur, Apollius arborait un rictus de triomphe, la bouche étirée dans un sourire cruel qui ressemblait étrangement à celui que Bastian affichait parfois. D'une main, Il tenait ce qui ressemblait à un morceau de pierre gravé d'un soleil. Son autre main, tendue au-dessus de Sa tête, était refermée sur une autre pierre, celle-ci marquée d'une lune.

Et sur Sa tête était posée la couronne de l'Auverraine.

C'est ce que Je te disais, murmura Nyxara dans un coin de son esprit. *Nos objectifs sont différents. Le Sien est de retrouver ce qu'Il a perdu, et plus encore.*

Et le Tien ?

Un silence. *De trouver un moyen pour que le monde vive avec ce que Nous avons fait.*

Lore contempla la statue pendant un moment, les mains crispées sur sa jupe. Puis elle lui fit un doigt d'honneur et alla ramasser son candélabre, avant de se mettre en quête d'une porte.

La première qu'elle croisa n'ouvrait que sur les ténèbres, et la statue l'avait mise suffisamment mal à l'aise pour qu'elle n'ait pas envie d'explorer les recoins d'ombre. Trois autres portes donnèrent le même résultat, même si une pièce était suffisamment éclairée par la lune pour révéler une bibliothèque miteuse et mal fournie. Cependant, la cinquième ouvrit sur une pièce baignant dans une lumière douce.

C'était un bureau, et Alie s'y trouvait, assise devant une grande table en chêne, entourée par un monceau de livres ouverts et de dossiers. Elle avait la tête entre les mains, et ses boucles claires étaient aplaties par la poussière et par sa journée de travail. Un portrait était appuyé contre le mur opposé, près d'un emballage froissé.

La femme sur le tableau avait des cheveux clairs et bouclés. Sa peau avait une teinte légèrement plus sombre que le brun cuivré de celle d'Alie ; un sourire planait sur ses lèvres pleines et faisait briller ses yeux sombres. Lise, sans aucun doute, dont le portrait avait été remisé ici. Les taches de rousseur qui constellaient son petit nez formaient le même motif que chez sa fille.

Lore pénétra dans la pièce, ferma la porte et haussa un sourcil.

— La pièce était-elle comme ça quand tu l'as trouvée, ou est-ce que j'ai manqué un ouragan extrêmement localisé ?

— Ni l'un ni l'autre. (Alie ne leva pas la tête, comme si elle s'était attendue à ce que Lore finisse par se montrer.) Cette pagaille est mon œuvre.

Lore posa son candélabre et souffla les bougies, étant donné que cette pièce était une vraie poudrière. Elle ramassa l'un des in-folio éparpillés sur le sol.

Alie leva enfin les yeux, comme si elle s'apprêtait à lui dire de le reposer. Mais elle se contenta de soupirer et d'agiter la main en signe d'invitation.

La reliure en cuir craqua quand Lore ouvrit le volume. Elle s'attendait à ce que ce soit un livre de comptes, et c'était le cas, en quelque sorte. Mais au lieu d'énumérer le coût des céréales, les dépenses alimentaires et le nombre de têtes de bétail, c'était une liste de paiements. Le même montant à chaque fois, une somme ahurissante, et des dates précises du moment où elle avait été reçue.

Lore plissa les yeux dans la lumière tamisée pour examiner les chiffres en pattes de mouche de la première date.

— C'est le jour de ton anniversaire ?

Elle savait qu'il avait lieu juste après celui de Gabe ; une liste des consécrations des nobles était gravée dans l'une des pierres du sanctuaire sud, et elle se souvenait d'y avoir vu celle d'Alie.

— Tout à fait, répondit Alie à voix basse.

Lore étudia encore les dates et les paiements pendant un moment, puis ramassa un autre volume. Celui-là contenait ce qui ressemblait à des papiers de séparation, un simple contrat dressé quand un couple de nobles décidait de vivre chacun de son côté. Étonnamment, le contrat semblait largement favoriser Lise Bellegarde plutôt que Severin.

— Ton père a beau être un sale con monumental, dit Lore, il a été beaucoup plus gentil dans ces négociations que je ne m'y attendais.

— Quand on est éperonné par le roi, ça aide, répondit Alie, la voix chargée de poison.

Lore serra le volume dans ses mains alors qu'une prise de conscience terrible lui tordait le ventre. Elle leva la tête vers Alie, bouche bée.

— Tu as fini par comprendre ? (Alie regardait droit devant elle, le regard brouillé par la douleur, la rage et le chagrin.) August est mon père.

Tous les éléments du puzzle s'assemblèrent à la perfection. Ce que Malcolm avait dit sur l'infidélité d'August, la séparation des parents d'Alie, les paiements ; August avait contraint Lise à rejoindre son lit, et quand un enfant était né de leur union, il avait payé Severin pour qu'il taise sa véritable origine et qu'il élève Alie comme sa fille. Lore se demanda combien d'enfants illégitimes avait August dans la Citadelle, et s'il avait payé pour chacun d'eux. S'ils savaient, ou si tout avait été gardé secret.

— Note bien, dit froidement Alie, que ces paiements n'étaient pas envoyés à Courdigne. Ils étaient acheminés jusqu'à Theris, où Severin passait le plus clair de son temps. Ma mère n'a pas touché un seul sou. (Elle fusilla le livre de comptes du regard.) Il doit avoir apporté les comptes ici quand Bastian l'a assigné à résidence.

Un bref coup d'œil à l'in-folio confirma ses dires. Le mot « Theris » était inscrit de la même écriture en pattes de mouche à côté de chaque date.

— Alie… (Lore ne savait pas quoi dire. Que pouvait-on dire, face à une telle chose ?) Par les dieux, Alie, je suis tellement désolée.

— Pas aussi désolée qu'il va l'être. (Alie se leva en prenant appui sur le bureau, comme si elle portait des kilos de pierres sur les épaules.) Ma mère a cédé à August parce qu'elle n'avait pas le choix ; personne n'avait le choix, quand il avait arrêté son regard sur quelqu'un. Quand je suis née, Severin a été payé pour mon *entretien*, pour prétendre que j'étais sa fille, et il a quand même traité ma mère comme… comme… (Elle se détourna, les larmes dans ses yeux brillant furtivement dans la lumière de la lampe à gaz.) Je vais le détruire, murmura-t-elle comme si elle se parlait à elle-même. Je vais m'assurer qu'il ne lui reste plus rien, et je vais l'envoyer dans les putain d'Îles Calcinées. Bastian n'hésitera pas une seconde.

C'était vrai, pensa Lore. Si Apollius le laissait faire.

Elle s'approcha de son amie d'un pas hésitant, ne sachant pas si cette dernière voulait du réconfort. Mais quand elle fut tout près, Alie la serra dans ses bras et enfouit la tête dans son épaule. Elle ne sanglota pas, mais sa respiration était entrecoupée, et Lore sentit des larmes chaudes traverser le tissu de sa robe.

— Tout ce que tu veux, dit-elle dans son nuage de cheveux blancs. Je m'assurerai qu'il subisse tout ce que tu veux.

Alie hocha la tête et essaya d'apaiser sa respiration. Quand elle leva le menton, ses yeux étaient encore humides, mais son regard était féroce.

— Si August était toujours en vie, je le tuerais. Peut-être que tu pourrais le ranimer pour moi, juste pour que j'aie le plaisir de le tuer de nouveau.

Lore pensa au corps de l'ancien roi, étendu dans un caveau au centre de la Citadelle, avec l'arrière du crâne enfoncé.

— Je suis contente qu'il soit mort salement, dit-elle. Et je suis contente qu'il ait souffert.

— Ce n'était pas suffisant, répliqua Alie en se passant une main sur les yeux. Il aurait dû souffrir encore plus.

Sa colère était toujours là, mais elle commençait à se consumer et à laisser place à un épuisement lourd de chagrin. Alie se voûta, et Lore l'aida à rassembler l'amas de dossiers et de volumes dans un semblant d'ordre, tout en lui murmurant des paroles de réconfort. Puis elle aida son amie à descendre l'escalier pour rejoindre sa chambre.

— Tu veux que je t'apporte quelque chose à manger ?

— Je n'ai pas faim, répondit Alie en se frottant les yeux. Je suis juste… Je vais me contenter de dormir, je crois.

— Dis-moi si tu as besoin de quoi que ce soit.

Alie hocha de nouveau la tête et referma doucement la porte.

Lore ferma les yeux dans le noir. Elle inspira par le nez, expira par la bouche.

Logistique. Pragmatisme. Apparemment, August avait pris soin de garder le secret sur ses bâtards, ce qui était un bon point. La dernière chose dont ils avaient besoin était que quelqu'un dispute la couronne à Bastian. Un souci de moins. Elle était capable de surmonter cela. C'était calamiteux pour Alie, mais ce n'était qu'un fardeau de plus parmi ceux que portait Lore, et elle était capable de le surmonter parce qu'elle n'avait pas le choix.

Lore arriva à mi-chemin du couloir avant de craquer. La crise vint par vagues. Elle l'avait réprimée pendant si longtemps, cette déchirure, qu'elle ne pouvait pas s'abattre sur elle d'un seul coup. D'abord, un sanglot, qui s'extirpa de sa gorge comme une chose vivante griffant sa cage, si puissant qu'elle tomba à genoux. Elle posa une main contre le mur pour se stabiliser tout en plaquant l'autre sur sa bouche, comme si elle pouvait ravaler ses émotions.

Mais maintenant que la crise avait commencé, elle n'allait pas s'arrêter. Des larmes brûlantes envahirent ses yeux tandis que Lore s'effondrait contre le mur et se recroquevillait pour se faire aussi petite que possible, et pleurait, pleurait, pleurait.

C'était pour Alie, du moins au début. Lore avait toujours eu plus de facilité à pleurer pour les autres que pour elle-même. Mais ses larmes ne tardèrent pas à tout englober; la corruption inhérente qui avait permis qu'il arrive une telle chose à Lise, la liberté qu'avaient les puissants de faire ce qu'ils voulaient pendant que tous les autres pliaient sous le poids d'attentes divines, la fille qu'elle avait été dans les catacombes et la façon dont sa mère devait l'avoir aimée, autrefois. Sa vie avec Mari et Val, qu'elle ne pourrait jamais retrouver. Gabe, et la façon dont ils ne cessaient de se blesser mutuellement. Bastian, oh par les dieux, Bastian, menotté au roi qui avait orchestré tout cela, et qui se noyait dans sa propre tête.

Lore ne sut pas combien de temps elle pleura. Jusqu'à ce qu'elle se soit entièrement vidée du moins, toutes ces émotions ayant enfin trouvé une issue.

Quand ce fut terminé, elle resta pelotonnée contre le mur. Les muscles douloureux, elle étendit les jambes et laissa retomber les bras de chaque côté de son corps, inertes. Elle renversa la tête en arrière et sentit un goût salé quand elle lécha ses lèvres collantes de larmes.

Par hasard, dit-elle dans son esprit, *Tu ne pourrais pas aller jeter un œil dans l'enfer d'August pour T'assurer qu'il est suffisamment infernal?*

Pas de réponse de la déesse.

—Je prends ça pour un non, marmonna Lore en se relevant.

Son estomac gronda. C'était certainement l'heure du dîner, malgré le fait qu'on semblait plus près de minuit, à en juger par le ciel.

Par hasard, dit-elle de nouveau sur le même ton monocorde, *Tu n'aurais pas quelque chose à voir avec ce lever de lune étrangement précoce ?*

Le rituel de l'éclipse Nous a ramenés dans le monde, d'une certaine manière du moins, répondit Nyxara. *Le monde réagit à Notre présence.*

C'était une réponse bancale, mais Lore n'aurait sans doute pas dû s'attendre à mieux. Elle réprima un frisson et commença à suivre le couloir plongé dans l'ombre, en regrettant d'avoir laissé le candélabre dans le bureau d'Alie.

Elle n'avait pas vraiment envie de repasser devant cette statue d'Apollius. Au lieu de cela, elle se dirigea donc vers la chambre qu'elle partageait avec Bastian. Elle ouvrit la porte en douceur pour ne pas faire de bruit. Les dieux savaient qu'il avait besoin de repos.

Cette expression était ancrée en elle, mais Lore serra néanmoins les lèvres. Les dieux savaient, en effet.

Il dormait, recroquevillé sur le flanc. Ses épaules se soulevaient et retombaient à chaque inspiration paisible. À un moment donné, il s'était suffisamment réveillé pour retirer sa chemise, qui gisait en tas près du lit.

Lore pencha la tête et s'autorisa à le contempler pendant un moment, oubliant sa faim. Pour un homme qui avait une telle présence et occupait tout l'espace disponible, Bastian se faisait tout petit quand il dormait. Il était en position fœtale, les genoux remontés, la tête baissée, comme s'il redevenait le petit garçon qu'il avait été, pliant sous le fardeau d'une mère malade, d'un père cruel, et de la menace que représentait le trône.

Le clair de lune dansa autour d'elle quand Lore traversa la chambre et s'assit sur le lit. Elle écarta les cheveux de Bastian, qui glissèrent entre ses doigts comme de l'eau noire. Avec un soupir, elle s'installa à côté de lui, la poitrine contre son dos, reflet inversé de la position dans laquelle ils avaient dormi la dernière fois. Son bras entoura la taille de Bastian, et elle appuya la joue contre sa peau nue et chaude, entre ses omoplates.

La respiration de Bastian, toujours bercée par le sommeil, ne changea pas de rythme. Mais sa main se leva et se posa sur celle de Lore, entrelaçant leurs doigts.

Quand Lore se réveilla, il avait disparu.

L'oreiller était froid à côté d'elle ; Bastian était donc debout depuis un moment. Un plateau contenant du pain et du fromage était posé sur la table près du lit, lot de consolation pour le dîner qu'ils avaient indubitablement raté, à supposer que Bellegarde ait réussi à en bricoler un. Elle avala quelques bouchées sans vraiment sentir le goût, principalement pour faire taire son estomac, et se leva en hâte. Le ciel était noir, mais cela ne lui révélait pas grand-chose. Elle sortit dans le couloir sans prendre la peine de chercher une bougie.

L'escalier secondaire était légèrement mieux éclairé que les couloirs, et Lore rejoignit rapidement le rez-de-chaussée et la pièce du petit déjeuner. La rumeur de deux voix filtrait par l'entrebâillement de la porte ; le baryton distinctif de Bastian et les réponses nasillardes de Bellegarde.

Les vieilles habitudes ayant la peau dure, Lore s'arrêta à côté du battant, le dos plaqué contre le mur, et se pencha en avant pour mieux entendre.

— Ça ne fonctionnera jamais, Severin. (Bastian semblait être totalement lui-même et non l'étrange amalgame de roi et de dieu qu'il était pendant la journée. Elle eut un pincement douloureux dans la poitrine.) Je ne sais pas ce que vous espériez, Anton et vous, mais c'est intenable. Je ne peux pas diriger un pays tout en essayant de maîtriser le dieu dans ma tête. Vous devez me dire comment inverser ce… ce…

Il ne savait pas comment finir sa phrase, apparemment, et le silence retomba. Un silence que Bellegarde ne semblait pas enclin à combler. Le vieux noble resta muet ; les seuls sons étaient les grincements typiques d'une vieille demeure.

Une fenêtre était découpée dans le mur au bout du couloir. Dehors, l'obscurité commençait à s'estomper, peu à peu éclairée par l'approche de l'aube.

Un bruit de vaisselle brisée retentit brusquement.

— Répondez-moi, vieillard, cracha Bastian. Vous avez perdu. Vous êtes là, enfermé loin de tout, et Anton vit le martyre pendant qu'un foutu jardin de roses pousse au milieu de son corps ; vous voulez vraiment connaître le même sort ?

— Nous n'avons pas perdu. (Bellegarde ne semblait pas perturbé par la démonstration de violence de Bastian.) Nous avons obtenu ce que nous voulions, Votre Majesté. Il n'y a eu qu'un seul accroc pendant le rituel, et il semble que cela vous affecte bien plus que nous.

Un accroc : Lore était restée en vie. Elle se recroquevilla contre le mur, cherchant à se fondre dans les ombres.

Bastian se tut pendant quelques secondes, même si elle pouvait entendre sa respiration lourde, chargée de colère.

— Dites-moi, répéta-t-il en appuyant sur chaque syllabe, comment inverser le processus.

— Il ne peut pas être inversé, répondit Bellegarde d'un ton cruel et sans équivoque. Vous remplissez votre raison d'être, la fonction divine pour laquelle vous avez été créé. Quand on emprunte ce genre de chemin, il n'est pas possible de faire marche arrière.

Elle put presque *sentir* Bastian serrer les poings, avec cette expression qu'il arborait quand on lui annonçait une nouvelle qui ne lui plaisait pas. Une distance dans son regard, un sourire tranchant.

— La fille est un poids mort, reprit Bellegarde, d'une voix plus douce cette fois. Nous le savons depuis le début. Elle a rempli son but en renforçant votre pouvoir, mais sa présence ici – sur ce plan d'existence – complique les choses pour vous. (Un silence.) Et elle compliquera les choses pour tout le monde, avec le temps. Apollius le sait. Il a dicté les Fascicules à Gerard Arceneaux précisément pour empêcher les autres dieux de se réveiller, afin d'être le seul à revenir. Vous avez laissé Nyxara en vie...

— Lore. (Bastian prononça son nom comme une prière.) Elle n'est pas Nyxara. Elle est Lore.

— Quel que soit le nom que vous voulez lui donner, rétorqua sèchement Bellegarde, elle est une faiblesse, le seul défaut dans l'exécution de ce plan, un plan qui est en branle depuis des siècles. La laisser en vie Leur permet à tous de se réveiller.

Dans l'encadrement de la fenêtre, les doigts lavande de l'aube progressaient dans le ciel, saisissant le voile de la nuit pour le déchirer lentement.

— J'ai besoin d'elle, dit Bastian. Nous avons besoin de son pouvoir.

Un ricanement.

— C'est faux, et vous le savez. Vous êtes plus que capable de canaliser tout le Spiritum et toute la Mortem dont vous avez besoin.

Il y avait une note plaintive dans la voix de Bastian. Elle lui allait mal. Il n'était pas habitué à réclamer quoi que ce soit, et même maintenant, il se débrouillait pour ne pas demander que Lore soit épargnée. Il se contentait d'exposer les raisons pour lesquelles elle devait vivre.

— Elle a sauvé tout le monde, ce jour-là, sur les quais.

— Vous auriez pu le faire.

— Était-ce vous ? demanda Bastian avec une rage à peine contenue. Avez-vous posé les bombes sur les navires ? Pour essayer de me pousser à utiliser plus de pouvoir, pour qu'Apollius soit plus fermement ancré dans mon esprit ?

— Bien sûr que non. (Et, même si Lore n'avait pas pour habitude de se fier à Severin Bellegarde, l'horreur dans sa voix semblait authentique.) Je n'ai pas la moindre idée de qui est responsable, mais je peux vous assurer que ce n'était pas quelqu'un qui travaille pour nous.

Il ne rejeta pas le blâme sur les Kirythéens, alors qu'il devait être au courant de la présence de Maxon et Caius dans la Citadelle. Un fait que Lore classa dans un coin de sa tête, même si elle ne savait pas encore quoi en faire.

— Vous voulez que je disparaisse. (La voix de Bastian était au bord de la rupture, désormais.) Vous voulez que je disparaisse et qu'Il prenne ma place. Totalement.

— Au bout du compte, oui. (Au moins, Bellegarde ne chercha pas à le nier.) Mais je dois admettre que la progression est beaucoup plus rapide que nous ne le pensions. Elle est plutôt… abrupte, et perturbante, pour être totalement franc. Là encore, c'est la faute de votre trafiquante de poison. (Le ricanement dans sa voix était évident.) Nyxara attire Apollius. Elle Le corrompt. Si vous nous aviez laissés L'envoyer avec les Sœurs de la Nuit, pour qu'elles L'obligent à retourner dans Sa tombe, les choses seraient beaucoup plus faciles pour vous. Vous vous êtes attiré tous ces problèmes quand vous avez insisté pour épargner sa vie.

— Vraiment ?

Il restait si peu de Bastian dans sa voix. Quelque chose de sombre et de lumineux à la fois l'emplissait, la brûlure atroce du soleil, une vie douloureuse qui n'aurait pas dû exister.

Le ciel se parait de teintes roses.

Bellegarde ne sembla pas troublé par ce changement subtil. Un grincement se fit entendre, comme s'il se penchait sur la table.

— La situation peut être corrigée, dit-il. Tuez la fille dans la tombe, laissez la prison de Nyxara absorber son pouvoir, et Sa lumière divine vous imprégnera peu à peu. Elle s'installera confortablement en vous, graduellement, sans que la corruption qu'elle provoque en fasse un torrent. Il deviendra vous, vous deviendrez Lui. Une union sacrée. Le paradis.

Lore serra les poings, impuissante, en songeant à la disparition de Bastian, englouti par Apollius.

La voix de Bellegarde se fit fiévreuse.

— C'est ce qu'Il voulait : un vaisseau, mais aussi un partenaire. Un Arceneaux, choisi depuis le commencement, fait à Son image divine. Tuez la fille, et le monde sera sauvé. La pluie reviendra, les saisons retrouveront leur place habituelle, et cette déformation subtile sera corrigée avant de devenir trop voyante. La terre plie sous le poids de tous ces dieux ; elle se déchirera si le panthéon tout entier parvient à se réveiller, à se dresser de nouveau contre Vous. Vous l'avez dit Vous-même.

Bellegarde avait effectué la transition sans heurts, cessant de s'adresser à Bastian pour s'adresser à Apollius alors que le soleil montait dans le ciel. Le silence qui suivit était pesant tandis que l'homme qui lui faisait face – l'homme, le dieu, quelque chose entre les deux – ruminait ses paroles.

— Peut-être que ce monde mérite ce qui lui arrive, déclara Apollius par la bouche de Bastian. Peut-être que *vous* le méritez, si vous pensez que Je ne peux pas affronter le réveil de quelques dieux insignifiants. Si vous pensez que Je ne peux pas changer d'avis.

Une pause nerveuse.

— Vous êtes notre dieu, dit Bellegarde à voix basse. Votre parole est la loi, chacune de Vos pensées est sainte. Nous irons là où Vous le souhaitez.

— C'est bon à savoir. (Le crissement d'une chaise repoussée loin de la table.) Dans cet esprit, dites-moi encore, Bellegarde, ce que vous pensez que Je devrais faire au sujet de Ma femme.

Un gargouillement. Au début, Lore crut que c'était parce que Bellegarde ne savait pas quoi répondre. Elle mit un moment à comprendre que c'était parce qu'une main était refermée autour de sa gorge.

— Tout ce que Vous voulez, dit-il d'une voix ténue et éraillée. Tout ce que Vous voulez, Votre Majesté, Saint…

— Facile à dire quand on sent la mort approcher, murmura Apollius. Mais c'est faux. Vous vouliez Sa mort. Vous la voulez encore. (Il claqua de la langue, comme s'il réprimandait un enfant turbulent.) Aucun d'entre vous n'a jamais compris, pas même ceux qui Nous ont vus ensemble sur la Montagne. Je n'ai jamais voulu Me venger de Nyxara. Je n'ai jamais voulu qu'Elle disparaisse. Je voulais seulement qu'Elle ne soit plus une déesse, et Elle aussi. Maintenant que Nous sommes ici, dans ces nouveaux corps, Elle ne sera plus une déesse. Elle sera simplement Ma reine, et utilisera Son pouvoir à Mon service. Elle sera Mienne, à tous égards.

Lore plaqua la main sur sa bouche, en espérant qu'aucun des deux hommes ne pouvait entendre son souffle précipité.

— C'est la différence entre vous et les autres fidèles qui sont restés dans la Citadelle, poursuivit Apollius d'une voix douce, tel le chuchotement d'un amant. Ils Me font confiance, au lieu de faire semblant. Ils n'essaient pas d'orienter Mes décisions, comme si J'étais un cheval au bout d'une longe. (Un sifflement rauque fut la seule réponse de Bellegarde.) J'aime Ma femme. Et J'ai l'intention de La garder, cette fois.

Puis il y eut un craquement, et le son d'un objet lourd heurtant le dallage.

Lore ravala son cri de surprise, le réduisant à une crispation douloureuse dans sa gorge.

De l'autre côté de la porte, elle entendit des pas résonner sur le sol, un bruissement de tissu quand quelque chose fut soulevé, puis l'impact sourd de la chair quand il retomba.

Puis un petit rire.

La porte s'ouvrit avant que Lore puisse fuir. Elle eut un brusque mouvement de recul, évitant le battant de justesse. Elle avait toujours la main plaquée sur la bouche, comme si elle pouvait rester invisible tant qu'elle ne faisait pas de bruit, mesure de précaution infantile.

Bastian ne sembla pas surpris de la voir là. *Apollius* ne sembla pas surpris. Il la contempla alors que le soleil quittait l'horizon, avec un flamboiement doré dans Ses yeux qui auraient dû être noirs.

— Bien, tu es là.

Il referma la main sur le bras de Lore, lui envoyant une bouffée de chaleur et de vie qui lui donna le vertige et fit étinceler la pierre de sa bague comme un tesson de soleil. Il y avait trop de sang dans ses veines, trop d'air dans ses poumons.

— Nous partons. Maintenant.

CHAPITRE 25

Notre amour ne sera jamais détruit.
Ses échos se répercuteront à travers les âges.

Le Livre de la Loi Sacrée, Fascicule 789
(vœux de mariage d'Apollius prononcés devant Nyxara) [1]

Alors qu'ils chevauchaient, elle sentait les muscles du torse de Bastian dans son dos à travers le fin tissu de sa robe, comme si elle ne portait rien du tout. Il ne lui avait pas adressé la parole depuis leur départ, mis à part pour lui ordonner de monter avec lui au lieu de voyager dans le carrosse avec Alie. Lore avait obtempéré. Elle savait qu'il était inutile de se battre avec un dieu.

Car c'était ce qu'Il était, désormais. Entièrement. Elle regarda Son visage, et rien de Bastian n'y subsistait. Quelque chose avait changé, là-bas dans la pénombre de Courdigne, quand Il avait tué Bellegarde, et les fragments d'identité auxquels Bastian réussissait auparavant à se raccrocher pendant la journée avaient disparu. Il était pleinement Apollius, dorénavant.

Lore avait envie de pleurer, mais elle se retint. Elle avait déjà eu une crise de sanglots ; elle n'avait pas le temps pour une autre.

Alie, pour sa part, n'avait pas semblé troublée par leur départ précipité. Toujours sous le choc d'avoir reçu la confirmation de ses vraies origines, elle s'était vite réveillée quand Bastian – Apollius – avait poliment toqué à la porte de sa chambre, l'autre main refermée comme un étau sur le bras de Lore, et lui avait dit qu'ils partaient.

1. Rayé du Compendium en l'an 1 ACD, par ordre d'Apollius à Gerard Arceneaux.

Alie s'était contentée d'acquiescer, le regard éteint, et d'empaqueter ses quelques affaires. Lore l'avait vue glisser un in-folio dans sa malle. Sans doute celui qui contenait les documents prouvant qu'elle était la fille d'August.

Elle se demanda ce que son amie comptait faire de cette information.

Les bagages avaient été rassemblés, les valets de pied ralliés. Lore avait docilement suivi Bastian pendant ces préparatifs, en faisant tourner sa bague autour de son doigt et en essayant de déterminer ce qu'elle devait faire maintenant. S'il y avait quoi que ce soit qu'elle *pouvait* faire.

Le corps de Bellegarde était resté dans la pièce du petit déjeuner. Même si elle ne l'avait pas vu, Lore connaissait le bruit d'une nuque qui se brise, le son d'un cadavre heurtant le sol. Severin Bellegarde était mort, et il resterait apparemment à pourrir dans la maison à laquelle il avait fait subir le même sort.

Une fin appropriée, en réalité.

À présent, ils filaient vers Dellaire à une allure effrénée qui devait ballotter Alie dans le carrosse comme une pièce dans une timbale de mendiant. Le soleil était haut dans le ciel, même si l'horloge interne de Lore lui disait qu'il n'aurait pas dû l'être, pas encore.

Le monde réagit, pensa-t-elle faiblement.

La lumière matinale illuminait les champs, et Lore se surprit à leur accorder plus d'attention qu'auparavant. Les cultures étaient sèches et pendaient mollement sous la chaleur. Mis à part le bruit des sabots et des roues du carrosse, la route était silencieuse, vide de chants d'oiseaux ou de bourdonnements d'insectes. Le monde pourrissait sur place, décalé de son axe.

La culpabilité planta ses griffes dans les entrailles de Lore. « Tuez la fille », avait dit Bellegarde. « Tuez la fille et ralentissez les changements. » Il parlait des changements en Bastian, de la rapidité avec laquelle Apollius s'était emparé de lui, mais si sa mort pouvait également ralentir les changements que subissait le monde lui-même ?

Les champs de blé laissèrent place au maïs. Au moment où ils la dépassaient, une tige bulbeuse et enflée plia, puis cassa. Lore tordit le cou pour la regarder se fendre lentement, laissant suinter un liquide brunâtre.

— Ne t'inquiète pas, murmura Apollius contre ses cheveux en ralentissant l'allure du destrier, le faisant passer au trot, puis au pas.

Elle s'attendait à ce qu'il ajoute quelque chose, qu'il explique la raison pour laquelle elle ne devait pas s'inquiéter. Mais il ne dit plus rien, comme si la dégradation du monde était tout simplement indigne d'eux, comme si elle était trop insignifiante pour qu'ils s'en soucient.

Lore regarda de nouveau devant elle, les mâchoires serrées, le dos raide contre Son torse.

— Est-ce qu'il est là, quelque part ?

Elle sentit plus qu'elle n'entendit le grondement du rire d'Apollius, le même qu'Il avait laissé échapper en examinant le corps de Bellegarde.

— Oh, il est là. Il se débat pour sortir. Ce petit voyage à Courdigne était une tentative de Me chasser ; il se croyait si malin d'aller parler à Bellegarde. Mais il semblerait que la manœuvre se soit retournée contre lui. Il aurait dû savoir que Je ne le laisserais pas y aller s'il avait la moindre chance de réussir, mais il semblait cruel de ne pas le laisser essayer. (Il tint les rênes dans une main, et remonta l'autre sur la taille de Lore pour la poser à plat sur son ventre.) Il n'aime pas que Je sois celui qui est proche de toi. C'est ridicule, pour tout dire. J'ai bien plus de droits sur toi que lui.

— Vous n'avez aucun droit sur rien, ni l'un ni l'autre.

Lore n'avait pas la place de s'écarter avec dégoût, et elle n'était pas d'humeur à tomber de cheval ; elle se contenta donc de Lui pincer violemment le dos de la main.

Apollius haussa le sourcil de Bastian, et un sourire lascif incurva Ses lèvres.

— Tu aimes ça, si je me souviens bien. Les pincements.

Elle écarta les mains loin de Lui et les garda en l'air. Tout valait mieux que Le toucher plus que nécessaire.

Il rit aux éclats, cette fois, et laissa retomber Sa main avant de La poser sur Sa propre cuisse avec une lenteur exagérée.

— Nous n'avons peut-être aucun droit sur toi, dit-Il. Mais J'ai absolument un droit sur *Elle*.

La déesse dans la tête de Lore était muette, comme toujours quand le soleil brillait. Mais Lore sentait néanmoins Sa conscience au fond de son esprit, et savait qu'Elle écoutait.

— Sur Elle non plus, dit-elle. Et je ne deviendrai pas Elle. Elle ne me fera pas une chose pareille, pas comme ce que Vous faites à Bastian.

Elle aurait aimé en être parfaitement sûre.

Apollius rit de nouveau à gorge déployée, à tel point que les valets de pied qui chevauchaient derrière eux lui lancèrent des coups d'œil intrigués.

— Elle n'aura pas le choix, ma chère. Nous sommes ce que Nous sommes, et il en va de même pour toi.

Qu'il l'appelle « ma chère », comme le faisait Bastian, tordit l'estomac de Lore.

— Bastian reviendra, dit-elle, en grande partie parce qu'elle avait le pressentiment atroce qu'il finirait peut-être par ne plus revenir. Il Vous a repoussé jusqu'ici, et Vous ne pouvez pas le contrôler quand le soleil se couche.

Le dieu dans son dos resta silencieux pendant un instant, songeur.

— Il s'est montré… combatif, c'est vrai. Mais chaque jour, cette détermination faiblit.

Il ne remit pas le bras autour de la taille de Lore, mais Il se décala sur la selle pour se rapprocher. Elle grinça des dents. Apollius savait qu'elle était effrayée, et Il aimait ça.

— Une part de lui en a envie, chuchota Apollius, comme s'Il pouvait lire dans ses pensées. Une part de lui aspire à la libération, au repos, à Me laisser prendre le relais. Il l'a dit lui-même : il n'est pas un bon roi, surtout quand il est distrait à ce point. Il sait que Je serais meilleur que lui. La seule chose qui le retient réellement, c'est toi. Il pense t'aimer, et peut-être que c'est vrai, à sa manière humaine et inadéquate. Mais tu es destinée à être Nyxara, et Nyxara est *Mienne.* (Ses lèvres frôlèrent l'oreille de Lore.) C'est idiot de sa part, de laisser son amour pour toi le pousser à s'accrocher. Seul, il n'est qu'un homme en colère qui a eu le malheur de naître prince, un homme mesquin, insignifiant et méchant. Et comment pourrais-tu vouloir cela ? Le vouloir, *lui*, privé de tout ce qui n'est pas lui ? La seule manière dont il peut te garder, c'est de devenir Moi. Il finira par le comprendre.

— Ce n'est pas vrai.

Elle ne pouvait pas se pencher encore plus en avant, coincée par le pommeau qui lui rentrait dans le ventre, mais Lore essaya néanmoins, en une vaine tentative pour mettre de l'espace entre eux.

— Ah non ? demanda Apollius. Avant le rituel, tu étais obnubilée par le prêtre. Tu crois que Bastian ne l'a pas remarqué ? Qu'il n'est pas aveuglé par son désir pour vous deux ? Tout comme toi. Des sentiments humains inadéquats qui ne font que détruire. (Le grondement d'un autre rire, mais qui ne contenait aucune trace d'humour, cette fois.) Quelle part de ce que tu ressens pour eux t'appartient vraiment, Lore ?

— Tout, cracha-t-elle alors même que le doute commençait à pointer en elle. Et laissez Gabe en dehors de ça.

— Gabriel Remaut, cracha Apollius. (Malgré tout, Lore trouva cela terriblement injuste que le dieu pour lequel Gabe avait sacrifié tant de choses prononce son nom avec mépris.) Il est presque aussi responsable de tout cela que toi. Ce qui lui arrive, ainsi qu'aux autres, est également ta faute. Ton entêtement aveugle à vivre… De toute évidence, Je ne suis pas contrarié que les choses ne se soient pas passées conformément au plan du vieil homme, mais cet effet secondaire est regrettable.

Le « vieil homme » devait être Anton.

— Que voulez-vous dire ? Qu'arrive-t-il aux autres ?

Mais elle avait l'impression horrible de déjà le savoir.

Pas de réponse. Apparemment, le dieu avait fini de lui confier des informations utiles. Il tomba dans le silence, mais sa main tressaillit sur sa cuisse, puis se posa sur le genou de Lore et le serra comme si son corps était une planche de salut.

— Lore.

Bastian.

Elle se redressa sur la selle et tourna la tête autant qu'elle le pouvait. Bastian la contemplait avec toute la concentration de quelqu'un qui visait une cible, les mâchoires crispées. Ses yeux couleur de whisky étaient soulignés de cernes.

— Je ne sais pas combien de temps…, dit-il péniblement, comme si chaque mot était un effort. Je suis désolé s'Il a fait quelque chose… C'était différent, cette fois, je ne voyais rien, je n'entendais rien…

Cet aveu emplit Lore de terreur, mais elle s'efforça de ne pas le laisser transparaître sur son visage.

— Je vais bien, dit-elle en prenant la main de Bastian pour la poser sur sa taille. Je vais bien.

— Quand nous serons rentrés, il faudra que tu leur dises. (Sa voix était tendue, et ses doigts frémissaient sur son ventre.) À Gabe, Alie et Malcolm. Tu dois leur dire ce qui m'arrive. Je monterai dans nos appartements et je demanderai à ne pas être dérangé. J'essaierai de… de rester moi-même aussi longtemps que possible, de tenir bon jusqu'à la tombée de la nuit. (Il resserra le bras, l'attirant contre lui.) Tu dois te méfier de moi, Lore. Tu ne peux pas me faire confiance.

Comme c'était irréel, d'entendre les choses que Gabe avait dites au sujet de Bastian sortir de la bouche même de l'intéressé.

Elle le sentit tourner la tête et observer la route.

— Je ne me rappelle pas… Pourquoi avons-nous quitté Courdigne ? La dernière chose dont je me souviens, c'est d'être assis à table avec Bellegarde.

Les larmes menaçaient de nouveau d'emplir les yeux de Lore. Par les dieux morts et mourants, il suffisait de pleurer une seule fois pour devenir hypersensible.

— Ne t'inquiète pas pour ça, dit-elle en obligeant sa voix à rester calme et posée. Je leur dirai. De ton côté, concentre-toi seulement sur… sur le fait de rester toi, aussi longtemps que possible.

Et c'est ce qu'il fit. Il talonna leur monture pour qu'elle reparte au galop, bientôt imité par les valets de pied et le carrosse. Lore n'eut pas besoin de regarder Bastian pour savoir qu'il resta lui-même alors qu'ils avalaient les kilomètres entre Courdigne et la Citadelle. La manière dont il serrait le tissu de sa jupe dans ses mains, la manière dont il penchait de temps à autre la tête vers la courbe de son épaule, et les larmes tièdes qu'elle sentait sur sa peau en disaient long.

Ils franchirent l'entrée de la Citadelle dans un claquement de sabots et mirent pied à terre. Bastian, toujours raide, les yeux toujours sombres, fit un signe de tête à Lore et lui embrassa la main avant de passer la double porte en chêne orné d'or. Lore le regarda s'éloigner, déglutit une ou deux fois pour chasser les épines dans sa gorge, puis se tourna vers le carrosse. Alie, qui venait d'en sortir, était occupée à s'étirer.

— Par les plaies d'Apollius, jura-t-elle alors que Lore la rejoignait. Nous sommes allés beaucoup plus vite que nécessaire. Pourquoi Bastian était-il pressé à ce point ? Ce carrosse n'est pas fait pour voyager au triple galop.

— Imagine ce que c'était de faire le trajet à cheval.

Maintenant qu'elle avait une parcelle d'attention à lui consacrer, le corps de Lore semblait n'être qu'un immense hématome. Ignorant la douleur, elle prit la main d'Alie et dirigea son amie vers le chemin qui traversait les jardins et menait au sanctuaire sud.

— Allez, viens, nous devons trouver Gabe et Malcolm.

Les sourcils clairs de la jeune femme se rejoignirent, mais elle ne protesta pas. Elle ouvrit la malle qu'un valet venait de déposer à ses pieds, en sortit l'in-folio et le serra contre sa poitrine.

—Je ne vais pas perdre de temps à te demander pourquoi ; je suppose que tu préfères tout nous dire d'un coup.

Elle était presque trop bonne diplomate.

—Exactement, répondit Lore.

Alie agita une main lasse.

—Dans ce cas, je te suis.

En réalité, elle ne suivit Lore que jusqu'à ce qu'elles soient entrées dans la pénombre fraîche de l'Église. Après cela, Alie prit la tête, avançant de manière confiante dans le labyrinthe de couloirs, de nefs et de passages éclairés par des vitraux.

—D'habitude, Gabe est dans son bureau à cette heure de la journée, dit-elle par-dessus son épaule. Quand il n'a pas rendez-vous avec toi, du moins.

Le fait que Gabe ait un bureau était nouveau pour Lore, même si elle supposait que c'était logique. Le titre de Prêtre Exalté semblait être du genre à s'accompagner d'un bureau.

Elle avait encore du mal à le voir sous cet angle, comme la plus haute autorité religieuse du pays ; la plus haute autorité tout court, après Bastian. Elle se souvint du dégoût qui avait imprégné la voix d'Apollius quand il avait craché son nom entre les lèvres de Bastian.

Le bureau en question se trouvait dans une section de l'Église où Lore n'était encore jamais allée. Elles gravirent plusieurs volées de marches en bois qui grincèrent de façon menaçante sous leur poids, et croisèrent une statue d'Apollius sur chaque palier. La plupart d'entre elles semblaient plutôt normales, mais la dernière, sur l'ultime palier, juste avant la petite porte cintrée qui fermait la cage d'escalier, était le reflet de celle qu'elle avait vue à Courdigne. Apollius avec une poitrine vide, une pierre marquée d'une lune dans une main et une pierre marquée d'un soleil dans l'autre.

—Qu'est-ce que c'est que ces statues ? demanda-t-elle à Alie alors qu'elles s'arrêtaient sur le palier. La seule autre statue de ce genre que j'ai vue était à Courdigne.

—Elles sont rares, et vieilles comme le monde, répondit Alie en fouillant dans le réticule suspendu à sa taille par un ruban.

Elle finit par mettre la main sur une clé, qu'elle glissa dans la serrure. Lore éprouva un pincement dans la poitrine : c'était la preuve concrète que les autres s'étaient retrouvés sans elle et Bastian. La preuve qu'ils ne leur faisaient pas confiance. Elle pouvait difficilement leur en vouloir, toutefois, surtout maintenant.

— Elles ont été sculptées juste après la Chute Divine, poursuivit Alie en ouvrant la porte. Pour autant que je le sache, il n'en existe qu'une poignée ; une ici, celle de Courdigne, et une autre à Laerdas, la capitale kirythéenne. Peut-être une ou deux de plus. (Elle lança un regard noir à la statue avant de s'engager dans le couloir obscur derrière la porte.) Je crois qu'on les appelle l'Apollius Vengeur.

Lore fronça les sourcils et contourna largement la statue avant de suivre Alie.

Le couloir était plus petit et plus miteux que le reste de l'Église. Le bois sombre n'aidait guère à amplifier la lumière venant des petites fenêtres au bout du couloir, et les lampes à gaz accrochées aux murs n'étaient pas allumées. Sous les pieds de Lore, le tapis était ras et rêche, en contraste flagrant avec le luxe moelleux de la Citadelle et les parquets austères dans les zones les plus fréquentées de l'Église.

— Anton n'utilisait pas souvent son bureau, dit Alie, comme pour expliquer l'état des lieux. Il y a des pièces plus grandioses au rez-de-chaussée, où il pouvait plus facilement être vu et admiré pour sa piété. Ça a toujours été plus important pour lui qu'un vrai bureau de travail.

— Pas à la fin, répondit Lore en suivant son amie vers une autre porte cintrée, jumelle de celle de l'escalier. Il a pas mal travaillé, juste avant le rituel.

— J'imagine que oui.

Alie frappa quatre coups brefs à la porte, puis marqua une pause avant de frapper le cinquième. Cela rappela à Lore le code utilisé par la bande de Val et Mari à l'entrepôt, et l'espace d'une seconde ces similarités incongrues entre ses deux vies la déchirèrent en deux.

Alie se tourna vers elle en attendant la réponse.

— C'est là que nous nous sommes réunis, dit-elle sur un ton d'excuse. (Réunis sans Lore.) Pour discuter de ce qui devait être fait au sujet de Bastian.

— Et de moi ?

C'était trop proche de la vérité pour être une blague, et Alie ne répondit pas.

La porte s'ouvrit sur la silhouette de Malcolm. Il ne sembla pas surpris de voir Alie, mais il écarquilla les yeux en découvrant que Lore l'accompagnait.

— Euh, bonjour. Qu'est-ce que tu…

— Tout va bien.

Alie le dépassa et entra d'un pas déterminé dans le bureau. La petite pièce baignait dans l'éclat doré des lampes à gaz, qui illuminait une table encombrée et une étagère pleine à craquer recouverte d'une fine couche de poussière. Gabe était assis derrière la table encombrée en question, sa tête rousse penchée sur un livre ouvert.

— Lore sait que quelque chose ne va pas, déclara Alie.

À ces mots, Gabe leva brusquement la tête et braqua sur Lore un regard qui passa de surpris à inquisiteur en un instant. Elle s'obligea à le soutenir.

Malcolm ne semblait pas totalement convaincu. Il se percha au bord du bureau et croisa les bras.

— Qu'est-ce qui a changé ?

Il s'adressait à Alie comme si Lore n'était pas là, et celle-ci en fut légèrement blessée. Elle avait considéré le bibliothécaire comme un ami, et c'était toujours le cas. Mais il n'était plus question d'amitiés.

— Tu as dit que tu ne lui faisais plus confiance, ajouta-t-il.

Ça, c'était vraiment blessant, même si c'était justifié.

— Eh bien maintenant, je lui fais confiance. (Alie s'installa sur un fauteuil en velours près de l'unique fenêtre, cala la tête sur son poing d'un air las, et agita l'autre main en direction de Lore.) Elle a quelque chose à nous dire, c'est au sujet de Bastian, et j'imagine que, d'ici cinq minutes, nous saurons si nous avions raison ou pas.

Pendant tout ce temps, Gabe ne prononça pas un mot. Il dévisageait Lore, impassible ; le seul signe qui trahissait sa tension, c'était les articulations blanchies de ses doigts crispés sur la couverture de son livre.

Bien. Il n'y avait aucune manière simple d'annoncer que son fiancé était possédé par un dieu disparu.

— Apollius occupe le corps de Bastian, dit Lore. Et ça ne s'arrange pas. (Puis, après une profonde inspiration, elle poursuivit d'une voix précipitée, comme si elle pouvait distancer la présence étrangère qui attendait la nuit au fond de son esprit.) Nyxara est aussi dans ma tête.

Silence. Le genre de silence fragile que personne ne voulait briser, par crainte de ce qui les attendait au-delà.

— Et merde, dit Malcolm. Nous avions raison.

CHAPITRE 26

Que ceux d'entre nous qui en sont dignes soient faits à Ton image.
Modèle-nous au gré de Tes besoins.

Le Livre de Prière, Fascicule 590

Lore remua les lèvres pendant quelques secondes avant de parvenir à trouver les mots.

—Je te demande pardon, mais comment ça, vous aviez raison ?

Gabe rouvrit le livre. Sans un mot, il le feuilleta jusqu'à retrouver la page qu'il était en train de lire quelques minutes auparavant, puis il le tourna vers Lore.

—Ce recueil de mythes est arrivé de Farramark ce matin.

—Nous avions déjà des soupçons avant, dit Malcolm. Mais ce livre les a confirmés.

Dans son fauteuil près de la fenêtre, Alie pencha la tête en arrière pour l'appuyer contre la vitre réchauffée par le soleil et ferma les yeux.

—Je n'ai jamais été si contrariée d'avoir raison.

Lore arracha le livre des mains de Gabe et parcourut la page des yeux, presque trop fébrile pour comprendre le sens de ce qu'elle lisait. Le mythe s'appelait « L'ouverture de la Fontaine ». Elle lut rapidement les paragraphes qui suivaient, chacun orné d'une magnifique lettrine ; un chêne au tronc épais, une vague déferlant sur un rivage, une femme pâle aux cheveux surmontés d'un croissant de lune inversé.

« Sur la Montagne Dorée se trouvait la Fontaine de Toutes Choses, qui contenait en Son sein le pouvoir, telle la foudre prisonnière d'une bouteille. Et quand Apollius, alors mortel, trouva la Fontaine, Il sut que c'était un lieu de grand pouvoir. Désirant Le connaître pleinement, Il ouvrit la Fontaine, La brisant en quatre morceaux.

La Fontaine céda à Sa puissance, et Il Lui posa la question qui tourmentait Son cœur depuis longtemps. La Fontaine ne lui apporta pas de réponse.

Mais Apollius n'était pas satisfait. Il fit venir Ses amis, ceux avec lesquels il partageait Son cœur, y compris Nyxara, qu'Il aimait plus que les autres. Et Il Leur dit : Buvez avec Moi à la Fontaine, afin que Nous puissions connaître toutes choses, et avoir tous les pouvoirs.

Mais la Fontaine n'accordait pas Ses pouvoirs facilement, et quand Elle le fit, ce fut à une condition : que tous les pouvoirs qui composaient le monde soient répartis également, sans quoi le monde tomberait en ruine et pourrirait. Car ceux qui détiennent l'âme du monde la façonnent à Leur image, et la mortalité ne peut être totalement conquise.

Ainsi, Ils prirent de Son pouvoir, et Apollius et Nyxara burent en premier, et au même moment, dans la coupe de Leurs mains respectives. Ils prirent la plus grande part, deux gorgées là où Leurs compagnons n'en buvaient qu'une. Et la Fontaine se révolta contre Leur geste, mais Elle ne put Les arrêter, car toute divinité naît ainsi : dans l'égoïsme et le désespoir, dans le souhait d'avoir plus que ce qui est à notre portée. »

Il y avait une autre illustration à la fin de l'histoire, et celle-ci représentait une fontaine. Une fissure courait sur le côté, et son rebord était entaillé en trois endroits, où la pierre avait manifestement été cassée. Des mots étaient gravés sur la fontaine, si minuscules et resserrés que Lore dut plisser les yeux pour les déchiffrer. « Ce qui a été contenu doit toujours être contenu. La divinité n'est jamais détruite. Elle se transforme en écho. »

Lore ne s'aperçut qu'elle lisait à voix haute qu'au moment où la douce cadence de sa voix retomba dans la poussière, les livres et l'éclat des lampes à gaz. Le silence s'abattit comme un sortilège.

Elle referma le livre dans un claquement et le brandit d'une main.

— Quelqu'un voudrait bien m'expliquer tout ça en auverrain normal ? Je croyais que les mythes étaient censés être amusants et pas secs comme un croûton de pain. Ce n'est pas pour ça qu'ils sont pratiquement interdits ?

Malcolm s'empressa de quitter son perchoir au coin du bureau pour lui prendre le volume des mains. Il lui lança un regard de reproche, comme si c'était un nouveau-né et non un livre.

— Des vaisseaux, dit-il simplement en époussetant la couverture. (Elle remarqua qu'il portait ses gants de bibliothécaire.) La Fontaine était un vaisseau, et les dieux L'ont vidée. Ils sont devenus les vaisseaux, et quand Ils ont disparu, le pouvoir a dû trouver de nouveaux réceptacles. Comme… comme quand on brise une tasse. L'eau doit bien aller quelque part. Et si cette tasse se brise, on en trouve une autre, et ainsi de suite.

Les rouages du cerveau de Lore se mirent à tourner, apportant une vérité terrible.

— Et tu penses que Bastian et moi sommes en train de devenir des tasses.

— Pas en train. (La voix de Gabe était grave et éraillée, comme s'il n'avait pas dormi depuis des jours.) Vous l'êtes. Vous êtes les vaisseaux d'Apollius et de Nyxara. Tout comme Anton l'avait prédit.

Il semblait déjà si abattu. Si… résigné.

Eh bien, qu'ils aillent tous se faire foutre. Lore croisa les bras.

— Dans ce cas, nous devons trouver une solution. Une autre tasse, ou… ou nous remettons le pouvoir là où il était avant. (Elle lança un coup d'œil vers Malcolm.) Il était bien quelque part, avant, non ?

— En théorie, répondit Malcolm. Le pouvoir de Nyxara était ici – évidemment – mais pas celui d'Apollius. Il ne s'est manifesté qu'après le rituel de l'éclipse, quand il est apparu chez Bastian.

— Mais il devait être contenu quelque part. Dans le Royaume de lumière, peut-être, ou n'importe où, quand Apollius attendait son heure avant de sauter dans la tête de Bastian. (Elle leva et baissa les bras, en un geste futile qui signifiait tout et son contraire.) Donc nous… nous trouvons un moyen de le renvoyer.

Alie laissa échapper un ricanement délicat, les yeux toujours fermés.

— Juste comme ça, hein ?

— Vous avez trouvé quelque chose qui confirmait votre théorie dans ces recueils de mythes incroyablement barbants, dit Lore. Nous n'avons qu'à continuer nos recherches jusqu'à trouver comment inverser le processus.

— Et que se passera-t-il après ça, Lore ? (Gabe avait les coudes posés sur le bureau, les mains jointes en clocher devant la bouche.)

Tu as lu l'histoire. Tu as vu ce qui est en train de se produire. Le pouvoir doit avoir un vaisseau.

Pas de pluie, des saisons détraquées, des cultures dévastées. Le monde pourrissait.

Quand Lore reprit la parole, ce fut d'une voix vacillante.

— Donc tu vas Le laisser avoir Bastian ? (L'œil unique de Gabe se ferma.) Tu ne peux pas faire ça. (Elle avait la gorge nouée.) Gabe, on ne peut pas l'abandonner.

Le prêtre ne répondit pas, mais un frisson traversa ses mains serrées.

— Nous n'abandonnons personne. (Malcolm contempla le livre dans ses mains, comme si ce dernier pouvait l'aider à trouver les mots.) Il y a peut-être une autre solution. Je pense toujours que nous devrions jeter un œil à la prophétie.

Son regard fila vers Gabe pour voir sa réaction.

Alie se pencha en avant sur son fauteuil, les yeux rivés sur le Prêtre Exalté, comme si ceci était la suite d'une querelle passée qu'elle avait attendu avec impatience de reprendre.

— Oui. Je suis d'accord, dit-elle.

— Ce document est scellé, dit Gabe sans les regarder. *Rituellement* scellé. Les seules prophéties bénéficiant de ce degré de sécurité sont celles qui pourraient avoir des conséquences graves si une autre personne que le prophète les lisait.

— C'est arrivé une seule fois, en tout et pour tout, contra Malcolm.

— Et cette « seule fois » nous a donné la Sorcière de la Nuit, répliqua Gabe.

— Je croyais que c'était un Fascicule qui l'avait rendue folle, dit Lore. Elle a mal interprété un Fascicule ; ce n'est pas ce que tu m'as dit ?

Gabe remua sur son siège, mal à l'aise. C'était le premier vrai signe d'émotion qu'il montrait.

— C'est ce qui s'est passé, pour simplifier. Elle a lu une prophétie ; cette prophétie faisait référence à un Fascicule.

Elle aurait dû y être habituée, à présent, mais la manière dont l'Église s'emberlificotait dans des excuses embrouillées avait l'art de l'exaspérer.

— Je veux dire, reprit Lore avec un petit bruit qui n'était absolument pas un rire, on dirait qu'elle n'était peut-être pas si loin de la vérité, si vous pensez que je suis censée être le vaisseau de Nyxara. Et si elle était seulement la première personne que Nyxara a essayé d'habiter ?

Comme ils étaient en plein jour, la déesse dans la tête de Lore ne pouvait pas vraiment répondre. Mais Lore sentit une palpitation sombre au fond de son esprit, comme le fantôme d'un hochement de tête. Nyxara s'était opposée à ce qu'elle révèle aux autres qu'Elle avait élu domicile dans son esprit, mais Elle semblait en avoir pris son parti, maintenant.

— On nous a seulement inculqué de nous préparer pour le retour d'Apollius, dit Malcolm. Pas pour leur retour à *tous*.

Cette remarque entraîna dans son sillage une prise de conscience qui aurait dû être évidente, et qui noua le ventre de Lore.

— C'est ce que tu voulais, murmura-t-elle en se tournant vers Gabe. Ce n'est pas ta vraie raison d'être ? D'ouvrir la voie à Son retour ? (Lore plaqua une main sur la table pour se stabiliser. Ses doigts étaient à quelques centimètres du bras de Gabe, et elle le vit tressaillir.) C'est ce qu'attendent tous les Prêtres Exaltés depuis la putain de Chute Divine. Tous les membres de l'Église doivent être fous de joie.

— Non. (La réponse, dure et ponctuée par la paume de Gabe claquant contre la table, la fit sursauter en arrière.) Non, nous ne sommes pas fous de joie, Lore.

Elle secoua la tête, et un autre de ces non-rires déments sortit de sa gorge.

— Tu es dévoué à Apollius depuis que tu es petit, Gabe ; pardonne-moi de croire que tu sautes de joie en constatant que vous aviez raison…

— Nous n'avions pas raison. (Il maîtrisa de nouveau sa voix, mais il se dressa comme une figure vengeresse, la dominant de toute sa taille, un éclair dans son œil bleu.) Nous n'avions pas *raison*. Apollius était censé revenir du Royaume de lumière et apporter le paradis sur terre, en faire un lieu de paix pour Ses fidèles. Pas… pas vivre dans la tête d'un salopard d'Arceneaux et jouer à des jeux de pouvoir !

Son sang-froid durement acquis s'érodait à mesure qu'il parlait, et à la fin de sa phrase, il criait pratiquement.

Un instant s'écoula, puis Gabe prit une inspiration saccadée et passa une main tremblante dans ses cheveux en bataille. Il les avait laissés pousser plus qu'à son habitude.

— Ce n'est pas censé se passer comme ça, conclut-il.

Il avait l'air si… si blessé, comme si c'était un échec personnel, une injure personnelle.

— Je ne sais pas si tu as remarqué, dit Alie d'un ton pince-sans-rire, mais nous avons tous cessé de prendre les enseignements de l'Église au pied de la lettre. Du moins tels qu'ils sont présentés dans le Compendium moderne. (Gabe se renfrogna.) Certains d'entre nous l'ont moins bien vécu que d'autres, ajouta-t-elle dans un murmure.

La colère de Lore se cristallisa en quelque chose de plus difficile à identifier, un mélange de culpabilité, de honte, et d'un sentiment qui était presque, peut-être, de l'espoir.

— Alors qu'est-ce que nous faisons ? demanda-t-elle doucement.

— Les dieux étaient tous humains, autrefois.

Malcolm reposa le livre sur la table, après s'être assuré que Lore ne lui avait pas fait de mal. Il retira ses gants à petits gestes méticuleux, en prenant soin de ne pas regarder Gabe.

— Il doit y avoir un moyen de... Pas de Les arrêter complètement, peut-être, mais de Les décourager, d'une manière ou d'une autre.

— Et ce moyen se trouve sans doute dans cette prophétie, conclut Alie.

Alors que Malcolm refusait de regarder Gabe, la jeune femme ne faisait que cela, ses yeux vert sombre rivés sur la silhouette voûtée et abattue du Prêtre Exalté comme si elle pouvait le remettre d'aplomb par sa seule volonté.

— L'histoire de la Fontaine dit que Son pouvoir avait besoin d'être contenu dans des vaisseaux. Je ne pense pas que nous puissions changer cela. Mais nous pouvons retarder le processus, peut-être, inciter Apollius et Nyxara à redevenir dormants jusqu'à ce que des vaisseaux plus... appropriés soient fournis. La période n'est pas idéale pour que des manifestations physiques des dieux réapparaissent brusquement. Et Ils ne sont manifestement pas au mieux de Leur forme, si c'est vous qu'Ils ont choisis.

Gabe se frotta l'œil.

— Est-ce que cela aggravera les problèmes avec les cultures, et la météo ?

— Plutôt le contraire, en fait, répondit Malcolm. Quand on regarde les archives, rien de tout cela n'avait commencé avant la naissance de Bastian.

Un sentiment curieux remua dans la poitrine de Lore. Bastian était plus vieux qu'elle, bien que d'un mois ou deux seulement. Elle n'avait donc jamais vécu dans un monde qu'il n'avait pas altéré. Toutes les personnes présentes dans cette pièce avaient le même âge, et les changements du climat et du paysage avaient toujours été capricieux ; ils avaient commencé de façon subtile, avant d'empirer par degrés si infimes qu'elle n'y avait pas prêté attention avant qu'on le lui dise.

Et il y avait ce qu'Apollius avait affirmé quand ils rentraient de Courdigne. Comme quoi Gabe faisait tout autant partie du problème qu'elle. Et les autres.

Il y avait quatre autres dieux, mis à part Apollius et Nyxara. Quatre autres dieux, et trois personnes de plus dans cette pièce.

Mais assurément, si les choses étaient allées aussi loin – si ses amis avaient eux aussi un dieu dans la tête –, ils auraient dit quelque chose ? Peut-être pouvaient-ils arrêter le processus avant qu'ils en arrivent là.

Avec un soupir, Gabe se rassit sur son siège. Quand il reprit la parole, ce fut d'une voix mesurée.

— Très bien. Nous pouvons y jeter un œil.

Ni Alie ni Malcolm ne semblaient savoir comment réagir à sa soudaine capitulation après, le soupçonnait Lore, plusieurs semaines de résistance. L'espace d'un instant, ils restèrent immobiles, puis Malcolm bondit pratiquement vers la porte. Gabe le suivit à contrecœur. Lore s'apprêta à leur emboîter le pas, puis elle se tourna vers Alie.

Elle avait encore quelque chose à lui dire. Quelque chose qu'elle aurait sans doute dû lui avouer avant qu'ils entrent dans le bureau de Gabe, si elle n'avait pas été distraite.

Gabe et Malcolm s'éloignèrent vers l'escalier, croisant au passage la statue dérangeante d'Apollius. Lore s'attarda exprès, et Alie l'imita.

Tout comme quand elle leur avait dit qu'elle avait une déesse dans la tête, elle ne savait pas comment annoncer en douceur à Alie que Bastian avait tué son père. Enfin, son faux père. Et le faux Bastian. Elle se contenta donc de lui dire carrément.

— Alie, dit-elle d'une voix douce. Il y a encore une chose. (Son amie haussa un sourcil.) Avant notre départ, Bastian – enfin, Apollius, puisqu'Il avait totalement pris le contrôle – a tué Bellegarde.

Silence. Le seul indice qu'Alie l'avait entendue fut l'écarquillement de ses yeux, devenus vitreux dans la lumière de l'après-midi.

— Il est toujours là-bas ? demanda Alie dans un souffle. À Courdigne ?

Lore acquiesça.

— Bien, gronda Alie. Qu'il y pourrisse.

CHAPITRE 27

Quand la religion franchit-elle la limite entre foi et contrôle ?
Où est la frontière entre ce que dit un dieu,
et ce qu'un prêtre prétend qu'Il a dit ?

Tiré des écrits de Moira Killory, érudite caldienanne
ayant fui au Ratharc quand le Prêtre Exalté auverrain
a ordonné son arrestation, 150 ACD

Les prophéties rituellement scellées étaient conservées dans des chambres fortes sous l'Église. C'était un peu trop proche des catacombes au goût de Lore, mais les choix de cette dernière étaient désormais réduits, et aucun d'entre eux n'était plaisant.

Ils marchèrent pendant longtemps, serpentant le long de couloirs lambrissés avant de traverser un vestibule bordé de statues d'Apollius au marbre terni. Puis les couloirs se rétrécirent et leur trajet les emmena de la partie la plus large de l'Église, qui accueillait le sanctuaire sud, dans la partie la plus étroite, où se trouvaient les réserves et les cellules des moines. Tous les dix pas environ, ils passaient devant une chambre vide ne contenant rien d'autre d'un lit recouvert de draps blancs.

Lore trouva ces cellules désertes vaguement effrayantes. Mais leur progression lui laissait le temps de réfléchir. Un petit détail du recueil de mythes s'attardait dans son esprit, et après avoir retourné la question en tous sens, Lore accéléra le pas pour se mettre au niveau de Malcolm.

— Dans le livre, commença-t-elle, le pronom de la Fontaine avait une majuscule. Et Elle parlait. D'après mon expérience, ce n'est pas un comportement normal pour une fontaine.

Malcolm lui décocha un sourire disant qu'elle avait mis le doigt sur une question de théologie obscure qu'il serait absolument ravi de lui expliquer.

— Ce n'est pas normal, non. Il n'y a pas beaucoup de documents sur l'état de la religion avant l'émergence du panthéon, rien que quelques fresques peintes en Myrosh et une poignée de textes extrêmement vieux conservés dans les archives de la bibliothèque de la Caldien, mais la théorie principale est que la Fontaine était Elle-même considérée comme un dieu.

Lore pouvait à peine concevoir une époque antérieure au panthéon. Tout ce qu'elle avait toujours connu était centré sur Apollius, Nyxara et les dieux élémentaires.

— Tu veux dire qu'ils vénéraient une fontaine sur une île ? *Tout le monde* le faisait ?

— Ils ne la vénéraient pas à proprement parler. (Malcolm agita la main, comme s'il portait une balance invisible.) « Révérer » serait peut-être un meilleur terme. La Fontaine n'a jamais été une personne, et Elle n'était pas anthropomorphisée. D'après ce que les chercheurs ont pu déterminer, la Fontaine était vue comme la source de la terre.

Lore fronça les sourcils.

— La source de *quoi* sur terre ?

— De la *terre.* (Il sourit.) Tous les pouvoirs qui constituaient le monde entier, le… l'âme du monde, j'imagine, pour parler simplement. La Fontaine était l'âme de tout. Elle n'avait pas besoin de vénération, d'entretien ou de prières. Elle existait, c'est tout.

— Jusqu'à ce qu'Apollius La trouve.

— Jusqu'à ce qu'Apollius La trouve, L'ouvre et Lui parle. (Malcolm haussa les épaules.) Et La détruise, apparemment.

« Toute divinité naît dans l'égoïsme et le désespoir. » Voilà qui ne peignait pas un tableau très flatteur de la divinité.

— Mais est-ce qu'Il La cherchait ? Est-ce qu'Il a juste atterri sur le rivage de la Montagne Dorée avant de tomber par hasard sur l'âme du monde ? (Lore aboya un rire qui n'avait rien à voir avec l'humour.) Ça semble bien trop pratique pour être une coïncidence.

— Qui sait ? Peut-être qu'Il La cherchait. Peut-être qu'Il a juste eu de la chance.

Lore retomba dans le silence, mais ces questions ouvertes ne lui plaisaient pas. Elle ne parvenait pas à croire qu'Apollius – l'Apollius humain, qui n'était sûrement pas si différent que cela du dieu qu'Il était devenu – soit simplement tombé sur quelque chose d'aussi ancien et puissant que la Fontaine.

Le mythe disait qu'Il Lui avait posé la question qui tourmentait son cœur depuis longtemps. Et apparemment, Il n'avait pas aimé la réponse. Elle était presque sûre qu'Il avait cherché la Fontaine, dans l'espoir qu'Elle puisse Lui révéler quelque chose.

Lore secoua la tête.

— Si la Fontaine contenait l'âme du monde – à défaut d'un meilleur terme – et qu'Apollius et les autres ont pris Son pouvoir, est-ce que cela signifie que c'est Eux, l'âme de la terre, maintenant ?

Cette perspective ne lui plaisait pas, même si le monde n'avait pas nécessairement eu une âme immaculée avant cela.

Malcolm haussa de nouveau les épaules.

— Je ne pense pas que ce soit le genre de question à laquelle on puisse facilement répondre. Comme je l'ai dit, la Fontaine n'est pas l'âme du monde au sens propre. C'est seulement son essence concentrée, un lieu de grand pouvoir. (Il eut un petit rire.) Enfin, à supposer qu'Elle ait existé tout court. Mais en ce qui concerne l'âme du monde… (Il laissa mourir sa phrase, perdu dans ses réflexions.) J'ai l'impression qu'une chose pareille ne peut pas être déterminée par une personne. Ou même par un groupe de personnes, aussi puissantes soient-elles. Le monde n'appartient pas qu'aux puissants. Son âme doit être quelque chose qui nous concerne tous, non ?

Lore n'avait pas la réponse.

Malcolm et elle s'étaient entretenus à voix basse, non parce qu'ils ne voulaient pas être entendus, mais parce que l'atmosphère de ces lieux isolés de l'Église semblait inciter au silence. Alie marchait à quelques pas derrière eux ; elle les écoutait, mais n'avait pas éprouvé le besoin de participer à la conversation. Gabe était à plusieurs mètres devant eux, le dos droit, la démarche raide, comme s'il marchait à la bataille et non vers une chambre forte.

Lore se mordilla l'intérieur des joues tout en l'observant. Gabe, qui voulait seulement avoir raison. Gabe, qui voulait seulement être bon.

Comment un homme comme lui pouvait-il faire face quand ces deux choses devenaient trop compliquées pour l'entendement, trop impalpables pour qu'on s'y raccroche ? Quand le paradigme changeait au point d'être méconnaissable, et que le dieu que vous servez devenait le démon contre lequel on se protégeait ?

Elle l'aimait, lui aussi. Comme avec Bastian, c'était une évidence, une fois qu'elle s'autorisait à l'admettre. Cet amour-là était plus compliqué, embrouillé par la trahison de Gabe la nuit du rituel. Mais Lore commençait à se demander si elle était seulement capable d'éprouver un amour simple. Ce qu'elle était – ce qu'elle devenait – ne laissait pas beaucoup de place à la simplicité.

Et devait-elle lui dire ? C'était une autre question. Elle était fiancée à Bastian, et même si elle n'était pas forcément convaincue qu'un mariage s'ensuivrait, avec toutes ces histoires de dieux, il n'était sûrement pas juste pour l'un comme pour l'autre qu'elle admette les aimer tous les deux. Qu'elle admette qu'elle ne pourrait jamais faire un choix qui exclurait l'un ou l'autre.

Finalement, le couloir des cellules déboucha sur une petite porte, qui ouvrait sur un autre escalier. Celui-là était en pierre, et souterrain. Le froid qui en émanait était suffisant pour que les bras de Lore se couvrent de chair de poule, en dépit de la chaleur extérieure. Des appliques étaient fixées aux parois de la cage d'escalier, mais elles étaient éteintes ; cependant Gabe bricola une torche à partir des matériaux laissés à cet effet près de l'entrée. Elle s'enflamma dès qu'il la porta à la bougie la plus proche.

La pile de matériaux elle-même semblait ancienne quand Lore passa devant ; les bouts de tissu étaient si moisis qu'elle était surprise qu'ils aient bien voulu prendre feu. De toute évidence, personne n'était descendu ici depuis un bon moment.

Juste au moment où ses cuisses commençaient à protester sérieusement contre le nombre apparemment infini de marches – pas la meilleure idée du monde, après la longue chevauchée entre Courdigne et Dellaire –, l'escalier céda la place à un long couloir froid. Les parois étaient humides, et la torche de Gabe ne parvenait pas vraiment à disperser les ombres. Instinctivement, ils se rapprochèrent les uns des autres, s'attroupant autour de la lueur jaune comme des poules redoutant le noir.

— Bon, dit Malcolm en se tournant vers Gabe, c'est toi le Prêtre Exalté : tu sais sûrement où les prophéties sont conservées.

— J'en ai une vague idée, grommela Gabe.

Son œil unique parcourut les parois du regard alors qu'il se mettait lentement en marche. Malcolm, Alie et Lore le suivirent sans le lâcher d'une semelle ; Gabe leur lança à tous un regard noir, mais, concentré, il ne fit pas de commentaire.

Il n'y avait pas de portes sur les murs de pierre, mais une succession de numéros qui n'étaient pas dans l'ordre, un chaos sans queue ni tête. Gabe lança un coup d'œil à Lore par-dessus son épaule, le visage sévère.

— Quand nous trouverons la bonne pièce, tu vas devoir l'ouvrir. Certaines de ces serrures peuvent être ouvertes en utilisant la Mortem dans la pierre, mais d'autres ont besoin de plus, et je suppose que la prophétie d'Anton sera mieux protégée que les autres.

Ah, oui. Parce que Lore détenait toute la Mortem qui s'échappait autrefois des catacombes.

— Il va me falloir du temps pour m'y faire, dit Malcolm d'une voix faussement légère qui dissimulait ses véritables sentiments à ce sujet. Je sais à peine quoi faire de tout ce temps libre qui m'est tombé dessus.

— Apparemment, tu as été occupé à lire d'obscurs ouvrages de théologie, grommela Gabe.

— Pour être honnête, je le faisais déjà avant. Il devait y avoir une éclipse de lune mineure, cette nuit, d'ailleurs. Imagine, si Lore ne s'était pas lâchée ce jour-là sur les quais, je serais en train de me préparer au lieu de crapahuter dans les entrailles de l'Église avec vous trois.

Gabe grommela.

Derrière eux, Alie gardait le silence, ses traits délicats formant un masque indéchiffrable. Lore n'arrêtait pas de lui lancer des regards en coin, au cas où la colère qu'elle avait affichée quand Lore lui avait parlé de Bellegarde aurait cédé la place au chagrin, mais le visage fermé de la jeune femme ne donnait aucun indice de ce qui se passait dans sa tête.

Alie était la demi-sœur de Bastian. Lore n'avait pas l'intention de le dire à qui que ce soit – ce n'était pas à elle de le faire –, mais l'appréhension la rongeait quand elle pensait à ce que pouvait provoquer ce genre d'information. À ce qu'elle pouvait signifier.

Alie était une héritière Arceneaux, un membre de la famille élue par Apollius. Le savait-Il ? Que ferait-Il à ce sujet ?

Que ferait la Kirythea, si elle l'apprenait ?

Finalement, Gabe mit un terme à leurs déambulations dans le couloir sombre et humide. L'éclat de sa torche dansa sur les blocs de pierre gravés de numéros. Lore plissa les yeux pour voir celui auquel ils étaient arrivés : 918.

Le numéro ne signifiait rien de spécial pour elle, mais quand elle se tourna vers Malcolm, le bibliothécaire avait les yeux écarquillés.

— Fascicule 918, murmura-t-il. « Seule la Fontaine est éternelle. »

Lore fronça les sourcils.

— Je n'ai jamais entendu celui-là.

— C'est normal. (Gabe ne détourna pas son attention de la pierre, comme si son œil était une masse capable de la faire voler en éclats.) Il n'a jamais officiellement fait partie du Compendium. L'un des premiers prêtres a rapporté des lettres d'Apollius de la Montagne, et l'une d'elles contenait cette phrase. Les lettres ont été incluses dans les premiers brouillons du Compendium, mais elles en ont été retirées ensuite.

— On dirait que je ne suis pas le seul à lire de la théologie obscure, marmotta Malcolm.

— Donc les prophéties entreposées ici sont organisées par… quoi ? Le Fascicule le plus proche de son contenu ?

Lore fit un pas vers le mur. La Mortem était dense autour d'eux et bourdonnait pratiquement dans la pierre, ralentissant les battements de son cœur et lui picotant la paume des mains.

— Pas tout à fait, soupira Gabe. Elles sont classées en fonction du Fascicule sur lequel le prophète méditait au moment où il a reçu sa vision.

— Évidemment qu'Anton méditait sur des Fascicules proscrits auxquels seuls les dignitaires de l'Église ont accès, grommela Lore. Pourquoi ça ne m'étonne pas ?

Malcolm fit un geste vers Lore, puis vers la porte.

— Ni Gabe ni moi ne percevons suffisamment de Mortem pour déverrouiller la serrure. Elle est toute à vous, Reine Sanctifiée.

— Je te donnerai n'importe quel joyau du trésor royal si tu promets de ne plus jamais m'appeler comme ça.

Lore avait répondu sur le ton de la plaisanterie, mais ils savaient tous qu'elle était très sérieuse.

— Tu ferais mieux de t'y habituer, déclara sombrement Gabe, sans la moindre trace d'humour.

Lore secoua les mains et fit un nouveau pas en avant. Sa perception de la Mortem grandit jusqu'à ce qu'elle soit presque capable de l'entendre, un doux bruissement semblable aux chuchotis des vagues sur le rivage. Lore ne savait pas vraiment quelle part émanait de la magie dans la pierre et quelle part émanait de la magie en elle.

Quand elle toucha le mur, la puissance de la Mortem faillit la propulser en arrière ; une vrille froide s'insinua dans ses mains et serpenta jusqu'au cœur de son être. Elle était vaguement consciente de la présence de Gabe, qui s'avançait comme s'il pouvait l'aider. Mais il la laissa tranquille. Il n'y avait rien qu'il puisse faire.

La serrure de la pièce secrète était plus ou moins la même que celle des catacombes, où les cadavres des villageois avaient été dissimulés. Un nœud avec un mécanisme de déclenchement, un puzzle qui, une fois résolu, délimiterait la porte. Celle-ci utilisait beaucoup plus de Mortem que celle des catacombes. La prophétie devait vraiment être quelque chose, si elle était plus étroitement gardée qu'une armée de morts-vivants.

Quelques instants plus tard, Lore débrouilla le puzzle, la Mortem en son sein filant à travers ses mains pour défaire le nœud dans le mur. La roche qui l'entourait était un peu friable, mais rien d'alarmant. Lore en fut très soulagée, quand elle pensa aux dizaines de mètres d'Église et de terre au-dessus de leurs têtes.

Elle laissa retomber ses mains pendant que la serrure se défaisait, et les retourna pour examiner les étoiles grises sur ses paumes. Des filaments de Mortem s'attachaient encore à elle, comme ils l'avaient fait dans les catacombes. L'espace d'un instant, Lore fut prise de panique, puis elle inspira profondément pour se recentrer. Elle captura un peu de ces serpentins dorés qui brillaient à côté de ses ténèbres, le soleil de sa lune.

Le Spiritum brilla autour de ses doigts, éclat d'or pâle qui ne dura qu'un battement de cœur avant de disparaître, ne laissant que les étoiles grises derrière lui. Elles semblaient légèrement plus grandes qu'avant, et s'étendaient presque jusqu'à sa première articulation.

Elle se retourna vers les autres et désigna la porte, désormais clairement délimitée.

— C'est prêt.

Malcolm et Alie s'approchèrent avec empressement et poussèrent la porte, qui s'ouvrit avec le grincement des charnières rarement sollicitées et le crissement de la pierre. Gabe entra plus timidement, la torche flamboyante toujours en main.

Lore prit une autre inspiration apaisante, puis les suivit.

Pour une pièce rituellement scellée contenant une prophétie explosive, l'endroit n'avait guère d'allure. Des murs de pierre, un sol de pierre, qui n'étaient cependant pas aussi humides que le couloir. Lore supposait que les rats et autres vermines n'étaient pas un problème, avec la porte scellée par la Mortem. Il y avait une seule applique au mur ; Gabe s'en approcha avec sa torche, rapprocha la flamme de la mèche, et celle-ci s'enflamma aussitôt dans une langue de feu haute et droite.

La lumière curieusement stable de l'applique chassa les ombres dans les coins, éclairant enfin la prophétie elle-même. Un lutrin de pierre se dressait au centre de la pièce, surmonté d'un unique rouleau de parchemin enfermé sous un dôme de verre. Le dôme était similaire à ceux qui recouvraient les tables de la bibliothèque, mais sans porte au sommet ; le verre était une tombe, et le papier qu'il enfermait était censé ne jamais quitter sa place. Un reliquaire, saint et intouchable.

Malcolm était déjà penché au-dessus du dôme et vibrait pratiquement d'impatience, prêt à entamer sa lecture dès qu'il aurait suffisamment de lumière. Alie se tenait légèrement en retrait ; elle n'était pas courbée sur le verre comme lui, mais elle restait assez près pour bien voir, occupée à se mordiller la lèvre.

Lore ne s'approcha pas du tout de la prophétie. Elle finirait par la regarder, mais cette perspective l'emplissait d'appréhension ; un tourbillon lent et froid de peur montait dans sa poitrine et lui comprimait la gorge.

Gabe passa sa torche dans un anneau de fer au mur et croisa les bras.

— Eh bien ?

— Elle est longue, répondit Malcolm avant de froncer les sourcils. Et il y a quelque chose tout en bas que je n'arrive pas à lire, qui ne ressemble pas du tout à une langue écrite. Ce ne sont que des tourbillons et des lignes.

Ils attendirent tous en silence.

Malcolm se racla la gorge, puis lut d'une voix claire et ferme :

— « Deux choses doivent se produire pour qu'Apollius puisse revenir dans le vaisseau qu'Il a élu, et deux choses doivent être empêchées. Les choses qui doivent se produire : le roi infidèle doit être détrôné, et la fille des ténèbres doit être amenée devant l'élu, juste avant son ascension. »

Ces choses s'étaient déjà réalisées. Apollius était là.

— « Les choses qui doivent être empêchées », continua Malcolm. « La fille des ténèbres ne doit pas subsister après l'accomplissement de son objectif. Et la... » (Il s'interrompit, le front plissé, et se rapprocha du verre comme pour être sûr qu'il ne se trompait pas dans sa lecture.) « La guerre ne doit pas être permise, car aucun de ceux qui Lui sont fidèles n'est un ennemi, et notre tâche est de créer un Royaume Saint qui englobe toute la terre. »

— Plutôt un empire, on dirait, marmotta Alie d'un air sombre.

— On dirait aussi que nous avons déjà foutu en l'air la majeure partie de sa prophétie, ajouta Lore.

Malcolm agita la main pour les faire taire et poursuivit sa lecture.

— « Si ces conditions ne sont pas remplies à la perfection, le pouvoir de la Fontaine trouvera de nouveaux vaisseaux pour remplacer ceux qu'Elle a perdus ; un pour Nyxara, un pour Apollius, et pour Caeliar, Braxtos, Lereal et Hestraon. Le cycle recommencera, et entraînera le malheur du monde. »

Six dieux. Quatre personnes dans cette pièce. Bastian, qui attendait dans la Citadelle en se raccrochant à son identité.

Malcolm recula, l'air perplexe, puis regarda Gabe en silence.

— Ainsi, nous ne faisons pas face qu'à deux dieux, dit Gabe. Nous faisons face à Eux tous.

CHAPITRE 28

Le monde n'est pas éternel.

Gravé sur une digue en Myrosh

C'était totalement inapproprié, mais la première chose qu'éprouva Lore fut du soulagement. Ses soupçons s'avéraient corrects : Bastian et elle n'étaient pas seuls.

Le second sentiment qui la traversa, beaucoup plus approprié celui-là, fut la terreur.

Elle observa Gabe, tentant de deviner sa réaction. Mais Gabe n'était pas occupé à contempler le sol, avec ce pli en travers du front disant qu'il était plongé dans ses pensées. Au lieu de cela, il regardait l'applique sur le mur, avec sa flamme régulière qui ne vacillait presque pas.

— Alors, qu'est-ce que nous faisons de ça ? (Alie, comme toujours, qui acceptait l'information sans sourciller et allait de l'avant.) Comme Lore l'a souligné, la plupart de ces paramètres ont déjà été foutus en l'air, mais cela n'a pas empêché Apollius de posséder Son vaisseau.

— Mais toutes les prédictions ne se sont pas non plus réalisées, dit Malcolm. Personne n'a empêché une guerre. En fait, je dirais que la guerre est beaucoup plus proche qu'avant, après cette explosion.

Alie fronça les sourcils et son regard se perdit dans le vague.

— Et si la présence des autres dieux dans leurs nouveaux vaisseaux devait se manifester de la même manière que Nyxara et Apollius l'ont fait chez Lore et Bastian, je crois que nous nous en serions aperçus, poursuivit Malcolm. Ils devraient présenter des pouvoirs élémentaires, maintenant…

Il s'arrêta brusquement, comme si quelqu'un l'avait bâillonné. Il baissa les yeux vers ses mains, avant de les braquer sur Gabe.

— Les plantes, murmura-t-il. Dans la bibliothèque. (Lentement, le regard toujours rivé sur la flamme, Gabe acquiesça.) Et merde. (Malcolm contempla encore ses mains pendant un moment, avant de frotter ses cheveux coupés court.) Bordel de merde.

Toujours debout près de la prophétie, Alie écarquilla ses yeux verts. Aucun d'entre eux n'avait besoin d'expliciter ce que Malcolm venait de comprendre ; ils étaient tous traversés par la vérité comme par la pointe acérée d'une baïonnette.

— Est-ce que tu peux L'entendre ? souffla Alie. Braxtos ?

Malcolm secoua la tête, sa main tatouée d'une bougie plaquée contre sa tempe, comme s'il écoutait très attentivement le silence dans son esprit.

— Je n'ai rien entendu, rien qui ressemble à une voix. (Il tourna le regard vers Lore.) Quand est-ce que ça a commencé, pour toi ?

— Je L'ai entendue à une ou deux reprises l'année dernière, dit-elle, mais je ne savais pas ce qu'Elle était – qui Elle était – jusqu'à ce qu'Elle me le dise.

Était-ce la vérité, cependant ? L'ignorait-elle vraiment ? Qui d'autre aurait pu chuchoter ainsi dans sa tête, l'appeler depuis la mort qu'elle était capable de tresser et de façonner à volonté ? Lore était rompue à l'art d'éviter les choses auxquelles elle préférait ne pas penser, et elle avait employé ce talent au maximum de son potentiel.

— Ça a empiré quand Bastian et moi avons commencé à canaliser la magie ensemble, continua-t-elle à voix plus basse. Après avoir mis les cadavres au repos dans les catacombes. Après avoir restauré les champs.

Malcolm hocha lentement la tête, et quelque chose qui ressemblait à de l'espoir gagna ses traits.

— Donc je n'ai qu'à éviter de m'en servir. Ce que j'ai fait avec les plantes…

— De la magie de la terre, murmura Gabe, comme s'il tenait à dissiper tout malentendu.

Nouveau hochement de tête de Malcolm, plus crispé cette fois.

— Je ne le referai plus jamais, c'est tout, dit-il d'une voix faiblement triomphante. Je me contenterai… je me contenterai de me surveiller, de m'assurer que ça ne se reproduise pas, et Il ne pourra pas entrer dans ma tête.

Il dut se forcer à prononcer le pronom, comme s'il ne voulait pas reconnaître de qui il parlait exactement.

—Je ne crois pas que ce soit si simple, répondit Gabe. (Il observait toujours la flamme, une langue sinueuse de lumière qui dansait devant le mur de pierre.) Ce n'est pas possible. Si un dieu veut S'emparer de toi, Il le fait.

—Eh bien je refuse de l'accepter, putain de merde !

Depuis qu'elle connaissait Malcolm, Lore ne l'avait pas une fois entendu crier. Ce n'était pas un homme silencieux, mais c'était quelqu'un de mesuré, capable de rester d'humeur agréable et égale quelles que soient les circonstances.

Apparemment, ces circonstances-là étaient de taille à le faire craquer. Des larmes de rage brillaient dans les yeux de Malcolm, et il serrait les poings de part et d'autre de son corps, comme s'il pouvait empêcher la magie de s'en échapper s'il les maintenait fermés. Il avança vers Gabe tout en parlant ; étant donné que la vraie cible de sa colère n'était pas là pour la recevoir, il s'en prenait au Prêtre Exalté. Étant donné que le vrai coupable était un dieu, et la Fontaine qui Lui avait donné son pouvoir.

—Ça n'a aucun sens, que ce soit scientifiquement ou spirituellement, continua Malcolm en crachant presque ses mots. Il ne reste aucune magie dans le monde. Lore a pris toute la Mortem ; le Spiritum est réservé à Bastian. Si les dieux reviennent maintenant, c'est de la mauvaise manière, et nous devons trouver une solution !

—Nous allons essayer, murmura Alie.

Elle observa ses mains, ses longs doigts délicats. Elle prit une inspiration profonde, puis agita l'un d'eux.

Une brise traversa la pièce austère, caressant les cheveux de Lore. Bien sûr. Bien sûr.

—Nous allons essayer, répéta Alie en refermant les mains. Si tu n'as pas entendu Braxtos, Malcolm, et que je n'ai pas entendu Lereal, cela signifie qu'il nous reste encore du temps.

Alie n'avait jamais mentionné une affinité quelconque avec la magie, mais elle était restée distante pendant tout le tour d'été. Peut-être que la raison était là.

Deux dieux élémentaires. Plus que deux.

Le regard de Malcolm, empli de confusion, passa d'Alie à Gabe.

—Je ne veux pas d'un dieu dans ma tête.

Gabe se détourna enfin de la flamme au mur. Elle bondit brusquement vers le haut, comme si elle protestait, éclaboussant la pierre d'un éclat jaune.

— Moi non plus, dit-il dans un murmure. Mais essayer de ne pas utiliser le pouvoir ne semble pas du tout L'avoir ralenti.

Trois sur quatre.

Lore ravala la boule sèche et épineuse qui montait dans sa gorge, la culpabilité amère qui la rongeait. Bien sûr que les derniers dieux s'empareraient de ses amis, des gens proches d'elle, tout comme les dieux élémentaires avaient été proches de Nyxara. Un autre sacrifice qu'elle avait fait malgré elle.

— Depuis combien de temps ? demanda-t-elle à Gabe.

Il soupira, et ses épaules s'affaissèrent.

— Deux semaines, environ. Depuis que nous avons commencé à travailler sur ta barrière mentale, après que tu m'as parlé des rêves. (Il aboya un semblant de rire rauque.) Ça nous a été d'une grande aide, d'ailleurs, n'est-ce pas ?

La masse épineuse dans la gorge de Lore grossit. Chaque inspiration qu'elle prenait était une scie, l'effort qu'elle faisait pour ne pas pleurer poussait derrière ses yeux comme si ces derniers allaient sortir de leurs orbites. Elle s'était ramollie. Le barrage de ses larmes avait été démoli.

— Ce n'est pas comme pour toi, cependant, continua Gabe. (Il refusait de regarder l'applique, désormais, mais apparemment il ne voulait pas non plus regarder ses compagnons et préférait contempler le sol.) Toi, tu entends une voix concrète, tu as… des *conversations*. (Il prononça ce mot comme s'il le dégoûtait.) Les dieux élémentaires n'ont jamais été aussi puissants qu'Apollius et Nyxara. C'est plus comme avoir des idées qui ne m'appartiennent pas vraiment. Des impulsions.

Son œil se tourna brièvement vers Lore, et lui lança un unique regard brûlant.

— Hestraon était le plus puissant des dieux élémentaires, cependant, déclara Gabe d'une voix sûre et détachée, comme s'il récitait des faits académiques sans lien avec lui. Si Alie et Malcolm ne ressentent pas encore ces… ces impulsions, peut-être qu'ils ne les sentiront jamais. Peut-être que les autres dieux sont trop faibles.

— Ça fait donc Braxtos, Hestraon et Lereal. (Alie semblait la plus assurée d'eux tous. Il n'y avait pas une trace de vacillement dans sa voix, même si la main qu'elle avait utilisée pour manipuler l'air tremblait encore un peu.) Il ne reste plus que Caeliar. (Elle laissa échapper un rire aigu, un peu dément.) Quelqu'un a vu un inconnu flotter dans les eaux près du port, récemment ?

— Nous ne pouvons pas en rester là, décréta Lore en croisant les bras sur sa poitrine. Nous ne pouvons pas rester assis sans rien faire et laisser la situation continuer.

Tout était déjà en ruine parce qu'elle était toujours en vie, toujours là, telle une déchirure dans la prophétie permettant qu'Ils ascensionnent tous au lieu d'un seul.

La culpabilité plantait ses griffes dans sa poitrine, décidée à y élire domicile de façon permanente.

Gabe sembla penser la même chose qu'elle. Ses lèvres formèrent une ligne dure.

— Nous ne savons pas qui recevra le pouvoir de Caeliar.

— Jusqu'ici, nous avons eu relativement de la chance, dit Malcolm. Nous sommes tous du même côté. Qui sait si ça va durer ?

Lore songea aux ombres dessinées par la lune et aux épaules tendues de Bastian quand ils étaient arrivés à Courdigne, quand elle l'avait obligé à admettre ce qui se passait. « Nous sommes dans le même camp, n'est-ce pas ? »

C'était vrai. Mais ce n'était pas le camp gagnant.

— Il doit s'agir de quelqu'un de la Citadelle, dit-elle. Tous les autres dieux ont choisi une personne qui était proche de moi. Des gens avec qui j'ai les mêmes relations que Nyxara avec les autres dieux. (Lore poussa un rire éraillé.) Du moins c'est ce que je suppose, étant donné qu'il ne nous reste qu'une pauvre poignée de mythes.

Gabe hocha la tête.

— Dans ce cas, nous gardons un œil sur les courtisans. Tous ceux avec lesquels tu as passé du temps.

— Et après, quoi ?

Il n'avait pas la réponse à cette question. Aucun d'entre eux ne l'avait.

Alie pianotait nerveusement des doigts sur son bras tout en examinant la prophétie, comme si elle pouvait obliger les mots à changer de sens pour devenir des réponses.

— Nous devrions parler à Anton. (Deux paires d'yeux et un œil unique se tournèrent vers elle, tous ronds. Elle haussa les épaules.) C'est lui qui a entendu cette prophétie, non ? (Elle désigna le dôme de verre avec répugnance, comme s'il contenait une araignée plutôt qu'un morceau de papier.) Peut-être qu'il se souvient de quelque chose qui n'a pas été consigné.

—Je suis d'accord. Nous avons besoin de toutes les réponses que nous pouvons trouver.

Même si elles ne faisaient aucune différence. Lore s'efforça de ne pas y penser. Toutes les réponses du monde ne signifiaient rien s'il n'y avait pas une faille à exploiter pour les tirer de là.

—Il est fou, déclara Malcolm. *Extrêmement* fou, plus fou que quand il était le Prêtre Exalté.

—C'est le genre de chose qui arrive, quand un rosier pousse au milieu de ton corps, gronda Gabe.

—Et a-t-il dit quoi que ce soit de cohérent depuis, Votre Sainteté ? demanda Malcolm d'une voix chargée de venin. Je sais que tu vas régulièrement lui parler. Est-ce qu'il t'a dispensé des paroles de sagesse, ou est-ce qu'il s'est contenté de délirer ?

Gabe ne répondit pas, mais la flamme derrière lui grandit d'un cran.

—Je ne vois pas ce que nous pouvons faire d'autre, intervint Alie d'une voix glaciale. (La pièce sembla se refroidir, comme si une brise hivernale la traversait, mais peut-être était-ce seulement l'imagination de Lore.) À qui d'autre sommes-nous censés poser la question ?

Malcolm leva les mains au ciel.

—Il ne reste pas assez de raison à cet homme pour nous dire quoi que ce soit d'utile, et même s'il le faisait, comment saurions-nous qu'il ne ment pas ?

—Nous ne le saurions pas. (Lore se tapota la tempe avec un demi-sourire ironique.) Mais la déesse dans ma tête le saura sans doute.

—Et tu es prête à Lui faire confiance ? demanda Gabe d'une voix sourde.

—Je n'ai pas vraiment le choix, si ? rétorqua Lore.

—Il semblerait que ce soit le thème de la conversation, marmotta Malcolm. Très bien. Nous allons en parler au prêtre dément.

Ils mirent au point un plan tout en empruntant en sens inverse les couloirs de pierre humides sous l'Église, et en remontant l'escalier étroit et rarement utilisé, éclairés par la torche fixe de Gabe.

À minuit, quand le soleil serait couché et que Nyxara pourrait s'exprimer librement dans la tête de Lore, Gabe et elle rejoindraient discrètement le jardin de la Presque Mort et la serre où le corps ravagé d'Anton était enraciné. Ils entendraient ce que le prêtre avait à dire, puis ce que Nyxara en pensait, et le lendemain matin, tous les quatre se retrouveraient dans la pièce du confessionnal pour en tirer autant de sens que possible.

— Et Bastian ? (Tout en posant la question, Lore connaissait déjà la réponse. La seule réponse possible.) Est-ce qu'on ne devrait pas l'inclure ? Apollius est faible, la nuit ; il pourrait nous accompagner et obtenir des réponses.

Elle fermait la marche de leur petite troupe, et put donc voir les trois autres échanger des regards furtifs. Ils n'essayaient même pas d'être discrets.

— Ce n'est pas une bonne idée, dit Malcolm, leur porte-parole officieux. Pas s'il est dans un état aussi avancé que tu le dis.

Ils étaient tous sous l'influence de dieux, à présent, et Lore avait envie de les traiter d'hypocrites. Mais Malcolm avait raison. Bastian était le plus atteint d'entre eux. Néanmoins…

— C'est différent, la nuit…

— Non.

La réponse de Gabe tomba comme un couperet, éliminant toute possibilité de question. Juste après l'avoir prononcée, cependant, il se rembrunit.

L'idée que Bastian soit enchaîné à Apollius semblait lui peser autant qu'à Lore.

Il se tourna vers elle, le regard empli d'inquiétude.

— Est-ce qu'il est… Je veux dire, à quel point…

Elle avait envie de le rassurer. Elle ne voulait pas le contaminer avec cette appréhension continuelle qu'elle ressentait chaque fois qu'elle pensait à Apollius expulsant Bastian de son propre corps. Mais l'ignorance n'aiderait personne.

— C'est grave, murmura-t-elle.

Gabe prit une inspiration tremblante.

Quelques pas devant eux, Alie serra les lèvres et baissa brièvement les yeux vers le sol. Lore se demanda si elle pensait à son père, à ce qu'Apollius avait fait quand il occupait le corps de Bastian.

Peut-être n'était-elle pas si indifférente au sort de Severin qu'elle voulait le faire croire. Même s'il n'était pas son père, même s'il avait été cruel, il avait tout de même fait partie de sa vie pendant vingt-quatre ans. Ce genre de lien était difficile à défaire.

Par les dieux, la mère de Lore n'avait fait partie de sa vie que pendant treize années – qui n'avaient jamais été agréables – et elle ne savait toujours pas comment se sortir de cet embrouillamini. Son esprit ne cessait de ressasser le moment où la Prêtresse de la Nuit – Lilia, elle s'appelait Lilia – l'avait implorée de fuir, dans le jardin de pierre éclairé par la lune. Où elle lui avait dit qu'elle pouvait jeter une rose dans le puits pour lui demander de l'aide. Attendait-elle encore un signe, en bas ? Allait-elle regarder le sol de terre battue chaque jour, attendant d'y voir une rose fanée ?

Peu importait. Lore ne voulait pas de son aide. Lilia n'aurait pas plus d'informations à leur fournir qu'Anton, et Lore préférait encore se retrouver face à ce dernier. Elle préférait faire n'importe quoi plutôt que d'affronter de nouveau les catacombes et ceux qui y vivaient.

Même si Nyxara voulait qu'elle s'y rende. *Surtout* si Nyxara voulait qu'elle s'y rende. Lore devait constamment se rappeler qu'elle ne pouvait pas totalement se fier à la Déesse Enfouie, même si elles semblaient globalement avoir le même but.

Et peut-être était-ce un peu un prétexte. Mais c'était un prétexte auquel Lore comptait bien se raccrocher.

Dans sa tête, quelque chose de semblable à un soupir.

L'étroit couloir des cellules ouvrit sur les plafonds immenses et les alcôves couvertes de vitraux de l'Église à proprement parler. Gabe se tourna vers Lore.

— À ce soir.

— Est-ce que tu veux venir le voir ? demanda-t-elle.

Malcolm et Alie détournèrent la tête en faisant semblant de ne pas l'avoir entendue.

Gabe hésita. Il observa le mur, comme s'il ne voulait pas la regarder ; ses mains tatouées tressaillirent.

— Non, répondit-il finalement. Je ne peux pas... Non.

Et elle ne pouvait pas le forcer.

Après un dernier coup d'œil, Gabe s'éloigna. Il s'était débarrassé de sa torche quand ils avaient atteint le sommet de l'escalier, mais la lumière du soleil couchant qui traversait les fenêtres l'auréolait encore de couleurs enflammées, faisant flamboyer ses cheveux.

Malcolm fit un signe de tête à Lore et à Alie, et partit dans la direction de la bibliothèque. Après son départ, Lore poussa un soupir.

— Tu vas sans doute devoir nous faire sortir d'ici, dit-elle à Alie. Je suis complètement désorientée.

— Je crois que je ne vais pas rentrer tout de suite à la Citadelle, répondit Alie d'un ton distrait.

Le front marqué d'un pli, elle prit la direction opposée à celle empruntée par Gabe. Lore regarda autour d'elle pour essayer de se repérer ; Alie se dirigeait vers le couloir bordé de vitraux représentant chaque membre du panthéon.

— Où est-ce que tu vas, alors ?

Un silence ; quand Alie répondit, il y avait un petit rire rauque dans sa voix, quelque chose qui pouvait facilement se changer en rire ou en sanglot. La même lumière qui avait nimbé Gabe de feu la rendait éthérée, comme si, silhouette de brume impalpable, elle n'était pas tout à fait là.

— Prier. Peut-être. Je ne suis pas encore sûre.

CHAPITRE 29

Les praticiens non autorisés de la Mortem qui n'étaient pas physiquement assez forts pour les mines des Îles Calcinées étaient souvent exécutés et disséqués. De nombreuses découvertes médicales ont été réalisées de cette manière, y compris les propriétés d'extension de la vie que présentent les poisons, même si la découverte la plus intéressante se situait, étrangement, au niveau de la gorge. D'après les écrits, tous les praticiens de la Mortem avaient la bouche emplie d'une petite quantité d'eau qui apparaissait au cours des minutes suivant la mort. Les premiers comptes-rendus de la mort d'autres praticiens de magie élémentaire relatent le même phénomène.

Rapports archivés dans l'université de Kettleburgh, Ratharc

Lore mit un certain temps à trouver son chemin pour sortir de l'Église – maudits soient ceux qui les avaient conçues, elle et la Citadelle – et quand elle franchit enfin les portes pour déboucher sur la pelouse sud, le soleil avait à moitié sombré derrière l'horizon, et le ciel était quadrillé de bandes roses et or.

Est-ce que Tu nous aideras vraiment, ce soir ? demanda-t-elle à Nyxara tout en traversant le jardin, les treillis de roses et les tonnelles ensevelies sous la végétation. Le soleil brûlait avec trop d'ardeur, flétrissant les bords des pétales et desséchant les plantes grimpantes.

Je n'ai toujours cherché qu'à t'aider. Sa réponse était ténue, encore entravée par la dernière tranche de soleil. *Je n'ai jamais voulu cela.*

« Cela », c'est-à-dire la prophétie, le nouveau règne d'Apollius. « Cela », c'est-à-dire tout ce qui avait suivi le refus de Lore de mourir.

Navrée de Te causer des problèmes parce que j'ai refusé de me laisser assassiner, cracha-t-elle en franchissant d'un pas lourd les portes de la Citadelle.

Ne le sois pas, dit-Elle. *Il faut mettre fin à ceci, d'une manière ou d'une autre.*

Ce n'était pas vraiment réconfortant.

Les couloirs étaient presque déserts quand Lore rejoignit les appartements qu'elle partageait avec Bastian. La plupart des courtisans prenaient un peu de repos avant une nuit de fêtes et de débauche. Elle se demanda si certains d'entre eux trouvaient cela étrange que Bastian ait délaissé ce genre d'activité quand il était devenu le Roi Sanctifié, s'ils s'étaient attendus à ce qu'il garde une attitude frivole même après être monté sur le trône. Peut-être pas. Peut-être qu'ils ne consacraient pas beaucoup de temps à penser à lui, maintenant qu'il n'était plus leur Prince-Soleil, maintenant qu'il était l'élu d'Apollius. La sainteté était une cage dans laquelle ils l'avaient cantonné.

Elle s'arrêta au pied de l'escalier, démunie. Elle pouvait sûrement faire quelque chose de plus utile qu'attendre minuit. Elle songea brièvement à descendre dans les cachots pour tenter d'interroger elle-même Caius et Maxon. Elle n'avait rien d'une diplomate, mais cela jouerait peut-être en sa faveur.

Une voix, provenant de l'angle du couloir. Instinctivement, Lore se dissimula dans une alcôve, se faufilant dans l'espace exigu entre le mur et la statue d'une sirène. Bastian avait vendu de nombreuses œuvres d'art de la Citadelle à des bibliothèques et à des universités pour financer la rémunération des citoyens, mais apparemment aucune bibliothèque ou université n'avait voulu de celle-là.

— C'est étrange, c'est tout. (Elle ne reconnaissait pas cette voix, ce qui ne signifiait pas grand-chose. Lore n'avait pas eu le temps de se familiariser avec chaque noble mineur de la cour.) Si j'avais fait prisonnier deux officiels de haut rang d'un empire ennemi, je le clamerais sur tous les toits. C'est presque comme s'il ne voulait pas que Jax l'apprenne.

— Et pourquoi voudrait-il le clamer ? (Une autre voix masculine, indolente et emplie de désintérêt.) Pour déclencher une guerre ?

— La guerre a déjà commencé. (Lore entendit l'inconnu boire.) Tout ce que je dis, c'est que ça semble étrange de les enfermer pour une putain d'explosion, puis de ne rien faire. Je sais que nous étions tous surpris par la performance de la sorcemort, mais suis-je vraiment le seul à me demander quel est son plan ? Ou peut-être qu'il est simplement devenu fou, comme on dit que c'était le cas du vieil August, à la fin.

Lore se raidit.

— Qu'est-ce que tu en penses, Amelia ? demanda la voix. Le roi est-il fou, irréfléchi ou seulement plus occupé à baiser la reine des poisons qu'à régner ?

Dame Demonde devait avoir échappé aux griffes de son mari pour trouver un peu de répit auprès de gens de son âge. Malgré elle, Lore était un peu fière d'elle.

La voix douce d'Amelia répondit :

— Je crois que les intentions du roi, quelles qu'elles soient, nous dépassent. Il sait ce qu'il fait.

— Une réponse digne de notre petite souris d'église. (Le premier interlocuteur pouffa.) Je croyais que tu avais renoncé à toutes ces fadaises religieuses quand tes parents ont été mis hors-jeu, mais souris d'église un jour, souris d'église toujours.

Amelia ne répondit pas. Les deux autres courtisans se mirent à parler d'autre chose, et leurs pas s'éloignèrent. Lore resta dans sa cachette exiguë jusqu'à être sûre qu'ils étaient partis, puis elle se faufila de nouveau dans le couloir.

« Souris d'église. » Cela lui pinçait le cœur de voir que leurs surnoms d'enfance étaient si similaires. Elles avaient aussi toutes les deux été utilisées et rejetées par la religion, bien que ce soit d'une manière différente.

Tout en se frottant la hanche à l'endroit où la statue de sirène lui avait certainement laissé un bleu, Lore se dépêcha de faire le reste du trajet jusqu'à ses appartements, ne voulant pas prendre le risque de tomber sur quelqu'un d'autre.

Alexis était le prêtre de la Presque Mort de garde au dernier étage. Occupé à se curer les ongles avec une de ses dagues, iel leva la tête à son approche et haussa un sourcil doré.

— Est-ce que vous êtes venue jusqu'ici en courant ?

— Il se trouve que oui. (Lore rajusta sa robe, qui était désormais humide de sueur en plus d'avoir trempé dans les flaques d'eau stagnante dans les entrailles de l'Église. Très royal de sa part.) C'est important de faire de l'exercice.

— J'espère que vous ne vous êtes pas épuisée. (Un sourire malicieux passa sur le visage du garde.) Votre fiancé a passé toute la journée enfermé dans ses appartements. J'imagine qu'il vous attend avec impatience.

Bastian, enfermé, en train de batailler contre le dieu dans sa tête. Lore s'obligea à sourire.

— Je suis sûre que je vais trouver un second souffle.

Alexis laissa échapper un rire au moment où Lore ouvrait la porte et entrait dans les appartements.

Le silence qui y régnait était pesant, comme une couverture étouffant un feu. Le gargouillis de la fontaine au centre de la véranda était lui-même étrangement assourdi. Des ombres longues s'étiraient depuis les plantes attroupées près des fenêtres, piste qui suivait la chute du soleil. Dans sa tête, Nyxara était muette, mais son silence était lourd de sens et non paisible.

Lore gravit beaucoup plus lentement les marches qui menaient à la chambre de Bastian que celles qui montaient dans la tourelle. Elle ne savait pas vraiment ce qu'elle trouverait au sommet.

L'escalier en colimaçon la fit déboucher dans la chambre de Bastian, et elle plissa les yeux pour s'habituer à la pénombre.

La chambre était en plein chaos. Un palmier en pot était renversé par terre, répandant sa terre sur le carrelage. La petite table était elle aussi retournée, comme si elle avait été violemment poussée, et un vase qui avait contenu un bouquet de roses était désormais un amas de tessons de poterie et de pétales. Les couvertures et les oreillers étaient entassés au pied du lit.

Et sur le lit, recroquevillé en boule sous le drap restant, Bastian.

Silencieusement, en osant à peine respirer, Lore contourna le chaos pour le rejoindre. Bastian avait le visage rouge, le torse nu. Des égratignures couraient le long de sa tempe, rouge vif même dans la lumière tamisée du crépuscule. Malgré tout, son expression était paisible, ses traits empreints du relâchement d'un corps qui est demeuré tendu bien trop longtemps, comme si sa bouche était restée grondante pendant des heures.

Elle tendit le bras et lui effleura le visage.

Il se réveilla aussitôt en sursaut, tous les muscles crispés, prêt à se battre. Lore lutta pour ne pas broncher, et garda la main posée sur son visage par un pur effort de volonté. Elle ne voulait pas que Bastian la voie reculer face à lui.

— Merde. (Bastian se détendit à sa vue. Il s'assit sur le matelas et frotta ses yeux encroûtés de sommeil.) Je ne voulais pas que tu me voies comme ça, marmonna-t-il. J'ai l'air de quelqu'un qui a été attaché à la queue d'un cheval au galop.

— Ne sois pas vaniteux.

Même maintenant, collant de sueur et les yeux injectés de sang comme s'il se relevait tout juste d'une fièvre, Bastian Arceneaux restait l'homme le plus injustement beau que Lore ait jamais vu. Elle détourna les yeux pour examiner la pièce en désordre.

— Je suppose qu'Apollius n'a pas été beau joueur, aujourd'hui.

Elle s'était exprimée d'un ton léger, mais elle ne pouvait pas dissimuler la douleur dans sa voix.

— Non, en effet, répondit-il à voix basse. J'ai réussi à Le… contenir pendant la majeure partie de la journée, mais parfois Il remontait suffisamment à la surface pour manifester Sa contrariété d'être enfermé. (Il fit un geste grandiloquent du bras vers la table renversée, et le terreau échappé du palmier en pot.) C'est dommage, pour les plantes. Celle-là venait tout juste de sortir une nouvelle feuille.

— Je suis sûre qu'elle s'en remettra.

Lore faillit dire qu'elle pouvait demander à Malcolm de venir pour la remettre en forme, mais elle se mordit la langue. Bastian arrivait peut-être de mieux en mieux à garder Apollius sous contrôle dans sa tête – si le fait de Le laisser mettre sa chambre en pièces était Le garder sous contrôle –, mais le dieu était toujours présent, et elle ne devait pas mentionner le réveil des dieux élémentaires dans leurs nouveaux vaisseaux.

C'est plus sage, murmura Nyxara. *Il a fini par regretter de Nous avoir invités à partager le pouvoir.*

Ces quelques mots sonnaient comme l'introduction d'une histoire plus longue. Mais la déesse ne poursuivit pas.

Il y avait une bouteille de vin sur la table de chevet, miraculeusement restée intacte. Il n'y avait pas de verre, mais les lèvres de Bastian arboraient des taches violettes révélatrices, qui contrastaient comme des bleus avec sa pâleur maladive. Il faisait les mêmes choses qu'elle pour essayer de forcer son corps à plonger dans un sommeil sans rêves.

Bastian suivit la direction de son regard.

— Excès d'alcool, dit-il avec un faible rire. C'est un péché, n'est-ce pas ? Peut-être que je devrais aller me confesser auprès de Gabe.

Il prononça son nom comme s'il pouvait l'utiliser pour attirer l'intéressé ici. Comme s'il cherchait une excuse pour le sentir sur sa langue. Ils n'étaient entiers que quand ils étaient trois, et il leur manquait toujours un élément.

Lore s'assit avec précaution sur le lit à côté de lui ; il se décala pour lui faire de la place, mais pas au point de ne pas la toucher. Elle ne mentionna pas Gabe.

— Est-ce que tu t'es mis à rêver ?

Il leva la main et la passa d'un air las sur son visage.

— Juste une fois, répondit-il. Mais je l'ai senti venir depuis longtemps. J'avais des flashs de rêves étranges chaque fois que nous canalisions la magie ensemble, mais je n'en ai jamais fait de cohérent avant l'explosion. (Son regard fatigué se perdit dans le vide.) J'oscillais entre les deux, ce jour-là. J'étais principalement Lui, mais j'étais toujours là, quelque part.

« *Tu es une merveille.* » Elle se souvenait de ce murmure, juste avant qu'elle perde connaissance.

Bastian frissonna, sans qu'elle sache si c'était un reste de lassitude de sa journée de lutte ou la conséquence d'un souvenir.

— Ce rêve était si horrible que je ne veux plus jamais en faire d'autres.

Ils restèrent assis en silence pendant un moment. Timidement, la main de Bastian se glissa dans la sienne.

Cela lui fit mal de voir cet homme timide. De le voir amoindri, sa présence flétrie par les efforts qu'il fournissait pour garder le contrôle de son esprit alors qu'un être si puissant tentait de se l'approprier.

Et ce geste lui rappela ce qu'Apollius lui avait dit juste avant de tuer Bellegarde. « *J'aime ma femme.* » Anton et ceux qui l'avaient suivi ne voulaient manifestement pas que Lore – Nyxara – entre dans l'équation, mais apparemment Apollius était d'un autre avis.

Quelle part de cet amour que Bastian professait pour elle lui appartenait réellement, et quelle part venait du dieu ? Quelle part de l'amour qu'elle éprouvait, pour lui ou pour Gabe, lui appartenait réellement ?

Tu appartiens uniquement à toi-même, déclara Nyxara. Un écho, quelque chose que la déesse avait déjà dit à Lore devant la fuite de Mortem. *Mais je ne sais pas ce qu'il en est pour lui.*

Lore se mordit violemment l'intérieur de la joue.

Bastian regarda l'obscurité presque totale qui envahissait la fenêtre.

— Je devrais me lever, dit-il alors que sa voix était ténue, frêle et épuisée. Je ne veux pas gaspiller mes quelques heures de lucidité.

Mais, alors même qu'il essayait de sortir du lit, il fit la grimace et son visage pâlit encore plus, soulignant d'autant mieux les égratignures sur sa tempe.

—Non. (Elle posa la main sur son épaule et le repoussa. Un écho d'avant, quand elle l'obligeait à prendre soin de lui, à ne pas épuiser son corps ou son esprit.) Prends un peu de temps pour te reposer vraiment. Il n'y a pas grand-chose que tu puisses faire la nuit, de toute façon.

—Je suis le Roi Sanctifié, dit-il avec un sourire las. Je peux faire tout ce que je veux.

—Pas avec une tête de cadavre bouilli, non. (Elle repoussa ses cheveux trempés de sueur.) J'essaie de ne pas t'encourager dans ta vanité constante, mais ce n'est sans doute pas une bonne idée que quelqu'un te voie dans cet état.

Il se dégonfla un peu, puis poussa un soupir et leva les yeux au ciel.

—J'imagine que non. Nous ne voudrions pas leur montrer jusqu'où les puissants sont tombés.

L'idée que quiconque le voie aussi diminué lui serra le ventre d'appréhension, surtout après la conversation qu'elle avait surprise dans le couloir. Tout était si précaire, suspendu en équilibre au bord du gouffre. Ils ne pouvaient se raccrocher à rien de concret, et personne ne devait connaître leurs faiblesses.

Bastian posa la main sur sa joue, et Lore s'abandonna malgré elle à son contact.

—Tu veux bien rester?

—Je ne peux pas. (Elle posa sa propre main sur celle de Bastian et la ramena vers sa cuisse.) J'ai… j'ai des choses à faire.

Il ne lui demanda pas quelles choses. Il *voulait* lui demander, et savait qu'elle ne pouvait pas le lui dire, car cela avait un rapport avec le dieu dans sa tête, tapi derrière ses pensées pendant que le soleil se tapissait derrière l'horizon.

Bastian hocha la tête, juste une fois, puis reposa la tête sur l'oreiller.

—Bonne chance, dans ce cas.

Lore acquiesça tout en sentant de nouveau ce picotement infernal au bord de ses paupières. Elle se leva rapidement, avant que le picotement puisse se changer en quelque chose de liquide.

—Rendors-toi.

—Je vais essayer.

Mais son regard se brouillait déjà, et il cillait lentement.

Lore partit avant de se remettre à pleurer.

Des heures plus tard, juste avant minuit, Lore se glissa par la porte des appartements.

Elle s'attendait à trouver un garde devant l'entrée, mais il n'y avait personne dans le couloir sombre, ni Alexis ni un autre prêtre. Lore s'était armée d'une histoire de fête à laquelle elle était invitée tandis que le roi restait au lit parce qu'il se sentait souffrant, mais apparemment elle n'en aurait pas besoin.

Elle n'allait pas s'en plaindre. Moins de personnes la voyaient se faufiler dehors en douce, mieux c'était. Gabe avait sans doute donné un ordre pour les tenir à l'écart pendant la nuit.

Les couloirs étaient plongés dans le noir et déserts, tout comme Lore s'y attendait. Dans la Citadelle, minuit était réservé aux fêtes et aux rendez-vous galants ; ce genre de choses avait d'ordinaire lieu dans les appartements privés des nobles plutôt que dans les couloirs. Les rares couples et groupes qu'elle croisa étaient trop occupés pour la remarquer alors qu'elle se faufilait dans les ombres. Cela lui rappela le moment où Bastian avait fait semblant de l'embrasser pour que la veste-de-sang qui patrouillait dans les couloirs ne s'intéresse pas à eux. C'était entièrement lui, à l'époque. Bastian et Bastian seul, ses lèvres posées sur celles de Lore, pendant un moment où leur faux baiser aurait pu devenir réel.

Par les dieux, c'était bien la dernière chose dont elle devait se soucier. Une fois qu'ils auraient fait sortir Apollius de sa tête – et Nyxara de la sienne –, alors ils pourraient faire le tri entre les sentiments qui leur appartenaient et ceux qui avaient été implantés en eux, ce qu'ils voulaient et ce que les dieux avaient voulu. Tous les trois.

Ce n'est pas si simple, dit Nyxara.

Tais-Toi, répondit Lore.

Elle longea les couloirs dorés, traversa les salles opulentes remplies d'œuvres d'art. Elles étaient moins remplies qu'autrefois, même si les efforts de Bastian pour atténuer l'immense écart de fortune avaient faibli à mesure qu'Apollius s'ancrait dans son cerveau. Lore se renfrogna en passant devant une statue du dieu Lui-même, Ses mains dégoulinant de grenats. Cela n'aurait pas dû être une surprise que le dieu de la vie et du jour et de chaque putain de chose se foute royalement des gens qui mouraient dans la misère. C'était là le dieu qui avait parlé à Gerard Arceneaux d'obéissance et de châtiment, sans jamais mentionner qu'il devait prendre soin de ceux qui l'entouraient.

Lore était d'humeur résolument massacrante quand elle franchit enfin les doubles portes qui donnaient sur la pelouse sud. Le Presque

Mort de garde se contenta de lui adresser un hochement de tête, en la regardant à peine. Gabe devait l'avoir prévenu de sa venue ; Lore supposait qu'elle était sans doute la seule personne à se balader dans la Citadelle en cape noire au cœur de l'été.

C'était étrange que Gabe ait ordonné au garde devant leurs appartements de quitter son poste, mais pas à celui-ci, cependant.

Lore ne perdit pas de temps à creuser la question. Elle prit à droite et traversa d'un pas vif la pelouse humide de rosée, vers la grille en fer du jardin de la Presque Mort. Elle n'était pas fermée à clé, et Lore se glissa silencieusement entre les battants, sa cape flottant derrière elle.

La lune était pleine, et son éclat projetait des ombres diffuses sur le sol. La chaleur et l'absence de pluie signifiaient qu'aucune nouvelle fleur n'avait poussé ; la majorité du jardin était encore composée de tiges brûlées, des vestiges de la nuit du rituel. Elles se dressaient dans l'air nocturne comme des doigts accusateurs, étrangement sinistres dans la lumière argentée.

Lore suivit les allées qui serpentaient jusqu'à la serre dans le coin. Quand elle passa devant le puits, elle garda les yeux droit devant elle, refusant de le regarder. Il était fermé, heureusement, la Presque Mort ayant remis en place le couvercle et la statue d'Apollius après avoir découvert qu'il ne restait plus de Mortem. Malcolm avait dit qu'il y avait eu une éclipse de lune mineure, l'après-midi même ; elle se demanda si l'un des prêtres était venu ici pour vérifier l'absence de fuite.

Elle plaqua les mains contre ses cuisses, dissimulant les étoiles grises au centre de ses paumes. Elle n'avait pas laissé la moindre parcelle de Mortem s'échapper d'elle depuis le jour où elle avait brisé les roses de pierre, les réduisant en poussière. Lore ne tenait pas particulièrement à réfléchir aux implications de son talent pour contenir le pouvoir de la mort, au fait qu'elle n'avait même pas besoin d'y penser, la plupart du temps, comme si elle était faite pour cela.

Dans sa tête, Nyxara prit soin de garder le silence.

Les parterres de fleurs pétrifiées étaient maculés de cendre et de suie, lourds des relents du feu alors même que celui-ci était éteint depuis longtemps. Enfin, la serre apparut devant elle. Une lueur dansait derrière les parois de verre.

Lore baissa son capuchon et pénétra à l'intérieur.

La serre était tout aussi encombrée que lors de sa dernière visite. Des pots d'herbes brunissantes, des arbres d'ornement grêles trop faibles pour fleurir. Des détritus, entassés ici pour détourner l'attention de ce qui se trouvait plus loin.

Lore se fraya un chemin vers la lumière vacillante. Elle diffusait un éclat plus intense que la normale, qui s'étendait à une distance peu naturelle.

Le pouvoir du feu. Hestraon dans la tête de Gabe, pas aussi puissant que Nyxara ou Apollius, mais bien présent.

Le Prêtre Exalté était un pilier d'ombre au fond de la serre, appuyé contre la paroi de verre. Il avait revêtu la tenue noire de la Presque Mort. Son cache-œil était tourné vers Lore, et il ne pivota pas à son approche, entièrement concentré sur la pitoyable créature enracinée dans le sol.

Son état avait empiré. Les roses qui s'épanouissaient à travers Anton prospéraient, en contraste macabre avec le reste du jardin. La pousse dans l'orbite balafrée de son œil gauche avait un nouveau bouton, qui caressait la peau ravagée de son front brûlé. Des épines avaient percé la peau de ses bras, laissant du sang séché dans leur sillage, et d'autres étaient visibles juste sous l'épiderme, poussant vers l'extérieur, prêtes à se frayer un passage au moindre mouvement.

— Et voici la déesse. (Sa voix était écorchée, comme si les épines dans ses bras étaient aussi tapies dans sa gorge.) Deux sur six, venus me rendre visite. À quoi dois-je ce plaisir ? (Un rire atroce et déchirant s'arracha à sa gorge ravagée.) Six coupes brisées, là où il ne devrait y en avoir qu'une. Le cycle est entamé, désormais. Vous ne pouvez pas rendre ce que vous avez pris, pas tant qu'Il est là. La divinité est capable de s'adapter.

— Il semble que nous ayons notre réponse, déclara Gabe d'une voix dure, toujours sans la regarder. Il n'y a aucun moyen d'inverser le processus.

— Oh, *maintenant* vous voulez l'inverser ? ricana Anton. (Sa bouche était tordue sur le côté, crochetée par une tige épineuse. Du sang mêlé de salive gouttait sur le sol chaque fois qu'il parlait.) Je savais que c'était ce que tu deviendrais, Gabriel Remaut, fils d'un traître. J'ai essayé de te sauver, de te rendre saint, de t'amener là où tu ne connaîtrais jamais d'autre pouvoir que celui de la mort. Et c'est ainsi que tu me remercies ? Que tu *Le* remercies ? Il n'est pas étonnant que tu sois devenu l'avatar du plus traître des dieux, après la Déesse Enfouie Elle-même. (Son œil unique pivota dans la direction de Lore.) Pas si enfouie que cela, maintenant, n'est-ce pas ?

Un picotement chatouilla la nuque de Lore.

— Qu'est-ce que vous voulez dire ?

Anton sourit, du moins autant qu'il le pouvait.

— Pourquoi ne vas-tu pas le découvrir ?

— Nous perdons notre temps, dit Gabe.

Cependant, le ton de sa voix démentait ses paroles. C'était douloureux, et il voulait en finir.

Lore compatissait, mais elle refusait d'accepter qu'ils ne puissent rien faire, que le destin soit une tombe scellée qu'ils ne pouvaient ouvrir. Elle carra les épaules et fusilla du regard l'homme enfoui sous les roses et le lierre.

— Il doit y avoir un moyen d'obliger les dieux… de Les obliger à attendre d'autres vaisseaux. De meilleurs vaisseaux, plus adaptés. Nous pouvons sûrement Les renvoyer là où Ils étaient avant, quand Ils ne faisaient de mal à personne.

— On ne peut pas *obliger* un dieu à faire quoi que ce soit, fillette, déclara Anton. Tu as lu ma prophétie, n'est-ce pas ? Je peux le voir. Tu as lu les mots qu'Apollius Lui-même m'a adressés, alors que j'inspirais la fumée sacrée des braseros, quand j'ai vu les cieux s'ouvrir et Sa lumière briller sur moi. (Son semblant de sourire s'élargit, et du sang jaillit au coin de sa bouche. Peut-être n'était-ce plus du tout un sourire. Peut-être était-ce une grimace, désormais.) Tu as tout lu.

Quelque chose là-dedans ne semblait pas être l'entière vérité. Elle fouilla dans ses souvenirs de la nuit du rituel pour tenter de voir si elle n'avait pas oublié quelque chose, quelque chose qu'il aurait laissé échapper.

Au fond de sa tête, Nyxara se taisait et attendait. Cela faisait sans doute partie des choses dont Elle ne pouvait pas parler.

— Alors quoi ? (Elle croisa les bras et intensifia son regard noir.) Nous restons sans rien faire et nous laissons le panthéon s'emparer de nous ?

— Les choses suivent un cycle, dit Anton, ce qui n'était pas vraiment une réponse. Et il y a plus d'une manière d'obtenir tout le pouvoir, tout ce qui s'est échappé de la Fontaine. Même si toi, jolie fille-déesse, tu es une complication, comme toujours. Il ne peut pas voir clairement, avec toi.

Lore haussa un sourcil.

— Est-ce que vous allez encore essayer de vous débarrasser de moi ? Ça risque d'être difficile, maintenant que vous avez des racines.

Encore ce rire écorché. Anton ne répondit pas.

Mais l'esprit de Lore s'arrêta sur quelque chose, les efforts de son subconscient produisant enfin un souvenir utile. Cette nuit-là, alors que le jardin brûlait autour d'eux, Anton avait dit qu'Apollius avait désigné Lore par son nom. Mais il n'y avait aucune mention d'elle dans la prophétie qu'ils avaient lue, aucune mention du moindre nom mis à part celui des dieux.

Et il y avait ces marques étranges au bas du parchemin, celles que Malcolm avait été incapable de lire…

Lore saisit la main de Gabe et l'entraîna dans la pièce principale de la serre. Il ne résista pas, mais son visage était empli de confusion quand elle se retourna pour lui faire face.

— Nous devons retourner examiner la prophétie.

Il fronça les sourcils.

— Qu'est-ce que cela pourrait nous apporter ?

— Il doit y avoir un passage que nous avons manqué. Une information inédite. Nous n'avons pas tout lu.

Elle s'attendait à devoir défendre son point de vue, mais étonnamment, Gabe sembla la croire sur parole. Il hocha la tête, puis regarda par-dessus son épaule, vers Anton.

— Je ne pense pas qu'il ait quoi que ce soit à nous dire.

C'était presque un aveu. Anton n'avait aucune utilité. Il n'avait plus aucune raison d'être.

Derrière l'épaule de Gabe, elle vit l'ancien Prêtre Exalté tressaillir. Un nouveau filet de sang tomba de sa bouche. Son œil brilla d'une lueur démente dans le clair de lune.

— Il n'y a rien de plus dans cette prophétie, lança-t-il d'une voix râpeuse en se penchant en avant. Vous avez tout lu. Vous êtes condamnés.

Lore lança un regard vers Gabe.

— Ça vaut une confirmation qu'il y a autre chose à voir.

Anton gronda et tenta de s'extraire des roses qui poussaient à travers son corps, cherchant à l'attaquer comme un animal. Malgré sa haine profonde pour cet homme, la pitié lui étreignit le cœur.

Gabe regarda encore son ancien mentor pendant quelques secondes, la bouche crispée, les tendons saillant sur son cou. Puis il se détourna et se dirigea vers la porte de la serre.

— Gabe, murmura Lore. Il n'est pas… Tu devrais…

Elle ne pouvait pas vraiment se résoudre à prononcer les mots. *Ce n'est pas une vie, pour lui. Tu devrais abréger ses souffrances.*

Elle n'avait pas besoin d'en dire plus, cependant. L'œil bleu de Gabe se ferma ; sa tête plongea vers le bas, cachant son visage à l'éclat de la lune.

— Je ne peux pas, chuchota-t-il. Je te l'ai dit. Il est…

C'était maintenant son tour de ne pas dire les mots, mais Lore les connaissait déjà. Du moins, elle connaissait leur sens. Il était le seul père qui restait à Gabe.

Sur ce, ils quittèrent la serre, suivis jusqu'au bout par les grondements d'Anton.

CHAPITRE 30

La vérité est aussi souvent une blessure qu'un réconfort.

Proverbe myroshan

Lore et Gabe traversèrent la nuit comme des spectres. La lune, plus pleine et plus brillante qu'elle n'aurait dû l'être, éclaira leur chemin alors qu'ils quittaient le jardin et couraient sur la pelouse. Puis ils pénétrèrent dans l'Église aux couloirs plongés dans le silence de l'obscurité. Les ombres se rassemblaient dans les coins alors que les couloirs se rétrécissaient près des cellules.

Gabe fabriqua une autre torche et s'engagea dans l'escalier. Maintenant qu'ils savaient où aller, ils se dirigèrent droit vers la porte derrière laquelle se trouvait la prophétie d'Anton. Lore la déverrouilla, plus rapidement cette fois, comme si la Mortem dans le mur la reconnaissait.

À l'intérieur, le lutrin, le dôme de verre. Lore ne s'en était pas approchée, la dernière fois, mais elle le fit à présent avec la même appréhension que si elle passait devant un loup endormi.

Quand sa peur irrationnelle que le parchemin se mette soudain à claquer des crocs et lui saute à la gorge s'estompa, Lore s'approcha autant que possible, les yeux plissés pour compenser le reflet de la torche sur le verre. La prophétie était rédigée dans une écriture ornementée, difficile à déchiffrer. Honnêtement, c'était un exploit que Malcolm ait réussi à la lire si clairement, même si cette partie-là était en auverrain.

Après avoir péniblement décrypté la partie qu'il avait déjà lue, elle arriva à ces étranges lignes au bas du parchemin. Des boucles et des tourbillons, des traits et des formes angulaires. Si elle ne les regardait pas en face et les examinait du coin de l'œil, au bord de son champ de vision, ils se changeaient presque en symboles ; mais, mis à part cela, ils n'avaient aucun sens.

Brise le verre. J'ai besoin de mieux voir.

Nyxara, qui mettait fin à Son silence après presque une heure. Sa voix semblait plus faible, cette nuit, et Lore prit cela comme un bon signe. Si lire le parchemin affaiblissait les entraves qui empêchaient la déesse de parler clairement d'Apollius, cela signifiait qu'ils étaient dans la bonne direction.

Le dôme de verre était fermement attaché au lutrin ; quand Lore le poussa, il ne bougea pas d'un cheveu.

— Tu crois que tu pourrais utiliser tes nouveaux pouvoirs pour forcer cette chose à s'ouvrir ?

Gabe haussa les sourcils, mais il vint se placer à côté d'elle. Les bras croisés, il examina la prophétie d'un air sombre.

— Tu as conscience que le parchemin est inflammable ?

— Extrêmement, oui.

— Et que je suis encore novice dans toute cette histoire de dieu du feu ?

La manière dont ils plaisantaient à ce sujet était irréelle. Tout était bon pour faire face, sans doute.

— Je crois en toi. Ça ne doit pas être beaucoup plus dur que de changer un objet en pierre avec la Mortem. Tu n'as qu'à… (Elle agita la main vers le dôme.) Diriger le feu vers les bords et les faire fondre, ou quelque chose comme ça.

Gabe leva les yeux au ciel, mais il se pencha pour examiner le point où le verre était soudé à la pierre, tout en remontant ses longues manches noires.

— Je n'ai jamais essayé quoi que ce soit de ce genre, l'avertit-il. J'ai plutôt évité totalement de m'en servir, en réalité.

Lore était à peu près certaine qu'il était trop tard pour ça, mais elle ne le dit pas.

Gabe ferma son œil bleu, prit une inspiration profonde par le nez et la relâcha par la bouche. Doucement, il posa les doigts juste à la jonction du verre et de la pierre.

Rien, au départ. Puis un souffle puissant.

Elle ne savait pas vraiment à quoi elle s'était attendue ; à des flammes jaillissant des doigts de Gabe, peut-être. Mais elle vit des filaments orange brillant, qui crépitaient comme des braises, s'insinuer le long du dôme de verre.

Un peu plus tôt, quand Alie avait recourbé le doigt et appelé le vent, Lore avait accordé plus d'attention à ce qu'elle ressentait qu'à ce qu'elle voyait. Si elle avait été plus observatrice, elle aurait peut-être vu d'autres filaments, chatoyants et fins comme une toile d'araignée, qui modelaient l'air. Comme la Mortem et le Spiritum, mais plus impalpables. Moins viscéraux.

Un léger grésillement, un « pop », et le verre céda sous l'assaut de la chaleur après des décennies passées dans la fraîcheur des souterrains.

Gabe s'empressa de ramener les mains vers lui, puis il serra les poings. Les langues de feu s'éteignirent en crépitant.

— La vache.

Les yeux écarquillés, Lore contemplait les doigts du prêtre, émerveillée.

Gabe plia et déplia les doigts en observant d'un air méfiant le verre brisé et la prophétie en dessous, comme s'il s'attendait à ce que le parchemin s'enflamme à tout moment.

— Nous ne devrions pas jouer avec ces pouvoirs si nous pouvons l'éviter, dit-il, comme s'il se sermonnait lui-même. Nous devrions faire tout notre possible pour les repousser.

— Avec un peu de chance, ceci pourra nous dire comment y parvenir, murmura Lore en tendant prudemment la main dans le dôme brisé pour soulever le parchemin. (Avec un temps de retard, elle regretta de ne pas avoir les gants dont Malcolm usait pour manipuler les manuscrits.) Et comment forcer les dieux à nous lâcher la grappe pendant quelques siècles.

— Ou indéfiniment, murmura-t-il.

La douleur dans sa voix transperça Lore. La vie de cette dernière n'avait pas laissé d'espaces vides où la foi pouvait facilement grandir. Mais celle de Gabe, si. Gabe avait fait de la foi sa vie, et à présent ils œuvraient contre la seule chose qu'on lui avait appris à attendre, à espérer.

Que restait-il, quand votre foi partait en flammes ? Laissait-elle dans son sillage le genre de cendres qui encourageaient le renouveau, ou seulement un désert ?

La prophétie ne se désintégra pas dans ses mains. De minuscules éclats de verre tombèrent en pluie quand elle sortit le parchemin du dôme, et étincelèrent dans la lumière de la torche. Lore tint le parchemin devant ses yeux et attendit que les gribouillis dénués de sens au bas de la page se changent en quelque chose de lisible.

Rien ne se produisit.

Est-ce que je m'y prends mal? demanda-t-elle à la déesse dans sa tête.

Quand la réponse de Nyxara lui parvint, elle était assourdie. *Laisse-Moi faire.*

Trois mots, rien de plus, mais ils balayèrent le système nerveux de Lore comme un poison. Trop de sous-entendus étaient cachés dans ces quelques syllabes. La laisser faire ce qu'elle voulait. La laisser prendre le contrôle.

— Non.

Lore comprit qu'elle avait parlé à voix haute en voyant Gabe, la main posée sur le manche de la dague dans son baudrier, tourner la tête vers elle. Elle pinça les lèvres et obligea les mots suivants à rester dans son esprit, pour ne pas l'effrayer.

Tu as dit que Tu étais différente. Tu as dit que Tu ne voulais pas faire ce qu'Apollius a fait…

C'est vrai, Lore. Elle semblait si lasse. *Je ne veux pas M'emparer de toi. Mais cette écriture est ancienne et Je suis la seule de nous quatre à pouvoir la lire.*

Nous quatre. Elle, Nyxara, Gabe et Hestraon, quelque part dans la tête de Gabe. Lore déglutit. *Est-ce qu'Hestraon est comme Toi ? Est-ce qu'Il parle ?*

Non, répondit Nyxara. Une vague de chagrin endeuillé accompagna ce mot. *Ils ont tous diminué trop rapidement, quand Ils sont partis.*

Et Lore voulait aussi Lui poser des questions à ce sujet, mais il y eut une étincelle dans sa tête, un éclair de douleur. Elle serra les dents pour lutter contre cette sensation, et sut que Nyxara était encore prisonnière de Ses entraves, qu'Elle serait incapable d'en dire plus.

Elle se détendit donc, ou essaya de le faire, et décrispa les muscles autour de ses paupières serrées, de sa mâchoire. *Comment dois-je procéder ?*

Contente-toi de ne pas Me combattre, répondit Nyxara. Puis la déesse jaillit.

De façon terrifiante, ce n'était pas déplaisant. C'était comme s'endormir après une longue journée, comme laisser son corps s'enfoncer dans un matelas. Les pensées de Lore devinrent brumeuses et émoussées, et même si elle pouvait encore voir la pièce – les murs de pierre, le verre brisé, la prophétie dans ses mains et Gabe qui la regardait comme s'il savait que quelque chose clochait sans pouvoir déterminer quoi –, tout était brouillé. C'était un peu comme quand elle canalisait la Mortem ; son sang ralentit dans ses veines, coagulé, et sa peau devint froide.

Avec un effort accru, elle réussit à se concentrer sur les lignes incurvées au bas du parchemin, même si ses yeux étaient devenus la seconde paire de son corps. Sa vision se scinda en deux avant de fusionner de nouveau.

Et les symboles sur la page prirent un sens.

Ce n'étaient pas des mots, du moins pas dans un langage que Lore pouvait lire ; Nyxara avait dit qu'il était ancien, et Lore ne savait lire que l'auverrain, ou le caldienan, à la rigueur. Mais même si ces symboles n'étaient pas des mots, elle savait tout de même ce qu'ils signifiaient, les connaissances de Nyxara devenant les siennes.

« Lore est la clé, le catalyseur, le germe. La seule qui était nécessaire ; les autres étaient des remplaçants. L'écho de la divinité commence en elle, puis prend racine. »

Sa mère lui avait dit qu'elle était le germe de l'apocalypse. Le terreau dans lequel poussait le chaos. Et « les remplaçants » : cela devait signifier la Sorcière de la Nuit, et ceux que la Garde Enfouie avait envoyés dans la tombe d'obsidienne, qui en étaient sortis avec une part d'eux-mêmes en moins. Des vaisseaux mineurs, qui n'étaient pas faits pour cela, contrairement à elle.

Il y avait autre chose.

« Si les autres dieux devaient retrouver Leurs pouvoirs, celui qui désire vivre pour toujours doit Les tuer de nouveau, car la véritable immortalité ne viendra qu'à celui qui détient l'intégralité de la Fontaine. Le pouvoir est fait et défait de la même manière, et ceux qui vivent des vies parallèles seront vidés de l'intérieur.

Un choix doit être fait parmi les trois qui sont liés. L'aide viendra du lieu qui a été fui. Quelqu'un doit réparer ce qui a été brisé. »

Cette dernière partie cryptique de la prophétie sonnait différemment de la première, comme si elle avait été transmise par une entité différente. Anton avait communié avec Apollius, mais si quelque chose d'autre s'était glissé dans sa vision ? Quelque chose qui ne voulait pas de la domination du Dieu Sanglant ? Un vestige d'une autre conscience, quelque chose qu'Anton ne comprenait pas quand il avait griffonné ces symboles.

Nyxara se retira aussi rapidement qu'elle avait surgi, telle la marée reculant vers l'océan. Lore hoqueta et tomba à genoux sur la pierre dure, inspirant à pleins poumons l'air froid.

Aucun de vous n'est en sécurité. La voix de Nyxara était empreinte de peur, et un dieu apeuré était une chose terrifiante. *Il veut tout, cette fois.*

— Qu'est-ce que tu veux dire ? demanda Lore, se remettant à parler à voix haute dans son état vulnérable.

Mais Nyxara ne répondit pas. Il était impossible de déterminer l'heure qu'il était, ici, mais l'aube devait se rapprocher, atténuant sa perception de Nyxara, étouffant Sa voix.

— Est-ce que tu es en train de Lui parler ?

Gabe prononça le pronom comme si c'était une malédiction, ce qui était injuste de sa part, en réalité. Il avait lui aussi un dieu qui habitait dans sa tête.

Lore s'essuya la bouche tout en hochant la tête, préférant ne pas relever son impolitesse. Le moment était mal choisi.

— Elle t'a dit quelque chose d'utile ? pressa-t-il.

— Je n'en suis pas sûre, pour être honnête.

« Un choix doit être fait parmi les trois qui sont liés. L'aide viendra du lieu qui a été fui. »

Quelqu'un devait réparer ce qui avait été brisé, mais tant de choses étaient brisées.

Le parchemin gisait sur le sol, là où Lore l'avait laissé tomber ; Gabe le ramassa, l'examina sommairement, puis le remit sur le lutrin. Le document ne semblait pas avoir souffert du traitement qu'ils lui avaient infligé.

Lore le contempla néanmoins d'un air sombre.

— Malcolm nous tuera s'il découvre que nous y avons touché sans gants.

— Je crois que Malcolm est un peu trop préoccupé pour s'en soucier. (Gabe se retourna vers la porte.) Viens. Le soleil ne va pas tarder à se lever.

Lore scella de nouveau la pièce, laissant l'amas de verre éparpillé sur le sol. Gabe et elle remontèrent l'escalier et retraversèrent le quartier des cellules en silence, en avançant aussi vite qu'à l'aller. Les premières lueurs faiblardes de l'aube filtraient à travers les vitraux de l'Église.

Lore ne comprit à quel point elle avait espéré trouver une sorte d'absolution dans la prophétie qu'au moment où elle en fut privée. Elle avait su, de façon abstraite, que son ascension avait déclenché celle des autres, que sa survie avait été le portail qui avait permis aux pouvoirs des dieux de trouver de nouveaux hôtes chez elle et chez les personnes auxquelles elle tenait le plus. Les personnes dont elle était proche, avant et maintenant. Des vies vécues en parallèle.

Égoïste, égoïste, égoïste.

Et qui t'a enseigné que c'était une mauvaise chose ? Nyxara semblait presque en colère.

Bien sûr que c'est une mauvaise chose. Lore serra les dents. *Bien sûr que c'est mal, quand cela signifie que j'entraîne tout le monde dans ma chute. Moi, je ne suis pas une grande perte.*

Chaque personne qui meurt est une grande perte, gronda Nyxara dans sa tête. *Aucune n'a moins de valeur. Il faut plus d'une personne pour accomplir un changement de cette ampleur, même si cette personne est un dieu. Ne Le laisse pas imposer à quelqu'un d'autre le fardeau de Son propre égoïsme.*

Gabe bifurqua dans le couloir bordé de vitraux représentant le panthéon. En touchant le sol, la lumière qui traversait le vitrail de Nyxara adoptait des teintes d'hématome. Pénétrer dans cette lumière d'un noir violacé eut un effet apaisant sur la peau de Lore, comme l'ombre après le soleil.

Trouve un autre moyen. Un silence. Ses paroles suivantes furent à peine perceptibles ; elles se désintégrèrent dans le néant alors que la nuit laissait entièrement place au jour. *Trouve-Moi. Les catacombes, Lore.*

Puis Nyxara disparut.

Lore et Gabe ne croisèrent personne alors qu'ils se frayaient un chemin dans une Église anormalement déserte. Apparemment, Gabe se sentait suffisamment à l'aise pour parler.

— J'imagine que le reste de la prophétie ne t'a pas dit comment arrêter tout ça.

Il ne chercha pas à dissimuler son sentiment de défaite. Ses épaules formaient une courbe, ses cheveux étaient en bataille dans la lumière colorée des vitraux.

— Pas vraiment.

Mais il lui avait dit quelque chose ; ce passage à la fin, sur le pouvoir qui était fait et défait. Sur le fait que la personne qui voulait l'immortalité essaierait de tuer les autres dieux au moment de leur réveil.

— Elle m'a dit que vous deviez partir, déclara Lore, brusquement sûre d'elle-même. Tous ceux qui montrent les signes d'un... d'un nouveau pouvoir. Cette prophétie disait que, si tous les dieux se réveillaient, celui qui désirait la véritable immortalité devait Les tuer. Il s'agit forcément d'Apollius, n'est-ce pas ?

— Ça n'a aucun sens.

— Rien de tout cela n'a de sens ! Nous savons que la divinité n'est pas synonyme d'immortalité ; sans cela, pourquoi voudrait-Il revenir ?

Il a passé toutes ces années à vivre dans le Royaume de lumière, ou du moins à vivre quelque part, et maintenant Il décide de revenir ? Pourquoi, sinon parce qu'il y a quelque chose ici qu'Il veut ?

— Il a toujours promis de revenir. (Mais Gabe semblait avoir des doutes.) Il a toujours dit qu'il refaçonnerait Son royaume.

— Mais qu'est-ce que ça *signifie*, Gabe ? s'exclama Lore en levant les bras. Et s'il avait toujours été question de Sa poursuite de l'immortalité, et pas du tout de Ses fidèles ? Et s'il avait toujours été uniquement question de ce qu'Il veut, et au diable le reste ?

Elle pouvait sentir la vérité de ses paroles brûler dans son cœur, telle une graine déposée par les paroles de Nyxara et arrosée par sa propre certitude. Une fois, quand elle était petite, elle avait vu un crocodile sur la plage, installé la gueule ouverte dans l'eau peu profonde, immobile comme la mort. Elle avait eu l'intelligence de ne pas s'en approcher, mais s'était assise sur le sable pour l'observer. Elle avait vu un oiseau sautiller dans sa direction sans remarquer le danger, parce que le crocodile ne bougeait jamais, parce qu'il faisait partie du paysage, et que l'oiseau ne voyait rien d'anormal. Pour finir, cet oiseau avait sauté dans la gueule du crocodile.

Et ce dernier avait refermé les mâchoires dans un claquement.

C'était remarquablement et horriblement facile de pousser les gens à accepter des choses terribles quand on intégrait ces choses dans le paysage normal. Quand on concevait le monde autour d'elles, afin qu'elles ne jurent pas avec le reste. Il était facile de tromper les gens pour les amener à croire que « puissant » signifiait « bienveillant », surtout quand ils n'avaient aucune issue, aucun recours, et devaient vivre sous le poids de cette injustice. Il suffisait de réduire leur impression de choix – de leur donner l'illusion que, s'ils n'acceptaient pas la situation, ils n'auraient rien – pour qu'ils rentrent dans le moule.

Car parfois, trouver une autre voie semblait impossible.

— Apollius n'est pas bon.

Pourquoi ses lèvres tremblaient-elles au moment de le dire ? Lore ne s'était jamais considérée comme quelqu'un de croyant, quelqu'un qui pouvait se bercer d'illusions sur la bonté des dieux. Mais maintenant qu'elle le disait carrément, elle avait l'impression d'arracher le pansement d'une plaie qui ne guérirait peut-être jamais.

— Alors pourquoi continuer de prendre des pincettes ? Peut-être que nous devrions chercher un moyen de Le supprimer avant qu'Il puisse nous supprimer, nous. (Elle inspira profondément.) De Le supprimer avant qu'Il puisse refaire le monde à Son image. Car, si nous avons appris quelque chose, c'est bien que Son image n'a rien de désirable.

Gabe la contempla fixement avec une expression choquée.

— Tu ne peux pas être sérieuse.

— Si, murmura-t-elle. Je le suis. Les dieux étaient humains, autrefois, Gabe. Ils avaient des défauts humains. Je ne laisserai pas l'un d'entre eux supprimer les gens que j'aime. Je ne Le laisserai pas me tuer.

Gabe lui tourna brusquement le dos, le poing serré sur ses cheveux, et s'appuya contre le vitrail le plus proche. C'était celui représentant Hestraon, remarqua Lore, mais elle ne le souligna pas.

Il s'écoula une bonne minute, emplie des inspirations saccadées de Gabe, qui menaçaient de se changer en sanglots. Il reprit la parole sans quitter sa position près de la fenêtre.

— Est-ce que la prophétie disait autre chose ? demanda-t-il en choisissant apparemment d'ignorer que Lore venait de déclarer la guerre à son dieu. Un moyen de… d'amoindrir Leur emprise ?

Lore soupira.

— Elle disait : « Le pouvoir est fait et défait de la même manière. » Je suis trop fatiguée pour y réfléchir maintenant. Nous avons tous les deux besoin de sommeil ; après ça, nous en discuterons avec Alie et Malcolm.

Elle ne lui parla pas de la toute dernière partie. Des choix à faire, de l'aide d'un lieu qui a été fui, de réparer ce qui était brisé. Elle garda cela pour elle.

Gabe hocha la tête, le front toujours plaqué contre le vitrail. Puis il reprit sa progression dans le couloir, sans regarder la représentation d'Hestraon, sans regarder Lore.

Ils franchirent les portes de l'Église et plongèrent dans le chaos.

Tous les membres de la Presque Mort qu'ils n'avaient pas croisés dans les couloirs étaient là, occupés à faire des allées et venues depuis les portes doubles de la Citadelle, escortant des courtisans ensommeillés depuis l'intérieur pour les faire attendre sur la pelouse. Tous les nobles semblaient aussi perdus que Lore, et échangeaient des murmures inquiets.

Gabe saisit le bras d'un membre de la Presque Mort qui passait à sa portée. Alexis.

— Qu'est-ce qui s'est passé ?

— Un cadavre, répondit-iel, le visage marqué par l'inquiétude. (Son regard fila vers Lore.) Nous l'avons trouvé dans les appartements royaux. Elle était salement défigurée, mais on pense pouvoir la faire identifier par son mari, s'il arrête un jour de hurler.

Un corps mutilé, dans les appartements qu'elle partageait avec Bastian.

— Est-ce qu'ils ont une idée de qui il s'agit ?

— Amelia Demonde, répondit Alexis.

CHAPITRE 31

Je suis la seule autorité. Tous les pouvoirs seront rassemblés entre mes mains, et l'éternité me livrera ses secrets.

Le Livre de la Loi Sacrée, Fascicule 1004[1]

Les médecins n'avaient rien fait pour que le corps d'Amelia ait l'air… eh bien, moins mutilé. Et après tout, c'était inutile. Le cadavre gisait là où il avait été trouvé dans la véranda de Bastian, tache rouge vif sur le carrelage blanc, loin des regards indiscrets des courtisans. Une plaie béante bâillait sur le cou d'Amelia, faite de lambeaux de peau et de tendons rabattus pour révéler l'éclat humide et jaunâtre de l'œsophage. L'un de ses yeux était une charpie sanglante que Lore ne voulait pas examiner de trop près, mais il semblait qu'elle ait également été poignardée là. Ses ongles s'étaient brisés à force de griffer le carrelage. La Presque Mort l'avait retournée sur le dos, mais elle avait été trouvée sur le ventre, une main tendue comme en supplique.

Une flaque d'eau entourait le corps d'Amelia ; du sang délavé en teintait le pourtour, comme des rubans rouges. Malgré le fait qu'elle avait été retournée, à en juger par l'angle de sa tête, l'eau semblait presque provenir de la bouche d'Amelia.

Lore ne l'avait jamais aimée, et Amelia avait clairement démontré qu'elle n'avait jamais apprécié Lore non plus. Mais elle sentit néanmoins sa gorge se serrer, et sa poitrine lui donnait l'impression d'être comprimée par un poing géant. Elle pensait encore à ce jour, dans

1. Passage des lettres d'Apollius qui n'a jamais été officiellement reconnu comme faisant partie du Compendium, mais qui fut conservé dans les archives du Prêtre Exalté.

le domaine Demonde, quand elles s'étaient assises l'une à côté de l'autre afin d'être moins seules.

Gabe se tenait derrière Lore, parfaitement immobile, et contemplait la scène macabre en serrant les mâchoires. Sa main planait dans l'air près du dos de Lore, comme s'il voulait l'y poser pour la réconforter, mais ne parvenait pas à s'y résoudre.

Une part d'elle avait envie qu'il le fasse. Mais toute son attention était concentrée sur Bastian.

Il se tenait à l'autre bout de la pièce, le dos droit, occupé à boire nonchalamment dans une tasse en porcelaine comme s'il refusait de laisser quelque chose d'aussi négligeable qu'un meurtre interrompre sa routine matinale. La fatigue autour de ses yeux et la pâleur de sa peau avaient disparu ; il avait l'air reposé et alerte, royal. Il croisa le regard de Lore, lui adressa un soupçon de sourire acéré, puis leva sa tasse dans sa direction en guise de salut.

Le soleil était haut dans le ciel, désormais. Bastian n'était plus aux commandes ; c'était Apollius, qui portait Bastian comme une cape.

Et Apollius ne semblait absolument pas préoccupé par la présence d'une femme morte dans Ses appartements.

Quelques prêtres de la Presque Mort étaient restés sur place, regroupés près des murs, et lançaient de temps à autre des regards inquiets vers Gabe, comme s'ils attendaient qu'il leur dise quoi faire. C'était le garde à l'entrée des appartements qui avait découvert Amelia ; apparemment, la veille, le roi lui avait ordonné de venir voir, à l'aube, si Lore allait bien. Quand il avait ouvert la porte, il avait découvert le carnage.

Cette nouvelle laissa un arrière-goût désagréable à Lore. Elle se souvenait du désordre dans la chambre de Bastian, qui s'était enfermé pour essayer d'empêcher Apollius de se servir de lui pendant la journée. S'il se souvenait d'être sorti, s'il se souvenait qu'Apollius avait échappé à son contrôle, il le lui aurait dit.

Mais l'ordre qu'il avait donné indiquait clairement qu'il savait que Lore avait l'intention de sortir en douce, et qu'il voulait la prendre la main dans le sac. Ce qui signifiait qu'Apollius avait repris le contrôle à un moment donné, et que Bastian ne s'en souvenait pas, tout comme quand ils étaient revenus de Courdigne.

Ils étaient vraiment dans la merde.

Le médecin agenouillé près du corps ouvrit de force la bouche d'Amelia, pour une raison inconnue de Lore. Elle tressaillit et recula en entendant le craquement qui retentit. La rigidité cadavérique s'était déjà installée.

Après un examen sommaire de la bouche d'Amelia – quelle raison pouvait-il bien avoir de faire cela, ce n'était pas comme si des indices du meurtre se cachaient dans ses dents – et un échange à voix basse avec son assistant, le médecin releva la tête vers Bastian.

— Votre Majesté, je crains que nous ne puissions pas établir la cause de la mort sans procéder à une autopsie, mais…

— Avez-vous les instruments nécessaires avec vous ? demanda Bastian d'un ton cassant, comme si c'était une conversation normale pour le petit déjeuner.

Le médecin cilla comme une chouette derrière ses lunettes rondes.

— Je ne sais pas… Enfin, j'ai certains instruments, mais pas tout…

— Envoyez votre assistant les chercher, interrompit Bastian en agitant sa tasse vers l'intéressé. Faites vite, je vous prie. J'aimerais avoir une réponse à apporter au veuf dès que possible. Il se délecte de tout ce drame.

La désinvolture de ses paroles faillit faire grimacer Lore. Assistant et médecin échangèrent un regard estomaqué, puis l'assistant bondit sur ses pieds pour se plier au souhait du roi.

— La cause de la mort me semble assez évidente, dit Lore d'une voix assez puissante pour traverser la pièce. Rapport à l'œsophage exposé.

— Le saignement qui a résulté de cette blessure n'est pas suffisamment important pour avoir entraîné le décès. (Le médecin se redressa, laissant la bouche d'Amelia pendre de façon grotesque, grande ouverte.) L'entaille n'a pas touché l'artère.

— On dirait pourtant qu'elle a fait beaucoup de dégâts.

— Tout à fait, mais pas suffisamment pour être la cause de la mort. (Il baissa de nouveau les yeux vers la bouche ouverte d'Amelia.) Elle est morte rapidement.

C'était déjà ça.

Le médecin tourna de nouveau l'éclat de ses lunettes vers Bastian.

— Votre Majesté, je ne veux pas vous contredire, mais…

— Alors ne le faites pas, murmura Apollius avec la bouche de Bastian.

Le petit médecin carra les épaules.

— Je ne veux pas vous contredire, mais vous ne voulez sûrement pas que je procède à l'autopsie ici ?

Apollius, occupé à siroter Sa tasse, garda le silence pendant un moment. Ses yeux incendièrent Lore depuis l'autre côté de la pièce.

— Ma cour est sens dessus dessous, dit-Il. La découverte d'un meurtre maintenant, juste après l'explosion sur les quais, ne fait qu'exacerber les tensions. Je préférerais ne pas aggraver la situation en transportant un cadavre frais dans toute la Citadelle.

Ses paroles avaient du sens. La manière dont Il les prononça en était dénuée. C'était presque comme un défi, et Ses yeux plus dorés que bruns ne quittèrent jamais ceux de Lore.

Comme s'Il voulait qu'elle soit là pour cela. Qu'elle voie.

— Faites l'autopsie ici, continua Apollius, et que les résultats ne quittent pas cette pièce.

Le médecin déglutit péniblement. Puis il inclina la tête.

— Comme vous l'ordonnez.

Les membres de la Presque Mort – Alexis et une femme dont Lore ignorait le nom – échangèrent des regards méfiants, puis se tournèrent vers Gabe, comme pour lui poser une question silencieuse.

Le Prêtre Exalté serra les lèvres et regarda le cadavre d'Amelia. Puis il donna un coup de menton vers la porte.

Alexis manqua de pousser un soupir de soulagement tout en se dirigeant vers la sortie avec sa collègue.

— Alexis, lança Apollius dans leur dos.

Les deux membres de la Presque Mort se retournèrent en se composant une expression soigneusement désinvolte.

— L'ordre qui vous a été donné était le bon, dit Apollius, mais la prochaine fois, vous attendrez le mien. L'Église et la couronne doivent être en accord. Sous un seul règne. N'est-ce pas ?

Alexis hocha la tête. Puis les deux prêtres s'inclinèrent avec raideur et empressement. Après un autre coup d'œil vers Gabe, ils franchirent la porte.

Encore un défi, moins subtil celui-là. Apollius S'imposait comme le chef de la Presque Mort en lieu et place de Gabe.

Lore se mordit l'intérieur de la joue et essaya de ne pas s'agiter nerveusement.

L'assistant revint avec les instruments : scalpels, couteaux, et une scie aux dents pointues. Lore eut mal aux os à sa seule vue. L'assistant se tourna vers son maître ; le médecin hocha la tête et agita brièvement les mains vers le corps dans un geste qui disait « Qu'est-ce que je suis censé faire ? », avec lequel Lore ne pouvait que compatir.

L'air toujours sceptique, l'assistant tendit la scie au médecin. Ce dernier s'agenouilla et posa la lame sur la poitrine d'Amelia.

Lore détourna les yeux. Quand les bruits commencèrent, elle eut également envie de se boucher les oreilles, mais ne put s'y résoudre alors qu'Apollius la regardait et faisait manifestement cela pour son bénéfice. Elle contempla fixement le mur jusqu'à ce que sa vision se brouille, tout en essayant d'ignorer le crissement de la scie, le craquement des côtes et le déchirement humide des muscles, le son mat de matière interne heurtant le sol.

Quand les bruits cessèrent, elle cilla et obligea ses yeux à se concentrer de nouveau sur le cadavre d'Amelia.

Le médecin était ganté de sang depuis le bout des doigts jusqu'aux coudes. Il mit la scie de côté et la troqua contre des ciseaux étincelants. Ces sons-là n'étaient pas aussi horribles, même si la manière dont il épousseta les éclats d'os sur ses cuisses avant de se remettre au travail retourna l'estomac de Lore. Soigneusement, il dégagea les restes filandreux de veines, de graisse et de tendons, ouvrant un peu plus la cavité dans la poitrine d'Amelia et repliant ses poumons comme des ailes pour révéler le nœud sanglant de son cœur.

Quelques heures plus tôt, elle était encore une personne, se rappela Lore. Une personne dotée de pensées et d'espoirs, qui aimait des gens et était aimée en retour, et même si elle n'était pas très gentille, elle ne méritait pas une chose pareille. Elle ne méritait pas d'être réduite à un amas de sang, de chair et d'os brisés, ni qu'on examine ses organes au grand jour comme s'ils étaient des bibelots intéressants. Lore avait beau être habituée à la mort, la sauvagerie de cette scène lui donnait le vertige.

Avec un bruit d'arrachement immonde, le médecin saisit le cœur d'Amelia et l'extirpa de la cage thoracique. Il l'éleva dans la lumière matinale : une masse sombre qui contrastait de manière incongrue avec le carrelage clair, le verre baigné de lumière et les clapotis de la fontaine dans la véranda de Bastian. Une goutte de sang s'en détacha et éclaboussa ses lunettes. Une autre tomba dans la flaque d'eau qui entourait la tête d'Amelia, formant une étoile rouge virant aussitôt au rose.

— Hum, fit le médecin en retournant l'organe dans ses mains ensanglantées.

— Quelque chose d'intéressant ? demanda Apollius en prenant une nouvelle gorgée de café.

— En effet. (Apparemment, le médecin avait enseveli ses scrupules dans son travail ; il ne semblait plus nerveux, seulement curieux.) Les muscles sont déformés. Cela correspond presque à ce qui se passe quand le cœur est pris de spasmes, mais pas tout à fait. (Il rapprocha le trophée macabre de ses yeux.) On dirait presque que le cœur… a battu trop fort, trop rapidement. Qu'il a pompé trop de sang avant de s'arrêter brusquement. Peut-être n'était-ce pas la cause de la mort, seulement ses prémices…

Lore avait cessé de l'écouter avant qu'il se perde dans ses réflexions théoriques, bloquée sur ce qu'il avait dit juste avant. Canaliser le Spiritum lui donnait la même impression, comme si elle avait trop d'air dans les poumons. Trop de sang dans les veines. Comme si son cœur battait trop vite.

Amelia était incapable de canaliser le Spiritum. Mais si quelqu'un avait manipulé le Spiritum présent dans son corps…

Le regard de Lore trouva de nouveau celui d'Apollius. Il l'observait, Son visage affichant le stoïcisme grave qui seyait à un roi. Mais il y avait une jubilation cruelle dans Ses yeux dorés.

— Voilà qui est intéressant, déclara le médecin, inconscient de ce qui se jouait. (Il avait posé le cœur dans une flaque collante sur le sol et utilisé les ciseaux pour découper les poumons d'Amelia.) Il y a de l'eau, ici. Dans l'œsophage aussi, il semblerait. (Dans un geste qui faillit faire vomir Lore, il se pencha en avant afin que son nez soit pratiquement à l'intérieur du corps, et inspira brièvement.) Et je perçois une odeur de sel. Elle provient de l'eau présente dans les poumons.

— Intéressant, en effet, murmura Apollius derrière Sa tasse.

Le médecin trempa les doigts dans la flaque autour de la tête d'Amelia et les leva vers son nez.

— Pas d'eau salée ici, cependant, dit-il pour lui-même.

Il tendit la main vers son assistant, qui fourragea dans le sac qu'il avait apporté et en sortit une petite bouteille. Le médecin s'en servit pour prendre un échantillon d'eau, referma soigneusement le bouchon, puis fit de même avec l'eau ensanglantée présente dans les poumons d'Amelia.

— Je vais devoir faire des tests pour en être sûr, mais il semblerait que l'eau dans ses poumons et l'eau sur le sol ne soient pas les mêmes, bien que la trajectoire du liquide laisse penser qu'elle l'a expulsée.

— Une noyade sur la terre ferme, dit Apollius. Comment une telle chose a-t-elle pu se produire ?

— Je n'en suis pas sûr, répondit le médecin. (Il semblait presque excité à la perspective de devoir résoudre un mystère médical.) Je vais faire quelques tests, c'est certain, et interroger ceux qui ont passé du temps avec le sujet avant la nuit dernière…

Apollius ne l'écoutait pas, toujours occupé à regarder Lore droit dans les yeux. La tasse dans Sa main s'inclina vers l'avant, juste assez longtemps pour qu'elle puisse voir ce qu'elle contenait.

De l'eau. Rien que de l'eau.

Les doigts d'Apollius frémirent, en un mouvement infime que personne d'autre ne remarquerait à moins de l'observer attentivement. Mais Lore était incapable de détourner le regard. Pas même quand l'eau ensanglantée autour de la tête d'Amelia commença à couler lentement vers l'ourlet de sa robe.

— C'était Apollius.

Lore ne savait pas pourquoi elle parlait à voix basse. Ils étaient tous dans le confessionnal ; le rideau était fermé, ainsi que la porte de la pièce, excluant la veste-de-sang qui avait reçu l'ordre d'accompagner Lore à ses leçons avec Gabe. Après la découverte du corps d'Amelia, Apollius avait de nouveau passé outre aux ordres de Bastian et avait remis Lore sous surveillance constante.

— Donc maintenant, nous accusons un dieu de meurtre.

Malcolm se passa une main lasse sur le visage.

— Personnellement, je ne trouve pas ça si étonnant.

Alie était assise sur le banc près du mur et s'éventait de la main. Il faisait plus frais dans l'Église, mais la présence de quatre personnes dans un lieu conçu pour deux surchauffait l'atmosphère. Lore ne pouvait s'empêcher de penser qu'Alie aurait très facilement pu générer une brise autrement, mais son amie ne semblait pas vouloir utiliser le pouvoir de Lereal pour s'épargner de transpirer.

— Dans le Compendium, rien ne m'a jamais donné l'impression que les dieux étaient gentils. Il y a toutes sortes de Fascicules qui parlent de détruire ses ennemis, de se venger par la mort…

— Je te l'accorde, répondit Malcolm. Je ne dis pas qu'Il ne l'a pas fait, je dis que cela ne change rien. Nous ne pouvons pas accuser le roi…

— Ce n'était pas Bastian. (Lore parla un peu plus fort, cette fois. Sa bague de fiançailles s'enfonça dans la chair de son doigt.)

C'était Apollius, dans le corps de Bastian. Il en a complètement chassé Bastian, du moins pendant la journée.

Un frisson traversa Gabe, qui était appuyé contre la séparation ajourée entre la partie pénitent et la partie prêtre du confessionnal. Lore lui avait lancé un coup d'œil quand ils avaient quitté les appartements. Il arborait une expression choquée, perdue, comme si voir Apollius porter le corps de Bastian l'avait touché en plein cœur.

— Je vois. (Malcolm semblait fatigué d'être contredit à chaque mot, ce que Lore pouvait comprendre.) Mais je dis que, si nous accusons Apollius, nous accusons Bastian. À moins que tu veuilles expliquer à toute la cour de la Citadelle ce qui lui arrive, ce qui *nous* arrive ; et je ne vois pas en quoi ça aiderait qui que ce soit.

— Ça l'aiderait Lui, peut-être, marmotta Alie en marquant nettement la majuscule. Mais sûrement pas nous.

— La dernière chose dont nous avons besoin actuellement, c'est un roi meurtrier, dit Gabe à voix basse. Un trône vacant serait une vraie lettre d'invitation pour Jax.

— Tu as bien plus confiance que moi en notre système judiciaire, railla Alie. Les rois Arceneaux ont fait bien pire que le meurtre en toute impunité.

Gabe frotta l'orbite vide sous son cache-œil.

— S'il y avait quelqu'un à qui nous puissions nous fier que nous pourrions instaurer comme régent, quelqu'un que la cour accepterait, alors nous pourrions emmener Bastian dans un endroit où il ne pourrait faire de mal à personne, y compris à lui-même…

Il s'interrompit, ne voulant pas poursuivre ce qu'il prenait pour une rêverie futile. Mais Lore et Alie échangèrent un regard dans le minuscule confessionnal. Un instant plus tard, Alie détourna les yeux en se mordillant la lèvre.

— Nous ne savons pas pourquoi Amelia a été tuée, déclara Malcolm après une minute de silence songeur. Ni pourquoi Apollius l'a tuée… de cette manière.

Avec le Spiritum. Il l'avait tuée avec le Spiritum, manipulant la magie d'une manière ou d'une autre avant de découper Amelia comme pour cacher les preuves. Du moins, pour tout le monde sauf pour Lore. Il avait établi clairement qu'Il voulait qu'elle sache exactement qui avait tué Amelia Demonde, et Il avait ensanglanté toute la maudite véranda pour cela.

— Pas seulement le Spiritum. (Lore se laissa tomber sur le banc, à côté d'Alie.) Il a aussi utilisé la magie de l'eau.

— C'est impossible, rétorqua Malcolm en secouant la tête. Il peut seulement…

— Il l'a fait, je peux te le promettre. Je L'ai vu le faire.

Lore croisa les bras pour réprimer un frisson à la pensée du regard froid qu'Il lui avait lancé, de la manière dont il avait incliné Sa tasse pour qu'elle puisse voir l'eau qu'elle contenait alors que la flaque teintée de sang rampait sur le sol.

Les dieux élémentaires avaient trouvé leurs nouveaux vaisseaux, et tous étaient présents dans cette pièce. Tous sauf Caeliar de la mer.

Des vies vécues en parallèle.

Lore pensa à ces rêves-souvenirs, ceux qui n'étaient pas revenus depuis que Nyxara et elle avaient commencé à communiquer réellement. Une silhouette élancée qui lui reprochait – qui reprochait à Nyxara – d'avoir des doutes suite à la demande en mariage d'Apollius. Qui disait qu'*Elle* accepterait, si Nyxara ne le faisait pas.

Amelia n'était pas une amie, mais elle était affectée par la présence de Lore dans la Citadelle. Plus que d'autres, même, étant donné que Lore avait contrecarré son plan de devenir la reine de Bastian. Un parallèle avec les vies que Nyxara et Caeliar avaient vécues, l'une étant choisie, l'autre rivalisant pour l'être.

— Caeliar, murmura-t-elle. Caeliar a choisi Amelia. Et quand Apollius l'a tuée, Il a pris son pouvoir.

Elle s'attendait à ce que quelqu'un la contredise, mais apparemment ils étaient tous immunisés à l'étrangeté, désormais. Mis à part un léger remous de surprise, aucun d'entre eux ne réagit réellement.

— Si c'est la raison pour laquelle Il a tué Amelia, Il aurait sûrement pu le faire avec moins d'ostentation, remarqua Alie d'un air presque insulté. Pourquoi rendre la chose aussi publique ?

— Pour rejeter les soupçons sur quelqu'un d'autre, peut-être ? dit Lore.

— Peut-être, acquiesça Gabe, même s'il ne semblait pas convaincu. Mais je ne vois pas à qui Il pourrait faire porter le chapeau. (Il eut un rire dur.) Mis à part moi, sans doute, mais j'ai un alibi plutôt solide.

La dernière chose que Bastian voudrait faire était de nuire à Gabe. Lore espérait avec ferveur que Bastian pourrait conserver assez d'emprise pour empêcher que cela se produise.

Elle passa les doigts dans ses cheveux détachés et se pencha en avant.

— Amelia était loyale envers Apollius. Elle voulait qu'Il soit le seul dieu. Si elle savait qu'elle était en train de devenir Caeliar, est-ce qu'elle aurait pu s'offrir à Lui ? Est-ce pour ça qu'elle était là ?

— Il y a un moyen de le découvrir, murmura Alie.

Lore haussa un sourcil dans sa direction.

Alie haussa les épaules.

— Tu pourrais ranimer le corps et lui poser la question.

— Je… (Lore était choquée de ne pas avoir pensé avant à ce qui était la prétendue raison de sa présence à la Citadelle. Cette perspective l'emplissait de terreur, mais ce n'était pas un mauvais plan.) Je pourrais faire ça, en effet.

— Pourquoi ? demanda Gabe. (Son visage était impassible, mais un véritable ouragan couvait dans son œil unique.) Peu importe ce qui a précédé son meurtre, si elle s'est offerte en sacrifice ou non.

— Ça a de l'importance pour moi, dit Lore entre ses dents. Car, si elle ne s'est pas sacrifiée, si ce n'était qu'un meurtre, justice doit être faite. C'est ce que voudrait Bastian, et peut-être que ce serait la solution à nos problèmes, si nous pouvions… l'envoyer loin d'ici.

— Tu veux que Bastian soit envoyé aux Îles Calcinées ? demanda Gabe.

— Non. (Elle tira sur ses cheveux.) Non, je veux seulement le protéger. Le protéger de ce qu'Apollius l'obligera à faire la prochaine fois. (Un rire éraillé lui chatouilla la gorge.) Et peut-être que ce serait mieux s'il était là-bas, si la guerre est imminente. Il serait peut-être plus en sécurité sur les Îles que dans la Citadelle, au bout du compte.

Gabe garda ce qu'il voulait dire dans la ligne crispée de ses mâchoires, mais l'éclat de son regard s'adoucit. Lui aussi voulait protéger Bastian.

— Est-ce que nous savons où ils l'ont emmenée ? demanda Malcolm après un silence.

— Dans un caveau, je dirais, répondit Alie. Les Devereaux en avaient un.

Mais Lore secouait déjà la tête avant que son amie ait terminé sa phrase.

— Plus maintenant. Ils y ont renoncé ; cela faisait partie de leur peine.

Elle gardait des fragments de souvenirs de cette journée, juste après que Bastian était devenu roi. Quand elle était assise sur le fauteuil argenté près de son trône, en regrettant de ne pas pouvoir se cacher plutôt derrière, quand elle n'était que sa sorcemort et non sa future reine. Quand il était lui-même, pour l'essentiel, au lieu d'être l'avatar d'un dieu vengeur.

— Dans l'un des caveaux de la ville, alors ? (Malcolm croisa les bras et pianota nerveusement des doigts sur son biceps.) Ce sera difficile de sortir discrètement pour aller voir le corps, si c'est le cas.

— Je ne pense pas que ce soit là qu'ils l'aient emmenée, gronda Gabe. Je crois qu'ils vont la mettre dans les catacombes. (Il regarda Lore.) Du moins, c'est ce que j'ai cru comprendre de ce qu'a dit Bast... Apollius.

Lore n'avait pas accordé beaucoup d'attention à ce qui s'était passé après l'autopsie au pied levé pratiqué sur Amelia. Elle s'était précipitée hors de la pièce, une main plaquée sur la bouche, en déglutissant à plusieurs reprises pour ne pas ruiner un peu plus le sol de marbre. Mais elle se souvenait de la voix d'Apollius disant au médecin de la « garder à portée de main ».

Dans le confessionnal qui devenait rapidement trop moite à son goût, Lore hocha la tête.

— Ce serait logique, j'imagine.

— Surtout qu'il n'y a plus aucun risque à être enseveli, désormais, dit Malcolm avec un regard en biais vers Lore.

— De rien, monde.

Elle agita mollement les doigts, exposant les étoiles grises sur ses paumes.

« Catacombes », avait murmuré Nyxara dans sa tête juste avant que la nuit laisse place au jour. « Trouve-Moi. »

Apparemment, la déesse allait enfin obtenir ce qu'Elle voulait.

— Si nous voulons vraiment aller voir ce qu'il en est, nous devrions le faire maintenant, dit Gabe en se détachant du mur. Si Apollius a dit à un garde de venir te chercher à l'aube ce matin, les chances que tu puisses t'esquiver encore cette nuit sont faibles.

— Et que se passera-t-il quand tu déclencheras un mouvement de panique parce que tu auras disparu pendant des heures ? demanda Alie. Je doute que cette veste-de-sang reste plantée dehors jusqu'au coucher du soleil.

— Sauf si nous lui fournissons une diversion, dit Gabe.

Alie haussa un sourcil clair.

— De quel genre ?

— Ça. (Gabe tendit la main vers le rideau en velours du confessionnal.) Tu ferais sans doute mieux de t'écarter, Malcolm.

Le bibliothécaire alla se faufiler sur le banc à côté d'Alie, qui lui donna un coup de coude en se renfrognant. Des filaments d'un rouge orangé, semblables à des braises tissées, crépitèrent dans l'air quand Gabe les extirpa de la chaleur dans l'atmosphère, de l'applique au mur.

Le rideau s'enflamma aussitôt.

— Suivez-moi. (Gabe saisit le bras de Lore et se tourna vers le côté prêtre du confessionnal, ouvrant la séparation en fer forgé.) Les couloirs secondaires. Malcolm, tu emmènes Alie à la Citadelle ; Lore et moi allons nous diriger vers les catacombes.

— Parfait, marmotta Malcolm tout en poussant Alie devant lui et en toussant à cause de la fumée âcre. D'abord un meurtre, puis un incendie. Je passe vraiment une journée merveilleuse.

CHAPITRE 32

Une leçon qui n'a pas été retenue est un aimant.
Tôt ou tard, on y revient toujours.

Proverbe kadmarois

Une fois dans les tunnels de l'Église, leur groupe se scinda en deux, Malcolm et Alie partant dans une direction tandis que Gabe et Lore prenaient l'autre. Elle se souvenait de ce chemin, celui qui menait au jardin de pierre et à l'entrée des catacombes par le puits. Alors qu'ils filaient dans le couloir, le faible écho de cris leur parvenait depuis l'autre côté des murs. Apparemment, la diversion de Gabe avait été découverte.

— Tu sais, dit Lore, légèrement essoufflée, la dernière fois que j'ai utilisé mon pouvoir pour faire une diversion, j'ai échoué dans la Citadelle.

Gabe ricana.

— Tu aurais fini par échouer ici d'une manière ou d'une autre.

Les cris s'intensifièrent; certains semblaient provenir des couloirs secondaires eux-mêmes.

— Avec un peu de chance, tu n'as pas réduit en cendres l'Église tout entière.

— À ce stade, gronda Gabe, je ne suis pas sûr que ça m'attristerait tant que ça.

Ils atteignirent la porte; Gabe l'ouvrit et entraîna Lore dans la lumière matinale, qui semblait bien trop joyeuse pour le genre de journée qu'ils avaient passée jusqu'ici. Les pétales brunis de fleurs molles bruirent quand ils les frôlèrent en se précipitant vers le puits, avec sa statue et sa plongée dans les ténèbres.

Lore essaya de ne pas penser à la dernière fois qu'elle avait ouvert ce puits avec Gabe, de se concentrer plutôt sur la brûlure de ses muscles alors qu'ils poussaient la petite statue d'Apollius vers son encoche dans la margelle. Mais les souvenirs étaient difficiles à ignorer ; le non-baiser de Bastian, la déception quand elle avait cru que Gabe l'avait abandonnée, déception qui s'était changée en dévastation quand il les avait trahis pour Anton…

— Lore.

Plongée dans ses pensées, elle n'avait pas remarqué qu'elle contemplait fixement l'abîme du puits ouvert, les mains appuyées sur la pierre, ses cheveux détachés pendant dans le noir. Elle leva la tête et rencontra le regard de Gabe.

— Je suis désolé, dit-il doucement, et elle sut qu'il parlait de toutes ces choses auxquelles elle venait de penser.

Des choses auxquelles il avait pensé, lui aussi.

Elle prit une profonde inspiration. Elle ne parvint pas à sourire, mais ce n'était pas grave.

— Nous faisions seulement ce que nous pensions être le mieux. Les uns comme les autres.

— Et nous nous sommes trompés, la plupart du temps, marmotta-t-il.

— Aucun d'entre nous ne peut prédire l'avenir, répondit-elle avant d'enjamber la margelle et de descendre les premières marches dans l'ombre. Nous nous contentons de faire de notre mieux avec le passé et le présent, en espérant qu'ils nous donnent des indices.

Gabe la suivit, et tous deux descendirent prudemment l'escalier en colimaçon taillé dans la paroi du puits. Quand sa tête arriva à hauteur de la margelle, il tendit le bras et ramena lentement le couvercle sur l'ouverture, les dents serrées par la concentration, en essayant de conserver l'équilibre. Il ne ferma pas totalement le puits, mais laissa une tranche de jour au-dessus d'eux afin qu'ils puissent sortir facilement en remontant. C'était risqué, mais ils ne pouvaient rien y faire. Avec un peu de chance, l'incendie qu'il avait déclenché dans le confessionnal occuperait suffisamment tout le monde pour qu'ils n'aillent pas se balader dans le jardin de pierre, surtout maintenant que sa raison d'être originelle avait disparu.

Les étoiles grises sur ses paumes la démangèrent.

Au pied de l'escalier – qu'ils descendirent très lentement en attendant que leurs yeux s'habituent à la pénombre, la dernière chose dont ils avaient besoin étant de se casser une jambe – Gabe fabriqua une autre torche et l'alluma avec des filaments de braise qu'il tira de l'air ambiant. Cela lui prit un moment, dans le froid humide des souterrains.

— Tu es sûr que tu devrais t'en servir aussi souvent ? demanda Lore.

— Je suis sûr du contraire, plutôt. (La flamme étrangement stable éclaira sa grimace.) Mais au point où nous en sommes, est-ce que ça a encore une importance ?

— Elle a dit que ça ne… que ce ne sera pas pareil, pour vous.

Lui dire ce que Nyxara lui avait appris était encore étrange, comme s'il risquait de la regarder comme une abomination, comme quand il avait appris ses origines. Ils avaient tous les deux changé, depuis, mais elle voyait encore son visage horrifié dans les moindres détails. Elle repoussa ce souvenir.

— Elle a dit que les dieux élémentaires étaient trop diminués. Vous aurez Leur pouvoir, vous sentirez Leur influence, mais Ils ne vous parleront pas. Ils n'essaieront pas de S'emparer de vous.

Loin d'avoir l'air soulagé, Gabe parut sous le choc, et il déglutit péniblement.

— Et si Elle essaie de S'emparer de toi ? demanda-t-il à voix basse. Comme Anton nous en a avertis ?

— Non. (Lore secoua la tête.) Non, Elle ne veut pas les mêmes choses qu'Apollius.

Mais tout en prononçant ces mots, Lore eut un doute. Nyxara avait dit qu'Elle ne voulait pas s'emparer de Lore, mais quelque chose lui soufflait que la déesse le ferait si Elle n'avait pas le choix. Il y avait eu un sentiment de… de soulagement quand Elle avait pris le contrôle dans la pièce scellée, quand Lore Lui avait cédé la place pour qu'Elle lise les symboles. Comme si Elle s'était délectée d'avoir de nouveau un corps.

Lore frissonna, mais parvint à faire passer son geste pour une réaction au froid.

Gabe hocha la tête et sembla se détendre. Il agita la torche devant lui.

— Tu veux prendre la tête ?

— C'est sans doute une bonne idée. (Lore lui prit la torche des mains.) Je suis capable de trouver mon chemin, ici. Je saurai où est Amelia.

Désormais, il lui suffisait d'une pensée pour appeler la Mortem. Sa carte mentale se mit en place derrière ses paupières ; les catacombes étaient semblables à une toile d'araignée, un enchevêtrement de fils noirs.

Les salles où l'armée avait été rassemblée contenaient toujours des zones de Mortem concentrée, mais ces étoiles-là étaient faibles, consumées. La signature d'Amelia serait plus éclatante, étant donné que sa mort était si récente…

Un instant.

Là, tout en bas, dans les tréfonds de l'abîme de fils. Un nœud noir flamboyant de Mortem, qui marquait l'emplacement de Nyxara. Mais il était plus assourdi que dans les souvenirs de Lore, moins vivace.

Et il n'y avait aucun point de lumière blanche à côté. Pas le moindre signe de vie.

— Lore ?

La voix de Gabe, où l'inquiétude menaçait de se changer en panique.

Elle ne pouvait pas s'occuper de cela maintenant, elle ne pouvait pas perdre de temps à se poser des questions sur la Garde Enfouie. Sur Lilia.

Lore se concentra et tourna sa carte mentale en tous sens jusqu'à trouver une zone de Mortem brûlante, tout près.

— Ils ne l'ont pas emmenée très loin. (Ses doigts étaient engourdis ; elle secoua une main, l'autre tenant toujours fermement la torche.) Suis-moi.

Amelia était si près de l'entrée que Lore aurait même pu la trouver sans sa carte ; s'ils avaient continué d'avancer en ligne droite, ils seraient tombés sur elle en quelques minutes. La porte de la petite pièce était ouverte, et le corps d'Amelia gisait sur un socle poussiéreux. Rien n'avait été fait sur son cadavre. Elle était toujours dans le même état que dans les appartements de Bastian, la bouche grande ouverte, l'œsophage visible dans sa gorge tranchée, la poitrine ouverte et privée de son cœur.

Cette vue rappela à Lore les statues d'Apollius, une pensée si répugnante qu'elle tressaillit physiquement.

— Ils auraient dû faire quelque chose, murmura-t-elle en pénétrant dans la pièce et en rapprochant la torche du corps. (Dans son éclat, les violences subies par Amelia semblaient encore plus effroyables.) Ils l'ont traitée comme un rebut. Apollius devait vouloir en être débarrassé aussi vite que possible. Je parie que Demonde ne sait même pas où elle est.

Derrière elle, Gabe gardait le silence, les bras croisés. Elle se tourna vers lui et lui tendit la torche, le visage brusquement durci par la colère.

— Tu me crois, maintenant ? Quand je te dis qu'Apollius ne peut pas être bon ? Apparemment, ça ne suffisait pas qu'Il te traite comme de la merde ; qu'est-ce que tu en penses, maintenant qu'Il le fait à quelqu'un d'autre ?

Gabe ne répondit pas.

Lore se retourna vers Amelia. Ses mains planèrent au-dessus du corps de la femme, les doigts frémissants, comme s'il y avait quelque chose qu'elle pouvait faire pour effacer cette indignité, quelque chose qu'elle pouvait réparer. Finalement, elle se contenta de lisser ses cheveux blonds collants de sang et de les disposer sur ses épaules, en essayant de placer des mèches sur sa gorge ouverte pour cacher ce qui s'y trouvait. Voir les organes d'Amelia sans sa permission lui donnait l'impression de violer son intimité.

Quand elle eut terminé, Lore s'appuya sur le socle et ferma les yeux. Après avoir pris une inspiration, elle tendit de nouveau les mains sur la poitrine ouverte d'Amelia. Elle rassembla la mort de la jeune femme, la tissant autour de ses doigts. Au lieu de la canaliser dans la pierre du socle, Lore l'enroula dans sa propre poitrine, en sécurité tout contre elle, pour la rendre plus tard.

Un crissement. Amelia s'assit. Sa peau, collée à la pierre par son sang coagulé, fit un léger bruit d'arrachement quand elle s'en détacha. Son visage ne se tourna pas vers Lore ; au lieu de cela, elle regarda droit devant elle de son unique œil noir et vide, l'autre ayant été poignardé.

— Qui t'a tuée ? demanda Lore, même s'ils connaissaient la réponse.

Elle s'obligea à observer Amelia, refusant de détourner le regard. C'était elle qui avait fait cela. Elle se souvint de ce qu'avait dit Bellegarde juste avant qu'Apollius le tue : la survie de Lore était ce qui rendait le dieu si puissant, ce qui Lui avait permis de s'emparer de Bastian aussitôt au lieu de S'intégrer progressivement à lui. Sa survie avait permis à tous les autres dieux de Se réveiller et de trouver de nouveaux vaisseaux. Amelia était aussi la victime de Lore.

— Le jour, répondit Amelia à travers sa bouche béante et immobile. Le jour m'a tuée.

L'inverse de ce qu'avait dit le cadavre de l'enfant, une éternité plus tôt, quand il avait tenté d'avertir Lore de ce qu'elle était, qu'on se servait d'elle.

Quelque chose d'humide tomba sur la main de Lore, une goutte échappée de la bouche d'Amelia. Claire, aqueuse. Lore leva le poing et inspira avant de pouvoir se raviser. Il n'y avait aucune odeur de sel, contrairement à ce qu'avait senti le médecin pendant l'autopsie. Cette eau-là avait une odeur *fraîche*, étrangement, ce qui aurait dû être impossible étant donné qu'elle provenait de l'intérieur d'un cadavre. L'odeur de la brise et d'un ciel ouvert, un lieu qui aurait dû rester intouché.

— Pourquoi ? demanda Lore.

Encore une question dont ils connaissaient la réponse. Mais elle voulait l'entendre de la bouche d'Amelia. Elle voulait que la jeune femme ait l'occasion de dire la vérité, même si c'était après la mort.

— Parce que je me changeais en dieu, répondit Amelia alors qu'un peu plus de cette eau bizarrement fraîche coulait sur ses lèvres inertes. Parce que j'avais le pouvoir de Caeliar, et qu'Il refusait de le tolérer. Ce pouvoir devait Lui appartenir.

Lore hocha la tête.

— Es-tu allée Le voir ? Lui as-tu offert le pouvoir ?

— Non, répondit Amelia, de grosses gouttes d'eau suspendues au coin de la bouche. Je suis allée tuer le vaisseau de Nyxara. Elle n'était pas censée devenir Sa reine ; ce devait être moi. Mais Il ne voulait pas Sa mort. Il La veut auprès de Lui, Il veut être le seul dieu, mais avoir Sa compagne à Son côté. Il pense qu'Elle renoncera à Son pouvoir, afin qu'Il ait tous les pouvoirs et connaisse l'immortalité, et Il partagera cette immortalité avec Elle.

Lore déglutit péniblement et replia les doigts, sectionnant les filaments de Mortem et renvoyant la mort d'Amelia dans le corps de cette dernière. Lentement, le cadavre retomba sur le socle ; ses yeux noirs se refermèrent, mais sa bouche resta ouverte.

Tout revenait constamment à Lore. Toutes les mauvaises choses.

Elle fit volte-face et quitta la pièce, suivie de près par Gabe. Elle n'eut pas besoin de sa carte mentale pour les ramener à l'entrée. Ils étaient suffisamment proches pour voir le rayon de soleil du couvercle entrebâillé transpercer la pénombre et la poussière.

— Au moins, ça n'a pas pris longtemps, grommela Gabe derrière elle.

La torche s'éteignit dans un chuintement ; quand il rassembla la magie pour le faire, le changement de pression dans l'atmosphère fit se dresser les poils sur les bras de Lore.

— Il l'a tuée pour moi. (Lore croisa les bras pour chasser un brusque frisson.) Comment suis-je censée vivre avec ça ?

— Ce n'est pas à toi de vivre avec. (La main de Gabe posée sur son bras l'arrêta ; il la força à se retourner pour lui faire face, le visage sombre.) Ne porte pas un fardeau qui n'est pas le tien.

Lore acquiesça, comme si c'était facile à faire. Comme si elle ne portait pas tout, toujours, sans jamais réussir à trouver un endroit où le poser.

Gabe prit son visage en coupe. Tant de choses pouvaient se produire pendant qu'ils étaient seuls ici, mais aucun d'eux ne bougea, même si l'espace entre eux vibrait comme une corde pincée.

— Il tient aussi à toi, tu sais, murmura Lore en tournant la tête afin que ses lèvres caressent la paume de Gabe. Et je sais que tu tiens à lui.

Il ne le nia pas. Son œil se ferma ; quand il se rouvrit, il était habité par une lueur plus douce.

— Cela ne change rien, dit-il. Il y a trop de choses entre nous. Trop d'histoire.

Elle ne le contredit pas, même si son excuse semblait bien faible, au bout du compte.

— Et toi ? demanda Gabe d'une voix hésitante. À qui est-ce que tu tiens ?

— À vous deux. (Elle ferma les yeux.) Ça ne peut pas être vous deux ?

Il poussa un soupir tremblant.

Les vagues échos de cris leur parvinrent depuis le sommet du puits. Le moment vibrant vola en éclats.

— On dirait que ta diversion continue de faire effet, dit Lore en se retournant, rompant le contact.

— Tant mieux, cracha Gabe comme si ces mots étaient une flèche acérée qu'il avait réservée. Nous avons un peu de temps devant nous.

Du temps. Du temps pour aller là où Nyxara voulait qu'elle aille depuis le début, pour suivre le tiraillement qui l'avait conduite ici, cette nuit-là. Quand elle avait vu sa mère.

Cette pensée la terrifiait. Lore ne voulait plus jamais revoir l'endroit où ce qui restait de la Garde Enfouie avait élu domicile. Les parois scintillantes constellées de mica, les stalactites luisant d'un éclat phosphorescent, la masse d'obsidienne de la tombe. Belle, à sa manière étrange et terrifiante, et qui l'appelait.

Elle ne voulait pas faire ce que la déesse lui demandait. Mais c'était inévitable ; elle le savait, à présent. C'était inévitable, si elle voulait mettre un terme à tout cela.

Lore tourna le dos au puits et à son escalier en colimaçon avant même d'y avoir pensé consciemment.

Et au premier pas qu'elle fit, son esprit *bondit*, et la déesse prit le dessus.

— Lore ! lança Gabe dans son dos ; elle courait, son corps agissant de son propre chef, s'enfonçant dans le noir. Lore, qu'est-ce que tu fais ?

Pas d'autre réponse que le martèlement de ses pieds. Les cailloux la blessaient à travers les fines pantoufles assorties à sa robe couleur pêche. Lore regretta vaguement ses vieilles bottes. Elle ne savait même pas où elles étaient, maintenant.

Tout aussi vaguement, elle songea qu'elle aurait dû être horrifiée. Elle courait dans les entrailles des catacombes, vers la tombe de Nyxara, et elle savait qu'elle n'était pas maîtresse de ses mouvements. Elle pouvait sentir la déesse S'emparer de choses que Lore ne Lui avait pas données ; dans le monde au-dessus d'elle, le soleil brillait, mais ici la nuit régnait éternellement, et tout Lui appartenait.

Un juron retentit derrière elle. Gabe se mit à la suivre, en courant plus vite qu'un homme de sa stature aurait dû en être capable. Un autre crépitement dans l'air quand il ralluma sa torche, flamme immobile dont Lore n'avait pas besoin. Elle voyait parfaitement bien.

Ils descendirent dans le labyrinthe des catacombes, tellement plus chaotique que les couloirs de la Citadelle. Ces passages avaient quelque chose de familier, même après toutes ces années. Ils étaient plus petits que dans son souvenir, quand elle y courait, enfant. Quand sa mère lui avait dit de partir, les yeux emplis d'amour ; or, Lilia disait si peu de choses avec amour que Lore avait été obligée de lui obéir.

Puis un espace dégagé, une douce lueur bleuâtre. Lore n'avait jamais demandé pourquoi la mousse et les champignons émettaient de la lumière, ici ; c'était une cathédrale souterraine autour d'une tombe d'obsidienne, et les choses n'étaient pas censées avoir un sens. Elles *étaient*, voilà tout. Nyxara recula dans son esprit, et laissa Lore reprendre le contrôle de ses propres mains, de ses propres pieds.

Mais quand elle s'arrêta, les jambes à peine fatiguées et encore un peu déboussolée, ce ne fut pas pour s'émerveiller devant la magie terrible de sa maison d'enfance.

Ce fut pour contempler les ossements.

Les ossements, et la porte ouverte de la tombe.

CHAPITRE 33

Le rythme du monde est un cycle, où les choses commencent, se terminent, puis commencent de nouveau.

Notes de Bran Morinac, moine caldienan, membre de la première Église sur la Montagne Dorée, 165-100 av. CD

Elle se concentra d'abord sur les os. Cela semblait plus logique, plus facile à appréhender. Ils étaient éparpillés dans la vaste caverne, des squelettes parfaitement intacts restés dans la position où ils étaient tombés ; certains rampant pour s'éloigner de la tombe, d'autres gisant dans un repos paisible. L'un d'eux essayait d'escalader le mur scintillant.

Et Lore sut qu'aucun de ces squelettes n'était celui de sa mère. Lilia n'était pas là, elle n'avait pas été tuée par la déferlante de Mortem que Lore avait accidentellement appelée ce jour-là sur les quais. Lilia avait disparu.

Lilia l'avait abandonnée.

Lore ne tomba pas à genoux. Elle se baissa lentement, avec respect, comme elle avait vu des pénitents le faire dans le sanctuaire sud quand elle avait été emportée par le flot de la foule et qu'il était plus facile de le suivre dans le silence sacré de l'Église plutôt que d'essayer de se libérer. Elle avait vu les citoyens ordinaires de l'Auverraine, les désespérés, se mettre péniblement à genoux devant l'autel, comme si le fait d'être debout ou d'être sur le sol pouvait changer quelque chose. Comme si cet acte pouvait forcer un dieu à les remarquer, et à se soucier d'eux.

Ce n'était pas ce que recherchait Lore. Mais son corps respecta néanmoins ce rituel, une part instinctive et humaine d'elle voulant que quelque chose de plus grand et de bon baisse les yeux vers elle, change quelque chose, même si elle était bien placée pour savoir qu'une telle entité n'existait pas.

— Merde. (Gabe s'arrêta net derrière elle, son œil unique écarquillé.) Bordel de merde.

Son regard passa frénétiquement d'un squelette à l'autre, comme s'il s'attendait à ce qu'ils bougent à n'importe quel moment. Lore supposait que ce n'était pas une peur ridicule ; quelque chose dans la proximité de la tombe avait maintenu ces os en place alors que la mort dévorait tout le reste.

— Lore, je ne comprends pas. Que s'est-il passé ?

— Moi.

Le jour de l'explosion, quand elle avait aspiré en elle toute la Mortem restante dans le corps de Nyxara, pour la tresser avec le Spiritum et arrêter la progression de la mort à la surface. Ici, cependant, il n'y avait eu aucune vie à entrelacer avec la mort, aucun tressage consciencieux des deux. Rien d'autre qu'une marée de mort, un tsunami de magie. Comment elle avait pu ne pas faire écrouler la caverne et laisser une traînée de destruction dans son sillage, Lore l'ignorait.

À cause de Moi, répondit Nyxara. La déesse ne semblait pas désolée ; elle était factuelle. *Quand tu as appelé toute la Mortem, la tombe s'est ouverte, et la magie a jailli comme une déferlante. J'avais besoin que tu prennes tout en toi, pour que notre connexion soit plus forte. J'ai dirigé le pouvoir pour voyager vers toi à travers la matière morte, mais ce jaillissement initial, lui, Je n'ai pas pu le tempérer. Je n'avais pas le temps.*

Vingt squelettes. Vingt membres de la Garde Enfouie, qui étaient toujours sous terre, qui avaient poursuivi leur charge sacrée aussi bien que possible alors même que le monde au-dessus les oubliait, les exécrait. Qui avaient surveillé la déesse afin qu'elle ne se relève pas.

Mais Elle s'était relevée.

Gabe ne demanda pas plus d'explications. Il resta en retrait à l'entrée de la caverne, la torche serrée dans la main comme si c'était une arme. Elle le vit reculer, d'un pas seulement, mais c'était suffisant. Même imprégné du pouvoir d'Hestraon, il avait peur d'elle.

Viens. Nyxara, qui l'obligeait à se lever sur des jambes tremblantes et l'incitait à avancer. Ses pieds, qui faisaient un pas alors même qu'elle n'avait pas envoyé d'ordre à ses muscles, ses os. *Le temps presse, Lore, et il y a des choses que tu dois savoir. Si tu veux sauver Bastian et les autres, viens à Moi maintenant.*

Cette fois, quand elle avança, ce fut de son propre chef. D'un pas décidé, Lore pénétra dans la tombe d'obsidienne.

La lourde porte se referma derrière elle juste au moment où Gabe commençait à crier.

Lore ne l'écoutait pas, cependant. Toute son attention était accaparée par le corps étendu sur la pierre noire devant elle.

Elle était belle. Lore s'était attendue à ce que le corps de Nyxara soit démesuré et pétrifié – une déesse changée en monolithe –, comme ceux des dieux élémentaires qui avaient été retrouvés sur tout le continent. Mais Elle faisait à peu près la taille de Lore, même si elle était un peu plus mince et plus grande. Ses cheveux d'un noir lustré étaient si longs qu'ils cascadaient sur les bords du socle. Sa peau était pâle comme la lune, Ses yeux fermés, Ses mains délicates refermées sur Sa poitrine autour d'un bouquet de lys blancs qui ne montraient aucun signe de pourriture. Éternelle et étrangère à la mort, tout ce que Lore avait appris qu'un dieu devait être.

L'atmosphère de la tombe bourdonnait. Lore songea à ces personnes à la main marquée d'une lune qui étaient envoyées ici à chaque éclipse, et qui en étaient sorties amoindries. Elle pouvait sentir la tombe essayer, tirer sur la trame de son identité, chercher à la décomposer en filaments qu'elle pourrait absorber. À extirper son pouvoir pour le tisser.

Trop tard pour ça. Trop tard pour elle.

J'ai essayé, avec eux. J'ai essayé de trouver quelqu'un qui pourrait tout contenir. Néanmoins, Nyxara ne semblait pas désolée. *Mais ils étaient toujours envoyés ici, dans la prison qu'Apollius a fabriquée pour Moi, un lieu qui Me protégerait de Ma première mort. Cette tombe leur arrachait Mon pouvoir à chaque fois et devenait le réceptacle de tout ce que J'étais. Mais elle ne peut pas M'arracher à toi. J'ai passé tant de temps dans le vide, à attendre sans savoir ce que J'attendais. Mais c'était toi, depuis le début.*

— Pourquoi ?

Ce mot avait un goût de cendres.

La déesse garda le silence pendant un moment, songeuse. *Je n'en suis pas certaine*, répondit-Elle finalement. *Mais Je pense que c'est parce que nous sommes si similaires, Lore. La fille que J'étais, la femme que tu es. Toutes deux cherchent un endroit où elles auraient leur place, sans jamais vraiment le trouver.*

C'était trop, une vérité trop lourde pour que le cœur de Lore puisse la supporter. Elle contempla la déesse étendue sur le socle – une femme, rien qu'une femme – jusqu'à ce que Ses traits se brouillent. Jusqu'à ce qu'ils ressemblent presque aux siens.

La poitrine de Nyxara se souleva et retomba lentement. Elle était toujours vivante, d'une manière ou d'une autre, à travers les siècles. Enfouie, mais vivante.

Tu sais quoi faire, dit Nyxara dans son esprit, et Sa voix ressemblait aussi à celle de Lore, comme si leurs gorges avaient fusionné et s'étaient accordées.

Elle devait en finir avec la fuite, à présent. Elle devait connaître des vérités qui ne pouvaient lui être transmises que de cette manière. Lore leva la main et la posa délicatement sur le front de la déesse.

Quelque chose l'entraîna, comme si Nyxara était une falaise et Lore une rivière emportée par-dessus bord par la seule force de la gravité. Lore ouvrit la bouche pour hurler, mais aucun son n'en sortit.

Elle se vida
jusqu'à sa
dernière
goutte
et quelque chose de nouveau s'épanouit derrière ses paupières.
Quelque chose qui ressemblait à ses rêves.

La fille

Elle s'assit sur la plage et renversa la tête en arrière, se prélassant au soleil. Étrangement, il était à la fois plus éclatant et plus doux que chez eux, sur le continent, une lumière plus pure qui éclairait plus qu'elle ne l'aurait dû, mais qui, miraculeusement, ne brûlait pas. Le sable blanc de la plage scintillait comme si quelqu'un avait écrasé des perles et les avait éparpillées ici ; les vaguelettes bleues recouvrirent ses pieds avant de se retirer, chaudes comme l'eau d'un bain. La mer était de la même couleur que le ciel, et tous deux se fondaient l'un dans l'autre à l'horizon.

— Tu vois ?

Il s'assit à côté d'elle, souriant. Son meilleur ami, qui l'aimait depuis des années, et qu'elle aimait aussi. Apollius était comme le soleil lui-même, avec ses cheveux bruns dorés par un éclat cuivré, et ses yeux verts étincelants.

— Je t'avais dit que c'était beau.

— C'est comme de la magie, dit-elle, et elle était sincère.

Une expression étrange traversa les traits du visage d'Apollius, mais elle disparut trop rapidement pour qu'elle puisse l'analyser.

— Viens. (Il se leva, et l'aida à se mettre debout.) Les autres sont sur la montagne.

— Qu'est-ce qu'il y a, là-haut ?

Il sourit de toutes ses dents.

— La magie.

La qualifier de montagne était une exagération, étant donné la facilité avec laquelle on pouvait la gravir. Des sept îles que comptait cet archipel – qui semblait étrangement désert, tout comme Apollius leur avait dit –, c'était la plus plate. Une bande de plage laissait place à une étendue d'arbres, qui se changeait en douces collines menant à un plateau surélevé au sommet plat et boisé. Il avait été si excité de leur montrer cet endroit, quand il était revenu de son exploration, de ses mois de navigation après la mort de sa famille. Il avait été si beau, le visage rougi par sa découverte quand il avait serré Nyxara contre lui et lui avait dit qu'elle devait le voir pour le croire. Qu'ils devaient tous le voir.

Ils n'avaient pas tardé à commencer leur ascension de la petite montagne. Ils auraient mis moins de temps s'ils ne s'étaient pas arrêtés pour s'embrasser dans un petit bassin au creux des collines, aussi bleu que la mer, et si ces baisers ne s'étaient pas changés en autre chose. Dans le silence de l'île déserte, Nyxara était convaincue que leurs amis pouvaient entendre ses gémissements dans le vent.

À la pensée d'Hestraon, les joues de Nyxara s'empourprèrent.

Quand ils atteignirent le plateau, les quatre autres les attendaient. Braxtos examinait d'un air excité les feuilles d'une plante que Nyxara ne reconnut pas. Lereal se tenait sur un surplomb rocheux, les yeux fermés, un doux sourire sur le visage alors que le vent faisait claquer sa tunique. Caeliar, ses longs cheveux roux flamboyant au soleil, inspectait ses ongles, apparemment peu impressionnée, l'air aigrie. Elle les avait sans aucun doute entendus. Caeliar avait des sentiments pour Apollius, mais pas d'une manière que Nyxara comprenait. Elle avait eu une vie difficile, avec des parents qui accordaient plus d'importance à l'argent qu'à leur propre fille, et elle avait compensé en essayant de s'attacher à des personnes qu'elle pensait capables de la protéger. Ce n'étaient pas ses sentiments pour Apollius qui la rendaient jalouse de Nyxara. C'était l'idée que, d'une manière ou d'une autre, Apollius pouvait la protéger.

Au bord du chemin, Hestraon les contemplait fixement, les lèvres pincées.

Nyxara détourna le regard et serra un peu plus fort la main d'Apollius. Plus jamais. Cela avait été une erreur, une erreur qui ruinerait tout le reste si jamais elle venait à être connue. Apollius avait été absent pendant longtemps, occupé à chercher la réponse à la question qu'il posait depuis des années. Ils avaient tous les deux agi par peur qu'il ne revienne pas – un désir qui avait couvé en silence –, mais c'était terminé, maintenant. Terminé.

Apollius lui serra la main à son tour, mais il ne perdit pas de temps. Ils étaient tous amis depuis l'enfance ; aucune cérémonie n'était nécessaire entre eux.

— Suivez-moi, vous tous. Si vous trouvez ça impressionnant, attendez un peu de La voir.

— De voir quoi ? demanda Caeliar en haussant un sourcil.

Il sourit.

— La Fontaine.

— Non. (Hestraon secoua la tête, son expression aigrie laissant place malgré lui à un large sourire alors qu'il détachait son regard de Nyxara.) Ce n'est pas possible que tu L'aies *vraiment* trouvée. Je croyais que tu voulais seulement nous montrer l'île ?

— J'imagine que tu vas devoir venir t'en assurer par toi-même.

Apollius commença à s'éloigner sous les arbres. Cette forêt qui les entourait était curieuse, avec ses arbres penchés dans le vide là où le plateau prenait fin. Un détail irréel de plus dans ce lieu, encore une exception aux règles normales. Nyxara supposait que, si quelqu'un devait bel et bien trouver la Fontaine, ce serait dans un lieu comme celui-ci.

Les arbres s'ouvrirent sur une clairière. Des colonnes de pierre effritée soutenaient les vestiges d'un toit ; les fissures dans la pierre étaient remplies de mousse et d'une profusion de fleurs. La structure en ruine ressemblait aux places publiques construites dans chaque ville, qui accueillaient toutes une petite fontaine en hommage à la chose qui avait créé leur monde.

Mais la fontaine au centre de la structure était à la fois plus raffinée et plus simple que toutes celles que Nyxara avait pu voir. Des sillons dorés brillaient dans la pierre claire, comme si elle avait été mêlée aux rayons du soleil. Le rebord était décoré de minuscules gravures sur tout le pourtour. Un soleil, une lune, une feuille, le tourbillon d'une bourrasque, la crête d'une vague. Un petit jet d'eau gargouillait au centre de la fontaine. Elle ne voyait pas d'où il provenait ; il ne semblait y avoir aucun mécanisme au sein de la fontaine capable de propulser l'eau vers le haut. Et l'eau autour du jet n'était pas brouillée ; elle restait lisse et brillante comme un miroir.

Ses oreilles tintèrent quand elle se rapprocha, et elle crut presque percevoir une chanson…

Une main sur son bras. Hestraon. Il la tira vers lui, l'éloignant de la fontaine, l'air troublé.

— C'est Elle ?

Braxtos ne semblait pas convaincu.

— Bien sûr. (Apollius contemplait la fontaine devant eux comme s'il regardait une armée en approche, avec une sorte d'excitation sinistre.) La source du monde. L'essence de tout. Tout est là.

Ils La contemplèrent tous les six, muets d'émerveillement.

— Comment peux-tu en être sûr ? (Hestraon, l'éternel sceptique, qui venait de lâcher le bras de Nyxara comme s'il s'était brûlé.) Je veux dire, oui, c'est une fontaine sur une île, mais comment sais-tu que c'est *la* Fontaine sur l'île ?

— Je Lui ai posé une question, répondit Apollius. Et Elle connaissait la réponse.

Hestraon coula un regard vers Nyxara, et leur compréhension mutuelle les relia comme une corde tendue. Les trois amis étaient ceux qui se connaissaient le mieux, et depuis le plus longtemps. Ils savaient tous les deux quel genre de question Apollius poserait à la Fontaine ; c'était pour cette raison qu'il La cherchait en premier lieu.

— Alors ? (Les yeux bleus écarquillés de Lereal, son visage empli de curiosité.) Quelle était la question ?

— Ce qui se passe quand on meurt, répondit Apollius sans cesser de contempler la Fontaine.

Cette expression étrange était revenue sur son visage, cette obscurité dont Nyxara avait eu un aperçu sur la plage. Une part d'elle était surprise qu'il révèle si facilement la question qui tourmentait son cœur depuis si longtemps, mais cet endroit semblait incapable de tolérer le mensonge. Comme si toute question posée ici devait recevoir la bonne réponse, même si on ne la comprenait pas tout de suite.

— Tu veux bien nous dire ce qu'Elle a répondu ?

Caeliar enroula une mèche de cheveux autour de son doigt en s'efforçant de paraître morte d'ennui, mais ses yeux étaient emplis de curiosité.

L'ombre persista sur le visage d'Apollius, et il plissa les yeux face à la fontaine dorée, la prétendue source de tout le pouvoir dont la terre était faite. Il poussa un demi-rire.

— J'ai dit qu'Elle connaissait la réponse. Pas qu'Elle me l'avait donnée. Elle a dit que je n'étais pas prêt. Qu'aucun être vivant ne devait savoir ce qui se passe ensuite, pas avant que vienne son heure.

Braxtos croisa les bras.

— Te voilà donc revenu à la case départ. Tu as trouvé la Fontaine, mais elle est inutile.

— Pas inutile.

Apollius avança en entraînant Nyxara à sa suite. Elle n'avait pas vraiment envie de se rapprocher de la Fontaine, mais la main d'Apollius fermement serrée autour de la sienne ne lui laissait pas le choix. Hestraon fit lui aussi un pas en avant, la main levée vers elle, puis son bras retomba le long de son flanc.

Elle serra les mâchoires. Ils faisaient tous les deux cela, constamment. Ils se conduisaient comme s'ils savaient tout mieux qu'elle, comme si elle était quelque chose qui devait être protégé, quelque chose de fragile. Comme si son propre esprit était un mystère pour elle-même, et qu'ils le connaissaient tous deux mieux qu'elle ne le pourrait jamais.

C'était épuisant, parfois. Elle se connaissait parfaitement bien.

— La Fontaine refuse de me donner Ses réponses, dit Apollius en se tournant vers les amis qu'il avait amenés ici, ceux avec qui il avait choisi de partager son secret. Mais Elle les détient. Quelque part en Elle. Et nous pouvons les trouver.

Ils mirent un moment à s'imprégner du sens de ses paroles, à comprendre ce qu'il suggérait. Lereal en prit conscience en premier et secoua la tête.

— Tu veux que nous entrions dedans ?

— Pas dedans, dit Apollius. Nous allons boire à la Fontaine. Prendre une partie d'Elle en nous. (Il lança un regard noir vers la surface plane de l'eau, son reflet lui renvoyant sa colère.) Après ça, Elle ne pourra plus rien nous cacher.

Lereal tira nerveusement sur l'extrémité de ses cheveux dorés.

— Je regrette, Apollius, mais je n'ai vraiment pas envie de faire ça.

Personne ne semblait particulièrement enthousiasmé par cette idée. Braxtos et Hestraon restaient au bord de la structure en ruine et échangeaient des regards circonspects. Caeliar regardait Apollius en fronçant les sourcils, comme si elle pensait l'avoir mal entendu.

Mais Nyxara n'avait d'yeux que pour la Fontaine. Elle pensa au pouvoir, à la possibilité de devenir quelqu'un que nul ne sous-estimait, quelqu'un que personne ne se sentirait la responsabilité de protéger. La protection n'était qu'une forme de contrôle, finalement. Une laisse tenue par une main bienveillante restait une laisse.

Elle se dégagea de la poigne d'Apollius.

Il lui lança un regard, le front plissé, avant de se retourner vers Lereal.

— Est-ce que tu sais comment rentrer à la maison, Lereal ?

Ce n'était pas une menace. Pas encore. Mais le potentiel planait entre eux, susceptible de se concrétiser à tout moment.

Braxtos ne le laissa pas faire. Il disait toujours les choses telles qu'elles étaient.

— Tu es en train de dire que, si nous ne buvons pas, tu ne nous ramèneras pas chez nous.

— En réalité, c'est toi qui l'as dit.

Apollius sourit, mais ses yeux restèrent durs comme le silex.

— Pourquoi ? (Caeliar croisa les bras et bascula les hanches, même si sa posture n'atténua en rien l'étincelle avide dans ses yeux.) C'est toi qui veux la réponse, c'est à toi de boire.

— J'ai déjà essayé, s'empressa de répondre Apollius. (Mais il y avait un tic nerveux sur sa mâchoire.) Elle a besoin de plus que moi.

Hestraon le dévisagea, puis se tourna vers Nyxara. Ils savaient qu'il mentait, du moins en partie. Mais que pouvaient-ils dire ?

— Parfois, je te déteste, lança Hestraon à Apollius d'une voix dénuée de plaisanterie.

Curieux, la facilité avec laquelle la haine et l'amour pouvaient se fondre l'un dans l'autre, une sorte de passion sous forme fluide.

Apollius eut un autre sourire étrange, puis il désigna la Fontaine.

— Je passerai en premier pour prendre une autre gorgée et vous montrer qu'il n'y a rien à craindre. Et vous viendrez après moi.

Et, malgré leur malaise évident, aucun des cinq amis ne contesta sa décision. Apollius était le chef de leur petit groupe depuis si longtemps qu'aucun d'entre eux ne songeait vraiment à le contredire. Il y avait quelque chose dans sa présence, comme si elle avait plus de poids que celle de quiconque, comme s'il prenait tout l'air de la pièce. Depuis qu'il était rentré de son voyage pour leur dire qu'il avait enfin trouvé la Fontaine, ce magnétisme n'avait fait que s'accroître.

Apollius monta vers le rebord doré. Il n'y avait pas de coupe ; il plongea donc directement les mains dans l'eau cristalline, troublant son miroir placide. Les remous rayonnèrent, atteignirent le bord, puis repartirent en sens inverse comme une marée, comme si la Fontaine possédait son propre rythme. Comme si un cycle entamé ici n'avait pas de fin.

De l'eau s'écoula des mains en coupe d'Apollius quand il les souleva. Il ferma les yeux.

— Tu vas me donner ce dont j'ai besoin, murmura-t-il d'un ton presque menaçant. Je connaîtrai toutes les réponses.

Et c'était une perspective tellement attirante d'avoir quelque chose qui ne pouvait pas vous mentir. De connaître les secrets du monde, afin que ce dernier ne vous prenne plus jamais par surprise.

Nyxara s'élança vers Apollius au moment où il élevait les mains vers sa bouche. Elle plaqua le visage contre le sien, ouvrit les lèvres, et but en même temps que lui.

Il sursauta d'abord, puis il se rapprocha d'elle et elle tendit les mains à son tour afin que l'eau ne s'échappe pas, et ils burent tous deux à longues gorgées. Elle avait l'impression d'être encore plus proche de lui que quelques instants plus tôt, quand il était en elle, la bouche sur la sienne. Elle avait l'impression qu'ils étaient les deux faces d'une même pièce, le soleil et la lune, la lumière et l'obscurité.

Un grondement dans le sol. Le son infime de quelque chose qui se fendait.

— Encore une, lui murmura Apollius en versant le reste de l'eau dans la bouche de Nyxara. Prends encore une gorgée.

Et c'est ce qu'elle fit. Deux gorgées brûlantes, qui la traversèrent comme la foudre.

Les mains humides d'Apollius se posèrent de part et d'autre du visage de Nyxara, le prenant en coupe comme si elle était infiniment précieuse.

— Je ne serai jamais séparé de toi, dit-il. Tu seras mienne pour toujours, et tu ne t'élèveras jamais contre moi, tu garderas mes secrets et tu ne me trahiras jamais. Tu n'essaieras jamais de me quitter, jamais.

Un léger pli se creusa entre les sourcils de Nyxara. Les mots s'entortillèrent autour de son esprit comme des serpents, comme des chaînes.

Un autre craquement. Elle regarda la Fontaine. Des craquelures fines comme un cheveu étaient apparues entre deux des gravures. Le soleil et la lune.

Un autre grondement dans le sol, un léger tremblement de terre. Il ne se transforma pas en un bouleversement plus grave, mais quelque chose dans l'atmosphère… se *brisa*, devint un peu moins stable, légèrement dévié de son axe.

Apollius se laissa lourdement tomber par terre, le regard perdu dans le vide.

— Je sais, dit-il, et elle ne parvint pas à déterminer si le ton de sa voix était désespéré ou exultant. Je *sais*.

Et le champ de vision de Nyxara se fractionna.

L'eau de la Fontaine la morcela en composants, la découpa en rubans flottants. Elle n'avait aucune perception de son corps, aucune perception de quoi que ce soit, toute sa conscience étant éparpillée aux quatre vents, diffuse.

Le monde était réduit, lui aussi, réduit à ses composants les plus basiques qui l'environnaient dans un miasme de matière et de magie. Des lambeaux de pouvoir, de mondes qui avaient existé avant celui-ci, de mondes qui viendraient après. L'âme de la terre, rassemblée ici, qui bouillait et mutait et se renouvelait continuellement.

Ici, toutes les idées qu'elle se faisait auparavant sur elle-même étaient dépouillées, remplacées par une certitude cristalline qui ne laissait aucune place aux émotions rudimentaires comme la honte, la jalousie, l'espoir. La fille triste qui se raccrochait à tout ce qui lui apportait de la chaleur, même si elle se brûlait. La femme qui n'avait pas peur du noir. La personne qui aimait un homme obsédé par la découverte d'une échappatoire à la mort, alors qu'elle-même pensait, parfois, que cette dernière devait être agréable. Paisible et tranquille.

Quelque chose qui incarnait tout cela flotta près d'elle dans la mer miasmatique que la Fontaine avait faite du monde. Quelque chose qui semblait pouvoir lui appartenir.

Elle ne réfléchit pas. Elle tendit la main et saisit ce filament de magie, de pouvoir, et elle tint bon, et il ne lutta pas. Le filament s'insinua en elle, rassembla les fragments éparpillés qu'elle était devenue. Son être se reconstitua autour de lui, et la Fontaine lui permit de s'emparer d'une part d'Elle.

As-tu une question, toi aussi ? Ce n'était pas une voix, ni quelque chose qu'elle pouvait comprendre. Une entité parlait dans son esprit et se réordonnait en langage afin de pouvoir communiquer. **Est-ce pour cette raison que tu saisis une telle chose et tentes de la faire tienne ? Tu veux le pouvoir, comme lui ?**

— Oui, répondit Nyxara.

Elle eut le sentiment de parler, même si dans cet état elle ne savait pas vraiment si elle avait une bouche. C'était le pouvoir qu'elle voulait, n'est-ce pas ? Devenir inattaquable. Souveraine, et maîtresse d'elle-même.

Au moins, tu es honnête, dit la Fontaine. **Quelle est ta question, dans ce cas ?**

— Trouverons-nous un peu de paix, maintenant ? (Elle revit cet éclair sombre sur le visage d'Apollius.) Lui direz-vous enfin ce qui se passe quand quelqu'un meurt ?

Son père, sa mère, ses frères et sœurs. Tous massacrés dans une tuerie absurde, une querelle de frontière entre deux seigneurs mineurs. Il avait été obsédé par cette question depuis ce jour, après avoir vu avec quelle facilité la mort s'emparait de vous, la façon dont elle approchait telle une maîtresse et vous étouffait en quelques secondes, pendant une journée semblable à toutes les autres.

Personne n'avait conceptualisé ce qui se passait après la mort ; quand vous étiez mort, vous étiez mort. Apollius refusait de l'accepter. Apollius voulait que le monde se plie à lui, il voulait connaître ses secrets, et les changer s'ils n'étaient pas à son goût.

Nous lui avons dit qu'il ne pouvait pas le savoir tant qu'il était humain, répondit la Fontaine. **Il s'empare donc maintenant d'un pouvoir qui ne peut résider en aucun humain. Et il saura.**

— Aucun humain ? demanda Nyxara, mais sans la moindre surprise.

Tu t'en empares aussi, répliqua la Fontaine. **Ainsi que vous tous, qui en voulez toujours plus. Ce pouvoir vous rendra plus qu'humains, mais même les choses non humaines prennent fin. Est-ce que tu comprends ?**

— Oui.

Et elle comprenait, alors même que son corps se restructurait pour devenir ce qu'elle serait. Les ténèbres et le clair de lune, la paix d'un long repos. Pas humaine, mais toujours mortelle, car la mort était le pendant inéluctable de la vie, et qu'il n'y avait pas de réelle échappatoire.

Tu disparaîtras, un jour, dit la Fontaine. **Mais ce pouvoir te donne deux vies, deux morts. Une pour l'humaine que tu étais, une pour la déesse que tu es devenue. Le pouvoir trouvera toujours un nouveau vaisseau, et, jusqu'à ta seconde mort, tu y seras liée, incapable d'accéder au repos. Est-ce que tu comprends ?**

— Oui.

Mais elle ne comprenait pas, pas vraiment. Qui le pouvait ?

Alors, deviens.

L'espace d'un bref moment, d'une éternité, elle connut les réponses qu'Apollius avait cherchées. La mort s'ouvrit à elle, sa nouvelle reine, et elle la vit dans son intégralité.

Puis ce savoir disparut, enfermé au plus profond d'elle-même.

Et elle ne sut plus rien.

La Déesse

— Qu'est-ce que je peux faire pour te rendre heureuse ?

Cette rengaine aurait pu être implorante, si elle avait émané d'une autre bouche. Mais venant d'Apollius, elle sonnerait toujours comme un ordre.

Nyxara ne répondit pas. Elle l'avait déjà fait à plusieurs reprises ; elle lui avait dit qu'elle serait heureuse s'ils quittaient cette île, qu'elle aurait été heureuse s'il leur avait dit ce qui se passerait quand ils boiraient à la Fontaine. Cependant, cette partie-là n'était pas tout à fait juste, et il s'était empressé de le souligner. Il ne les avait pas forcés. Ils avaient bu de leur propre chef. Elle doutait que cela ait fonctionné, sans cela.

Elle doutait que la Fontaine les ait tous changés en dieux, sans cela. Elle doutait qu'elle les ait piégés ici sur cette île pendant que celle-ci tombait rapidement en ruine, le pouvoir qu'ils avaient arraché à l'âme du monde déséquilibrant ce dernier.

Ils auraient dû le savoir, ce jour-là, quand le bord de la Fontaine s'était brisé, trois morceaux ornés de gravures se détachant de l'ensemble. Un soleil, une lune, et un autre morceau avec la feuille, la vague et la bourrasque. Ils les avaient laissés là où ils étaient tombés.

Elle ne répondit pas à Apollius. Elle garda le silence et agita les jambes dans le vide, assise sur l'affleurement rocheux, le regard rivé vers l'horizon bleu sur bleu. Les arbres s'étaient éclaircis depuis qu'ils avaient bu à la Fontaine ; certains étaient tombés malades, tandis que d'autres poussaient de façon difforme, comme si l'île était contaminée par l'essence que les six avaient prise. La vue était désormais suffisamment dégagée pour que Nyxara puisse voir tout en bas, jusqu'à la plage.

Des bateaux s'approchaient. Ils étaient petits, mais remplis de personnes qui avaient entendu parler de la Fontaine, des dieux sur la montagne. Le moment où on les avait découverts avait été étrange, des années ou des jours après avoir bu à la Fontaine. Le temps n'avait pas de sens, ici.

Du moins, il n'en avait pas eu jusqu'à l'arrivée des marins. Ils s'étaient échoués sur la plage, une nuit, rejetés là par une mer étrangement agitée pour la saison. Caeliar n'avait pas encore maîtrisé l'art de lisser les eaux, de les obliger à suivre leur ordre naturel. Nyxara et elle travaillaient main dans la main pour les marées, mais ces dernières étaient elles aussi perturbées. Ils tenaient les rênes du monde, mais ne savaient pas comment chevaucher.

Apollius avait guéri les marins. Braxtos et Hestraon avaient réparé le navire. Et Lereal les avait renvoyés chez eux avec une rafale de vent ; une des premières qu'iel avait réussi à envoyer dans la bonne direction, au lieu de déclencher une tempête.

Les pèlerins étaient arrivés peu de temps après.

Souvent, ils venaient seulement prier, mais certains restaient et construisaient des huttes sur le rivage sud. Nyxara et les autres n'aimaient pas cela, et fréquentaient le moins possible les nouveaux arrivants, mais pas Apollius. Il les guérissait, les laissait pleurer de gratitude à ses pieds. Il allait déambuler entre les huttes de ceux qui restaient, rassemblant des fidèles, qu'il laissait chanter des hymnes en son honneur. Quand certains partaient, il levait une main et regardait leurs bateaux disparaître à l'horizon.

Nyxara était toujours emplie d'une jalousie presque douloureuse quand elle voyait les pénitents humains s'en aller.

Elle ne descendait pas souvent se mêler aux pèlerins. C'était tout aussi bien. Les pouvoirs que la Fontaine lui avait donnés n'étaient pas du genre qu'ils avaient envie de voir. Aucun d'entre eux n'avait besoin que la nuit tombe plus vite, ou que la lune croisse et décroisse à un rythme différent.

Aucun d'entre eux n'avait besoin qu'elle ranime un cadavre.

Elle ne l'avait fait qu'une fois, quand l'un des premiers bateaux remplis de gens était arrivé sur l'île, après les marins. C'était un enfant. C'était pour cela qu'elle avait essayé. Un enfant qui était tombé malade et avait succombé avant que sa mère arrive à temps pour le faire guérir. Mais soit Nyxara avait fait quelque chose de travers, soit ranimer les gens dans leur intégralité était un pouvoir qui dépassait le sien, car l'enfant avait été une atrocité, aux yeux noirs et à la mâchoire déboîtée, et la mère lui avait hurlé de le défaire, de le défaire, car c'était pire.

Après cela, elle n'avait plus beaucoup interagi avec les gens qui arrivaient.

— Nyxara.

Son nom sonna comme une prière. Cette idée la mettait mal à l'aise, étant donné le tour qu'avaient pris ses pensées ; elle la chassa. Apollius se pencha et s'assit auprès d'elle. Un silence, une inspiration profonde.

— Je t'ai dit que j'étais désolé. Je ne savais pas ce que ferait la Fontaine…

— Mais tu savais qu'elle ferait quelque chose, murmura-t-elle. Tu le savais, et tu ne voulais pas y faire face seul, alors tu nous as entraînés là-dedans avec toi. Pourquoi as-tu fait une chose pareille ? Pourquoi n'as-tu jamais appris à affronter les conséquences de tes propres actes ?

Ils ne cessaient d'avoir cette discussion, encore et encore, alors qu'elle aurait sans doute dû se résigner depuis longtemps. Ils étaient des dieux ; ils avaient des pénitents. Plus d'une fois, elle était allée voir Apollius à la Fontaine – la structure en ruine était désormais refaite à neuf et étincelante, grâce aux mains humaines, et les morceaux brisés avaient été déposés à la place d'honneur – et l'avait vu lire attentivement un manuscrit avec une personne ou une autre, en offrant ses conseils. Ils s'interrompaient toujours à son approche.

C'était cela qu'il voulait. De façon biaisée, du moins. La divinité était le prix qu'il payait pour ses réponses. Il avait été injuste de sa part de les obliger à payer également pour cela. D'utiliser leur amour et d'en faire des chaînes.

Il garda le silence pendant un moment. Puis :

— Tu n'es pas non plus très douée pour rester toute seule, ma bien-aimée.

Elle ferma les yeux.

Elle n'avait pas eu l'intention de lui dire. Cela s'était produit quelques jours – elle ne savait pas vraiment combien – après qu'ils avaient tous bu à la Fontaine, dans l'un de ces moments intimes où les choses vous échappent naturellement. Voir le monde dérailler ainsi, empli d'un pouvoir neuf, avait amené Nyxara à penser qu'ils avaient tous besoin de se dire la vérité, que cela ne pouvait pas leur faire de mal. Le nouveau pouvoir qui les habitait leur permettait de savoir quand l'un d'entre eux mentait, de toute façon. Elle avait donc parlé à Apollius des nuits passées avec Hestraon quand il était parti en voyage, de la façon dont ils s'étaient réconfortés mutuellement, et du fait qu'elle pensait l'aimer comme elle aimait Apollius.

Il ne l'avait pas bien pris. Ils étaient peut-être des dieux, désormais, mais Apollius avait toujours une tendance à la jalousie.

— Hypocrite, répondit calmement Nyxara en se penchant en arrière afin que la brise marine peigne ses cheveux. Comme si tu n'avais pas couché avec chacun d'entre nous, à un moment ou à un autre.

C'était la vérité. En particulier depuis qu'ils étaient ici, piégés sur l'île qui pourrissait lentement. Ce n'était pas comme s'il y avait grand-chose d'autre à faire, étant donné que tout le monde sauf Apollius cherchait à éviter les pèlerins.

— Ce n'est pas la même chose, dit Apollius. Tu m'as dit que tu l'aimais comme tu m'aimes, moi. Qu'est-ce que je suis censé faire de ça, Nyxara ? Qu'est-ce que je suis censé ressentir, alors que tu es celle que j'aime par-dessus tout ?

— Tu as plein de gens qui t'aiment, maintenant, dit-elle en regardant les pèlerins débarquer sur la plage. Pourquoi est-ce que mon amour t'importe à ce point ?

Les yeux d'Apollius étincelèrent, le pourtour de ses iris verts étant envahi d'une couleur dorée surnaturelle.

— Parce qu'il m'a toujours appartenu.

« Tu seras toujours mienne », avait-il dit quand ils avaient bu ensemble à la Fontaine. Sur le coup, cela l'avait seulement légèrement agacée, suffisamment pour lui faire froncer les sourcils. À présent, c'était comme un poison, et elle pouvait sentir les entraves subtiles qu'il avait placées autour de son esprit se resserrer de plus en plus souvent.

Elle devina qu'il se levait et tendait la main vers elle dans un crépitement de chaleur. Nyxara ouvrit les yeux et regarda avec curiosité sa main tendue.

— Je ne veux pas qu'on se dispute, dit Apollius. (Il y avait quelque chose dans son autre main ; il n'arrêtait pas de le tripoter nerveusement.) Je t'ai fabriqué quelque chose.

Et que pouvait-elle faire d'autre ? Elle ne voulait pas non plus se disputer. Pas s'ils n'avaient rien d'autre que ça. Deux vies et deux morts sur une île qui se disloquait lentement, avec des gens assez stupides pour les vénérer.

Elle prit sa main.

Il la conduisit vers un bois.

Ici, les arbres avaient l'air en bien meilleure santé que partout ailleurs sur l'île. Leurs troncs hauts et droits poussaient sans le moindre signe de pourriture suintante. Nyxara voyait bien qu'ils n'étaient pas tout à fait naturels. Ils étaient trop uniformes, les couleurs étaient trop vives. Ce n'était pas la végétation ancienne et sauvage qui était là avant qu'ils boivent à la Fontaine, mais c'en était une imitation, comme réalisée par quelqu'un qui n'avait jamais vraiment vu de forêt.

Mais elle l'adorait néanmoins.

Elle plaqua une main sur l'écorce et leva les yeux vers la canopée verte. Les branches étaient densément entrecroisées, comme un mur, comme un sanctuaire. Un endroit où elle pourrait se cacher de ce qu'elle était devenue. Au-delà, le bleu du ciel, éclatant et sans fin.

— C'est Braxtos qui l'a fait pousser, dit Apollius. À ma demande.

Un autre rappel du schéma dans lequel ils étaient tous tombés ; ils se pliaient aux ordres d'Apollius, ils le laissaient être leur chef par défaut. Nyxara appuya un peu plus fort contre l'écorce. Braxtos maîtrisait mieux son nouveau pouvoir que tous les autres. Même si l'île mourait lentement, il avait réussi à faire éclore quelques fleurs au printemps, à faire pousser de nouveaux arbres pendant l'été, qui s'étaient parés de feuilles colorées à l'automne. Parmi eux six, il était le seul qui soit encore capable de mesurer le temps.

— Personne d'autre que nous ne peut venir ici, dit Apollius d'une voix rassurante. Seulement les dieux. Pas les gens. C'est notre endroit sacré.

Et cela avait quelque chose de sacré, d'avoir un lieu privé. Un lieu où personne ne la regarderait et verrait une déesse terrifiante.

Elle savait que leur apparence avait changé. Au fil des années, ils avaient perdu la capacité d'être surpris par les différences, pour l'essentiel, et les silhouettes qu'ils voyaient maintenant leur paraissaient aussi familières que celles d'autrefois. Mais elle voyait comment les pénitents les regardaient, avec un mélange d'émerveillement et d'horreur. Ses propres ongles s'étaient changés en griffes noires acérées. Des écailles iridescentes recouvraient les bras de Caeliar, et le blanc des yeux d'Hestraon brillait d'un éclat orange. La peau d'Apollius, presque aussi dorée que la Fontaine elle-même, étincelait comme si la lumière du soleil courait dans ses veines.

— Braxtos m'a aussi aidé à fabriquer ça. (Apollius tendit la main qu'il remuait nerveusement derrière son dos.) Il a extirpé la pierre du sol. Hestraon l'a forgée. Je ne lui ai pas dit ce que je voulais en faire, mais je pense que c'était inutile. Il savait.

Nyxara regarda au creux de sa main.

Une bague.

Elle rit. Ce fut son premier réflexe. Une bague, une chose si humaine et banale, alors qu'ils avaient dépassé tout cela sur son insistance ?

Une expression orageuse traversa les traits de son visage, et quand il reprit la parole, ce fut sur le ton d'un ordre.

— Épouse-moi.

Non. Il n'y avait aucune cour pour les unir, ici, contrairement à chez eux, pas de représentant du roi pour les déclarer mari et femme devant leurs amis rassemblés ; mais elle ne voulait pas le faire, pas maintenant, même si c'était seulement symbolique. Avant la Fontaine, elle l'aurait épousé en un battement de cœur, mais à présent, elle était différente.

Plus forte.

Capable de lutter contre leur manie de se plier à sa volonté.

Mais Nyxara ne dit rien de tout cela. Elle se contenta de dire :

— Laisse-moi du temps.

Et étonnamment, c'est ce qu'il fit.

Elle passa la majeure partie de ce temps dans la forêt. Les autres y venaient aussi, parfois, mais c'était son espace et ils le savaient. Lereal y passait en chemin vers les falaises, où iel disait pouvoir entendre le vent parler. Iel racontait à Nyxara ses expériences avec Caeliar ; cette dernière s'endormait, et Lereal suivait les motifs de sa respiration dans ses rêves, observait ces derniers, les manipulait même parfois avec le consentement de Caeliar.

— C'est intéressant, dit-iel en tordant ses mains presque translucides, mais ça me fait aussi un peu peur. Et si quelqu'un d'autre pouvait apprendre à le faire ? De quoi seraient-ils capables ?

— Ne t'inquiète pas pour ça, la rassura Nyxara, allongée sur le dos, les yeux rivés sur le ciel sans nuages. Personne d'autre ne possède un pouvoir comme le tien.

— Je ne pense pas que ce soit grâce à mon pouvoir que cela fonctionne. (Lereal tressa ses cheveux d'un air absent, les yeux perdus dans le vide. L'ivoire de ses os minces luisait à travers la peau vitreuse de ses mains, qui redevenait couleur chair juste au-dessus du coude.) Ça fonctionne avec n'importe quel pouvoir. Ils proviennent tous de la même source, donc quiconque détient la magie de la Fontaine peut arpenter les rêves d'une personne qui possède aussi cette magie. (Iel laissa retomber sa tresse.) Je vais devoir faire plus d'expériences. Prendre des notes.

Nyxara enviait ceux de ses amis qui réussissaient à trouver une sorte de but dans leur divinité, qui voulaient comprendre le pouvoir qu'ils possédaient. Pour sa part, elle voulait surtout l'oublier.

Braxtos venait parfois inspecter les arbres pour voir si son œuvre tenait bon. Les arbres verdissaient à son approche et se dépliaient vers lui. Les feuilles minuscules qui poussaient sous ses ongles et à la commissure de ses yeux s'étiraient elles aussi, se recourbant autour de lui comme de la dentelle.

— Peut-être que je peux faire la même chose pour toute l'île, avait-il dit.

Mais quand il avait essayé, les changements n'avaient pas duré. La pourriture dévorait la végétation, qui devenait humide et puante, causant chaque jour un peu plus de dégâts.

Caeliar ne venait pratiquement jamais dans la forêt. Lors de ses rares visites, elle se disputait avec Nyxara et lui disait que celle-ci était ridicule de ne pas accepter l'offre d'Apollius. Elle pensait que, si Nyxara lui donnait ce qu'il voulait, son amour pourrait l'inciter à chercher réellement un moyen de fuir l'île.

Elle ne comprenait pas qu'Apollius n'aimait pas vraiment, plus maintenant. Il se contentait de posséder.

Caeliar restait donc le plus souvent au bord de la mer, sur le rivage nord, occupée à tester les vagues, convaincue qu'elle pouvait trouver un moyen de quitter l'île. Chaque fois qu'elle pénétrait dans les flots, son corps tout entier se contractait ; la douleur tordait ses muscles et son cœur battait si vite qu'il était presque visible. Elle se laissait alors retomber sur le sable, vaincue. Ils subissaient tous la même chose quand ils tentaient de partir, mais elle était la seule qui continuait d'essayer, encore et encore. Les pénitents avaient appris à rester à l'écart de Caeliar, à éviter totalement le rivage nord. Ils ramassaient du bois flotté sur la plage sud uniquement, et construisaient leurs maisons, de grands bâtiments gravés de leurs six noms.

Quand Hestraon venait dans la forêt, il ne disait rien, la plupart du temps. Il se contentait de s'asseoir à côté de Nyxara en silence.

Il était avec elle le jour où Braxtos était arrivé en courant, l'herbe se couchant sur le sol avant de mourir aussitôt là où il posait les pieds.

— Elle est entrée dans les vagues, cette fois, dit-il les yeux écarquillés. (Il n'était même pas essoufflé, alors qu'il avait fait tout le chemin depuis la plage en courant.) Venez voir.

Les changements subis par leurs corps leur permettaient de bouger différemment, plus vite et de façon liquide, presque comme l'eau de la Fontaine. Nyxara et Hestraon suivirent Braxtos jusqu'au pied de la montagne, sinuant entre les huttes et les cathédrales. Les fidèles travaillaient d'arrache-pied sur les bateaux qu'ils envoyaient depuis l'île pour annoncer au monde que les nouveaux dieux étaient apparus pour prendre la place de la Fontaine. Les trois dieux les ignorèrent alors même que tous les travaux s'arrêtaient à leur passage et que chaque humain s'agenouillait et plaquait le visage contre le sol.

Caeliar était sur la plage et contemplait l'océan, comme si ce dernier l'avait insultée. Ses pieds étaient fermement plantés dans l'écume, ses mains serrées de part et d'autre de son corps. Lereal se tenait à quelques mètres en arrière, les bras croisés, et rongeait ses ongles presque invisibles. Apollius n'était nulle part en vue.

En les entendant approcher, Caeliar se retourna, le regard dur.

— Regardez, dit-elle sans préambule.

Elle avança, droit vers la mer.

Les flots se scindèrent devant elle, formant des parois de chaque côté de son corps. Ses pieds nus se frayaient un chemin parmi les coquillages et les coraux, comme si c'était le plus doux des tapis. Nyxara l'avait vue le faire suffisamment de fois pour connaître l'endroit exact où elle s'arrêterait : juste après un rocher couvert de bernacles, à quelques pas de la plage.

Caeliar l'atteignit. Elle continua d'avancer.

Les parois liquides devenaient de plus en plus hautes à mesure qu'elle progressait d'un pas déterminé dans les profondeurs. Nyxara sut que, si rien ne l'arrêtait, elle ferait tout le chemin jusqu'au continent de cette manière, traversant le fond marin comme si c'était une salle de bal.

Mais tout à coup, Caeliar se figea. Son corps tout entier se tint droit, trop droit, puis se crispa sur le côté, comme si un poing géant s'était refermé sur elle, la froissant comme une feuille de papier. Un cri étranglé s'échappa de sa gorge, mais il était plus proche de la rage que de la douleur.

Les yeux des autres dieux restaient braqués sur leur amie dans la mer, mais quelque chose caressa la nuque de Nyxara, une présence.

Elle se retourna.

Apollius était là, juste à l'endroit où le gravier laissait place au sable et où commençait la ligne d'arbres pourrissants. Sa main était tendue, ses doigts recourbés dans l'air, pointés droit sur Caeliar. Il manipulait la vie en elle, capturait ses filaments dans son poing et les tressait pour en faire une cage.

Il croisa le regard de Nyxara. Il ne détourna pas les yeux.

Cette nuit-là, elle retrouva Hestraon dans la forêt. Ils s'embrassèrent, ils se glissèrent l'un contre l'autre, chaleur, peau et sueur ; après, ils restèrent allongés et contemplèrent le ciel, la lune suspendue comme un joyau dans le ciel noir.

— Nous pouvons partir, murmura-t-elle. C'est lui qui nous garde ici.

Il soupira, comme s'il était déçu, mais pas surpris.

— Mais pourquoi ?

— Parce qu'il n'a jamais appris à être seul.

Il suffisait de dire si peu de choses contre lui pour que le pourtour de son esprit, fantôme tirant sur ses tempes, devienne douloureux. Ses chaînes, étirées à leur limite.

— Il n'est pas seul. Il a le monde entier pour le vénérer, maintenant.

Hestraon se tourna vers elle. La lune brillait dans ses yeux. Il avait fait un feu au centre de la forêt, et les flammes qui s'en élevaient étaient grandes et fixes comme de la pierre.

— Peut-être que tu pourrais le convaincre de nous laisser partir, maintenant qu'il a ça. Peut-être qu'il te laissera partir, toi aussi.

Nyxara savait que c'était faux. Il ne la laisserait jamais partir. Mais peut-être y avait-il de l'espoir pour les autres.

Elle se leva donc et tendit la main à Hestraon. Il la prit, et ils allèrent trouver Apollius.

Il était sur la place, assis au bord de la Fontaine, le regard rivé sur sa surface lisse comme un miroir. Les pénitents avaient fait de ce lieu un palais et avaient apporté à Apollius de la toile d'or et des broderies somptueuses à porter, mais la robe qui le recouvrait à présent était en lin ordinaire. Il ne portait rien en dessous.

Elle s'approcha de lui sans dire un mot, même si elle sut à sa brusque inspiration qu'il sentait l'odeur d'Hestraon sur elle. Elle l'embrassa, et écarta sa robe.

Derrière elle, Hestraon la dévêtit, la mettant à nu pour Apollius. Il se pencha pour lui embrasser l'épaule, et la main d'Apollius qui n'était pas enfouie dans les cheveux de Nyxara se referma sur ceux d'Hestraon pour attirer sa tête vers elle et l'obliger à embrasser sa clavicule, son cou. Apollius recula, Nyxara fit un pas en avant, les mains d'Hestraon posées sur sa taille…

Non. Ceci m'appartient.

Plus tard, une fois Hestraon parti, il ne resta plus qu'Apollius et Nyxara allongés près de la Fontaine. Le dieu se redressa sur un coude.

— Est-ce que tu as enfin réussi à le chasser de ta tête ?

— Et toi ? contra-t-elle.

Sa main était enfouie dans les cheveux de Nyxara. Il replia les doigts, presque assez pour lui faire mal.

— Ça ne se reproduira pas, dit-elle, ce qui était une réponse sans l'être. (Elle passa une jambe sur lui pour le chevaucher, le plaquant au sol. Il était de nouveau dur ; elle le glissa en elle.) Je vais t'épouser, Apollius.

Il commença à onduler des hanches, tout en se renfrognant.

— Je perçois le début d'un marché.

Nyxara déglutit, luttant pour réprimer un gémissement.

— Je vais t'épouser, répéta-t-elle, si tu laisses partir les autres.

Le rictus était de retour et tordait son visage. Il avait été beau, autrefois ; à présent, il était si beau qu'il en était terrifiant. Une phosphorescence dorée courait sous sa peau, le faisant briller comme un soleil en forme d'homme.

— Je peux accepter ce marché, dit-il en donnant un nouveau coup de reins, plus fort. Tant que tu es avec moi, près de la source, le pouvoir y restera aussi. Nous avons besoin l'un de l'autre, Nyxara, depuis toujours.

(Ses coups de reins ralentissaient, à présent, devenaient quelque chose qui ressemblait un peu plus à de l'amour et non à de la simple possession.) Tant que tu es là, je n'ai pas besoin des autres.

Il leva les hanches, et elle poussa une exclamation étranglée, la tête renversée vers le ciel, avant de se fracturer autour de lui, comme toujours.

Mais elle l'épousa, et il ne dissipa jamais ce qu'il avait fait pour piéger les autres sur l'île. Ils se contorsionnaient toujours de douleur quand ils essayaient de s'écarter du rivage.

— Tu m'as fait une promesse ! lui hurla-t-elle sur la place de la fontaine.

Des générations de pénitents y avaient construit un palais avec du bois flotté et les troncs des arbres qu'ils avaient abattus avant qu'ils soient attaqués par la pourriture. Les saisons étaient déséquilibrées ; c'était l'automne, mais la pluie cinglait le toit comme s'ils étaient au cœur du printemps. Autrefois, elle pensait que plus ils passeraient de temps avec leurs pouvoirs, plus ils s'amélioreraient, mais c'était l'inverse qui se produisait. Les rênes leur avaient échappé des mains depuis longtemps ; le monde était hors de contrôle.

— Je suis le dieu de la vie et du jour, dit Apollius en lui saisissant les poignets afin qu'elle ne puisse pas le frapper. Je ne suis redevable à personne.

Elle quitta la place. Elle jeta la bague par-dessus la falaise. La pierre lança un éclat doré en tombant.

Partis

Le jour où ils décidèrent de s'échapper ressemblait à n'importe laquelle de leurs longues journées indénombrables.

Hestraon rassembla les autres sur la plage nord. Nyxara lui avait dit d'attendre que la lune soit haute. Elle allait le distraire à ce moment-là. C'était là qu'ils pourraient partir sans qu'Apollius les arrête.

— Et toi ? avait-il demandé.

Elle n'avait pas répondu.

Maintenant, alors qu'elle regardait la lune progresser dans le ciel qui passait du bleu à l'indigo, elle éprouvait quelque chose qui ressemblait à de la paix. Du moins, ce qui se rapprochait le plus de la paix pour un être comme elle.

Elle serrait dans sa main une torche qu'Hestraon avait allumée pour elle. Les flammes restèrent hautes et fixes alors même qu'elles dévoraient sa forêt, consumant les arbres dans une vague de feu. Elle se tint au centre et inspira profondément la fumée, puis l'observa se tordre dans le ciel qui s'assombrissait lentement.

Des cris retentirent en contrebas. Les pénitents avaient repéré l'incendie ; ils se précipitaient vers la forêt sacrée pour la sauver. Nyxara franchit le cercle d'arbres en flammes et se dirigea vers la Fontaine.

— Que se passe-t-il ? demanda Apollius en la voyant approcher.

Le matin même, il avait envoyé un autre groupe d'hommes sur un bateau avec un manuscrit relié qu'il les avait aidés à corriger. Il avait l'air fatigué.

— L'une des cathédrales a pris feu, répondit-elle d'un ton désinvolte en marchant tranquillement vers lui et en laissant glisser sa robe jusqu'au sol. J'ai pensé que nous pourrions profiter de la distraction de tes fidèles. Ce n'est pas facile de te voir seul, en ce moment.

Et même si une lueur dure brillait encore dans ses yeux, il la laissa venir à lui. Il la laissa l'embrasser, l'allonger à côté de la Fontaine.

Tout en se balançant au-dessus de lui, Nyxara observa la lune. Une boule de chaleur se rassembla au creux de son ventre alors qu'il lui agrippait les hanches et haletait son nom.

Elle continuait de l'aimer. Même après tout ce qui s'était passé.

— Pourquoi as-tu besoin de nous ?

Elle n'avait pas eu l'intention de lui poser cette question, ni que les mots dans son esprit aboutissent sur sa langue. Mais être avec lui de cette manière avait toujours fait ressortir la vérité, même quand elle ne le voulait pas.

Il écarta les cheveux qui tombaient devant le visage de Nyxara.

— Je n'ai besoin que de toi.

Ce n'était pas aussi réconfortant qu'elle s'y attendait.

— Pourquoi cette question ? demanda-t-il en ondulant des hanches au point qu'elle se mordit la lèvre.

Elle ne répondit pas.

Apollius s'immobilisa.

— Pourquoi, Nyxara ?

Et ils n'avaient jamais été très doués pour se mentir l'un à l'autre, n'est-ce pas ? Avec un juron, il la repoussa sur le côté et bondit sur ses pieds. Il quitta en courant leur palais de bois flotté et descendit les collines ravagées à leur manière étrange et vive comme l'éclair. La forêt en feu se découpait sur le ciel nocturne ; l'air était peuplé des échos fantomatiques des cris des pénitents qui essayaient de l'éteindre.

Quand elle arriva sur la plage, tous ses amis étaient partis. La mer elle-même avait retrouvé son rythme ordinaire. Ils avaient utilisé leurs domaines de magie pour s'échapper ; Lereal avait filé dans le vent, Caeliar dans l'eau, Hestraon dans la chaleur crépitante de l'air, Braxtos dans la terre. Ils étaient partis, ils étaient en sécurité, ils n'étaient plus emprisonnés.

Nyxara rit. Sa bouche s'ouvrit en grand et elle éclata de rire, emplissant l'air de sa joie, et ne s'arrêta que quand Apollius la gifla en plein visage.

Il baissa un regard noir sur elle, un sourire dément sur les traits.

— Tu crois qu'ils se sont échappés ? murmura-t-il. Tu crois qu'un seul d'entre vous peut m'échapper, à moi, le dieu de la vie ? *Tu m'appartiens*, Nyxara. Vous m'appartenez tous. Ils ne tiendront pas une semaine loin de moi. Ils déclineront, ils mourront de leur première mort, et tout ce pouvoir sera à moi jusqu'à ce qu'ils trouvent un vaisseau pour leur seconde vie, avant de mourir de leur seconde mort. (Il se pencha plus près.) Et je les trouverai à ce moment-là, ma douce. Je les trouverai *très vite*.

Elle le gifla à son tour, mais ce n'était pas suffisant. Ses mains aux griffes noires se tendirent vers son visage, cherchant à faire couler le sang divin.

—Alors pourquoi m'as-tu dit que tu les laisserais partir ? cria-t-elle.

—Tu savais que ce n'était pas vrai. (Il lui saisit les mains, redevenu doux.) Je ne t'ai pas menti, ma bien-aimée, je t'ai seulement laissée croire ce que tu voulais. Mais tu savais que nous ne pouvions pas être séparés. Nous ne sommes plus des choses qui peuvent vivre séparément, désormais. Nous sommes tous les morceaux de la même source, et tant que nous l'avons en nous, nous devons rester ensemble. (Il prit son visage en coupe.) Tu es la clé, Nyxara. Tu as bu avec moi, tu as bu deux fois tout comme moi, et tu as pris une plus grande part de pouvoir. Nous sommes liés pour l'éternité.

—Donc tu ne me laisseras jamais partir.

Elle le savait déjà, mais l'entendre fut comme recevoir un coup de poignard.

—Jamais.

Il avait prononcé ce mot comme une déclaration d'amour.

—Nous ne voulions pas ça. (Elle tenta de se dégager, mais Apollius la tenait fermement.) Aucun de nous ne voulait ça !

—Ça changera. (Il lui maintint la tête à deux mains, lui tordant le cou afin de plonger son regard dans le sien.) Nyxara, je te le promets, ça changera. Je sais des choses que tu ignores. Je trouverai un moyen de te sauver. (Il marqua une pause.) Je ne cherche toujours qu'à te protéger, ma bien-aimée.

Protection. Une cage, une laisse ; le contrôle sous un nom plus acceptable.

La rage, éclipsant tout le reste, monta en elle jusqu'à chasser toute pensée rationnelle, jusqu'à oblitérer la peur. Elle recula d'un coup sec et tendit ses griffes vers sa propre gorge.

Une lumière dorée enserra ses poignets. Elle brûlait ; Nyxara poussa un cri.

—Non, ma bien-aimée, murmura Apollius. Tu n'y échapperas pas comme ça. (Il lui caressa les cheveux.) Je n'aurais dû emmener que toi.

J'aurais dû laisser les autres. Si j'avais su, c'est ce que j'aurais fait. Toi et moi aurions pu être les seuls dieux.

— Je n'ai jamais voulu être une déesse.

Il fronça les sourcils, un air pensif sur le visage.

— Je vois, murmura-t-il. Ce serait peut-être plus facile. Je peux peut-être t'accorder cela.

Mais à la manière dont il le dit, elle sut qu'il n'avait pas changé d'avis, qu'il ne la laisserait pas partir. Il avait seulement repensé la cage dans laquelle il voulait l'enfermer.

Il l'entraîna vers la Fontaine brisée, en se déplaçant comme l'aurait fait un homme normal, sans cette vivacité liquide que leur conférait le pouvoir. Nyxara tenta de se débattre, de se contorsionner pour échapper à sa poigne, mais il la tira à sa suite vers le sommet de la montagne. Ils croisèrent des groupes de pénitents ; certains d'entre eux avaient passé des années ici, à construire leurs monastères, leurs huttes et leurs cellules. Elle leur cria de l'aider. Ils firent semblant de ne pas l'entendre. La forêt sacrée était en cendres.

Quand ils atteignirent la Fontaine, Apollius la lâcha enfin. Elle trébucha et se recroquevilla sur la pierre, le dos plaqué contre l'endroit où les gravures s'étaient détachées du rebord de la Fontaine.

— Est-ce que leur pouvoir est revenu ici, maintenant ? gronda Apollius en agrippant le bord doré de la Fontaine. Maintenant qu'ils m'ont quitté ? Ou est-ce que je vais devoir attendre leur première mort ?

Non. Un son capable de fendre le ciel, qui provenait d'en haut, d'en bas et d'autour d'eux. **Ça ne fonctionne pas de cette manière. Le pouvoir finira par revenir peu à peu ici, mais cela prendra des siècles. Nous ne pouvons pas le contenir entièrement, pas en étant brisés.**

Apollius tendit le bras et frappa la surface de l'eau.

— Et quand le pouvoir reviendra enfin à Toi, est-ce que Tu me diras comment accomplir ce que je veux ? Ai-je suffisamment dansé pour Toi ? Ai-je gagné la vénération que Tu voulais vraiment ?

L'immortalité est une impossibilité, dit la Fontaine. Nous te l'avons déjà dit.

— Je refuse de l'accepter !

Accepte-le ou non, c'est la vérité. Tu as deux morts, une de plus qu'auparavant.

Et c'est à ce moment-là que Nyxara décida de lui en prendre une. Elle tendit le bras, plongea ses mains griffues dans sa poitrine…

— *Lore !*

CHAPITRE 34

Si tu pèches, ne le fais pas en vain.

Proverbe ratharcien

Elle ne savait pas où elle était. Qui elle était. Sa tête lui faisait mal, son corps était contusionné à cause de choses qu'il n'avait pas vraiment faites, protestant contre tous les souvenirs qui avaient été déversés en lui.

— Lore ! (Ce mot, encore. Son nom. Quelqu'un la tirait par la main.) Lore, il faut qu'on parte, la tombe est en train de s'effondrer !

Ses membres refusaient d'obéir, sa vue était brouillée. Mais la voix avait raison. Des éclats de roche noire tombaient en pluie du plafond, et les murs étincelants se craquelaient. Devant elle, une femme gisait sur un socle, belle et immobile.

Sous les yeux de Lore, le corps splendide se mit à pourrir, subissant des années de décomposition en quelques instants. Son visage s'affaissa, la chair se putréfia, devint un crâne, puis de la poussière. Le bouquet de lys dans Ses mains pâles devint flasque, pourri, sa matière se mêlant à celle du corps.

La première mort de Nyxara, enfin.

L'inconnu qui la tirait par la main jura d'une voix qui devenait de plus en plus familière et tirait sur la trame de ses souvenirs, les remettant dans le bon ordre. Son corps fut hissé dans l'air, jeté sur une épaule large.

Le propriétaire de l'épaule – Gabe, c'était Gabe, pas Hestraon, mais Gabe – franchit la porte qu'il avait miraculeusement réussi à forcer. Dès qu'il fut de l'autre côté, le plafond tomba, et toute la caverne trembla alors que la tombe s'effondrait sur elle-même.

L'onde de choc les projeta au sol, et Lore échappa à la poigne de Gabe. Quelque chose cliqueta autour d'elle et frappa le côté de sa tête ; des os. Elle était tombée en plein sur un squelette et l'avait fait voler en éclats, le réduisant à une masse d'ivoire jauni.

Elle n'avait pas le temps d'être horrifiée, de laisser s'échapper le cri piégé dans sa gorge. Lore se dégagea des vestiges du squelette et se redressa, juste à temps pour éviter la chute d'une pierre qui lui aurait très certainement fracassé le crâne.

Elle donna un coup de pied dans une colonne vertébrale qui avait failli la faire trébucher, puis éprouva un instant de culpabilité écrasante pour son geste. Gabe et elle quittèrent la caverne en courant et remontèrent les couloirs en glissant sur la terre battue et la pierre lisse qui composaient les catacombes. De la poussière et de la terre tombaient du plafond, et Lore s'arrêta vers l'endroit où le dernier couloir débouchait sur la cathédrale de la Déesse Enfouie, l'endroit où elle était née.

Un rocher tomba et la dissimula à sa vue. C'était tout aussi bien. Ce n'était pas le moment d'être sentimentale.

Gabe lui saisit le bras et la tira vers l'avant. Plus ils se rapprochaient de la surface, moins le sol tremblait.

— Est-ce que tout le réseau de souterrains va s'effondrer ? demanda-t-elle, hors d'haleine.

— Je ne pense pas, dit-il d'un air sombre, mais je préférerais ne pas m'attarder pour le découvrir.

Ils filèrent dans les couloirs, jusqu'à ce que la tranche de lumière issue du puits réapparaisse devant eux. Elle était plus faible, estompée par le crépuscule.

Nyxara ? murmura Lore dans les ténèbres de son esprit. *Tu es là ?*

Pas de mots, mais l'impression d'un hochement de tête. Elle était là. Épuisée, mais bien là.

Les souvenirs de la déesse retournaient les entrailles de Lore tandis qu'elle gravissait l'escalier du puits en suivant Gabe, tout comme elle avait autrefois suivi Bastian en haut de ces marches. La fille que Nyxara avait été, qui aimait Apollius au point de Le suivre dans Sa chute. La déesse qu'Elle était devenue, qui Lui avait arraché le cœur.

Il devait s'agir alors de la première mort d'Apollius, si la Fontaine en avait conféré deux à tous les membres du panthéon. Une mort corporelle ; à présent, Son pouvoir vivait en Bastian. Nyxara avait trouvé un moyen de projeter Sa conscience, même si Son corps était en pratique toujours vivant dans la tombe ; mais à présent, Elle avait également connu Sa première mort, et Lore savait que cela signifiait qu'Elle deviendrait d'autant plus forte à l'intérieur de sa tête.

Deux morts, et maintenant Apollius comme Nyxara en avaient connu une. C'était une solution pour Les expulser du monde, mais Lore reculait devant elle. C'était une solution dont elle ne voulait pas.

Elle avait également trouvé une autre réponse. Apollius ne voulait pas que Nyxara quitte l'île, car Son pouvoir aurait diminué si Elle était partie. Le pouvoir était fait et défait selon les mêmes moyens, comme l'avait dit la prophétie.

Gabe parvint au sommet de l'escalier et poussa le couvercle de côté, ouvrant le puits sur un crépuscule qui tombait rapidement. Il n'y avait personne dans le jardin de pierre. Il tendit la main pour aider Lore à sortir, puis se retourna pour remettre le couvercle en place et pousser la petite statue d'Apollius aussi près du centre que possible.

Quand il eut terminé, il s'assit sur l'un des bancs en fer forgé qui bordaient le chemin. Son œil bleu observait Lore avec une avidité mêlée d'inquiétude.

— Est-ce que tu vas bien ?

Lore émit un grognement vague et s'installa à côté de lui.

— Honnêtement, pour l'instant je n'en sais rien. Qu'est-ce qui s'est passé ?

Il arqua un sourcil au-dessus de son cache-œil, comme pour dire que c'était lui qui aurait dû poser cette question, mais il répondit tout de même.

— Tu es entrée dans la tombe, et la porte s'est aussitôt refermée sur toi. Cette maudite chose n'avait pas de poignée, donc j'ai essayé de la forcer.

Il leva la main avec un sourire en coin. Tous ses ongles étaient brisés. C'était à cette main qu'il manquait le bout de l'index, celui qu'il avait perdu quand il avait cherché à saisir Lore pendant la fuite de Mortem, si longtemps auparavant.

La culpabilité serra la gorge de Lore. Elle lui prit la main et entrelaça leurs doigts.

Il garda le silence pendant quelques instants, le regard baissé sur leurs mains jointes, puis continua :

— La porte s'est fendillée d'elle-même, et toute la caverne a commencé à trembler. Je suis donc entré pour aller te chercher.

Elle fronça les sourcils.

— Je suis restée combien de temps là-dedans ?

— Cinq minutes. Peut-être moins. (Il lui donna un petit coup sur la cuisse, sans pour autant libérer leurs doigts.) À toi.

Elle prit une grande inspiration, avant de la relâcher d'un coup.

— J'ai vu les souvenirs de Nyxara. Les souvenirs de son séjour sur la Montagne Dorée. Comment Ils sont devenus des dieux.

Gabe se figea. Elle pensa à l'effet que devaient produire ses paroles sur un croyant, ou du moins sur un ancien croyant. Elle avait vu les débuts de la religion que le monde entier avait adoptée, et c'était une chose si laide, si humaine.

Elle savait donc quelle serait sa question suivante.

— Est-ce que tu as vu la Chute Divine ?

Non. Elle avait vu le départ des dieux élémentaires, elle avait entendu Apollius dire qu'Ils ne tiendraient pas longtemps sans Lui ; et Il avait eu raison, n'est-ce pas ? Ils s'étaient enfin échappés de l'île, tout cela pour mourir lentement. Leurs cadavres étaient devenus monstrueux, pétrifiés, et avaient laissé suinter le pouvoir qu'Ils avaient bu à la Fontaine.

Du pouvoir qui s'était désormais concentré dans ses amis. Une seconde vie.

— J'en ai vu le début, répondit-elle en repensant aux griffes de Nyxara plongées dans la poitrine d'Apollius. Mais c'est tout.

Les doigts de Gabe se raidirent, et il libéra sa main de celle de Lore.

— Bien sûr, marmotta-t-il. J'aurais été étonné qu'Elle te montre les choses dont nous avons vraiment besoin.

— Elle s'apprêtait à le faire.

Lore en était certaine. Nyxara avait été interrompue par l'effondrement de la tombe avant de pouvoir déverser le reste de Ses souvenirs dans la tête de Lore, avant de pouvoir lui montrer toutes les choses dont Elle ne pouvait pas parler. Cela devait avoir un rapport avec la façon dont Elle était liée à Apollius, avec ces vœux qu'Il avait prononcés quand Ils avaient bu ensemble à la Fontaine. Était-ce Apollius qui L'avait arrêtée, d'une façon ou d'une autre ? Savait-Il ce qui se passait ?

Un picotement nerveux courut le long de son échine à cette perspective.

Avec un soupir, Gabe se pencha en arrière et frotta son cache-œil.

— Est-ce qu'Elle t'a dit quoi que ce soit d'utile, alors ? Est-ce qu'il y avait quelque chose dans tous ces souvenirs qui pourrait nous aider à chasser les dieux de notre tête ?

Il y avait une solution facile, mais ils auraient été l'un comme l'autre incapables de la supporter. Lore ne pouvait même pas l'envisager.

Les prémices d'une autre solution naissaient dans son esprit, le germe d'un plan. Mais Gabe s'opposerait également à celle-là. Gabe, cet homme exaspérant, beau et seul : il ne supporterait pas de perdre l'un d'eux.

Donc Lore mentit.

— Je te le dirai quand je le saurai.

Gabe acquiesça, puis il se leva du banc.

— Il se fait tard. Nous ferions sans doute mieux de dormir pendant que nous le pouvons, étant donné que nous n'arrêtons pas de trouver des choses à faire au cœur de la nuit.

Son visage semblait étrangement brouillé. Dans les souvenirs de Nyxara, Hestraon ne ressemblait pas à Gabe, mais à présent, quand Lore essayait de se remémorer Ses traits, elle ne voyait plus que le visage du prêtre. Son visage au-dessus d'elle dans cette forêt, une tension agréable, ses yeux qui se fermaient avant de se rouvrir aussitôt comme s'il ne voulait pas rater la moindre seconde de ce qu'ils vivaient, comme s'il ne voulait pas en gaspiller la moindre parcelle. Les aperçus que Nyxara lui avait permis de voir quand Lui, Elle et Apollius étaient ensemble, avant qu'Elle interrompe le souvenir et le garde pour Elle-même.

Quelle part du désir que Lore éprouvait pour Gabe lui appartenait vraiment ? Quelle part venait en réalité du fait que la déesse l'avait choisie comme vaisseau alors même qu'Hestraon choisissait Gabe, les entraînant tous deux dans des sentiments qui n'étaient pas vraiment les leurs ?

Elle pensa à Apollius qui portait Bastian comme un costume. À Nyxara qui faisait plus ou moins la même chose avec elle, bien que de façon plus douce. Bastian lui avait déjà dit quelque chose de similaire. Il lui avait dit qu'elle ne se rendait pas compte qu'on la manipulait, tant que c'était fait avec gentillesse.

Apparemment, ça n'avait pas beaucoup changé.

Le clair de lune brilla dans l'œil de Gabe, englouti par le cuir noir de l'autre côté de son visage. La lumière et l'ombre, qui scindaient son visage en deux, faisaient de lui deux choses à la fois. Il se rapprocha d'elle, et l'odeur d'encens qui émanait de lui envahit les narines de Lore.

— Lore ?

— Ceci est à moi, déclara-t-elle.

Et elle l'embrassa.

C'était différent du baiser qu'ils avaient échangé il y avait bien longtemps, dans leur appartement de la tourelle, un baiser irréel, éthéré et motivé uniquement par l'ardeur, par ce que leurs corps voulaient l'un de l'autre. Ce baiser-là était délibéré, décidé, et Lore se moula contre chaque courbe musclée du corps de Gabe, afin de se fondre en lui autant qu'elle le pouvait.

Être l'avatar de Nyxara devait signifier qu'une sorte d'affinité profonde existait entre elles, qu'une part d'elle faisait écho à une part de la Déesse Enfouie. Cela signifiait sûrement que l'amour qu'elle ressentait pouvait leur appartenir à toutes les deux, n'est-ce pas ? Elle aimait Gabe, Nyxara aimait Hestraon. Elle aimait Bastian, et, malgré Elle, Nyxara aimait Apollius. Tout cela était trop pour une seule personne, mais Lore refusait d'y renoncer. De renoncer à la moindre part.

La bouche de Gabe s'ouvrit avidement sous la pression de ses lèvres. Elle laissa sa propre langue glisser sur la sienne, dans une imitation de ce qu'ils voulaient tous les deux. Elle le sentit durcir contre son ventre, et elle voulut baisser la main pour le saisir, mais cela aurait été cruel. Elle n'avait pas le temps de lui donner cela. Pas maintenant.

Elle avait des choses à faire.

Néanmoins, quand il déposa des baisers sur ses épaules, son cou, sa clavicule, elle le tint contre elle. Et quand les dents, les lèvres et la langue de Gabe laissèrent une marque dans la peau juste sous l'oreille de Lore, elle se plaqua contre lui, le laissa faire, trouva du plaisir dans la douleur.

Un dernier baiser enfiévré, et Lore crut qu'elle avait devoir mettre fin à leur étreinte, mais ce fut Gabe qui recula en secouant la tête.

— Nous ne pouvons pas faire ça, murmura-t-il.

Une fois encore, elle eut une réminiscence de cette nuit et de la façon dont elle s'était terminée. Un sourire sardonique étira ses lèvres rougies par les baisers.

— Plus les choses changent, plus elles restent les mêmes.

Il fronça les sourcils. Puis il rit.

Après un instant, elle se joignit à lui.

Ils laissèrent libre cours à leur hilarité dans le jardin de pierre, les échos de leur rire ricochant sur les pétales pétrifiés. Gabe se plia en deux, comme si les muscles de son abdomen lui faisaient mal, tandis que Lore essuyait ses yeux baignés de larmes. Quand leur fou rire diminua, Gabe enlaça Lore et posa le menton au sommet de sa tête. Lore passa les bras autour de sa taille et enfouit le visage dans le creux de son épaule.

— Est-ce que tu es en train de t'essuyer sur moi ?

— Mieux vaut que tu restes dans l'ignorance.

Ils restèrent ensuite debout en silence, une fois que les derniers vestiges de rire se furent enfuis. Ils s'attardèrent encore un instant dans les bras l'un de l'autre, puis ils se séparèrent. Gabe ne l'embrassa pas sur le front – c'était le geste tendre de Bastian, celui-là –, mais il lui caressa le visage, son pouce courant sur sa joue, puis le long de sa mâchoire.

— Je vais te raccompagner.

Elle avait des tâches à accomplir, d'abord. Des choses qu'elle devait réunir avant de partir. Lore avait deux idées en tête, et il s'opposerait aux deux.

— Ça ira. Va te reposer.

Lore s'attendait à ce qu'il rechigne à la laisser ici seule. Mais Gabe hocha la tête. Il lui serra gentiment la main une dernière fois, puis s'évanouit dans l'obscurité, en direction de l'Église.

Elle attendit de ne plus entendre le bruit de ses pas. Puis elle se dirigea vers la serre pour accomplir sa première tâche.

L'air humide était lourd du parfum des roses et du sang. Lore se mit à respirer par la bouche tout en fouillant dans les étagères pleines d'outils de jardinage poussiéreux, mais elle ne réussit qu'à avoir un goût cuivré sur la langue, ce qui n'était pas vraiment mieux.

Une fois qu'elle eut trouvé ce qu'elle cherchait, elle entra dans la pièce du fond.

Anton ne dormait pas. Elle ne savait pas s'il en était encore capable. Mais son œil intact était fermé, sa tête penchée en arrière vers le plafond, le crépuscule délavant les taches rouille de sang en teintes noires, blanches et grises.

— La lune est de sortie, déclara Lore. Je ne pense pas que vous aurez des nouvelles de votre dieu avant demain matin.

Un rire sec et éraillé.

— Tu ne me laisseras pas voir le lever du soleil. (Lentement, Anton baissa la tête. Un bouquet d'épines sur son cou se prit dans sa peau et tira – éclosion violente au ralenti.) Ainsi, Elle a lu le reste, murmura-t-il. Je ne sais pas ce qui a guidé ma main, pour cette dernière partie de la prophétie. Ce n'était pas Apollius. C'était quelque chose de plus vieux. Quelque chose de mauvais.

Lore n'y croyait pas une seconde. La frontière entre le bien et le mal avait été franchie et brouillée à de si nombreuses reprises qu'elle était désormais impossible à délimiter.

— J'étais incapable de lire ce qu'on m'avait obligé à écrire, continua Anton. Mais la colère de mon dieu m'a dit que c'était quelque chose qui n'aurait pas dû être. Je l'ai donc caché. Ce passage n'aurait jamais dû être trouvé, ni écrit. Apollius Lui-même aurait dû l'avoir détruit, à l'heure qu'il est.

Bastian, qui faisait de son mieux pour mettre en cage le dieu dans sa tête. Peut-être qu'Apollius avait essayé d'aller détruire la prophétie, afin que Lore n'apprenne jamais que les pouvoirs étaient faits et défaits. Peut-être que Bastian L'avait empêché d'agir.

Cet homme exaspérant, beau et seul.

— Là encore, tu as tout ruiné par ta simple existence, dit Anton d'une voix lasse.

Comme si la présence continue de Lore avait cessé d'être une catastrophe pour devenir une simple gêne. Sa voix était empreinte de souffrance ; Lore supposait que vivre ainsi devait rendre tout le reste dérisoire.

Elle pensa à Gabe au moment où elle brandit les cisailles, en positionnant les lames de part et d'autre du cou d'Anton. Elle pensa au fait qu'il ne pouvait pas se résoudre à faire cela. À la fois parce que c'était Anton, et parce qu'il avait toujours si désespérément besoin d'être bon.

Lore avait dépassé ce stade.

Anton ne dit rien. Il ne lutta pas. Il se redressa légèrement, ou tenta de le faire, toujours enchevêtré dans toutes ces roses.

— Envoie-moi dans le Royaume de lumière, dans ce cas, sorcemort. Libère-moi du monde que tu es en train de créer.

— J'espère que vous trouverez le monde que vous méritez, dit Lore.

Puis elle referma d'un coup les cisailles.

Elle dut s'y reprendre à plusieurs fois. Les lames étaient émoussées.

Quand ce fut terminé – elle ferma son esprit à ce qui se passait, s'efforçant de ne pas entendre le crissement humide de sa gorge qui cédait, le craquement de l'os –, la tête d'Anton gisait sur le sol, entourée de roses qui avaient été prises entre les lames des cisailles. Lore ne la regarda pas quand elle se pencha et ramassa l'une des roses.

C'était inutile. Elle le savait alors même qu'elle quittait la serre et retraçait ses pas vers le puits. Sa mère n'était plus là-dessous. Si elle se trouvait encore dans les catacombes, elle avait sans doute été tuée dans l'effondrement qui avait suivi la mort de Nyxara.

Tout de même. Lore poussa le couvercle du puits, juste assez pour obtenir un croissant de ténèbres, puis elle laissa tomber la rose dans la fente.

—Aide-moi, maman, chuchota-t-elle. Il faut que je parte.

Puis elle tourna les talons et quitta le jardin.

CHAPITRE 35

Jusqu'à ce que les routes te ramènent et que les vents te rapprochent.

Proverbe malfouran

Lore se tint au pied de l'escalier en colimaçon qui menait à la chambre de Bastian et inspira profondément.

Elle n'aurait pas dû être là. Son sac était fait – la seconde de ses deux tâches. Elle avait enfilé sa cape, et lavé le sang d'Anton sur ses mains ; elle était prête. C'était la nuit, donc Bastian devait être Bastian, mais les dieux devenaient de plus en plus forts, et elle n'avait aucun moyen d'en être sûre. Même s'il était lui-même, il refuserait de la laisser partir. Même si elle expliquait, il tenterait seulement de la dissuader ; peut-être même qu'il l'enfermerait dans sa chambre, ou dans les cachots avec les Kirythéens. Il en était tout à fait capable.

Elle referma la main sur le petit morceau de tissu dans sa poche. Elle s'était préparée à cette éventualité.

Elle devait partir, aussi loin que possible. En Caldien, ou même au Ratharc. Plus loin encore, si elle pouvait arriver jusque-là. La Mortem ne la liait plus à la ville, au corps de Nyxara ; elle pouvait aller où bon lui semblait.

Et peut-être qu'après son départ, l'emprise qu'Apollius avait sur Bastian – l'emprise que les dieux avaient sur ses amis – s'amoindrirait. Voire disparaîtrait entièrement.

Tout reposait sur elle. Sur le fait qu'elle vivait. De toute évidence, Apollius avait attendu le moment de s'emparer de Bastian, mais il ne l'avait pas fait avant d'obtenir une part du pouvoir de Lore. Dans les souvenirs de Nyxara, ils avaient bu à la Fontaine au même moment, se liant l'un à l'autre. Sa mère l'avait appelée le germe de l'apocalypse, Anton et August l'avaient attirée dans la Citadelle pour qu'elle soit proche de Bastian afin que son pouvoir affûte le sien. Celui d'Apollius.

Donc si elle partait, peut-être que le pouvoir partirait avec elle.

C'était une solution moins brutale que celles qui lui étaient d'abord venues à l'esprit. Tuer Bastian, une idée qu'elle avait écartée dès qu'elle y avait pensé. Non seulement parce qu'elle était personnellement incapable de le supporter, mais aussi parce que l'Auverraine ne s'en serait pas non plus remise.

L'autre solution évidente était de terminer le travail commencé par Anton cette nuit-là. Mais cette pensée n'était restée dans sa tête que pendant quelques secondes avant que Lore la chasse. Elle s'était battue pour obtenir une vie, par les dieux. Elle n'allait certainement pas la jeter aux orties.

Même si cela signifiait qu'elle allait devoir passer le reste de cette vie loin de tous ceux qu'elle aimait.

La bouche serrée dans un pli déterminé, elle gravit les marches.

Bastian ne dormait pas. Il était debout devant la fenêtre, ses cheveux noirs en bataille. Quand il se retourna pour la regarder approcher, ses yeux étaient étincelants. Elle s'arrêta brusquement, avant de les examiner plus attentivement ; ils étaient fatigués, sombres, et bien à lui. Le cœur de la nuit maintenait toujours Apollius enfoui dans sa tête. C'était déjà quelque chose.

Même dans la pénombre, le regard de Bastian s'arrêta sur la zone sous l'oreille de Lore, là où le baiser de Gabe avait laissé une marque. Il leva une main hésitante et la frôla du bout des doigts.

— Tu sens son odeur, souffla-t-il. L'encens d'église.

Lore ne répondit pas. Son pouls accéléra à son contact.

Bastian laissa retomber sa main.

— Tu t'en vas.

Ce n'était pas une question. Il ne portait pas de chemise, et le clair de lune éclairait sa peau nue ; rien ne dissimulait les tendons saillants de son cou, sa colère rentrée.

— Je n'ai pas le choix.

Il carra les épaules.

— Je t'ordonne de rester.

— Bien essayé.

— Je suis toujours ton putain de roi.

Il lui agrippa le bras, et ses doigts s'enfoncèrent dans sa chair. Ils étaient chauds, si chauds, et il sentait encore ce parfum coûteux qu'elle n'avait jamais réussi à identifier.

— Je n'ai pas le choix, répéta-t-elle. (La main de Lore voulait sa peau ; elle s'autorisa à la poser sur son épaule.) Si je pars, Son emprise sur toi s'affaiblira. Le pouvoir est fait et défait de la même manière. Ta magie s'est accrue parce que j'étais là ; elle diminuera si je pars.

Il secoua la tête avant même qu'elle ait fini de parler.

— Il doit y avoir un autre moyen. C'est dangereux pour toi de partir, Lore, surtout au moment où l'empire kirythéen montre ses griffes, surtout que tout le monde sait qui et ce que tu es.

— C'est dangereux pour moi ici aussi.

Elle serra la main qu'elle avait posée sur son épaule, juste un peu, juste assez pour planter ses ongles. La respiration de Bastian accéléra, et elle eut un bref souvenir de leur étreinte sous la tonnelle. Quand il l'avait implorée de lui dire exactement quoi faire, quand il avait voulu qu'elle le dirige.

Elle ne pouvait pas penser à cela maintenant.

— Apollius a tué Amelia, Bastian.

Il ferma les yeux et déglutit lentement.

— Non, Il ne l'a pas fait.

Lore fronça les sourcils.

Quand Bastian rouvrit les yeux, il y avait un éclat féroce dans son regard. Tout aussi terrifiant que celui d'Apollius, mais celui-là lui appartenait bel et bien.

— C'est moi. Il ne me contrôlait pas quand c'est arrivé.

Elle laissa retomber sa main, mais il la saisit et l'enferma dans la sienne.

— Elle voulait te tuer, dit-il en s'attardant sur leurs doigts au lieu de regarder le visage de Lore, répétant tout ce que le cadavre avait déjà dit. Elle est venue ici, elle m'a vu. Le soleil brillait encore ; elle a cru que j'étais Lui.

Elle le laissa continuer de tenir sa main. Elle n'avait aucune envie de la retirer, même maintenant, ce qui l'horrifia un peu.

— Elle avait un couteau, continua-t-il, la tête toujours penchée, ses cheveux dissimulant ses yeux. Et quand elle m'a vu, elle s'attendait à ce que je sois… fier. Heureux. (Il secoua la tête.) Elle a dit qu'elle avait été formée pour devenir ma reine, *Sa* reine. Qu'elle comprenait qu'on m'avait perverti, que Nyxara essayait de m'ensorceler une fois de plus, mais qu'elle s'en occuperait.

Amelia, dans le couloir, qui la regardait avec mépris, persuadée que Lore lui avait volé quelque chose. Le mariage avec Demonde était donc une comédie, une couverture, pour que personne ne sache que les Devereaux complotaient pour faire de leur fille la reine.

Mais tous leurs plans avaient été réduits à néant quand Lore avait continué de vivre alors qu'elle aurait dû mourir, quand Bastian avait envoyé aux Îles Calcinées tous ceux qui avaient conspiré pour le mettre sur le trône. Ils l'avaient mariée en hâte pour la protéger, pour qu'elle reste dans la Citadelle. Amelia pensait sans doute que ce n'était qu'une question de temps, qu'elle devait seulement attendre patiemment qu'Apollius s'empare pleinement de Bastian et rejette Lore.

— Je n'ai pas réfléchi, murmura Bastian. (Sa voix était devenue de plus en plus ténue à mesure qu'il parlait, et était désormais réduite à un souffle.) J'ai utilisé le Spiritum. Je l'ai dirigé vers son cœur. Je l'ai contraint à battre si fort qu'il a fini par s'arrêter. (Il leva enfin les yeux pour affronter son regard. Elle s'attendait à y voir du regret, mais il n'y en avait aucune trace.) C'est à ce moment-là qu'Il a pris le dessus. Il lui a tranché la gorge et Il l'a poignardée dans l'œil. Sans raison ; elle était déjà morte. Juste parce qu'Il en était capable. (Il frémit.) Apollius a pris son pouvoir. Caeliar était à l'intérieur d'Amelia, tout comme Il est en moi. Je ne sais pas ce que cela signifie.

Mais Apollius, si. Apollius savait que, si Caeliar s'était réveillée, Braxtos, Hestraon et Lereal avaient fait de même. Peut-être savait-Il même qui Ils étaient, et attendait son heure.

Mais si Lore s'en allait, Ils s'évanouiraient, avec un peu de chance. La souillure qu'elle avait laissée sur leur monde disparaîtrait, et le magnétisme de sa magie les laisserait partir. La loi des opposés inversée.

— Donc tu n'as pas besoin de partir, dit Bastian comme s'il avait lu dans ses pensées.

Il plaqua le front contre celui de Lore et replaça les mains de la jeune femme sur ses épaules, là où elles étaient plus tôt. Il recourba les doigts et l'obligea à planter ses ongles dans sa peau, recherchant cette douleur, cette pression.

— Je t'ai dit que je te protégerais, Lore. J'ai fait de toi ma reine. Tu vas rester ici.

— Je ne suis pas encore reine. (Elle s'exprima à voix basse, mais elle enfonça un peu plus ses ongles, comme il aimait qu'elle le fasse.) Et tu ne peux pas me donner d'ordres.

Les yeux de Bastian se rivèrent sur elle, sombres et emplis d'une chaleur liquide.

— Mais toi, tu peux le faire.

Ils avaient basculé dans autre chose ; ils ne parlaient plus seulement de son départ, même si cette perspective restait suspendue dans l'air. À présent, ils parlaient aussi du feu qui couvait entre eux. Les yeux de Bastian devinrent vitreux quand elle enfonça un peu plus les ongles, creusant des demi-cercles dans sa peau dorée par le soleil, et il se mordit la lèvre.

Elle était fascinée par le changement qu'il subissait, fascinée d'être celle qui le provoquait. Bastian se maîtrisait tellement bien en permanence, dominant chaque pièce où il entrait ; était-ce vraiment surprenant que, parfois, quand il se sentait en sécurité, il ait envie de déposer ce fardeau ? Qu'elle soit celle avec laquelle il se sentait suffisamment en sécurité pour cela, elle qui savait ce qui lui arrivait, plus intimement que personne d'autre ?

— Tu peux le faire, murmura-t-il dans l'air humide entre eux, le peu d'espace qu'ils avaient laissé. Donne-moi des ordres, Lore. Je t'en prie.

Lore cessa de respirer ; ses ongles creusèrent la chair.

— Pourquoi ?

— Parce que, dans ce cas, c'est toi, répondit-il d'une voix rauque. Parce que si tu veux me donner des ordres, et que tu le fais, je sais que ce n'est pas Apollius et Nyxara. C'est nous. Il ne l'accepterait jamais. (Il déglutit péniblement.) Je veux pouvoir faire au moins semblant que tu m'aimes comme je t'aime. Que tu m'aimerais encore, même sans les dieux dans notre tête. Que tu…

Elle l'interrompit avec un baiser.

Il se fondit contre elle et leva les bras pour les refermer autour de son corps et la tenir contre lui. Lore passa la main dans ses cheveux noirs et tira doucement ; Bastian arqua le dos avec un soupir.

— Donne-moi des ordres, dit-il, les lèvres contre celles de Lore. Dis-moi ce que tu veux. Montre-moi.

Lore avait déjà pris les choses en main avec d'autres personnes dans ce genre de situation, mais seulement pour s'assurer qu'elle obtenait ce dont elle avait besoin, pas parce qu'on le lui demandait. L'espace d'une seconde, elle fut prise de court, puis elle essaya d'occulter le bouillonnement de ses pensées et laissa l'instinct prendre la relève.

Elle fut brièvement terrifiée à l'idée que se fier à son instinct permette à Nyxara de prendre le dessus, maintenant que Sa présence dans l'esprit de Lore était renforcée par Sa première mort. Mais la déesse ne se manifesta pas. La déesse resta absente. Certaines choses ne devaient appartenir qu'à un seul esprit.

Elle s'écarta de Bastian, la main toujours enfouie dans ses cheveux, et le força à tourner la tête vers le lit à baldaquin.

— Va.

Il obéit et alla s'asseoir au bord du matelas. Sa virilité saillait de manière visible sous le pantalon fin qu'il portait pour dormir ; il posa la main dessus, ses yeux brûlants rivés sur elle, la bouche légèrement entrouverte, comme s'il ne parvenait pas à croire qu'elle faisait ce qu'il lui avait demandé, qu'elle allait le laisser avoir cela.

Lore retira sa robe et la laissa tomber en tas sur le sol. La fine nuisette qu'elle portait en dessous flotta autour d'elle alors qu'elle marchait vers lui, la pointe de ses seins frôlant le tissu et la faisant frissonner. Elle agita une main vers lui.

— Enlève-moi tout ça.

Et il se plia également à cet ordre, comme s'il attendait depuis des années de le recevoir. Lore écarquilla les yeux en le voyant entièrement nu pour la première fois, sa peau bronzée rougie par le désir, et elle ne s'aperçut qu'elle était à genoux devant lui que lorsqu'elle sentit les lames froides du parquet contre ses jambes.

Il baissa ses yeux troubles vers elle, et leva la main pour prendre sa joue en coupe.

— Magnifique, murmura-t-il, comme s'il avait cueilli ce mot dans l'esprit de Lore.

Mais elle lui saisit la main et la plaqua fermement sur le lit.

— Ne me touche pas à moins que je te dise de le faire, déclara-t-elle.

Elle ne s'autorisa pas à réfléchir, uniquement dirigée par le désir, le sien comme celui de Bastian. Elle referma la main autour de son érection et fit glisser ses doigts de haut en bas. Il baissa les paupières, la tête rejetée en arrière, le souffle court.

— Reste assis là, et laisse-moi faire ce que je veux.

— Oui, murmura-t-il en contemplant le baldaquin baigné de clair de lune, dont les ombres jouaient sur la colonne de son cou, soulignant chaque muscle et chaque cicatrice. Tout ce que tu veux.

Lore le prit dans sa bouche.

Ce n'était pas quelque chose qu'elle appréciait particulièrement, d'ordinaire. Mais pour une raison inconnue, elle en avait envie avec Bastian, elle voulait qu'il soit là, à la merci de ses lèvres, le poing refermé sur les draps parce qu'il devait lutter pour obéir à ses ordres, pour ne pas la toucher avant qu'elle en donne la consigne. Il avait un goût de musc et de sel, et elle émit un grognement appréciateur tout en l'attirant un peu plus loin dans sa bouche et en usant de sa langue. Ses mains, posées sur les cuisses de Bastian, glissèrent vers le bas de son dos, et ses seins frôlèrent le bord du lit ; c'était bon, et un nouveau son de plaisir vibra dans sa gorge.

— Par les *dieux*, Lore, dit Bastian d'une voix étranglée. Si tu continues comme ça, ce sera terminé avant que nous ayons commencé, et j'aurai besoin d'une demi-heure pour m'en remettre.

— Hors de question, murmura-t-elle contre lui en reculant lentement.

Elle se tint debout entre les jambes écartées de Bastian. Il fit mine de tendre la main vers elle, puis il se souvint de son ordre et agrippa de nouveau les draps, le regard levé vers elle, comme en admiration.

Elle lui prit une main et la posa sur son sein à travers la nuisette.

— Touche-moi. (Sa voix était rauque elle aussi, et elle retint son souffle quand il s'exécuta.) Tu sais, tu te souviens…

Il se souvenait, et ses doigts se refermèrent pour pincer ; elle poussa une exclamation étranglée et se cabra contre lui, balançant les hanches vers l'avant dans une recherche désespérée de contact. Bastian émit un bruit sourd, presque un grondement, et l'attira vers lui d'une main posée sur ses fesses. Ses doigts continuèrent leur œuvre sur l'un de ses seins tandis que sa bouche s'attelait à l'autre, la mordillant gentiment à travers le tissu, sa langue dessinant des cercles.

Et par les dieux, elle était déjà près de basculer. Cela faisait tellement longtemps, et elle le désirait depuis si longtemps. Lore écarta la main de Bastian de son sein et la guida vers le creux de ses cuisses, ses hanches ondulant encore dans l'attente de son contact. Bastian suivit la direction indiquée avec un autre grondement sourd, caressant la nuisette au lieu de glisser la main en dessous. Il passa lentement le doigt sur la chair qui se consumait de désir, exerçant juste assez de pression pour embraser Lore un peu plus sans aller jusqu'au bout.

— Bastian. (Elle prononça son nom d'une voix tremblante et ramena ses hanches vers lui.) Je t'en prie.

— Ce n'est pas toi qui donnes les ordres ? (Il sourit contre sa peau, et fit de nouveau courir son doigt avec une lenteur qui confinait à la torture.) Sois plus précise.

Et bien sûr qu'il allait retourner la situation de cette manière ; bien sûr que Bastian Arceneaux serait capable d'inverser les rôles et de la changer en une créature implorante alors qu'elle était censée être aux commandes. Lore referma le poing sur ses cheveux et l'écarta pour fusiller du regard son visage amusé.

— Touche-moi avec ton doigt comme tu as l'intention de me toucher plus tard, ordonna-t-elle, haletante. Je t'en prie, Bastian, je t'en prie…

Sa voix se brisa quand sa main plongea enfin sous sa nuisette et que son doigt se glissa en elle. Elle ondula contre sa paume, qui la touchait exactement là où elle en avait besoin, et elle ne tarda pas à se fracturer, en éclats d'étoiles et de ténèbres, la tête rejetée en arrière, chaque muscle de son corps se tendant avant de frissonner, encore et encore.

Bastian la retourna sur le lit, sur le dos, et remonta sa nuisette sur ses hanches.

— Je n'attendrai pas ton ordre pour celui-là, dit-il en écartant ses cuisses encore vidées d'énergie. J'en ai trop envie pour attendre.

Puis sa bouche fut sur elle et la tête de Lore se mit à tourner, tandis que son corps se contractait, prêt pour une nouvelle explosion.

Elle arriva à la suite de la première, et quand Lore voulut s'asseoir pour attirer Bastian sur elle, la main de ce dernier appuya fermement sur son pelvis pour la maintenir contre le matelas.

— Pas tout de suite, murmura-t-il contre le creux de son genou, avant d'embrasser sa jambe de bas en haut. Tu as trop bon goût.

Puis il revint au creux de ses cuisses, l'emplissant de nouveau d'une chaleur brûlante, et cette fois, quand Lore vola en éclats, elle cria.

Mais elle était prête à reprendre le contrôle, et savait ce qu'elle voulait pour la suite.

— Comme ça, dit-elle, le souffle court, en se retournant pour se mettre à quatre pattes.

Il lui caressa le creux des reins.

— Tu es sûre que c'est ce que tu veux ?

Oui. Les souvenirs de Nyxara étaient encore trop frais pour qu'elle puisse les effacer complètement de son esprit, et dans ces souvenirs, au moins, ça ne s'était pas passé comme ça. C'était déjà arrivé avant, elle en était sûre, mais pas dans les scènes qu'elle avait vues dans la tête de la déesse. Elle voulait que ceci n'appartienne qu'à eux deux, que ce soit un souvenir qui ne pouvait pas se superposer aux autres.

— C'est moi qui donne les ordres, non ?

Il laissa échapper un petit rire avant de s'installer derrière elle. Puis une poussée, une exclamation étranglée, un relâchement, et il fut en elle, chaud et si proche.

Ils restèrent ainsi un moment, le souffle précipité. Puis Bastian bougea ; il se mit à genoux et la redressa sans rompre leur connexion, afin qu'elle soit pratiquement assise sur ses genoux. Il embrassa son épaule tandis que sa main venait gentiment recouvrir sa gorge, sans se refermer, juste là. Son autre main descendit vers le nœud de nerfs entre ses jambes. Il le frôla du bout du doigt ; elle émit une plainte de plaisir étranglée.

— Allons-y, gronda Bastian.

Puis il commença à bouger, ses hanches remontant lentement vers elle.

Elle s'accorda à son rythme, se contractant quand il montait, pendant que son doigt dessinait des cercles juste au bon endroit et que son autre main imitait le mouvement sur son sein.

— Sais-tu combien de fois j'ai pensé à cela ? murmura-t-il dans ses cheveux. Sais-tu combien de fois je me suis touché en imaginant que c'était ta main ? Je n'ai connu personne d'autre depuis que tu es arrivée dans cette maudite Citadelle, Lore. Je n'arrive à penser qu'à toi, je ne veux que toi, et ça me rend complètement fou.

Il était de l'autre côté de là où Gabe l'avait embrassée, où il avait laissé une marque agréable. Les dents de Bastian, implorantes, mordirent légèrement la peau sous son autre oreille.

Elle se plaqua contre lui.

Son grondement vibra contre le cou de Lore quand il serra les dents, laissant sa propre marque, reflet de celle de Gabe.

Tout se brouilla alors que Lore bougeait jusqu'à ce que la seule chose qu'elle puisse sentir soit lui. Tout à coup, elle bascula et il la suivit de près, étouffant son cri dans ses cheveux.

Ils se séparèrent et se laissèrent tomber sur le côté. Bastian l'attira contre lui, et referma les bras autour de sa taille, le torse plaqué contre son dos. Ils ne parlèrent ni l'un ni l'autre.

Lore prit conscience qu'elle pleurait quand elle sentit une larme couler sur sa joue avant d'atterrir sur l'oreiller.

Mais Bastian devait l'avoir remarqué, car il se redressa sur un coude et essuya gentiment la trace humide sur sa joue. Il ne dit toujours rien – qu'y avait-il à dire ? –, mais il se pencha et l'embrassa doucement, sans rien demander.

Puis ils restèrent allongés là, pendant que leur sueur séchait.

— On devrait dormir, murmura finalement Bastian en bâillant, comme s'il était déjà à moitié endormi.

Lore serra les paupières et se lova contre lui. Elle attendit, écouta sa respiration jusqu'à ce qu'elle devienne régulière, jusqu'à ce qu'il desserre enfin les bras.

Puis, en prenant soin de ne pas le déranger, elle sortit du lit.

Sa robe gisait en tas sur le sol; Lore farfouilla dans le tissu jusqu'à trouver sa poche. Le morceau de tissu était encore à l'intérieur et dégageait une odeur chimique.

Du chloroforme. Cette odeur éveillait presque de la nostalgie en Lore; elle lui rappelait Gabe et la première fois qu'elle l'avait vu dans l'allée après avoir ranimé Cheval, ainsi que toutes les choses qui avaient conspiré pour l'amener ici.

Et maintenant, elle allait partir.

Elle n'avait pas eu l'intention de coucher avec Bastian. Elle avait projeté d'utiliser le chloroforme pour lui faire perdre connaissance assez longtemps pour qu'il ne s'aperçoive qu'elle était partie qu'une fois qu'elle serait loin, afin qu'il soit plus difficile pour lui – ou Apollius – de la suivre.

Elle avait perdu un temps précieux, mais elle ne le regrettait pas. Pas le moins du monde.

Elle s'approcha lentement de Bastian. Il dormait recroquevillé sur le flanc, comme si elle était toujours là, et cette vue lui serra douloureusement le cœur.

Lore abaissa le morceau de tissu jusqu'à ce qu'il recouvre son visage. Bastian ne remua pas; il inspira profondément, avant de laisser échapper un soupir satisfait.

Lore retint son souffle de peur de se mettre à sangloter, puis elle mit le bout de tissu en boule dans son poing et s'habilla en hâte. Elle fila dans sa chambre, prit son sac et franchit la porte, laissant la Citadelle derrière elle.

CHAPITRE 36

Les vrais prédateurs ne dorment pas ; ils se contentent d'attendre.
Prenez garde.

Conseil d'un chasseur caldienan,
tiré d'une lettre archivée à l'université de Farramark

Sortir de la Citadelle fut étrangement facile. C'était sans doute logique, supposa Lore ; la Presque Mort était encore occupée à gérer l'incendie que Gabe avait déclenché dans l'Église, et il en allait sans doute de même pour les vestes-de-sang. Les couloirs étaient presque déserts, et le garde habituellement posté devant leurs appartements n'était nulle part en vue.

Iel n'était pas là non plus la nuit où Amelia avait été assassinée, se rappela Lore. Cependant, maintenant qu'elle savait pourquoi elle avait été tuée, elle se demanda si c'était vraiment un hasard. Peut-être qu'Amelia avait soudoyé la veste-de-sang pour qu'elle quitte son poste.

Lore frémit à cette pensée, mais elle poursuivit sa progression, serpentant à travers les couloirs opulents en direction de la pelouse qui menait au sanctuaire nord et au tunnel que Bastian leur avait fait franchir si longtemps auparavant. S'il y avait un seul avantage à tout cela, c'était qu'elle savait que Bastian pouvait prendre soin de lui-même, maintenant. Cela faisait bien longtemps que le garde devant ses appartements était là pour garder Lore à l'intérieur plutôt que pour empêcher quelqu'un d'entrer. Apollius ne permettrait pas qu'il lui arrive quoi que ce soit.

Lore plaqua une main contre sa bouche jusqu'à être certaine que le gémissement de douleur dans sa gorge ne franchirait pas ses lèvres.

La porte de la pelouse nord s'ouvrit sans un bruit. Il y avait un garde, ici, et Lore éprouva une reconnaissance absurde, même si la présence de l'homme pouvait enrayer ses plans. Elle portait une cape, dont elle avait remonté le capuchon, mais son départ ne sembla pas retenir l'intérêt du garde. Deux courtisans s'embrassaient près d'un buisson à côté de la porte, et son attention était rivée sur eux.

Elle s'engagea rapidement sur les allées pavées et pénétra dans la forêt artificielle. Elle lui rappela celle dans son esprit, celle des souvenirs de Nyxara, et Lore tenta de penser à autre chose en la traversant vers le mur de l'Église et le tunnel.

Elle se demanda si la déesse avait vu tout ce qui venait de se passer avec Bastian, ou si Elle s'était d'une manière ou d'une autre complètement détournée. Lore n'avait pas senti Nyxara dans sa tête ; elle supposait donc que la déesse avait au moins essayé. *Tu peux revenir*, dit-elle dans les ténèbres de son esprit. *C'est terminé.*

Ce n'est jamais terminé, répondit Nyxara. *Même si tu ne le revois plus jamais, tu n'auras jamais le sentiment que c'est terminé.*

Voilà qui n'était guère réconfortant.

La Déesse Enfouie ne commenta pas le plan que Lore était en train de mettre à exécution, à savoir foutre le camp de l'Auverraine dans l'espoir que son absence amoindrisse l'emprise des dieux, mais Lore pouvait sentir Son soulagement. C'était donc la bonne voie. C'était la solution. Pour autant qu'une solution puisse exister.

Car finalement, Lore ne faisait que s'enfuir. Elle était douée pour ça, aussi bien physiquement que mentalement, pour ignorer tout ce qui était déplaisant, pour s'en détacher autant que possible. Oui, peut-être que les dieux perdraient Leur place dans l'esprit de ses amis une fois Lore partie, mais Apollius ne serait pas vaincu. Il serait seulement retardé, reporté. Il avait choisi Bastian comme héritier, comme vaisseau, et si Son plan était contrecarré, peut-être que les choses reviendraient à la normale. Apollius retournerait là où Il avait attendu Bastian, et le monde se rétablirait, pendant un temps. Peut-être même plus longtemps que la durée de vie de Lore, laquelle emportait la déesse avec elle pour Lui accorder Sa seconde mort.

Mais Apollius reviendrait. Un jour, Il reviendrait, Il choisirait un nouveau vaisseau dans la lignée Arceneaux, et Il n'aurait même plus Nyxara pour Le tempérer. Il n'y aurait plus que Lui, et un monde à Sa merci, sans personne avec Son épouse dans sa tête pour tenter de L'arrêter.

Toute contribution de Ta part sur le sujet serait la bienvenue, lança Lore à Nyxara tout en courant entre les arbres.

Je n'ai rien à ajouter, répondit Nyxara. *Tu as assez bien résumé la situation.*

Lore émit un grognement frustré.

La grille qui fermait le tunnel était verrouillée, et contrairement à Bastian, Lore ne se baladait pas avec un crochet dans sa botte, ou ailleurs, étant donné qu'elle n'avait même plus de bottes. Mais la Mortem était présente dans le fer. Elle tendit les mains et tordit les filaments, gauchissant le métal jusqu'à ce qu'il se détache du conduit et tombe avec fracas. Lore poussa un juron et jeta un coup d'œil aux alentours, mais apparemment personne n'était assez près pour l'avoir entendue.

Elle baissa les yeux vers ses mains. Ses paumes étaient presque entièrement teintées de ce gris cadavérique ; la couleur morte s'était étendue pendant qu'elle observait les souvenirs de Nyxara, et commençait à remonter le long de ses doigts. Très séduisant.

L'eau était toujours aussi répugnante qu'à son dernier passage ; Lore soupira en sautant dedans, et tint son sac au-dessus de sa tête dans une tentative vaine pour garder quelques vêtements propres. Elle pataugea jusqu'à l'autre bout et grimpa sur le rebord –ce qui était beaucoup plus compliqué seule, sans un prince ou un prêtre pour l'aider–, et canalisa de nouveau la Mortem dans la grille, l'arrachant à ses gonds et l'envoyant s'écraser dans l'eau.

Quand elle s'extirpa du conduit et secoua sa jupe dans le vain espoir de la sécher, la rue était pratiquement déserte. Cela lui allait très bien. Lore hissa son sac sur son épaule et se mit en marche, notant au passage que des parties de la route semblaient bien mieux entretenues que dans son souvenir. Des étais en bois et des piles de pierres étaient entassés au coin des rues, des travaux de construction en cours qui étaient terminés pour la journée. Bastian, qui faisait de bonnes choses. Qui essayait toujours, alors même qu'un dieu qui s'en moquait éperdument s'emparait lentement de lui.

Elle ravala la boule épineuse qui lui obstruait la gorge.

Les billets pour les départs depuis le port étaient vendus dans un stand délabré près du quai nord, juste avant les entrepôts abandonnés parmi lesquels Val et Mari avaient installé leur quartier général. Lore ne savait pas vraiment si quelqu'un serait de service au beau milieu de la nuit ; ce fut donc une agréable surprise de voir que la lumière était toujours allumée. Elle garda son capuchon sur la tête en se rapprochant de la fenêtre ouverte, et envisagea brièvement d'altérer sa voix, mais décida que cela risquait d'attirer l'attention plus que le contraire.

— Quand part le prochain bateau pour le Ratharc ?

Bon choix, murmura Nyxara dans sa tête. *Mieux vaut rester aussi loin que possible des Îles.*

La femme grisonnante derrière la fenêtre haussa un sourcil gris, mais ne leva pas les yeux du livre élimé dans ses mains.

— Qui le demande ?

— Quelqu'un qui voudrait aller au Ratharc, répondit Lore, les dents serrées.

Au moins, son choix de destination était approuvé par la déesse.

La femme ferma le roman avec un soupir et se laissa aller contre le dossier de sa chaise.

— Il y a de cela environ quatre heures, tous les navires de commerce qui devaient quitter le port ont été annulés jusqu'à nouvel ordre, dit-elle, comme si ce fait l'emmerdait particulièrement. Si vous voulez aller au Ratharc, vous allez devoir trouver votre propre bateau, et bonne chance pour ce qui est de l'équipage. Personne ne veut sortir, avec les Kirythéens qui grouillent sur les vagues comme les mouches sur la merde.

— C'est pour cette raison qu'il n'y a plus de voyages commerciaux ? (Lore estima qu'elle se débrouillait admirablement bien pour paraître calme, alors que tous ses organes semblaient avoir chuté vers ses orteils.) À cause des Kirythéens ?

— Il n'y a pas de voyages commerciaux parce que le roi dans la Citadelle en a décidé ainsi. (La femme ouvrit de nouveau son livre, ayant apparemment décidé que Lore ne lui fournirait pas une meilleure distraction.) Je ne sais pas vraiment ce que je fais encore là, pour tout vous dire. Mais jusqu'à ce que mon employeur me dise qu'il ne me paiera pas pour rester assise là sans rien faire, je compte bien rester sur place. C'est toujours mieux que ma chambre à la *Corne de brume.*

Sur ces mots, elle retourna à son livre, oubliant Lore.

Lore avait les jambes lourdes comme des sacs de sable quand elle s'éloigna du stand de billets pour se diriger vers la rangée d'entrepôts. Apollius avait dû sentir la première mort de Nyxara dans les catacombes, Il avait dû savoir ce que cela signifiait. Il savait que Lore avait trouvé Son corps, qu'elle avait absorbé Ses souvenirs et avait appris que son éloignement pouvait diminuer l'emprise d'Apollius sur Bastian. Il l'avait piégée ici.

Par voie de terre, la seule destination possible était la Caldien, si elle voulait rester en dehors de l'empire kirythéen. Et il lui faudrait des mois pour arriver là-bas, même en carrosse, et elle serait si facile à suivre…

Son corps emprunta un chemin familier sans que son esprit lui dise de le faire. Elle avança à pas lourds dans les rues qu'elle connaissait par cœur; la brise marine offrait une solution bienvenue à l'humidité qui imprégnait sa cape. Elle rabattit son capuchon et laissa le vent sécher la sueur dans ses cheveux. La sueur de Bastian, de tout ce qu'ils avaient fait. Elle cilla et le vit, nu au bord du lit, les yeux embrumés et le regard émerveillé, les poings serrés sur les draps, teinté d'argent par le clair de lune.

Elle s'arrêta devant l'entrepôt de Val et Mari, car où pouvait-elle aller?

La succession de coups codée, celle qu'elles lui avaient apprise. Un instant plus tard, la porte s'ouvrit, mais la silhouette qui apparut n'était pas celle d'une des mères de Lore.

C'était Michal.

Il mit un moment à la reconnaître, malgré le fait qu'ils avaient vécu ensemble pendant près d'un an, malgré le fait qu'il l'avait vue ranimer Cheval, ce jour où sa vie tout entière avait basculé et où elle avait échoué dans la Citadelle. Quand ce fut le cas, il écarquilla les yeux.

— Lore?

Mais elle était déjà en train de fuir, elle avait déjà tourné les talons; elle s'était doutée que c'était une erreur…

La main de Michal se posa sur son bras avec douceur.

— Lore, tu vas bien?

Et la réponse était très certainement non, la réponse avait peut-être toujours été non; Lore se mit à sangloter en se laissant tomber à genoux comme elle l'avait fait à Courdigne. Par les dieux, quand était-elle devenue ce genre de personne? Elle avait passé vingt-quatre ans sans pleurer, sans pleurnicher, et voilà maintenant qu'elle tombait en morceaux à la moindre pression, tout l'échafaudage qui l'avait maintenue en place étant devenu aussi friable que de la roche gorgée de Mortem.

Aucune de ces pressions ne pourrait être qualifiée de moindre, murmura Nyxara dans sa tête. *Aie un peu de compassion pour toi-même.*

Cela faisait écho à quelque chose qu'elle avait dit à Gabe, un jour, et elle se mit à pleurer de plus belle.

La main de Michal sur son épaule, sa voix inquiète qui appelait quelqu'un dans l'entrepôt. Le claquement d'un foulard délavé, le parfum de la crème épaisse dont Mari se tartinait les mains pour les empêcher de se dessécher quand elle s'occupait de la paperasse, le cliquètement de perles de verre et le contact rêche d'une chemise de travail que Val possédait depuis que Lore était petite.

Même à travers ses larmes, Lore s'attendait à subir leurs questions, leur inquiétude et leurs demandes d'explication pressantes. Mais rien de tout cela ne se produisit. Elle n'eut droit qu'aux mains de Val sur son visage, à celles de Mari sur son épaule.

— Viens, petite souris, allons à l'intérieur.

Elles la conduisirent vers un lit de camp ; Lore s'y allongea, et elles ramenèrent la couverture sur elle. Contre toute attente, elle s'endormit.

— Je pense qu'on peut dire sans risque que ce qui s'est passé a un rapport avec le fait que tous les navires de commerce soient brusquement coincés à quai.

La voix de Val, basse, comme si elle voulait éviter de réveiller quelqu'un. Lore supposa qu'elle était ce quelqu'un.

— Nous n'en savons rien. (Mari, d'un ton qui frôlait l'irritation.) Inutile d'aller au-devant des ennuis.

— On dirait plutôt que les ennuis sont venus frapper à notre porte, dit Michal d'un ton sarcastique.

Lore fronça les sourcils sous la couverture. Depuis quand Michal faisait-il partie de la bande de Val ? Pourquoi était-il là, en train de se comporter comme s'il avait plus sa place ici que Lore ?

— Il s'est sûrement passé quelque chose à la Citadelle. (Mari, de nouveau.) Quelque chose en rapport avec son nouveau fiancé.

Elle s'exprimait d'une voix compatissante. Lore aurait préféré que ce soient de simples problèmes de cœur qui l'aient menée devant la porte de ses mères.

— Son nouveau fiancé, le putain de Roi Sanctifié, lança Michal avec un reniflement de dédain.

— Et c'est pour cette raison que je pense que cela a un rapport avec les navires au lieu d'être une simple querelle d'amoureux, dit Val. Les dieux savent que Lore n'a jamais laissé ce genre de choses lui monter à la tête de cette manière par le passé.

Si Michal avait quelque chose à ajouter, il le garda pour lui.

Un bruissement de papiers alors que Val les rassemblait; ils devaient avoir été occupés à examiner les chiffres mensuels avant de parler de Lore.

— Le roi a arrêté tous les voyages maritimes, et voilà que Lore débarque. Les deux sont forcément liés.

— Tu as raison. (Lore repoussa la couverture, s'assit et frotta ses yeux embrumés de sommeil.) C'est le cas.

Val ne sembla pas le moins du monde surprise par son réveil soudain; elle se contenta de faire un geste vers Lore, d'un air de dire « Je te l'avais bien dit ». Mari eut l'air inquiète; Michal parut mortifié, comme gêné qu'on l'ait surpris à parler de Lore.

Elle le regarda d'un air mauvais, puis se tourna vers ses mères.

— Depuis quand il travaille pour vous ?

— Depuis que nous avons un contrat, répondit Mari en venant s'asseoir sur le lit de camp. (Elle lissa de la main les boucles emmêlées de Lore.) Beaucoup de gens ont cherché à venir travailler pour nous, depuis.

— Les joies de ne pas avoir à se méfier des vestes-de-sang, ajouta Val en s'asseyant de l'autre côté de Lore. En tout cas, moins qu'avant. Donc, tu disais ?

Elle ne leur révéla pas grand-chose. Tout leur dire était impossible; la déesse dans sa tête, le dieu dans celle de Bastian, la menace d'une apocalypse qu'elle ne pouvait contrer qu'en partant aussi loin que possible. Mais Lore leur en dit suffisamment, brodant sur les bords effilés pour qu'ils ne soient pas trop visibles. Elle leur dit qu'elle avait besoin de quitter le pays, que quelque chose de grave se produirait sans cela.

La conclusion qu'ils en tirèrent était évidente, à voir le regard en coin qu'échangèrent Val et Mari, et la manière dont Michal croisa étroitement les bras.

— Je vais le réduire en purée. Ce ne serait pas la première fois, dit-il en faisant référence au match de boxe qui avait montré à Bastian qui Lore était vraiment.

— Ce n'est pas ça. Il ne m'a pas fait de mal. (Pas Bastian, du moins; toute la souffrance était venue d'Apollius.) C'est seulement que… si je ne pars pas, quelque chose de grave se produira.

Un autre échange de regards entre Mari et Val, songeur cette fois.

— Petite souris, dit Mari, est-ce que cela aurait un rapport avec ta… avec ton…

— Ton problème de Mortem ? lança Val, coupant court aux politesses. (Elle saisit la main de Lore et observa la peau grise de ses paumes, les sourcils froncés.) À moins que tu en sois débarrassée ? Il semble que ce soit le cas pour le reste de la ville.

— Je ne m'en suis pas débarrassée. (Lore replia les doigts et renifla.) J'ai même tous les problèmes de Mortem, en fait.

Val hocha la tête.

— Je me demandais si tu avais un rapport avec tout ça.

Le cœur de Lore se serra, et sa crainte d'avoir ruiné le gagne-pain de ses mères en plus de tout le reste revint au galop.

— Est-ce que cela a affecté votre activité ?

Mari balaya sa question d'un geste de la main.

— Honnêtement, pas vraiment. Le poison fonctionne sur la Mortem au sein d'un corps ; les gens l'utilisent toujours contre la douleur, ou pour l'euphorie. Il faut seulement en prendre un peu plus, c'est tout.

Bon, c'était déjà un souci de moins.

— J'aimerais revenir à la question de cette chose grave qui se produira si tu ne pars pas. (Val n'était jamais du genre à se laisser distraire.) Nous avons besoin d'un peu plus d'explications que ça, petite souris.

Lore enfouit la tête dans ses mains en essayant de trouver un moyen pour le formuler de manière simple.

Bonne chance, dit Nyxara d'une voix ténue. Lore jeta un coup d'œil vers la verrière du plafond ; l'aube colorait les nuages. Elle se demanda combien de temps elle avait dormi, après s'être effondrée sur le seuil de leur porte au milieu de la nuit.

— Je ne sais pas comment l'expliquer, dit-elle finalement à mi-voix. J'ai seulement besoin que vous me fassiez confiance. S'il vous plaît.

Un bref regard entre Val et Mari, regard dont elle se souvenait bien, puis Mari hocha la tête et soupira.

— De quoi as-tu besoin ?

Le soulagement la frappa comme un coup de poing.

— Je dois quitter l'Auverraine et aller dans un endroit qui n'est pas contrôlé par l'empire kirythéen. S'il n'y a pas de navires, on dirait que ma seule option est la Caldien.

— Attends un peu, la coupa Michal en levant une main. Tu dois aller en *Caldien* ? C'est à une semaine d'ici, au moins, et seulement si tu trouves une voiture rapide. Le coût à lui seul…

— Tu ne nous aides pas, Michal, dit Val.

Michal ferma la bouche et croisa de nouveau les bras sur son torse.

— Mais il n'a pas tort, reprit Mari. Aller en Caldien par voie de terre te prendra une éternité et coûtera une fortune. Le côté fortune n'est sans doute pas dramatique – la robe que tu portes pourrait couvrir les frais à elle seule –, mais on dirait que le temps presse.

Elle leur était tellement reconnaissante ; Val et Mari ne perdaient jamais de temps à essayer de désigner un coupable ou à exiger des réponses. Il y aurait un temps pour cela plus tard, elles le savaient ; elles voulaient seulement s'assurer que Lore avait ce dont elle avait besoin. Elle les aimait tellement que c'en était douloureux.

— Heureusement, aucune restriction n'a été imposée aux navires privés, du moins pas encore, continua Mari. Nous avons un petit bateau. Ce serait suffisant pour t'emmener en Caldien, et si tu restes près de la côte, tu n'auras pas à te soucier des navires kirythéens.

— Dommage que je ne sache pas naviguer, murmura Lore.

— Moi, si, déclara Michal avec un soupir.

Elle leva brusquement la tête et rencontra son regard.

— Tu serais prêt…

Il haussa les épaules.

— De toute évidence, tu as besoin d'aide, dit-il. Ce serait égoïste de ne pas t'en fournir alors que j'ai les moyens de le faire.

Lore se mordilla l'intérieur de la joue.

— Merci, Michal.

Il poussa un petit rire.

— Vois ça comme un remboursement pour toutes les fois où tu m'as épargné de payer le loyer.

Mari hocha la tête ; la question semblait réglée.

— Michal t'emmènera en Caldien au matin, alors, et tu nous écriras de là-bas. Raconte-nous ce que tu peux, quand tu le peux.

— Vous êtes remarquablement calmes face à tout ça, murmura Lore.

Val haussa les épaules, se leva et passa un bras autour des épaules de sa femme.

— Nous avons toujours su que les choses seraient compliquées avec toi, petite souris. Nous nous sommes préparées. (Elle adressa un sourire en coin à Lore.) Ça nous permet de rester jeunes.

Sur ce, Val et Mari se retirèrent dans le bureau en parlant à voix basse du bateau et de l'endroit où il était amarré, de la discrétion dont elles devraient faire preuve pour le mettre à l'eau et de la personne qu'elles pourraient envoyer pour s'assurer qu'il était prêt à prendre la mer. La porte se referma derrière elles, et Michal et Lore restèrent seuls. Aucun d'eux ne voulait croiser le regard de l'autre.

Michal mit fin au silence gênant. C'était étrange ; Lore était habituée à être celle qui devait faire cela.

— Donc il n'était pas cruel envers toi ?

— Non.

Si elle essayait d'en parler davantage, elle se remettrait à pleurer, et elle en avait franchement assez de pleurer. Lore croisa les jambes sur le lit et noua les mains. Sa bague de fiançailles mordit dans la chair de ses doigts ; elle ne l'avait pas retirée avant de partir.

— Tu sais que tu pourrais me le dire, si c'était le cas.

— Ce n'était pas le cas, Michal. Ça n'a rien à voir avec lui, mais tout avec moi.

Mi-vérité, mi-mensonge.

— Bien. (Il laissa échapper un soupir.) C'est déjà ça.

Elle fit tourner sa bague.

Après un instant, Michal s'approcha et s'assit timidement près d'elle, comme s'il s'attendait à ce qu'elle le repousse. Au lieu de cela, elle se décala pour lui faire de la place.

Michal remua, et tout le lit de camp grinça.

— J'imagine que tu t'attends à ce que je te propose de rester en Caldien avec toi, dit-il. Et tu cherches une manière polie de me dire que tu n'en as pas envie. Mais tu n'as aucune inquiétude à te faire. (Il lui coula un regard en coin.) Je suis passé à autre chose.

Lore poussa un rire sonore, très peu digne d'une dame.

— Voilà une nouvelle fabuleuse, merci.

— Je me suis dit que ça pourrait aider.

Le silence ne sembla plus si lourd, après ça. Lore soupira et se massa les tempes.

— Désolée de t'entraîner dans mes emmerdes, une fois encore.

Michal haussa les épaules.

— Au moins, c'est toujours des emmerdes intéressantes. (Il lui lança un regard pensif.) J'espère que tu pourras bientôt trouver un peu de repos, Lore. J'espère que tu pourras trouver quelque chose de simple. Tu le mérites, je crois.

Les larmes menacèrent de nouveau à la pensée de Bastian, de Gabe, à la pensée de cette situation qui ne pourrait jamais être vraiment simple. Elle s'obligea à sourire.

Des coups retentirent à la porte ; ce n'était pas le code utilisé par la bande de Val, mais le martèlement rythmique de quelqu'un qui exigeait d'entrer.

Lore se leva au moment où la porte du bureau s'ouvrait sur le visage pâle de Val qui contemplait la porte.

— Des vestes-de-sang, gronda-t-elle en repassant dans le bureau avant de réapparaître munie d'un pistolet. Lore, toi et Michal vous…

— Lore ! (Une voix féminine qu'elle connaissait bien cria son nom derrière la porte. C'était la voix d'Alie.) Lore, c'est nous !

— Range-moi ça ! lança Lore à Val avant de se précipiter vers la porte pour l'ouvrir en grand.

De l'autre côté se tenaient Gabe, Malcolm et Alie, tous en tenue de voyage, tous avec l'air de ne pas avoir dormi de la nuit.

— Je pensais bien que tu serais là. (Gabe ne dit pas cela sur un ton de triomphe, cependant. Il le dit comme s'il regrettait d'avoir raison.) S'il te plaît, dis-moi que tu essaies de quitter le pays.

Elle hocha la tête, le front creusé par un pli.

— On dirait que vous aussi.

— Ça semblait être une bonne idée, maintenant que nous avons la certitude qu'Apollius ne recule pas devant le meurtre. (Inconscient du fait qu'il avait bien failli se faire abattre par une trafiquante de poison, Malcolm franchit la porte et posa son sac.) Dommage qu'il n'y ait pas un seul navire.

— Attendez un peu. (Heureusement, Val avait rengainé son pistolet, mais elle avait toujours l'air contrariée par cette intrusion, même si elle plissa les yeux en reconnaissant Gabe.) Qu'est-ce que c'est que cette histoire d'Apollius et de meurtre ?

Gabe soupira et ferma l'œil.

— Le Roi Sanctifié est… du moins, nous pensons…

Au temps pour les explications simples.

— Bastian est possédé par Apollius, dit Lore. Et ce n'est pas une bonne chose.

Val resta bouche bée. Mari aussi. Toujours assis sur le lit de camp, Michal avait l'air prêt à tomber à la moindre brise.

— Tu sais quoi ? (Val agita la main comme pour effacer un tableau.) Je ne veux pas vraiment le savoir. Je suppose que vous souhaitez tous les trois embarquer sur un navire pour la Caldien ?

— Non, pas du tout. (Lore, l'air sombre, se tourna vers ses amis.) Si je pars, les dieux sortiront de votre tête. Je suis le catalyseur. Vous ne pouvez pas venir avec moi, sinon le pouvoir continuera de croître.

Ils la contemplèrent tous les trois avec des degrés d'incrédulité divers. Alie se pencha sur l'épaule de Lore pour s'adresser à Val.

— Un navire serait une excellente idée, merci beaucoup.

Val hocha sèchement la tête et retourna dans le bureau en jurant dans sa barbe. Mari lança un regard lourd de sens à Lore, comme quand elle était adolescente et sur le point de faire une bêtise, puis elle suivit sa femme à l'intérieur.

Mais Lore n'en avait pas terminé.

— Vous ne pouvez pas…

— Non, *toi* tu ne peux pas, rétorqua Alie en enfonçant le doigt dans son épaule. Tu ne vas pas foutre le camp en Caldien ou n'importe où ailleurs toute seule, Lore. Si ta théorie est bonne, et que ton éloignement oblige Apollius à quitter la tête de Bastian, tant mieux. Mais nous n'allons pas prendre de risques. (Le ton de sa voix s'adoucit.) Ni avec nous, ni avec toi.

Il était inutile d'argumenter. Lore soupira.

— Très bien. Donc je suppose qu'il est au courant pour vous ? (Elle lança un regard anxieux vers Gabe.) Il sait ce que vous êtes tous ?

— Nous n'en sommes pas sûrs, répondit Alie. (Elle s'assit sur l'un des lits de camp, les bras croisés.) Mais Il n'était pas vraiment… raisonnable quand Il a compris que tu étais partie, il y a deux heures. Et ce qui est arrivé à Amelia nous a convaincus qu'il valait sans doute mieux que nous ne soyons pas là.

— C'est une solution un peu lâche, dit Malcolm, les yeux baissés vers le sol, mais je ne sais pas ce que nous pouvons faire d'autre. J'ai des contacts en Caldien, à l'université. Ils sont proches du Premier ministre. Si nous pouvons obtenir une audience avec lui et lui expliquer ce qui se passe, peut-être que nous pourrions lui demander de l'aide.

De l'aide. Une bataille. Une guerre de plus sur le seuil de l'Auverraine. Mais…

— Comment comptes-tu expliquer la situation, au juste ?

Malcolm se frotta l'arête du nez.

— Nous y réfléchirons une fois sur place.

Lore serra les mâchoires.

— Et les Kirythéens ? Qu'est-ce qu'ils font ?

— Rien, pour autant que je sache, répondit Alie. Personne ne s'intéresse vraiment à eux ; ton départ est la seule chose dont parle la cour. Certains font le lien avec le meurtre d'Amelia, et d'autres pensent que cela a un rapport avec l'explosion du bateau. (Ses yeux verts étaient emplis de compassion.) La rumeur qui prévaut, en ce moment, est que tu l'as tuée parce que tu l'as surprise dans le lit de Bastian, et qu'il se démène pour te ramener afin que tu sois traduite en justice.

Lore aboya un rire.

— J'imagine que c'est toujours mieux que d'être une traîtresse fanatique des explosifs.

Elle n'aurait pas dû être étonnée par ce retournement de situation, qui contenait des fragments de vérité. Elle s'assit lourdement à côté d'Alie et pensa au meurtre qu'elle avait réellement commis. Il était peu probable que quelqu'un le découvre de sitôt, si Gabe était là.

Elle lui en parlerait bientôt. Mais pas maintenant.

Quelqu'un se racla la gorge ; Michal, debout en marge de leur petit groupe. Il avait l'air complètement désemparé, mais prêt à mourir plutôt que de l'admettre.

— Bien, dit-il, je m'appelle Michal, et j'imagine que je dirigerai votre bateau d'ici une heure ou deux. La bonne nouvelle est que j'ai battu Bastian Arceneaux dans l'arène de boxe à plus d'une reprise, donc je suis à peu près sûr de pouvoir le refaire si besoin. La mauvaise nouvelle est que je doute de pouvoir battre un dieu.

CHAPITRE 37

Les voies des dieux seront toujours supérieures aux voies des hommes. N'essayez pas de comprendre ce qu'il ne vous appartient pas de savoir.

Le Livre de la Loi Sacrée, Fascicule 864

Deux membres de la bande de Val arrivèrent à l'entrepôt – Alie, Malcolm, Gabe et Lore se cachèrent à l'arrière pour éviter les questions – et reçurent des instructions sur l'endroit où le bateau était caché et sur ce qu'ils devaient faire avant qu'il puisse franchir la centaine de kilomètres qui le séparait de la côte caldienanne. Mari leur fit ensuite un briefing. Ce n'était que du charabia pour Lore, des histoires de gréement, de bâbord et beaucoup de hissage. Heureusement, Michal semblait savoir ce qu'il faisait ; il y avait donc au moins une chose qui se passait bien.

Lore aurait presque préféré qu'il soit moins compétent, qu'elle soit obligée de consacrer une grande part de son esprit à s'inquiéter de s'échouer, de couler ou de tout ce dont on devait s'inquiéter sur la mer. Cela lui aurait permis de penser à autre chose qu'à Bastian, et au fait qu'ils l'abandonnaient derrière eux.

Tout comme les dieux avaient abandonné Apollius, si longtemps auparavant.

Bastian n'était pas la seule pensée qu'elle essayait d'éviter. Voir Val et Mari la fit penser à Lilia, à la rose qu'elle avait jetée dans le puits. Elle pensait n'avoir aucun espoir que sa mère biologique lui vienne en aide, à supposer qu'elle soit encore en vie. Mais ce n'était pas tout à fait vrai, apparemment, car le fait qu'aucune aide ne soit apparue, que Lore ait été une fois de plus abandonnée, creusait un abîme dans sa poitrine.

Quand les membres de la bande furent partis et que Lore et ses compagnons n'eurent plus besoin de se cacher, ils n'eurent rien d'autre à faire que rester assis et attendre. Ce n'était pas une activité supportable pour leurs cerveaux anxieux ; Alie sortit donc un paquet de cartes et tenta d'apprendre à Lore un jeu compliqué auquel elles n'étaient pas en état de jouer, pendant que Gabe faisait les cent pas. Malcolm et Michal, quant à eux, étaient assis sur le lit de camp le plus éloigné et discutaient avec animation.

Alie haussa un sourcil dans leur direction.

— On dirait que Malcolm aura largement de quoi s'occuper pendant notre voyage.

Lore jeta un coup d'œil par-dessus son épaule et vit que Michal reluquait les bras balafrés de Malcolm.

— Je vais devoir parler à Michal de ce vœu de célibat, même si je suis à peu près sûre que Gabe est le seul à le prendre au sérieux.

— Tu ferais sans doute mieux de le prévenir de l'enthousiasme inépuisable de Malcolm pour les vieux livres poussiéreux.

Alie distribua une nouvelle main. Lore n'avait pas la moindre idée de qui était en train de gagner.

Une heure plus tard, Val les rassembla de nouveau derrière les caisses quand les membres de la bande revinrent annoncer que le bateau était prêt à prendre la mer. Quelques instants après, ils étaient sur le départ.

Mari attira Lore dans une étreinte féroce, les perles de verre au bout de ses tresses cliquetant mélodieusement.

— Écris-nous, murmura-t-elle. Et si tu ne peux pas le faire, nous te rejoindrons.

Lore serra un peu plus fort sa mère.

— Vous ne pouvez pas venir dès maintenant ?

Être ici la faisait toujours retomber en enfance, quand la peur signifiait qu'elle devait rester près de ses mères. Elle détestait devoir penser à cela maintenant, et vouloir les protéger de Bastian – d'Apollius – mais la pensée qu'elles restent en Auverraine la glaçait intérieurement.

— Nous ne pouvons pas partir comme ça, petite souris, répondit Mari en s'écartant pour poser ses mains chaudes sur les joues de Lore. Les gens comptent sur nous, ici. Et si nous partions juste après toi, cela éveillerait les soupçons.

Il viendrait les interroger. Lore le savait, tout comme elle savait que le mode d'interrogatoire d'Apollius n'aurait rien de tendre.

—Je t'en prie, Mari. Il saura que je suis venue vous voir. Il va…

—Il nous demandera où tu es allée. Nous dirons que nous n'en savons rien. (Elle haussa les épaules, un éclat dur dans le regard.) C'est la seule réponse que le Roi Sanctifié obtiendra, dieu dans la tête ou pas.

—Je ne veux pas qu'il vous arrive du mal, chuchota Lore, les yeux brûlants de larmes.

Mari repoussa gentiment une mèche de cheveux derrière l'oreille de Lore.

—L'amour est pour moitié fait de cela, petite souris, murmura-t-elle. Apprendre à vivre avec la peur. Décider que le jeu en vaut la chandelle.

Lore la serra une nouvelle fois dans ses bras.

Elle sentit de la chaleur dans son dos ; Val, qui les enfermait toutes les deux dans ses bras noueux.

—Je t'aime, dit-elle du ton bourru qu'elle adoptait quand elle éprouvait beaucoup plus d'émotions qu'elle ne voulait en montrer. Écris-nous. Nous viendrons quand nous le pourrons, quoi qu'il arrive.

—Dès que nous aurons réglé deux ou trois choses ici, acquiesça Mari en tendant la main pour tirer gentiment sur la tresse de sa femme.

—En ce qui te concerne, concentre-toi sur le fait de rester à l'abri, continua Val. Ne t'inquiète pas pour nous.

—Tu sais que je m'inquiéterai quand même. (Son visage étant plaqué contre l'épaule de Mari, sa réponse fut à peine audible. Elle donna un petit coup de coude à Val.) Écarte-toi, maman, je n'arrive plus à respirer.

Elle appelait si rarement ses mères autrement que par leur nom, alors même qu'elles étaient ses parents de toutes les manières qui comptaient. Val hésita un instant, puis la serra un peu plus fort.

—Tu dis ? Je n'ai rien compris.

Lore laissa échapper un bruit étranglé, et toutes trois se mirent à rire. Finalement, Val lâcha prise, puis redressa la robe et la cape de Lore.

—Par les dieux morts et mourants, cette robe est bien trop élégante pour que tu la portes ici.

Lore fit la grimace.

—Je la vendrai dès que je serai en Caldien. Ça me manque, de porter des bottes.

Derrière elles, Alie les observait en se mordillant la lèvre. En s'écartant de ses mères, Lore songea à celle d'Alie et à Bellegarde, qu'ils avaient laissé pourrir à Courdigne. Elle rejoignit son amie et la prit dans ses bras, en s'attendant à moitié à ce qu'elle se raidisse aussitôt, mais Alie lui rendit son étreinte, en inspirant profondément par le nez.

— Tout ira bien, murmura Lore.

Alie se contenta de hocher la tête.

Ils sortirent tous ensemble dans la lumière matinale. Lore guettait nerveusement l'ascension du soleil. La nuit précédente, elle avait quitté la Citadelle sans problème, et le fait qu'aucun garde ne soit venu enfoncer la porte de Val et Mari signifiait que Bastian n'avait pas donné d'ordre. Alie avait dit qu'il était déjà réveillé, qu'il savait déjà qu'elle était partie. Apollius était aux commandes. Bastian savait sûrement où elle était allée. Tout reposait sur sa capacité à cacher cette information dans sa tête, à la verrouiller quelque part où Apollius ne pourrait pas la trouver.

Ou peut-être que Bastian lui-même donnerait l'ordre, sans avoir besoin d'influence divine. Par crainte d'être seul, par crainte de la laisser partir, même si c'était la seule chose qui pouvait le sauver.

Lore se laissa distancer par ses amis, plongée dans ses pensées, la brume tourbillonnant autour de ses pieds chaussés de pantoufles. Elles étaient tachées par sa balade dans le tuyau d'évacuation ; une part de Lore s'attendait à être frappée par une maladie ignoble attrapée dans l'égout avant même d'atteindre la Caldien. Voilà qui serait une seconde mort particulièrement décevante pour Nyxara.

Alie ralentit pour se mettre à sa hauteur, laissant les autres prendre de l'avance sur la route pavée vers l'un des petits quais où les marchands amarraient leurs bateaux.

— Je n'ai jamais voyagé en mer, dit Alie dans l'espoir évident d'apporter un éclairage positif à la situation. Je ne suis jamais allée en Caldien. Ni dans une université. (Elle ricana.) Donc tout cela devrait être une mine de nouvelles expériences, pour moi. Je ne suis jamais vraiment allée plus loin de la Citadelle que dans une maison de nobles pendant le tour d'été.

Étrange, que même la richesse puisse être une cage. Une prison dorée au lieu d'une prison sordide.

— Moi non plus, répondit Lore. Je n'étais jamais sortie de Dellaire avant que nous allions restaurer les champs. La Mortem m'en empêchait.

— Mais elle te laissera partir, maintenant, murmura Alie en examinant les mains de Lore.

La peau grise de ses paumes était visible quand elle balançait les bras. Elle semblait recouvrir une plus grande zone qu'auparavant, comme si elle se répandait depuis que Nyxara avait connu Sa première mort.

Le premier instinct de Lore fut de serrer les poings, mais elle lutta pour le réprimer.

— Elle me laissera partir, acquiesça-t-elle.

Elles marchèrent pendant un moment dans le silence. Jusqu'à ce qu'il soit brisé par un coup de feu.

Une sensation froide se répandit dans le corps de Lore. Elle mit un moment à comprendre que c'était dû à la balle qui venait de lui transpercer le ventre.

— Oh, dit-elle d'un ton presque ennuyé, avant de s'effondrer.

Ses genoux heurtèrent les pavés. Le sac qu'elle s'était empressée de préparer la veille avant de rejoindre Bastian déversa son contenu dans la rue – une masse de robes chatoyantes qui n'étaient pas faites pour le voyage, mais qu'elle avait fourrées dans son bagage sans réfléchir. Leur éclat captura son regard, grossit, occupa presque tout son champ de vision, seule chose à laquelle son cerveau se raccrochait.

Des cris. Des pas précipités.

— Tu n'étais pas censé lui tirer dessus, pauvre crétin, il veut qu'on la ramène ! Si elle meurt, il te fera écarteler !

Lore baissa les yeux.

Du sang sur son ventre. Un écho du passé. Elle aurait ri, si elle avait pu rassembler le souffle nécessaire.

Le souffle. La vie. Le Spiritum.

À côté d'elle, Alie hurla, puis elle fut tirée en arrière. Les vestes-de-sang, qui s'étaient cachées dans les entrepôts, se déversèrent dans la rue et s'emparèrent de tous ceux qui étaient à portée de main pour les faire prisonniers. Lore ne pouvait pas s'en occuper pour l'instant. Au lieu de cela, elle ferma les yeux et s'obligea à se concentrer, à dépasser la brûlure glaciale de la douleur. Elle enroula des filaments dorés autour de ses doigts et les rassembla au niveau de la blessure dans son ventre, presque exactement là où August l'avait poignardée des mois plus tôt.

C'était plus difficile à guérir, cette fois. La balle était plus sauvage que le couteau – une vérité contradictoire ; le second était beaucoup plus intime, mais la distance de l'autre lui conférait plus de violence. Ses entrailles étaient en charpie sur la trajectoire de la balle, et cette dernière était toujours logée en elle, coincée quelque part entre un organe et une côte. Réparer les dégâts lui demanda beaucoup plus d'efforts que pour sa blessure au couteau, et cela lui faisait un mal de chien, car la balle s'extirpait lentement de sa cavité sanglante, tirant sur les muscles et la chair.

Le chaos qui l'entourait sombra en arrière-plan ; elle devait se concentrer pour voir ce qui se passait, ce qui était un petit exploit alors qu'elle tentait également d'inverser une plaie par balle.

Des vestes-de-sang maîtrisèrent Alie, dont les cris résonnaient dans le matin vide. Un garde avait refermé des fers autour de ses poignets, en luttant contre les rafales de vent qu'elle invoquait en agitant les doigts. Plus loin dans la rue, Malcolm et Gabe repoussaient d'autres gardes, mais pas seulement avec leurs dagues, et pas à la manière subtile d'Alie. Ils avaient les mains tendues ; des brins d'herbe jaillissaient du sol là où Malcolm pointait le doigt, et s'enroulaient avec une puissance étonnante autour des bottes cirées. Des torrents de feu s'échappaient des mains de Gabe et enflammaient les vestes rouges ; une odeur de viande et de cheveux brûlés tourbillonna dans l'air marin, chassée par des cris rauques.

Eh bien. Si Apollius avait ignoré que les autres dieux avaient trouvé des vaisseaux, Il ne devait plus avoir le moindre doute à présent.

— Idiots, marmonna Lore, le sang qui avait envahi sa bouche dégoulinant sur ses lèvres engourdies.

Ils devaient partir. Ils devaient *fuir*.

Le quai était visible, au pied de la rue en pente douce. Mari et Michal avaient rejoint le bateau en courant et faisaient… quelque chose avec des cordes et des crochets, ce qui, supposa Lore, était censé préparer un bateau au départ. Ils devaient faire voile. Gabe, Malcolm et Alie devaient embarquer sur ce bateau. S'ils restaient là, ils signaient leur arrêt de mort.

Sa respiration devint plus régulière à mesure que ses entrailles se reconstruisaient. Les vestes-de-sang n'avaient pas fait un geste vers elle, comme s'ils craignaient de la toucher maintenant qu'elle avait été blessée, comme s'ils craignaient d'être impliqués dans sa mort.

La mort. Son autre pouvoir.

Lore se leva. Ses jambes étaient tremblantes, et sa robe trop élégante était trempée de sang. En bas de la pente, Gabe capta son regard, conscient du moindre de ses mouvements, même maintenant. Il cria quelque chose, mais ses paroles se perdirent dans le grondement des fusils et les cris d'hommes qui brûlaient. Les flammes s'étaient étendues aux entrepôts ; plus d'un était en feu et vomissait de la fumée épaisse. Les cris d'Alie résonnèrent dans l'air alors que les vestes-de-sang l'entraînaient de force vers le haut de la rue.

Mais Lore ne regardait que Gabe, au visage contracté dans une grimace, découpé dans la lueur des flammes qui contrastaient de façon si étrange avec les lueurs pâles de l'aube.

— Vous devez partir !

Elle tendit la main vers le bateau pour accompagner son cri. Mari et Michal s'affairaient avec des cordes, et Val, debout sur la passerelle, déchargeait son pistolet sur toutes les vestes-de-sang qui se rapprochaient. Elle visait extrêmement bien, et au moins trois cadavres vêtus de rouge étaient étalés au bord de l'eau.

— Vous devez monter sur ce bateau ! Je m'occuperai d'Alie !

Une promesse creuse, sans doute. Mais elle avait une certaine influence sur Apollius, elle possédait quelque chose qu'Il voulait. Elle pouvait sûrement marchander pour qu'Il épargne la vie de son amie. Le dieu était un être malléable, capable de changer d'avis ; elle pouvait faire quelque chose. Elle le devait.

Mais même si elle pouvait sauver l'une d'entre eux, Lore ne pensait pas pouvoir les sauver tous.

Gabe lui cria quelque chose en retour, sans doute une réponse de martyr comme quoi il refusait de l'abandonner. Mais Lore s'y était préparée.

Elle tendit les mains et tira sur la Mortem dans les pavés.

Ils explosèrent.

Elle avait dirigé son attaque avec précision ; les seules pierres qui volèrent en éclats étaient localisées autour des vestes-de-sang. Ils furent rejetés en arrière, et plus d'une tête fut entaillée par des sillons sanglants. Un fragment de roche vola et égratigna l'épaule de Lore ; elle la guérit sans même y réfléchir, enroulant un filament doré de Spiritum autour de son doigt et le canalisant en elle.

L'explosion de la rue obligea Malcolm et Gabe à reculer, et à se rapprocher des bateaux. Lore leva les mains, saisit la Mortem et fracassa une autre rangée de pavés, les forçant à reculer un peu plus. Elle continuerait ainsi jusqu'aux quais, si nécessaire.

Enfin, Gabe sembla comprendre le message et prendre conscience qu'il ne serait utile à personne s'il était mort. Et c'était ce qui se passerait, s'il continuait ainsi ; il possédait peut-être le pouvoir d'Hestraon sur le feu, mais les vestes-de-sang avaient des fusils, et il suffisait qu'une balle trouve sa cible pour que ce soit terminé. En ouvrant la bouche sur ce qui ressemblait à un cri de douleur impuissant, Gabe se retourna et courut vers le bateau en tirant Malcolm derrière lui. Val commença à retirer la passerelle avant même qu'ils aient fini de la franchir, les envoyant dégringoler sur le pont. Elle continua de tirer dans la foule de vestes-de-sang, même si la plupart d'entre eux tournaient les talons, à présent, et se dirigeaient vers Lore. Elle était celle qu'ils voulaient le plus. Celle qu'ils étaient venus chercher.

Celle qu'Il voulait.

Le bateau s'éloigna du quai. Les amarres tombèrent à l'eau, comme si Mari et Michal n'avaient pas tout à fait terminé leurs préparatifs et avaient fait voile prématurément pour prendre de l'avance sur la tempête qui ne tarderait pas à les talonner. Et il y aurait une tempête. Sur ce point, Lore n'avait aucun doute.

Mais apparemment, Val et Mari s'en allaient aussi, en direction de la sécurité relative qu'offrait la Caldien. C'était une bonne chose.

Les vestes-de-sang l'encerclèrent. Elle ne leur prêta pas attention alors qu'ils lui passaient les fers tout en regardant du coin de l'œil le sang sur sa robe, l'endroit où aurait dû se trouver un trou. Elle se contenta de regarder ce bateau rapetisser lentement à l'horizon.

CHAPITRE 38

Vous ne pouvez pas échapper à Ma justice.

Le Livre de la Loi Sacrée, Fascicule 190

Une part d'elle pensait que les vestes-de-sang feraient preuve de discrétion en la ramenant à la Citadelle. Qu'ils retireraient ses fers, qu'ils la laisseraient enfiler une robe qui n'était pas raidie par son propre sang. Mais ils n'en firent rien. Ils entraînèrent Lore et Alie à travers les rues, sous les yeux des citoyens de Dellaire. Des murmures s'élevèrent dans leur sillage. La reine-ciguë, la reine sorcemort, la meurtrière, peut-être la traîtresse.

Elle avait oublié qu'ils lui avaient mis ça sur le dos, elle avait oublié à quelle vitesse circulaient les rumeurs dans la cour de la Citadelle. À quelle vitesse elles franchissaient ses murs.

À côté d'elle, Alie pendait mollement dans la poigne d'une autre veste-de-sang. Une mèche de cheveux clairs se recourbait contre sa joue. D'une façon ou d'une autre, elle avait encore un air éthéré, même avec le sang de Lore qui maculait sa robe bleu ciel et avec les marques rouges sur ses bras. Elle gardait le silence, le regard braqué droit devant elle, la peur conférant un éclat animal à ses yeux verts. Il devait rester suffisamment de Bastian pour qu'il ne lui arrive rien. Suffisamment pour épargner sa vie, même si elle était l'avatar de Lereal.

Il restait sûrement un peu de Bastian.

Les portes de la Citadelle s'ouvrirent, et les vestes-de-sang les obligèrent à les franchir.

Des courtisans se rassemblèrent le long des allées et murmurèrent derrière leur main, en contemplant Lore avec un dégoût non dissimulé.

Ce ne fut pas une surprise quand le premier crachat la frappa. La salive coula sur la joue de Lore. Elle ne réagit pas. Elle regardait droit devant elle, refusant de leur donner plus de munitions. La violence et les troubles planaient dans l'air, aussi denses que l'humidité, n'attendant qu'une ouverture pour se déchaîner. La situation avait beau être grave, elle pouvait toujours empirer. Au moins Lore était sûre qu'Apollius n'allait pas publiquement la battre à mort. Plus ou moins.

Alie ne reçut pas le même traitement, les dieux en soient remerciés. Les regards que lui lançait la foule étaient presque… révérencieux. Émerveillés, curieux.

La jeune femme tourna le regard vers Lore. *Ils savent*, disait le visage d'Alie, marqué par la peur. *D'une façon ou d'une autre, ils savent qui je suis.*

Au départ, Lore pensa à Lereal, au pouvoir divin tapi dans la tête d'Alie, dans ses doigts. Mais il y avait une autre facette de son identité que Lore avait temporairement oubliée. Quelque chose qui pourrait la sauver.

Alie était la fille d'August. Une Arceneaux.

Bastian ne laisserait sûrement pas Apollius la tuer. Sûrement pas.

Les portes de la salle du trône étaient ouvertes. D'autres courtisans étaient attroupés près des murs et les dévisageaient en silence, bouillonnant de haine. Sur le trône, le Roi Sanctifié, les genoux largement écartés pour prendre toute la place, le coude calé sur l'accoudoir, la joue posée contre son poing. Sa couronne auréolée de rayons de soleil était posée sur sa tête, et les grenats étincelaient dans la lumière qui traversait la verrière.

La posture était celle de Bastian. Mais les yeux étaient ceux d'Apollius.

Les vestes-de-sang déposèrent Lore et Alie au centre de la pièce. Une des barres de fer qui quadrillaient le sol serpentait juste sous leurs pieds. Les fers de Lore cliquetèrent. Alie agita les doigts, comme si elle s'apprêtait à appeler de nouveau le vent, avant de se raviser. Apollius se décala sur le trône et joignit les doigts de Bastian sous Son menton, en baissant les yeux vers elles comme s'Il contemplait des enfants qui méritaient une correction. Sa bouche se tordit sur le côté ; Lore se souvint de la chaleur de cette bouche, des choses qu'elle avait dites. Elle serra les paupières.

Quand Apollius prit enfin la parole, ce ne fut pas à elle qu'Il s'adressa.

—Je suis heureux de voir que tu es saine et sauve, murmura-t-il à Alie. Ma sœur.

Les courtisans présents dans la salle du trône prirent une brusque inspiration, si profonde et simultanée que Lore fut surprise qu'il reste de l'air dans la pièce après cela.

—J'étais si inquiet quand le Prêtre Exalté et le bibliothécaire en chef t'ont kidnappée, poursuivit Apollius d'une voix ferme, déroulant l'histoire qu'ils prendraient pour la vérité. Si nous n'avions pas agi rapidement, ils auraient réussi. Ma fiancée a tenté de me retarder, mais, grâce soit rendue aux dieux, elle a échoué. (Ses yeux, bien plus dorés que bruns, se tournèrent vers Lore et un sourire mauvais incurva le bord de Ses lèvres.) La prochaine fois qu'elle s'essaiera à ce genre de choses, elle devra être plus… soumise.

D'autres murmures parmi la cour, choqués, cette fois. Le Roi Sanctifié s'exprimait comme s'il avait l'intention de laisser la vie sauve à sa reine des poisons, de la garder près de lui ; ça ne pouvait sûrement pas être vrai ? Pas après qu'elle avait tué Amelia Demonde dans un accès de jalousie ? Pas après qu'elle avait posé des explosifs sur ce navire ?

Mais Lore ne pensait pas à tout cela. Elle pensait à ce mot, « soumise », à ce qu'il signifiait. Il avait vu, Il avait disséqué les souvenirs de Bastian et revécu leur dernière nuit, ce moment qui ne devait appartenir qu'à eux. Elle avait su qu'Il le ferait, qu'Il serait assez fort pour venir à bout des défenses de Bastian. Néanmoins, cela la rendit furieuse tout en lui donnant envie de pleurer.

Elle lutta contre ses sentiments pour se concentrer plutôt sur la raison pour laquelle Il mentait au nom d'Alie et disait à la cour qu'elle était une Arceneaux. Cela signifiait qu'Il n'allait pas la tuer, n'est-ce pas ?

Ou bien cela signifiait qu'Apollius avait tellement d'avance sur elle dans ce petit jeu qu'il était inutile d'essayer de le suivre.

Apollius lui lança un regard embrasé, comme s'Il voulait que Lore craque, comme s'Il voulait qu'elle pleure. Quand il devint évident qu'elle n'en ferait rien, Il se retourna vers Alie.

—Mon père a traité ta mère de façon horrible. Pour cela, je suis navré. Mais je souhaite t'élever à la place qui te revient, Alienor. Te donner tout ce qui aurait dû être tien en tant que membre de la famille Arceneaux, l'une des élues d'Apollius. (Un sourire dansa sur ses lèvres.) À cette fin, j'ai négocié des fiançailles pour toi. Un arrangement bien plus avantageux que le précédent, comme tu en conviendras.

— Je ne veux pas me fiancer, dit Alie. Je ne veux pas être une Arceneaux.

— Un argument que j'ai déjà entendu, murmura Apollius, un éclair dans les yeux. Tu t'y feras. (Il leva la main et la voix pour s'adresser à toute la salle.) Alienor Arceneaux, laisse-moi te présenter ton fiancé : Jax Aronicus, empereur de la Kirythea.

Silence. La cour de la Citadelle retint son souffle.

Une silhouette rejoignit Bastian sur l'estrade. Une silhouette que Lore mit un instant à reconnaître, ici, dans la salle du trône baignée de soleil, car la dernière fois qu'elle avait vu cet homme, il était dans les ténèbres des cachots.

Caius.

Caius était Jax.

Les pièces du puzzle s'assemblèrent comme un os brisé qui se remettait en place. Elle comprit brusquement pourquoi les Kirythéens n'avaient pas protesté contre leur séjour en prison. Pourquoi Bastian – Apollius – ne les avait jamais présentés à Gabe, de crainte que celui-ci reconnaisse l'homme qui avait tué son père. Pourquoi l'empire kirythéen n'avait pas pris l'arrestation de ses diplomates comme une déclaration de guerre. Tout cela faisait partie du plan, depuis le début.

Ce qui signifiait qu'Apollius contrôlait Bastian depuis plus longtemps que Lore n'en avait conscience. Plus longtemps qu'il n'avait pu le lui dire, dans ces brefs moments de lucidité, quand il était encore lui-même. Bastian ne pouvait rien cacher à Apollius, mais le dieu lui cachait quantité de choses.

Un véritable complot avait été fomenté à l'insu de Bastian. Les prémices du monde qu'Apollius espérait. Un Royaume Saint qui englobait le monde, et commençait ici.

Alie regarda fixement l'empereur, la bouche ouverte.

— Non, chuchota-t-elle d'une voix rauque avant d'ajouter d'une voix plus forte : Non, je *refuse*.

Apollius se laissa aller contre le dossier de son trône.

— Jax et moi avons parlé de la paix. (Sa voix atteignit chaque oreille de la salle, agitant ce mot devant les nobles comme la carotte au bout du bâton proverbial.) Nous avons conclu qu'il est plus logique de s'unir. De devenir un seul et unique royaume, de rassembler tout le continent sous une seule couronne. *Ma* couronne.

D'abord le continent, puis le monde. Comment avait-Il convaincu les Kirythéens de Lui céder leur empire ?

Ou était-ce le but de l'empire kirythéen depuis le début ? De créer un royaume pour un dieu dont ils attendaient le retour.

Jax observait Alie avec une expression indéchiffrable. Mais après la déclaration d'Apollius, il se détourna et inclina profondément la tête vers le trône. Bien plus profondément que n'aurait dû le faire un dirigeant face à un autre.

Plus comme un homme face à son dieu.

— Pour ce faire, continua Apollius en accueillant le geste de Jax avec un hochement de tête, nous devons unir nos familles. Nous ne pouvons pas demander au continent ce que nous ne faisons pas nous-mêmes.

Aucune mention du pouvoir d'Alie. Aucune mention du dieu dans sa tête. Lore aurait peut-être dû en être rassurée ; peut-être qu'Apollius ne pourchasserait pas Gabe et Malcolm, peut-être qu'Il ne savait pas qu'Alie possédait la part que Lereal avait prise à la Fontaine.

Mais Lore ne fut pas rassurée. Elle se demanda seulement quel sort encore plus terrible Il leur réservait à tous.

— Bastian, dit Alie d'une voix ténue. (Un tremblement débuta dans ses mains toujours liées.) Bastian, s'il te plaît.

Apollius la regarda à travers les yeux de Bastian. Il ne dit rien, mais lui lança un sourire infime et secoua très légèrement la tête.

Il n'y avait plus de Bastian, plus maintenant.

La nausée serra la gorge de Lore.

À gestes lents, comme si Alie était un animal qu'il ne voulait pas effrayer, Jax descendit de l'estrade.

— Je ferai de mon mieux pour être un bon mari, Alienor. (Précautionneusement, il prit la main tremblante d'Alie dans la sienne.) Notre union entraînera l'union du continent enéen, puis du monde.

Alie ne répondit pas. Ses joues étaient blêmes sous ses taches de rousseur.

— Maintenant que ces fiançailles sont conclues, déclara Apollius en se levant enfin, d'autres doivent prendre fin.

Lore ferma de nouveau les yeux. Elle ne voulait pas Le voir marcher vers elle, elle ne voulait pas Le regarder utiliser le corps de Bastian comme une marionnette. Des murmures s'élevèrent autour d'elle, emplis d'une satisfaction malsaine. Enfin, voilà la justice qu'ils attendaient tous. Enfin, c'était la fin de la reine-ciguë, cette impostrice qui n'avait jamais eu sa place parmi eux.

Elle n'ouvrit pas les yeux, pas même quand elle Le sentit lui prendre la main et rajuster la bague de fiançailles autour de son doigt.

— Que le spectacle commence, ma bien-aimée, murmura-t-Il, si près qu'elle put sentir Ses lèvres frôler le bord de son oreille.

— Je ne suis pas ta bien-aimée, murmura Lore en enfonçant les ongles dans Sa main. (Cela lui rappela la nuit passée, et son cœur fit un bond alors même qu'elle ouvrait les yeux. Elle contempla fixement l'une des fresques dorées sur le mur au lieu de Le regarder.) Elle non plus. Et Elle n'est pas là.

— Elle est toujours là.

Il éleva la main vers sa joue et l'obligea à tourner la tête vers Lui. C'était le visage de Bastian, mais changé ; les angles étaient plus durs, et toute trace de joie en avait disparu. Seules les personnes qui l'aimaient pouvaient s'en rendre compte. Seuls Gabe et elle.

— Elle est toujours dans ta tête, continua Apollius sur le même ton. Et maintenant qu'Elle a connu Sa première mort, Son emprise sur toi sera encore plus forte. (Il resserra sa prise.) Est-ce que ça t'a plu, Lore ? De nous regarder baiser dans Ses souvenirs ? Ce n'était que justice que je regarde aussi ce que vous avez fait.

Elle lui adressa un rictus méprisant sans répondre, mais Apollius s'écartait déjà et désignait le trône.

— Alexis, si tu veux bien ? Les vœux les plus simples suffiront. (Il sourit et s'exprima d'une voix plus forte.) Je sais que vous vous attendiez tous à une condamnation. À ce que ma fiancée soit envoyée aux Îles Calcinées pour le meurtre d'Amelia Demonde. Mais j'ai reçu des nouvelles de Farramark, où des fragments du bateau qui a explosé ont été testés. Amelia Demonde était la responsable.

Des exclamations choquées s'élevèrent dans la foule. Lore n'y échappa pas. À quel jeu jouait-Il, maintenant ?

Apollius soutint son regard, souriant.

— Lore a découvert la culpabilité d'Amelia avant nous tous, en utilisant son pouvoir, dit-Il, et elle a rendu la justice. Nous devrions la remercier, pas la punir. Et c'est pour cette raison que je vais faire d'elle ma reine. Aujourd'hui.

Lore ne s'effondra pas. Ses jambes restèrent droites et solides, ses mains ne tremblèrent pas dans leurs fers. Mais elle prit une inspiration sifflante, qui résonna dans le silence de la pièce.

Le dieu sembla presque déçu de ne pas obtenir plus de réaction. Il la contempla en silence, les yeux étincelants, puis fit signe à Alexis d'approcher.

Alexis, pour sa part, avait l'air complètement déboussolé. Iel portait une soutane blanche sur sa tenue noire de Presque Mort ;

Lore s'attendait presque à voir le Cœur du Dieu Sanglant autour de son cou – conséquence d'une nomination hâtive maintenant que le Prêtre Exalté avait disparu –, mais le pendentif n'était pas là. Gabe devait l'avoir encore avec lui. Gabe devait toujours officiellement occuper le poste, même si cela risquait fort de changer bientôt.

Le Compendium était ouvert dans les mains d'Alexis, qui croisa le regard de Lore, puis baissa les yeux vers le sang sur sa robe, l'air perdu et presque coupable. Alexis leva les mains, comme s'apprêtant à fermer le livre saint, à refuser d'officier.

Mais Lore secoua sèchement la tête. Elle ne pouvait pas supporter que quelqu'un d'autre se sacrifie pour elle.

Alexis poussa un soupir tremblant, puis entama sa lecture du Livre de la Loi Mortelle.

— Et si deux personnes souhaitent être unies sous le regard d'Apollius, elles doivent devenir aussi indissociables que la nuit et le jour…

Lore n'écoutait pas vraiment. Elle contempla la verrière au-dessus du trône pendant qu'on la mariait au Roi Sanctifié dans sa robe ensanglantée ; elle contempla le soleil qui brillait sur eux, trop chaud et trop éclatant. Quand elle devint la reine de l'Auverraine, elle n'entendit même pas les applaudissements.

Quand Apollius l'embrassa, elle se contenta de fermer les yeux.

Apollius l'emmena au sanctuaire nord.

Lore était toujours à la dérive dans son esprit et ne se raccrochait qu'à un fil ténu de ses pensées. Cela lui permettait de ne pas paniquer, de garder assez de recul pour essayer d'étudier sa situation de manière objective. Elle n'enregistra la direction qu'ils prenaient que parce qu'elle lui apporta un léger soulagement ; elle avait supposé qu'Apollius la conduirait dans la chambre de Bastian, l'endroit même où elle avait couché avec lui la veille.

Non. Ne pense pas à ça. Ne pense pas à lui.

Aucun courtisan ne les suivait, aucune bande joyeuse de fêtards célébrant leur mariage. Au moins, on lui avait retiré ses fers à un moment donné.

— Ne te fais pas d'idées, ma chère épouse, dit Apollius tout en l'entraînant rapidement dans l'allée et en lui faisant franchir les portes du sanctuaire nord. N'oublie pas que Je peux Moi aussi canaliser la Mortem. Je n'ai aucune envie de te piéger dans la pierre en attendant que tu changes d'avis, mais Je le ferai si Je n'ai pas le choix.

Elle ne s'était pas fait d'idées. Il préparait Son piège depuis des siècles, et toutes les tentatives qu'elle avait pu faire pour y échapper n'avaient fait que l'y enfermer plus sûrement.

Le sanctuaire était vide. Les bancs cirés reluisaient, les braseros qui encadraient l'estrade avaient été allumés et remplis d'encens. Des pétales de roses rouges bordaient l'allée centrale, et deux verres de vin les attendaient sur le lutrin. Il avait décoré le sanctuaire comme si c'était une suite nuptiale.

Lore eut la nausée.

Sans relâcher sa poigne de fer sur son bras, Il conduisit Lore dans l'allée de pétales. Quand ils atteignirent le lutrin, Il prit un verre de vin et lui tendit l'autre.

En Le regardant droit dans les yeux, elle vida le contenu par terre.

Avec un soupir, Apollius reposa Son verre sur le lutrin, retira Sa couronne et la posa sur l'un des bancs. Il tendit la main vers Lore ; celle-ci recula brusquement, en marchant sur le tapis collant de vin. Apollius haussa un sourcil et laissa retomber Sa main.

— Nous ne sommes pas obligés de nous battre, Lore. Tu aimes Bastian, n'est-ce pas ? Tu avais l'intention de l'épouser ? Sur le fond, rien n'a changé.

— Si, putain. (Elle essaya de ramener un peu de salive dans sa gorge, de déglutir assez pour que sa voix soit moins éraillée, moins faible.) Vous n'êtes pas lui. Vous… vous l'avez volé !

Ce sourcil se haussa un peu plus, et ce sourire familier s'incurva encore. Apollius tapota Sa tempe du doigt.

— Il est toujours là, murmura-t-Il. Et si tu es sage, peut-être que Je le laisserai sortir, de temps en temps. Ça ne m'ennuie pas de vous regarder passer du temps ensemble. C'était drôle à observer.

Le cri de rage de Lore ne fut pas grand-chose, juste un mince ruban de fureur. Ses doigts se tendirent, se recourbèrent, appelant une tempête de Mortem dans le sol.

Mais Apollius avait anticipé sa réaction ; de l'or flamboya autour de Ses mains, et Il trancha net les filaments noirs. Ils manipulaient peut-être tous les deux la Mortem et le Spiritum, mais l'un pouvait toujours annuler l'autre.

— Ne commençons pas avec ça, dit Apollius d'un ton suave en enjambant la flaque de vin. (Lore recula encore, et encore, jusqu'à se retrouver dos contre le vitrail. Il projetait un arc-en-ciel de couleurs sur Son visage, Le faisant briller.) Tu sais que tu ne peux pas M'égaler avec ton pouvoir, Lore. Ou plutôt, tu le peux, et c'est bien le problème. Nous sommes parfaitement à égalité. Un couple bien assorti.

Il était juste devant elle, maintenant, l'emprisonnant entre Son corps – le corps de Bastian – et la fenêtre. Il leva une main pour la poser à côté de sa tête. Comme dans l'allée, après la première fois que Bastian l'avait emmenée à un match de boxe, quand il l'avait accusée de l'espionner pour son père. La familiarité de la scène rendait tout cela tellement pire ; elle connaissait chaque ligne de la silhouette plaquée contre la sienne et savait que ce n'était pas *lui*.

Apollius leva Son autre main et la posa sur la joue de Lore. Il fouilla son regard.

— Nous pourrions trouver un moyen de vivre ensemble, tous les quatre.

— Vous êtes en train de bâtir un empire, ricana-t-elle. Vous ravagez le monde entier parce que Vous voulez vivre pour toujours, et Vous voulez avoir la terre entière à Votre disposition quand Vous y parviendrez. Je ne trouverai jamais un moyen de vivre avec ça.

— Tu dis ça comme si c'était une mauvaise chose, répondit Apollius en faisant courir Son pouce sur la joue de Lore. Qui dit qu'un Royaume Saint sera forcément une mauvaise chose ? Nous serons unis, tous ensemble.

— Les empires ne fonctionnent pas comme ça, dit Lore en essayant de tourner la tête afin de ne plus avoir à Le regarder. (Il lui tint fermement le menton.) Les empires écrasent tout sur leur passage.

— Pense ce que tu veux. (Manifestement, Apollius se foutait royalement de ses opinions sur l'empire.) Nous savons tous les deux que tu n'as pas un esprit politique. Ce qui t'intéresse, c'est Bastian, et les amis qui t'ont laissée ici.

Lore se tendit. Elle se demanda où en était le bateau.

— Même Gabriel t'a abandonnée, murmura Apollius. J'ai entendu dire qu'il s'est d'abord battu, cependant. Battu avec du feu. Intéressant. (Lore s'affaissa.) Je te laisserai faire tes adieux, quand je les ramènerai, continua Apollius. Avant que je le tue. Des adieux aussi complets que tu le souhaites. (Il sourit de toutes ses dents.) Il existe d'autres moyens de récupérer le pouvoir qui Me revient de droit. Si les autres se montrent beaux joueurs, nous utiliserons des méthodes moins violentes. Mais Hestraon… Lui, je veux qu'Il meure.

Donc Il savait. Il savait, et Il avait un plan.

— Peut-être que Je laisserai Bastian sortir pour ça. (Il se rapprocha jusqu'à ce que Ses lèvres effleurent la tempe de Lore.) Pour le tuer, mais aussi pour les adieux. Il tient à lui, lui aussi. Ce sera comme au bon vieux temps…

Lore remonta brusquement le genou et l'enfonça dans l'entrejambe d'Apollius. Ce dernier gronda, mais ne relâcha pas Sa prise sur elle ; la tolérance d'un dieu à la douleur était bien trop élevée. Il projeta la tête de Lore contre le vitrail, si fort que des étoiles tournoyèrent dans son champ de vision.

— Tu es exactement pareille, cracha-t-il. Exactement comme Elle. Prête à tout sacrifier pour Eux, alors que je pourrais t'offrir tellement plus. (Ses yeux dorés, inquisiteurs, forèrent les siens. Il retroussa la lèvre, dévoilant Ses dents.) Es-tu là-dedans, Ma bien-aimée ? Te caches-tu encore de Moi ?

Un rire douloureux et éraillé s'échappa de la gorge de Lore.

— Elle ne veut pas Vous parler.

— Nous verrons. (Il lui serra un peu plus fort le menton et amena Ses lèvres contre les siennes.) Laissons de côté la question de l'empire et du réveil de nos amis, pour l'instant. C'est le jour de notre mariage, après tout. Nous devrions parler de nous. (Elle tenta de Lui échapper en se contorsionnant, mais Il l'emprisonnait aussi sûrement que les fers peu de temps avant, la coinçant contre la fenêtre.) Si Je vis pour toujours, dit-Il en faisant courir un doigt le long de sa mâchoire, cela signifie que Bastian vivra aussi. N'est-ce pas ce que tu devrais souhaiter, si tu l'aimes réellement ? (Il pencha la tête sur le côté.) Mais cet amour t'appartient-il vraiment ? N'est-il pas qu'un écho de Nyxara et Moi ?

— Non, répondit-elle en tendant la tête afin de lui chuchoter à l'oreille, parce que Nyxara ne Vous aime plus. Plus maintenant. (Elle eut un nouveau rire sec et râpeux.) Elle Vous *déteste*, Apollius. Elle veut encore plus que moi être débarrassée de Vous.

Le dieu gronda de nouveau et leva Sa main libre pour lui agripper les cheveux et lui tordre la tête sur le côté. C'était douloureux ; Lore hurla, et peut-être que ceci serait la seconde mort de Nyxara…

La pression de Son corps disparut d'un coup ; Lore faillit tomber, puis ses jambes se raffermirent. Apollius se tenait à quelques pas d'elle, dans cette flaque de vin renversé, la tête penchée en avant, le souffle court.

Puis Il leva les yeux.

Ce n'était pas Apollius.

C'était Bastian.

Il avait l'air horrifié, les yeux écarquillés et cernés, les lèvres blêmes. Lore s'élança vers lui, mais il tendit la main en reculant.

— Non. (Sa voix était en lambeaux, comme s'il avait passé des heures à crier.) Ne viens pas plus près, Lore, je ne peux pas… Il est trop… (Puis il disparut, une vague dorée envahissant le brun de ses yeux. Il secoua les épaules, comme si Bastian était un vent froid.) C'était sans doute une bonne chose, dit-Il comme pour Lui-même. Ce ne serait pas raisonnable de Te tuer alors que je viens enfin de Te retrouver. Ce serait du gâchis. Mais Tu Me mets tellement en colère, Nyxara.

Apollius tourna les talons et commença à remonter l'allée centrale bordée de pétales en direction de la porte.

— Nous parlerons à la nuit tombée, dit-Il. Ce sera peut-être un peu plus difficile de conserver Mon emprise, mais Je veux entendre la voix de Ma femme.

La porte se referma doucement derrière Lui.

CHAPITRE 39

Comment s'appelle une prison où la nourriture est excellente ?
Le mariage.

Entendu dans une taverne kirythéenne

Lore dormit, à un moment donné. Recroquevillée sur l'un des bancs, un oreiller destiné aux genoux des pénitents calé sous la tête. Ce n'était pas grand-chose en matière de confort, mais elle était épuisée et elle s'endormit dès que son corps fut à l'horizontale.

Elle s'était attendue à rêver, mais ce rêve-là n'était pas ce qu'elle pensait ; il ne faisait pas partie de ceux qui rejouaient les souvenirs de Nyxara. Du moins, pas de la même manière. C'était un rêve de magie, de lignes noires et dorées qui s'entrelaçaient, d'ombres et de lumière blanche. L'ombre s'étendit, s'étendit, puis la lumière blanche revint au tout dernier moment. Cela lui rappela les quais, quand elle avait sauvé tout le monde en remettant leur vie et leur mort là où elles devaient être, même si la transformation du Spiritum en Mortem était déjà entamée.

C'était étrange, pensa-t-elle dans cet entre-deux qui n'était ni tout à fait le sommeil, ni la veille. Elle avait toujours cru que la vraie résurrection était au-delà de ses pouvoirs. Et c'était vrai, en théorie. La seule raison pour laquelle elle avait pu ramener ces gens ce jour-là était qu'elle était passée hors du temps ; la seconde où la vie se changeait en mort s'était étirée et allongée, lui permettant de saisir quelque chose. La vraie mort qui redevenait la vraie vie.

C'était le genre de chose dont elle aurait dû se souvenir.

Quand elle se réveilla avec un torticolis, Nyxara était de nouveau dans son esprit – une présence noire au fond de ses pensées. Mais ce n'était pas la passagère discrète à laquelle Lore s'était habituée. Une douleur incandescente flamba sous son crâne, comme si son cerveau cherchait à s'extirper de sa tête à coups de griffes, ses liens étirés jusqu'au point de rupture. Elle poussa un cri étouffé et plaqua les mains sur ses oreilles, comme si cela pouvait changer quelque chose.

Tu dois Le tuer. La voix de Nyxara, grinçante. Chaque mot était une lutte alors qu'elle se débattait contre les entraves qu'Apollius avait placées sur Elle quand Ils avaient bu à la Fontaine.

Mais Lore secouait déjà la tête, comme si la déesse pouvait la voir, niant aussi bien la douleur que l'ordre.

— Je ne veux pas. Je ne peux pas.

La Déesse Enfouie ne chercha pas à la convaincre. La douleur s'évanouit aussi brusquement qu'elle était apparue, comme si Elle ne pouvait pas prendre plus de risques.

Lore se tourna vers la fenêtre. Une lumière dorée se déversait encore à travers le vitrail représentant Apollius, Ses mains ensanglantées tendues devant Lui, La poitrine vide. Elle s'était trouvée juste entre les deux, quand Apollius l'avait piégée contre la fenêtre. Sacrée métaphore…

Mais elle ne passa pas beaucoup de temps à y réfléchir, trop absorbée par le fait qu'il faisait encore jour dehors. Le soleil brillait toujours, même si sa lumière diminuait rapidement, et pourtant Nyxara avait parlé.

— Tu peux T'exprimer pendant la journée, maintenant, murmura Lore.

Un semblant de soupir aux tréfonds de son esprit. *Tu M'as offert Ma première mort.* Elle en parlait comme si c'était un cadeau. *Mon essence en toi est plus forte, désormais.*

— Ça nous fait une belle jambe.

Nyxara ricana. C'était une chose extrêmement déconcertante à entendre dans l'intérieur de sa propre tête.

— Est-ce que je Lui ai menti ? demanda Lore après quelques instants, les yeux toujours rivés sur la fenêtre. Quand je Lui ai dit que Tu Le détestais ?

Un long silence. *Je ne sais pas*, répondit la Déesse Enfouie.

Lore remonta les genoux et croisa les jambes sur le banc, puis elle laissa retomber sa tête en arrière pour contempler le plafond haut, les poutres sombres et le lustre dégoulinant de pampilles.

— La divinité est une arnaque, si elle n'apporte même pas de certitudes.

Un autre ricanement.

Lentement, l'éclat du jour laissa place au crépuscule, puis aux ténèbres. Lore ne savait pas combien de temps s'était écoulé quand la porte s'ouvrit.

Elle fit volte-face en s'attendant à voir Apollius, en espérant que Bastian soit un peu plus proche de la surface maintenant que la nuit était tombée. Mais ce n'était pas Lui.

C'était Jax.

L'empereur de la Kirythea portait une tenue modeste, composée d'un pantalon sombre et d'une tunique pourpre au col brodé d'une couronne de laurier dorée. Il ne portait ni épée ni dague, mais une lance courte était fixée dans son dos, et sa pointe acérée assurait qu'elle était tout aussi efficace. Il s'arrêta devant Lore, les mains refermées derrière le dos, les sourcils froncés. Il ne dit rien.

Jax se déplaçait avec une aisance de prédateur, auparavant, quand il faisait semblant d'être un diplomate. Une suavité étudiée, comme s'il prenait modèle sur les courtisans. Tout cela appartenait désormais au passé. Le vrai Jax était stoïque et sérieux ; une expression légèrement préoccupée ternissait son masque neutre. C'était séduisant ; ou du moins ça l'aurait été, si en le voyant Lore n'avait pas eu envie de lui arracher les dents une à une.

Lore soupira.

— Puis-je vous aider ? Ou êtes-vous seulement venu jouer les badauds ?

— Il m'a dit que vous seriez inflexible, murmura Jax dans un auverrain parfait et sans accent, comme s'il s'était entraîné en prévision de sa venue. De tous les vaisseaux qu'Elle a tenté d'habiter, Il m'a dit que vous seriez la plus difficile à gérer ; c'était pourquoi il était impératif que vous ne surviviez pas au rituel. (Un soupir.) Si seulement tout s'était passé comme prévu. Je crois qu'Il a appris à aimer que vous soyez difficile, après que vous avez réussi à survivre.

— Qui vous a dit ce que je suis ?

Mais elle le savait.

— Apollius, bien sûr. (Jax lui jeta un regard disant qu'il doutait qu'elle soit capable de faire ses lacets toute seule.) Vous croyez que votre ancien Prêtre Exalté est la seule personne à laquelle le Dieu Sanglant soit jamais apparu ?

En toute honnêteté, il n'était jamais venu à l'esprit de Lore qu'Il puisse apparaître devant quelqu'un d'autre, mais elle n'avait aucune raison de penser ainsi. Tous les habitants du continent – du monde, pour autant qu'elle le sache – vénéraient Apollius, même si certains le faisaient d'une manière différente. Il était logique qu'Il accorde des visions à plusieurs de Ses fidèles.

Surtout aux héritiers d'empires qu'Il voulait s'approprier.

Jax suivit le fil de ses pensées sur les traits de son visage et ricana.

— Les Auverrains sont si arrogants. Vous pensez que, parce qu'Il a choisi votre pays comme dernière demeure pour Son épouse, vous avez Sa faveur. (Ses épaules se tendirent, comme si les mains refermées dans son dos étaient devenues des poings.) Vous donner Nyxara était une malédiction, pas l'inverse.

— Sans blague, murmura Lore.

Mais Jax avait manifestement beaucoup d'opinions sur ce sujet, et il n'allait pas laisser quelqu'un l'interrompre.

— Elle n'était censée Se réveiller que le temps de confier Son pouvoir à Apollius, mais il a fallu que Son vaisseau Arceneaux foute tout en l'air. (Il secoua la tête.) Je m'étais proposé. Mais moi, qui ai tué mon père afin de pouvoir prendre son empire et en faire le début du Royaume Saint, je n'étais pas ce qu'Il voulait. Il avait choisi Bastian Arceneaux, et Il refusait d'en démordre.

— Sans doute parce que Bastian est plus agréable à regarder.

Elle avait lancé cette pique de façon désinvolte, mais Jax sourit de toutes ses dents. Il s'était tenu immobile devant elle pendant tout ce temps, mais à présent il fit un pas, et elle se plaqua contre le dossier du banc.

— Vous avez de l'affection pour Son vaisseau, dit tranquillement Jax. C'est encore une complication de plus. Vous avez poussé Apollius à tenir à vous.

Un picotement glacé descendit la colonne de Lore.

— Il n'a d'affection que pour Nyxara. Il se fout complètement de moi.

— Ce serait plus facile si c'était vrai, murmura Jax. Mais Il a commencé à tenir à vous deux. Et s'Il ne peut pas avoir la première, Il aura la seconde.

La glace sur sa colonne vertébrale se diffusa dans ses organes. Lore déglutit.

— C'est pour ça que vous avez fait sauter le bateau sur lequel nous étions ? Parce qu'Apollius ne se comportait pas comme vous le souhaitiez ?

L'empereur eut l'air horrifié qu'elle puisse suggérer une telle chose.

— Ce n'était pas nous. C'était Amelia Demonde, comme Il l'a dit, qui essayait de *vous* tuer.

— Foutaises. Amelia n'aurait pas su faire la différence entre une bombe et un sac à main ; comment aurait-elle été capable d'en poser une sur un navire lourdement gardé ?

— Elle était l'avatar de Caeliar. Le navire était sur l'océan. Elle n'avait pas besoin de bombe.

Lore resta sans voix. Si Amelia était suffisamment consciente de son pouvoir pour faire sauter un navire, elle savait depuis un bon moment qu'elle était l'avatar de Caeliar. Elle pensa à August et à ses théories sur la transsubstantiation, qui constituait à remplacer un vaisseau par un autre. Peut-être qu'Amelia avait pensé que, en tuant Lore, elle pourrait prendre le pouvoir de Nyxara et devenir l'avatar de la Déesse Enfouie. Devenir le seul membre du panthéon qu'Apollius voulait garder en vie.

Elle revit Amelia en train de pleurer dans le jardin, de dire que tout était foutu. Elle avait traversé exactement les mêmes épreuves que Lore, à peu de chose près. Son cœur se serra à la pensée de toutes les manières dont elles auraient pu s'entraider, si les circonstances avaient été différentes.

— Très bien. (Lore secoua la tête.) Donc Amelia a fait sauter le navire, mais de toute évidence vous aviez un motif ultérieur pour venir ici. Pourquoi Apollius vous a-t-il caché à tout le monde ?

— Un empereur ne peut pas entrer comme ça en territoire ennemi, rétorqua Jax d'un air méprisant. Surtout quand quelqu'un est susceptible de le reconnaître.

— Gabe, murmura Lore.

Une lueur traversa les yeux sombres de Jax. Dans la pénombre du sanctuaire, uniquement éclairé par une poignée d'appliques et par les braseros, il eut l'air démoniaque.

— Il semble s'en être bien sorti. Aussi bien que le peut un traître borgne.

— Ce n'est pas un fanatique religieux complètement cinglé qui pense que le monde entier devrait plier sous son règne, donc oui, je dirais qu'il s'en sort mieux que vous.

— Pas sous mon règne, corrigea Jax sans pour autant relever la partie « fanatique religieux ». Je ne suis que Son prêtre, Son bras droit. Apollius est le seul vrai dieu, le seul vrai roi. (Il soupira.) Apollius a réussi à écarter Son vaisseau pendant la majeure partie de nos préparatifs. Arceneaux ignorait tout de notre véritable but, de ma véritable identité. Mais même sans ce savoir, il a insisté pour nous garder à distance de Gabriel.

Il avait essayé de le protéger. Bastian ne savait pas que Caius était Jax, mais il avait tout de même voulu éloigner les Kirythéens de Gabe, pour que ce dernier ne soit pas blessé par ce rappel constant de son père. La seule fois où ils s'étaient trouvés dans la même pièce, c'était pendant le service du Premier jour, et Lore se souvint du soulagement qui avait brièvement marqué le visage de Bastian quand Gabe était parti plus tôt que prévu.

— Le plan a-t-il toujours été que vous épousiez Alie ? demanda Lore. Bastian a-t-il toujours su que c'était sa demi-sœur ?

Jax retroussa les lèvres à la mention de Bastian, mais il hocha la tête.

— Il s'en est toujours douté, oui, mais il n'a jamais eu l'intention de rendre cette information publique. À moins qu'Alie le souhaite, après l'avoir découvert. Mais Apollius a pensé que cela pourrait être utile.

Apollius, qui déplaçait les humains comme des pions sur un échiquier.

— Si vous lui faites du mal…

Lore ne savait pas comment achever cette menace. Dire qu'elle le tuerait semblait trop doux.

Mais Jax eut l'air presque aussi horrifié que quand elle l'avait accusé d'avoir fait sauter le navire.

— Je ne ferais jamais de mal à ma femme.

Elle avait encore mal au cuir chevelu depuis qu'Apollius lui avait tiré les cheveux, et son cou était encore douloureux d'avoir été tordu sur le côté. Si Jax refusait de faire du mal à Alie, il était supérieur à son dieu.

Elle laissa retomber sa tête en arrière et fouilla du regard les ombres du plafond, l'épuisement chassant brusquement tout le reste.

— Pourquoi êtes-vous là, Jax ? Je ne crois pas qu'Apollius voudra de la compagnie pendant notre nuit de noces.

— Je suis seulement là pour apporter mon soutien, répondit-il.

Lore plissa les yeux. Apollius devait donc penser qu'Il avait besoin de soutien… parce que Bastian avait fait surface, un peu plus tôt, parce qu'il s'était libéré de l'emprise du dieu pendant un instant.

Elle serra les poings sur ses cuisses. L'espoir était une chose si fragile, à peine une palpitation sous ses côtes, mais il était là et elle le prendrait.

Dans sa tête, Nyxara était silencieuse.

Les yeux de Jax filèrent vers le fond du sanctuaire, où la porte commençait lentement à s'ouvrir.

— D'ailleurs, voici votre mari.

Lore se retourna.

Apollius, encore. La faible lumière lui cachait les détails de Son visage, mais la façon dont Il bougeait n'avait rien à voir avec Bastian ; Sa démarche était anguleuse et précise, sans rien de la nonchalance décontractée de Bastian.

Jax s'inclina à l'approche d'Apollius ; le dieu agita la main. Quelque chose dans ce mouvement attira le regard de Lore, changeant cette minuscule palpitation d'espoir en étincelle.

Un tremblement dans Ses doigts.

— Très Saint, dit Jax, l'air légèrement inquiet, êtes-Vous sûr que ce doit être cette nuit ? S'il vous pose problème…

— La ferme, Jax.

Et Jax obéit. C'était presque drôle, de voir le dirigeant si craint de l'empire kirythéen aussi servile. Aussi inquiet.

L'étincelle devint une braise.

Apollius se tourna vers Lore. Et… oui, là, même dans la lumière vacillante, elle pouvait voir le combat se jouer sur Son visage. Bastian, enfoui au plus profond de son propre esprit, qui se battait pour remonter à la surface. Qui se battait de toutes ses forces pour revenir vers elle.

Nyxara lui avait dit de le tuer. Elle s'était débattue dans ses liens et avait supporté une douleur inconcevable pour confier à Lore cette instruction. Mais tant qu'il restait ne serait-ce qu'une petite parcelle de Bastian, elle ne pourrait pas le faire.

Le dieu mit un moment à prendre la parole, comme s'Il devait d'abord se reprendre. Il ferma les yeux de Bastian, puis les rouvrit.

— Nyxara. Il est temps que nous parlions.

CHAPITRE 40

Nous avons appris que la mort n'est pas un élément concret, mais quelque chose qui peut être manipulé.

Note d'Hakim Belcar, naturaliste malfouran, 3 ACD

Lore songea à Lui dire que Nyxara n'était pas là, qu'Elle se reposait, qu'Elle n'avait aucune envie de Lui parler. Mais la déesse s'agitait au fond de son esprit – remous sombre strié de clair de lune –, et Lore sut qu'Elle ne la laisserait pas faire. Cela faisait des siècles qu'Ils ne s'étaient pas parlé, aussi face à face qu'Ils le pouvaient, et il était plus que temps de le faire.

S'il te plaît, dit Nyxara dans la tête de Lore. *Laisse-Moi faire.*

Et Lore sut ce qu'Elle lui demandait. Et elle La laissa faire.

Comme avant, quand elle avait permis à la déesse de se manifester pour lire l'ancienne écriture au bas de la prophétie d'Anton, c'était presque un soulagement. Comme si elle retirait un caillou de sa chaussure, comme si elle massait un muscle qui lui faisait mal depuis si longtemps qu'elle l'avait presque oublié. Lore était toujours présente dans son propre esprit, toujours capable d'entendre et de voir, mais les sons avaient la résonance étrange d'une voix qu'on entend sous l'eau, et les objets avaient une queue de comète, comme de l'encre qui aurait bavé.

Mais quand Il lui toucha la joue, Lore le sentit.

Dans le corps de Lore, Nyxara se raidit au contact de Sa paume gravée d'une éclipse. Son toucher pouvait si rapidement passer de doux à cruel.

— Mon amour, murmura-t-Il avec la voix de Bastian. Tu M'as tellement manqué.

Tu as une drôle de façon de le montrer, dit Lore. Mais ce n'étaient que des pensées et des ressentis ; rien ne sortit de sa bouche, pas alors que Nyxara était aux commandes.

La déesse ne répondit pas, et se contenta de pousser un soupir tremblant.

Apollius se rapprocha, et Son autre main se referma sur la nuque de Nyxara, la même nuque qu'Il avait si brutalement tordue quelques heures seulement auparavant.

— Je sais que Tu m'aimes encore, murmura-t-il. Tu ne l'aurais pas fait, sans cela.

Fait quoi ? demanda Lore.

Un autre soupir tremblant. Elle formula Sa réponse mentalement plutôt que verbalement. *Mes souvenirs. Je n'ai pas pu aller assez loin avant que la tombe s'effondre. Je ne peux pas parler d'eux, je ne peux que les montrer, et il y a certaines choses que tu ignores…*

La déesse s'interrompit alors que le doigt d'Apollius suivait le contour de Ses lèvres – les lèvres de Lore – et que le dieu fermait les yeux, le souffle lourd. Lore avait envie de crier, de hurler à Nyxara qu'Elle devait trouver un moyen de montrer à Lore le reste des souvenirs, mais ce serait inutile. Nyxara était de nouveau sous la coupe d'Apollius. Tout comme Elle l'avait été sur cette île que personne n'aurait jamais dû trouver, des siècles plus tôt. Elle n'était qu'une fille qui aimait quelqu'un et avait été naïvement surprise de découvrir qu'on lui rendait cet amour, même s'il était assombri, même s'il faisait mal.

Il pencha le front vers le Sien – celui de Bastian contre celui de Lore – et inspira profondément, comme s'Il pouvait L'aspirer dans Ses poumons et L'y piéger.

— Et parce que Tu m'aimes encore, dit-Il en Lui serrant la main, Je vais Te donner une autre chance.

Si Lore avait contrôlé ses poumons, elle aurait laissé échapper un cri étranglé en sentant cette douleur soudaine. Mais elle ne contrôlait rien, et Nyxara se contenta de serrer les dents, comme si Elle était habituée à ce traitement.

— Sois la Reine Sanctifiée, murmura Apollius. (Sa voix restait si douce, alors même que Ses doigts s'enfonçaient douloureusement dans la chair.) Sois Mienne, pour toujours, comme Tu l'as promis. (Il leva la main de Nyxara, celle qu'Il venait d'écraser, et l'embrassa.

Adoucissant le mal qu'Il avait causé.) Ce monde a été fait pour Nous servir.

— Sauf que c'est faux, souffla-t-Elle, Le contredisant alors même qu'Elle se penchait contre Lui, toutes les choses qu'Elle aimait et détestait réunies dans un seul être. Tout était là avant Nous. Le monde, la Fontaine. Ils ne sont pas à Notre service.

— Si. (Il resserra de nouveau sa prise, et Elle se mordit la lèvre.) Je les y obligerai.

— Tu vas tirer sur les fondations de la terre et les réduire en miettes.

Nyxara baissa les yeux pour regarder Sa main, et la bague qu'Il lui avait donnée si longtemps auparavant, celle qu'Apollius avait réussi à retrouver et avait mise sur ce doigt mortel. Celui de l'humaine dans laquelle Elle était piégée, qui aimait l'humain qu'Apollius s'était approprié. C'était trop, beaucoup trop.

— Tu vas mettre en lambeaux la chose même que Tu es censé gouverner, en quête d'une éternité que Tu ne peux pas saisir.

— Je peux la saisir. Nous le pouvons. Avec Toi à Mon côté, et Nos pouvoirs réunis, Nous et *seulement* Nous. La mort ne peut pas Nous toucher si Nous devenons quelque chose qui lui est supérieur.

— Je connais la mort, dit Nyxara. Elle ne peut pas être conquise. Seulement retardée. Et Je T'ai aidé à faire cela, Apollius. Plus que Je ne l'aurais dû.

Ils restèrent entrelacés ainsi, dans une posture qui pouvait être de la passion ou de la douleur. Elle était les deux.

— Donne-moi Ta réponse, dit finalement Apollius. Sois franche. Te tiendras-Tu à Mon côté, Ma bien-aimée ? Ou feras-Tu de Moi Ton ennemi ?

Lore, piégée dans sa propre tête, avait envie de crier mais elle ne pouvait que hurler dans le noir. *Il ne T'aime pas, Nyxara ! Il veut Te posséder ! Ce n'est pas la même chose !*

Je sais, soupira Nyxara dans son esprit. *Mais ces deux sentiments peuvent coexister, parfois.*

Avec la bouche de Lore, Elle donna Sa réponse.

— Non, Apollius, chuchota-t-Elle. Je refuse.

Même avec cette vision étrange et brouillée de la passagère qu'elle était devenue dans sa propre tête, Lore parvint à voir le rictus sur le visage d'Apollius.

— Dans ce cas, dit-Il, à quoi Me sers-Tu ?

Il ramena Sa main en arrière, et maudite soit-Elle, Nyxara se fondit de nouveau à l'arrière-plan, incapable d'affronter le coup d'un dieu, rendant les rênes à Lore qui remonta en hurlant à la surface pour reprendre le contrôle juste au moment où la main d'Apollius s'abattait…

Le dieu se tordit brutalement sur le côté à la seconde où Sa main s'apprêtait à fracasser le visage de Lore. Le coup atterrit sur un banc de bois au lieu de frapper la chair, dans un craquement d'os audible. Un grondement sourd vibra dans la gorge d'Apollius. Jax fit un pas en avant, mais le dieu leva Son autre main pour l'arrêter.

— Tu paieras pour ça, mon garçon, cracha Apollius entre Ses dents serrées.

Mais Sa voix était faible, alors même que Sa main commençait à guérir, les os se remettant en place dans un claquement. Il leva la tête, Ses cheveux noirs s'écartant de Son visage.

Et le visage était celui de Bastian, Bastian qui la regardait avec ses propres yeux.

— Lore. (La seule chose qu'il parvint à prononcer fut son nom.) Lore, je…

Disparu, une fois de plus. Apollius secoua Sa main déjà guérie, laissant une traînée d'or dans l'air crépusculaire du sanctuaire.

— J'aurais dû m'attendre à cette réponse, dit-Il en faisant de nouveau un pas vers Lore. (Elle voulut reculer, mais ses genoux heurtèrent le banc et elle s'assit lourdement sur le bois dur.) Mais Je voulais Lui laisser une dernière chance, vois-tu. En souvenir du bon vieux temps. (La même main qui avait failli la gifler lui caressait la joue, à présent, et était d'une chaleur presque insupportable.) Elle M'aimait vraiment. Comme Je l'ai dit. Elle Me détestait peut-être, mais Elle M'aimait aussi.

— Qu'a-t-Elle fait ? demanda Lore. Quand Tu as dit qu'Elle ne l'aurait pas fait si Elle ne T'aimait pas, de quoi parlais-Tu ?

Mais Apollius ne s'intéressait pas aux souvenirs de Nyxara, à l'histoire ancienne. Une lueur de détermination brilla dans Ses yeux ; le dieu avait une mission.

— Voici ce qui va se passer, Lore, dit-il en savourant son nom sur Sa langue. C'est très simple, en réalité. C'est plus ou moins ce qui aurait dû se produire la nuit de l'éclipse, à une importante exception près. Tu vas me donner le pouvoir de Nyxara. Puis tu vas devenir ma reine. (Il sourit, et ce sourire ressemblait à celui de Bastian, celui qu'il lui lançait quand il était particulièrement content de lui.) Toi, tu obtiens le droit de vivre. N'est-ce pas pour cela que tu as condamné le monde entier ?

C'était la seule chose qu'elle avait voulue, la rengaine qui avait tourné en boucle dans sa tête la nuit du rituel. Sa vie, aussi dérisoire et en lambeaux soit-elle.

Ne Le laisse pas imposer à quelqu'un d'autre le fardeau de Son propre égoïsme.

Lore ne savait pas si ces mots étaient un souvenir, ou si c'était Nyxara qui les murmurait de nouveau dans sa tête.

— Je n'ai pas condamné le monde, dit Lore. C'était uniquement Ton œuvre.

— Je suis sûre que tu aimerais que ce soit vrai. (Apollius souriait encore, mais une lueur vacilla dans Ses yeux. Pas de la peur, mais de la méfiance.) J'aurais obtenu les pouvoirs des autres si Nyxara ne S'était pas réveillée en toi. Mais quand tu as choisi de vivre, les autres ont suivi. À cause de toi, les magies élémentaires se sont de nouveau échappées de la Fontaine pour déséquilibrer le monde.

— Rien de tout ça n'est ma faute. (Lore se leva du banc et dirigea un regard noir vers Lui.) Tu as choisi cette voie, parce que Tu étais terrifié de mourir. Terrifié d'affronter l'enfer que Tu as certainement créé pour Toi-même. Car c'est cela, le problème, n'est-ce pas ? Si le Royaume de lumière existe, Tu ne peux pas y entrer.

Ce n'était pas tout à fait de la peur dans Son regard, mais c'en était proche. Comme si Lore avait frôlé une vérité sans frapper en plein milieu.

— Tu as fait Tes propres choix, Apollius, reprit-elle. Mais Tu étais incapable de vivre avec. Et Tu l'es toujours.

Elle crut qu'Il allait encore tenter de la frapper, elle vit le tressaillement de Sa main. Mais elle resta contre Son flanc. Bastian était toujours là et se battait.

Tu dois Le tuer, Lore. Encore cette douleur dans sa tête, mais elle semblait secondaire, à présent que Lore faisait face à un dieu terrible et furieux, et à l'ultimatum qu'Il lui avait donné. *Tu dois le faire, tu dois entamer la fin.*

Mais il y avait Bastian.

— La vie est préférable à la mort, qu'on soit seul ou pas. (Apollius glissa un doigt sous son menton.) Je suis sûr que tu es d'accord. Et c'est le choix que tu dois faire, si on peut parler de choix : donne-Moi le pouvoir de Nyxara et vis. Ou meurs, et Je le prendrai tout de même. (Il lui toucha les lèvres, en une caresse légère comme une plume.) Elle sait comment Me Le donner.

Lore était paralysée, là au bout de Son doigt, et cherchait désespérément une solution, une issue qui ne signifie pas la mort de l'un d'eux. Elle ne pensait pas pouvoir tuer Apollius, même si elle s'obligeait à oublier que Bastian était piégé à l'intérieur ; Jax était juste à côté, la lance à la main. Si elle tentait de canaliser la mort, le dieu pourrait Se contenter de trancher les filaments ; Son aura était si éclatante de Spiritum que Lore pouvait presque la voir sans même essayer.

Apollius lui caressa les cheveux et enroula une de ses mèches châtain doré autour de Son doigt. Son pouce caressa la ligne de sa mâchoire, et Il la regarda dans les yeux.

Puis Il laissa Bastian remonter, juste un petit peu.

Le dieu était toujours aux commandes du corps. Chaque muscle de Bastian était contracté, vibrant presque sous l'effort qu'il devait faire pour rester immobile. Mais les yeux lui appartenaient entièrement, étaient totalement son Bastian, et ils étaient terrifiés.

— Lore. (Leurs voix émanaient de la même gorge, mais la sienne était si différente de celle d'Apollius, écorchée et rauque comme s'il avait hurlé de tous ses poumons.) Tu dois le faire.

Un éclair de sourire satisfait traversa la bouche qu'Apollius contrôlait encore – si incongru avec ces yeux emplis de terreur. Il était convaincu que Bastian disait à Lore qu'elle devait accepter le marché, qu'elle devait renoncer au pouvoir de Nyxara et vivre auprès d'Apollius.

Mais Lore ne pensait pas que c'était ce que voulait dire Bastian.

— Tu dois le faire, répéta-t-il. (Ses paroles juraient avec la courbe suffisante de Ses lèvres – un composé atroce de dieu et d'homme.) Pour moi.

Pour lui. Le vrai lui, piégé dans son propre corps, en train de regarder un dieu commettre des actes épouvantables, apporter la guerre à tous ceux qui s'opposaient à Lui, et mettre le monde en pièces.

Lore ferma les yeux. Quand elle les rouvrit, Bastian avait disparu et Apollius avait entièrement pris sa place.

Il n'y avait aucun moyen de savoir s'il était réellement parti. Peut-être pourrait-il continuer de se frayer un chemin à la surface, encore et encore, pour de brefs instants pendant lesquels il serait maître de lui. Mais quel genre de vie serait-ce ? Était-ce suffisant, si elle l'aimait ?

Elle tenait la vie et la mort entre ses mains, elle les entrelaçait, les tissait pour en faire des tapisseries de sa volonté. Il devait y avoir un moyen d'avoir les deux, de faire passer les fils à travers la même aiguille. Elle pensa aux quais, à ce rêve sur le banc. Le moment où la vie et la mort étaient une seule et même chose, toutes deux réelles et toutes deux présentes, une croisée où l'un et l'autre chemin étaient possibles.

Dans sa tête, Nyxara était silencieuse, tellement silencieuse.

— Je vais le faire, murmura Lore – réponse qui leur était destinée à tous.

Il avait dit que Nyxara saurait comment Lui donner Son pouvoir, et l'accord de Lore Lui conféra assez de contrôle pour agir. Quelque chose inonda la gorge de Lore. De l'eau, qui suintait de ses pores pour envahir sa langue, ses dents. Elle était fraîche et avait un goût sucré ; elle lui rappelait étrangement un bassin de nuit, immobile et paisible, reflétant la lune.

La gorgée que Nyxara avait bue à la Fontaine. Lore avait dit qu'elle allait la rendre, et elle était désormais Nyxara, de toutes les manières qui comptaient. Elle baissa les yeux vers ses mains.

Lentement, la peau de ses doigts se changea en pierre, qui descendit vers ses paumes grises, sous l'anneau d'or et d'argent de sa bague de fiançailles. C'était donc ce qui était arrivé aux autres. Ils avaient renoncé à Leur pouvoir, *vraiment* renoncé, niant chaque part d'Eux-mêmes qui avait un jour secrètement voulu tirer les ficelles du monde. Leur gorgée de la Fontaine s'était déversée hors d'Eux, emportant Leurs parcelles d'humanité avec elle.

La Mortem se rassembla lentement. Lore la sentait tout autour d'elle, dans la pierre, le bois et le verre du sanctuaire nord, et dans l'immense Église dont il faisait partie, dans ses murs qui ceignaient la Citadelle, séparant pour toujours nobles et gens du commun. Les chanceux et les maudits. Les saints et les damnés.

Ces serpentins de mort se tendirent vers ses doigts de pierre, s'enroulèrent autour d'eux comme des amants. Et la mort au sein de Lore se dressa à leur rencontre, sa vie se transformant peu à peu, passant de la lumière aux ténèbres et à la mort.

— Vite. (Apollius saisit tendrement la tête de Lore entre Ses mains, comme si elle était désormais infiniment précieuse. Une remplaçante pour la déesse qui L'avait rejeté. Une nouvelle créature à posséder.) Donne-le-Moi, Lore. Après, J'aurai tout le pouvoir, pas seulement les résidus qui arrivent à revenir dans la Fontaine brisée. J'arrêterai la pierre et Je rendrai ta chair vivante immortelle.

Elle savait comment renoncer au pouvoir. Elle avait le sentiment de ne savoir que cela.

Lore ne se débattit pas quand Ses lèvres se posèrent sur les siennes, et Le laissa la tenir contre Lui comme s'il pouvait un jour y avoir quelque chose entre eux. Parce qu'il y avait quelque chose entre elle et le corps qu'Il avait volé, entre elle et l'homme qui était toujours là, elle le savait, quelque part.

Lore garda la gorgée d'eau de la Fontaine dans sa bouche ; elle ne Le laissa pas la boire, pas encore. Elle s'attendait à ce qu'Il manifeste Sa frustration quand elle s'écarta, de l'eau toujours amassée sous le palais alors que la pierre remontait sur ses poignets. Elle aurait dû l'étouffer, cette eau, mais ce ne fut pas le cas, comme si son corps tout entier était devenu un calice destiné à ce seul usage.

Mais Apollius Se contenta de la regarder avec une expression proche de l'émerveillement. Il fut suffisamment pris au dépourvu pour que Bastian puisse remonter, juste un peu, ses yeux las et résignés éclairés par cette même minuscule braise d'espoir.

Lore était capable de canaliser la Mortem avant que Nyxara occupe sa tête. Le rituel de l'éclipse lui avait donné la capacité de canaliser le Spiritum. Elle pouvait sûrement les conserver, même si elle parvenait à se débarrasser de Nyxara ? Juste pour un instant. Juste assez longtemps pour que cela fonctionne, juste assez longtemps pour s'attarder dans l'antichambre de la mort.

— Je t'aime, dit Lore malgré l'eau cristalline qui lui emplissait la bouche. Ceci est nous. Ceci est à moi.

Et Lore déglutit.

Au même moment, elle tira d'un coup sec sur les filaments de Mortem qu'elle avait rassemblés dans sa main.

L'Église s'écroula autour d'eux.

Chaque pierre qui la constituait se descella ; les poutres épaisses tombèrent du plafond, le lustre en diamant se brisa avec un tintement étrangement mélodieux. Jax hurla et s'enfuit à toutes jambes vers les portes, parvenant à sortir juste avant qu'une poutre tombe devant l'entrée et bloque le passage. Une autre poutre tomba entre Lore et Apollius, les projetant dans des directions opposées.

Un éclat de pierre frappa la tempe de Lore et son univers devint noir, mais elle ne perdit pas connaissance. Elle avait appris à s'y raccrocher avec une poigne de fer, et le pouvoir de Nyxara – la gorgée d'eau que Lore avait brièvement rendue avant de la reprendre – facilita ce qu'elle avait fait le jour de l'explosion sur les quais.

Elle fit un pas de côté, hors du temps. Elle sombra dans ce lieu où la vie et la mort étaient des étoiles qu'elle pouvait regarder s'éteindre.

Ou se rallumer.

Mais elle devait attendre. Attendre que leurs deux étincelles soient presque éteintes, que presque toute la lumière blanche étincelante du Spiritum se soit évaporée dans le nuage noir de Mortem. Attendre une seconde mort de laquelle elle pourrait les ramener, Bastian et elle, en laissant Nyxara et Apollius derrière eux.

Si elle réussissait à agir au bon moment. Si elle réussissait à les tuer assez longtemps pour que les étincelles des dieux s'éteignent, avant de les ramener tous les deux en tant qu'eux-mêmes seulement. Si elle réussissait à se raccrocher suffisamment au pouvoir.

Elle pouvait le voir. Bastian, Apollius. Un corps, nimbé de tant de lumière qu'il était difficile à regarder, même ainsi. Des étoiles s'échappaient de lui, une comète, la vie qui s'en allait et la mort qui prenait sa place. Apollius était capable de Se guérir, mais un tel assaut était trop soudain et trop important pour qu'Il puisse le gérer. La mort se faufilait par trop d'endroits dans le corps mortel qu'Il avait accaparé. Il essaya, elle pouvait le voir aux serpentins de Spiritum qui revenaient en Son sein, mais il y en avait toujours un autre qui s'enfuyait, toujours une autre blessure fatale.

La transformation du Spiritum en Mortem dans son propre corps se produisait beaucoup plus rapidement. Elle sentait vaguement l'impact des pierres qui écrasaient son corps, en chassant la vie morceau par morceau. Mais c'était une impression distante ; il n'y avait pas de douleur, pas ici, sur la rive du temps, doux et liquide.

Le lieu avant l'éternité.

C'était ce que Nyxara voulait. Ce que Bastian voulait. Une mort, Sa seconde, la seconde d'Apollius, la seule de Bastian. Mais Lore détenait aussi bien la mort que la vie, et pouvait passer le fil dans cette aiguille. Elle pouvait libérer Nyxara et Apollius de leurs seconds corps sans vie, et recoudre son propre corps et celui de Bastian autour de l'espace laissé par les dieux. Elle devait s'en croire capable.

Mais elle devait être prudente. Elle devait rester *ici*, dans cet instant où une chose en devenait une autre, elle devait ignorer les courants qui cherchaient à l'entraîner.

Sa lumière s'estompa, devint une chose vacillante, une flamme de bougie juste avant qu'on la souffle. Ses filaments brillants de Spiritum s'étiraient, loin dans les ténèbres. Et celle de Bastian était près de s'éteindre elle aussi ; ils tenaient bon tant bien que mal alors que la mort tissait sa toile d'araignée autour d'eux.

Puis l'instant arriva. La fraction de seconde où les vies sombraient dans la mort, où un corps était les deux. Lore arrêta cet instant, là, sur la rive, cet ultime battement de cœur pendant lequel sa tête se vidait de tout ce qui n'était pas elle, mais elle pouvait toujours retenir les résidus de son pouvoir.

Elle était morte, et Bastian aussi, et les dieux n'avaient aucune vie à laquelle se raccrocher.

Nyxara avait disparu. Il y avait un vide dans les pensées de Lore, comme si Elle s'était creusé un terrier dans son esprit qui resterait toujours inoccupé. Mais il n'y avait aucune trace de la déesse. Elle s'était évaporée. Elle était morte pour de bon, enfin, sûrement.

J'espère… Mais Lore ne sut pas comment terminer sa pensée. Elle ne savait pas ce qu'elle espérait pour la Déesse Enfouie, dont les deux vies avaient été si cruelles. Peut-être que l'espoir en soi suffisait.

Si Nyxara avait disparu, c'était sûrement le cas d'Apollius aussi. Ils étaient morts, Bastian et elle ; tous ceux qui les regardaient à cet instant présent le diraient. C'était ce que Nyxara voulait qu'elle fasse, tuer Bastian et ainsi tuer Apollius, donc cela avait forcément fonctionné pour Lore aussi, non ?

Elle avait du mal à garder prise, désormais, aussi bien sur la magie que sur elle-même. Les courants s'emparaient d'elle, cherchaient à l'entraîner, et même si sa vie entière avait été définie par une détermination farouche à continuer de vivre, Lore avait presque envie de les laisser faire. De voir où ils l'emmèneraient, sur quoi donnait cette antichambre. Elle pouvait la sentir béer à côté d'elle, telle une gueule ouverte emplie de ténèbres, de choses que nul ne pouvait comprendre avant d'avoir franchi le seuil. L'éternité tapie dans l'ombre, tout comme elle l'avait senti sur les quais.

Elle se demanda si c'était ce que voyaient les gens quand ils acquéraient la capacité de canaliser la Mortem. Elle se demandait tant de choses, et peut-être pourrait-elle trouver les réponses, si elle lâchait prise. Si elle libérait ces filaments et choisissait la voie qui menait vers une obscurité reposante.

Mais elle ne pouvait pas abandonner Bastian et Gabriel. Les deux moitiés de son cœur avaient besoin d'elle ici.

Lore dut fournir un effort colossal pour tendre la main et saisir les minces serpentins épars de Spiritum encore rattachés à son corps et à celui de Bastian, les étoiles en explosion qu'ils étaient devenus. Elle les agrippa, les tordit. Les canalisa en elle, dans cette ultime seconde figée où elle pouvait encore le faire, et les renvoya vers Bastian.

Le Spiritum se rassembla dans sa silhouette toujours immobile. Estompé, mais bien présent, et il ne fuyait plus. Bastian était vivant. Vivant et seul, mort pendant un instant, juste assez pour bannir Apollius.

Maintenant, au tour de Lore.

Il était plus difficile de prendre sa propre vie dans ses mains que celle de quelqu'un d'autre. Lore saisit les filaments sinueux de Spiritum tout en reprenant pied dans la réalité, quittant la rive du temps, puis elle les enroula autour de ses mains faibles et les laissa percer de nouveau sa peau. Elle se sentit guérir alors que la Mortem refluait, mais par les dieux, c'était pire. Les ténèbres, les courants et l'abîme béant empli d'étoiles qui était le portail vers tout l'après s'enfuirent, la laissant dans la poussière et habitée par une douleur inimaginable.

Lore s'attendait à ce que sa perception de la Mortem et du Spiritum s'efface. Elle s'était tuée, elle avait tué Bastian et banni les dieux ; n'auraient-Ils pas dû emporter Leur pouvoir avec Eux ? Mais elle était toujours capable de sentir les filaments, elle pouvait se tendre et les toucher si elle le souhaitait.

Elle entendit un gémissement dans la direction où se trouvait Bastian, et n'eut pas la présence d'esprit de s'empêcher de pleurer à gros sanglots, sans une once de dignité. Parce qu'il était vivant. Il était libre.

N'est-ce pas ?

Le claquement de pas précipités dehors, les cris.

— Le roi et la reine sont là-dedans ! Nous devons aller voir s'ils ont survécu !

— Bien sûr que oui. (La voix de Jax, impérieuse.) Le Roi Sanctifié est béni par Apollius Lui-même.

Béni, c'est beaucoup dire.

Lore ouvrit brusquement les yeux en grand. Mais elle l'avait fait, quatre morts dans deux corps…

Non. (Sa voix était emplie de chagrin.) *On ne peut pas tromper la mort, Lore. Pas avec Nous. Elle ne compte que si elle dure.*

Le sanglot de Lore se changea en un hurlement, puissant, long et empli de rage, dans la poussière et les gravats. Dehors, quelqu'un cria qu'il l'entendait, que cela devait signifier qu'ils étaient vivants, mais Lore n'y prêta pas attention. Elle hurla jusqu'à ce que tout devienne noir.

ÉPILOGUE

GABE

Il se réveilla au son des vagues.

Ce n'était pas étonnant. Ils étaient sur ce maudit bateau depuis ce qui paraissait être des semaines, même si ce n'était sûrement pas vrai. Gabe n'avait jamais pris la mer – sa vie avant la Presque Mort ne l'avait pas exigé, et sa vie après ne lui en avait pas laissé le temps – et il découvrait que garder le fil du nombre de jours n'était pas une chose facile quand on n'avait que la mer et le ciel comme repères. Au début, il avait essayé de compter le nombre de fois où il dormait, mais étant donné qu'il n'y avait absolument rien d'autre à faire, il se retrouvait à dormir beaucoup plus souvent que la nuit.

Peut-être était-ce injuste de dire qu'il n'y avait rien à faire. Il y avait beaucoup à faire, en réalité, mais il était inutile. Val, Mari et Michal semblaient se débrouiller très bien, étant donné que le bateau était si petit. Michal était souvent distrait par Malcolm, et tous deux s'asseyaient près du bastingage pour échanger des murmures que Gabe n'entendait jamais, mais il tirait sur les cordes quand celles-ci en avaient besoin et hissaient les choses qui avaient besoin d'être hissées. Val était à la barre, ses yeux vert clair plissés vers l'horizon comme si ce dernier l'avait personnellement insultée, et Mari s'occupait de tout ce dont un bateau avait besoin pour continuer sa course sur l'eau. Gabe l'aidait, quand elle le laissait faire, ce qui n'arrivait pas très souvent. Tout le monde préférait rester seul avec ses pensées.

C'était à la fois vrai et faux pour Gabe. Quand il restait seul, sans rien pour le distraire, il ne pensait qu'aux personnes qu'il avait laissées derrière lui.

Alie. Lore. Bastian.

Alie, qui hurlait pendant qu'on l'entraînait au loin. Lore, qui se vidait de son sang une fois encore, écho horrible de cette nuit horrible deux mois plus tôt, et une fois encore il ne pouvait rien faire, rien. Bastian, qu'il détestait et aimait à parts égales, et qui se faisait dévorer peu à peu par le dieu qu'on avait dit à Gabe de vénérer. C'était à cela qu'il pensait à ce moment-là, quand Lore saignait, qu'Alie hurlait et que des vestes-de-sang se déversaient dans la rue. Qu'au moins, il pouvait les voir. Il pouvait leur dire au revoir. Et il n'avait jamais eu cette chance avec Bastian. Il n'avait jamais eu la chance de lui parler de ses sentiments contradictoires, il n'avait jamais eu la chance de toucher son visage avec tendresse plutôt qu'avec colère.

Et puis il y avait eu le feu. Il était venu à lui comme une vague, plus rapide et plus puissant que la Mortem ne l'avait jamais été, car ce pouvoir lui appartenait. À lui et au dieu dans sa tête, Celui qui heureusement ne lui parlait pas comme Apollius le faisait avec Bastian ou Nyxara avec Lore. Le dieu qui n'était qu'une braise étrangère au fond de son esprit, qui lui soufflait de tout brûler.

C'était donc ce qu'il avait fait. Il avait tendu les mains, et il avait tout brûlé.

Mais ils avaient quand même emmené Alie et Lore.

Gabe se leva et s'accouda au bastingage, les cheveux fouettés par le vent. Ils avaient besoin d'être coupés, et il leva les yeux en les écartant.

Puis il plissa les paupières.

Terre.

— Je crois… (Sa voix trop faible se perdait dans le fracas des vagues, et il fit une nouvelle tentative.) Est-ce que c'est la Caldien ?

Malcolm leva la tête. Un sourire las s'épanouit sur son visage.

— Normalement.

— Oui. (Val prenait rarement la parole, et tous se retournèrent vers elle au son de sa voix. La vieille trafiquante de poison, le regard braqué vers l'horizon, ne les regardait pas.) Nous y serons demain.

Puis nous devrons chevaucher pendant trois jours dans les terres pour atteindre Farramark, si c'est là que sont vos amis.

— Amis, n'exagérons rien, murmura Malcolm. Ce sont plutôt des collègues.

— Tant qu'ils ont un endroit où nous héberger pendant que nous mettons un plan au point… (Gabe lança un regard noir vers la côte.) Si Apollius veut une guerre, nous allons Lui en apporter une.

LORE

Elle se réveilla au son des vagues.

Les vagues, et une puanteur indescriptible, comme si des dizaines de corps mal lavés étaient entassés les uns contre les autres. Quand elle ouvrit les yeux, le ciel au-dessus d'elle était dégagé – manteau indigo foncé constellé d'étoiles qui s'estompaient près de l'éclat de la pleine lune.

Par les dieux, elle avait mal à la tête.

Lentement, Lore s'assit.

L'air était empli de la puanteur de dizaines de corps mal lavés parce qu'elle était, de fait, environnée de dizaines de corps mal lavés. Ils étaient entassés sur le sol où elle s'était réveillée, remuant et ronflant dans leur sommeil. Tout un éventail de fonctions corporelles déplaisantes se produisait sous le clair de lune, jusqu'au bastingage en bois encroûté de sel.

Au-delà, l'océan.

— La reine nous honore enfin de sa présence.

Elle se retourna trop vivement, et son cou endolori craqua.

— Putain de merde, marmotta Lore en plaquant sa main balafrée sur le muscle douloureux.

— Très royal, en effet.

Son interlocuteur était accroupi derrière elle, un homme dont les yeux étaient presque entièrement colonisés par la cataracte et dont les dents étaient quasiment toutes pourries. Son haleine ne faisait rien pour améliorer la puanteur ambiante.

— Mariée, puis jetée aux ordures, dit-il en secouant la tête. L'vieux Cul Sanctifié vous a gardée juste assez longtemps pour être sûr que vous étiez encore en vie après l'effondrement, puis il vous a envoyée paître.

Sacrée histoire. (Il leva la main et saisit une mèche de cheveux de Lore.) Je parie que vous serez populaire, une fois qu'on sera aux Îles. Je parie que vous allez vous trouver une toute nouvelle cour…

Lore avait cessé depuis bien longtemps d'être effrayée par la facilité avec laquelle elle appelait la Mortem. Celle-ci s'écoula vers elle aussi naturellement que de l'eau suivant une pente – des filaments noirs s'élevant du bois mort du navire, de la chemise en lambeaux de l'homme. Elle la canalisa rapidement en elle tout en tendant la main.

Délicatement, elle tissa juste assez de Mortem autour des doigts importuns pour en changer l'extrémité en pierre.

L'homme recula brusquement avec un bruit étranglé, et regarda fixement ce qu'elle avait fait.

— Ils avaient raison, alors, dit-il en ramenant sa main contre lui. Vous êtes une sorcemort. J'avais entendu les rumeurs, même dans les Îles, mais j'y avais pas cru.

— C'est vrai. (Lore se leva.) Et quand je serai certaine que vous vous en souvenez, je pourrai même arranger ces doigts pour vous.

En grimaçant, elle boitilla jusqu'au bastingage et s'y accouda pour essayer de capter un peu d'air frais. Ses inspirations profondes couraient le risque de se changer en sanglots paniqués, mais elle s'obligea à se calmer en laissant les embruns salés lui fouetter le visage.

Un bateau de prisonniers. En route vers les Îles Calcinées.

Et c'était Bastian qui l'y envoyait.

L'espace d'un instant, elle se demanda si cette partie-là pouvait ne pas être vraie. Peut-être était-ce Jax qui avait donné l'ordre, en prétendant qu'il venait de Bastian. Mais cela n'était pas mieux ; cela signifiait seulement que Bastian était toujours inconscient.

Ou toujours habité par Apollius.

Ses derniers instants de lucidité revinrent au compte-gouttes dans son esprit. La voix familière dans sa tête.

Lentement, Lore retourna la main.

La paume était toujours aussi grise qu'un cadavre.

Et il y avait autre chose, une chose moins importante, mais qui lui serra néanmoins le ventre. Sa bague avait disparu. Apollius devait l'avoir récupérée avant de coller Lore sur le navire.

— Je ne veux pas de tout ça, siffla-t-elle, car il lui semblait nécessaire que le monde sache. Je ne veux pas de la Mortem. Je ne veux pas être un avatar de Nyxara. Je ne l'ai jamais voulu.

Les vagues clapotaient contre la coque du navire. Le ciel écoutait.

Elle ferma les yeux, et inspecta cet endroit au fond de son esprit, le lieu qu'elle avait cru vide. *Tu es toujours là, n'est-ce pas ?*

Un silence, réticent. *Oui.*

— Putain de merde. (Cette fois, Lore le dit d'une voix assez forte pour que certains des prisonniers s'agitent à ses pieds.) Putain de merde !

La reine-ciguë démente, qui parlait toute seule sous la lune.

Tu vas aux Îles Calcinées, non loin de la Fontaine, dit Nyxara d'une voix lasse. *Tu continueras d'alimenter Son pouvoir, là-bas. Près de Sa source.*

Lore serra les dents au point d'avoir mal pour que la suite de leur conversation reste muette. *Qu'est-ce que j'ai fait de travers ? Tu m'as dit de Le tuer, et je nous ai tués tous les deux !*

Tu es morte, oui. En théorie. Mais tu n'as jamais franchi le seuil. Tu as repris ta mort. La mort n'accepte pas les demi-mesures, Lore. Un profond soupir dans sa tête. *Il a toujours deux morts, et Il doit les vivre toutes les deux.*

Lore agrippa le bastingage à deux mains, le vieux bois grinçant sous la pression. *Comment ça, il a toujours deux morts ?*

Un silence, assez long pour que Lore connaisse la réponse, même si les vœux de Nyxara signifiaient qu'Elle ne pouvait pas la formuler directement. Elles étaient similaires, Lore et la Déesse Enfouie. Elles essayaient toutes deux de trouver des failles. Elles se rabattaient toutes deux sur des demi-mesures.

Lore regarda droit devant elle alors que la proue du navire fendait l'eau noire. Alors que le brouillard cendreux des Îles Calcinées se refermait autour du pont, l'environnant d'une odeur de fumée.

— Tu as fait la même chose, chuchota-t-elle à voix haute. Tu as essayé de Le sauver. Son corps est toujours là, quelque part. Toujours vivant.

Dans sa tête, la déesse se contenta de pousser un long soupir tremblant.

Bastian

Il se réveilla au son des vagues.

Être piégé dans son propre corps pendant qu'Apollius prenait le contrôle était comme se noyer lentement dans un océan doré. De temps à autre, il refaisait surface, parfois même assez pour prendre brièvement le contrôle, pour parler avec sa propre bouche, remuer ses propres membres. Le plus souvent, c'était juste assez pour voir par ses propres yeux, pour voir exactement ce que faisait le dieu quand Il portait Bastian comme un costume.

Il aurait pu s'en passer, sincèrement.

Il vit donc que Lore était en vie. Il vit que ses blessures s'étaient refermées, même si elle conserverait une cicatrice en forme d'étoile sur la tempe, là où une pierre l'avait frappée. Mais sa beauté n'en était que plus féroce, la cicatrice démentant sa douceur. Lore n'était pas douce, mais elle en avait l'air, avec ses courbes tendres. Il adorait cela.

Cependant, il vit aussi sa propre main signer l'ordre qui l'envoyait aux Îles Calcinées. Il tempêta, hurla, griffa pour remonter à la surface, mais le contrôle ne cessait de glisser entre ses mains.

Il était de plus en plus glissant.

Silence, mon garçon. La voix d'Apollius n'était pas vraiment une voix, pas ici ; c'était une vibration dans le courant doré, qui se réverbérait dans chaque poche de vide. *Ton rôle est terminé.*

Et cela aurait été vrai, sans eux. Lore, pour laquelle il aurait fait n'importe quoi, même si elle n'avait jamais vraiment eu besoin de lui comme il avait besoin d'elle. Et Gabe, qu'il avait fait de son mieux pour protéger du dieu dans sa tête, mais qui avait tout de même été pris entre deux feux. Deux personnes qu'il aimait, deux personnes qu'il pouvait si facilement condamner.

Le courant doré se referma une fois de plus sur lui.

En Dessous

La fleur était flétrie. Elle gisait dans le noir, ses pétales froissés ayant presque perdu toute leur couleur rouge. Non pas qu'elle aurait été visible dans le noir, de toute façon. À moins d'être quelqu'un dont les yeux s'étaient accoutumés à la pénombre.

Elle contempla fixement la rose, les lèvres pincées. Elle avait quitté ce lieu, incapable d'affronter ce qu'elle avait fait, qui elle avait été. Mais quelque chose l'y avait ramenée, le pressentiment qu'on avait besoin d'elle.

Qu'on la réclamait.

Elle ramassa la rose que sa fille avait jetée dans le puits.

Puis elle réfléchit à un plan.

Remerciements

Dans une trilogie, le livre du milieu est toujours bizarre. Celui-ci a essayé de me tuer au moins cinq fois. Merci à mon agente, Whitney Ross, d'avoir déjoué sa première tentative, et merci à mon éditrice Brit Hvide de m'avoir sauvée des quatre autres. Mes livres n'existeraient pas sans votre aide et vos conseils, et vous avez ma reconnaissance éternelle.
Je remercie comme toujours toute l'équipe d'Orbit, en particulier Ellen Wright ; les livres n'y arrivent pas sans toi.
À mon Pod, tu es mon sanctuaire.
À Sarah, Ashley, Chels, Stephanie, Jensie, Elizabeth, Nicole et Leah : je vous aime à jamais.
À Caleb et à nos enfants : vous êtes ma tribu, et je vous aime plus que les mots ne peuvent l'exprimer.
Enfin, à mes lecteurs. Je ne pourrai jamais assez vous remercier de soutenir mon travail, de me contacter pour me dire ce qu'il signifie pour vous, et de me permettre de faire ce métier. Vous êtes la raison pour laquelle tout ceci peut exister, et j'ai hâte de continuer à créer des histoires pour vous.

Retrouvez Lore, Gabriel et Bastian
dans le dernier tome
de la saga, *The Nightshade God*,
à paraître prochainement !

Achevé d'imprimer en octobre 2024
Par CPI Brodard & Taupin à La Flèche
N° d'impression : 3058263
Dépôt légal : novembre 2024
Imprimé en France
2811918-1